献礼中华人民共和国成立70周年

共和国国情报告

命脉
——中国水利调查

MINGMAI
ZHONGGUO SHUILI DIAOCHA

陈启文 ◎ 著

时代出版传媒股份有限公司
安徽文艺出版社

图书在版编目（CIP）数据

命脉：中国水利调查/陈启文著.—合肥：安徽文艺出版社,2019.9
（共和国国情报告）
ISBN 978-7-5396-6542-9

Ⅰ．①命… Ⅱ．①陈… Ⅲ．①报告文学－中国－当代 Ⅳ．①I25

中国版本图书馆CIP数据核字(2019)第017654号

出 版 人：段晓静	选题策划：岑　杰
丛书统筹：岑　杰　韩　露	校对统筹：段　婧
责任编辑：汪爱武　焦　艳	装帧设计：丁　明　褚　琦

出版发行：时代出版传媒股份有限公司　　www.press-mart.com
　　　　　安徽文艺出版社　　www.awpub.com
地　　址：合肥市翡翠路1118号　邮政编码：230071
营 销 部：(0551)63533889
印　　制：安徽新华印刷股份有限公司　　(0551)65859551

开本：787×1092　1/16　印张：40.75　字数：650千字
版次：2019年9月第1版　2019年9月第1次印刷
定价：88.00元

（如发现印装质量问题，影响阅读，请与出版社联系调换）
版权所有，侵权必究

目　　录

总序　为天地立心,为生民立命(李炳银) / 001

绪言 / 001

第一章　当黄河成为一个悬念 / 001
　　一　世间最纯净的诞生 / 002
　　二　从憧憬到抵达 / 011
　　三　刘家峡:历史备忘录 / 020
　　四　从西到东,穿越河套平原 / 033
　　五　当黄河成为一个悬念 / 047
　　六　最后的峡谷 / 059
　　七　小浪底 / 067
　　八　花园口,被淹没的记忆 / 078
　　九　追寻梁山水泊 / 086
　　十　最后的拯救 / 100

第二章　长江的追问 / 114
　　一　穿越金沙江大峡谷 / 115
　　二　永恒的存在 / 132

三　谁主沉浮 / 142

　　四　危险的河流 / 154

　　五　历史是不能欺骗的 / 164

　　六　湘江,谁为你哭泣 / 172

　　七　问卜洞庭 / 187

　　八　丹江口,一个伟大的构想 / 218

　　九　江湖博弈 / 233

　　十　从湖口到吴淞口 / 242

　　十一　一条船还能走多远 / 254

第三章　淮河的倾诉 / 269

　　一　淮河的倾诉 / 270

　　二　生死洪泽湖 / 284

　　三　从洪水走廊到天堂之路 / 295

第四章　海河不是一条河 / 306

　　一　海河不是一条河 / 306

　　二　穿越长城的河流 / 326

　　三　沦陷的大地 / 335

　　四　北京风暴 / 348

　　五　人间的天河 / 386

第五章　大运河 / 401

　　一　时间的审判 / 402

　　二　郭守敬和京杭大运河 / 412

　　三　戴村坝:无限玄机 / 420

　　四　另一条大运河 / 427

第六章　穿行于白山黑水之间 / 440

　　一　辽河，传说中的巨流河 / 440

　　二　在科尔沁沙地边缘 / 453

　　三　呼伦贝尔的忧伤 / 463

　　四　黑龙江，流向何处 / 485

　　五　松花江，松啊察里乌拉 / 495

　　六　丰满的"中国水电之母" / 504

　　七　乌苏里江，东方日出之江 / 510

第七章　北回归线上的河流 / 521

　　一　北回归线上的河流 / 522

　　二　另一种危机，或蝴蝶效应 / 530

　　三　漓江的启示 / 542

　　四　失踪的南江 / 546

　　五　从东江到香江 / 558

　　六　别忘了，还有一条北江 / 576

　　七　以南中国海为背景 / 582

　　八　不是绝唱，而是回声 / 596

后记 / 609

总序

为天地立心，为生民立命

李炳银

　　真正的文学具有一种宽广的社会关怀。陈启文是个有很好的小说创作经历的作家，用他自己的话说，是一位"职业虚构者"。自 2008 年以来，陈启文在年过不惑、走向知天命之际，越来越觉得"还有比写小说更重要的事情要做"。他投入大量精力采写了"共和国国情报告"系列报告文学，相继推出了《南方冰雪报告》《共和国粮食报告》《命脉——中国水利调查》《大河上下——黄河的命运》《袁隆平的世界》五部大型报告文学，这些选题也确实反映了中国社会的最基本国情。在我们大力推进现代化的今天，如何认识和解决好这一系列基本问题，仍然是当下以及未来极其重要的课题。在这些方面，"共和国国情报告"为我们提供了难得的启示。陈启文也因此被报告文学界视为从虚构类写作向非虚构类写作转型的代表性作家、当代报告文学界"知识分子写作"的代表性作家。

　　我一直在思索，什么是知识分子？知识分子只有通过自己的思想和作品，影响到他人，影响到社会，起到很好的导向作用，他的知识才会变得更有价值，否则拥有知识有什么用？鲁迅先生为什么是真正的知识分子？就是因为他通过他的作品，影响了那个时代，影响了我们的民族。报告文学不同于小说、散文、诗歌，它是一个作家、一个知识分子的社会责任和人文情怀的表达，通过这种表达，它能使你的思考变得更有价值、更有力度。陈启文尝谓，这样的写作，于他"别无选择"，是"现实的逼迫"让他的文学写作由小说转变为深入真实、真相的报告文学。他的五部报告文学都一以贯之地体现了这样的情形。而正是在这样的写作中，作者通过"真诚的精神参与、深刻的生命体验、把现实的真实揭示到本质的程度，表现出一个知识分子的个性观察、判断、思辨和'为天地立心,为生民立命'的传统士人精神",同时也让自己的作品为文学与作家找回了尊严和价值。这种以文学的调查、思考担当民族、国家未来责任的情怀,是一种信仰忠诚的表现,它使很多身处现世却对民族大义、民生安危置若罔闻,终日流于搞笑弄怪的表演和写作行为失去了分量。

　　文学家唯有"采铜于山",方可有面真、明道、救世的作为。陈启文对报告文学的理解和创作实践,突出地见证和表现了报告文学的文体价值与个性力量,为报告文学创作树立了很好的榜样。他的报告文学作品,多是激情和沉思的一种文学表达。他在对真实的对象做文学艺术化表达方面,能力突出。在面对严酷的事实真相和很多冷峻局面的时候,他总是会将个人的痛苦面对和民族、国家的未来结合起来思考,在一种包含了家国情怀的目标追求中展开自己激情的倾诉,使得高尚、伟大、辉煌和丑陋、患难、危机等很多丰富的对象内容有了精彩动人的呈现。阔大的视野和仔细求真的追问,以及精到的文学语言描绘,时常感染人,使人放弃世俗的计较而伴随他的思考与忧患行走。

　　陈启文是一个具有把握大题材的能力并擅长大叙事的人。在如今这个浮躁和有着太多功利的社会环境里,像陈启文这样可以用很多年的时间、精力认真地进行一次次真实的文学考察、表达的作家已经十分少见,这样的写作态度和精神,格外地值得提倡和赞扬。作为一名优秀的作家,其创作实力、创作成就和创作态度,很令人钦佩,这也是决定"共和国国情报告"成功的关键因素。这一系列报告文学,在内容的深厚丰盈和文学真实的艺术表达方面,都是别人不易比肩的扛鼎之作。

一

　　2008年年初发生于中国南方的严重冰雪灾难,曾经严重地拨动了国人的心弦。可是,谁又能够想到,在冰雪消融,灾难过去之后,当人们还未能对这样的灾难进行很好的总结的时候,"5·12"汶川特大地震又发生了,一场更加巨大的灾难降临到中国人民的头上。因为眼前现实的关注和迫切的救灾行为,再加上紧接着的北京奥运会,人们就在不经意间忽略了南方冰雪灾害的经历,自然也对像陈启文《南方冰雪报告》这样的作品有些忽略,以致它在出版之后很长一段时间里,并没有引起人们的充分关注。但是,是星星自会闪烁,是珍珠自会有人珍藏。

陈启文的长篇报告文学《南方冰雪报告》,无论是从题材对象,还是作家表达的鲜明个性特点等方面看,都是应当给予充分关切的优秀文学著作。在我们现实的文学历史上,表现灾难的文学作品并不少,但是,在我有限的阅读范围内,《南方冰雪报告》无疑是极少数接近成功的作品之一。

在每一次大的自然灾难发生之后,总会有一些面对这些灾难的作品诞生,如当年的大兴安岭森林大火、1998年的大洪水、2003年的"非典",以及2008年的冰雪和特大地震。但是,不可否认的是,在这些已经发表、出版的大量相关报告文学作品中,真正可以视为成功、优秀的作品极少。这些作品大都是一些对直观现象的新闻描述,很少有独特的发现、感悟和反思,粗略直白。在新闻传媒大量直接画面的报道之后,这些在时间上已经失去了优势的文字内容,就显得非常苍白无力、单薄索然。所以,如何面对和表现灾难的题材对象,一直是文学,特别是报告文学界人们努力研究的问题。

在仔细地阅读了陈启文的这部《南方冰雪报告》之后,我感到了不少的满足。可以说,这部作品,对于人们如何面对和写作灾难题材,做出了非常成功和有益的探索,具有很明显的超越价值。认真地检视这部作品的成功经验,不仅对于很好地认识这部作品本身很有作用,对于同类文体、题材的创作也会有积极的意义。

首先,我认为,陈启文的成功在于他采取了真正使自己"深陷"的采访方式。陈启文是在冰雪灾难过后开始这次创作的,这既使他有失去现场观察感受的遗憾,但又使他可以在自由从容的状态下去寻找接近和理解灾难的机会。我们赞成作家在事发之后及时抵达现场,但单纯地抵达并不能够代替成功,报告文学创作毕竟不同于新闻写作,在和新闻竞争时效的时候,失意的往往是报告文学。在没有了新闻的现场感之后,文学依然是可以超越直观景象而抵达人的精神、情感、生理和理性的灾难现场的。而这也正是报告文学可以发挥自己的优势,在更加独立、个性和深刻等方面填补新闻空白、实现自我的很好机会。

在一个人背着简单的行囊,孤独地沿着曾经的严重灾难发生地京广铁路线、京珠高速公路和偏僻山岭间的高压输电线路行进,"深陷"曾经的灾害真实现场之后,陈启文就可以通过他特地或随意接触到的司机、警察、电工、农民、士兵、干部或是老人、孩子的灾难经历,复原灾难的严重情景,在很多人经历感受的细部,将灾难不带任何功利地表现得具体而真实,给予文学的形象记忆。像司机们长时间被堵在路上的焦急不安,像一位农民全力救助被堵旅客的动人情景,像很多电力工人舍生维修电路的艰难情景,像从总理到基层各级官员在灾难中的岗位责任,像在灾难中很多人道德品行的不同呈现,等等,都在作家真实、细腻的故事描述中得到了形象再现。如果只是走马观花地走一趟,只靠看材料、听介绍来获得信息,作家就很难有这样接近生活本原的认识和感受。所以,这真正"深陷"的采访,为陈启文的成功奠定了最为坚实的基础。因此,在任何的灾难题材面前,作家是否有过这种真正"深陷"的采访,将在很大的程度上决定作品的成败。这对于报告文学创作是具有根本意义和作用的。

但是,报告文学写作虽然要求作家尽可能客观真实地描述事实的本来面貌和它本身包含的社会人生等内容,可是,报告文学绝不是纯粹的事实记录,不是流水账式的原始再现。报告文学是一种作家个人在接近题材对象之后的文学报告,作家在自己的写作中应当拥有充分的独立和自由。不是为了什么宣传,不是为了表功,不是简单地记事,而是要通过真实客观的事实描述,表达作家的真实感受和理性见识。很多的报告文学作家总是在这个关键的地方迷失,在不经意间放弃了自己的文学权利,将自己的写作纳入了非自己和非文学的轨道。陈启文的《南方冰雪报告》,题目非常朴素平直,可是,你在进入他的叙事之后就会发现,这完全是一种在个人的眼光发现、情感感受、理性思考等独立运行下的叙事。他随意地捕捉采访对象,可是毫不浮泛潦草。他的目的既是描述最本真的冰雪灾害情景,也是个性地追踪不同的人、不同的生命在这场灾害中的特殊表现。他既真实地表现了人的无奈,同时也很真实地表现了人的脆弱、坚强和伟大。所以,他在灾害和人之间实现了沟通,也就在这样的沟通中将灾害和人的表现描述得非常充分。在这里,冰雪灾害不再是个概念,而是与很多人的吃、住、行甚至生命、情感和道德精神紧密地联系在一起。灾难事实性地成为人们生活中的一种特殊的现场。

十分明显的特点还在于,作家在整个叙述中,没有像有些人那样简单地诅咒、抱怨灾难,而是理性甚至是哲学地给灾难以科学和深刻的理解,有些文字,几乎是可以当作警句来读的。作家指出灾难之所以发生的正常和特殊性,提醒人们科学的自然灾难观念和应对灾难的平常心态。我很乐意地说,陈启文的《南方冰雪报告》,是在这次灾难的叙述平台上,向人们自然和科学地宣示自然灾难的不可避免和科学的自然观的作品。这些地方很好地表现了陈启文的文化素养和学识深度,也构成了他这部长篇报告文学鲜明的理性色彩。

在他不管是被动还是主动地接受了这次报告文学的写作任务之后,我从他执着、积极的努力中感受到了他的认真态度。但在文学表达的特点方面,最能够体现陈启文个性的还是他的语言风格。这是一部真正跳出了新闻报道、英雄事迹报告的泛常表现的报告文学。作品非常成功地用丰富、形象的灾难生活现场和人物生死命运故事表现了灾难和灾难中的人,许多地方,其真实、生动、形象的描写,完全不让虚构的小说。如描述爬上输电铁塔,经受长时间冻饿及排泄艰难情形的文字,读来就非常令人震惊和感慨。作者的语言平实、准确、简练却富有很强的表现力,时常能够抵达人的深层感受和事物的本质。例如写到烈士罗海文最后牺牲时的情形,这个平时非常注意安全保护的人,最后却在他自己无法把握的时候丢掉了性命。在工友们将他从折断的铁塔上解救下来的时候,他已经接近昏迷,浑身冰冷。工友们一个接一个敞开胸怀,希望用自己的体温温暖、救治他即将冰冷的心。可是,他还是无奈地走了。这种饱含着人的生死命运的生动故事描写,使得作品充满了生命和人性的丰富内容,文字语言也达到了震撼人心的地步。

陈启文长于在看似细小但其实具有丰富意蕴的地方渲染和发挥,结果以小见大,展示出深刻的思想和情感精神高度。这些明显得益于他小说表现的经验,可这又是我们不少多年从事报告文学写作的作家所欠缺的。

报告文学是一种在现实社会生活的地面上运行的文学。优秀的报告文学作品,可以改变人们的社会感受和判断。认真从事报告文学创作的人,也会在报告文学的创作中改变自己的社会生活观念和行为方式。

我很高兴地看到,陈启文的这次报告文学写作经历,使他感到"在灾难中如何建立健全的人格与正义理性……比浪漫主义的英雄故事更有价值"。他坦言:"我想要特别强调的,是每一个公民的行动能力,尤其是那些早已安于坐而论道的知识分子的行动能力。如何恢复人在灾难抗争中的主体地位,如何做一个合格的公民,每个人都有自己不可逃避的现实责任,都必须去承担自己理应承担的角色。而正是通过这样一场大雪灾,无数人重新找回了强烈的参与意识和行动能力,强化了对公共事务的关注程度和热情,包括我自己。"陈启文在已经有自己的小说写作计划的时候,在半犹豫间接受了这次报告文学写作任务,结果,在成功地完成报告文学写作的同时,对自己的社会生活观念也有了明显的修正,这样的现象真令人高兴。相信陈启文的这种修正,会对不少自觉脱离现实社会关注和告别自己应有的社会行动能力的人有所触动。报告文学是比较直接塑造社会和人的社会存在、精神行为的文学,在真正的报告文学写作中,作家获得的往往并不单是文学的成果。我很乐意呼吁,有更多从事文学写作的人,更多有志于塑造现实的社会和自己的精神人格、行动作为的知识分子,积极地参与到报告文学的创作中来!

二

继《南方冰雪报告》之后,陈启文又于2009年采写了长篇报告文学《共和国粮食报告》。当时,中国北方正遭遇罕见的干旱,而一场半个多世纪以来的全球粮食危机,如同无声的海啸,已经波及世界上七十多个国家。在我们这个地球村,还有六分之一的人处于饥饿状态,每天都有数以万计的人在地球的某一个角落倒毙。就在这样的背景、这样的气氛下,陈启文怀着强烈的担当精神和使命意识出发了。他跑了二十多个省区的主要粮食产地,以一个农民后代的姿态去追溯中国六十年的粮食之路,对于他,"这是一次用粮食记录生命的历程,也是用粮食回溯历史的历程",而其目的是以粮食问题为载体,书写一个大国的公共记忆。

粮食安全关乎国家战略和人民生计,人间食粮,是一个世界性、历史性和人类性的永恒主题。从生命的本质意义看,粮为万物之首,民以食为天,粮食承载着生命生生不息的繁衍,是世界上最大的人权。从时空看,粮食几乎承载了人类所有的历史,甚至就是世界的总和。追溯中国历史,五千年漫长的农耕文明绵延深厚的土地,却从未长出让中华民族吃饱肚子的庄稼。中国历代农民起义和王朝更迭,大都与天下饥荒有关。当下,"吃饭"问题仍是全世界的"第一件大事"。在全球每六人还有一人在挨饿的今天,在全世界人口最多的中国,人们能丰衣足食,绝对贫困人口越来越少,可以说,这是新中国成立六十年最引人注目也最令人引为自豪的变化。《共和国粮食报告》适时反映了这一问题,以敏锐的目光、强烈的担当精神与问题意识,反思现实,追问历史,从不同的角度切入历史与现实。尤其是在粮食危机成为世界头号问题的今天,在西方学者提出"谁能养活中国"的当下,作者抓住共和国六十年间那些具有节点意义的历史事件,通过一些重要篇章抵达现场,揭示历史,从废除半封建半殖民地土地所有制的"开国大土改"开始,历经农村合作化、"大跃进"、三年困难时期、农业学大寨、开发北大荒、联产承包责任制、农民进城、杂交水稻奇迹、土地撂荒流转和集约化经营等,梳理编织成一部共和国粮食简史。

作品记录辉煌,也不刻意回避历史的曲折。在每一个关键节点上,作者都是从追问开始追寻真相,坚持独立调查,恪守历史唯物主义和实事求是的原则,客观公正地书写历史。新中国一直把粮食放在农业生产的纲要位置,而粮食与土地直接有关。作品解析地权的变化,从"打土豪,分田地",到农民分得了田地之后,从自耕农到合作社、人民公社,直至实行联产承包责任制,重新让农民有了土地经营权,而今长期不变的联产承包责任制和中央关于农村土地流转的相关政策的出台,又构成了新时期农村土地权属改革的新天地。可以说,纵观中国历史,还没有哪一个朝代像今天一样能迅速适应生产力变化的要求,在短期内对土地权属做出这样与时俱进的调整。再比如说土地上种出的粮食,以稻米为例,先是传统的本地品种,再是引进的良种高秆,之后是高秆换矮秆,矮秆改杂交,杂交改超级稻,而今,超级稻又面临着更大更新的科技革命,这些过程和结果,形成了多少可歌可泣的故事啊!这些,《共和国粮食报告》都有涉及,而且写得细致入微。从大体上看,共和国曾创造了新中国成立初期和国民经济调整时期这两段流金岁月,但由于人所共知的原因,三十年里,也有历史无法遮蔽的那些让我们曾经极其痛苦、极其迷茫的困境。峰回路转,在共和国历史进入又一个三十年后,经历了十年动乱的中国终于回归正常社会,从解冻到复苏,从真挚地迎来温饱到自信而且坚定地迈步走向小康,中国以连年的粮食增产再造着东方文明的光荣,整个世界都看到了一个奇迹——拥有十三亿多人口的中国,用仅占世界百分之九左右的耕地,养活了占世界六分之一左右的人口。居安思危,今天,在金融海啸爆发的同时也爆发了世界性的粮食海啸,中国的粮食现状如何?中国人在21世纪能不能养活自己?如何构筑起中国粮食安全岛?

把粮食置于天、地、人、时交织的立体系统,作者采取在时空中多重穿插的方式,以充满激情又富于理性的叙述,力图从不同的侧面将中国粮食的历史、现状和未来呈现出来,力图为六十年来的中国粮食之路留下一部有血有肉的形象史。作者秉持对历史、时代和未来,对国家、民族和大众负责的态度,将粮食问题置于几千年文明史的大背景下和当今变动不居的国际局势中来思考,将粮食提高到关系国家安全、民族命运、人民福祉的战略高度来思考,为当下报告文学如何更好地干预现实、参与生活提供了有益的借鉴。被誉为"中国第一部全景式展现六十年来的中国粮食之路的长篇报告文学",也是"中国第一部以报告文学体裁诠释中国粮食问题的最完整读本",《共和国粮食报告》当之无愧。

粮食是主题,但历史的主体终归是人——现实的活生生的人。

三

水是人类和神灵的血脉,是生命存在的基本要素。当太阳高升过头顶,陈启文先生以一己之力,循着历史和现实的因子,循着黄河、长江、淮河、海河、大运河等以及白山黑水间的沟沟壑壑,循着北回归线上的中国大地,全方位关注中国七大水系严峻的水危机形态,历经艰难,苦行数年,独立调查,研究水利之利弊,忧焚在胸,用如椽巨笔全景实录中国江河。《命脉——中国水利调查》有着理性的评判精神和富有雄心的高贵的文学品质,是近年来极其卓越的报告文学作品之一。

陈启文历时数年,分别沿着黄河、长江、淮河、海河、辽河、大运河、松花江、珠江等中国的江河上下考察采访,其用时用力用心的情形前所未见,非常令人感动和钦敬。中国的治水历史,或许有流域史、地方史、工程史、灾难史等,但是我相信,未曾有过这样全面地对中国主要江河做实际考察、审视的文学报告史。所以,这部几乎融汇了中国主要江河历史和现实丰富变迁内容的报告文学,是截至目前唯一的"中国水利调查",得来非常不易,具有重要而特殊的价值。

陈启文将自己对中国水利调查的作品命名为"命脉",这是有其个性思考和追求的表达,同时也道出作者自己不辞坎坷辛劳和艰险来进行这样一种调查的用心及目的。在作品的"绪言"里,开篇就写道:"水是人类最早认识的元素之一,看似寻常,又非同寻常。在人类诞生之前水就诞生了,没有水,也就没有人类,没有一切生命。"但是,水有利害,面对水之利害,人们也必须有趋避的活动。而治水,历来就是人们努力趋利避害的结果。中国的文化历史记忆,很多都同人与水的相互关系紧密联系。陈启文正是基于水的这种根本、关键作用,特别是现实中中国人与水的尖锐矛盾关系才走近水,走近中国这么多的江河两岸的。水的汇流成就了江河,而江河里水的数量和质量却时时关乎人的生活和生命。从这样的视角看,陈启文对现今中国江河水利的调查,并不是简单的对中国水利史的调查,其实是对现实中中国人与水相关的生活命运、环境状况的调查,其行也伟,其心也善,其情也诚。

已经有很多书写黄河、长江等河流的壮伟灿烂历史的文章了。陈启文在追溯这些江河源流的时候,自然也免不了对泉流成河而不断地汇流起来的情势感到惊讶并加以赞美,可他似乎更加关注中国的每一条江河从开始到最后千回百转地流入大海的经历、命运,在访水的过程中,对人们在与水的相互作用过程中的得失给予认真科学的辨析,从而真实和客观地呈现出中国水资源和治水的纷繁状况。《命脉——中国水利调查》,涉及中国历史上的治水英雄如大禹和后来的都江堰分流工程,灵渠开凿沟通湘江、漓江,大运河通航南北中国,直到现今的三门峡、小浪底、长江三峡等等人工水利建设工程,涉及历史上各大河流的历史灾难表现及各个相关的人物故事。其史志价值和非常丰富的地理文化知识与人文历史故事内容,如同潮涌般地涌流到阅读者的面前,使人欲罢不能,使人在阅读中不断地眼界开阔、思考深入和忧患沉重起来。

面对中国的各大江河,原本我们应该为这些滋养和长久浇灌着中国人生命繁衍与文化成长的对象,唱一曲深情和感谢的歌谣;可是,当陈启文用他现场的考察告诉我们,黄河水量日渐减少,人力干预效果乏力,水质恶化,断流危机未消,华北平原因缺水沉降面积达 6 万平方公里,天津市区下沉 2 米以上,北京成为严重缺水的城市,上海因为长江、黄浦江的水质恶化,守着长江口,"到处是水,可不能用",湘江不断瘦弱、被污染,长江航运不畅,海河水系的河流基本上都是干枯的,水源环境几乎崩溃,流经北京的永定河已经成了"死亡的样本",淮河三分之二的河段失去使用价值,大运河几乎接近一条臭水沟,是中国污染最严重的河流,东北的辽河、松花江、嫩江等水源不足,时有灾难发生并伴有污染等惊心动魄的事实时,人们还能够开启自己的歌喉,献出深情的赞美歌唱吗!当对水利的调查无形地转变为对水资源、水质的调查,而且一个个人们不愿看见的危机事实被呈现出来的时候,人们也许才会明白陈启文将自己的作品命名为"命脉"的缘由。所以,这是在现实的立场上对中国人生命和文化经济发展命脉的关注、考察,是通过对水资源环境的审视,思考现实的中国命运前途的忧患书写。

《命脉——中国水利调查》内容丰富、厚重,已经可以见出作者对于此次写作的投入和用心程度。但是,最让人钦佩和感动的是,陈启文以自己的中国水利调查为对象,对现实中国水资源、水质量和利用过程中所存在的严重危机的面对和忧患。

《命脉——中国水利调查》涉及对象浩繁,但作者将每一次的流域考察作为一种精神文化感受和文学的体验旅行,虽然历尽艰难,但矢志不改。作者在各自不同的表现和感受中将水与人、水与历史和现实的地理文化内容关系结合起来,将自己对水的认识高度同人类社会、国家民族的生死存亡利害关系紧密联系,在一个更加深远宽阔的视角观察中强调和突出了水的作用及价值,显示出水的"命脉"关键性。因之,这样的文学书写,是以真挚的个人情怀对中国前景命运的承当,其价值又非简单的文学写作可以概括、拘囿。

我以真诚赌明天,陈启文的心声能够唤醒那些在水危机面前依然麻木的人们。这是最值得期待的!

四

黄河,这条大约在160万年前逐渐生成的河流,自青藏高原起步,经黄土高原、华北平原、山东平原一路弯转向东,最终汇入大海。黄河流经中国九省区,流域面积约75万平方公里,流域人口约1.7亿。这条中国第二、世界第五的大河,其流域历史,与我们中华文化、中华民族的历史以及发展、沿革有着密不可分的关系。也许正是因为黄河,中华民族的文化、历史才得以孕育和生成。所以,要理解中华文化和历史,不了解黄河不行。黄河像一条纽带,把我们的昨天、今天甚至未来紧紧联系在一起。认识黄河的历史,认识黄河的文化,认识它的自然环境、人文环境,认识黄河曾经造成的危害和不断被治理的过程,了解黄河的故事以及各种与我们的国家、人民的命运纠结发展的成败经验,是了解中国文化、历史和国家命运、性格的重要途径。

正因如此,面对黄河一直是一件非常庄重、严肃的事情,而书写黄河,就更是一种需要责任担当和真诚情感及才学能力的活动。令人颇感高兴的是,如今我们收获了陈启文的长篇报告文学《大河上下——黄河的命运》,因此,我们的书写有了很丰富的非凡意义。不仅中国的读者需要认真地看这部书,外国的读者想了解中国更需要看。这种对黄河带有精彩传记性的书写,为人们提供了一个非常有价值的文本。此前,曾经有过从不同的角度接近黄河的作品,但是,大多因为专业或局部等原因,而难以在整体上全景式地给黄河一个全面的关注。而陈启文的《大河上下——黄河的命运》却是努力在从整体、从历史到现实的深入穿越与必要的横向联系过程中,对黄河的自然发展和人文更新的全面调查与描绘。所以,这部作品,在我看来,是迄今为止最好的一部真实的、有关黄河的故事命运的传记,它有充足的理由走向广大的读者,走向世界。

为了写这部书,陈启文用几年的时间,经历风雨,经历高寒炎热,从黄河的源头沿河而下直到入海口,源头的高寒缺氧和田野调查路上的各种艰险令他记忆深刻。他用一颗赤诚之心去观察、感受、理解黄河的历史与中华文化、中华民族起伏命运的融合、冲突、纠缠,文化、文学地叙述了长期以来治黄的成败得失等。《大河上下——黄河的命运》是对黄河自然呈现状貌和人为塑造的真实记述,既写了黄河上的大工程,也写了黄河沿岸普通人的命运,黄河的命运和我们国家、民族的命运紧密相连,内容相当丰富。像书中描绘长久而艰难地在青藏高原玛多县黄河第一水文站检测水情的谢会贵的人生事业和命运情形,像描绘刘家峡水利枢纽工程复杂怪异的修建过程,以及像孟朝云这样为工程献出了丈夫、儿子的生命,如今却生活十分艰难的人的生活情景等,像叙述三门峡水利工程的失败而小浪底水利枢纽工程的科学成功,像一生心常系黄河的毛泽东、现代史上的水利专家李仪祉和将自己的生命几乎全部投入黄河治理的王化云、林秀山等人的生命内容等,都因为融入了十分丰富的有关自然、政治、科学、管理、人生等丰富人文历史而显得丰厚和灵动。这些以个人行走的方式直接进行现场调查、观察、感受而获得的大量资料信息,在得到国家水利部的大力支持后,使得作家有一种背靠大山看云卷云舒的从容和清晰发现,完全不同于那些单纯以行走为主要目的,向人们提供一些旅途见闻式的零碎感知消息的写作。陈启文的作品,是读万卷书、行万里路的发现、研究、感知和归纳的结晶,在我看来,是目前写黄河、认识黄河、理解黄河最全面深入、最深刻坚实的一部作品,不仅有精彩故事,更有独到的见解。它既是一部历史的书、文化的书,又是一部不可多得的文学的书、好读的书。

作者用写实的形式,以黄河的流径为线索,从源头到入海口,将历史和现实的丰富内容贯串到一起,在河流不断延伸的同时,适当地停留、徘徊,在其沿岸如陕西关中、河套地区、晋陕峡谷、汾河两岸、中原地区、河口地区等看中华历史文化的繁衍变化;调查黄土高原和很多支流如洮河、延河、渭河、汾河等河流对黄河的不断塑造、改变,非常具有自然追踪的系统性和文化考察的独特性。在充分的事实把握和信息搜集的基础上,作者很多的理性思辨表达具有震撼的力量。这是真实、富有激情地解读黄河的呕心沥血之作,明显是用力、用心、用情、用才的行走写作。黄土,黄河,黄种人,是一种自然和种族的命运交集,也是一种大自然与中华民族相遇共进的历史表现。黄河的历史复杂又曲折,反映了中国文化历史和现实精神情感在克服艰难中不断走向新生的过程。正是在这个坚实的基础上,《大河上下——黄河的命运》有种非常宏大厚重、丰富灵动的命运感,具有引人入胜的阅读诱惑力,让人走近它并被它震撼,受益多多。

黄河是一个用再多浩繁的书写都难以穷尽的对象。但是,这并不说明人们在黄河面前就无法系统、个性和成功地表达。陈启文的《大河上下——黄河的命运》,从黄河奔流自然沿革和人类为发展自己而努力对其进行治理的痕迹着眼,事实上就像牵住了黄河的牛鼻子,使很多看似紊乱的历史文化和自然传说故事有了一个相对完整而清晰的框架,具有了分段、分部、分点表达,最后形成合力交响的可能。这部作品结构大气宏伟,严谨有序,叙述又将河、事、人、文等有机地融合交叉进行,语言精练富有节奏,细节捕捉敏锐生动,是一部精神情感非常浓郁的有关黄河的命运诉说和动情表达的文学作品,特别是具有较高的历史全局视点和眼光,对不少重大事件如"大跃进"运动、对不少黄河上的水利工程、对沿黄自然生态的历史现实状态等的认识、评判,具有气魄和见识,颇有启发力量。

五

袁隆平是享誉国内外的著名人物,多少年来,有关他和他亲自主持研究并不断获取成功的杂交水稻的各种消息,"汗牛充栋",有关袁隆平个人的访谈记述也非常多。在这样的时候,再来面对袁隆平和他的人生事业、精神情感世界,是需要勇气和力量的。即使像陈启文这样已经具有丰富的报告文学创作实践经验的作家,也感到"这是一次难度极大的写作"。但是,陈启文最后还是接受邀请承担了这次写作任务,这就使我们更加有了一种认真的期待。

虽然袁隆平和杂交水稻研究团队的各种社会、科学的活动仍然在不断地释放着新的消息,可在不少人的感觉中,这些似乎已经不是新鲜的话题了。这种好像熟悉的陌生对象存在,是一种带有某些疲劳接受成分的表现。可是,此前很多看似丰富多样的传递,既没有真实充分地呈现袁隆平和杂交水稻的内在情形,也未能准确深入地解析围绕袁隆平和杂交水稻而存在的一些误解及偏颇的意见等。因此,对于像中国袁隆平和杂交水稻科学研究这样的国际高端话题对象,非常需要一部真实深入地追溯、还原其原本面貌内容的作品,需要一部不是消息性地传递或停留于传奇模范人物层面上的表达,而是在社会人生和内在科学学理深度上做生动叙述,才足以与这个重大浑厚题材对象相匹配的壮伟的作品。很高兴,如今我们看到了陈启文的《袁隆平的世界》,这样一部深入参透一颗伟大头脑和心灵及神奇稻种的非凡作品,终于使我对这个题材的报告文学写作的殷切期待得到了满足。

《袁隆平的世界》在现实观察采访和仔细地进行历史事实的回溯叙述中,真实和简洁地还原了袁隆平作为一个中国社会人,在截至《袁隆平的世界》创作之时八十七岁的人生岁月中所经历的复杂生活感受和艰辛事业道路。他虽然出身于一个并非底层的普通的家庭,可因遭遇军阀混战和日本侵略中国的战乱而经历颠沛流离的生活。虽然说他最初将学习农学作为"第一志愿",是因为儿时参观一个资本家的园艺场,留下太美好的印象,但坚定他在这条道路上一直坚韧不拔地走下来的内动力却是"吃饭是第一件大事,没有农民种田,就不能生存"这样稚性简单却也深刻的认识和后来多年经历与看到的严重饥饿情景,还由于自小母亲希望并要求他"博爱、诚实"的教育,由于抗日战争在他心里树起的"要想不受别人欺侮,我们中国必须强大起来"及"让中国人把饭碗牢牢地端在自己手里"等信念及目标追求等。袁隆平一生为追求稻谷新品种而在漫长、艰苦卓绝和困难重重的道路上攀登,写下了从湘西雪峰山开始到走向世界的崎岖艰难历程和高伟壮举,也将他的人生信仰、精神情怀世界真实地镌刻在这样的道路上。《袁隆平的世界》在很多地方通过袁隆平的自身经历和人生故事细节,寻找他这些立身之本和精神情感的形成根源,对于我们认识矢志不渝地不惧酷暑如同"刚果布"农民般活动于稻田,难顾家里老小,舍弃自我家庭而奔波于四方,痴迷于杂交水稻研究,不断获得科学新成果,被誉为"杂交水稻之父""米菩萨""现世神农"等的袁隆平提供了非常有力的根据。正是这些真实的社会人生内容,使读者见识了袁隆平独特的人生道路和精神情感世界,感受到他鲜活的形象性格存在和丰富浓厚的内容存在。作品写出了袁隆平"这一个"人的经历、性格、精神情感世界,在真实人物的呈现和文学的表现方面,为历史和现实提供了足以令人感动和记忆的精彩形象,丰富了人们的社会历史信息记忆,也丰富了文学的人物形象塑造。我相信,袁隆平因陈启文的这次真实书写,会同徐迟笔下的陈景润、黄宗英笔下的徐凤翔、理由笔下的林巧稚、赵瑜笔下的马俊仁、何建明笔下的余秋里等不少作家报告文学作品中的真实人物一样,既以自己的人生作为存在于历史,也因作家的文学书写而存在于以后的文学人物队列当中,就如同司马迁的《史记》,记下了很多真实的却又具有非常生动的文学特点的历史人物一样。

袁隆平是因为在杂交水稻的科学研究方面持续推进并不断获得重大成果而存在的一个独特对象。这如今已经是一个世界性的科学现象和科学课题,非常引人关注且影响巨大。可是,在此前的很多消息和文字中,这个对象大多是通过消息发布以劳动模范吃苦耐劳等形象出现于人们面前的。这样的反映和表现,自然也会是一种真实的传达,但是,对于袁隆平这样的带有很强科学性活动成分的对象,显然是不充分深入和未能抵达肌理的表现。这次,陈启文的《袁隆平的世界》,明显是在努力打破这些局限而希望接近完整和通透表达的一种书写。作家没有将文体定位为传记,这就自觉和巧妙地省略了某些虽然真实、重要,与袁隆平的人生事业相比却相对边缘的内容(如他没有过多描述袁隆平多次不被院士评选委员会接纳而引起的个人和社会的纷纭意见等),他将笔墨集中于主人公的精神性格和国家人类情怀、事业方面,始终抓住杂交水稻这个核心主题不放松。在上面论及的真实生动地表现袁隆平社会人生事业曲折情形之外,《袁隆平的世界》最突出和最具个性的是,对袁隆平和他的杂交水稻科学研究的学理起始与复杂艰难的推进超越过程,给予了既符合科学原理的技术性阐述,又简洁生动的文学表达。作品从袁隆平1961年夏天发现特异水稻植株"鹤立鸡群"开始,后经三系法、两系法到超级稻,从超级杂交稻的第一期到第四期目标,从最初的亩产五百多斤,到现在示范田突破平均亩产一千公斤大关,对其间诸多人力的、科学的、自然的、精神情感的等有关学理技术性相互交融缠绕和科学规律逻辑内容,给予了非常现实和认真的追寻解析,可以说是从文学的描述角度,第一次对袁隆平和他的杂交水稻进行了生动的学理表达。有了这些非常富有科学性的内容,袁隆平的人生和事业明显地就有了立体蕴含和丰厚深邃的形象,如同一尊包含凝重的雕像,使人无法同他人混淆而对袁隆平印象深刻。自然,要做到这一点,着实不易。陈启文若不是怀有一定要搞清楚袁隆平的出生年月日,而到北京协和医院问询查档,终于以确凿的证据说明袁隆平于1929年8月13日在北京协和医院由林巧稚大夫接生(这一点连袁隆平自己都一直没有搞清楚)的执着用心和认真写作态度,一个外行是绝难将袁隆平杂交水稻的内在科学性原理阐述清晰的。这不能不使人对陈启文的文学写作态度和执着精神满怀钦佩和敬意!陈启文的笔触,既深入袁隆平的个性、精神、情感世界,也以很大的科学求证态度深入杂交水稻的科学原理层面,从而使自己的作品成功实现了内外兼得、全景透视、全息表达的成功目标。

《袁隆平的世界》还毫不回避地面对了围绕袁隆平和杂交水稻而出现的转基因话题。这种敢于直视现实的勇气和客观的科学面对，就是一种严肃的社会文学写作态度。对于这个问题，各方面的认识、看法、态度很是纷纭，但是，陈启文通过不少当事人的阐释、解读、描绘，使我感觉对此已经不那么盲目和惊恐了。在科学还未能够对转基因这样的对象完全做出解析、回答的时候，不少臆想的危言是需要慎重对待的。

《袁隆平的世界》是一部社会人生信息和科学内容都十分丰富的作品，可是阅读的时候，我感到作家总是言之凿凿，各种内容像流水一般哗哗地涌流。我就想，如此密集的信息内容，陈启文竟能够了然于胸，从容把握表达，还不使读者产生阅读疲累的感觉，那该需要花费多少的采访研读工夫啊！又需要作家花费多少心思架构把握这些烦冗甚至艰涩的内容啊！因此，我对陈启文的严谨写作态度和文学表达才情甚是诚服。我在这里感受到陈启文走向客观真实的独立性格，也在这里清楚地感受到他富有对社会人生以至科学对象进行文学化的生动感知、表达的本领，还在这里感受到文学一旦与伟大崇高和纯洁智慧的人物交融，必然会焕发出超越世俗功利的独有的巨大感染力。这样的作品，无疑会对读者产生很大的降伏力量。

2019 年 7 月，大暑

绪　言

一

水者,地之气血,如筋脉之流通者也。——这是管子说出的一个真理。

水是人类极早认知的元素之一,看似寻常,又非同寻常。在人类诞生之前水就诞生了,没有水,也就没有人类,没有一切生命。它经历生,也穿越死,贯穿了人类的全部历史,控制了所有的生命形态。尽管东西方有如隔鸿沟的文化差异,但在古代朴素物质观中,无论东方还是西方都把水视为世界的一种基本的组成元素。水是中国古代五行之一,也是西方古代四元素之一。在某种意义上说,水是我们这个世界最具有普世价值的一种认同。

春秋时代,生于贫寒的管仲,摄齐相四十余载,史称他博通坟典,淹贯古今,有经天纬地之才,匡时济世之略。管仲是历史上著名的政治家和军事家,也是一位在中国水利史上具有开拓意义的水利家。管子一直把兴水利、除水害看作是治国安邦的根本大计:"善为国者,必先除其五害。"这五害为:水、旱、风雾雹霜、厉和虫。其中有三害直接与水有关,即水灾、旱灾和气象灾害,而疫病和虫灾又间接与水有关,可谓三害之次生灾害。历史上,每一次大洪灾几乎都会引发瘟疫流行,每一次大旱灾又会引发惨烈的蝗灾。对治水,管子给予了最突出的强调:"除五害,以水为始。"他把水分为干流、支流、季节河、人工河和湖泽五类,以根据不同水源的特点进行统筹规划和综合治理。在兴修水利的过程中,管仲在《度地》中对如何组织水利施工就有相当详尽的记载:先设置治水机构——"水官",设正副长官各一名,以统辖其下级官佐和治水队伍,再挑选两名"都匠水工"担任治水工匠的负责人,然后将水利工程的规划向上级主管报告,待核准后方能实施。管仲对渠系水力学的观测也有科学的描述,如渠道比降大了,水流过快,就会冲毁渠道;缓了,又会造成渠道淤积。在反复的观测实验之后,他对干渠合理比降便有了一个大致的计算方法,计算出来的比降相当于千分之一。当渠道通过难以避免的道路、小河或沟谷时,还需要修建多种形式的建筑物,如倒虹吸管、跌水等,而陡坡和跌水之下又可能发生"水跃",对渠道产生危险的冲刷。一个远在两千多年前的春秋古人,能够掌握这一系列水利科学知识,对渠系水力学有如此精确的描述,足以表明中国古人在水利方面的杰出智慧。

"水利"一词,并非由管仲发明,最早见于战国末期的《吕氏春秋》:"掘地财,取水利。"

水利之义,其实也非常简单——利用水。如果说老子的"上善若水"是自然主义的,水利则是一个更倾向于人类的词语。没有人类,也就无所谓水利或水害。水的利害,完全取决于人类基于自己生存的判断与选择。在原始洪荒时代,所有江河水系都是自然存在,当人类意识到有的水会危及自身的生存,必须采取措施来防止水害以保护自己的基本生存时,水利也就诞生了,这其实是人类从无意识到有意识的一种觉悟。水利或水害,换句话说,就是主动或被动,只有人类掌握了利用水的主动权,又能根据水性因势利导,才有水利;若是人类处于被动的位置,对水失去控制,放任自流,任其肆虐,势必给人类带来灾害。如何治水,也就是如何兴水利、除水害,"使其利得以尽显,害得以力避",从一开始,这就是人类对水利的基本追求。

从传说中的大禹父子治水开始,到李冰父子筑都江堰、秦人开郑国渠和灵渠、西门豹"发民凿十二渠,引河水灌民田……至今皆得水利,民人以给足富"等等治水史迹,中华民族围绕兴水利、除水害,抒写了一部源远流长的治水史诗,在每一座传世的水利工程背后,都伫立着一个个治水英雄的经世不灭的形象。而每一座水利工程的成败得失,最终都不是由人类盖棺论定的,而是在时间中得到检验,甚至接受时间的审判。

很多事都是常识,说起来谁都懂,但在运作过程中未必如此简单,否则也就不会有那么多失败的水利工程。在中国,像都江堰这样的经典水利工程,能够成为永恒的存在,实在是凤毛麟角。有道是三十年河东三十年河西,江河变幻,流水无情,许多工程在沧桑变迁中或废弃,或湮没。还有的从一开始就已注定是失败的工程,譬如上古传说中大禹之父鲧干出来的那些工程。为了抵御羽山一带的滔天洪水,鲧采取不断筑高堤防的办法,但道高一尺魔高一丈,越是堵,河流越是堵得慌,河床淤塞得越高,洪水被堵得没有出路,最终酿成堤倒水决、淹死无数黎民的惨祸,这也是从水利到水害的一次急转。鲧不是第一个失败者,更不是最后一个。从鲧在羽山堵口到汉武帝在瓠子堵口,人类以失败的方式反复验证了一个治水的绝对真理:堵,绝对的堵,还真是绝对堵不住的;你堵得再死,河流也得自寻出路,而当一条河流自寻出路时,往往就是人类的绝路。这也给后世带来了无尽的惊悚与警示。也就在汉武帝时代,司马迁著《史记》专辟了一部《河渠书》,这也是中国第一部水利通史,记述了从夏禹治水到汉武帝黄河瓠子堵口这一历史时期内一系列治河防洪、开渠通航和引水灌溉的史实,"甚哉,水之为利害也","自是之后,用事者争言水利"。

记得歌德对水有这样一段描述:"水这种东西,对于熟悉和掌握它的习性的人来说,是非常温和的。它承载着你,听凭你的摆布。"——这是一个朴素的真理,"熟悉和掌握它的习性"是人类面对水、正视水、利用水的唯一前提。若要治水,你先必须摸透水的习性,水的自然规律。大禹治水,就摸透了水性,其核心意图便是顺其自然、因势利导。他用一把如同天授的神奇板斧,将一道道堵塞河道的山石劈成峡谷(黄河上中游的许多峡谷,据说都是他当年劈开的),最终将洪水流畅地导入大海。这不但使他成为中华民族最伟大的治水英雄,也让他接替舜帝成了上古传说中的三皇五帝之一。当治水与治国高度统一,夏禹就不只是一位杰出的水利专家,更是一个伟大的政治家。治水与治国,也就高度统一在这个上古圣王的身上。

一座羽山,不但为人类提供了鲧、大禹父子版的治水方式,其实还有第三种灾难性版本。而制造这一灾难者,并非什么叱咤风云的大人物,而是一个名不见经传的小人物。羽山山顶原来有一眼泉水,传说鲧死后变成了一只三条腿的鳖,就在这泉中安身,故名瘥鲦泉。泉眼四周围着一圈坚固的天然岩石。千百年来,这泉水清澈甘甜,终年不涸,但每遇阴雨天气便散发出阵阵腥味。这一眼泉水的两种情形,又何尝不是大自然的两副面孔。世界上的万事万物其实都有两面性。然而到了"大跃进"时代,一眼亘古以来的自然泉水却被人类葬送了。葬送它的是羽山脚下李堰公社一个姓李的干部。看着山下干得开裂的田地,他想为老百姓干一件好事,把泉水从山上引到山下来灌溉农田。看上去,这也不是什么难事,只要在瘥鲦泉的岩石上炸开一个缺口,水就自然流下来了。结果呢,一道岩石被炸开了,那水就突然消失了,而且是永远消失了。从那以后,无论人类怎么想办法,瘥鲦泉再也没有泉水冒出来。那干涸的泉眼至今犹在,我特意爬到山顶上去看过,一个死去多年的泉眼,像一只空洞无辜的眼睛。这是一件小事,却是一个比传说更真实的事件,它凸显出了大自然极其脆弱的一面,在人类面前,它简直不堪一击。这也向人类又一次发出了强烈的警示:在水利上,人类很多良好的愿景,哪怕是看上去很容易实现的愿景,转眼间就会变成一种永远的绝望。这也算是离我们最近的一个历史插曲吧。

追溯一部源远流长的中国水利史,事实上就是从一个家喻户晓的传说开始的,它传达的其实不只是大禹父子两代治水的宿命,也是中国水利的命运。一部中国水利史一直在争辩与追问中推进,争论的焦点与症结其实就是两个字:堵与疏。看中国古代经典水利工程,几乎都是以疏导胜出的。以都江堰为例,其治水箴言说起来却是连小学生都明白的六个字:"深淘滩,低作堰。"深淘滩,是以疏通水道为重,低作堰,则是以堵为辅。可见堵与疏并非截然对立,在对立中也有统一。事实上,人类治水,从来就是堵与疏并用,互相依赖,不可或缺,只是有个主次轻重的问题。而灵渠、郑国渠则是以凿山为疏、筑渠是堵,说穿了,还是因势利导,把水导入人类开凿的渠道之后,才能让它顺其自然,水到而渠成,没有水自然不成。这一治水哲学早在四千年前就被中国的先农们懂得和掌握了,这也是中国农业从原始农耕向农耕文明迈进的最关键的一步。

一个疑问,除了堵与疏,在水利上人类是否还有第三种策略呢?

事实上,中国古人并不缺少综合治水的智慧,在水利工作中还一直特别强调一个字,保。所谓保,就是指水土保持,保持水对土地的涵养,防止水土流失。如果说堵与疏还只是比较单纯的治水,保,则是对水的综合治理,尤其是对江河流域生态植被、湖沼湿地的保护,堪称治水之根本。设若从上游开始就有生态植被的层层保护、层层过滤,黄河也不至于像后来那样泥沙俱下,更不会变成一条悬河了。黄河上游的荒漠化,黄土高原的水土流失,绝对不能完全归咎于气候与自然原因,更多的还是人类对生态植被的破坏。历史上,黄土高原原本有茂密的森林,恰恰是在唐宋这些太平盛世掀起了一轮轮的开荒高潮,原始森林遭到了人类的大规模砍伐,使黄河变成了一条万劫不复的泥沙之河。直到今天,黄河流域的森林覆盖率仍然远低于全国平均水平,其生态植被的破坏难以得到恢复也没有从根本上得到遏制。生态环境的恶化是造成黄河流域洪灾与黄河断流并存的历史原因。对于这些,笔者在关于黄河的篇章里将有更详尽的叙述。这里只说清道光年间,曾任户部郎中的梅曾亮在其《书棚民事》中说:"未开之山,土坚石固,草树茂密,腐叶积数年,可二三寸。每天雨,从树至叶,从叶至土石,历石罅滴沥成泉,其下水也缓。又水下而土不随其下。水缓,故低田受之不为灾;而半月不雨,高田犹受其浸溉。"这意思再明白不过了,那些草木茂密之山,既能与土石粘在一起,地表又有厚厚的植被与腐叶遮蔽,形成了一层又一层的水土保护层,下雨不会造成水土流失,天旱又有山上树根和土石储存的水源浸润灌溉。反之,一旦植被遭受破坏,雨天就会造成水土流失,旱天山上也没有了水源。这其实是一个常识,他劝告人们,若为了开垦更多的田地而造成水土流失,反而会让已有的田地大规模受灾,实在不划算,得不偿失。但数千年来,中国人又一直在这样得不偿失地干。

从治水三策看,中国人是堵得最多,疏得较少,保得最差、最失败。一部中国水利史,几乎就是一部河防史。中国的每一条河流上,无一不是堤防高筑,后来又是大坝高筑。中国人对水的依赖和对水的恐惧,一直异常复杂地交织在一起。水,萌生和繁衍了中华农耕文明,而人类大规模的垦荒,又让中国成了世界上原始森林和湖泊湿地消失得最快的国度,连河谷、河床和那些蓄水的湖泊也都被围垦成了粮田。这无边无际的粮田,就像人类永远也填不满的巨大胃口。一旦洪水淹没了粮田,就成了人间万劫不复的灾难,却很少有人想过,这些粮田原本就是河流的出路。中国的许多河流,每一次疯狂泛滥,几乎都是被人类逼疯的,你已经把它们的路逼得越来越窄了,逼得走投无路了。而面对洪水泛滥,你除了把堤坝拼命筑高,越筑越高,再就是俯身向河神祈求。人类开始拱手作揖,祈愿各路神仙慈悲为怀,连人间最尊贵的王者,也在河流跟前跪倒了,他们祈求有一种比河流更强大的力量,一种超自然的力量,来镇压它们。几乎每一条河边,都有镇水塔、镇水的铁牛或石牛。

  天地间,没有比水更简单的东西,也没有比水更复杂的东西。如果不透过幽深的历史,是绝对看不清眼前这现实之水的,哪怕看见了也是浅薄的。现实中的每一条河流,无不是一条历史长河,无不是从漫长的岁月中一路流来。岁月幽深而江河不绝,世间有一种亘古未变又变幻莫测的事物,就是水。它经历生,也穿越死,一个民族的繁衍生存或动荡不安无一不与河流有关。从水到水利,说到底,并没有太深奥的道理,还是老子那句话:"上善若水。水善利万物而不争,处众人之所恶,故几于道。"这是水与人的最高价值体现。如果古往今来,还有谁比老子更能说出水的真谛,我情愿舍弃这句千百年来被人类反复援引的话。引用得越多,就越是真理,真理其实也就是常识,换句话说,常识就是早已被人类普遍认知的真理。

二

  一个家喻户晓的人,说了一句家喻户晓的话:"水利是农业的命脉。"

  这和《管子》那句"水者,地之血气,如筋脉之流通者也"颇有异曲同工之妙。很多人都知道这句话,但知道这句话的背景者并不多。这话并非毛泽东在新中国成立后说的,早在1934年1月,在江西瑞金召开的第二次苏维埃全国工农代表大会上,毛泽东就用他浓厚的湘中口音说出了这句话:"水利是农业的命脉,我们应予以极大的注意!"如今,在江西革命老区的老墙上,还能找到这句话的模糊印记。

水利是农业的命脉,也是国之命脉,家之命脉,一切生命之命脉。就在毛泽东说出这句名言的一年前,1933年,中国水利工程学会第三届年会的决议,对水利给出了一个现代性的定义:"水利范围应包括防洪、排水、灌溉、水力、水道、给水、污渠、港工八种工程在内。"进入20世纪下半叶,水利又增加了水土保持、水资源保护、环境水利和水利渔业等新内容,水利的含义更加丰富、广泛。因此,现代水利也可以概括为:"人类社会为了生存和发展的需要,采取各种措施,对自然界的水和水域进行控制和调配,以防治水旱灾害,开发利用和保护水资源。"

出身于湘中农家的毛泽东,从小在水灾频仍的湖湘水泽之地长大,"长太息以掩涕兮,哀民生之多艰",一代湖湘子弟和漂泊湖湘、行吟泽畔的屈子原本有着一脉相承的精神连接。毛泽东通观中国历史,深知水灾对人类的危害,如何治理全国各地水患,是他一生都在思虑的问题。1942年底,毛泽东在边区高干会议上做报告时,再次对水利予以突出的强调与重申,他号召边区干部群众要把"兴修有效水利"列为提高农业技术首要位置。"有效水利",这一概念不知是不是毛泽东的发明创造,但的确是人类对水利工程的一个冷峻而清醒的认知,毛泽东能以如此明确的方式提出来,也足以表明他在兴修水利上的理性与清醒。很多人觉得只要兴修水利就是好事。若是"有效水利"自然有利,但还有一种劳民伤财的"无效水利",非但无益,反而会从一个美妙的愿景出发而走向水利的反面,从水利变成遗祸无穷的水害。

新中国成立,就是大办水利的开始。面对江河泛滥,毛泽东先后题词:"一定要把淮河修好""要把黄河的事情办好""一定要根治海河",而这几条河流也都是中国最难治理的灾难性河流。1953年2月,毛泽东曾意味深长地说:"水治我,我治水,我若不治水,水就要治我,我必须治水!"面对江河泛滥,毛泽东甚至做了最坏的准备:"要准备大灾大难,赤地千里,无非是大旱大涝……"

只有做了最坏的准备,才会以最大的决心、举全国之力治水。

那时的中国,一贫如洗,既没有资金,又缺少大型施工设备,技术力量也十分有限。毛泽东时代的水利建设,一是靠人民公社等集体化制度,铲除了"私有界埂",削去高地,填平低洼,营造出一片片更适合灌溉的大田;二是靠"国家搭骨头,群众填血肉"的建设模式,国家与各级政府的投入大体是用来完成占工程体积三分之一左右的骨干和框架,而群众填进去的是滚烫的血肉。三十多年里,亿万中国农民几乎是以无偿的义务劳动或低廉的记工分的方式,靠大锤铁锹、手推肩扛等原始的劳作方式,完成了难以估量的土石方工程。有专家估计,他们的直接付出约占整个水利工程总量的三分之二。"大跃进"时期,是新中国水利建设上登峰造极的年代。时任水利部部长的傅作义将军曾对1958年的水利工程做了一个总结:"四个月的成就等于四千年的一半!"此言不虚。自传说中的大禹治水至1949年的四千年间,历朝历代累计完成灌溉面积约为全国总耕地面积的十分之一,而且多分布在江南稻作区,而在干旱缺水、更加需要灌溉的北方,灌溉面积所占比例几乎可以忽略不计,蓄水能力也几乎近于零。而在1958年的四个月里,整个中国一下就扩大灌溉面积一亿多亩,相当于四千年以来所积累灌溉面积的一半。只是,这个数字是否像当年的粮食产量一样被夸大了几十倍甚至数百倍,就不得而知了。尽管这种"大跃进"式的大办水利不足取,但新中国前三十年水利建设的丰功伟绩是毋庸置疑的,以毛泽东时代兴建水利工程最多的黄河流域为例,从大河上下一路走过来,就像在一部新中国的水利史中穿行。新中国成立以来的黄河水利工程,除了小浪底工程,几乎都是毛泽东时代大办水利的结果。这每一个水利工程的命运,就像九曲黄河一样,都折射出新中国水利建设艰难而曲折的历程。

  贯穿整个毛泽东时代,中国人用三十年时间抒写了一部悲欣交集、血泪交织而又波澜壮阔的治水史诗。到毛泽东逝世时,全国有效灌溉面积七亿多亩,居世界首位,人均灌溉面积超过了世界人均水平。从工程量来看,共建成大、中、小型水库十七万多个。除了水库,还修建了总长三百多万千米的人工河渠,总长超过十六万千米的各类堤防,还有超过两百万眼的配套机井。在整个水利布局上,新增的灌溉面积有三分之二在北方,其中,华北平原的灌溉面积提高到了七成以上,超过了南方平原地区。这也是新中国灌溉结构的战略调整。众所周知,灌溉要解决的是天然降水与作物的需水矛盾,这个矛盾在降水丰富的南方远没有北方尖锐,在干旱地区实施灌溉要比湿润地区困难得多,但增产效果却更为明显。因此,把水利建设的重心尤其是对灌区的拓展放在北方,是必然的选择。随着干旱缺水的北方灌溉面积的激增,中国一举扭转"南粮北调"的被动局面,从而彻底解决了中国人多地少的困局,用百分之七的土地养活了占世界五分之一的人口,中国农业也向现代化迈出了坚实的第一步。

回溯毛泽东时代的水利建设,又难免令人心情异常复杂。一方面,中国实现了人类历史上极伟大的一次农业灌溉革命,建成了世界最大的农业灌溉体系;另一方面,我们又不能不遗憾地承认历史事实,由于那个时代的技术条件、人类对水利的认识水平的限制,以及以狂热的、只争朝夕的、"大跃进"的方式治水,留下了许多不堪回首的记忆,譬如说当年兴修的十七万多个水库,就有十多万个或因设计不合理,或因严重质量问题根本不能蓄水相继被迫废弃。现在还在水利用的,据2011年中央水利会议公布的数据是八万七千个。据水利部门初步统计,这八万多座水库中有四万多座水库有溃坝的危险。像这样的病险水库,由于先天不足,又年久失修,已成为当地之患。目前,政府正启动世界上最大规模的病险水库维修工程。又据国家防总统计,中国目前的大型灌区主要建筑,也有四成左右需要维修,中小灌区有一半左右需要维修。而在这众多的水利工程和灌区里,还包括了人类对湖泊、湿地的大规模围垦和开山造田,致使自然森林和原始次森林覆盖面积锐减,水土流失严重,以致许多生态脆弱的地方发生恶变。可以这样说,毛泽东时代既是中国水利建设的伟大时代,也是对中国水土资源破坏最惨重的时代,两者都是空前绝后的。但在利弊之间,又有一个不可颠覆的事实——中国水利建设的大格局、大框架已经在毛泽东时代构筑起来,中国水利的支撑体系在毛泽东时代已基本形成。后来的水利建设,都是在这一伟大的体系内进行,又主要集中在除险加固、清淤疏浚、配套改造、更新换代和养护维修上。

为了这些"有效水利"或"无效水利",以农民为主体的新中国水利建设大军,付出了沉重的代价。为了大办水利,那一代中国人,数以亿计的中国农民(我的父母亲也其中),以惊人的毅力和顽强的精神,伴随共和国走过贫困、饥饿、劫难,为了水利事业,他们把自己的力量几乎用到了生命的极限。从个体生命的意义上看,这一代人是共和国历史上做出了巨大牺牲的一代。但又不能不说,他们的付出,不只是制度强有力的征召,还有一个伟大民族在苦难中坚守的精神支柱在起作用。坚忍,是那一代中国人或许也是我们这个民族最突出的性格特征。也只有如此坚忍的人们,才能用自己的血汗,以燃烧自己灵魂的方式,来传递一个民族不屈的意志和不泯的精神。这一点,越是到了后来,越是看得清楚。如今,无论当年多沉多重,多苦多累,很少听见有人埋怨那段岁月。毛主席逝世三十多年后,很多农民家里依然挂着毛主席像,比他们父母的遗像和祖宗的牌位挂得更高。中国老百姓对毛泽东的怀念,其实也是对一个时代的怀念。这对后来者也是一种警示。这警示的背后,是近三十年来,水利几乎一直处于被遗忘状态,而遗忘,只因为那个时代的水利工程还在这个时代继续使用。有人说,中国改革开放三十年的成果,一直是毛泽东时代的水利在浇灌。一切的真实就是如此。农民是最实在的,这让他们更觉得,如果不是毛主席当年大办水利,这几十年他们都不知道到哪里去找水浇地。河深、海深,不如毛主席的恩情深啊。他们一辈子也没有达到一个伟人想要让他们迅速达到的理想境界,他们从头到尾都是农民,也习惯于以农民意识来看事、想事。

我深知,对苦难的漠视是一种残忍。我也深知,对诚实的恪守是一个非虚构写作者最基本的良知。这让我的叙述像我的心情一样充满了悖论。

三

是的,很多东西一直就在我们身边,但我们未必真正关注过它。譬如,水就是最应该引起我们关注却又被我们长久地忽视的。当我说出我的感受时,很多人都与我有同感,都觉得我们对水的忽视已经有好多年了,这甚至是一个时代的忽视,一个时代的集体无意识。

水,单纯如水,又变幻莫测,然而无论怎样变幻,它还从未变得像今天这样令人担忧的程度。黄河断流,海河干涸,大西南发生百年不遇的大旱,连长江中下游流域、珠江流域这些中国水资源最充沛的地方,也出现了六十年以来的罕见大旱,数亿中国人守着身边的大江大河,却在难以忍受的焦渴中救命般地呼喊着一个字,水。中国人从未如此强烈地感受到水危机,危机四伏。连我这个生长于洞庭湖和长江交汇处的人,脑海里只有一次次被洪水淹没的记忆,没承想在走向天命之际,竟会遭遇了这样一种从未有过的危机。或许正是这种强烈的危机感,逼迫着我,一步一步地走向那些正干得冒烟的江湖深处。

从水利看中国,中国到处是水又到处缺水。中国拥有"三江四河"等七大水系:长江、黄河、淮河、海河、辽河、松花江、珠江。若按流域,中国拥有十大流域:黑龙江流域、辽河流域、海河流域、黄河流域、淮河流域、长江流域、珠江流域、东南诸河流域、海南诸河流域、内陆河流域。这纷繁的水系兴许给我们制造了太多的错觉和幻觉,随着水危机时代的来临,现在很多人都清楚,甚至是幡然猛醒了,一个建立在纷繁水系上的中国,其实从来就不是一个水资源得天独厚的国度。人多水少,水资源时空分布不均,一直是中国的基本国情和水情,中国的人均水资源仅占世界平均水平的四分之一,是全球十三个人均水资源极贫乏的国家之一。

所谓水危机,说穿了,其实就是人类与水的关系已经到了危急关头。用科学的话语来说:"水危机是指由于人类开发利用水资源超过水资源与水环境的承载能力,积累了许多导致水资源供给长期不能满足人类生存、社会进步和经济发展需求或水生态系统被严重破坏的致灾因子,这些因子进一步演变会引发供水严重不足,水生态系统崩溃等重大灾难,造成国家根本利益重大损失,从危及水安全而危及国家安全。"——这不仅仅是对一个词语的解释,这就是摆在中国当下最严峻的现实。早在1977年联合国水资源会议上,就有科学家预言:"水,不久将成为一个深刻的社会危机。"联合国一项研究报告更具体地指出:"全球若有十三亿人面临中度到高度缺水的压力,这恰好是中国的人口数。这一形势将会进一步恶化,缺水人口将超过三

绪 言 | 011

十亿。"

又有世界银行的官员预测,在不远的将来:"水将像石油一样在全世界运转。"

从1977年到现在,三十年来,中国经济释放出了无与伦比的巨大活力,一直保持了领跑全球经济的最快、最强劲的时速,但巨大的活力和最快的速度是需要巨大的能量来支撑的,这个能量又是以自然资源的大量投入和过度消耗为代价的。尤其是在水资源、水环境领域上,看这样一个简单的类比就知道了,在欧美发达国家两百多年的工业化、现代化进程中,只是阶段性地出现了局部性的水资源与水环境问题,而且远远没有达到危机的程度,而在中国三十年甚至不到三十年就出现了严峻的水危机。这也不能一概归咎于中国的现代化进程,而是在这个进程中出现了严重的偏差与倾斜。当水利变成人类对水资源利用的最大化、极端化,所谓水利也就变成了对水资源竭泽而渔般的掠夺,被各种利益集团最大限度地榨取,还有随之而来的水污染,也就把中国水危机推向了极其危险的程度。据水利专家谨慎的估计,目前,全国年均缺水量有五百多亿立方米,相当于一条黄河的水量,尤其是城市,到20世纪末,全国六百多座城市中,近三分之二的城市不同程度缺水,严重的缺水城市有一百多个。尽管在GDP中狂欢的中国人很少发出盛世危言,但一些旁观者清的世界预言家又在对中国人发出警告,中国正在从一个贫油大国急遽地向贫水大国演变。美国民间有影响的智囊机构——世界观察研究所发表的一份报告中称:"由于中国城市地区和工业地区对水需求量迅速增大,中国将长期陷入缺水状况。"

还有西方人士发出了更危险的警告:"二十年后,中国将找不到可饮用的水资源。"

你也许会觉得这些灾难性的预言多少有些心怀叵测、危言耸听,但你不妨看看卫星拍摄的高清图片,中国数百个湖泊正在干涸,很多依然清晰地描绘在中国地图上的河流已经干涸、消失,而首都北京市的人均占有水量,连一些干旱的非洲或阿拉伯国家都不如。

水危机的背后是水利危机。从20世纪80年代开始,中国迈入了一个前所未有的充满了机遇的时代,然而水利事业却没有这样的机遇和幸运。从毛泽东时代的水利"大跃进",到近三十年来的水利建设严重滞后,中国前行的姿态,从一种倾斜,变成了另一种倾斜。前者,是因为中国奔跑得太快;后者,则是水利建设与中国的现代化进程不同步,一条腿在拼命加速,另一条腿却裹足不前。

2011年,无疑是中国水利史上的又一个标志性的年份。新年伊始,新中国成立六十多年来,史无前例地发出了第一个以水利为主题的中央一号文件。这份文件第一句话就开宗明义地指出:"水是生命之源、生产之要、生态之基。"——这其实是对一个常识的强调和重申。它又明确指出:"加快水利改革发展,不仅事关农业农村发展,而且事关经济社会发展全局;不仅关系到防洪安全、供水安全、粮食安全,而且关系到经济安全、生态安全、国家安全。"在一号文件出台后,中央水利工作会议又在当年7月召开,胡锦涛、吴邦国、温家宝等八位政治局常委出席。如此高规格的会议在新中国历史上还是第一次,这向全世界昭示了中国人又一轮大规模治水的决心,治水再次被放到了治国的高度。而一个更实在的数字是,此后十年,中国投放于水利建设上的资金将达四万亿,平均每年四千亿。

在这份中央一号文件中,农田水利建设被列入"三农"政策之首。毛泽东时代的农田水利建设由公社、大队、生产队分层次管理,大致是,公社负责干渠,大队负责支渠,而生产队则负责斗渠、毛渠等末端灌溉渠系,逐级都有专门水管员统一调度,或灌溉,或排涝。在中国农村恢复"联产承包责任制"后,随着人民公社解体,从前的灌溉管理体系也随之瓦解,农田水利基本建设陷入了一个悖论,田是责任田,但水还是"大锅饭",而水利又很少有专人管理,有的村组三十多年来没修过一条水渠,没挖过一口水塘,水利设施年久失修,水库蓄水量大幅减少,甚至根本无法蓄水,那些支渠、斗渠、毛渠,几十年只用不管,毛荒草乱,淤塞、渗漏,对水资源造成了巨大的浪费,也给农民灌溉和排涝带来了极大的困难。在连续遭遇了多年的大旱之后,很多老乡说:"我们享了毛主席几十年的福,这样的大旱,是老天告诉我们该兴修水利了。"——这又是农人以最朴素的方式说出的真理。而水利部副部长鄂竟平则从另一个角度说出了农田水利的真相："目前,全国一半以上的耕地没有水利设施,主要是靠天吃饭。"

水危机咄咄逼人,"危机"当然不只是农田水利。在人类的步步紧逼下,几乎每一条自然江河如今都处在危机或危机逼近的紧迫中。很多人意识到,治理水危机,首先要改变现有的水利体制。有人将这种体制比喻为一条老船,而国家对水利的大手笔投入不能只加油,不修船。对此,水利部部长陈雷显然有深刻体会:解决我国日益复杂的水资源问题,最关键、最重要、最根本的是要靠政策、靠制度、靠改革。政策和制度同属于大制度范畴,而改革就是制度变迁,就是治道变革。治理水危机的制度之变,首先要理顺水务行政管理体制。改革开放以来,我国的水务行政管理基本上承袭了计划经济下的行政管理体制,江河湖库等水源地、农村水利、防汛抗旱、用水规划、城市供水、排水和城市地下水管理、水污染治理、城市节水等等,都由不同的行政管理部门承担,流域管理和区域管理相结合的水资源保护协调机制更未形成。这种城乡分割、部门分割、多龙治水的水务管理体制破坏了水资源的自然循环,在水资源危机治理的过程中出现信息不畅、协调不力、争权夺利、推诿扯皮等一系列问题,而趋利避害却相互矛盾的村社——县乡——省际——国家之间的利益"同心圆结构",使"以邻为壑"成为痼疾。基于此,必须完善流域管理与区域管理相结合的水资源管理制度,推进城乡水务一体化,从体制机制改革上促使涉水相关管理部门形成合力,实行统一规划、统一监管、统一配置、统一调度等。

除了制度,对水资源划分分类开发主体功能区,也是应对水危机的一个更切实的举措。2010年底颁布的《全国主体功能区规划》将全国划分为国家层面"优化开发、重点开发、限制开发和禁止开发"四类主体功能区,其中"能源与资源"篇明确了水资源开发利用的原则和框架,适用五大流域:松花江、辽河区;黄河、淮河、海河区;长江、西南诸河区;珠江、东南诸河区以及西北诸河区。松花江、辽河区主要是逐步解决辽河以及辽东半岛等地区水资源开发过度的问题,退还挤占的生态用水和超采的地下水;黄河、淮河、海河区则必须采取最严格的节水措施,加大水污染治理,强化水资源保护。调整经济布局,严格控制高耗水产业发展,推进京津冀、山东半岛形成节水型产业体系;长江、西南诸河区要统筹干支流、上中下游梯级开发,加强水资源开发管理;珠江、东南诸河区,在严格节水减排基础上,通过加强水源调蓄能力与区域水资源合理配置,保障水资源供给;西北诸河区,在逐步改善和恢复河湖生态环境与地下水系统的同时,控制高耗水产业,制止盲目开荒,增强可持续发展能力。

对未来十年治理水危机的目标任务,2011年中央一号文件设置了几道硬杠杠:到2020年,全国年用水总量力争控制在6700亿立方米以内,万元国内生产总值和万元工业增加值用水量明显降低,农田灌溉水有效利用系数提高到0.55以上,地下水超采基本遏制。为确保实现上述目标任务,这份一号文件划定了"三条红线":一是确立水资源开发利用控制红线,二是确立用水效率控制红线,三是确立水功能区限制纳污红线。中央农村工作领导小组副组长、办公室主任陈锡文如是解读:中国耕地资源稀缺已众所周知,但实际上我国水资源与耕地相比更加稀缺,却少为人知。这份一号文件明确水资源管理的"三条红线",就是要全社会像重视十八亿亩耕地一样,重视水资源保护和管理。

2012年5月,我正奔走于大河上下时,从水利部门获悉,国家对水利的宏观布局又将出台新政,包括长江、黄河、珠江等河流在内的二十五条重要江河流域水量分配已正式启动,全国主要跨省江河的水量分配工作将在五年内基本完成。地区之间、行业之间因水量分配不明确而产生的无序、低效用水状况有望得到改善。而根据我国最严格水资源管理制度确立的"三条红线"管理目标,用水总量、用水效率、入河湖排污总量等三项指标的分省确认正在进行,并将逐级分解到市、县两级,年底前将建立起覆盖流域和省市县三级行政区域的红线控制指标体系。同时,相关部委将制定最严格的水资源管理制度的考核办法,"三条红线"管理不达标,地方政府相关负责人将被问责。

中国,在又一轮的水利建设高潮中,从治水到治国的良善目标能否实现?利弊得失谁说了算?这既要汲取中国古人的治水智慧,更要汲取当今世界水利的普世价值,尤其应该把水利建设交由公共决策、公众参与、媒体监督,使每一个中国公民都能参与其间,成为水利的真正主人。还有一点是至关重要的,也是人类必须做出深刻反思的,面对那些深仁厚泽的母亲河,我们一厢情愿张口闭口地叫着的母亲河,我们又把她们真的当成了自己的母亲吗?事实上,人类对她们只有攫取,只有防范,只有玷污,何曾报答?

若要把江河水系从危机中解救出来,先要把人类从紧张的内在危机中解救出来。水利,永远不是单纯的水利。古往今来,水利的意义一直充满了对立、悖论和断裂。一方面,对于水给人类带来的灾害,人类总是持着受害者的心态,这使得人类下意识地把水当作对手,甚至是敌人。谁是我们的敌人?不是江河,甚至也不是被人类视为猛兽的洪水。人类的敌人,有时候就是人类自己;另一方面,人类又把水当作取之不尽、用之不竭的资源,所谓水利,就是利用水,对人类而言,水的唯一价值就是利用价值。面对水,人类实在过于功利和势利。随着人类的视野越来越开阔,现代人对水利的真谛应有更深的理解力和创造力。水利,不只是对人类有利,还要对水有利,对人与自然都有利,这才是水利的完整意义。只有这样,才能达成整体利益的最大化,把人类与水的冲突最小化,以臻于天人合一的和谐之境。和谐,即对称,对等。这就要求人类必须重新以敬畏之心面对自然江河,向自然河流做出一些让步,放弃和牺牲自己的部分利益,确立以人为本、又以自然为主体的现代水利伦理。——这句话其实不矛盾,对自然有利,自然也就对人类有利。

一句话,水利应该是人与神的杰作。神不是上帝,而是大自然。

还有一句话,如果我们不能超越狭隘的"人类中心主义",不能把一种更辽阔而博大的爱,向人类之外的自然界扩展,或许永远抵达不了水利的真谛。

第一章　当黄河成为一个悬念

走向她，几乎是不知不觉的。她仰卧于波涛之上，世界一片安详。

阳光穿过尘埃，这大河上游比别处更多了几分尘世的苍茫。我擦了擦镜片上的一层灰尘，才看清楚一个母亲的形象。

每一条河流都会以自己的方式让人铭记。尽管我憧憬已久，但是未承想到，一尊母亲的形象会塑造得如此完美。以天空、大河和透迤起伏的群山为背景，一个长发披肩的女子，一个坦荡着胸怀的母亲，一种沉静自如的姿态，随着那优美的身体曲线像波浪一样起伏，亘古而绵长。我在刹那间感到了她的光滑与温软。一个光溜溜的婴孩，一个赤子，依偎在母亲怀里，像一条光溜溜的鱼在起伏的波涛中嬉戏。那顽皮可爱的模样，有一种天真而又出人意料的巧妙情趣。母亲微笑地，甚至有些羞涩地看着她的儿子，那眼神里，深含着的是一种疼爱。只有久久凝望，你才能感觉到那疼爱中隐含的忧伤。

她的神情让我的感动瞬间苏醒。啊，黄河，母亲！这不是一个矫情的比喻，在凝视她的那一刻，你会下意识地觉得，你和一个母亲、一条大河有了某种特殊的缘分。在这里，看不见急匆匆奔走的人，无论是谁，只要看见她了，就会不由自主地走向她，下意识地围聚着她。这些来自四面八方的人，仿佛终于找到了一个团聚的机会。我心里十分清楚，这只是一尊雕塑，不是大理石，而是花岗岩。有人说，就是这黄河底下的花岗岩。这是一个神奇的事实，如果没有倾注赤子般的感情，谁又能在这顽石身上慢慢塑成人形？那基座上的水波纹和鱼纹图案，源自甘肃古老彩陶的原始图案，最早开始塑造它的是黄河上游的先民们，这些先民里或许就有你我的祖先。无论你现在生活在哪里,无论你是喝哪条河的水长大的,一个中国人,谁也无法割裂你同这条岁月长河的联系。

看见她,你会不知不觉地弯下腰,低下头。一个儿女面对母亲的姿态就这样不经意地完成了,连你自己都不知道是怎样完成的。

看见她,你就能真正看见一条大河了。

一　世间最纯净的诞生

很突然,一条大河仿佛就是突如其来的,就像李白劈头就来的两句诗:"君不见,黄河之水天上来,奔流到海不复回。"

李白的生命是与山河联系在一起的,他早已习惯于站在高山之巅,在某种巅峰状态下俯瞰大江大河。那么,这从天而来的黄河之水,李白到底是在哪里看见的?肯定不是在龙羊峡,更不是在青藏高原的巴颜喀拉山或卡日曲。盛唐的李白离黄河的源头还有遥远的距离,他是无法抵达我们今天所能抵达的黄河源的。据说他是在华山之巅看黄河的。大山,大河,极端地扩张了李白的视野,让他拥有了极豪放的气势。正因为这两句诗,黄河可能一直被误读了。其实我更喜欢他的《西岳云台歌送丹丘子》:"西岳峥嵘何壮哉!黄河如丝天际来。"黄河如丝,太形象了,这就是我看见的黄河,虽比劈头就来的那两句诗少了一些狂野的气势,但也许更接近黄河的真相。

面对这条在岁月中哗哗流过的河流,我真不知道从哪里开始起步。

每一条河流都有太多的源头。正本清源,对黄河,人类也有一个漫长的求索过程,然后一步步艰辛地接近。

此时是 2012 年夏天,这是我第二次走进青藏高原。第一次是去西藏,这一次是去青海。一直到出发时,我依然茫然。我要去探寻一条大河的源头,却不知道以怎样的方式才能抵达那里。一个大方向是明确的,青海腹地,巴颜喀拉山脉,各姿各雅山。这让我出发时有一种出征的悲壮,我已经预感到,这是我有生以来艰险而绝美的一次旅程。在我的知天命之年,这将是对我生命极限的一次挑战。

一种让人睁不开眼睛的光芒,来自高原上的太阳。

这过于耀眼的阳光,让我下意识地想起一个曾经与太阳合为一体的伟人。又仿佛,我一直是沿着一个伟人的思路在前行。

毛泽东虽然降生于长江流域的湘江之滨,却对黄河有着更浓郁的情结。黄河,像一个深奥的命题,深深地吸引着他,而这条伟大的河流,也在向一个划时代的伟人发出挑战。他一生曾多次萌生过把黄河从头到尾走一遍的想法,从黄河的源头一直走到黄河的入海口。在延安,美国记者埃德加·斯诺问毛泽东:"如果您卸去领袖重任,最想去做哪些事情?"毛泽东深深地吸了一口烟说,骑马沿黄河流域考察。这绝非一个心血来潮的想法。1952年秋天,毛泽东在考察黄河时,又半开玩笑地对黄河水利委员会主任王化云等陪同人员说:"李白说黄河之水天上来,我真想骑着毛驴到天上去,从黄河的源头一直走到黄河的入海口,我要看看黄河究竟是怎么一回事。"

终其一生,毛泽东未能成行,但在他的身后,已经有越来越多的后继者在岁月中长途跋涉地走过。

一阵阵耳鸣,不知是因为海拔太高,还是呼呼的风声和水声在耳畔掠过。

太阳的光芒依然离我很近,几乎一直处在直射的状态,皮肤上有火焰一样的灼热,但我浑身发冷。在高原上,并没有明显的正在上升的感觉,唯一的感觉就是太阳映照着我越来越冷的身体,最后我连毛衣都穿起来。不知道这种寒冷的感觉是否来自远方的冰峰与雪山,无论从哪一个角度,都可以看到在阳光下闪烁着凛冽光芒的雪山和微微泛蓝的冰峰。每一条河流的源头都是山。那是巴颜喀拉山脉,长江与黄河的分水岭,也是黄河的源头,海拔5266米。这个海拔高度比长江源头的唐古拉山脉主峰各拉丹东大冰峰要低得多。

一路上,碰到许多风尘仆仆的背包客,还有骑单车、骑摩托车的驴友,更多的还是自驾游。在这里,不管是谁,只要碰上了,就像久别重逢的亲人,都会互相加油、鼓劲。而我只是从青海玉树州出发的某旅行团中的一员。一

第一章 当黄河成为一个悬念

个人,我是绝对不敢在这高原旷野上行走的。

一条像谜一样的长河,从她的源头——青藏高原巴颜喀拉山脉北麓的卡日曲——一路奔涌而来。但黄河源到底在哪里?关于黄河的源头历史上曾有过多种说法。《说文解字》:"河,河水出敦煌塞外昆仑山,发原注海。"——这是古人对黄河源最早的猜测,这个大方向是对的。

在青海省玛曲上游的约古宗列曲,一路上矗立着数十个黄河源的标志碑,一座石碑就会把你引向一个可能的源头。若是从广义看,它们箭头所指的每一个方向都是对的。所谓黄河源,人们常说的黄河源,是一个泛指,指青海龙羊峡以上、青藏高原东北部的黄河流域范围,涉及青海、四川、甘肃三省的六个州、十八个县,总面积约十三万平方公里。但人类想要探寻和抵达的显然不是这样一个泛指,而是想要看见黄河的第一滴水是从哪里诞生的。

第一个探索黄河源的人,据说是元朝初年的都水监郭守敬。他在完成"西夏治水"之后,告别了西夏的父老乡亲,但他没有直接返京,他还有一件酝酿已久的事情要干,那就是探寻黄河的源头。一条大河的源头到底在哪里,让古人倍感神秘,以往史书上虽也有些河源探险的记载,但都是些往返于边塞的将军、使臣们路过黄河上游时写下的一些东鳞西爪的杂录。这不仅缺少专业知识,而且有些记载只是从道听途说中得来的,作为传奇稗史尚可,在真正的河源考察上却难以作为依据。郭守敬应该是中国历史上以科学考察为目的、专程来探求黄河正源的第一人。很可惜,他这一路千辛万苦探源的记录后来却失传了,这也让他的这次探源之旅变得没有任何实际意义。

而后,一个叫都实的女真族后裔奉元世祖忽必烈之命,带领一干人马自河州宁河驿(今甘肃临夏境内)出发,然后穿过甘肃南部的崇山峻岭,溯河而上,历时四个多月,都实一行终于抵达黄河源头湖泊——星宿海。行到这里,都实就算"行到水穷处"了。以当时的条件,他们没有办法继续上溯,哪怕再往前迈一步,都是人类难以逾越的大限。他只能在这里画下一个历史性的标志,把星宿海作为黄河正源。这也是中国历史上第一次大规模考察黄河之源。都实绘成黄河源图,呈报朝廷。后有元人潘昂霄根据都实之弟阔阔出的转述,写成一部《河源志》,对黄河上游干支流的情况做了详细记载。都实,也就成了历史上走得离黄河源较近的第一人。

星宿海,这海也就是北方人所谓的海子,实际上是黄河出山东行后的第一个河源湖泊。更准确地说,这是一个东西长约三十千米、南北距离几千米至十几千米的一个盆形湿地。但这海子里水很少,只在盆地中最低洼的地方散落着大大小小的水洼和水凼,它被命名为星宿,看上去还真像是满天闪烁的星斗。看不到水的地方,也有逐水而生的草木。在这样的高原,只要看见一点绿色,你也会俯身深嗅。这里的一切生命都有一种超越世间之态,海子里的鱼类,低飞的水鸟,还有湖边草滩上不时出现的黄羊、野驴,在人类眼里都是奇妙的,恍如在梦境中浮现出来的静物。

对于人类,黄河源缥缈而高远的存在,一直是人类的梦境。在元人把黄河正源追溯到了星宿海之后,人类对黄河源的探索从未就此止步。在都实渐行渐远的背影之后,又有无数跋山涉水的身影,一步一个脚印地走向黄河源,但在漫长的岁月中,似乎再也没有人比都实走得更远。

直到1952年8月,人类的脚步终于越过了星宿海,也跨越了一个难以逾越的大限。那是由水利部黄河水利委员会组织的一支河源考察队,他们带着当时最先进的勘测设备,越过星宿海继续往上追溯,如同深入史前的沉寂,抵达了约古宗列曲,并把这里作为黄河正源。曲,藏语,河流。以下类推,凡称之为曲者,均为河流。而约古宗列,在藏语中意为"炒青稞的锅"。这是当地藏民根据这里的地形起的一个名字,很形象。约古宗列不是河流,地形和星宿海相似,也是一个盆地,但比星宿海更大。这个东西长约四十千米、南北宽约六十千米的椭圆形盆地,看上去就像安放在天地间的一口大炒锅。盆地四周是环形山脉,闪烁着积雪冷寂的光泽。盆地内,散落着一百多个小水泊,这和星宿海也是相似的,但不像漫天闪烁的星斗,却显得有几分玄机,排列如同神秘的星象。

但在我们的藏族导游桑却江才眼里,那不是什么星象,那就是一把被撒在锅里的青稞。仔细一看,又还真是像青稞,那些小水泊是青色的,闪烁着青色光芒。桑却江才把我们引到约古宗列盆地的西南,在距雅拉达泽山大约三十千米的地方,有一个很小的泉眼。他告诉我们,这是约古宗列曲仅有的一个泉眼,也是1952年确定的黄河源头。我的内心感到了震惊,不是被伟大的事物震惊,而是被渺小所震惊。看着这渺小得只能用眼角去看的泉眼,泉水里泡着的一颗颗浑圆的石头,正泛出一种冰凉的寒光,有一种透心的清凉。桑却江才好像生怕我们小瞧了这泉眼,又赶紧解说,这是一个终年不冻的泉眼,涌出的泉水又汇合了盆地内浸渗出来的一条条小溪流,逐渐形成了一股宽约十米、深约半米的泉水河。他一边说一边就带着我们顺着这泉水流淌的方向走。地皮很软,感觉大地在脚下蠕动着,正瓦解着下沉。很快,我们就看到了一条由溪流和众多的泉眼连缀而成的小河。桑却江才说,这就是约古宗列曲,她在星宿海之上与卡日曲汇合后,便形成黄河源头最初的河——玛曲。

桑却江才告诉我们,玛曲还有一个更美丽的名字,孔雀河!

这康巴汉子的表达充满了感情,而我们眼前,数不清的水泊在阳光下斑斓闪烁,还真像是孔雀忽然哗地一下开屏了。难道这就是黄河的源头?还真是。当玛曲——孔雀河向东流过十六千米长的河谷,便进入元人都实发现的星宿海。这就是说,差不多近千年之后,在1952年的黄河源考察中,人类才又把元代的黄河源头向上至少推了十六千米。

不过,这一结论仍未成为定论,人类还将进一步向上追溯。桑却江才也带着我们又一次上路,沿着人类追溯的足迹继续前行。同那些远远走在我们前面的追溯者相比,我们是一群亦步亦趋的追踪者。

尽管长江、黄河、澜沧江几乎同出一源,也就是所谓三江源,但与同处在生命禁区的长江源和澜沧江源相比,黄河源则要显得平缓许多。从星宿海、约古宗列曲走向卡日曲,尽管路途越来越艰险,海拔越来越高,但这里还不能说是生命禁区。凡有水的地方,就有广大无边的天然牧场,随时都能看到戴着毡帽、骑在马上的藏族牧人,一只胳膊露在外面,像闪光的青铜。他们的脸孔也是这样。这些浓眉大眼、帅气逼人的藏族牧人,大多是康巴汉子。他们是地球上最剽悍、最英武的男子汉。他们放牧的牦牛和羊群,则显得很懒散,这里的水草把它们喂养得一个个膘肥体壮,光滑的皮毛油光发亮。这让它们很容易成为某些凶猛野生动物的猎物，或许这些家伙正在草原深处悄然逼近。但这些康巴汉子和他们的牧羊犬眼睛特别尖锐，鼻子也特别灵，一下就能嗅到危险的气息。然而，血腥恐怖的场面还是会时常出现，那一堆堆在阳光下静静发光的白色骨骸，就是牛羊被凶猛的野生动物吃掉后剩下来的骨头。那些浮出草原的野生动物一般很难被发现，它们都很善于伪装，把自己伪装成草原的一部分，但它们异常活跃的身体偶尔还是会把它们暴露在阳光下。不过，我看到的不是猛兽。在我不断拉近的镜头里，不时闪现的是狐狸、猞猁、白唇鹿、野牦牛、藏野驴、藏原羚和藏羚羊，我们如同进入了动物世界，这都是一些很天真也很善良的动物，还有很多不知名的鸟儿在不停地鸣叫。

还有狼。狼的出现是一件很突然的事，让我猛地一惊。当狼也被列为人类必须保护的野生动物之后，那些消失多年的狼群仿佛又重出江湖。听一个叫才仁达杰的牧人说，现在狼是越来越多了，入夜之后，狼就会发出凄厉瘆人的嚎叫。它们嚎叫，不是因为饥饿，恰好是为了表达它们吃饱喝足了的心情。这嚎叫声离牧人的藏包很近，它们同人类的生活近得已经没有距离了。而一听见狼嚎声，牧人一下子就被惊醒了，清醒了，他们的羊圈或牛圈里可能又出事了。果然又出事了，羊圈、牛圈里充满了血腥味，顺着血迹，就能找到一堆血淋淋的骨骸。有的狼甚至只吃掉了牛羊的五脏心肺，就扬长而去了，连羊肉牛肉都懒得吃了，好像吃腻了。这让没有了猎枪的牧人非常愤怒。其实就是有枪，人类也不一定对付得了这些狡猾而又凶残的狼。在黄河源，我听到了许多关于狼的传奇，不一定是真的。这些传奇只表达了一个简单的意思，这些狼没有一条是好惹的，谁要惹恼了它们，它们就会不顾一切地跟你拼命。就在这约古宗列曲的沼泽地里，一个牧人不知怎么把一条狼给惹火了，一下从四面八方围上来几十条狼，追着这牧人的骏马跑，但它们是跑不过一匹马的。等到狼群赶到时，牧人已经躲进了自家的房子，这房子是用坚固的石头砌起来的，再多的狼，也不可能攻破这些石头城堡一样的房子，然而再坚固的房子也有空子可钻，这些狼竟然用它们的脑袋撞碎了窗户玻璃，一条一条地扑了进来……

我不敢相信这一幕是真的发生了,但愿它只是一个传说。然而人类生活区域与野生动物的领地越来越近,甚至已经出现了交叉和重叠,现在已被当地专家确定为一个事实,而人类的处境也变得非常危险。自然,有人会追问,究竟是野生动物侵入了人类的生活,还是人类侵入了野生动物的领地?这个问题,无疑只能由人类来回答。

又或许是一个传说发出的警示,我们这个团队不再是乱糟糟的一盘散沙,谁都不敢乱跑了,怕招上狼了,一个个都老老实实地跟在我们的藏族导游桑却江才的后面,这样的有秩序从玉树出发后还是第一次出现。兴许,人类从自然进程向社会进程进化,就是在某种恐惧感、不安全感中完成的。当秩序井然而心无旁骛时,每个人心中只有一个憧憬已久的目标,黄河源。

或许是李白诗歌的渲染太深,许久以来,我对黄河源总有一种"黄河之水天上来"的想象,很容易把黄河的源头想象成飞流直下的瀑布,但那想象中的瀑布一直没有出现。

在人类把约古宗列曲设定为黄河正源之后,又过了二十多年,1978年夏天,水利部黄河水利委员会再次组织河源考察队,这一次考察队又有令人震惊的发现,在河源地区西部,不只是一条约古宗列曲,而是,有三条河流汇入星宿海,它们是扎曲、约古宗列曲和卡日曲。那么,黄河源到底在哪儿?又如何确定一条河流的源头?按照国际上河流正源的确定,有三个标准:河源唯长、流量唯大、与主流方向一致,同时还要考虑流域面积、河流发育期、历史习惯。也正是按照国际标准,最上游的扎曲首先被排除了,它流程最短,水量又小,一年之中大部分时间干涸,只能算作约古宗列曲的一条支流。三选一变成了二选一,又拿约古宗列曲和卡日曲相比,卡日曲最长,流域面积和水量也最大,尤其是在旱季也不会干涸断流,应该说,把卡日曲作为黄河正源的依据是比较充分的。但,这又是最后的定论吗?

人类似乎很喜欢挑战极限,或许还会一次次提高认知的极限,继续往上推,推到一个新的极限。而对于我,一个走向知天命的人,走到这里,我感觉已抵达了生命的极限,但丝毫没有挑战极限的想法。我的想法很简单,抵达一条河流的源头,就是想看看一条大河是怎样诞生的。桑却江才不会让我们失望,他把我们带到了人类最终认定的黄河源头,卡日曲。这也是只有桑却江才懂得的语言,藏语,红铜色的河。

但我们首先看到的又是泉眼。卡日曲也是从巴颜喀拉山脉北麓各姿各雅山脚下的泉眼中涌出的泉水,但不是一眼,而是五眼。在这沙砾与野草交错的荒原上,这水没有我想象中那种如同瀑布的狂野与激情,但特别纯净,这是我有生以来看到的最纯净的水,纯净得只能用纯粹来形容。看着这世间最纯净的水,像婴儿的眼泪一样慢慢涌现,每一滴水都是那样晶莹、天真,这世间,又有什么比天真更真实的呢?猛地惊觉,一条河流的诞生,恰如一个婴儿的诞生啊。这也许就是我看到的一条大河诞生的真相,也是真谛。

哪怕再伟大的河流,它的伟力不是从一诞生就拥有的,而是一点一点地积聚起来的,那个积聚的过程和这条大河一样漫长。而我们眼下只能看到,那溢出的泉水渐渐变成一缕弯弯曲曲的小溪,又和众多的小溪交织成一条小河,一条清澈得通体透明的小河。但哪怕她真是一条河流,也并不是红铜色的,而藏民又是绝对不会看走眼的,在阳光的照射下,卡日曲正焕发出红铜色的光泽。是的,这就是黄河的源头。这一切,上苍其实早已创造了这一切,人类却一直在苦苦寻找。发现,或许也是一种宿命。但如果说这就是一条大河的源头,我觉得更多的也许是一种象征意义,她实在太弱小了,弱小得让人难以把她和一条雄浑的大河看成同一条河流。

人类只能这样设定,黄河是从这里开始的。从卡日曲算起,黄河全长约5464千米,而流域面积难以精确测算,一说为75万平方千米,一说为79万平方千米,但这都是约数。据此,黄河是中国境内长度和流域面积仅次于长江的第二大河,为世界第五大长河。但它的水量却先天不足,年径流量仅有661亿立方米,在中国七大江河水系中名列第四。一条长江的水量就超过了二十条黄河,一条珠江的水量也超过了五条黄河。身为中国的第二大河,黄河的水量仅相当于长江第五大支流赣江的水量,而赣江的流域面积还不到黄河流域面积的十分之一。以如此有限的水量,要浇灌近乎无垠的大地,黄河这条中华民族的母亲河几乎从一诞生就必须直面它宿命的大限。而它的另一个大限是泥沙,由于流经上游峡谷的砂岩地带和大西北的黄土高原,它也成了世界上含沙量最多的河流。然而,一个黄皮肤的民族就是在这条黄色的大河边发祥起来的。炎黄子孙,龙的传人,而这条河就是中华民族的龙脉与图腾,它在中国大地上蜿蜒曲折又不屈地向大海延伸的形象,就像一条龙。

如今,艰险的探索依然在继续,人类以无比的执着,还在把一条大河的源头继续往上推。按中国三江源考察队 2004 年的考察发现,黄河的真正源头不是卡日曲,而是卡日曲上游的那扎陇查河,如果从这里算起,黄河一下延长了 300 多千米,全长约为 5778 千米。黄河源头往上延伸了 300 多千米,这让人倍感自豪,却不一定是件好事,甚至是一种灾难性的信号。这意味着,源头的雪山冰川很可能正在加速融化。当亘古的冰川变成流淌的河流,这首先引起一些生态探险家的警觉。20 世纪 90 年代末,著名的生态探险家曲向东等人用了三个月的时间,驾车从黄河入海口抵达黄河源头,他们以逆流而上的方式,沿途考察拍摄"黄河断流,万里探源"的景象。当他们抵达河源地区后,那急遽萎缩的冰川、湖泊,以及令人揪心的高原湿地的严重退化,让许多对黄河原本不太关心的人,也突然绷紧了神经。十年后,2009 年 6 月,曲向东和他的"Ⅱ度计划"考察队赴三江源地区探险考察,这一次他们还特意带着生态探险摄影家茹遂初于 1976 年拍摄的黄河源星宿海照片。他们寻找到茹遂初当年拍摄的地点,拍摄了黄河源星宿海的现状照片。通过对比,许多人一下感到了非常强烈的反差,三十多年沧桑变化,当年的星宿海已经名不符实,过去星罗棋布的美丽的湖泊,现在已变成干涸的湖底、荒芜的戈壁……

君不见黄河之水天上来,然而,当高过云端、高过天空的雪山冰川以这样的速度消融萎缩,黄河之水还能从哪里来?

我就是带着这个疑问重新上路的。——这里,还是按水利部黄河水利委员会的设定,从卡日曲到龙羊峡,为黄河上游河源段。这漫长的河流,可以说是一条长河,但还说不上是大河。她一路悠然流淌,性情温和,两岸的山,看上去亦神态安详。还是在流经星宿海、扎陵湖、鄂陵湖等河源湖泊之后,黄河上游才开始变得波澜壮阔。黄河流域主要有四大湖泊:扎陵湖、鄂陵湖、乌梁素海和东平湖,除了东平湖为黄河下游最大的一个湖泊,其他三个都在上游。扎陵湖、鄂陵湖为河源湖泊,也是中国最大的高原淡水湖,两湖海拔都在四千米以上。在绕过阿尼玛卿山、西倾山和青海南山时,黄河连续遭遇山势的阻挡和挟制,开始变得扭曲,被扭曲成"S"形,两岸多为湖泊、沼泽、草滩,当经幡开始飘扬在缓慢起伏的山冈上,伴随着高原牧场上缥缈而高远的炊烟,一条长河的水量也越来越大,水势却越来越平缓。在这迂回与行进的过程中,黄河湍急的流速被不断地缓解和延宕。与同样发源于青藏高原的长江相比,黄河的高潮被大大推迟了。

我不是一个朝圣者,更不是一个探险者。我心里十分清楚,一个年届知天命的人,早已没有了年轻时的血气和冲动,现在我只想沿着知天命中的一条河流,缓慢而冷静地走过我的岁月。知天命如水,到时候你啥都明白了。

二 从憧憬到抵达

从黄河上游一路走来,在漫长的平静之后,是突如其来的震撼。

这是我的感觉,一种久未曾激活的震撼,在瞬间出现了。

这震撼的感觉来自深陷于地腹中的幽暗峡谷,也来自于一条大河。这一段河流,除了黄河水,还有红岸河、莫渠沟、龙春河、浪麻河等众多的支流水系和源于四川岷山的白河、黑河,它们分别从左右两岸争先恐后地奔向黄河,又被黄河一一吞没。一条长河,流到这里,仿佛被转化为另一种更强大的生命形式,变成了一条名副其实的大河。大自然以鬼斧神工的方式,创造了极其惊险又出乎意料的情节。两岸高耸的大山被河流深切为一道道峡谷,而一条大河仿佛也进入了历史的断裂处,这高山峡谷成了黄河唯一的通道,水势从这里一下变得异常峻急,黄河像一条狂躁的巨兽,一路发出狂暴可怖的咆哮声,越来越大,流速快得惊人。

这情景把我惊呆了。我像个傻子一样站在峡谷里,两只手交叉在胸前,下意识地把自己紧紧抱成一团。

眼下,就是我一直憧憬的龙羊峡。龙羊,是藏语,龙为沟谷,羊为峻崖。但必须抵达现场你才能看清一个事实,当河流从峡谷西部入口处飞流直下至东端出口处,这巨大的落差让一条大河的激越与冲动变得无与伦比。面对这巨大的水能,人类从来就不会袖手旁观,黄河上游第一座大型梯级电站,便横亘在这里。它的确切位置,就是青海省海南藏族自治州的共和县与贵德县之间的龙羊峡。

一道大坝。一座水电站。一座大型水利枢纽工程。它们的出现在我的预料中,但还是让我震惊不已。这是没有任何诗意的存在,就像一个庞大而威严的帝国,充满了霸气。这是人类强加给河流的一个主题,只有人类,才有切断和阻挡一条大河的力量,从此让一条桀骜不驯的河流服从他们的绝对指令。——我这样形容绝对没有贬义,这其实就是水利的本质。水利一词可以高度概括为:人类社会为了生存和发展的需要,采取各种措施,对自然界的水和水域进行控制和调配。龙羊峡水电站是黄河上游第一座大型梯级电站,人称黄河龙头电站。一座银灰色的大坝横切了整个峡谷,这座高达178米的大坝比后来的三峡大坝还要高,是名副其实的亚洲第一大坝。它一举就将黄河上游十几万平方千米的年流量全部拦住了,一条从天而降的大河,在咆哮中盲目地挣扎。可无论怎样挣扎,都只有一个结局,这是人类早已为之安排好的命运。高峡出平湖,一座中国最大的人工水库,在这里诞生了。如果不使劲想,你无法想象,在这道钢筋混凝土大坝筑起来之前,龙羊峡是什么样子,黄河又是什么样子。

龙羊峡水电站或水利枢纽是在毛泽东逝世的那一年——1976年上马的,这对一个一辈子魂系水利的划时代伟人,是最隆重的祭奠。而这工程又是在1979年11月成功实现截流的,就在这一年,共和国的社会主义现代化建设时代艰难启航。这也让龙羊峡工程横亘在一个清晰的时空坐标上。按水利部黄河水利委员会的划分,黄河上游河源段在此终结,从这里开始,黄河进入了它上游漫长的峡谷段,而从共和国的历史来看,这又恰好是一座矗立在历史分水岭上的水利枢纽。

每当我走近一个过于宏大的工程,都有一种强烈的感觉,我正在走向一个精神高地。

在高原直射的阳光下,只有云翳偶尔投下的暗影,但很快就被风吹走了。我一直不敢把眼睛完全睁开,眼睛很容易被太阳灼伤,但并没有炎热之感,风很大,一直很大。这夏天的西北风,吹得整个高原沙沙作响,吹在脸上,竟如刀割一般。我的高原反应,好像也与这风有关,一种浑浑噩噩的感觉,气短,胸闷,又不敢用力呼吸,一用力就会出现眩晕的感觉。

想象当年第一次走到这里来的人,不知他们又是怎样的感受。那是中国水利战线的一支铁军——中国水利水电第四工程局。除了那些久经沙场的老水利人,还有很多是工程开工前夕刚刚招来的新工人。这些人,绝不是像我一样的匆匆过客,他们至少要在这里待上三年,甚至一辈子。我来这里,就是想探访他们三十多年来的经历。事实上,现在我能够在这里见到的,大多数也就是1976年的那一茬新工人。哪怕当年一个十七八岁的毛头小伙子,如今也该是这里的老师傅了。

我找到了他们中的一个。这汉子叫李庆元。我摸出烟盒,还剩下两支,给他一支,我自己也叼上一支。两个素昧平生的人,就这样拉近了距离。我还想给他点上火,但打火机怎么也打不燃。我以为是风大了,李师傅说,不是风,是这里空气稀薄了。不说打火机,这里连车子发动也不容易打着火。他一边说一边掏出了火柴,连划了三根火柴才把烟点着,在火光照亮的一瞬间,我发现他的嘴角在颤抖。

李师傅比我大不了几岁。三十多年的岁月里发生了什么,他已无法清晰说出。但那个从憧憬到抵达的过程,却是一段刻骨铭心的记忆。当年,和他一起来的全都是像他一样的毛头小伙子和小妹子,大伙儿背着背包上车时,一个个眼里闪耀着充满向往的兴奋光亮,很多人还一脸稚气。每个人都觉得自己正在奔向祖国最需要的地方,将要干一件伟大的事业。没有人知道,他们将要抵达的是一个生命的极地,有的甚至是奔赴在死亡的道路上。但每个人最终是怎样的结局,只有命运心中有数。

从憧憬到抵达,那个过程在回忆中被大大缩短了。谁也没有想到,他们一下车,就遭遇了一场大风,那风在龙羊峡其实还不算什么大风,但这些半大孩子一下傻眼了,一个个吃力地站在大风中,大风吹得到处都是沙子,一张张还长着细嫩茸毛的小脸蛋被沙子打得生疼,眼睛也睁不开,连手里的红旗也被风吹得攥不住了。很快,就有不少小妹子站在大风里哭了;没哭的,也在风中流泪,被泪水冲刷出来的沙尘,比眼泪还多。这曾经给他们带来灿烂梦想的工地,眨眼间就变成了他们的伤心之地。一百多个半大孩子在风中瑟缩成一团,每个人都觉得自己突然变得孤零零的,就像一群被遗弃的孩子,一群受了骗的孩子。

这时,一个人突然来了,瞪着眼骂:"熊样,就你们这熊样,也敢上龙羊峡来啊?"

他一转身走了,又撂下一句狠话:"哭吧,先让眼泪把你们的脏脸蛋洗干净!"

那些半大孩子一下子被怔住了,忽然就咽住了哭声,齐刷刷地去看那个凶巴巴的人。这人是谁呢?很快他们就知道了。

但比那个人更凶狠的还是风沙,风沙是这里的家常便饭,哪怕八九级的大风也是稀松平常。每当大风裹挟着黄沙席卷而来,大白天里,忽然天昏地暗,风沙噗噗地打在脸上,疼痛,只是最初的感觉,不一会儿就麻木了,连疼痛是怎么回事都不知道了。这就是他们每天要过的日子,每天都要被风沙鞭打,每天都是沉重而冷酷的劳动,还要被高原的烈日暴晒。他们的脸很快就被高原的阳光晒成了深棕色,很多人脸上都烙下了一生也无法消退的高原红。白天,在工地上干活,不到半天,一张脸就变得灰突突的,你看着我,我看着你,大家只能看到对方的牙齿是白的,不叫名字,因为谁也不知道是谁。端上饭碗,你就得赶紧掀起工装捂住,手脚慢了点,那碗里就扑上来一层灰沙。就连夜里躺在帐篷里,也不敢睁眼,只能紧紧闭着眼睛,那凄厉的风声听起来,像荒原上的狼嚎一样瘆人。而沙土会钻过帐篷的缝隙,落到每一张熟睡的脸上。早晨起来,一咬牙就会咯吱咯吱地响。这不算啥,大风有时候会把帐篷整个儿吹走。风太大了,一个人走路时也会被大风刮跑,大伙儿必须手牵着手,臂挽着臂,才能在狂风中穿过……

在最初的一段日子,很多尚未成形的小伙子姑娘们几乎都脱去了人形。从脱去人形到重新长成一副人形,是那一代人的共同经历和集体记忆。他们仿佛就是这样长大的。

如今,老李这个当年的毛头小伙子,一张脸在风沙与烈日的轮番磨砺下,像高原的岩石一样粗粝,那风沙再打在脸上,就像小石子打在岩石上,他早已没有了疼痛的感觉。这像岩石一样坚强的生命,或许就是龙羊峡给予这一代人的第二次生命。

对于这些早已走过知天命的人,没有人觉得自己当初做出了正确的选择,但都服从了命运的安排。那是一个习惯于听命与服从的年代,由此而产生了一代人共同的命运。

每一次走近他们,我仿佛都是在体验人世间最残酷的事情。

又有多少年轻的生命,是以另一种方式呈现。

在这样一个凶险之地,从一开始,牺牲,成了最大的可能。

我踩着的这个地方,是一个真正的终点,葫芦峪。

一切突然安静下来了。这里是个山谷,也是个风口。两面是碎石翻滚的山坡,山土的颜色像被烈火烧灼过的焦土,连岩石上也有火焰的纹路。在这风沙弥漫、乱石丛生的山谷里,竟然开满了花,看上去显得有些多余。仔细看,它们并不是花,而是一种顽强地生长着的野草,一簇簇的,矮小,硬扎,它们在石头的缝隙里生长出来,以坚忍而顽强的方式,把根深深地扎进这高原的岩石中。这是在亿万年的物竞天择中,最终留下来的一种古老的孑遗植物——戈壁红,一种渗入心肺的深红。这是龙羊峡人对它的命名。

当年,这里曾站过一位沉默的军人。那时候,大型水利工程的指挥长大都是军人或军人出身。很多龙羊峡人都跟我提到了这位军人,芦积苍,一个1937年参军、在枪林弹雨中出生入死的老革命。当年,他担任水电四局党委书记,一到龙羊峡,一看这险恶的地势,凭一个军人的本能,他就知道,这将是一场硬仗。他这辈子不知打过多少次硬仗,他有这个心理准备。还没开工,他就走到了这个叫葫芦峪的地方,长久地看着这个地方出神。风很大,一阵风猛烈地掀起了他厚重的黄军棉大衣,但没有吹动他。"就是这里了!"他把大手一挥,对站在身边的几个人说。几个人看了,也都觉得这地方不错。这里依山傍水,在龙羊峡,也算是一块难得的风水宝地。当时,很多人都以为他是来寻找营地呢,后来才知道,他是提前来这里寻找烈士的墓地。这块墓地,是按照一个团的编制选定的。

四十多年过去了,像是经历了很多个世纪。当我一步一步地走向葫芦峪,也一步一步接近了一个老革命冷峻的内心。1976年龙羊峡工程开工以来,已经有两百多名烈士陆续被埋葬在这里。一个工程,牺牲了这么多人,绝不亚于打一场大规模的现代战争。一块块冷硬的石头上,刻着一个个名字。经历了无数的风霜雨雪,那被高原的阳光照亮的笔画,有些残缺、模糊。只有那个时代的过来人,才会把这些名字还原为一个个血肉滚烫的生命。但我真想把他们连同那个时代一起忘怀。对于他们,遗忘或许是最好的方式,让一切成为过去,但我还是颤抖地记下了这样几个名字——

阎海,当年的挖掘队队长。有人说他像一头闷声不响的驴子。在生命的最后时刻,他没有丝毫预感,依然埋头干活。那天,工地上又刮起了大风,还有车辆来回经过时扬起的尘土,在弥漫的灰尘中,几步之外就看不见人影。一辆汽车在倒车时,将阎海撞倒了。几个战友赶紧冲过来,想把他扶起来,但已经扶不起来了,也看不出伤在哪里。战友们准备送他去抢救时,他清醒地知道自己快不行了,但还有最后一件事要做。他一边吃力地呼吸,一边在身上摸索着,他从怀里掏出仅有的一点钱,抖抖索索地交给身边的战友,这是他最后一次交的党费。你也许觉得,这是电影里时常出现的情节,或是我矫情的虚构,然而,我只能以最诚实的方式记录下那个时代的真实,这的的确确就是在龙羊峡发生的最真实的一幕。很多那个时代的过来人,一闭眼,眼前就浮现出这黄土风沙中的一幕,而这又是他的妻子最不愿意想起的一幕。他牺牲时,年轻的妻子一头扑在丈夫身上,哭着喊:"你一扔就扔下了三辈人啊!"

那哀哭声,在龙羊峡无边的黑暗中一直断断续续地传来,很多人在半夜里都会被女人的哭声惊醒。不知过了多少日子,女人渐渐哭得意识不清,她的精神失常了。一直到现在,她都不能见到丈夫的任何照片和遗物,更不愿走进葫芦峪,她丈夫的墓地。这是一个最想把阎海烈士遗忘的人,只要谁提起她丈夫,这可怜的女人就会凄惨地发作……

弥芳玲,年轻美丽的生命在二十二岁时猝然终止。很多龙羊峡人还记得这姑娘长着一双又大又黑的眼睛,一对可爱的小酒窝。那是在 1985 年秋天,当时她正在工地上埋头干活,她干什么总是不慌不忙、有条不紊。她没有注意到,一直悬在她头上的那道阴影,一只吊在空中的水泥罐。这其实没有什么,就像一些沉重的吊臂也经常悬在我们头上,我们也不会太在意。然而,这道笼罩她的阴影成了一道致命的阴影。水泥罐突然出现了故障,她根本就没来得及反应,所有人都没有反应,顷刻间,几吨重的混凝土像天塌下来了一般,砸在了她身上。从概率上来看,她只是偶然被砸中的一个,属于"万一"。而厄运和灾难又总是在偶然和万一中发生,这样一想,反而又是一件必然要发生的事情了。那个惨哪!过于悲惨的事情,让许多过来人不忍回忆,她的血肉永远留在了大坝的混凝土中,没有谁能够清理干净,能够清理的是她寥寥无几的遗物。她哥哥在清理妹妹的遗物时,看到最多的是妹妹给母亲的汇款单。这样一个孝顺女儿,就这样撒手走了,一个母亲的精神崩溃了。这可怜的母亲,一直没有从三十多年前的打击中恢复过来。

现在看来,那很多的不幸,其实都是工伤死亡事故。但那个时代的人很少往这上面想,哪怕最普通的人也有更高尚的想法:他们不是事故的死难者,而是牺牲的烈士。

还有一个说起来更可怜也更坚忍的女人,孟朝云。她现在还住在龙羊峡一间寒碜的小屋子里。拉开布帘,就像走进一个地窖。哪怕在夏天,这屋子也显得异常昏暗、寒凉。看着眼前这样一个瘦弱的、头发花白的女人,她的眼窝几乎凹陷下去。谁又知道,这是一位烈士的遗孀,也是一位烈士的母亲。丈夫牺牲时,大儿子十二岁,小儿子才四岁。她不是这里的职工,只是跟着丈夫来这里的家属。那时她还年轻,对这个地方也是充满了憧憬,以为从此就能跟着丈夫过上好日子了,却没想到会是这样悲惨的人生。她都不知道丈夫死了她该怎么活下去。当时她只有一个念头,死,一死百了。但当她看到眼前两个瞪着眼睛望着她的孩子时,她抹掉了眼泪,转身就去给儿子做饭了。她知道,为了把两个儿子抚养成人,她不想活也得活啊。十几年过去了,大儿子终于长大了,像他爹一样,是一条壮壮实实的汉子,上了工地。她也感到自己终于又有了个盼头了,然而灾难又一次降临,大儿子也像他父亲一样牺牲了。青年丧夫,中年丧子,一门双烈,这双重的灾难和不幸全都降临在一个庸常女人的身上。命运如此残酷,她到底需要多大的力量才能承受?

她依然没有倒下,她的精神一直没有崩溃。她再次咬着牙活过来了,但一直到现在都活得异常艰难。在一间转身都困难的狭小客厅里,只有一台老旧的电视机陪伴她的孤寂。地上,是她刚从山上挖回来的一袋蕨菜,她准备用盐腌了,做下饭的咸菜。一只旧沙发的边上,还有一堆别人给她的羊毛,大山里风湿太重了,她准备给自己织一条羊毛裤子。这是个能干的女人,什么都能干,却一直没有正式工作。当年,她是随迁的家属,半边户。现在老了,没有退休工资,每月只有三百多块钱的低保。这点钱,她要吃饭,还要吃药,她心脏一直不好,上了这岁数,身体日渐萎缩,不是这里出点毛病,就是那里又有什么病痛。她也不想给儿子媳妇增添负担。现在,她小儿子结婚成家了,有了孙子了,但儿媳妇和她一样,还是个半边户。她要靠自己的力气来活着,活一天是一天。在她的窗台上,还养着一盆盆小花,不知道是什么花,花儿散发出淡淡的清香。一个悲惨的女人,一种清贫的生活,一点儿花卉点缀,哪怕是长了刺的花,也让人多少感到了一点温馨。一问,才知道,她养花不是为了给自己看,而是拿到门口去卖,一盆花能卖五六块钱,这对她拮据的生活多少也是点儿补贴。闲话间,她站起身,又给这花浇了一点儿水。

看着她佝偻着身子浇水的姿态,是那样平静和淡定,干涸的眼眶里没有一丝泪痕,脸上也没有什么悲戚的表情,一点也看不出这个女人经历过丧夫丧子的大痛。瞬间,我忽然觉得,这是我在黄河上游看到的一个更真实的母亲形象。

牺牲的不只是那些献出了年轻生命的烈士,还有那些依然活着的人。

由于常年在高寒缺氧的地方工作,这里很多人都有高血压、心脏病和风湿。有一年,水电四局对职工的基本情况进行调查时发现,全局职工平均寿命只有五十九岁。这是一个残酷的数字,甚至比葫芦峪那些烈士的数字还要残酷,他们几乎都在以牺牲的方式奉献着自己的生命。

又一次走向黄河。或许,只有通过河流,人类才能接近生命的真相。

站在这里,只要把眼光稍稍放远一点,就能看见另外一个地方,大峡谷里那座银灰色的水利枢纽,但我没有再往前走。它的存在,对于我是外在的,我不可能进入它复杂的内部。我也只能从外部感受它的辉煌和崇高,事实上也只有这样的汉语词汇才足以来形容它。一切的真实就是如此,它绝对不会出现在虚构的事物中。当崇高变成一种真实,或许才能发现这辉煌背后的另一种真实,沉重与苦难。在中国,苦难与辉煌从来就不是悖论,而是互为因果。为了这样一个结果,那些长眠于此地的人,守望在此地的人,还有从这里离去的人,用一千多个日日夜夜完成了一次伟大的创造。

它创造了许多的中国之最,其拦河大坝之高,库容量之大,湖面之广,单机容量之大,地质条件之复杂,海拔之高,各种测试仪器的种类和规模之多,还有施工条件之艰苦等,均居全国水电站之首。但这个工程的进展一直不顺利,一个最令人担心的问题,从一开始就出现了。这里虽是峡谷,但峡谷河床并不像人们想象的那样坚固,坝址有十条大断层,这样一道巨大的大坝压在断层上面,还有被拦截的巨大水量,每一条断层都是巨大的隐患。在大坝建造的过程中,拦河坝基础处理难度之大,水库滑坡之严重,让建设者们感到了从未有过的严峻挑战。

事实上,从龙羊峡工程于1986年下闸蓄水运行,就让很多人不放心。人们觉得,在龙羊峡建一座大型水利枢纽,从一开始也许就是一个错误。龙羊峡工程也引起了国际水利专家的高度关注。1987年,来自世界各国的水电专家、学者专程赶到龙羊峡,他们想要看看中国人又创造了怎样的奇迹!在这里,他们以英语、法语、德语、日语发出了此起彼伏的惊叹,也毫不掩饰地表达了他们的担心。然而,龙羊峡水电站运行了十三年多之后,这一个悬念终于有了答案,一份正式的工程竣工验收安全鉴定报告终于在青海西宁定稿,最终结论为:"龙羊峡水电站自1986年下闸蓄水运行至今已十三年多,经历了三次较高水位、三次三级左右的水库诱发地震活动期和两次里氏4.0级以上的构造地震影响,总的来说近坝库岸、大坝和两岸坝肩岩体、引水系统和发电厂房等工作状况正常。龙羊峡水电站工程总体是安全的,各建筑物工作状态未见明显异常,已具备进行竣工验收的条件,存在问题需在运行中不断解决,以利于工程的安全运行。验收委员会对工程质量做出总评价,认为龙羊峡水电站工程总体来看,大坝径向和切向变位绝对值较小,基础和深部断层变位较小,坝体防渗效果好,大坝和基础工作状态正常;主坝及基础处理整体质量合格,断层带高压固结灌浆后变形模量满足要求;设计技术方案合理、可靠,满足规范要求。"

我在此真诚祝愿,这个结论真的能够成为一个最终的结论。

如果单纯从发电量来看,龙羊峡水电站的总装机容量仅为128万千瓦,这个数字比接下来开工的许多水电站小多了。除发电外,它还有防洪、灌溉、养殖等综合效益,这也是一座大型水利枢纽工程的题中之义,概莫能外。我特别注意到,这一工程通过调节水量,可以使下游段陆续建成的刘家峡、盐锅峡、八盘峡、青铜峡四大水电站每年净增发电量六亿多千瓦时,尤其是增加了龙羊峡以下青、甘、宁、内蒙古四省区农田灌溉面积一千七百万亩,净增城市工业用水四亿七千万立方米,更能有效地控制下游段洪水和凌汛灾害的威胁。——这也是人类对一座水利枢纽工程的完美设计意图。唯愿人类在付出了热血、生命等巨大的代价之后,它能按照人类的思路运行。

在我离去之前,太阳的光芒已把人类的这一杰作调到了最高的亮度。或许是它的光芒过于炫目,一直到现在我都觉得自己没有真正看清它。

三 刘家峡:历史备忘录

河流总是那样变幻莫测,总有一些突如其来的惊人举动。当黄河从龙羊峡流到刘家峡,一条东去的大河好像突然后悔了,在这里发生了一个突如其来的大回转,又猛然折回头向西流去,重新奔向上游峡谷。九曲黄河,这是最惊险的一曲。大自然总是在制造这种让人类出乎意料又猝不及防的情节,而黄河倒流,也成了刘家峡的一道绝美的奇观。

但这绝美的奇观我暂时还看不见,恰好赶上了一场大雾,把我想看到的一切笼罩了。雾中的喧哗像潮水一样汹涌,但含义不明,不知这喧哗是来自黄河,还是水电站,抑或是这大雾本身?这样的雾,没有任何寓意,只是我恰好赶上的一个真实的天气。在峡谷里,尤其是在水汽充盈的夏季,雾是很容易生成的。只能等待,等待风把晨雾吹散,或在阳光下蒸发。我一点也不着急,一个放浪于江湖的闲人,有的是时间,那雾中的一切可以被遮蔽,但不会消失,该出现的必然会出现。我甚至还感到有些庆幸,在我抵达一些坚固的事物之前,先能体验到一种柔软的感觉,这是很有必要的。

也就半个来小时吧,浓密的大雾便开始消散,刘家峡开始露出它峥嵘的面目。刘家峡自然是一道峡谷。黄河流到这里,依然保持着河源段的清澈,但这看似柔软绵长的水流,却像一把不动声色的锋刃,把青海、甘肃的深厚的山塬生生地切出一条又深又窄的峡谷,从青海的龙羊峡、积石峡到甘肃刘家峡,最窄处,从谷底望上去,只见颤颤悠悠的一线天。一路上看着这样的大峡谷,我的眼睛感觉有些累。

刘家峡也曾是一个百十来户人家的小山村,一个随时都有可能被洪水冲走的小山村。谁也没想到,在一场致命的洪水席卷而来之前,它却以另一种方式——建水电站——终结了自己的历史。

但一开始,这座水电站到底选址在哪里,还没有明确的思路。就在毛泽东考察黄河后不久,从 1952 年秋天至 1953 年开春,由北京水力发电建设总局和水利部黄河水利委员会组成了贵德、宁夏联合勘查队,对龙羊峡至青铜峡的上游峡谷河段进行勘查,而刘家峡只是他们勘查的一个点。那时黄河上游的峡谷里人烟稀少,荒凉河谷里时常还有狼群出没。年轻的勘查队员在峡谷里搭起了帐篷,点燃了篝火,借用当年的话语或许更能还原当年的情景和那一代人的心境:"他们渡急流、战恶浪,攀登悬崖峭壁,敲遍每一块岩石,考察每一段河床,在刀劈斧削似的峡谷里,在汹涌湍急的黄河上……选定了征服黄河的新战场。"这个新战场就是刘家峡。但事实上,这时还没有最后定夺,还得等待更权威的专家们到来。而当时最权威的专家,无疑就是苏联专家。1954年春天,一支有苏联专家参加、由一百二十多人组成的黄河勘查队,对黄河干支流又进行了一次自下而上大规模的勘查。两次勘查得出的结论是一致的,在坝址比较座谈会上,苏联专家发话了:"兰州附近能满足综合开发任务的最好坝址就是刘家峡。"那时候,苏联老大哥说话是作数的,基本上就一锤定音了。

对于一个还很年轻的共和国,接手的是一个历经战乱、积贫积弱的烂摊子,在当年,要建一座刘家峡工程,丝毫不亚于后来建一座举世瞩目的三峡工程。这是一项举全国之力的国家工程,也是共和国历史上第一个由全国人大审议决定的大型水利枢纽工程。

1955年7月,在第一届全国人大第二次会议上,周恩来总理特意邀请了参加会议的部分专家代表来西花厅,周恩来没有做任何指示,而是向专家们提出了一连串的问题:水库建成后蓄水量是多少?会淹没多少亩农田?从上游挟带下来的泥沙量是多少?如何解决?这些问题,其实就是在黄河上游修建水利工程的一系列关键性问题,也是一直到现在仍然让人们最揪心的问题。周恩来以思维缜密而著称,他显然是担心人们过分地陶醉于这个工程,还有那种急于求成的心态。对自己提出的问题,周恩来也并不急于得到答案,而是一再恳请专家们深思熟虑,该想到的,都要想到,不但要想到好的方面,还要想到最坏的结果。

历史的事实也是如此,在全国人大审议通过后,刘家峡工程并没有急于上马,而是在冷静地等待。这里面也许有经济上的原因,但无疑还有许多需要深思熟虑、未雨绸缪的论证。这反复的勘测、比较、权衡和等待,也表明了在新中国成立之初,中国人对修建一座大型水利枢纽工程的冷静、理智和审慎。如果不是"大跃进"时代来临,或许它还将等待一段时日……

那是一个早已从日历上撕掉了的日子,但也有不少有心人保存了这张日历。1958年9月27日,在新中国第九个国庆日即将来临之际,刘家峡工程在一声声闷雷般的爆破声中开工了。

事实上,我接下来要叙述的一个个大型水利工程,也几乎都是在那年头上马的。

刘家峡工程的主力军也是中国水利水电第四工程局。在他们的老档案里,还保存着那个时代的黑白影像资料。揭开这尘封的档案,便是一段激情燃烧的岁月,中华民族也是一个很容易引燃自己激情的民族。而在那个时代,水利工程绝不是单纯的水利工程,政治色彩非常强烈,比江河狂澜更汹涌的是人类狂热的激情,"喝令三山五岳开道,我来了!"伴随着狂热催生的狂想,很多水利工程几乎都是在激情驱使下仓促上马,有条件要上,没有条件创造条件也要上。应该说,刘家峡工程也是当年"没有条件创造条件也要上"的大型水利工程之一。在大型施工机械设备寥寥无几的情况下,来自全国各地水电战线的工人,同当地的回、汉、东乡、撒拉等民族的数万民工一道,"英勇地向凶猛的黄河展开搏斗",按照打隧洞、截流、挖基坑、筑大坝、装机组几个阶段,"一个战役一个战役地集中力量打歼灭战"。——这里,我引用的都是那个时代的主流话语,为的是真实地保存当年的话语情境。

通过半个多世纪前的影像回放,尽管岁月的色彩早已变成了黑白,但依然可以逼真地看到,从峡谷到山顶,旗帜是必然要出现的,一张张请战书、挑战书和决心书也是必然要出现的,有的决心书是咬破了指头蘸着血写的。这里的每一个人,都神色坚毅,炸山头,平道路,凿岩石,堵河流,黄河两岸硝烟滚滚,数里长峡炮声隆隆。在这沉寂了千万年的峡谷里,人类展开了一轮又一轮的殊死搏斗。除了烈性炸药在大峡谷里日夜回荡的爆破声,几乎所有土石方全靠人类的血肉之躯来完成。而最艰险的工程是在峡谷激流中拦河筑坝,难度巨大,工程量巨大。当镜头被放大到整个工地,只见像蚂蚁一样的人,挑的挑,抬的抬,背的背,还有一辆辆来回穿梭的独轮车,而这种运载土石的独轮车在当时就算是大工具了。

陈毅元帅曾说过这样一句话,千百万农民用独轮车推出了一个新中国。其实,新中国前三十年的水利工程,也是千百万农民用独轮车推出来的。

很快,人类最严峻的考验就来临了。大西北的冬天来得很早,国庆一过,天气就变得异常寒冷,而天气变化又非常突然,一夜大风,哗啦啦的,气温陡降十几度,哗啦啦的不是风,是冰凌。当地人说,搅天凌了。连那猎猎飘扬的旗帜也结冰了,僵硬得连风也吹不动。然而,这又正是施工的最好季节,若是天气温暖,黄河水涨,就难以施工了。在寒风和冰雪中,很多人都是光着膀子、打着赤膊干活。那赤裸的身体只有冰雪裹着,当鹅毛大雪落在身上,眨眼就被浑身的热汗和热气融化了。然而,人类可以扛住冰雪,却扛不住饥饿。就在一场"大跃进"被人类推至登峰造极时,三年"困难时期"已接踵而至。无论你怎样热情高涨,这都是一个越不过的坎儿。一个老人说,刚开工时,他们还能敞开肚皮吃,后来,他们吃的是又干又硬的玉米窝窝头就大咸菜。再后来,连窝窝头也吃不上了,一餐只能喝半碗玉米糊糊。人是铁,饭是钢。当民工们连肚子也吃不饱了,就只能靠一股狂热的劲头来撑着了,但有很多人撑不住,一块石头刚上肩,就扑通一声栽倒在烂泥坑里了,哪怕倒下了,身躯还硬挺着,挣扎着想要从烂泥坑里重新站起来……

实话实说,看了这样的景象,我没有什么激情燃烧的感觉,只感到浑身发冷,无法控制住我的颤抖。我高度近视的双眼,已越来越模糊了。我只能诚实地说,那是一个我看不清楚的时代。

要了解那段岁月,必须追踪那一段历史的见证者。然而,在时隔半个多世纪后,这样的追踪已是一件非常渺茫的事。那一代人,有的已经辞世,有的早已不知去向,活着的,也该是七八十岁的老人了。

如今已八十多岁的王进先老人,就是刘家峡当年的建设者之一。他不是民工,而是水电四局的一名正式职工。从1952年参加工作以来,直到1983年退休,他转战于全国各地的水利工地上,从北京官厅水库到三门峡、刘家峡、石泉、安康,一个工地短则几年,长则十几年。而转战、奋战,对于他们那一代人,从来就不是过时的词语;每一个岗位,对于他们,都是战斗岗位。说到他,刘家峡的老一辈人中几乎无人不知。1956年他从北京官厅水库转战到黄河三门峡。在三门峡,他曾脱口说出这样一句誓言:"三门峡工程不建成,不娶老婆不回家!"

刘家峡工程开工后,他又从三门峡转战到刘家峡。他是钻工,他带领的钻工小组在开掘最艰险的隧道工程时,掘进速度一直遥遥领先。苦和累是不用说的,苦和累甚至是他们早已习惯了的一种生活,让他们犯难的还是一些技术上的难关。一天,他们负责打炮眼,当一排炮眼打成后,水源突然断了。没有水,有的钻杆被卡在孔里,无论你怎么用力也拔不出来。眼看着就要按时放炮崩岩了,王进先和钻工们急中生智,他们双膝跪下,用手指扒开炮眼里的石碴儿,用嘴啜饮泥坑里的浑浊的积水,再一口一口地喷在风钻的进水眼里。就这样,吐一口,转几圈,终于拔出了被卡住的钻杆。这事很快就在工地上传开了,后来只要钻杆被卡在孔里,兄弟班组就按王进先他们的方法干,从此解决了施工过程中一道常见的难题。王进先还因此被评上了工人工程师。1959 年,作为全国劳模,王进先在北京参加了全国群英会,受到刘少奇、周恩来等中央领导的接见。可惜,那张珍贵的大合影他没能保存下来。他一生获得过的荣誉证书和奖章,多得要用箱子来装。但更让一个老人怀念并珍藏的还是一幅幅褪色发黄的老照片。他慢慢抚平一张看上去还算清晰的老照片,指着一张工人背石头和清理基面的相片说:"现在的开挖设备很先进,原来全是手工作业,人拉背扛,工作条件很差,我们都是没条件创造条件上,吃苦劲头可大了……"

王进先是这老照片中的一个影子,无疑也是那一代水利人的一个缩影。退休之后,老人的精神状况一直不大好,百病缠身,很多都是久治不愈的旧伤。这病,也是水利人的职业病,尤其是严重的风湿,让他两腿僵硬,步履蹒跚。这难以忍受的疼痛与苦难,差不多折磨了他的后半生。当豪情不再,悲从心起。对于他们,回忆更是一种揪心的痛。我不止一次,在这一代老人们干涸的眼眶里,看到浑浊的泪光闪烁,而我的眼睛又一次模糊了。

如今,这些老一辈,大都处于被遗忘的状态,没有谁把他们的名字刻在石头上,他们也从来没有这样虚幻的念头。能够活到现在,安享晚年,他们就已经实实在在地满足了。

每遇到这样一个老人,我都在心中虔诚地祈求他们多活几年。

在刘家峡工程开工整整两年之后,到了一个最关键的节点:大河截流。

刘家峡人特意把这个节点选在1960年元旦。这个一元复始的日子,是冰天雪地、寒风刺骨的,在零下十多度的严寒之下,黄河已是冰冻三尺。这对人类是严峻考验,但对大河截流却是一个好日子,在这样的冰凌之下,似乎更容易把一条处于半僵死状态的大河拦腰截断。截流工程非常顺利,人类又一次创造了奇迹。这奔涌了亿万年的黄河,第一次被人类成功地实施了截流。但此时大功尚未告成,截流之后便是大坝混凝土浇筑,而且必须抢在凌汛到来之前将整个大坝浇筑工程完工。但刘家峡人,这些可以经受住生命极限考验的人,突然变得一筹莫展了。混凝土浇筑必须用振捣器来振捣,由于国产机械功率太小了,而大功率振捣器必须从苏联进口。换了以前,这不是问题,苏联老大哥肯定会慷慨支持,但此时的苏联已不是中国的老大哥了,中苏关系已闹得剑拔弩张了。咱们中国人一个个都是硬骨头,绝对不会低下高贵的头颅。怎么办?只能靠自力更生了,但中国人又不可能在短时间内生产出那种大功率的振捣器。很快,就有人想出了办法。于是,历史上最荒诞也最悲壮的一幕出现了:成千上万人穿着笨重的雨靴或胶鞋,喊着号子,像跳舞一样在大坝上面使劲地踩踏,当时把这种方式叫"人力振捣",这是中国人的又一"发明创造",也只有以人定胜天为信仰的中国人能够创造出来。

或许真的可以人定胜天,但这样的"人力振捣"却代替不了科学,结果可想而知,这混凝土大坝由于振捣得不均匀,更不密实,当一道混凝土大坝筑起来后,连混凝土里的石子都是松散的,用手指头一抠,就能抠出来……

这样一道拦河大坝,能够拦住黄河吗?到了1961年,刘家峡工程,这个在共和国历史上第一个被全国人大审议通过的大型水利工程,终于被迫停工了。停工的直接原因是严重的质量问题,当然还有不少别的原因。最大的一个原因,是中国人在经历了三年"大跃进"又经历了三年"困难时期"之后,国民经济已经到了崩溃的边缘,一股把中国向正常社会扭转的力量终于出现了。这一年,被迫停工的也不只是刘家峡工程,很多当年一哄而上的工程,在三年之后也都纷纷下马了。有的是彻底下马了,有的则需要静静地等待一个让中国和中国人得以休养生息、恢复元气的过程。这个过程到底需要多久,谁也无法预测。

在废墟一般的荒芜中,刘家峡陷入了一种瘫痪的听天由命的状态。而在国家主席刘少奇的主持下,新中国终于度过了三年"困难时期",渐渐恢复了元气,一些暂停的工程又陆续上马。刘家峡工程是其中之一,在1964年正式复工,但复工的第一件事不是建设,而是毁灭,他们必须把一道"人力振捣"的混凝土大坝炸掉了才能重建。

事实上,刘家峡工程也就是在毁灭中重生的。三年国民经济调整,也让中国人的心态得以调整,当一个社会回归正常,同样是一个峡谷,同样是一个工地,三年前和三年后就像迥然不同的两个世界。痛定思痛,人们好像终于发现,那些咬破指头蘸着鲜血写的决心书,是没有多大用处的,也没有谁再说出那种"我就是玉皇,我就是龙王"的豪壮誓言。每个人心里似乎都明白了,全凭人力来修建一座大型水利工程是不可能的,还得靠机械。在全国各地的支援下,刘家峡工地上初步建成了一条自动化的作业线,一辆辆大型吊车和挖土机、履带式拖拉机开上了工地。这些大型施工设备,其实也是国民经济调整后所展示出来的一种国家实力。在接下来的几年里,从开采沙石料、搅拌和输送混凝土一直到浇筑大坝,刘家峡工程全是机械化操作。没有了只争朝夕的狂热,整个工程,一直在不紧不慢又按部就班地推进。

在刘家峡工程复工后的第三个年头,1966年3月,北国正值早春,大河正在解冻,一个熟悉的身影出现在工地上,很多人一下就认出来了,那是时任中共中央书记处总书记的邓小平。在早已习惯了的欢呼声中,邓小平显然还听到了另一种声音,那是闷雷般的爆破声。他把目光转过去,凝神看着一个方向,那是在炸坝。

一道大坝修了三年,炸了三年还没有炸完。中国人付出了多大的代价,白流了多少血汗,甚至是白白地献出了生命。有人说这是交了一笔学费,这其实是一种冷血的又极不负责任的说法。或许正是因为这样冷血,这样极不负责任,才让中国人一次次交出这样惨重的学费。

邓小平对这里的实情显然还不大了解,他没有看见筑坝,倒是看见了炸坝,这让他感到有些奇怪。他问站在身边的刘书田:"呃,那是干什么?"刘书田回答说:"那是在炸坝,因质量不合格,把它炸了重浇。"

邓小平默然地朝那个方向凝视了一会儿,说:"你们还很重视质量嘛!"

刘书田说:"这大坝是千年大计,必须重视质量!"

说到刘书田,应该交代一下,这也是在新中国水利史上一个值得后世铭记的人物。他是著名水利工程专家,时任刘家峡水力发电工程局局长兼党委书记。他一生在三门峡、刘家峡和葛洲坝三个大型水电工程担任过一把手。不管历史最终怎样评价这三大工程,作为这三大工程建设的直接指挥者和执行者,在当时的条件下,他干出来的这三大工程,至少在工程质量上都经受住了历史的检验。就是三门峡,也不是施工质量上出了问题,而是从一开始就在设计意图上出了问题。这是后话。

邓小平在刘家峡工地上看得很仔细,他看了之后,又若有所思地问刘书田,在黄河水利建设上还有什么设想。

刘书田不假思索地说:"我们的设想是,抢刘家峡,带八盘峡,装盐锅峡,攻龙羊峡,上黑山峡……"

这其实不是刘书田的设想,而是水利部黄河水利委员会的一揽子计划。邓小平听了却并未满意地点头,而是哎了一声,说:"你们还得给西南留一点嘛!"

这话意味深长。如果按照这一揽子计划,黄河上游峡谷几乎是不留余地地将要被开发,邓小平自然惦记着他的家乡,黄河也是流经四川的。然而,这里边,也许又不只是一个伟人对家乡的关怀和牵挂吧。

邓小平视察刘家峡,是载入了刘家峡工程大事记的。他以亲切平实的方式,给这里带来了一种实干精神。而刘家峡人的目标也清晰而实在:力争在1970年底筑好大坝,开始蓄水,1972年开始发电。预定的时间是六年。然而,谁又能想到,就在邓小平尚未走远的背影之后,已是风云突变,一场长达十年的"浩劫"已经越来越近。这个给刘家峡人带来了实干精神的小个子,没过多久就被打倒了。

当一个小个子的身影在春天离去,仿佛转眼就是灼热无比、如同燃烧一般的夏天了。又一轮历史性的狂热,正在这个异常酷热的夏天以狂欢的方式上演。

而此时,那道炸了三年多才炸完的大坝,已经荡然无存,不只是在现实中,好像从人类的记忆里也被彻底抹杀了。没有了惨痛的记忆,又一轮狂飙突进开始了。不能不说,中国人的激情总是很容易被煽动和点燃,那种只争朝夕的劲头又上来了,所有的工期都在拼命往前赶。譬如说,按照复工后的原定施工方案,大坝基坑开挖和底部浇筑,只能在枯水季节进行,每当汛期洪水袭来,所有人员和机械就要从河床中撤出,给洪水让路,等到汛期过了再开进去施工。给洪水让路,是人类做出的理性而明智的选择,而人类一旦失去理性,也就不明智了。很多人都觉得,这样,一年要白白耽误五个多月的施工时间,浇筑大坝要三进三出才能完成。"解放了的中国工人阶级,岂能听从洪水的调遣!"人类又一次发出了这样的豪言壮语,他们决不能给洪水让路,"一定要叫黄河常年让出一段河道,确保主体工程全年施工"!

当时许多工程技术人员或被打倒了,或已靠边站,在施工方案上拿主意的是所谓"三结合"的设计小组。他们走的是"群众路线",最后集中大家的意见,提出了增开一条导流隧洞,加筑一座高拱围堰的方案,叫高拱围堰挡住洪水,让洪水全从导流隧洞中流走,这样就避免了耽误工期和三进三出,为整个工程至少抢回一年的时间。这个方案,很快就得到工地党委、上级领导部门和工人群众的热情支持,于是,"一场艰巨的战斗迅速打响了!隧洞里,风枪怒吼,大地颤动,炮声阵阵,顽石开花。工人们不畏天寒地冻,不顾油水溅身,一个劲地争时间,抢速度",在跟时间赛跑的过程中,人类又一次奇迹般地战胜了时间。1967年,刘家峡拦河大坝筑起来了,正式下闸蓄水了,这比原计划提前了三年多。当闸门落下,工地上欢声雷动,但掌声、欢呼声、锣鼓声和鞭炮声还没有停息,很多人就傻眼了。在下闸蓄水后,由于左岸导流洞闸门关闭不严,导致大坝漏水越来越严重。不能不说,刘家峡的建设者们不是孬种,他们都是真正的勇士。为了堵住漏洞,他们奋不顾身地扑了上去,一次次舍身堵漏。但无论他们怎样舍生忘死,这漏洞怎么也堵不住,导流洞漏水流量眼看着越来越大,而这时水库已有大量蓄水,一旦闸门垮下,谁都知道,那是怎样的后果……

到了这时候,才有人猛然想起那道被炸毁的大坝,才意识到他们以不同的方式又犯了一个同样的错误。在中国,历史的教训实在太多了,但能够真正吸取教训的人又实在太少了,否则历史的悲剧也不会一次又一次重演。前车之鉴在中国既然很难成为后事之师,就必将成为后车之覆。哪怕到了今天,还有多少人想要拼命捂住这些伤疤。

眼看着漏洞怎么堵也堵不住,洪水猛撞着刚筑起来的大坝,冲着人类吼叫、咆哮,刘家峡人看到了一条大河的力量,而它有多大的力量,就会制造多大的灾难。危急之中,他们只能赶紧向上级报告。这事惊动了周恩来总理。总理非常着急,这事一刻也不能耽误,这不是一个工程能不能保住的问题,刘家峡大坝一旦垮塌,洪水巨大的冲击力将危及下游无数老百姓的生命财产安全。当时的水电部已被军管会接管,傅作义将军虽然担任水利部(后来的水利电力部)部长长达二十二年,但此时他已发挥不了任何作用,而实际负责水利部工作的副部长钱正英也正身陷造反派的重围之中,自身难保。周恩来深知,刘家峡的危急险情已刻不容缓,必须果断做出决定,让部里懂业务的领导干部火速赶往刘家峡。周恩来冒着极大的政治风险,亲自主持国务院业务小组会议,专题研究解决刘家峡水电站的问题,并提出让钱正英等人出来工作,越快越好。

会后,钱正英旋即率领工程技术人员,以最快的速度赶到了刘家峡。这是奔赴前线的速度,也是一次名副其实的生死大决战。一场凌乱而无序的抢险,在工程技术人员的运筹下变得既紧张又有条不紊了。这时候,没有谁再狂热发昏地叫喊"争时间,抢速度",刘家峡工程仿佛成了一个专家会诊的手术台,一切都在冷静、理性、科学的剖析下进行。整个过程要描述出来有难度,这里只说结果,那导流洞上致命的漏洞最终被成功堵住了,一个工程保住了,黄河两岸人民的生命的财产也保住了。

后来,不是没有人想过,如果,万一……

那个比噩梦更恐怖的后果就不说了,但人类又的确应该时时想到那个最坏、最可怕的结果。只有无时无刻都感觉到头上悬着一把达摩克利斯之剑,人类兴许才不会再犯同样的错误,至少在每一次头脑发热时,能感到某种警示和惊悚。

经历了这样一次危机,尽管十年浩劫和狂热还在继续上演,但刘家峡人变得冷静了许多,又回到了那种按部就班的正常的施工状态。对于一个大型水利枢纽工程,这个速度其实也不算慢了。到1974年岁末,刘家峡水电站的五台机组全部建成投产,这也意味着,全国第一座装机容量超过百万千瓦的大型水电站终于竣工了。

而我最早知道刘家峡工程,是在那册早已不知去向的小学或中学课本上,它和长江大桥一样,是毛泽东时代的伟大建设成就之一,创造了一系列的中国之最:中国第一座百万千瓦级大型水电站,中国第一台三十万千瓦双水内冷水轮发电机组,中国当时最大的水利电力枢纽工程。尤其让中国人倍感骄傲和自豪的是,刘家峡水电站是我国自己勘测设计、自己制造设备、自己施工安装、自己调试管理的大型水利枢纽工程。在一个以自力更生为荣的时代,这四个"自己",足以证明中国不依赖外力,就可以靠自己的力量屹立于世界的东方。这又是那个时代的主流话语了,它对我们这一代人的精神影响是异常深刻的,一直到现在,刘家峡水电站带给我们这一代人的精神自豪感依然牢不可破。

然而,历史的真相又如何呢?

刘家峡的雾是一层一层地退去的,这让我有一种很真实的感觉,感觉刘家峡的面纱也是一层一层地揭开的,揭开了一层,又有一层,到现在似乎还没有完全揭开。

之所以选择刘家峡,对于我,不只是因为这是一个国家工程,还因为历史有另一种书写方式。在中国,我还没有发现有哪个水利工程,可以贯穿新中国水利建设的大部分历史阶段:它在新中国成立初由苏联专家参与设计,又由全国人大审议通过,在"大跃进"时代上马,在三年"困难时期"下马,又在经过了三年国民经济调整之后复工,最终在十年浩劫中建成,几乎凝聚了毛泽东时代水利建设的所有经验教训、成败得失。这一坎坷而又艰难曲折的历程,通过它,我们可以清晰地看到一部浓缩的新中国水利史。

而这样的历史还将在新时代续写。由于当年那些由中国人自主设计的、也大长了中国人民的志气的"争气机组""争光机组"一直存在着先天缺陷,自电站运行以来,这些设备的安全隐患一直不断。从1988年开始,刘家峡水电站开始进口法国、加拿大、美国、俄罗斯等国先进的设备、技术和工艺。刘家峡人现在活得比任何一个时代都要清醒,自力更生固然重要,硬骨头精神对于一个民族更是不可或缺,但一个民族、一个国度能够正视自己的落后,坦承自己的落后,有时候比那种盲目自信和自豪感更重要。又何况,有的东西原本就是没有国界的,是不分意识形态的,像科学、技术,是人类的共同财富。而一个常识,刘家峡人比世人都懂,闸门关得再紧,毕竟也要打开,否则一条黄河也会成为一潭死水。只是中国人觉悟到这个常识,也许太晚了一点,要不就会少了许多不必要的坎坷与和不该发生的悲剧。如今,又历经二十多个年头,刘家峡人对五台国产发电机组也进行了长达二十多年的系统改造,使装机容量从原来的一百一十六万千瓦增加到了现在的一百三十五万千瓦,净增装机容量近二十万千瓦,这相当于三门峡水电站现在的两倍。

若同三门峡工程相比,又不能不说,刘家峡是幸运的,甚至是侥幸的。三门峡已被迫把自己从当年中国最大的一个水利枢纽工程降低到一个中型水电站,一直到现在还面临着是去是留的诘问,而刘家峡却把自己越做越大,越做越强。哪怕用现在的眼光看,一直在与时俱进的刘家峡工程也无愧于新中国水利史上的一个得意之作。一个工程能否与时俱进,也不是人类的意志和愿景所能决定的,这里面有一个重要前提:无论在施工中发生了多少问题,犯了多少错误,但一个前提是绝对不能错的,那就是从一开始在选址和设计上必须正确。如果这个前提一开始就错了,无论你以后采取多少正确的方式来补救,都会于事无补、无药可救。这其实就是水利建设最残酷的一面,几乎没有亡羊补牢的可能。

穿行于刘家峡,还能看到很多那个时代留下来的遗迹。在水电站高大的厂房里,一幅毛泽东视察黄河的巨幅油画占据着整整一面墙,油画对面的墙上就是毛泽东的那句名言："要把黄河的事情办好"。这画像,这标语,从1973年电站开始运行后,就一直挂在这里。风流水转,这里已换了一茬又一茬人,但刘家峡人一直舍不得把它们摘下来。也有人建议过,最好换上刘家峡的风景画,但刘家峡人觉得,有些东西是永远无法置换或取代的。

看着一个伟人的巨幅画像,我也有一种岁月倒流的感觉。我忽然想,假如时光能够像这一段黄河一样倒流,历史又是否可以逆转?这是对时间的假设,也只能用时间来做出判决。事实上,半个多世纪的时间也一直在检验它,直到现在。一个水利工程能够运行到现在,无论从哪方面看,它都可以在时间中胜诉了。而我,也没有白来一趟刘家峡,感到又补上了非常必要的一课。

站在刘家峡大坝上,我又一次下意识地凝望那段倒流的黄河。此时,那些雾已不知被吹到哪儿去了,视野格外清晰与辽阔,这让我高度近视的两眼第一次看清楚了这峡谷里的一条大河。这是一条从不屈服于命运的大河,凶险、诡谲、奇崛,处处惊险,却又化险为夷。当你看着她,你会在一种隐忍不言的流逝中渐渐忘怀那大苦大难又大起大伏的一切。面对她,我下意识地弯下腰,低下头,保持了人类最谦卑的姿势。

四　从西到东,穿越河套平原

从青海龙羊峡一直到宁夏青铜峡,均为黄河上游峡谷段。黄河干流上共有三十处大峡谷,二十八道全在黄河上游,占黄河干流全长的三分之一左右。只有两处在中游:晋蒙陕大峡谷和豫西大峡谷。过了兰州,从甘肃省黑山峡进入宁夏境内,蜿蜒穿过牛首山,黄河上游峡谷已悄然走到了尾声,开始向河套平原过渡。在峡谷与平原间,又有一道八千米长的峡谷,但它的气势已远不如上游峡谷那样逼人,这就是黄河上游的最后一道峡谷——青铜峡。

一条大河流过青铜峡,流转空间猛然扩大。在我所经历的河流中,还没有哪条河像黄河这样曲折。她先沿着贺兰山向北,再由于阴山阻挡向东,然后沿着吕梁山向南,在经历了接二连三的几个大转折后,在大地上书写出了一个巨大的"几"字,但这个字人类是看不清的,只有上帝才能看清楚。

青铜峡正好处在这个"几"字一撇的最低端,黄河上著名的龙门和三门峡则位于"几"字的那一钩处。从青铜峡到三门峡的直线距离其实很近,但黄河这么一绕,一下就绕到内蒙古去了,绕出了一个数万平方千米的河套平原。

天下黄河九十九道弯,没有哪一个弯大得过河套。

所谓河套,是河套河之意。河套平原又是一个很宽泛的概念。广义的河套平原,也就是所谓大河套,一般是指内蒙古高原中部的黄河中上游沿岸平原,西起宁夏下河沿,东至黄河上游和中游的分界线——内蒙古河口镇,包括了前套、后套和西套。前套主要指内蒙古包头、呼和浩特一带的平原,也就是南北朝时著名的敕勒川,五代时叫丰州滩,明朝以后又叫土默川,因此,前套平原又称土默川平原;后套指乌拉山以西至巴彦高勒河段的平原,呈扇弧形展开,面积近万平方千米;西套指内蒙古巴彦淖尔市西南部的磴口县与宁夏青铜峡之间的平原,也就是银川平原,而银川平原和青铜峡以南的中卫平原又合称宁夏平原。狭义的河套平原,也就是所谓小河套,仅指后套平原。若不深入其境,你还真不知道,河套平原的组成如此多元而复杂。

一个人从黄河上游的幽深峡谷里走出来,感觉像从一个世界走进了另一个世界,有一种脱胎换骨之感。这里没有山,连山的影子也没有,只有平原。但有一种与之呼应的东西,那是水,河套河,真是河套河,大河套着小河,河流与水渠纵横,流水之声不绝。在这流逝声中,你分不清哪是春秋的河流,哪是汉朝的水渠,然而这所有的水只有一个源头,那就是黄河。这也是人类在这漠北大荒上世代开垦的原因,拥有这样一条大河,就不愁没有水灌溉。那时上游也没有一道道拦河大坝拦着,那时的黄河还是一条畅通无阻的龙脉,贯穿了中华民族的命运,是一条命运之河。

在这样的大地上,你找不到任何中心,也没有边际。唯一的方式就是跟着这里的河流或水渠走。这是一个接近真理的方向,有水的地方必有田园,必有人烟。

站在这一眼望不到尽头的平原上,我贪婪地眺望,天地广阔,万物自在,每一个村庄看上去都是那样遥远,这与旷野的无边无际有关,这个背景太大了,把一切都衬托得太小了。那些正在麦地里忙碌的农人,只有走得离他们很近了,才能看清楚。黄土一样的面孔,黝黑而深邃的皱纹,头上戴着干净洁白的小圆帽,这是一个民族的标志,也是一种信仰的标志。走近他们,让我感觉不仅是同这片土地在接近,也是在与他们的内心接近。他们的耕耘、浇灌,既有像泥土一样的淳朴、深厚,还有一种神性。这是一片有信仰的土地,先必须找到一种理解和默契的方式,才可以真正走进这一方水土。

这个季节,北方称为麦天。太阳将又一茬麦子烤得蓬松而喷香了。这熟透了的麦子,给河套平原带来了无比辽阔的饱满与荣耀。河套平原有两百万亩小麦田。两百万亩啊,我不知道这是多大的面积,我只能看见,一望无际的麦田像油画一样,连麦芒在阳光下也发出金子一样的光泽。看着小麦的长势,这个全国粮食主产区又将迎来一个大丰年。此时,离开镰收割的季节很近了,农人们都在忙着麦收前的准备,维修农机具,清理晒麦场,还得提前准备好足够的柴油。如今的农人们早已不用在石头上磨他们的镰刀了,现在大都实现了机械化耕作和收割。看得出,他们很兴奋,收割是令人兴奋的,甚至是他们的一个节日。这些老大不小的农人,甚至像小孩盼过年一样,早早就盼着麦天的到来。他们也是最忠诚的麦田守望者,这岁月,还能老实巴交地种着自己的一亩三分地,除了对土地和庄稼的忠诚,你已经无法解释。而这样的忠诚,兴许也与他们的信仰有关。

我原本想找一个农民给我当向导,看来是不行了。对于他们,没有什么比麦收更重要,而且得赶紧收,好不容易盼着一茬麦子成熟了,别让它遭来鸟害、鼠害,还要担心雨害。这里很少下雨,可这个季节谁都怕下雨。连县里、乡里的干部也都奔向了农人的麦田。我也就只能一个人在这大平原上游荡了。这样其实也挺好,走过一片麦田,可以蹲在田垄上和这麦田的主人随便唠嗑一下年景。他们很好客,也很高兴和一个外人谈谈他们的收成。路过一个村落,又可以去村民家里讨一碗水喝,顺便打听打听这里的水情和旱情。这其实也是我养成的习惯。逐水而居的老百姓,对于从身边流过的这条大河或许永远都不可能从头到尾去了解,但至少,他们对流经身边的这一段流域很了解,有时候比水利专家了解得更深。我打心眼里,是把他们当作我的老师的,随时随地都会向他们请教。

老陈是磴口县渡口镇东地村的一个普通农民。他姓陈,我也姓陈,一笔写不出两个陈字,五百年前是一家,我们认了家门,也就很自然地拉起了家常。他打着赤膊,一蹭一蹭地擦着他的小四轮,一边和我东一句西一句地谈着他家里的、村里的事情。对镇里、县里的事,他就不知情了,他也不想知道,他一个农民要知道那些事情干吗呢。他说现在的景况是一年比一年好了,这几年,两里路的村道铺上了水泥,多少年没有修的水渠也修好了,他们原来喝水是打井,打出来的是苦咸水,现在已接上了自来水。他家的收入还是靠种粮,除了麦子,还有玉米。说到这里,他冲我憨厚地笑了笑:"家门哪,我得赶快去收麦子呀!"

我把水喝完,赶紧起身告辞。当他在小四轮上支起身子,向我挥手道别时,晌午的阳光把他强壮的胸脯映得一片通红,亮堂堂的。我看了看那擦得锃亮的小四轮,又看了看他,我突然觉得,这是一个能把小四轮擦得亮堂堂的汉子,也是一个能把心擦得亮堂堂的汉子。

感觉是从什么时候发生了变化,我有些茫然,有些浑浑噩噩。这与突如其来的风沙有关。接下来的路,几乎都是在漫天黄沙中穿行。这里的一切都被笼在一个灰蒙蒙的罩子里,尽管乌云密布,但这里很少下雨。

塞北江南啊,名不虚传,但河套平原看似江南,又绝对不是江南。江南有充沛的河水与雨水,这里的河水越来越小,降雨更少,每年平均不足三百毫米,年蒸发量却高达两千毫米。还没有哪个地方像河套这样表达了人类与江河水系那种难以割舍的血脉联系。这是一个完全仰仗黄河水活着的地方,如果没有黄河水的浇灌,我所看见的那像油画般的一切,顷刻间就会像海市蜃楼一样消失,变作一片荒无人烟的大漠。

只有深入,才会看见真相。从西到东,穿越河套平原,这干旱高温的气候和扑面而来的风沙,无情地撕开了一幅幅虚幻的图景。它其实不像我憧憬的那样美好,在这个"黄河百害,唯富一套"的地方,我看到了为水所滋润的一面,也看到了为水所遗弃的一面。

就是在这里,磴口县西北部的沙金套海苏木,我看到了另一个河套。这是一个蒙古族聚居的乡,苏木,在蒙古语里的意思就是乡。这是个半农半牧区,地处乌兰布和沙漠边缘,当年修建著名的三盛公水利枢纽工程时,这里的农牧民也曾踊跃上河工,谁都盼望用自己的汗水把一条水渠引到这沙漠的边缘,这样,世世代代就不愁没水喝了。但远水最终也没解他们的近渴,事实上那水离他们并不遥远,只是黄河水根本就不像他们想象的那样可以取之不尽,用之不竭。喝不上黄河水,他们也就只能自力更生了,打井。

七十多岁的巴特尔老人在巴音乌拉嘎查(村)里住了半个多世纪,每天都为喝水而发愁。20世纪80年代,当地政府在这嘎查里打了一口深井,全村人吃的、用的,还有给牲口喝的水,全靠这口井。井水抽上来后,用自来水管接到了每户村民家里。那水开始还不小,喝起来还有股甜丝丝的味道。但后来就不行了,水越来越小了。边说,巴特尔老人就拧开了水龙头,只有一缕比筷子还细的水断断续续流出。为了多存一点水,老人把家里的水桶、水盆、水壶、水瓮几乎全用上了。不是老人贪心,而是担心,怕突然断水。断水在这里是随时都可能发生的事,如果所有人在同一时刻一齐打开水龙头,这水就断了。每天,这井水都会用得一滴也不剩,有时候还不到半天井底就干涸了。要蓄一夜,才能在第二天清晨浸出一层水,也就刚够把井底盖上。接水、储水是巴音乌拉嘎查人每天最重要的事。老人把这些坛坛罐罐接满,得小半天时间。若是断了水,这一天的日子就没法过了,你想到邻居家去借水,蒙古族人是很慷慨的,可他们宁愿借给你一桶油,也不愿意借给你一桶水。

这井水看着还挺清澈,像矿泉水,但又绝非我们想当然的那种什么矿泉水,有很重的盐碱味,很可能还有别的有害矿物质。听巴特尔老人说,很多喝了这井水的村民都患上了肠胃病,还有各种各样的毛病,有的可能与这井水有关,有的也可能没什么关系,谁知道呢?不管有关还是无关,这里的农牧民别无选择。就算明知是毒药,他们也得硬着头皮喝,总不能活活给渴死。猛地想到一句成语,饮鸩止渴。此时,我的嗓子也干得冒烟了,想也没想,我从巴特尔大爷的水桶里舀了一瓢水,一仰脖子喝下去了。那井水苦涩的滋味儿,是在喝下去之后才出现的,持久而尖锐。

我在巴特尔老人的叮叮咚咚的接水声中告别了巴音乌拉嘎查,这几十户农牧民聚居的小村,被阳光映照着,照得很亮,依然是低矮陈旧、破败荒凉的土坯房。和别的乡村一样,这嘎查里几乎看不到青壮年的身影,他们宁愿背井离乡去外地打工,也不愿留在这里喝这苦涩的井水。巴特尔老人的两个儿子都外出打工了,一年上头很少回来,回来了也过不了这里的日子。在城里再苦再难,也能喝上一口干净水,干了一天活,也能痛快淋漓地洗个澡,这里连洗脸都没有水,洗了菜才能洗脸,洗了脸还要喂牲口。

从巴音乌拉嘎查一路走过来,触目之处,除了山石,就是沙砾、沙丘,很难看到绿色。想一想也知道,连人畜饮水都困难,又哪来的水浇地?天气异常炎热,我一把一把地抹着脸上的汗水。眼前,黄乎乎的太阳照耀着黄乎乎的大地,却难以找到让我眼前一亮的水源。哪怕看到泥坑里的一洼积水,也能缓解一下我极度的干渴。偶尔会看见一些坐在沙丘上一动不动地发呆的老乡,他们那被烈日晒得发黄开裂的帽檐儿都朝后戴着,怕被风吹走。女人们的面孔都用纱巾蒙着,不然就睁不开眼睛。但他们说,只要把这些沙丘挖开,就是很好的土地,只要有水,他们就能种上麦子。类似的话,我也听到巴彦淖尔市的一个干部说过:"我们最缺的是水,只要有水,我们什么样的荒漠都能治理,什么好东西都能种出来。"而在这句话的背后,又是一系列关于黄河、关于水、关于开垦与拓荒的悖论。河套啊,这河套河的河套,人类仿佛被水危机给死死套住了。

最缺水的地方,最多的便是风沙。无论你走到磴口的哪个地方,热烈迎接你的就是风沙。整个河套,实际上被两大沙漠夹持着,西有乌兰布和沙漠,南有毛乌素沙漠。

我离乌兰布和沙漠越来越近了,也可能是乌兰布和沙漠离我越来越近了。听这里的老乡说,在不起风的日子,这上万平方千米的大沙漠,只有无边的空旷和死寂。如果它一直保持这个样子,虽说有些瘆人,让人莫名恐惧,但不会对人类构成真正的危害。真正让人类恐惧的还是乌兰布和的另一副面孔。乌兰布和是什么意思？意思是"红色公牛",一旦发作,就是疯狂。而以它疯狂的力量,几乎可以把整个沙漠搬起来,在半空中呼啸而过。大白天,突然天昏地暗,如同黑夜,在这里是时常发生的事。

磴口地处贺兰山与狼山之间,原本是一个著名的风口,风沙线长达一百五十多千米,号称三百里。追溯这个古老县境的历史,还得从汉武帝置朔方郡开始。朔方郡当时下辖十县,其中有三座古县城遗址都在磴口境内,如今全都被黄沙掩埋了。不过,至少在太史公司马迁活着时,这里还是一块远离沙漠的水草肥美之地,有他的《史记》为证,那时候还压根儿就没有什么乌兰布和沙漠。这里的风沙变成灾难性的,大约是在南北朝时期。由于连年混战,许多老百姓为了在乱世中寻找一条活路,流落到这天高皇帝远的塞北边地,大量砍树、垦荒,将树林变成村庄、田园,原始植被遭到破坏,地表裸露。加之黄河数次改道冲刷,在风的作用下,荒沙被刮起,遇阻碍堆积,形成了乌兰布和沙漠。而曾经水草肥美的磴口古县,也成了荒凉之地,到新中国成立时,磴口仅有两万多人口,比汉代时少得多。

而磴口的风沙变得像今天这样大,听当地老乡们说,还是"大跃进"时开始的。那时候,这里和别的地方一样,砍树、炼钢。这地方的树,长起来不容易,砍起来倒容易,三年"大跃进",砍掉了三万亩树木。这些树林原本就是老百姓千百年栽起来的防沙林,砍掉一片,就出现一个缺口,结果这一带,被砍出了几十处缺口,风沙就是从这些缺口推过来的。那些没有缺口的地方,林带也没有原来宽了,挡不住风沙了。由于乌兰布和沙漠不断从西向东推进,磴口县境内的水土流失面积正以每年二十平方千米的速度扩展,而沙漠移动又直接给耕地带来了盐碱化,磴口县盐碱化的土地已超过三分之二。这不仅是磴口一个县的事,还直接威胁到了西部大动脉——包兰铁路和110国道,同时还对巴彦淖尔盟总干渠形成了严重的威胁。现在,二十里柳子的泄洪闸因泥沙淤塞已被迫废弃,一段很重要的引水渠也被流沙埋没了。被埋没的不只是人类修建的水渠,还有黄河。

乌兰布和沙漠以每年十米左右的速度向东推进,黄河流经磴口县境内五十多千米,每年大约六千万吨泥沙被推进黄河里。用当地老百姓的话说,就是风把沙漠搬进了黄河。我觉得这些老百姓真是语言大师,一个"搬"字,太形象了。你站在磴口呼啸的风沙中看看,更形象。早在1993年春天,由于连续发生几次沙尘暴,加大了对黄河的输沙量,河床不断抬升,致使南套子段黄河大堤决口,冲出了一个八十多平方千米的黄泛区。

一直以来,我都以为黄河成为悬河,是从下游开始的。是磴口,让我纠正了一个认知上的误区,黄河成为悬河,从磴口就开始了。在风沙中,你也能一眼看清楚,黄河河道已比县城高出了五六米。面对正在被湮没的命运,磴口绝对不想成为第四座被黄沙掩埋的县城,他们一直在不遗余力地同风沙作战,同荒漠化作战。1998年,磴口被列入全国生态建设重点县。从1999年开始,磴口开始治水、治沙、治山,截至目前,全县已治理了近十万亩荒山沙漠。我能理解磴口人焦虑而急迫的心情,然而,一个磴口太小了,全凭这样一个沙漠边上的小县,是抵挡不住风沙的,也是保护不了黄河的。如果没有更多的力量加入,磴口县城也许终将成为历史上第四座被沙漠埋葬的县城,这个古老的县境也许会在沙漠中消失。

磴口不只是磴口人的,它与整个河套、黄河的命运紧密联系在一起。随着泥沙淤积加重,黄河内蒙古段在短短几十年便成为地上悬河。但我觉得,这么深厚的泥沙,绝非几十年就能淤积起来。几百年、上千年也不止。黄河成为悬河的历史,也许就像这里的历史一样漫长,只是到了我们所处的这个时代,突然加速了。

黄河,或许真的会像一个伟人发出的天问,黄河涨上天怎么办?

这是一个至今还没有答案的问题,而我只能带着疑问又一次上路。我的脚步在风沙中加快了,仿佛是想逃离什么。

在河套,谁都知道三盛公,但谁也不知道这地方为什么叫三盛公。

这是一个含义不明的名字,不知是否与信仰有关。

天主教传入河套至少有一百二十多年了,三盛公就是西方传教士进入河套最早的落脚地。19世纪80年代,三盛公被定为西南蒙古教区主教堂,并由当时的主教韩默理主持建造了一座三盛公大教堂。这辉煌的圣殿,所用的全部木料砖石都是从甘肃、宁夏等地经黄河用船运来的。这表明,那时从甘肃、宁夏到内蒙古巴彦淖尔市以至磴口县这一段黄河,水流还很大,通航能力还不小。而现在的这条泥沙俱下的黄河,哪里还能行船,有的地方,踩着淤积的泥沙就能跋涉而过了。

一座百年的老教堂,如同时空中的一个参照物,它的存在仿佛是为了衬托人类的另一种伟大创造。从磴口县城朝着东南方向步行三四里,一抬头,就能看见了,在黄河干流上,横亘着一座全长三百多米的拦河闸——万里黄河第一闸。

我怔怔地看着,一座半个多世纪前的建筑,感觉瞳孔正在放大。

尽管我早有心理准备,但它的宏大与雄伟还是超出了我的想象。

一直以来,我都在努力回避某些过于宏大的汉语词汇,但又真的找不到可以代替的词汇。中国的许多水利工程都是无可替代的,而这座三盛公水利枢纽,也同样是无可替代的。迄今以来,这是黄河上唯一的以灌溉为主的一首制引水大型平原闸坝工程。正是因为它,这里才被称为河套平原的源头,才有了亚洲最大的一首制平原引水灌区、全国三个特大型灌区之一——内蒙古河套灌区。走笔至此,简单交代一下,这三大灌区分别是四川都江堰灌区、安徽淠史杭灌区和内蒙古河套灌区,堪称是中华农耕文明的典范和杰作。

登上闸坝,我差点失去了平衡,感觉身体摇晃得很厉害。我只能摇摇晃晃地走着,走过一道三百多米长的闸坝。这样的行走有一种漂浮感,只觉一阵阵窒人的水汽迎面扑来,两耳灌满了黄河浑浊的喧哗声。黄河在咆哮,一条大河被人类拦起来了,一道大坝死死地压在大河身上,它不能不咆哮。

这里有专门的讲解人员,如果没有人讲解,对这里的一切我还真是莫名其妙。

要理解这里的一切先要回过头去看,三盛公枢纽上游黄河,用水利专业术语说,为五十多千米的游荡型河流,水势不稳,河道摇摆不定。这样的河流是灾难性河流,很容易造成堤防决口、洪水泛滥,而三盛公枢纽正是利用这一段黄河的运行规律,变水害为水利,通过这样一道闸坝,把闸前的黄河水位抬高了五米左右,又通过枢纽的调节,水势稳定了,河道也不再摇摆飘拂。而当水位抬高了五米左右后,闸前水位已高过河套平原,这样就能把黄河水引入河套,而且是让黄河水自流到河套平原。假设一下,如果黄河有足够的水,可以渗透到河套平原的每一个角落,甚至可以让乌兰布和沙漠与毛乌素沙漠起死回生,把万里沙漠变成万里绿洲。在那空旷而死寂的大沙漠上,还不知会催生出多少新的生命。然而,这只是我的幻想,如果黄河真有这样大的水量,又何必要从千里之外的长江南水北调?

这里,还是先回到那个历史的开端吧。那是1959年,正是"大跃进"大办水利的时代,但三盛公从一开始就并非一个孤立的工程,这是根治黄河水害和综合开发黄河水利第一期工程的主要项目之一,也是一项国家工程,国家直接投资了五千多万元。这在那个时代已经是大手笔的投入了。按三盛公枢纽的设计意图,除了解决河套地区的一系列灾难性问题,还担负着对黄河中下游的水量调节,发挥防凌作用,沟通黄河两岸交通,保障下游用水。这是一个酝酿已久的工程,也是一个提前上马的工程。从勘测、设计到施工,都有苏联专家上下奔波的身影。这很可能也是苏联专家帮助中国修建的最后一个大型水利枢纽工程,由于中苏交恶,工程还未竣工,苏联专家就奉命提前撤走了,接下来就只能全靠咱们中国人自己干了。当年,为了支援三盛公,黄河三门峡工程局先后派出数百名工程技术人员和经验丰富的老工人来这里施工,国家还为这一工程专门培训了上千名各岗位的技术工人。可以说,这一工程基本上代表了新中国成立初期水利工程的先进水平。1961年5月,赶在黄河夏汛来临之前,三盛公水利枢纽截流成功。而随着三盛公工程竣工,数千年来河套灌区水旱灾害终于有了历史性的终结。

但如果从整个灌区系统工程看,在三盛公枢纽工程竣工后,整个工程还远远没有竣工。水利建设者又挥洒了十多年血汗,在先辈修建的河渠上修建了一条东西长一百八十多千米的总干渠,直到1975年才全面竣工。河套平原引黄灌溉,主要靠这条东西走向的总干渠。这里的讲解员为了让我们这些门外汉能够听懂,打了这样一个通俗易懂的比喻:如果说这条总干渠是河套灌区的血脉,三盛公枢纽就是这条血脉的心脏,正是在它的调节下,河套平原才能从塞外荒原变成塞北江南,而河套灌区灌溉面积由过去不到三百万亩一下翻了五六倍。

一条黄河在这里流淌而过,另一条黄河在这里诞生。

这条总干渠,也被河套人称为黄河,"二黄河"。

历史需要现实来验证。此刻,阳光和大河反射的光芒以交相辉映的方式,把一座造型相当别致的建筑照得通明灿烂。四座引水闸都打开了,黄河水翻滚着,汹涌而来,如排山倒海一般,从闸门里倾泻而出,浑浊的水浪腾得很高,在每一座闸门口形成一道道瀑布,又一齐哗哗地奔向总干渠。那一刻我仿佛又变傻了,我被淹没在一阵阵不可名状的尖叫声里。这并非风景,也没有什么诗意,但很震撼,非常震撼。这样的震撼让我目光迷乱而不安。我不知道黄河还有多少水可以排进来,黄河又还剩下多少水可以流到下游去?

这其实不是我的担心,这是黄河中下游人最揪心的一个问题。

应该说,随着黄河河床的不断淤塞抬升,人类的视野也在不断提升。现在人们看黄河,已不是看黄河流过身边的那一段了,他们的看法就像毛泽东当年的思路一样:把黄河从头到尾看一遍,看看黄河到底是怎么回事。这一看你也许就不是震撼而是震惊了。从1972年开始,黄河几乎年年断流,根本就流不到下游了,很多山东人好多年都没有见过黄河水了,都不知道黄河水是什么样子了。黄河断流,是在下游的山东发生的,山东人若想黄河不断流,他们只能找黄河上游。他们觉得,就是因为上游包括三盛公在内的一个个大型水利枢纽,一道道拦河大坝,把黄河水给拦住了,耗尽了,也就没有水流到下游了。不能说这是全部真相,但至少是部分真相。很多不幸处在黄河下游的人,用他们空洞的双眼看着空洞的黄河,悲愤地说:"我们在黄河流域缺乏一个统一规划,国家在上游投资引黄,新辟了几百亩、几千亩的稻田,与此同时,下游却因黄河断流,消失掉几万亩、几十万亩甚至更多的麦田。这值得吗?"

还有一个比这更具体的故事。三盛公所在的巴彦淖尔市和山东潍坊市是友好盟市,"我汲川上流,君喝川下水。川流永不息,彼此共甘美",然而潍坊正是黄河断流的一个重灾区,潍坊人早已喝不到"川下水"了,只能眼瞅着川上人的甘美而独自啜饮川下的苦涩。一个故事就这样演绎出来了:一位潍坊的官员到了巴彦淖尔,看了三盛公枢纽,又看了河套的"二黄河",也就是那条一百多米宽、总长一百八十多千米的总干渠。当他看着那哗哗流淌的黄河水时,他的目光像我一样迷乱了:"天啊,你们有这么多黄河水!"当时,陪同他的是黄河工程管理局局长王继军,这个工程管理局主要就是负责三盛公水利枢纽工程的运行管理。那位山东汉子情急之下一把抓住王继军,使劲地摇着他的肩膀说:"兄弟,咱们做个交易怎么样?你们不要再引黄河水,你们每年打多少粮食?我们全给你们就是!"

  这个故事一直在三盛公流传,流传了很多年,也不知是哪年哪月的事,但三盛公的很多人都给我讲了这个故事,他们的语气和表情甚至有些自豪,我却感到有什么堵在心口,堵得我透不过气来。这个故事,我没有找王继军本人核实过,但王继军也坦承,若从单纯的经济效益看,像山东这些比较发达的省份在下游用水的效益,要比这里高得多,那里是沿海地区,工业发达,农业现代化水平很高,产量也很高。山东人没有吹牛皮,山东人完全有足够的实力来弥补河套的损失。山东人那笔账算得也很简单,简明而又夺目,极有说服力,但真要算起来却又不这么简单了。如果这个假设存在,如果真的可以这样算账,河套人还真愿意做这笔交易。然而这个假设又只能永远是个假设,因为这里边还有一个被黄河中下游人忽视了的问题,一个大问题,河套原本就是被乌兰布和沙漠与毛乌素沙漠夹持着的一块生态极端脆弱的平原,如果没有黄河水的滋润,河套就只能坐视这里的一切被沙漠吞噬。中国也许可以缺少一个河套平原,但这里还有西部大动脉包兰铁路和110国道,还有连接北京到兰州的光缆、通往西北的电网。这是国家的战略布局,是不可能被任何假设所动摇的。还有,如果河套真的变成了一个大沙漠,中国又多出一个巨大的沙尘暴发源地,黄河水还没有流进山东,沙尘暴就把黄河中下游掩埋了。黄河,还有下游吗?

  听了这话,我心里不像刚才那样堵得慌了,我仰起脑袋使劲透了一口气。

三盛公没有假设,只有真相。这些真相一个外人是看不见的,但一旦被揭示出来,就会让你感到不可思议的惊奇。

我就被这样一个真相震惊了:按三盛公枢纽的设计运转年限,只有二十五年。到现在,它已经运转了半个多世纪,还在继续运转。而这样的水利工程又岂止一个三盛公,在中国,还不知有多少这种超龄服役、老病缠身的工程。又好在中国人有顽强的意志,他们把一个工程用到了极限,还在不断地延续它们的生命。从2002年到2008年,三盛公人对老化的混凝土、金属结构、机电设备进行了除险加固,而施工难度最大的工程是我看不见的,那些水下的工程,而越是看不见的工程,越是关键,也越是危险。三盛公枢纽就在这样的修修补补中,如老骥伏枥般地艰难运转着。

我忽然看见一幅被阳光照得熠熠生辉的题词:"水利是农业的命脉。"——这是毛泽东亲笔手书的八个大字,一直挂在这里,挂了半个多世纪了,我却恍若刚刚才发现。与其说这是一个伟人发出的指示,不如说是一种警示。

艰难运转的不只是工程本身,还有和这个工程一起从娘胎里带来的陈旧管理体制。黄河工程管理局是差额补贴的事业单位,运行管理费用主要依靠水费、电费等收入来支撑。由于电站设备陈旧老化,发电效率低下,还要不断投入资金维修。水费那就更不用说了,以中国水价之低廉,收入差不多只有成本的四成,根本就是不但要赔钱还要赔老本的买卖。而那一点儿比例很小的差额拨款,还经常不能足额到位,拖欠工资的事情时有发生,也就不可避免地引发一些极端事件。

如今黄河工程管理局早已痛下决心,开始改革。现任局长王继军,从20世纪90年代起就担任副局长。以他的阅历,深知要完全靠现有工程来运营,只会越来越困难,若想走出困境,只能以改革的方式杀出一条血路来。但他不可能改变这个机构的性质,只能想方设法广辟财源。他们看到了这里的另一种财源,风景与生态旅游资源。2005年10月,在他们不遗余力的争取下,三盛公终于被评为国家级水利风景区。实话实说,尽管中国现在充满了遍地开花的风景区,但这个地方还是很值得来看看的。走到这里,我仿佛走错了地方,在黄河水量锐减的情况下,这一段黄河因有一道闸坝拦蓄,还能让你看到一条大河雄浑壮阔的气势。黄河与河套,共同赋予了这一方水土以独特的风韵,这里甚至就是一个浓缩的河套,河套河,水连水,满眼都是葱茏树木和湿润的草地,还有大片的黄河湿地和黄河流域难得一见的天然河滨沙滩。入冬之后,这里还可以看到黄河特有的流凌和冰凌。不得不说,无论是在河套,还是在黄河流域,这样的风景已经很难看到了。但我觉得最别出心裁的,还是他们在废物利用上的独特创意。在一次次加固整修工程时,他们拆下来上万件、重达千吨的废旧金属构件,这些废物原本连堆放的地方也没有,卖也卖不了几个钱。不知是谁想出了一个非常好的点子,他们请来了中央美术学院的专家教授,把这些形状各异的废旧金属材料制作成了一件件奇特的雕塑作品,摆放在景区公园。这还真是独一无二的艺术品,很有现代艺术感。这是历史与艺术的一次换位思考,也是人类以艺术的方式对那段历史宿命的回应。通过这些笨重而粗糙的建筑材料,你一看就知道了中国当时的水利技术以及材料、工艺是何等落后。而新中国的水利建设者就是在这样落后的情况下,建起了一座又一座大型水利枢纽。看了这些材料,你又会感受到一种强烈震撼,比艺术更真实。

然而,艺术毕竟解决不了技术问题,人类可以用不断除险加固的方式来延续一个老旧工程的寿命,却始终无法排除它的大限,这个大限就是泥沙淤积。当年这工程的一大亮点,就是利用水势运行规律,成功地解决了所有黄河水利工程都难以解决的一个老大难问题,泥沙淤积。而三盛公对库区和渠道泥沙淤积问题,在那个时代的黄河水利工程中可以说是解决得最好的,至少在它二十五年的使用年限里,一直保证了枢纽运行安全正常,渠道畅通无阻。但由于最近二三十年来黄河内蒙古段泥沙淤积越来越严重,河底蹿高,河床猛抬,三盛公的库容正在逐年减少,而库容减少又让枢纽工程基本上失去调水调沙能力,由此而陷入了恶性循环。

现在这里还剩下多少库容?这一直是我最关心的问题。回答我的又是一个让我头皮发紧的答案:按库区的设计库容为四亿立方米,现在大部分库容已淤死了,仅余一亿四千万立方米。这是精确到了小数点的数字。我立刻进行了一下推算,以这样的速度淤塞下去,过不了多久,我现在看到的一切,都将被厚厚的泥沙淹埋。到那时,人类来这里看到的唯一风景,是沙漠。

当河套平原变成沙漠,下一个又将轮到谁?以沙漠的推进速度,离山东又有多远?

这绝对不是一个假设。三盛公没有假设,一切的真实就是如此。从三盛公出发,走不了多远,你就有置身于沙漠的感觉了。

五　当黄河成为一个悬念

秋天说来就来了。走过河套平原,秋意已笼罩着大青山南麓的托克托。这让人多少感到有些突兀,仿佛没有任何过渡就从盛夏直接进入了秋天。

季节发生如此鲜明的变化,或与这里分明的地理位置有关。黄河上游在这里结束了,而中游从这里开始了。这个开端实际上又是一个大转折,这在地图上看得更清楚,托克托河口镇正好处在黄河那个巨大的"几"右上角,一条黄河在河套平原一路东流,流到这里,一转向南,随即又奔向了漫长的晋蒙陕大峡谷。

一尊躺在碧波之上的黄河母亲像,在这道分界线上长久地凝望。

如果说一条黄河真的就是她的身体,这再次现身的黄河母亲,一定会为自己的消瘦而黯然神伤。一条黄河流到这里,海拔已降到了一千米左右,眼前的河床上满布沙洲、岔流,一种山河破碎的悲凉,托克托河口镇的老乡们把这样的河流叫"破河"。历史上,这一段黄河的河道又极不稳定,忽南忽北地摇曳摆动,形成了许多牛轭湖,俗称"死河筒"。每到汛期,洪水漫溢为一片浑黄的水泽,等到汛期一过,黄河又是一条直揪人心的"破河"了。

对这一段流域最清楚的还是守望在这里的人。

辛师傅,一位瘦骨嶙峋、黑黝黝的汉子,他在这里已经干了三十多年的水文监测员。这年过半百的汉子,看上去已经是一个沧桑老人了,两鬓斑白,皱纹布满额头。这样一个人,站在空旷的河谷里,一下就突显出了一个水文人那种特有的孤独之感。我慢慢走过去,指着眼前这条瘦弱不堪的黄河问他:"这水,怎么变得这样小了? 是什么时候开始的?"他愣愣地看我一眼,没好气地说:"这水不小了,你还没看见水最小的时候呢,哪像一条大河啊,跟一泡马尿似的。"我笑了笑。我这一笑让他有些诧异,还没等我追问,他就道出了实情:"由于上游一座座水利枢纽层层拦截,过一道峡谷,黄河就被截流一次,黄河水在这里,已经变得特别小。"

这是一位直爽的汉子。他的直言,验证了我一个由来已久的猜测,黄河水量锐减的原因,其实与气候、与所谓全球变暖并没有太直接的关系,一个最直接也最主要的原因还是人类修建的这些水利工程,改变了一条大河的自然规律。

当黄河水越来越小,黄河似乎也跟人类开起了恶劣的玩笑。

我来这里时,正赶上黄河汛期,但黄河早已是一条没有汛期的河流。要说也有,但不是洪汛,而是凌汛。越是丰水季节,这里水越小,而每到开春时,正是黄河枯水季节,黄河水反而变得很大。这话,听起来很反常,但只要这里的水文人员给你一解释,你就恍然大悟了:每年开春,正是大河上下冰雪融化的季节,大量解体的浮冰、冰塞和冰坝全都堵塞在河道里,河水于是猛涨,这就是黄河凌汛。——这也是黄河和长江防汛最大的不同,长江防汛主要是防一年一度的夏汛或秋汛,而黄河每年要防两次大汛,一是洪汛(辛师傅解释说,虽说现在的洪汛很少有了,但每到汛期,还是要严加防范),二是凌汛,现在主要是防凌汛。春天,成了这里的人最恐怖的季节,尤其在这样一个黄河的转折点上,历史上就是凌汛的重灾区,每一次凌汛来临,河道里冰积如山,水势汹涌,那巨大的浮冰在河道里横冲直撞,左冲右突,堤坝被撞击得撕心裂肺,一旦决口,顷刻间就会淹没河套平原上的很多村庄。就在我已走过的磴口一带,1933年就发生过凌汛决口,不知有多少人葬身于这冰山雪海般的凌汛水中。新中国成立后,沿黄各地政府在抗击凌汛上加大了力度,每到关键时刻,解放军就会调动飞机、大炮和炸药,炸毁冰坝,像是一场真正的战争。

除了凌汛,从这里开始,随着海拔的逐渐下降,黄河的泥沙也越来越大了,河床却在泥沙的哄抬下不断增高。——按黄河委员会的划分,从河口镇到郑州桃花峪为黄河中游。黄河中游有多长呢?一个非常好记的数字:1234千米。这1000多千米的黄河,约占黄河总长度的五分之一,却给黄河带来了九成以上的泥沙。

英国诗人布莱克说,在一粒沙上可以看见世界。

世界太大了,不过,要说在一粒沙上看见黄河,则一点也不夸张,这甚至就是黄河写在沙上的卦辞。黄河的一半是沙子。"九曲黄河万里沙",从刘禹锡的一句诗可知,唐朝的黄河就已经是一条泥沙俱下的河流。大河上下的老百姓说得更形象,"九曲黄河十八弯,一碗河水半碗沙",这一句民谚,被黄河两岸的老百姓从古说到今。

那么不妨用科学的方式来检测一番。张晓华是黄河水利科学研究院一位70后工程师,对水质的监测,几乎是他每天都要做的事,他仔细得像查验血型。据他的监测数据,目前,从中游进入黄河下游的粗泥沙约占总沙量的二成,其淤积量却占到总淤积量的一半,又主要淤积在主槽中,对河道行洪极为不利。黄河泥沙的主要来源,就是我正在叙述的这一千多公里的中游河段内,河道淤积与侵蚀河段交互出现,峡谷与宽谷相间,由于夏秋季多暴雨,洪峰流量大,沙源丰富,又有三十多条大小支流汇入黄河,这为黄河补充了四成以上的宝贵水量,也给黄河带来了大量的泥沙,黄河中游的含沙量占全黄河沙量的九成以上。这使得黄河成为世界著名的多沙河流,也是黄河变成悬河最直接的原因。

黄河成为一个巨大的悬念,就是被这些泥沙堆上去的。

谁都盼着有"黄河清,圣人出"的那一日,但中国出了那么多圣主明君,黄河的泥沙非但没有减少,半碗沙反而变成了大半碗沙。为了控制住黄河的泛滥,治黄成了历代统治者最大的功德。几乎每一个皇帝,哪怕昏聩到了极点,也知道治黄是天下大事,否则这天下顷刻间就会被黄河淹掉一半。而那些黄河沿岸的"官员",更是如履薄冰,有道是,"黄河决了口,县官活不成"。为了抵挡黄河的洪水,从皇帝到县官,几乎每年都要大规模征发徭役,以人海战术和大量土石方修起千里长堤,如同一座在水上直接筑起来的万里长城。但道高一尺、魔高一丈,堤坝增高一寸,泥沙又淤积一尺,人类的速度总是赶不上河床淤高的速度,黄河也就越来越悬,一旦决口,便是灭顶之灾,这千里平川之地,想找一个躲水的山头也不容易,全靠黄河大堤来挡水。

黄河到底有多悬?一个伟人眼睁睁地看见了。走笔至此,或许,又得重提那段往事——

1952年秋天,毛泽东在开国之后利用休假的时间第一次出京视察,几乎就直奔黄河而来。他一路马不停蹄,对山东、河南境内的决口泛滥最多、危害最大的险工河段进行了为期一周左右的深入考察。

柳园口,黄河中游的一处险工。所谓"险工",是一个水利科技名词,一般指河流常受大溜冲击的堤段、历史上多次发生险情的堤段,还有那些时常决堤又被人类重新堵上、加固了的堤段。黄河险工有悠久的历史,早在西汉成帝时,就有关于险工的记载。毛泽东沿着黄河大堤从山东到河南,在那个太阳朗照的秋天一路走过来,不知已走过了多少险工。当他走到开封城北的柳园口,他站在这里,好像再也走不动了,只把一双眼大睁着。

这就是悬河啊!一代伟人发出了这样的喟叹。

这悬河到底有多悬?没有人比开封人更清楚,黄河水面比开封城整整高出四五米。站在堤上,浪花簌簌地飞溅到身上,溅在身上的不只是水花,还有被河水打上来的泥沙。这还不是汛期,若是汛期那水该有多大,想一想也就知道了。而一座开封城就全靠这大堤保佑了,大堤一旦决口,这千年古都瞬间就会被洪水吞没。毛泽东把目光赶紧转开了,好像急于躲开这不祥的景象。

危险的何止一个柳园口,还有兰考的杨庄,黄河在这里拐了个弯。一个身影,又出现在一段险要大堤上。这个人走到哪里,绝对都是一个高大的形象。这个季节,洪水退走几个月了,但洪水在防洪大堤上横冲直撞的痕迹,依然像撕裂的伤口一样,久久难以弥合。就在这年7月,黄河直捣杨庄险工下部,危机四伏。幸亏有解放军日夜抢险,用身体筑起一道道人墙,又在险工下部沉下了好几条船,大堤才没有决口。此时,毛泽东低头看着大堤上的一道道豁口,脸色凝重。他的沉默,也让众生沉默。慢慢地,他又抬起头来看着从天际流来的黄河,虽说汛期已过,此时的黄河水位不高,但那一种高悬于大地之上的气势,不说长时间生活在这里的人,哪怕一个外人,在这里瞅一眼,立马也会把心悬起来。黄河真的就是这样悬啊。一个伟人的目光,就这样出神地瞅着,又似乎望得很远,远得无法收回来。良久,他才忧心忡忡地问了身边的王化云这样一句话:"黄河涨上天怎么办?"

一个伟人的发问,如同天问。这也是王化云多少年来一直在思虑的问题。

王化云其实不是水利专家。1935年,他毕业于北京大学法律系,法学才是他的专业。然而严酷的现实只能以另一种方式让他在历史上浮现,救亡图存是那一代中国人最大的使命。他曾参加过"一二·九"运动,随后又投身于抗日救亡之中。但他一生又仿佛注定要为另一种救亡图存而生。黄河是一个民族世代的忧患,如何才能解民于倒悬,又何尝不是一种救亡图存啊!把一条洪水泛滥的黄河管束起来,让它驯服于人类的意志,也成了他一生的使命。1940年夏汛过后,刚过而立之年的王化云就被边区政府任命为冀鲁豫区黄河水利委员会主任,他的治黄生涯从此开始了。解放时,他已经历了十年治黄,虽说是半路出家,但这么多年的治黄经历加上他的全身心投入,使他从治黄的外行逐渐成为一位经验丰富的治黄专家。甚至可以说,他是几乎不可避免地成了一位治黄专家。新中国刚刚诞生,他就被任命为共和国首任黄河委员会主任。从此之后,无论历史潮起潮落,他把自己一生的心血都交给了黄河,潜心治黄长达四十年之久。在很多人心中,他甚至是一位功不可没的大禹传人。为了治黄,他先后提出了"宽河固堤""除害兴利,综合利用""蓄水拦沙""上拦下排"等一系列主张。

不过,此时,毛泽东和王化云还是初次见面,对这个名字还挺陌生,他问王化云的名字是哪几个字。

王化云回答后,毛泽东幽默地说:"半年化云,半年化雨就好了。"

博学而风趣的毛泽东,时常以这种幽默的方式记住每一个应该记住的名字,同时也说出他的真理。

从那以后,贯穿整个毛泽东时代,新中国治河的一个核心意图就是"上

第一章　当黄河成为一个悬念

拦下排"。而最早提出这一策略的就是共和国的首任河官、被毛泽东戏称为"黄河王"的王化云。从这个意图出发,最早提出在黄河上游的峡谷地带修建一系列梯级水电站的也是这位"黄河王"。一系列梯级水电站就是在这样的思路中被推出来作为国家工程的,一座座拦河大坝在黄河中上游干流上以不可逆转的意志崛起,黄河被一段一段地拦腰截断,筑起了一系列可以为人类掌控的梯级水库,每一座水库上都建起了水电站。但发电从来不是人类建水电站的第一目标,按人类的核心意图,还是通过这些水利枢纽来调节黄河水量,发挥防洪、灌溉、发电、航运、养殖等多种功能和综合效益。这其实也是共和国每一个水利枢纽工程的普适性目标。

黄河还真是被人类征服了,已经多年没有过洪水了,现在别说洪水,很多地方连水都很难看见了,在毛泽东生前就已断流了。不能不说,这是黄河上游的那些水利枢纽工程起到了关键性作用,人类的第一个核心念头已经相当成功地实现了,尽管黄河还是一个悬念,但一年一度的洪水连同汛期都已销声匿迹。假如毛泽东能够如愿以偿,从黄河的源头一直走到黄河的入海口,他可能更看不懂这条黄河是怎么回事了。而现在人们最渴望的,是黄河之水天上来,奔流到海不复回,让水在每一条干涸河道里滔滔不绝地流淌。

事实上,这样的景象已经很难看到了,但至少在一个地方还能看到——壶口。

一条大河,仿佛要给世界一个不同凡响的高潮。

不观壶口大瀑布,难识黄河真面目。——这样的说辞实在太多,我其实不太相信。

在托克托河口镇完成一次大转折后,黄河由鄂尔多斯高原一路挟势南下,一道漫长的大峡谷北起托克托,南至山西河津禹门口,穿越了晋蒙大峡谷,黄河便一头扎进了左带吕梁、右襟陕北的晋陕大峡谷。河谷深切于黄土高原之中,由一千米逐渐降至四百米以下,谷深百米以上。这条大峡谷和上游那些峡谷最大的不同,就是没有被别的地形、地势分割,以连绵不断的方式构成了黄河干流上最漫长的连续峡谷,全长七百余千米。

穿行于晋陕大峡谷之中,东岸为山西,西岸为陕西,两岸都是像铁矿石一样的褐黄色崖壁,岩缝中生长着稀稀拉拉的野草杂树。峡谷也是河谷,但几乎看不见一条黄河在哪儿,裸露的河床如同粗糙的旷野,寸草不生。经过一座石桥,桥底下,只有偶尔的阵雨留下的一摊浅显的积水。这河床上,也是像崖壁一样的黄褐色岩石,没想到,泥沙俱下的黄河还有一个坚如磐石一样的底部,不是坚如磐石,而是真正的磐石。在毒辣的日头下,这灼热的石头踩在脚板心里一阵阵发烫。

荒凉河谷里,有人正拉长声音吆喝:"骑马啊——照相啊——十块钱一张啊!"

扭头一看,但见昔日的战马,站在不见流水的河床上,披红挂彩,充当着游客们到此一游的背景和道具。我加快了脚步,不是为了躲避这些拉客的马帮,好像是急于躲开某种不祥的景象。当一条大河上可以骑马,这个世界上已经充满了荒诞的不祥气息。再往深处走,宽敞的河谷随着我越来越快的步伐变得越来越逼仄,最窄处,不到三十米,从陕西一眼就能看到山西。这个最窄处,如同壶口,就是壶口!

在看见壶口之前,先看见一块巨石,有人说,这块石头就是从黄河底下淘出来的,这也是壶口瀑布的标志石。站在这里,我的身体又一次倾斜,而思维是有惯性的,我在想,一直在想,一条黄河,又将以怎样的方式从那举世瞩目的壶口脱口而出?

必须走近,走得很近了,才能感觉到干燥的空气里终于有了弥漫的水汽,甚至可以清晰地看见被阳光照亮的水分子。眼下,一片河水正在宽阔的河床上缓慢地汇聚,这是一个漫长的过程,长达数千里。那从源头流下来的每一滴水,都会在这里集中,最终变成一道瀑布,坠入一条深深的水沟。这条水沟就是黄河,当黄河在河床上消失,庆幸还剩下了这样一条水沟,一道裂缝。当坠落成为一种力量,才能感到一点儿瀑布的气势,这是一条大河最后的底气,最后的力量,黄河所有的流量,此刻,都集中在这条水沟里。

天下瀑布,我也见得多了,无不是从天而降,壶口瀑布却是从河床上直接跌入了一条比河床更深的沟壑。这也许是壶口瀑布最独特、最出人意料的地方,你不必仰望,只需俯视。每个人都弯着腰,低着头,人类也难得在一条自然河流面前表现出如此谦卑的姿态,这样才能看见流水与石头的交锋。这是一场无止无休的自然战争,那久经河流冲击的岩石,宛如刀锋划过一般锋利,这也许是一条大河最后的锋芒。亿万年来,黄河就是以这种锋芒毕露的方式,在晋陕大峡谷中打造出了一条神奇而壮丽的百里画廊。那层层叠叠的岩石,像一册册九天玄女的天书,从中,你可窥探到大自然的奥秘,感受到水的力量、风的动力以及寒来暑往、冰消雪化、四季循环的岁月轨迹。这神奇的大峡谷地貌,就是天地间的各种力量共同创造的神奇杰作,也把晋陕大峡谷打造成了中国壮美的十大峡谷之一。大自然打造一条大峡谷的同时,也把黄河变成了一条真正的"黄河"。由于深切于黄土丘壑之中,这一峡谷河段的含沙量竟占了整个黄河的一半以上,不是沙,是砂,握在手里,是一把把粗粝的黄砂,它不会像水一样从指缝间流出,只会把手心硌得生疼。

恍惚中,我听见了,也只有在这里还能听到"风在吼,马在叫,黄河在咆哮,黄河在咆哮……"然而这咆哮之声,却如同受伤的战马在长风之中发出悲怆嘶鸣。峡谷中的水流,在人类的脚下扭曲、翻滚或挣扎,没有汪洋恣肆,也没有冲天而起的大浪。如果不是眼睁睁地看着,如果不采用最夸张的特写镜头,真的不敢相信,这就是中国第二大瀑布、世界上最大的黄色瀑布,感觉如同一条南方湍急的山涧。我拍下的照片,也只是一种假象,一个伪证,我把一朵浪花放大成了巨浪。

突然想,《黄河大合唱》,也许,也许真的快要成为黄河的绝唱了。

还有更让我吃惊的一个事实,眼下这黄色的瀑布不是黄色的,在黄褐色的沟壑间,也不见黄色浊浪,在我眼里和镜头里同时呈现的,竟然是清澈泛绿的水流和绽放的雪浪花。这不是我的发现,很多人都发现了,世界上最大的黄色瀑布已经变色,黄河变清了,壶口瀑布变清了!"黄河清,圣人出",这世代的梦幻现在真的变成了现实,难道在我们这个太平盛世,真要出圣人了?

然而,我很快就听到了一个灾难性的警告:"黄河变清了,必有大灾!"

发出警告的是和我一路同行的老马,甘肃省社科院文化研究所所长马步升,这个喝黄河水长大的西北汉子,许多年来,一直在研究黄河的历史文化。他的说法有些危言耸听,历史上每一次黄河变清,都是因为极度的干旱,上游来水锐减,对泥沙的冲刷减缓,这才让壶口瀑布的水流明显变清。这意味着那些没有冲刷而下的泥沙,或许是淤塞在壶口上游的河床上,而这种淤塞的可怕后果,又会在大旱之后带来大洪水,形成旱涝急转的双重灾难。

而眼下黄河变清,也被当地气象部门验证是灾难性的。由于近日北方天气干旱,黄河水量减少,对泥沙的冲刷减缓,这才让壶口瀑布的水流明显变清,这意味着那些没有冲刷而下的泥沙,或许是淤塞在壶口上游的河床上和那些水利枢纽工程的水库里、闸门口,而对这种淤塞的可怕后果,已经不用我在这里喋喋不休地重复了。

从壶口瀑布往下走,水流越来越小。水落石出,在黄河谷底,赫然冒出了两块棱形的巨石,这就是被古人称为"九河之蹬"的孟门。河水流过这里,被巨石一分为二,从巨石两侧流过后又合二为一。这样一个地方必有传说发生。相传,这两尊巨石原为一座阻塞河道的石山,大禹治水时将石山一劈为二,从此河水畅流,十里之外都能清晰地听见喧嚣涌来的流水声。这个传说与青铜峡传说如出一辙,看来大禹治水也就那么一板斧。又传说,古时有孟氏子弟被河水从上游冲来后在这里获救,从此孟氏将此地命名为孟门,以纪念这绝处逢生的重生之地,而这座"南接龙门千古气,北牵壶口一丝天"的孟门,也成了与龙门、壶口并称的黄河三绝。然而,眼下这一座孟门却不见激越的水流,不说十里之外就能听见流水声,哪怕连脚都踩在水上了,也只闻隐隐的呜咽声。

龙门,也是我必须去看看的。我感觉我已经不是去看黄河的一处风景,而是在绝望地寻找一个回答。李白一生写了很多关于黄河的诗,很多都是名句,都是绝唱,如"黄河西来决昆仑,咆吼万里触龙门",气势磅礴!不是李白写得有气势,是龙门本身有气势。这座龙门,就是晋陕大峡谷的南端出口,两岸峭壁夹峙,形如一座壁垒森严的门阙。说到此,又与大禹治水有关了,据《尚书·禹贡》记载:大禹治水,"导河积石,至于龙门",这就是说,当年大禹治水,他所抵达的黄河最上游就是这里了,而龙门在很长一段时间也被古人视为黄河的源头。不过,我更喜欢的还是一段民间传说,在龙门山北有一道河口,很像龙门却不能通,传说这是大禹的父亲鲧治水时所凿,但鲧是一个失败的治水英雄,这个没有凿通的水道也成了一个失败水利工程的标本,当地老乡给它起名为"错开河"。又一说,这条错开河其实也是大禹开凿的,神人般的治水英雄也同样会犯错误,大禹的幸运是因为有神灵给他及时发出了警示。这神灵是一只忽然飞来的大鹏鸟,在半天云里大声尖叫:"错开河,错开河,开西不胜往东挪!"大禹善辨鸟语,他一下听懂了,知道这条河开错了,赶紧命令民夫改向东挪,开向了现在的禹门。也正因为有了这一段传说,龙门,也叫禹门口,在河中岛上曾建有大禹庙,还塑造了一尊大禹的雕像。如今,庙已荡然无存,但一座雕像犹在,只是这伫立于无尽岁月中的大禹,已是一个远离了黄河水的治水英雄。一条瘦弱无力的黄河,已经流不到他的足下,这让一个亘古的治水英雄,好像陷入了孤立无援的境地。

除了大禹治水的传说,这里还有一个家喻户晓的传说:鲤鱼跳龙门。据《三秦记》载:"大鱼集龙门下数千,不得上。上者为龙,不上者鱼……"又云,"龙门之下,每岁季春有黄鲤鱼自海及诸川争来赴之。一岁中登龙门者不过七十二。初登龙门,即有云雨随之,天火自后烧其尾,乃化为龙矣。"鱼龙变化,在此一跃。虽说是神话,这里的鱼之多却是真实的。听这里的一个老人说,他小时候,每年的三月冰凌才过,这里便有成群的鱼,最多的就是鲤鱼。这些鲤鱼来这里是不是想要跳龙门,那是神仙才知道的事,而大多数鲤鱼都成了人类的盘中餐,黄河鲤鱼是有名的美味,又以三月最鲜。

一条在晋陕大峡谷里滔滔流淌的黄河,自古便是难以被人类驾驭的天险。人称"禹门三级浪",鲤鱼溯水而上,上到这里便上不去了,黄河上的行船行到了这里也过不去了。这难以逾越的黄河天险,在真正的勇士面前,却常常会变成一条捷径。

一段来自毛泽东身边工作人员的回忆——

1936年早春,毛泽东率领红军东征,从陕北渡过黄河转战山西。当时,正值黄河凌汛,大河里漂浮着一块块磨盘大的冰块,而被堵塞的河水又急于从这些冰块中脱身,这河水与冰块之间的争持与搏击,发出天崩地裂般的巨响。毛泽东就坐在一条东征的木船上,一条船被冰块和河流裹挟着,拼命挣扎着,颠簸、摇晃、倾斜,头顶上还有寒风呼呼刮过。那些年轻的警卫战士,心都剧烈地跳了起来,一个个僵着身子一声不出,仿佛一开口就是惊天动地的事,又仿佛在等待着什么可怕的事情发生。毛泽东却一身轻松地坐在船上,谈笑风生。他指着那些头上包着白羊肚毛巾、喊着号子的黄河船工说:"看,这就是我们民族的精神!"

看着警卫员们渐渐放松了,他又问:"呃,你们谁敢游黄河?谁游过黄河?"

几个人这下更放松了,有人说给彭总送信时游过,有人说发大水时游过,还有的说在枯水季节游过。

"那太好了,"毛泽东豪迈地把手一挥,"来,我们不用坐船,游过去吧!"

这话,又把几个警卫员吓坏了:"啊?河里还有这么多冰块,怎么能游?"

毛泽东笑了,他好像就等着这句话呢,看着这些战士,他说出了这样一句名言:"你们可以藐视一切,但是不能藐视黄河。藐视黄河,就是藐视我们这个民族!"

这话也让我怦然心动,一条大河和一个民族之间竟有如此深刻的联系。而当我真正走到黄河,置身于这如同天堑般的大峡谷里,我才感到了内心的震撼。

忽然听见一种异样的声音,一种非常奇怪的声音,纤夫的号子声。这声音曾贯穿了我的整个童年,那时候我强壮的父亲和十多个纤夫,弯着腰,背着纤,拖着一条沉重的大木船,在狂暴的风浪中一步一步地前行。——那是发生在另一条大河上的事情,此时却在这条北方的河流上产生了回响。或许是童年的记忆过于深刻,那激昂而又悲怆的号子声,时常在我的耳畔响起。我心里十分清楚,这样的幻听是危险的,这是一种可能早已不存在的声音。然而,现在我又听见了,真真实实地听到了。一条老船,停在离壶口瀑布不远的黄河岸边。那喊着纤夫号子的是一个老汉,身上落满了尘土,头上扎着一条土黄色的羊肚子毛巾,脸上淌满了污黑的汗水,哪怕看他一眼,我也感到酷热无比。从他死死地盯着我的眼神看,我立马就知道他现在干的是什么营生,但我还是不由自主地走过去。

这是一条由木板钉起来的破船,它比眼下这条黄河还干,从头到尾都是干枯的裂缝,早已嗅不到一条船的水分和气味。

这老汉很健谈,一根烟就让他打开了话匣子。听他说,早先,也不是太早,也就四五十年前吧,黄河上下往来船只很多,但都过不了壶口这一关。从上游来的船,先得将货物全部卸下船,换用人担、畜驮,沿着河岸运到下游码头。这船呢,也只有靠人力拉出水面,又在船下铺设一根根圆木,托着空船在河岸上滚动前进,一直拖到壶口下游,再将船放入水中,装上货物,继续下行。——这是黄河航运史上最悲惨的一幕,也是一道永远不复存在的风景,旱地行船。虽说有一些圆形木杠铺在船下滚动,但为了把一条船拖过壶口,常常需上百个纤夫一起拼命拉纤。最使力的方式就是用膝头抵着地上的石头,一跪一拜地把船往前拽,很多人都深信这样可以感动龙王爷,其实也是为了更好地使劲儿。为了把力气往一处使,每个人都喊着号子。他们只能以这样的号子声来表达他们与河流共同的宿命,那号子喊得又曲折又漫长,我听见了,我眼前的这个老汉正在喊呢,听起来,比他的一生还曲折还漫长。这号子也让我深信不疑,这老汉就是当年的一个纤夫。

如今,一切早已恍若隔世。这里有了公路、铁路,又修起了黄河大桥,黄河上下已很少看到船了,连往来两岸的渡船也非常稀罕了。就是没有这些公路、铁路和大桥,眼前这一点儿黄河水,也载不起一条船了。黄河,早已失去了航运价值。而眼前这条老船,再也没有人把它拖过壶口了,命定的,它只能被永远搁浅在这里,那"旱地行船"的悲惨景象,也成了我等游人凭吊的一道风景,绝美的风景。那么,一个当年的老纤夫,每天又守着这样一条破烂不堪的老船干吗呢?不说你也知道,一条船的主人和一匹马的主人以不同的方式干着一样的营生——为了招徕游客来这里照相留影。我感到这老汉很可怜,这实在是很可怜也很廉价的营生,跟这个老汉和这条老船照一张相十块钱;照了,又感到这一切虚伪得要命。当现实变得虚伪了,历史才会变得很可怜。

然而,只要你一低头,就能看见河岸上那被船底的滚木和纤夫们的膝盖擦划出的一条条深痕。在这个老人赤裸的肩膀上,还能看到那被坚硬的纤绳勒出来的印痕,深邃、暗红。这一切又是那么残酷而真实,越是年深月久越是触目惊心。

对于他们,这其实没有什么,这只是他们在另一段岁月里的庸常生活。

看见了这一切,再去看壶口或龙门,我才知道了,什么是真正的绝唱。

六　最后的峡谷

过了关中,进入豫西境内,就到了黄河那个巨大的"几"字一钩处。依然是峡谷,豫西大峡谷。这也是黄河干流上最后的峡谷,而峡谷中最重要的一个峡谷,无疑就是北邻山西、西邻陕西、地处豫西的三门峡。

一座三门峡,一座号称"万里黄河第一坝"的混凝土大坝,在第一时间就猛地扑进了我的眼帘。——这是新中国在黄河干流兴建的第一座大型水利枢纽工程。此地正处于秦、晋、豫三省之间的"金三角"地区,在这里修一座水利枢纽,与其说是人类的抉择,不如说是上苍与历史的双重安排。至少从表象上看,这里还真是值得建一座水电站。然而,我们在阳光下眼睁睁地看到的一切,有时候却是某种错觉或幻觉。

从黄河上游一路走来,每一座水利枢纽工程看上去都是那样沉重、庄严、宏大,又一次下意识地抬头仰望,这是我早已习惯了的一种姿态。就是这道我不能不仰望的大坝,把黄河上游的来水几乎全部拦截在这里了,形成了一个水域面积约两百平方千米的平湖。忽然想起了李白的两句诗:"黄河落天走东海,万里写入胸怀间。"但比李白更有气势的还是今人,譬如贺敬之的那两句绝唱:"责令李白改诗句,黄河之水手中来。"

当时中国要建大型水利工程,无疑还得仰仗苏联专家。1954年初,以苏联彼得格勒水电设计院副总工程师柯洛略夫为组长的专家组,对黄河进行了五个月的实地勘察。柯洛略夫对多个选址地进行比较之后，下了这样一个判断："任何其他坝址都不能代替三门峡为下游获得那样大的效益，都不能像三门峡那样能综合地解决防洪、灌溉、发电等各方面的问题。"柯洛略夫的话虽然很有权威性，但中国专家并非一味盲从，此前他们也反复进行过论证，选址三门峡的确有很多得天独厚的优势：一是三门峡谷是黄河中游河道最狭窄的河段，便于截流；二是黄河三门峡谷水流湍急，建坝后容易发电；三是三门峡谷属石质峡谷，地质条件优越；四是人门、鬼门、神门三岛属岩石岛结构，可作为坝基，有利于施工导流；五是三门峡位于黄河中游的下段，是黄河上的最后一道峡谷，拦洪效果最佳；六是控制流域面积大，能最大限度减轻下游水害。

这就是说，苏联专家和黄河委员会几乎是不谋而合。

一年后，历史选择了三门峡，也决定了三门峡的命运。

1955年7月，全国人大一届二次会议召开。三门峡工程提交国家最高权力机关审议，全体人大代表一致举手通过，全票通过！

一个民族千百年来的梦想，俨然就要变成现实。

三门峡不但在中国一夜家喻户晓，也成了世界各大媒体瞩目的焦点。

周恩来风趣地说："作了这么一个世界性的报告，全世界都知道了。"

就在三门峡工程还在理顺管理机制时，出现了一个插曲。一个德国的水利专家来到三门峡坝址，经过勘测，他给这尚未动工的工程提前下了死亡通知书："在三门峡筑起大坝，无疑是在修建一个祸害关中的死库！"此事是否当真，还有待进一步核实，但当时，一个中国水利工程专家发出了不同的声音，则是众所周知的事实：1956年5月，黄河流域规划委员会收到清华大学教授黄万里的意见书。黄万里是第一个全面否定了苏联专家意见的中国人，此人人微言轻但胆子不小，他指名道姓地说国务院某副总理的人大报告"不正确"。他立场鲜明而坚决地反对修建三门峡工程。这在当时，以致后来，直到现在，都是不可思议的。

每一个大型水利工程，都是从一个近乎完美的计划开始。人类总是充满了美妙的设计，最正确的决断。但也必须有另一种人存在，说出最坏的结果,哪怕只是一种可能。黄万里就属于后者。这是一个说起来就会让人心情复杂的人,自1937年留学归国起,他倾毕生心力于国内大江大河治理。他的声音是那样微弱,他不是人大代表,也不一定就是真理的代表,但他代表着科学家的良心,他也将为一个科学家的良心而付出政治上的代价,他扮演的都是一个灾难性的预言家。一直到死,对很多人来说,他的声音都像乌鸦一样刺耳难听。中国有太多的喜鹊,最缺少的就是这样的乌鸦。

1957年6月,由周恩来亲自主持,水利部召集七十名学者和工程师在北京饭店开会,给苏联专家的方案提意见。黄万里很幸运,他也在被邀请之列,这等于给了他一个充分发表自己意见的机会。最重要的发言无疑是苏联专家,那是普希金运用过的语言,充满了美妙的梦态抒情色彩,让与会专家学者听得如醉如痴,他们对苏联专家描绘出的一幅三门峡水库建成后的美好图景赞不绝口。只有黄万里还在脸红脖子粗地据理力争,他主张把因势利导作为治河策略的指导思想,从江河及其流域地貌生成的历史和特性出发,全面、整体地把握江河的运动态势,认识和尊重自然规律。——他的这一理论,在学术界有广泛的影响。他一生坚决反对修建黄河三门峡水利工程,后来又反对长江三峡水利工程,就是源自其水利的基本理念和对中国水资源的客观评价。但他的意见均未被决策者采纳,从头到尾,他只能扮演一个灾难性的预言家,这是他的宿命。他预言:"若在三门峡修水库,黄河潼关以上河段将大淤,并不断向上游发展,黄河下游的灾情将移往上游。特别是渭河,那里的老百姓将像下游的百姓一样,整日顶着架在他们头顶上不断增高的河床,一旦有一日老天发怒,黄河会将他们全部淹没。"

但在讨论会上,他的悲剧性预言立即遭到了很多专家学者的驳斥。黄万里"舌战群儒",同他们激烈地辩论了七天。其实有不少学者在内心里是认同他的,但都很识时务地保持沉默。

当时,倒是有个大学刚毕业不久的年轻人,敢于坚持自己的意见。这个当年名不见经传的小伙子,就是后来把一生都献给了治黄事业的著名水利专家温善章先生。1955年,他还是天津大学水利系的在校生,看了邓子恢副总理关于黄河规划报告中所提到的三门峡大水库,他认为这不符合中国国情。1956年大学毕业后,温善章被分配到电力部水电总局工作,先后给国务院和水利部上书,建议将设计水位从360米降为335米,这也就是在苏联专家和黄万里两种截然相反的意见中出现的一个折中方案,大致可以用八个字概括:低坝、小库、滞洪、排沙。同苏联专家比较,两个方案的核心区别是:"拦沙"与"排沙"、"多淹"与"少淹"。但这一折中方案也遭到了苏联专家的反对,支持或基本支持温善章建议的,只有黄万里等三人。那些识时务者心里都十分清楚,苏联专家的方案早已是定案,所谓提意见,不过是走过场,提出一些细节性修改意见,鸡毛蒜皮而已。想推翻或改变一个既定方案,是根本不可能的。

从1957年春天破土动工,三门峡工程贯穿了"大跃进"和共和国历史上艰难的三年"困难时期",仅用了四年时间,大坝主体工程就基本竣工。1960年9月,三门峡实现关闸蓄水,对于一个水利枢纽工程,这是伟大的胜利。

然而,当许多人还沉浸在胜利的喜悦之中时,黄万里数年前的预言却一语成谶。这年潼关以上渭河大淤,灾难已经初显,但工程未采取任何补救措施,1960年11月到1961年6月,十二个导流底孔竟然全部被混凝土堵塞。人类可以在一座工程上表现得如此决绝,在大自然面前却无能为力,到了1961年下半年,十五多亿吨泥沙全部铺在了从潼关到三门峡的河道里,还有什么比这更确凿的证据?

三门峡再也无法抵赖,而潼关是最直接的证人。潼关水文站,也因此成为黄河中游末端重要的控制性站点,黄河流出高原的每一方水都会从这里得到记录和见证。潼关河道抬高,意味着渭河像黄河一样成了悬河。黄河的水患以及众多的灾难,就这样被直接转嫁到了渭河流域,一年就淹毁了关中八十多万亩良田。辉煌的工程背后,是苦难的现实。一些原本没有列入移民计划的关中老乡,又挑着担子,背着包袱,一批批地踏上背井离乡之路,他们甚至不知道也看不清自己要去哪里,许多人哭得眼皮肿胀,眼睛都睁不开了,还有许多虚弱的女人只能被坚强的男人架着上路……

这一切几乎都在黄万里的预见中发生了。而此时,黄万里的命运也在另一类预言家的预料之中变成了现实。他早已被打成了右派,正"奉命在密云劳动,与昌黎民工同居同食同劳,所居半自地下掘土筑成"。

三门峡一直硬扛着,但它扛不到下一代了。在扛了两个年头之后,它已淤积了五十多亿吨泥沙,潼关河床被抬高了五米以上。河床抬高了五米,水位也就抬高了五米,防洪大堤也就必须再筑高五米,但这不是简单的加高,对于梯形的堤坝,必须从大堤最底下一直往上筑。关中百姓每年冬修水利,就是挑土筑堤。洪水挡住了,但关中平原的地下水无法排泄,田地出现盐碱化和沼泽化,从此粮食岁岁减产。农民只见土地年年减产,却不知原因何在。而最糟糕的还是河床继续在"翘尾巴"——泥沙淤积不断向上游延伸,一直延伸到西北最大的中心城市——西安,这也是大西北最重要的工业中心。这让陕西人坐卧不安,他们多次向中央反映,甚至到毛泽东那里"告御状"。

毛泽东焦虑不安了,对周恩来说:"三门峡不行,就把它炸掉!"

炸坝是否可行?各方意见不一,讨论激烈。面对三门峡,有的人在绞尽脑汁地想办法,也有人想着怎么推卸责任,于是,很多问题都被推到了苏联专家身上。1964年12月,又一次治黄会议在周恩来主持下召开。会上,有人又把责任推给苏联专家,周恩来一边摇头,一边沉痛地说:"三门峡工程苏联鼓励我们搞,现在发生了问题,当然不能怪他们,是我们自己做主的,苏联没有洪水和泥沙的经验。"他承认,现在看来三门峡工程上是急了一些,一些问题不是完全不知道,而是了解得不够,研究得不透,没有准备好,就发动了进攻,这一仗一打,到现在很被动。黄河规划时间短了些,搞得比较粗糙。

在三门峡工程开始不断改造时,正在接受"改造"的黄万里,个人的命运也有了一次"解决"的机会。毛泽东在一次与黄炎培的会面中,主动提起了黄炎培这个儿子,说:"你儿子黄万里的诗词我看过了,写得很好,我很爱看。"他希望黄万里写个检查,问题就可以"解决"了。黄万里却上书毛泽东说,三门峡问题其实并无什么高深学问,而1957年三门峡七十人会上,除我之外无其他人敢讲真话。请问,国家养仕多年,这是为什么?显然,他还没有"改造"好。

1969年6月,淤塞严重的三门峡工程又不得不实施了第二次改造,但一些根本性的东西是无法弥补的,这次耗时两年半的改建,依然无法解决黄万里早已预见的问题。而此时,黄万里已经来到了三门峡。很多人上厕所时都会见到一个头发花白、正在淘厕所的老人,就是他了。

从这个人的命运看,所谓真理,有时候就是一个人的真理。

说穿了,向中国人挑战的从来就不是什么深奥的命题,它其实就像常识一样简单,是一目了然的普适价值。我更喜欢"普适"这个词,而不是"普世"。但哪怕是简单如常识一样的真理,也只被内心天真的人坚守。识时务者为俊杰,才是更多人的真理。在这些"俊杰"眼里,黄万里、温善章与其说是在坚守真理,不如说是认死理。

从真理到死理,其中有一个奇怪的逻辑链。像黄万里这样的学者注定只能成为另一类学者。这样的人,哪怕到了现在也难以想象。在现实中,他可能被一些人私下里认同,他在现实中发挥的作用、实现的价值却极其有限。他更大的意义是作为一个预言者、一种精神范本而存在。

1980年早春2月,在度过了二十多年非人的右派生涯后,黄万里终于被摘掉了右派帽子,这位1937年就获得了美国伊利诺伊大学工程博士学位而且是第一个获得该校工学博士学位的中国人,著名的水利工程专家,终于恢复高教二级教授的工资待遇。这时候他已经年近古稀,而很多识时务者早已是一级教授、学部委员了。尽管经历了多年的冤屈,但你很快就会发现,一个知识分子的人格在经历了二十多年的改造之后,依然没有被扭曲,这十分罕见。在那样一个时代,一个人的本性没有被扭曲,只能靠内心的力量。如果内心里没有一种更强大的力量作支撑,他必然会崩溃或者曲意逢迎。后来,很多在重压之下被扭曲了人性的人,将一切都归罪于那个时代,甚至归咎于我们这个民族,这是最聪明也是最乐意为人笑纳的一个借口。它从另一个角度完全取消了个人的意义,个人不必对历史承担责任,无论他们干过什么,说过什么,都是因为那个特殊的时代或特定的历史阶段。

我在此长久地凝望。凝望着这样一座隐忍不言、有些落寞的水利枢纽,每个人的心情或许都会变得复杂而沉重。在中国水利建设史上，没有一个工程像三门峡这样，从工程设计到建设，从运行到管理，历经曲折，既有规划、决策的教训，也有建设和运行管理的经验，坎坎坷坷，风风雨雨，不时成为全国水利界乃至全社会关注的焦点。艰苦的奋战就不说了，那个时代的水利建设，基本上是同一版本的故事，在不同的地方轮番上演。三门峡在新中国水利建设史上的标本性意义，基本上可以概括为两点：其一，它是黄河最大的水利枢纽工程；其二，它是争议最大、问题也最多的水利工程。对于它的去留，到现在也是一个悬念。

直到今天，还有人不敢相信，三门峡真的是新中国水利史上的一个败笔吗？

要回答这个问题，最好的方式就是让它自己回答。这个答案，就是它的设计意图——

三门峡工程的第一个设计意图是防洪。从这个意图上看，在拦河大坝建成后的半个多世纪以来，黄河"三年两决口"的局面的确已成为历史，"百年一改道"的局面，看眼前这条柔弱无力的黄河，估计也不会再发生。这是三门峡最大的一个好处，彻底解除了黄河中下游老百姓数千年来的一个心腹大患——洪水的威胁，洪水几乎是绝迹了。当然，它也为之付出了惨重的代价，洪水的灾害被部分转移到了上游，尤其是渭河流域。1992年夏秋间发生的北洛河大水，三门峡库区华阴部队农场田地上的泥沙淤积曾厚达一米多。2003年8月到10月，由于受大范围暴雨影响，渭河流域发生了自1981年以来的最大洪水，历时五十天，先后出现了六次洪峰，洪水总量达到渭河1954年洪水的两倍多，渭河经历了历史上罕见的严重秋汛，形成了"小洪水、高水位、大灾害"的被动局面，灾害损失是惨痛的，教训是深刻的，引发出的问题是令人深思的。

又从它的直接经济效益——发电看，三门峡的年发电量还不到刘家峡的五分之一，投资却超过了刘家峡的六七倍。若以电力系统发电企业1990年不变价格计算，刘家峡电站累计产值近七十个亿，相当于电站总投资的近十一倍；直到1986年，三门峡才收回国家对这项工程的全部投资。目前三门峡水库每年发电收入近两亿元,然而,为了保证这近两亿元的收入,三门峡水电站还得围绕水位和上下游进行生存之争与利益之争。无论是上游和下游,都希望三门峡加大排水流量,降低水位。这既有利于上游的排沙,也有利于下游的补水,但水位又是三门峡水利枢纽管理局的一道生死线。道理很简单,如果降低水位,三门峡连现在这点儿电也发不了,甚至根本无法发电。一笔账算到这里,相信谁心里都有数,难道中国缺这区区十亿度电吗?然而,没有这发电收入的两个亿,三门峡水电站连工资也开不了。

至此,又让人恍然大悟了,而最明白的还是周恩来提到的那个年轻人——温善章。从大学毕业,他就一直在水利部黄河水利委员会勘测规划设计研究院工作,半个多世纪以来他一直在为三门峡操心,如今已年逾八旬的温善章老人,依然还在为三门峡操心。一见这个老人,我就感觉,这应该是一个脾气很好的老人,看老人的面孔,和蔼、方正,却又棱角分明。我又一次听到了他一针见血的真话:"我经常提意见说,有的部门本来行使的是国家职能,可一到了实际操作就出现很多企业行为,处处表现出赚钱的冲动。现在的很多规划都是'吃饭规划',而不是出于黄河的实际需要。20世纪50年代,黄河下游修防三千人就够了,后来机械化了,反而成了两万人,吃皇粮的人越来越多。三门峡水电站现在修防将近三千人,我看哪,两百人就足够了。"

三门峡水电站的命运其实也很可怜,到如今,还必须靠很可怜的一点发电收入来维持正常运转,它还有必要运转下去吗?但要中国人放弃一次又是那么难。对于三门峡是去是留,温善章老人也依然充满了特别适合中国国情的智慧,老人打着手势说:"完全废弃也不是最佳选择,应考虑废物利用。今后,三门峡水利工程原有的那些功能,大部分可转由小浪底工程承担,遇到洪峰时,三门峡大坝可不抬高水位,保持畅泄状态;在非洪峰期,可以低水位径流发电;在特大洪水时,则临时滞洪。"在无尽的遗憾与无奈中,也只好如此了,老人说得好——废物利用。

三门峡移民也是中国移民史上最悲惨的一页,四十多万农民从渭河谷地被迫向宁夏缺水地区移民。这也一直是一个遗留问题,其中十几万人来回迁移十几次,给他们造成了人生中难以想象的惨痛,国务院派去视察的高官看到了他们悲惨的生活也不禁为之落泪,说:"国家真对不起你们!"

很多人在归纳三门峡的好处时,竟然说出了这样一个好处:三门峡工程通过反复的改造和长期的摸索,既有失败的教训也积累了成功的经验,没有三门峡的经验,在三门峡工程之后的许多水利枢纽工程就会犯同样的错误。这倒真是三门峡工程的一大好处,从这个意义上,应该把这个工程留下来,但不是这样留下来,而是作为一个文物保存下来,让它成为一个被后来者反复剖析的标本。不过这样的标本有一个就足够了,我们已经交了巨额的学费,千万不要买回同样的教训,而这也正是黄万里一直到死都最担心的。

黄万里预言:"三峡高坝若修建,终将被迫炸掉。"

历史已经证明了他的第一个灾难性预言,他对中国水利建设的预见之准,也让他被誉为"中国水神"。2001年8月27日,他带着无尽的遗憾离开了人世。每次想到他的那句"三峡大坝迟早要被炸掉",我就心惊肉跳。我无数次虔诚地祈求,他的这个预言永远也不要应验。也唯愿,一个人的离世,不是另一种声音的消失。

七　小浪底

从三门峡到小浪底,相距不过一百来千米,半个世纪的岁月,一个多小时就到了,飞奔的感觉是真实的。从当年人山人海、战天斗地的三门峡,到小浪底的大型现代化、机械化军团作战,一部共和国的水利史,从一页翻到另一页,翻天覆地。

三门峡至桃花峪区间的河段,由小浪底而分为两部分:小浪底以上,河道穿行于中条山、崤山之间,这也是黄河干流上的最后一段峡谷。小浪底以下,河谷渐宽,则是黄河由最后一段峡谷进入辽阔中原的过渡地段。

远远地,就看到了那座气势磅礴的建筑,在水上,更能感觉到一种横空出世的气势。打开地图,找到了一个精确的位置:洛阳市以北,黄河中游,最后一段峡谷的出口处。如果有必要在三门峡以下再建一座水利枢纽,这是黄河最后的机会，是唯一的选择。同三门峡相比，对小浪底工程的上马，很少有质疑的声音。

若要搞清楚小浪底工程的来龙去脉，先要从一个人开始，林秀山。

第一感觉，这是一个习惯于沉默的老人，但有一种方式可以让他打开话匣子，小浪底。

这位和我父亲同龄的老人，今年七十三岁了，被很多人誉为"小浪底之父"，但他本人是坚决否认这一说法的。老人谦逊地说，他只是小浪底的一个普通设计人员而已。老人的谦逊令人感动，我知道，他绝非一个普通设计人员，而是这一工程的总设计工程师，通俗地说就是总设计师。但林老不愿谈到自己，他更愿意谈的是小浪底，一说到小浪底，这谦逊的老人立刻两眼放光，那神态，就像谈到自己有出息的儿子。

还是从头说起吧。1963年，林秀山从清华大学水利水电工程系毕业，那可真是藏龙卧虎的一个学系，这里只说两位堪称泰斗级的人物，一个张光斗，一个黄万里，就不得了。他的顶头上司王化云，虽说是半路出家搞水利，但是是北京大学毕业。林秀山师从张光斗，尽管现在对张光斗的评价颇有争议，但张光斗对共和国水利事业的贡献是功不可没的。从荆江分洪、官厅水库、三门峡工程、五强溪水电站、二滩水电站直到三峡工程，几乎每一个大型水利工程都离不开他的身影。在水利理论和教育上，他率先在我国开设了水工结构专业课，建立了国内最早的水工结构实验室，开创了水工结构模型实验。名师出高徒，清华水利系毕业的学子，是共和国的栋梁。

说起小浪底工程，其实是一个被延宕了几十年的工程。早在1955年的黄河治理规划中，就提出要在黄河上建四十六个梯级工程，小浪底是其中第四十级。

林秀山老人说，小浪底之所以被耽搁了，还是因为三门峡。由于有了三门峡这个惨痛的教训，对小浪底工程就特别谨慎了。小浪底建不建？怎么建？该建成什么样子？又到底建在哪里？一直争论不休，只听雷声响，不见雨点下。而小浪底工程最终在决定上，还真与雨有关。1975年8月8日，这个日子很好记，却是很多人想要忘记的一个日子。就在这一天，淮河流域发生了罕见的特大暴雨,河南淮河支流洪汝河、沙颍河发生特大洪水,板桥、石漫滩两座大型水库和六十座中小型水库相继垮坝。这是新中国成立后,淮河流域发生的最悲惨的一次水灾,近两千万亩耕地被淹,一千多万人受灾,直接经济损失近百亿。而最宝贵的莫过于生命,林老喃喃地说:"一场水灾,死了两万多人,两万六千多人啊!"

看着老人眼里闪烁的泪光,我突然觉得洪灾离我们其实很近。

那是河南防洪史上极其惨痛的重大事件。这次洪水尽管发生在淮河流域,但给黄河流域也敲响了警钟。当时就有人设想,如果这场暴雨北移到黄河花园口附近,可能会产生每秒四万立方米的洪流,远远超过下游防洪标准。防洪,依然是水利工程的重中之重!也就是从这时开始,小浪底水利枢纽的修建,在一种强烈的危机感中加快了步伐。但这座水利工程到底是修在小浪底,还是桃花峪?还没有确定。在经过反复勘察比较之后,1980年,国家水利部认为小浪底的地理位置比桃花峪理想,并责成水利部黄河水利委员会抓紧展开设计工作。这一重任直接落到了"黄委会"(水利部黄河水利委员会)勘测规划设计研究院副院长林秀山肩上。1987年,他兼任了小浪底工程设计分院院长、黄河小浪底水利枢纽设计总工程师。小浪底这幅宏伟的蓝图怎么画,就交给他和他这个团队了。四年后,以林秀山领衔的专家组提交了小浪底工程的可行性报告。报告中,这一工程被设计规划为一个"以防洪、防凌、减淤为主,兼顾供水、灌溉和供电"的大型水利枢纽工程,供电放到了最后。

国务院在审查这个可行性报告时,又提出了很多问题,要求进一步研究采用新技术、改进施工方法等。接下来又是长达四年的设计、论证,经过反复斟酌、修改、优化,几乎把所有的可能性都想到了,这才再次呈报。这一次,水利部顺利地通过了小浪底工程初步设计报告。1991年4月9日,七届全国人大四次会议批准了国家"八五"计划纲要,小浪底工程被正式列入国家"八五"期间的重点水利工程。此时,林秀山和他的设计团队已倾注了整整八年心血。应该说,国家对于水利工程建设,是慎之又慎、严之又严。

且不说前面这八年,小浪底工程从1991年9月开始进行前期准备工程施工,就用了整整三年,直到 1994 年 9 月,主体工程才破土动工。

不慎重不行。水利工程,千秋大业,哪一个搞水利的人不想再造一个都江堰或郑国渠?然而数千年来,中国人又留下了几个都江堰和郑国渠?这是所有水利人的梦想,也是难以实现的梦想。但有一个最基本的底线,一个水利工程,绝对应该利大于弊,像三门峡那样的败笔,国家折腾不起,人民也折腾不起。从一开始,三门峡水电站的经验和教训,对小浪底工程如同警钟长鸣,否则,一笔昂贵的学费又算是白交了。

事实上,小浪底比三门峡的风险更高,被中外水利专家称为世界上极复杂的水利工程之一。地质条件复杂,水沙条件特殊,这是必然的。黄河原本就是世界上最复杂、最难治理的河流,要不,三门峡也不会出现那么多灾难性的问题,但这里的情况显然比三门峡还要复杂。黄河由西向东穿过库区,水流湍急,其间有十八条较大支流汇入,如北岸的西阳河、逢石河、亳清河、沇西河和南岸的畛河、青河、北涧河等河流,多数分布在库中区和库前区,无一不是泥沙俱下。

在 20 世纪八九十年代,中国一年的水利投资不过是三十多亿元,小浪底上马,第一个问题就是经费严重不足,怎么办?

此时的中国已今非昔比,当一个大国正在崛起,看世界的方式也发生了很大的变化,这个时代,中国人已不像过去一味强调"自力更生",而是把目光放大到了世界。

自信,对一个民族,在某种意义上比自力更生更重要。

在小浪底工程建设中,中国人始终显示出了一副雍容大度的开放而自信的姿态。没有钱,借,向世界银行借。这对于向来以"既无外债、又无内债"为荣的中国人,还真是一个难以做出的决定,但这既是当时现实的需要,反过来一想,也是一种十分自信的表现。敢于借债,就是相信自己还得起。但向世界银行贷款也不容易,非常不容易。林秀山当时不但要负责工程的总设计,还要对利用世界银行贷款进行可行性研究,主持接待世界银行对小浪底项目的考察和评估。林老回忆说,你说你严谨,你同那些老外打交道就知道啥是严谨了,那些老外提出的问题特别多,如,为什么修小浪底?可行不可行？还有一条，出了问题，有无备选方案？你听着这些问题很简单，像个什么都不懂什么都要打破砂锅问到底的孩子，可这些问题要回答清楚就不简单了。我们光给他们看的评估报告就有十三卷，堆起来半米厚。说到这里，老人还笑着用手比画了一下。

除了向世行（世界银行）贷款，小浪底还按照国际上通行的办法搞水利，每一个关键环节都向世界招标，这让小浪底成了世界最先进的水利科技竞争平台和展示平台。

在计划体制下搞水利，大型水利工程都是国家工程，国家把工程交给某某工程局，就是这个工程局的事了，施工、质量控制、投资控制都是这个工程局负责。国际惯例是什么呢？你首先得有业主。成立的小浪底建设管理局，就是来担任这个业主，代表国家来行使业主的职责。这个业主得面向国际招标，按照世界银行要求的标准遴选施工队。至于监理更不能自己监督自己，又专门成立了小浪底咨询公司，负责监理工作。同时，水利部还成立了水利部质量监督总站小浪底项目站，负责质量监督。国家审计署也进行审计。20世纪90年代，对于中国人来说，一个规模如此浩大的工程采用一项全新的理念和方式进行，完全是新课题，这也是小浪底给中国水利工程建设带来的另一大收获，在摸索中学会了国际惯例，在实战中推广了国际惯例。如今水利工程中建设、施工、监理诸多制度，很多是借鉴了小浪底工程经验的，甚至可以称之为"小浪底模式"。

随着一支支洋施工队组成的"国际纵队"进场施工，一夜之间，小浪底成了"小联合国"。

作为总设计工程师，林秀山又开始和这些为中国修水利的老外打交道。他全程参与了工程的各种招标、评标，共有五十多个国家的相关单位参与了设计和施工。周恩来当年为三门峡工程"作了这么一个世界性的报告，全世界都知道了"，小浪底工程也成了世界性工程，全世界的人都参与了。以意大利英波吉罗公司为责任方的黄河承包商中大坝标，以德国旭普林公司为责任方的中德意联营体中进水口泄洪洞和溢洪道群标，以法国杜美兹公司为责任方的小浪底联营体中发电系统标。这三大国际水利工程公司,在施工中大规模采用了新技术、新工艺和先进设备。从1994年开始,林秀山主持施工详图设计,在四百余项科学试验及论证研究工作的基础上,比较满意地解决了进口防泥沙淤堵、高速含沙水流、洞室群围岩稳定、坝基深覆盖处理、多沙河流汛期发电、进出口高边坡处理等一系列极具挑战性的技术难题。在他主持的设计中,推荐采用以洞群泄洪为主、以集中布置为特点的枢纽建筑物总布置合理新颖,并首次在世界上采用了由导流洞改建的多级孔板消能和排沙洞无黏结后张预应力混凝土衬砌新技术。他主持设计了高一百六十米、宽八十四米防渗墙的国内第一心墙堆石坝,还推荐采用了地下厂房方案,在二十六米跨地下厂房设计中采用了国际先进的顶拱柔性支护和岩壁吊车梁技术,一百一十三米高进水塔群和大型综合消力塘,这一系列方案,均属国内外工程罕见。结合小浪底工程实践,他牵头进行的大坝动力稳定分析、进出口岩石高边坡施工期稳定和加固技术、GIN法帷幕灌浆、水库遥测地震台网设计和建设研究等专题,成果经专家鉴定均属国际先进水平,水轮机技术参数论证居国内领先水平,各主要建筑物的体形、尺寸、坐标均和招标设计保持了一致。

  林老说:"所有水电工程遇到的地质难题,几乎都在小浪底遇到了。"

  人类的创造力,也是在前所未有的困难中被激发的。小浪底工程创下了多项世界和国内之最:进水塔上集中布置了十六条隧洞的五十个进水口、五十五个闸门、三十六个拦污栅和二十六个启闭机室,其工程规模、复杂结构和施工难度堪称世界之最;导流洞导流任务完成后增设三级孔板环改建为永久泄洪洞,是世界上最大的孔板消能泄洪洞;水轮机设计、制造和抗磨防护技术代表了当今世界最先进水平;小浪底地下发电厂房是世界上在砂页岩泥化夹层的不良地质条件下开凿的最大水电站地下厂房;小浪底大坝混凝土防渗墙是国内最深的混凝土防渗墙。如果将整个工程开挖的土石方总量堆成一米见方的土石堤,能绕地球两圈半。

  一切都进行得相当顺利,这对我这样一个叙事者,由于事情本身少了许多坎坷曲折,反而只能平铺直叙。1997年10月28日,大河截流,拦河大坝采用斜心墙堆石坝,设计最大坝高一百五十四米;1999年底第一台机组发电;2001年12月27日,第六台机组正式投产,这标志着小浪底主体工程全部完工。原定总工期为十一年,但实际上,主体工程只用了七年。这也是"大跃进"的速度,而这样的"大跃进"绝不同于那时的"大跃进",它是在雄厚的资本和先进的技术力量上完成的一次腾飞。特别值得一提的是,以林秀山为主完成的科研成果在小浪底工程设计施工中就直接为国家节约投资约七亿元。

小浪底除了预防可能发生的洪水,十多年来一直在发挥两大功能:一是黄河水资源调度,二是排沙减淤,这都是为了解决黄河下游干涸缺水的危机。

尽管在小浪底工程之前修建了一系列水利枢纽工程,也都是集防洪、供水、灌溉和发电等综合利用的工程,但事实上,以发电为主要目标占了主导地位,而小浪底,发电只是辅助功能,首先必须保证两大核心功能的运转,才能考虑其他的辅助功能或综合效益。

那么,它对黄河水资源的调配作用又如何呢?

在没有建小浪底以前,黄河下游的水没有得到很好的调配,完全以自然的方式流淌。一条黄河,大河上下,灾难深重,但人丁兴旺。中华民族,可以说是一个在苦难深重中显示出了最顽强的生存能力、最强大的繁衍能力的伟大民族。我们拥有如此辽阔广袤的国土,但我们的土地还远远不够,这又是一个硬道理。我们的人口太多了,十三亿张嘴巴,一张嘴,就可以吃掉一座泰山,喝干一条黄河。

你可能觉得我这话太夸张了,还有比我更夸张的,有人说:"如果碰巧一个老汉赶着羊经过,一群羊就能把河里的水喝干。"

千万不要以为说这话的是咱们搞文学的,这话为时任水利部黄河水利委员会主任李国英所说。他现在已经是水利部副部长了。从1984年大学毕业投身于黄河水利战线后,他有二十多年的心血,就倾注在这条中国最难治理的河流上。如果说前辈治黄,最揪心的是洪水,到了李国英这一代60后的水利人,他们遇到的则是一个比抗洪抢险更难的问题,黄河没水了,黄河断流了。特别在郑州以下,最长达到了一年两百多天。

对黄河断流,看得最清楚的还是黄河下游,这也是我接下来将要叙述的内容。这里只说眼下的现实。当断流早已成了黄河的常态,黄河也早已没有了汛期和洪峰的概念。一条河流没有了汛期,就像一位母亲没有了生理上的循环周期,意味着生命体征的老化和枯竭。

2000年,是黄河命运的一个转折点。黄河断流的历史,终于没有被一个古老的民族带进又一个新千年、新世纪。

从2000年以来至今,通过小浪底的科学调度,创造了黄河枯年不断流的奇迹,这也让黄河成为迄今为止全世界唯一解决断流问题的大河。当然,这种全靠人类掌握的"不断流",水量极其有限,还处在随时都可能断流的危机中。黄河看上去早已不像一条大河了,宛如一条南方的小溪。这绝对不是一个比喻,但也绝非有人所说的其象征意义远大于实际意义。只要黄河不断流,哪怕像现在细水长流,对黄河流域的生态、对这里的一切生命,就有血液循环的意义。而且,黄河在保证不断流的同时,还保证了两岸人民都能喝上水,还保证了农业生产关键期用水。由于实现了科学调控、调度,充分考虑了农作物的需水规律,在最需要用水的农时实施水量集中下泄,保证了小麦等主要农作物在关键期的灌溉,提高了农业用水效率,因为浇上了宝贵的黄河水,沿黄大部分地区农作物喜获丰收。这也是我亲眼看见了的。一条黄河悠悠而来,一片片庄稼荡漾开去。今年,沿黄大部分地区的夏粮在经历了又一年的春旱之后又取得了意料之中的好收成。意料之中,是人们对这条河不断流有了充分的信任,有些地方还创历史最高水平。

说到这里,又得提到一个人,李国英。如今,在中国水利战线上,挑大梁的就是李国英这60后的一代水利人了。他们从一个被否定的时代走来,经历了对那个时代的批判与反思,在治水方面也就有了更理性更科学的观念和方法。1964年出生的李国英,是河南禹州人,可以说是黄河边上长大的。禹州是治水英雄大禹的封国,也是一个水灾频繁的地方。我很关注一个人的出生背景,一方水土养一方人,养育的不只是生命,还有性情,甚至会在潜移默化中决定他未来的某个方向。李国英选择了水利。1984年,他从华北水利水电学院水利水电工程建筑专业毕业后,在水利部黄河水利委员会勘测规划设计院规划处工作,从大学毕业到现在,尽管工作有几次变迁,但有二十多年投身于黄河水利建设。从2001年5月起,他担任水利部黄河水利委员会主任,值得一提的是,他还是东北师范大学环境科学专业在职博士研究生。对于他,这不是多了一个学位,更重要的是多了一个专业,环境科学,而水利环境,紧密得中间连个顿号也放不下。

说到如何保证黄河不断流,李国英说,对于小浪底的运用,每一次调度,都精细到了每一个流量,少放一个流量,害怕下游会断流;多放一个流量,又心疼会不会少蓄了水影响下一步调度和发电。李国英说:"从结果来看,对水库的调度是科学而周密的,具有相当高的技术含量。"这个结果是他在黄河水危机中感到的一丝欣慰。2000年、2001年是黄河历史上第二、第三极度枯水年,黄河下游旱情严重。在这种极度干旱的情况下,小浪底加大向下游供水,通过枢纽工程的调节作用,使有限的水资源得到优化配置,可在大旱之年保证黄河不断流。水利部黄河水利委员会还对干流水库进行了联合运用,通过调控万家寨水库的蓄水和控制山西、陕西两省引黄用水,保证山西、陕西河段不断流,通过调控小浪底水库下泄流量以及三门峡至黄河花园口区间伊河、洛河、沁河的地表径流,保证黄河下游河南至山东段不断流,用东平湖保证其下至河口区间山东全河段不断流。这样通过几个骨干水库接力式的运用,一个利用骨干水库统一联合调度的工程体系初具雏形,初步实现了几大水库联合调度。骨干工程的统一联合调度,是缓解黄河断流的关键措施,它标志着黄河水资源统一调度、优化配置开始真正走向黄河全流域的统一。

一直到现在,黄河已实现连续十多年不断流,这是小浪底交出的第一份答卷。

小浪底的第二大核心功能是排沙减淤,蓄清排浑。黄河,是世界上最复杂和最难以治理的河流,但说穿了,其症结就在于水流含沙量大,水沙不平衡,导致下游河道淤积,河床逐年抬高,成为悬河、地上河,而黄河水灾也就是沙灾。数千年来,人类只能望水兴叹,望沙兴叹。小浪底工程正好处在黄河承上启下的关键部位,控制黄河输沙量达百分之百,可滞拦泥沙七八十亿吨,这相当于二十年下游河床不淤积抬高。自工程运行以来,采取拦粗排细的办法,通过调水调沙,若有洪峰出现,则利用洪峰输沙;没有洪峰时,则利用人造洪峰冲刷下游河道,直至将泥沙冲入大海。

  在小浪底,我看见了最大的黄河浪。随着小浪底泄洪闸陆续打开,白色和黄色的水流如同巨龙般喷涌而出,拉开了黄河小浪底又一次调水调沙的大幕。黄河是世界上含沙量最大的河流,每年会从黄土高原带走十六亿吨泥沙,其中四亿吨泥沙在水库和下游河道中沉积下来。调水调沙就是通过调控水库泄水,把淤积在黄河河道和水库中的泥沙尽量多地送入大海,冲刷河床,减缓泥沙的淤积。黄河泥沙也催生了一种奇特的自然现象——揭河底。实际上,这是黄河上独有的一种泥沙运动规律。当高含沙的洪峰通过时,短期内河床遭受剧烈的冲刷,将河底的成块、成片的淤积物像地毯一样卷起,然后被水流冲散带走。这样强烈的冲刷,在几小时至几十小时内能将该段河床冲深几米至十几米。因为这一现象形成条件比较特殊,而被称为黄河百年奇观。黄河最近一次出现"揭河底"是在1977年7月初,黄河中游吴堡至龙门区间支流普降暴雨,洪水挟带大量泥沙汹涌而下,从而具备了局部"揭河底"的力量。这次"揭河底"持续了半个多小时,伴随着汹涌的水声,先后掀起两块巨大的掀起物,如同被激流揭起来的河底……

  黄河调水调沙,不知道是否受到了"揭河底"这种自然现象的启发,但看上去也非常壮观。这并非简单地用水冲沙,既要把水库中的沙子带出来,又不能使这些沙子长途跋涉时在下游河道里形成新的淤积,同时要最大限度地节约宝贵的黄河水资源,还得避免对下游堤岸产生破坏,这就要求分寸把握得恰到好处。十多年的冲刷之后,黄河下游主河槽经过一次次全面冲刷,河床正在逐年降低,主河槽通过水流的能力超过了以前一倍多,这有效延缓了黄河下游淤积。主河槽的畅通,河床的降低,也就意味着一条悬河对人类的威胁大幅度降低了。降低了多少?一个几乎令人欣喜若狂的答案:黄河下游的防洪标准,从之前的六十年一遇,提高到了千年一遇!

伟大！我只能用这个词来表达我的惊叹，这是人类治黄以来取得的最伟大的成果。

作为一个大型水利枢纽工程，小浪底还有防凌、供水、灌溉和发电等综合功能。以最能产生直接经济效益的发电来看，小浪底遵循"以水定电"的原则，根据水量调度指标，安排机组发电计划。小浪底的发电最低水位二百零五米，但遇到干旱年景，为避免黄河断流，小浪底水库又把为下游补水放在了最重要的位置上。在2000年、2001年黄河下游面临断流之际，小浪底连续两年停止发电，把水位降到最低发电水位以下，向下游放水。小浪底总装机容量是一百八十万千瓦，但发电不是最主要的任务，电调服从水调，这是小浪底把社会利益放在首位的原则。

一座水利工程其实并不需要漫长的时间来检验。三门峡的问题，小浪底的效益，几乎一开始运用就显示出来了。三门峡工程从诞生之后就是一个给人类带来无数麻烦的怪胎，而小浪底工程诞生以来，不仅为黄河的防洪、防凌、减淤等做出了莫大的贡献，也在改变着两岸人民的生活。小浪底是人类治黄历史上的一座丰碑，尤其可贵的是，它真正体现了民生水利的真谛。

两院院士、水利专家潘家铮说，小浪底枢纽保证了下游河道年年安澜，并为地区经济、社会发展提供了宝贵的水资源和清洁的能源，还取得了显著的生态环境效益，这是治黄工程中的重大成就，这一史诗般的成就来之不易，将载入史册。

世界银行检查团团长古纳说，小浪底水利枢纽工程不仅为中国的水利建设树立了样板，同时也具有世界意义，被世界银行誉为该行与发展中国家合作项目的典范。

林秀山，这位年逾古稀的老人，为治黄奉献了自己的一生，他既不是两院院士，也不是什么"泰斗"，看上去就像一个普普通通的退休老人，但一个人只要干出了一个好工程，比任何帽子头衔都强。小浪底为新中国提供了又一个水利工程的标本，甚至可以说开创了共和国治水的又一个时代。

小浪底是对三门峡的一次成功的补救。

我觉得,这对我诚惶诚恐的叙述也是一次非常及时的补救。

八 花园口,被淹没的记忆

黄河的第三条界线——中下游分界线划在哪儿?历来各有各的说法。按水利部黄河水利委员会划分方案,从桃花峪到黄河入海口为黄河下游,全长七百多千米。

桃花峪,离郑州已经很近了,就在郑州市西北三十千米的三皇山下。

这里的风沙依然很大,一切如同岁月初始,天地苍黄,尘世茫茫。天皇、地皇、人皇,连同烘托他们的一座高台,也都是厚重的土黄色,就像这中原厚重的泥土,构成了天、地、人的稳定结构。皇,在古汉语中的本义是大和美。天地有大美而不言,这三位传说中的人文始祖,以集体沉默的方式表达了一个伟大民族亘古以来对大美的崇尚。又相传,上古时的燧人氏、伏羲氏、神农氏也在此耕耘、采药,施化于民。他们也给后世留下了许多古朴的传说。而传说,只因老百姓愿意传。凝望着这些被放大了的人物,忽然觉悟,我们这些凡夫俗子和这些伟大的祖先其实一直就共同栖身于一个亘古如一的空间。尽管我是喝长江水长大的一个南方人,但我们可以追溯的先祖,也是从黄河流域的中原迁徙到南方的。黄河,被誉为中华民族的母亲河,从来就不是一个空虚的比喻,而是源于我们血脉与命脉的事实。

在这里,我没有看见黄河母亲的塑像,眼前浮现出来的是一座黄河中下游的分界碑,如同风帆。看着一条长河从上游峡谷里弯弯曲曲地流来,流得悄无声息,我只能说,这一叶风帆只是一个更苍白的象征,这条水路已经多少年没有行船了,黄河之水,早已无力将一条船轻轻托起。

在很多人眼里,这是一条咆哮的大河,一条从人类身边呼啸而过的大河,然而在这里,你看到的好像是另外一条河流。

若要看清离我们最近的一次黄河改道,就是郑州花园口。

我已经走到了当年那个黄河大堤被掘开的地方。花园口,一个充满了诗意的名字,一个历史的决口处。"三年两决口,百年一改道。黄河决了口,县官活不成。"这民谚我都记不得听过多少遍也重复过多少遍了,但也有人把黄河扒开了,依然活得理直气壮,因为,他有一个神圣的名义,为了抗日救国!——是的,这是一个已经被反复讲述还将被后世继续讲述的故事。但要了解事情的真相,也许要从多个角度来探寻。

我异常清醒地走着,却又恍然置身于茫茫黄水之中。一路打听,走了不少弯路,才找到了一个七十年前从大地上被抹掉的村庄。其实,这里所有的村庄几乎在同一时刻从地球上被抹掉了。洪水比地震更厉害,哪怕再惨烈的地震也会留下一片废墟,而洪水可以让一切在顷刻间消失,消失得无影无踪。在灾难过去了七十多年后,我想找到一个证人。我心里其实十分清楚,即便当年侥幸没有淹死的人,如今也大都死了,哪怕活着,也是八十岁以上的老人了,这还必须保证他当时有比较清晰的记忆,太小的孩子也很难说清楚当年的事情。

这个村庄姓李,是郑州市邙山区远郊的一个普通村庄。穿过一些像火柴盒子一样的砖瓦楼,没有村味,也没有市井味儿,如今的乡村不知是啥味儿。我的叙述,又是一段重复。这村里很少看见青壮年汉子,只有一些留守的儿童、女人和老人。寂寞的女人正一堆一堆地凑在一起,从她们不断搅和的手里,传出一阵阵哗啦啦的麻将骨牌声。

很幸运,我找到了我想要找到的一个老人,阎大爷。一见面,老汉就瘪着嘴巴嘀咕,他这姓没姓好,和阎王爷是一家呢。我也咧嘴笑了起来,这老汉挺风趣。在中原,这文化底子深厚的地方,哪怕一个普通的老农,也不可小瞧。抬眼看老汉,一脸老年斑,牙齿落得只剩下了残缺焦黑的几颗,讲话已经关不住风。但他依然让我肃然起敬,因为他还活着,一个经历了大灾大难的人,能够顽强地活到现在,还活得这样豁达、乐观,是多么不容易。而让一个老人回忆那段惨绝人寰的岁月,又是多么冷酷。这让我迟疑了很久,也不知怎么开口。而我的来意,阎大爷很清楚。现在,只要还没有遗忘那一场灾难的人,都会来找他,这甚至就是他活着的意义。他的健在,就是对遗忘的抵抗。

假如岁月倒流七十年,站在我眼前的还是一个十二三岁的乡下少年。说到那天,那个具体的日子他早已记不清了,这是后来人们根据有关史料推测出来的,1938年6月6日。那是一个干燥晴朗的晌午,他正要跟着父亲下地干活,像他这么大的孩子,在大人们看来已经算是半个劳力了。这时候来了几个粮子——当兵的,急匆匆地把他们父子俩给拦住了。一个军官点着花名册,叫出了他父亲的姓名。核对了身份之后,那军官让一个士兵拿出几块大洋塞进他父亲的怀里,说是今年黄河要发大洪水,日本鬼子也马上要杀过来了,催促他们全家赶快逃命去。——从这个细节猜测,当时的国民党军队还是提前通报了群众的,到底给了他们几块光洋,一个当年的少年记不清了,但他记得,当年一块光洋很值钱,可以买一担麦子。这应该就是给他们逃荒的盘缠吧,但这些国军当时隐瞒了真相,炸开花园口黄河大堤在当时是绝密,可能连他们自己也不知道是怎么回事,只是奉命行事。这也让父子俩感到非常奇怪,老人还记得,他父亲当时猛一听要发大水,还抬头看了看天,但老天爷没有一点要下雨的样子。根据一个农人的经验,黄河要发大水,一般都是在连遭暴风雨的情况下才可能发生。至于日本鬼子要打过来的消息,在村里早已开始流传了,但他们对于逃命去,却很茫然,逃到哪儿去才没有日本鬼子呢?

这样的想法,让一对农民父子没有感到一场巨大的灾难即将降临,虽说心里有些忐忑,但地里的活路还是照样要干的。要说呢,最让他们感到奇怪的一件事,就是这些当兵的莫名其妙地把他们家的三口大水缸给搜走了。不光是他们家,这村里家家户户的水缸都被当兵的搜走了。他们搜走这么多水缸干吗呢?——后来才知道,这些当兵的在花园口河堤上扒了几天都扒不开,有人想出了一个主意,在水缸里装上炸药,把河堤炸开。事实上,花园口的黄河大堤就是炸开的,很多农民可能一直到死都不明白是怎么回事。后来有的人明白了,但一切都晚了,完了。

就在那些当兵的夜以继日地掘堤时,李村的老百姓还是一如既往地过着他们日出而作、日落而息的日子。当时的麦子熟了,眼看着就要开镰收割了,半饥半饱的农人又盼着能吃上几顿饱饭了,还有人赶在麦收之前办喜事。阎大爷说,就在出事的那天,邻村有一家人到李村来迎亲,娶媳妇,又是喇叭,又是花轿,热闹得很。当时,他和一帮小屁孩正站在村头一棵大树下看热闹,突然觉得有些不对头,先是感觉脚底下的地皮猛地抖动起来了,连树也在呼呼摇晃,接着就听到了闷雷般的响声,像雷,又不像雷。很快,他们,所有的人,就看见洪水像决了口一样奔涌而来。不是像决口,那是真的决口。几个孩子站的地势比较高,眼看着那从低洼处走来的轿夫,洪水先是漫过了两个轿夫的膝盖,一眨眼又涨到齐腰深,立马又涨到肩膀上。此时,孩子们没有感觉到大难来临,还站在那里傻乎乎地看呢,只看见两个轿夫将花轿高高举过头顶,还在大水中呼啦呼啦地走着,紧接着就看见几个大浪扑过来。再看,没看见那两个高大壮实的轿夫了,也没有看见花轿了,只看见满世界的黄水,好像一条黄河全都灌进来了……

这不是我的描述。只有极少的幸存者,才侥幸逃脱了这场灭顶之灾。一个少年不知道到底淹死了多少人,他知道的是,他嫁到邻村的姑姑一家七口全被淹死了,他自己家里一家七口也被淹死了,有的村子里,全都死光了,一个人也没有留下。这都是他后来知道的,当时根本不知道,这一切是怎么发生的。被淹死的不光是老百姓,还有一些当兵的。他们在被洪水淹没前还在朝天拼命开枪,不知道他们是否打光所有的子弹,很快,什么也看不见了,什么也听不见了,天底下,只有大水呼呼冲过的声音。

一个少年能够活下来,是那棵大树救了他的命,这还多亏了他平时喜欢上树掏鸟窝捉知了。在洪水滔天时,他听见知了在树上拼命叫,这是一个少年一辈子也忘不了的记忆,知了,知了,知了……

这老汉给我的讲述,实际上是一种复述,他不知讲过多少遍了,又不断被他自己的咳嗽声打断,那浓重的河南土话,那像拉风箱似的喘息,但我还是努力地捕捉着,希望有一些新的发现。

对历史,我总是怀有这样的企图。

当一场灾难过去七十多年后,是否真的能还原那段真实的历史?
或许,历史还有另一种倒叙的方式——

从战争史的角度来看,当日军逼近黄河北岸,蒋介石以水代军的命令下达,诚如有人说,这是"弱国的无奈",否则,以老蒋的绝顶聪明,也不会出此下策,而这种水淹七军式的战例在中国战争史上也多次被成功运用,创造过以弱胜强、转败为胜的奇迹。决堤地点一开始并非选在花园口,而是中牟县境内大堤较薄的赵口,但因赵口流沙太多,费了九牛二虎之力也没能扒开。蒋介石知道赵口扒开无望后,就密令再换地点重新决堤,而花园口也在几经选择后成为一个历史惨剧的宿命之地。蒋介石担心驻守这一防线的程潜、商震等人虚与委蛇,一再通过口谕、电令催促坚决扒堤,不要有"妇人之仁"。而这一次,担当此任的第二十集团军新八师绝对未打折扣地执行了上级的命令。经过两天两夜的不停挖掘,6月9日凌晨,几乎就在距郑州三十千米的中牟被日军攻陷的同时,花园口黄河大堤终于被炸开了,这对已经兵临郑州城下的日军无疑是猝不及防的一击……

花园口掘堤抗日,几如宋东京留守杜充掘堤抗金的一个翻版。抗金,抗日,都是一个民族救亡图存的生死之战。这对于危机中的中华民族,是压倒一切的事情。黄河决口时,据一些过来人的回忆,当时站在郑州城头,就能看见像蝗虫一样的日军,眼看着就要兵临城下,却骤然被无边无际的黄泛区阻隔了,坦克装甲车开不过来了,重型火炮也运不过来了。没有被中国军人挡住的日军,被黄河水挡住了,他们不得不放弃了沿平汉线向南进攻武汉的原定计划。如果这一计划得以实现,他们必将和从南京沿江而上的日军构成对武汉的铁壁合围之势。花园口决口,不仅形成了巨大的黄泛区,还形成了新的黄河河道、新的天险,从而打乱了日军的战略部署,阻止了日军的西进和南下,更重要的是,使得中原地区又坚守了六年而没有沦陷。这也使得日寇迟迟不能打通大陆交通线,迟滞了日军军事调动和战略物资运输。日军不得不重新退回徐州,南下到蚌埠,渡过淮河,再到合肥与日军其他部队会合,绕了一个大弯子,从长江北岸进攻武汉。尽管武汉失陷已是命定的,但花园口决口为当时驻跸武汉的国民政府赢得了相当宝贵的四个月的喘息时间。应该说,从单纯的军事意义看,这并非一个败笔。

然而,对于人民,对于生命,这是最残忍的战术。花园口决口,造成了历史上又一次人为的空前大灾难,也致使黄河又一次改道——这也是黄河史上的第七次大改道,历时九年之久。黄河再次南下夺淮,直接淹没了豫东、皖北和苏北大片土地,形成了近三十万平方千米的黄泛区,除了八九十万死亡者,还使得一千多万人受灾、三四百万人流离失所。又有多少没有被洪水淹死的人,在长达九年的流亡与挣扎中饿死,病死。有人说过,如果将所有死亡者的姓名在花园口决堤处沿着一条大河刻下去,可以刻满大河上下、黄河两岸。

从水利上看,九年黄泛还有一个直接后果:黄河把每年十几亿吨泥沙淤积在平原和河道里,淮河干流从蚌埠开始,要爬两米多高的坡才能进入洪泽湖,而洪泽湖早就是一个危机四伏的悬湖了。半个多世纪过去了,淮河两岸人民依然在努力消化和排解花园口决堤、黄河改道后的灾难性后果,而在黄河又一次夺淮入海之后,她自己的入海通道又再一次被夺走,被水利专家形象地比喻为一条"没有屁股的河"。

对黄河决口造成的惨重损失以及可能产生的巨大国际影响,蒋介石是有心理准备的。不知是蒋介石暗示过,还是第一战区司令长官程潜老谋深算,他们在花园口决口之前就拟订了对外宣传的策略,谎称是日军飞机狂轰滥炸,致使黄河大堤决口。

一直到20世纪80年代,花园口事件在台湾仍是禁止公开谈论的一段秘史。然而,一个秘密又可以隐藏多久?最终还是被揭露出来了。如今老蒋早已人亡政息,但这一笔历史的血水账,将要永远记载在他头上。

日本投降时,花园口已被扒开了七年多的时间,国民政府决定在花园口堵口,让黄河重回故道。当时,黄河故道两岸,共产党领导下的边区军民已创建了冀鲁豫解放区和渤海解放区,故道河床内的土地大部分垦为农田,几十万人在其中耕作生息。在这种情况下,如不先复堤而直接堵口,无异于再造一个黄泛区,而黄河故道的堤坝工程在抗战中遭到严重破坏,也急需修复。为此,中共一方面同意黄河堵口归故计划,另一方面提出了"先复堤、后堵口"的合理主张。但国民政府的堵口愿望异常迫切,下达了"宁停军运,不停河运,限期完成,不成则杀"的命令,仿佛急于掩藏一个罪证。在此后一年多的时间里,围绕着花园口这道被撕裂的大伤口,以共产党领导的解放区为一方,以国民政府水利部门为另一方,又开始了政治和军事上的博弈,双方进行了多次谈判,最终达成了一份协议:堵口工程和复堤工程同时进行。从1946年5月下旬开始,按协议,解放区组织了二十多万民工,修复了西至长垣、东到长清的黄河大堤,但国民政府未遵守协议拨付工粮、器材和款项。随后,蒋介石便发动了全面内战,为了配合军事进攻,国民党派飞机轰炸解放区的复堤工地,很多民工被炸死、炸伤,还炸毁了不少已经修好的工程。在枪林弹雨之下,解放区还是在1947年的第一次洪峰来临之前,抢修了北岸六百里和南岸两百里的防洪大堤。在对解放区大堤狂轰滥炸的同时,国民党也加紧了堵口合龙工程,最终于1947年3月15日,抢在黄河凌汛之前,一道被撕裂了整整九年的伤口,终于填上了最后一筐土,黄河随即回归故道。

如今,这曾经被掘开又重新被堵上的花园口,已是郑州郊外的一个水利风景区。这里有扒口处遗址、决口处界碑,还有一块黄河花园口合龙纪念碑。看到蒋介石手书的"济国安澜"四个大字,真是一笔好字,章法严谨,骨力雄强,字如其人,从中不难看出一个人瘦硬挺骨的倔强,也能看出那险绝森严的性格。然而,从决口到堵口,这个叫蒋中正的人,又何尝把"济国安澜"放在最中正的位置呢?

此时,已经是花园口最炎热的夏天,中原大地,骄阳似火。这个季节,正是黄河的主汛期了。眼前,只见河谷的宽阔和水流之小,几乎听不到水流的声音,更显寂静、空旷。又想到我在河口镇听到的一个词——破河,从河口到花园口,黄河又流淌了千百里,从中游流到下游,依然有一种强烈的破碎之感,虽说黄河已经不再断流,但想要看见一条浑然完整的黄河,似乎不可能了。

花园口现在是郑州人乘凉的一个好去处,只要这河里还有水在流,就会带给人们一些清凉。这样的河流真是一条小河,满眼都是大片黄褐色的干涸的河床,还有丛生的芦苇,野草,这是湿地的风景。花园口一带拥有十万亩黄河滩区,1998年被当地政府确定为湿地自然保护区。但在农民眼里,湿地就是荒地,我看见很多农人都在这里开荒种地,有的人还挖了鱼塘,还有人在这里非法采沙。触目惊心的是,有数千亩芦苇丛被烧得焦黑一片。

看见一个农民在河滩地上收割小麦。

我走了过去,看他这麦子长势喜人,只是一把亮晃晃的镰刀让我有些胆寒。

我问他收成怎样?

他憨厚地笑着,又擦了一把流到眼眶上的汗水,说,还、还行吧。

我递给他一支烟,我也点上一支,两个人蹲在地上,一边抽着烟,一边闲谈,这是我常用的方式。当然,我有我的狡猾,会把话题漫不经心地引向我感兴趣的方向。很快,我就打听到了一些实情。他在这里种地,浇水方便,土也肥,播种之后就不大管了,这样的地叫"甩亩",这我知道,我们江南也有。见他这么纯朴,我的胆子大了一些,又问那片芦苇,怎么给人放火烧掉了?他摇着头,表示他也不知道。他也很不理解,这芦苇有什么用呢,又不能吃,又不能喝,这河滩上长上芦苇就是湿地,长上了麦子不也一样是湿地?这地不湿,啥东西也不能长。他嘀咕着,把烟头掐掉了,又站起身来,握紧了镰刀。看着一个农人在灼热的太阳底下弯着腰、弓着背割麦子,听着一把镰刀在麦子之间发出的碰撞与断裂的声音,我对这天地之间的勤劳的农人充满了敬意和感动。

天地广阔,万物自在,只因中国有太多像这样勤劳的农人,想要多打一点养命的粮食,才一次次侵入大自然的领地。古往今来,只有我们这些人类,才像永远都没有生存空间的动物。如果不像保护耕地一样保护这些湿地,这九百六十万平方千米的土地上,绝对没有一片多余的土地。

眼前的黄河水看上去并不浑浊,一位水文工作人员正在测流、测沙。

我走过去向他打听,他说,黄河小浪底工程建成后,减少了下游河床的淤积,使黄河下游主河槽的行洪能力增强,现在的黄河水已经清了许多,看上去水量很小,但比以前大,没有小浪底,这里怕是早就断流了。这是个心直口快的河南汉子。看来,小浪底还真是发挥着巨大的调水调沙的作用,每走到一个地方,都会得到验证。

我还想走得离黄河更近一些,这位好心的测量员喊了一声,啊,小心,黄河滩边非常危险,随时都会发生塌方!

九　追寻梁山水泊

大汶河不是我的目的地,而是去东平湖的一条路。

在奔上这条路之前,我已经提前找到了一个向导,丁永林。

我和丁先生素昧平生,但看着一个笃定而黝黑的汉子在早晨的阳光下朝我走来时,我竟然觉得,从对面走过来的好像是一个熟人。

对面那座坐落在泰安市郊的大楼,就是山东黄河河务局东平湖管理局的办公大楼。丁永林是这局里的一位资深工作人员,也是一位自学成才的历史地理和水利文化专家。他是山东梁山人,这让他对水浒和梁山水泊有一种与生俱来的兴趣。他是中国水浒学会会员、山东省水浒文化研究会理事,而这也是我慕名来找他的原因。在见到他之前,我已经拜读了他的《东平湖与黄河文化》《探秘水浒王国》等历史地理著述。丁永林正是我特别需要的一个向导。

从泰安去东平湖有好几条路,丁先生选择了最直接也最难走的一条,也就是沿着大汶河——大清河的长堤走。但这条河绕来绕去,不但把我给绕糊涂了,连丁先生也好几次指错了方向。在走了一段不短的冤枉路之后,我们只得又重新倒回来。而这条路,其实就是一道堤坝,很不好走,也很少有车辆走,沿途看到很多险工标志碑。或许,只有在防汛抢险时,这条路才会变成一条路。到了那危急关头,也就不管好不好走了。

在一路颠簸的车上,丁先生仿佛是为了纠正错误,更仔细地给我讲着大汶河的来龙去脉。

这条全长两百余千米的河流,发源于号称沂蒙七十二崮之首的旋崮山北麓,一路汇入泰山山脉、蒙山支脉的众多水系,经东平湖流入黄河。这是黄河下游最后一条支流。这条短暂的自然河流,却孕育了漫长的人类文明,最著名的就是大汶口文化遗址,这座距今六千多年的新石器时代遗址,不但为山东龙山文化找到了历史渊源,也为研究黄淮流域及山东、江浙沿海地区原始文化提供了重要线索。这也又一次证明了河流的源流和人类的源流实际上就是同一源流。

北魏时期,汶水还是济水的一条支流。北宋时期,古大野泽——梁山泊以北的济水——北清河与汶水合流,又名大清河,汶水成为大清河的支流。宋咸平以后,黄河多次溃决,东平城南二汶入济河道淤塞。明永乐九年(1411年),又重新开通了大运河的会通河一段,引汶济运,在汶河口以南筑了一道戴村坝(这是京杭大运河的一个重要枢纽工程,我将在大运河的篇章里叙述),阻塞了大汶河的入海之路。清咸丰五年(1855年)黄河夺大清河入海后,大汶河成为黄河下游最末一条大支流,但她并没有直接注入黄河,而是借道东平湖。由于黄河变成地上悬河,东平湖水已无法注入黄河。大汶河水也就不能经东平湖注入黄河,被堵在湖里,成了一条没有出路的断头河。其实,历史上的大汶河还有另一条出路,明清两代,曾利用大汶河水补给京杭大运河。京杭大运河在清末宣布停止漕运后,山东段京杭大运河,尤其是济宁到黄河一段京杭大运河,连同作为京杭大运河"水柜"的北五湖——安山湖、南旺湖、马踏湖、蜀山湖、马场湖等也先后干涸,但哪怕干涸,水道犹在,在汛期至少可以用来分洪。然而,这不可或缺的分洪水道却被当地某县委书记下令堵死了。这样一来,大汶河集中了泰山山脉南部的雨水,由于集水面积很大,每到汛期,便在水满为患的东平湖兴风作浪,造成洪水一次次泛滥。

如果不走到这条河边看看,你绝对不会想到这是一条与洪水联系在一起的河流。

入秋了。但阳光的气势仍很旺盛,连我们身上都冒着热气。看着这条河,干涸的河床也在冒烟。这是我看到的一种真相。如今的大汶河,干涸得基本上是一条季节性河流,哪怕在现在的主汛期,到处都是裸露的焦黄的滩涂,荒草丛生。这看上去百病缠身、有气无力的河流,在丁先生的指点下,我很快就看见了那些被洪水冲刷过的痕迹。这就是大汶河的另一种真相,这条河一直是黄河下游干流洪水主要来源区之一。直到1958年东平湖水库建成后,汶水漫坝汇大清河入东平湖,经陈山口出湖闸入黄河,一条水路才基本稳定下来。但一旦涨水,又会爆发出狂暴的力量,她凭借地势的落差,从泰山山脉一路狂奔而下,仿佛天生就有一种不可阻挡的叛逆性格。

大汶河洪水来得陡,是地势决定了的;来得猛,则又与山洪暴发无异。

说到这条河,当地老乡们都说,大汶河天生就要和人对着干、倒着来,你要水的时候,没有水;你不要水的时候,水来了。老乡们的这句话,倒是说出了一种真实。这条河不是东流,而是一路向西,这样的倒流河在中国很少,而大汶河也创造了一个中国之最,被称为中国最大的倒流河。这让我的叙述也变成了某种意义上的倒叙。

但不知人们是否想过,我们人类也在同这条自然河流对着干。

在很多人眼里,大汶河最宝贵的不是河水,而是河沙。大汶河流域中上游山区,广泛分布着不同地质历史时期的各类古老火成岩岩体,历经数千载的大浪淘沙,积聚了宝贵的河沙资源。这里的河沙比我家乡的长江和洞庭湖流域更好,沙质以粒圆、色正、质纯、体坚而著称。在农耕文明时代,这些河沙是不会被人关注的,而在我们所处的这个伟大时代,几乎大江南北的河沙资源,都成了人类疯狂掠夺的对象。在多少人眼中,这哪里是河沙,这就是光芒四射的金沙啊!沿着大汶河朝泰山的方向走,一路看见,到处都是开挖的沙场、堆积如山的沙堆和满载着河沙的车辆,把河床都压裂了。许多年来,挖河床,取河沙,一直是这里人脱贫致富的最直接手段。

然而,为了攫取这河底下的财富,人类又将付出多大的代价呢?

一条母亲河的命运,总是会让许多忠诚的儿女忧心忡忡。丁永林就是其中一位。他是梁山人,也是泰安人,喝了多少年的大汶河水,对这条河有一种血缘般的亲情,但如今,他已经有点不敢走近这条河了。

对这条河,他比我更熟悉,也更有发言权。他说,过度开采河沙,最先遭到破坏的,其实不是这千疮百孔的河床,而是看不见的地下水环境。河床不是铁板一块,看得见的水,是因为河床底下还有看不见的水托着。哪怕河道干涸得滴水不剩了,河道底下的地下水暂时也不会干涸,河沙就是地下水资源的保护层,像保护血管的皮肤一样。以前,在旧县岩溶水水源地傍河一侧,曾有面积约五平方千米的大汶河河漫滩,地下水的可开采资源量每天可达到五万立方米。从20世纪90年代开始,这片地下水源地附近大汶河河沙被过度开采后,地下水位开始出现持续下降,下降幅度与采沙深度基本一致。这就是说,只要河沙开采一天,就等于减掉了旧县水源地每天两万多立方米的优质岩溶水的开采量。按目前泰安市工业万元产值耗水量计算,每天就要损失四百万元工业产值,每年呢,至少有十四多亿的工业产值由于缺水而不能完成。按照这一科学推算,这相当于将大汶河可开采河沙资源总量全部卖掉的收入的两倍。——这一笔账算得让人痛心,也让人触目惊心,人类实在是得不偿失啊!

这还是最直接的算术,还有更多的根本无法估算的损失。你算不出,却是看得见的。随着河沙资源的严重超采,大汶河沿岸的农田灌溉和人畜用水早已危机四伏,同时,超采也大大削弱了河流对污染水体的降解能力,另一种水危机——污染变得日益严峻,直接引发了一系列的环境地质问题。大汶河过去以盛产河蟹、河鳝和鳖类而远近闻名,流域内,拥有众多的漫滩、湿地和林地,是各类水禽及鸟类生活栖息的乐园。而今,随着河道漫滩消失,河岸湿地面积锐减,漫滩阶地长期形成的绿化带被毁,过去繁盛的水生生物及鱼类多已灭迹,水禽亦难觅踪影。当河床被掏空,直接威胁的就是防洪大堤,这关系到大汶河南岸的数万亩良田和无数老百姓的安危……

丁永林痛心疾首地说,即使现在停止一切采沙活动,已然晚矣,大汶河和谐的自然生态,一旦遭受破坏,就再也难以恢复。

无论你怎么算,都算不过这些乱采滥挖的人。他们有自己的算术,滥挖滥采会让河床被掏空、大地沉沦,却可以让他们的腰包迅速鼓起来。只要有了钱,他们可以到任何一个地方去生活,而这些灾难最终将要落到谁的头上,他们是不会管的。

一个问了几百次的老问题,难道就没有人来管吗?

途中,我们遇到了大汶河管理处的一位副主任,他应该可以管管吧。但他管得了这河里的水,却管不了这河里的沙。看着河床上这些乱采滥挖的人,他一脸忧愤地说,像这样过度开采河沙,损害的不只是河床,对跨河、穿河、临河公用设施的安全运行也有极大的威胁。大汶河原旧县大桥,由于过度开采,河床下降了三四米,致使桥基高悬,现在已完全倒塌报废;京沪高速公路汶河大桥从1997年建成至今,已有十二根桥柱比建成时降低了四五米,接桩部位已完全暴露在河床以上一到两米处;大汶河干流宁阳县伏山段鲁—宁输油管道、济—郑国家光缆干线工程都是穿河而过,如今输油管道裸露悬空河床以上有一米之多,光缆也近乎暴露。挖沙,对水利设施的破坏是最严重的,现在,大汶河的河沙已经被挖掉了一半。随着河床与水面急剧下降,沿河五十多处灌溉面积超过五千亩的扬水站全都报废了,几乎所有的自流灌溉工程都已无法正常运行。——他一边说,一边扳着指头,举了一个又一个事例,泰安市岱岳区徂徕河段八处扬水站已全部停用并报废,泰山区邱家店镇河段东颜张村扬水站已无法引水,虽于2000年投入八十万元在河道内新建扬水站一座,但又因河床水面持续下降而发生引水困难,不得不投入近万元开挖临时引水渠道以解燃眉之急……

又是省略号。人类对自然水系的毁坏,罄竹难书,很多事,我只能省略。

望着这些在光天化日之下大大咧咧、满不在乎的挖沙人,我想,他们怎么就这么无所顾忌?难道像当年的梁山水泊英雄一样,拥有了全副武装的实力来保护自己,足以同朝廷抗衡?当然不是,保护他们的,或许是另一种谁都明白又都心照不宣的力量。

除了河沙的开采,一路上我还看见沿途那些煤矿、造纸厂向大汶河排出的滚滚浊流。据一个知情人士透露,这一带的主要污染源来自宁阳县华阳化工,那是山东省内最大的农药生产企业——山东华阳农药化工集团的全资子公司,主要生产液体二氧化硫、焦亚硫酸钠、工业氯化钡等,他们生产出来的每一样东西,几乎都要贴上一个恐怖的骷髅标志。想想,如果这些东西流入了大汶河,必将流进东平湖。那么东平湖的水质又怎样呢?就在2012年春节过后,随着河水和湖水解冻,东平湖东入口处开始漂浮起零星的野生死鱼,在鱼死漂浮之前,水色接连几天泛红。很快,渔民们就发现他们养在水中的鱼苗也一片片地泛起白肚皮。在很短的时间里,东平湖以及大清河一带就有上百万斤鱼苗死亡,而大清河其实就是大汶河下游。我采访了这一带的很多渔民,许多渔民不但鱼死了,连鱼苗都死光了,他们悲惨而绝望地说:"常言道,烂粮不烂种子,死鱼别死鱼苗啊!"这些渔民以最朴实的话说出了他们的真理,如果连种子、鱼苗都死光光了,这一年,你说还有什么指望呢?

对于东平湖,对于黄河,大汶河都是不可或缺的。且不说这是三地四县人的一条母亲河,如果没有这条河,当狂暴的洪水从泰山上一路冲下来,又没有了一个去处,整个泰山脚下,皆成黄泛区。

一条短暂的河流,几乎凝聚了中国水利的一切症结。唯愿,这条短暂的河流,不会成为一条短命的河流。

追寻一个失踪的湖泊,比寻找一个失踪的人还要难。

多少人千里迢迢来到这里,就是想看看梁山水泊。但睁眼一看,又一个个傻眼了,从前那号称八百里的梁山水泊,到底在哪儿呢?那天生地长的自然湖泊,又怎么会失踪呢?

这个问题只能让我的向导丁永林先生来回答。这也是他这辈子一直在干的事。身为梁山人,他对梁山水泊那种与生俱来的感情,自然要远胜我们这些外人。尤其是在供职于东平湖管理局后,他几乎把所有业余时间都用在了对水浒文化和梁山水泊的钻研上,如今,他已成了这方面颇有独到发现的学者。

我接下来的叙述,就是对他一些学术观点的转述:

在梁山水泊出现之前,这一带已有巨大的水域,这就是古地理书上记载的巨野泽,又称大野泽,大致就是梁山水泊的前身。据《元和郡县志》记载:"大野泽在巨野县东五里,南北三百里,东西百余里。"据此记载,现在的梁山、东平、郓城、巨野、汶上、嘉祥、济宁一带都曾是大野泽波及之地。而黄河每一次决口后奔泻而下的洪水,无一不是奔泻到这片大泽。它几乎天生就是为黄河分洪而准备的。而黄河改道,也左右着这大泽的命运。自周定王五年(前602年)起,黄河下游发生大改道二十六次,其中,流经梁山县境就有六次。最著名的一次是我在前文提到的汉武帝元光三年(前132年),黄河在今河南濮阳西南的瓠子决口,洪水奔向东南向巨野泽狂泻,由于决口很长时间都没有堵塞,行洪达二十三年之久。这是黄河历史上的第二次大徙,也是流经梁山县境的开端。

梁山水泊的形成与演变,除受黄河改道、决口泛滥的影响外,还与汶河、古济水以及京杭大运河的开发整治密切相关。宋代的八百里梁山水泊,大致就是这样形成的。北宋大臣韩琦留下了一首《过梁山泊》诗,描写了他看到的梁山泊:"巨泽渺无际,齐船度日撑。渔人骇铙吹,水鸟背旗旌。蒲密遮如港,山遥势似彭。不知莲芰里,白昼苦蚊虻。"这应该是当时梁山泊的真实写照。《水浒传》虽是小说家言,但又绝非凭空想象。当年那许多绿林好汉和虎狼出没的荒山野岭,如野猪林、快活林、赤松林等,都让人们自然而然地猜想,那时候这里应该还是茂密的丛林。若是没有一大片森林,又怎能藏住那些绿林好汉,更藏不住老虎那样的猛兽。据此猜测,在黄河下游的水危机出现之前,首先出现的是生态危机。换句话说,在黄河下游众多的水泊消失之前,大面积的森林先就消失了。而森林的消失,不用说,又是人类大规模开荒的结果。满山遍野地开荒,满山遍野地生儿育女,一座山一座山被砍光,甚至被一把火给烧掉了。这个世界,仿佛只剩下了人……

我感觉这是一个接近真相的猜测。眼见为实,看这里的山,大多不高,但很大,旷阔与纵深的山野,是很容易变成良田沃土的。历代官府,又是鼓励老百姓开荒的,有了田地,就有了养命的粮食,中国的老百姓,只要不到饿死的程度,就不会起来造反。把这些藏龙卧虎的荒山野岭变成人口稠密的村庄、田园,没有了森林,没有了梁山水泊,那些危害人类的虎狼也都销声匿迹了,就是有人想要造反,也无处躲藏了,于是天下太平,普天同庆,又一个太平盛世出现。

除了人祸,丁先生认为,梁山水泊的消失还有另外的原因,这又与黄河改道有关了。可以这样说,梁山水泊是成也黄河、败也黄河。黄河改道让梁山水泊水势浩大,但黄河泛滥的不只是洪水,还有被洪水裹挟的大量泥沙,大野泽在承载了黄河洪水的同时也渐渐被黄河泥沙淤积,地面逐渐抬高,湖泊面积逐渐缩小。

对丁先生的这一观点我持保留意见。若从自然法则看,这个原因是说不过去的,泥沙淤积不但不会减少湖水,由于湖底变浅,反而会让水域变得更加漫漶。真正的原因不在这里,而是我反复提到过的发生在南宋建炎二年(1128年)的黄河又一次改道,也就是为阻止金兵南下宋东京留守杜充下令掘开了黄河大堤的那一次。这次黄河之水没有泄入梁山泊,而是把梁山泊撇开了,在一路扫荡河南东北、山东西南地区后,最终奔向南边的淮河流域,夺泗入淮。从此,黄河彻底抛弃了春秋战国以来流经今浚、滑一带的故道,在河北平原上失踪。在之后的七百多年中,黄河一直借淮河水道入海,而古代的大野泽、宋朝的梁山泊再也没有黄河洪水的侵入,也就少了一个重要的水源。到金世宗大定二十一年(1181年)时,"梁山泊水退地广,金人尝遣使安置屯田,民亦恣意种之……明年,命招复梁山泺流民,官给以田"。那个年代离杜充掘堤不过几十年,这一历史记载透露了两个重要信息,一是梁山水泊还在不断萎缩,二是人类开始有组织地屯田垦荒。到元至元初年(1264年)时,梁山泊已经大面积淤塞,残留部分以南旺湖之名出现。元至元二十六年(1289年),在修造京杭大运河时开挖由安山至临清的会通河,南接济州河,引汶水北达临清汇御河(今卫运河),把济水截为两段,谓之"引汶绝济",这一人为的改变致使安山脚下的古济水与汶水交汇为一个萦回百余里的湖泊——安山湖。到清朝时,据《清一统志》载:"梁山泺即古大野泽之下流,汶水与济水汇于梁山之东北,回合而成。"又见《淮系年表》记载:"靳辅提请安山湖听民开垦佃种,输租充饷,此水柜遂废。凡开地九百余顷。"——这里面又一次提到人类对梁山遗存水泊的大规模垦荒。

由此可知,梁山水泊的消失,根本还是人祸。杜充掘堤致使黄河改道是一次给梁山泊带来了灭顶之灾的人祸,而历代对梁山水泊的不断开垦,也是持续不断的人祸。然而,如同因果轮回,随之而来的就是灾难。这里的山体原本疏松,一旦失去了植被的保护,山洪暴发,水土流失,泥石流,一连串的灾难发生了。事实上,梁山水泊就是这样消失的,一千多年的岁月,足以填平八百里梁山水泊,甚至根本不需要一千年。当然,也不能全怪这里的先辈

第一章　当黄河成为一个悬念

们,除了梁山水泊的小环境,还有黄河流域的大气候。通过黄河的命运,可知它下游湖泊的命运,通过湖泊的命运,又可窥见一条长河的命运。

边走边看,我们已深入东平湖的核心区域了。从地形看,这里应该是有水的。一个东平湖,三面都是环形的山脉,这是一个典型的水窝子,特别适合蓄水,也素有"小洞庭"之称。但问题是,别说小洞庭,如今连大洞庭也干涸缺水。又从河流水系来看,东平湖西边是京杭大运河,东连大汶河,北通黄河,水系纵横交织,河湖四通八达,古往今来,这里就是漕运要枢。这样一个地方,无论你怎么看,实在都不应该缺水。围绕这湖走一圈,湖东岸据说就是宋江率水浒英雄攻打东平府城的营地,西岸有京杭大运河故道,还有天王晁盖等好汉初聚的司里山,北岸有唐朝大将程咬金的程公祠,还有西楚霸王项羽的墓地。

我关注的不是这些死去多年的英雄,而是一条死去的大运河,大运河故道。历史上,这里就是漕运要枢。隋唐大运河以至京杭大运河最繁华的时代,从东平湖可以坐船直抵天堂般的江南杭州。从一条河道变成一条干涸的故道,一定是有缘故的。这缘故现在没人能说得清,说出来也是找不到证人的猜测。但有一座清水石桥,见证了东平湖沧海桑田的变迁。这是一座隋朝的古桥,如今还淹没在湖底下,在淹没千年之后还依稀可见。它见证了什么?它所见证的,不是东平湖的干涸,而是梁山水泊的诞生。想象杜充决堤后那狂奔的黄河水纵横决荡,二十多万平方千米的黄泛区,汪洋一片,比山东省还大得多,在梁山四周的辽阔洼地上,汇聚了一个浩浩荡荡的水泊,一座陆地上的清水石桥,从此被淹埋在水下。

这不是我在重复,而是对一个大湖诞生的又一次历史性推证,然而这一座陆地上的清水石桥又真能验证那一切吗?所谓推证,其实只是历史的另一种猜测方式。八百里梁山水泊,仿佛在猜测中诞生,又在猜测中消失,却又有一个事实是不用猜测的:尽管梁山水泊大面积消失了,但一直到新中国成立初,东平湖这梁山水泊遗存的唯一水域,也还实实在在地拥有六百平方千米水域,还时常发洪水。东平湖在黄河下游起到的最重要的作用,就是蓄水滞洪,为黄河卸载洪水,这也是它一直没有消失的原因。

八百里梁山水泊,如今就剩下一个东平湖了。如果不是它的存在,我们只能从小说中猜想梁山水泊的样子了。同古老的梁山水泊相比,东平湖这名字还很年轻,直到清咸丰年间,这一汪水泊才被命名为东平湖。说东平湖不一定有人知道,说它也是梁山水泊之一,纵使不全知道也能知道一二了。但若真的追溯起来,又未必有多少人知道它的前世今生了。当梁山那些水泊早已消失得无影无踪,像是从天地间蒸发了,东平湖成了梁山水泊唯一的遗存水域。从东平湖到黄河口,是黄河下游的最后一段流域。但从20世纪70年代开始,在黄河断流的数十年岁月里,黄河下游还没有流到东平湖就断流了,这让东平湖如同被黄河遗弃的一个孤儿。事实上,它不但是黄河的孤儿,也是被梁山水泊遗弃的孤儿。又哪怕是遗存,如今它还是黄河流域四大淡水湖之一,也是黄河下游最大的淡水湖。

看着这样一个湖泊,难免感觉有些悲壮,它的存在,仿佛是大自然最后的坚持。但还能坚持多久呢?

从地图上看,东平湖几乎被水包围了,西依大运河,东连大汶河,湖水又从北面的小清河汇入黄河。这是一个天造地设的水上枢纽。

新中国成立之初,大江南北,大河上下,到处都是洪水泛滥的告急声。在风雨飘摇、危机四伏的洪荒岁月,防洪,也就成了兴修水利、治江治河的头等大事。而重中之重,又是这条像野马一样桀骜不驯的黄河。如果把东平湖放到一个更大的背景上看,正好处于黄河与大汶河下游冲积平原相接的洼地上。历史上,它原本与黄河并不沟通,直到清咸丰五年(1855年),黄河自铜瓦厢(今属河南兰考)决口,夺大清河水道,从此使东平湖与黄河连通。这一次灾难性的沟通,对东平湖的命运也是灾难性的。从此东平湖受到两面夹击,既要分滞黄河洪水,又要接纳汶河洪水,被动地成了黄河与大汶河洪水的一个自然滞洪区,也自然起到了一定的调蓄功能,当黄河水位高于湖水水位则倒灌入湖,当黄河水落,湖水又泄入黄河,这既对黄河与大汶河洪水起到削峰作用,又为黄河下游起到了补水的作用。但一个自然湖泊的调蓄能力十分有限,又很被动,而一旦黄河和大汶河同时发生洪水,济南市、津浦铁路、胜利油田以及下游黄河两岸人民生命财产安全便遭到双重威胁。

1959年,毛泽东又一次视察了黄河。他伫立在济南泺口这一黄河险工上,长久无语。泺口位于济南市北郊,是古泺水与济水的汇合口,素有济南黄河防汛的北大门之称。现行河道就是清咸丰五年(1855年)黄河在河南兰考铜瓦厢决口改道后形成的。由于河道逐年抬高,悬河之势日益加剧,泺口这一段黄河河床已高出济南市天桥区地面五米以上,防洪水位更是高出十一米以上,对济南市的安全构成严重威胁。该险工始建于清光绪十六年(1890年),当时为秸埽坝,后来逐步改为石坝。新中国治黄以来,先后对险工进行了三次加高改建,利用黄河泥沙淤背区宽一百〇五米左右,抗洪能力显著增强。但毛泽东还是不放心,他一生多次来到这里。他面对黄河,他的背后就是整个济南。

也就是在这次,他说了一句意味深长的话:"人说不到黄河心不死,我是到了黄河也不死心。"

事实上,在他来这里的一年前,一个与黄河下游命运生死攸关的大型水利工程已经于1958年夏汛过后开工,这就是东平湖水利工程:把一个自然湖泊改建为一个平原水库,黄河和大汶河对东平湖的双重威胁,变成既承担着分滞黄河洪水又接纳汶河洪水的双重任务。但这个在"大跃进"时代仓促上马的工程和那个年代的许多水利工程一样,等到建起来了,才发现存在着许多先天不足的问题。譬如说在设计意图上,说是综合利用,实际上功能模糊,一个水利工程想要承载的东西太多了,反而很难发挥作用。在运行了五年后,1963年经国务院批准,东平湖水库再次改建,这一次把水库功能由原来的综合利用明确为"以防洪运用为主","有洪蓄洪、无洪生产"。为此,又增建了进、出湖闸,在库内加修了二级湖堤,并将水库分为老湖区和新湖区,实行二级运用,成为一个确保山东黄河下游安全的关键工程。运行半个世纪以来,东平湖陆续建成了比较系统完整的蓄滞洪工程,尤其是东平湖遭遇2001年8月的特大洪水后,国家通过各种渠道加大了对东平湖的投资力度,进一步完善了东平湖防洪体系。随着社会发展和黄河蓄滞洪区总体布局的调整,如今东平湖滞洪区愈加具有不可替代的作用。

梁山是一个古老的地名,梁山县却是新中国成立后设置的。要说与东平湖生死相系的两个地方,就是梁山县和东平县。为了治理洪水灾害,梁山县根据这一带地形西南高东南低的特点,先后开挖疏浚了湖西排渗沟——梁济运河。1966年冬又按六级航道进行开挖疏通,北接黄河,南至五里堡出境,成为梁山县境内淮河流域的唯一排水通道。东西两侧的排水河大都垂直于梁济运河,形成了羽毛状水系,主要支流有郓城新河、琉璃河、湖外流畅河、龟山河、金码河、北宋金河、湖东排水河、湖区柳长河、戴码河等。由于黄河得到彻底治理,再加上这些河道具有充分的泄洪能力,梁山县境内的梁山泊遗存水域几乎彻底消失了。

身为梁山人,却只有梁山没有水泊,这让他们感觉到缺了什么。以前还没有这样强烈的感觉,在这样一个全民旅游的时代来临之后,尤其是在一部电视连续剧热播之后,他们有了强烈的危机感。梁山人也一直在摩拳擦掌,要让八百里水泊梁山重现当年的风貌。梁山人豪爽,实在,敢想敢干,说干就干。这是梁山人兴建的一个大工程,怎么说呢,说它是水利工程,不如说是一个水体景观工程,2010年春天动工,只用了一年多时间,梁山泊就蓄水了。

我来这里时,只见一片在影视剧中见过的山寨,倒映在一汪清澈的湖水之中。深入其间,又见湖港水汊,芦苇草荡,还真是一处引人入胜的梁山泊,从东到西,一路看过来,渔村,垂钓台,水城门,古色古香,恍若走进了宋朝的故事,但只可远观,不可近看,否则会让你从某种古老意境中一下清醒过来。又看西边的水域,梁山码头、水军指挥塔、梁山水寨门、水军营寨、朱贵酒店等,重现了当年梁山水军生活和征战的场景,还有一些今人穿着古人的戎装铠甲,正在厮杀,血花四溅。血是假的,但水是真的。谁都知道,这不是真正的梁山水泊,只不过是一个人工引水造湖的景观工程,但水没有真假之分,这水泊里的每一滴水都是真的,都是两个氢原子和一个氧原子组成。不得不说,梁山人还真是做了一篇洋洋洒洒的活水文章,从根本上改变了水泊梁山有山无水的现状,打造了一个依山傍水、显山露水的水泊梁山,这很有创意,也很有水泊的意境,让我等慕名而来者,多少弥补了一点水泊梁山见山不见水的遗憾。只是,这梁山水泊也实在太小了,没有八百里,也没有八十里,仿佛一转身就转悠完了,大也就七八里吧。这是人类的大限,想靠人工引水再造一个梁山水泊,太难了,实在太难了。

眼下这个东平湖,总面积六百多平方千米,但事实上,哪怕精确到小数点后面的数字,它的常年水域也仅有一百二十四点三平方千米。水面小,水也很浅,平均水深只有两米多。它的理论蓄水总量为四十亿立方米,但实际上,常年蓄水量仅有一亿五千万立方米。很明显,和它的姊妹湖乌梁素海一样,东平湖也是一个正在不断衰老、萎缩、走向消亡的湖泊,如果没有力量来让它恢复生机,它的命运,将和它当年众多的姊妹湖一样,过不了多久,就会在天地间消失得无影无踪。

不过,它的命运也许没有我想象的那样悲观,这又与一些已竣工的水利工程和一些正在加紧修建的水利工程有关了。

在小浪底工程运行后,东平湖又担负了黄河下游流域的一个重要使命,那就是利用东平湖来保证黄河下游直至黄河入海口区间一直不断流。黄河能否走完全程流入大海,就靠东平湖来保证了。怎么保证?靠洪水来保证。

洪水也是水资源!说这话的是水利部部长汪恕诚。

从洪水猛兽到宝贵的水资源,应该说,这是中国人治水的一个大飞跃。这倒不是什么思想观念的转变,而是中国人对洪水已经有了这样的自信和把握,有了前所未有的控制能力。现在,在严重干涸缺水的北方,抗洪已是一个不合时宜的词语,如今说得最多的是"迎洪"。每年开春,从大汶河到黄河,因冰凌融化而春水猛涨,由于此时正值沿岸地区桃花盛开的季节,这紧接着凌汛而产生的汛期便有了一个美丽的名字,桃花汛。一到这季节,黄河从上到下的所有水调人员全部上了第一线,迎接洪水的到来,这情形就跟当年防汛抢险一样,但他们现在不是抢险,而是抢水,别让这宝贵的水资源白白流掉了。"黄委会"根据黄河桃花汛的特点,精心调度凌汛期产生的洪水,合理安排蓄积在几个水库里,为下游储蓄了大量春灌用水,而黄河下游的东平湖发挥了举足轻重的作用。正是通过对洪水资源的有效利用,人为调整平衡水资源的时空分布,黄河连续十多年没有断流,并使黄河下游际域安全度过了春夏最干旱缺水的时期。具体到东平湖,在确保了防洪安全的情况下,东平湖洪水被国家防总和黄河防总大胆及时地纳入黄河水量统筹调度方案中,通过人为控制泄流量,巧妙地借用下泄洪水,以保证从东平湖直到利津以下的河口段不断流。

东平湖还将被赋予一个使命,随着南水北调东线工程的加紧建设,在这一解决黄淮河地区东部和山东半岛水资源短缺的国家重点战略工程中,东平湖将实现第二次功能转换,由单一的滞蓄洪水水库转变为滞蓄与调蓄双重作用的特大型平原水库,而且是东线工程的最后一个调蓄水库。东平湖畔的八里湾泵站,就是东线十三级提水工程的最后一站,这个泵站将引来的长江水带到一个制高点,然后分成两路,一路往河北天津供水,一路输水至胶东地区。这既是东线的标志性工程,也是一个关键性的枢纽工程。而东平湖畔复杂的地质环境和工程本身的高标准,也给东平湖边的建设者们出了个不小的难题。

曲福贞,东平湖工程局副局长,正在工地上指挥施工,没想到这个搞水利工程的汉子说出的话那么有诗意:"这个泵站的作用就是将引来的长江水提升近五米,流淌进一堤之隔的东平湖。东平湖的给水源是汶河,而汶河是黄河下游最大的支流。八里湾泵站的作用就是让黄河水和长江水在东平湖内实现诗意融合。黄河和长江都是发源于青藏高原,但从无交集。而八里湾泵站将改变这一历史。"——科学的数据,诗意的描述,原来科学也是这样充满了诗意的。或许,它们也像长江、黄河一样,源于同一座伟大高原却从未交集,而在这个时代也终于有了一种交集的方式,让两种隔行如隔山的东西同时获得了诗意的呈现。

说起这个建筑,曲福贞充满了自信和憧憬:"从设计理念上来说,泰安境内的八里湾泵站是整个南水北调工程中东线山东段一个标志性工程,主体工程包括进出水渠、清污机桥、主泵房等几个部分。工程全部竣工后,泵站将安装观光电梯,乘坐观光电梯就能看见南水北调工程的部分河道和东平湖的美丽景色。"

听了这样一番话,我感觉比看见了真正的梁山水泊还兴奋,他的憧憬也是我的憧憬。

其实我可以满怀着这样的憧憬踏上归程了,却又想在离别之前再看这个大湖一眼。每到此时我总是怅然,天地广大,此生也未必还会来到这里。丁永林先生似乎也没有就此回头的意思,他还想带着我去内湖看看。越往大湖深处走,风越大,在这依然闷热的初秋,多少有了一些清凉之感。湖水看上去还是清澈,但沿途看见,很多湖畔村庄的生活污水甚至连厕所里的粪汤都是直接排放在湖里。这让我感到一阵阵恶心。湖面上,从近到远,漂浮着一个个网箱、浮标,连远到天际下的水域也被它们遮蔽了。还有许多违章建筑直接建在湖边上,甚至有当地政府违章修建的港口和码头。这都是丁永林先生告诉我的,他的眼神里,浸满了的不是水,而是焦虑与迷离。

忽然觉得,我不该走得离一个自然湖泊这样近。如果所有人,我们人类,都能同一个湖泊保持一定的距离,这个幸存的湖泊,以及那消失已久的梁山水泊,或许又是另一番命运,甚至会换一种活法。

十 最后的拯救

走向黄河口,秋色已经很深了。

事实上,黄河有许多年没来过这里。黄河口,几乎成了一个历史名词。

我来这里却不止一次了,这里有我一支宗亲,就住在垦利县陈家庄。大约在清末民初,他们在兵荒马乱的岁月一路逃荒讨米来到黄河口,这里有不少刚刚生长出来的土地,俗称新淤洲,暂时还没有主人。他们在这里一边开荒种地,一边打鱼捞虾,过着水陆两栖的生活。当他们渐渐站稳脚跟后,又有很多同宗亲友或乡亲陆续投奔而来,往往是,一片新淤洲,由最初的一两户人家渐渐形成一个村落,河口三角洲的许多村落就是这样形成的。荒凉无边的新淤洲上,又像他们的故乡一样飘扬着炊烟,而他们盖起的茅寮或土屋用不了多久又被烟火熏得漆黑。而这时,在他们的前方,又有新淤洲刚刚冒出来……

这就是一部河口三角洲的简史。

按黄河委员会的划分,山东利津以下为黄河的最后一段流域——河口段。

每一条河流都有一个最终的归宿,黄河最终的归宿却是那样变幻莫测。

追溯黄河入海口,西汉以前,黄河最后一段下游大致就是现在的海河水系,在流经现在的河北省之后,黄河在今天津附近入海。而黄河改由利津入海,一个直接原因,就是王莽时代的那次泛滥了六十年的黄河决口改道,把利津变成了入海口,史称"千乘海口"。唐景福二年(893年),黄河又在今滨州市惠民县境内改道北流,至无棣县境入海。此后近千年,黄河在中下游频繁改道,时而北流无棣、天津一线入海,时而南流夺淮入海,而今天的黄河入海口以及河口三角洲始终处于黄河猛烈摆动的扇形中间。那时还没有现在的垦利县。黄河下游的最后一个县就是金朝时设立的利津县。这个古老的县份,在岁月中一直越长越大。这样的生长不是欣欣向荣的,而是异常缓慢的。清咸丰五年(1855年),这是我反复提到的也是在黄河的命运之书里非常重要的一个年份,黄河在河南兰阳铜瓦厢决口,黄河主流冲出河道,穿过大运河,再夺大清河河道由利津入海。八十多年后,蒋介石密令掘开花园口,黄河又一次改道,在撇开利津入海口数年后,花园口决口又被重新堵上,黄河重回故道,回到了现在的入海口,行水至今,从此不再改换水道。如今黄河的河口段,上起滨州界,自西南向东北横贯东营全境,在垦利县东北部注入渤海,全长一百三十八千米。

黄河在哪里入海,就会把携带的大量泥沙带到哪里。对黄河而言,这是深重的灾难,但对河口而言,却是厚重的礼物。黄河最初在利津入海时,当时的海岸线还在今天的利津镇附近,而现在这里早已成了黄河口的腹地,离大海还远着呢。随着滚滚泥沙从上游一直冲下来,黄河入海口因泥沙淤积,又不断延伸摆动,随着时间的推移,黄河口不断在东北方的海域淤积出大片土地,也就是所谓新淤洲。千百年来,尽管黄河多次改道,但利津一直是它最主要的入海口,这旷日持久的"填海造陆"运动,在宽一百余千米的范围内,共延伸造陆三千平方千米,海岸线也向大海推进三十多千米,又向大海扩张出了整整一个县,垦利县。

若以垦利县城为中轴,整个县境大致可分成东西两半,一半古老,一半年轻。县境西南部原为蒲台县辖地,在元末明初已零零星星出现人家,大部分村庄都是明、清两代的建筑。据他们保持下来的族谱看,这些河口三角洲最早的移民大多是从山西洪洞、直隶枣强等地迁至山东北部大清河两岸耕作的移民。黄河夺大清河入海后,入海口一带很快形成了大片新淤洲,这些大清河一带的元明移民为了垦荒又再次向黄河口搬迁,从逐河而居演变为逐海而居。县境东半部原属利津,这也是从大海里淤积出来的最年轻的土地,因成陆较晚,直到清朝末年这里还是人烟稀少、荆棘丛生的荒凉盐碱地。也有一些零星的垦荒者,大都是农忙时节在此搭个茅棚住下,收割之后便载着田里的收成回到他们真正的家。这样春来秋去的迁徙,让这里很久都没有形成真正的村落,也没有固定的地名。只因大部分都在利津县境内,地势低洼,这里被当时的人们俗称为利津东北洼,后来又干脆就叫利津洼。

人类对这些新淤洲的大规模开垦,大多与灾难有关。民国初年,鲁西地区遭受特大水灾。当时的山东省政府为了安置这些陷入了绝境充满了绝望情绪的难民,曾专门设立了一个"滨蒲利广沾棣淤荒设治筹备处",有组织地将灾区难民迁到河口三角洲开荒种地。这荒凉的盐碱地,也是对他们最后的拯救。然而,这样的拯救随时都可能被剥夺。1930年,山东省政府主席韩复榘为保存实力,下令他手下的第二十师五十九旅来河口三角洲屯垦,将那些贫苦百姓无力耕种的土地一律分赠给他的部卒。由此,在屯垦集中地带开始出现了王营屋子、刘家屋子等若干新村。1935年,黄河又在山东省鄄城决口,鄄城以下的菏泽、郓城、嘉祥、巨野、济宁、金乡、鱼台等县皆成泽国。成千上万的灾民由山东省政府按每二百人为一组,携妻带子、肩挑手推地来到黄河口的新淤洲,又形成了八大组(今垦利县永安镇政府驻地)以及从一村至二十五村等移民村屯。随着人口的不断增加和经济的不断发展,八大组逐渐成为这些移民村屯的中心区域。1936年,山东省政府决定以八大组为中心建立永安镇,并在此相继设立新安县筹备处、垦区筹备处,可见,当时就在筹备新设一个县了。但随着抗战全面爆发,新安县筹备处工作人员也在日军进攻山东时作鸟兽散。国民党前脚刚走,共产党后脚就来了。1941年初,八路军山东纵队在这里创建了垦区抗日根据地,成立了垦区抗日民主政权,为县级,但尚未正式设县。1943年,垦利县抗日民主政府正式成立。由于此地有"垦区"和"利津洼"两个名称,因此合称为"垦利",以此命名。从此,垦利建县,而黄河入海口也就顺理成章地被划入了垦利县。解放战争时期,这里更成了渤海解放区的大后方,粮食、棉花、原盐等源源不断地输送到其他解放区和军事斗争前线。渤海垦区因此被誉为鲁北的"小延安"、山东的"乌克兰"。

新中国成立初期,黄河口再次成为国家安置移民的重点区域。20世纪50年代,为修建东平湖水库,山东省政府先后将东平、梁山、长清、平阴、青岛、济南等地两万多移民迁到利津、垦利两县落户。此外,还有华东军政委员会在广饶七区筹建国营广北农场、济南军区农建二师进入孤岛地区开发荒原、山东地方国营渤海农场总部迁至黄河口地区,随着大规模的农垦和军垦,河口三角洲的每一寸土地都不再荒芜。而随着胜利油田登陆黄河口,人类对河口三角洲的开发又从地上深入到了地下。这荒凉无边的盐碱滩,如今依然是人类拼命攫取财富的一片热土。

还说垦利,这个离大海最近的县之一,是黄河以最直接的方式孕育出来的一方沃土,已经不小了,县域面积超过两千平方千米。但这依然是一个动态的数字,人类可以划定它在大陆上的边界,却一直无法划定它和大海的边界。尤其是最近四十多年间,黄河输送至河口的泥沙每年平均向渤海延伸两千米,年平均净造陆地二三十平方公里。这就是说,黄河口每天要增加一个足球场的面积,每年要再造一个澳门特区的面积。如果黄河不断流,不改道,它还会继续朝大海搬运泥沙,在无尽岁月中还不知会淤积出多少个县来。

在不断"填海造陆"的同时,黄河下游河道一直游荡不定,尤其是黄河尾闾改道,一直是河口三角洲的心腹大患。所谓尾闾,据古人的解释:"尾闾,水之从海水出者也,一名沃燋,在东大海之中。尾者,在百川之下故称尾;闾者,聚也,水聚族之处,故称闾也。"由于黄河口是黄河流域海拔最低的地方,要承接所有的河水,并且汇聚于一口,一旦河流不畅,就会造成河堤决口,洪水四溢,而黄河泥沙原本就多,尾巴又经常摇摆,俗称龙摆尾。新中国成立后,人民政府加大了黄河治理力度,先后四次对河口进行人工改道,让黄河入海更加畅通。每次改道,黄河尾闾就能稳定一段时间。从1949年以来,黄河尾闾经历了四次改道,也经历了一次次大汛,但河口堤防无一决口,黄河从此不再随便"龙摆尾"。

然而,当一种灾难被人类解决,它的另一种灾难又开始出现:黄河没水了,断流了。我在走访黄河水文局时,翻检到了1919年以来黄河水文观测资料。黄河第一次自然断流是1972年。在此之前,黄河发生了两次断流,都是直接的人为原因:一次是1938年蒋介石密令在花园口扒口,致使黄河改道,黄河下游山东段至河口彻底干涸断流;一次是1960年6月由于花园口枢纽大坝截流和同年12月三门峡枢纽关闸蓄水,直接造成黄河下游断流。除此之外,在1919年至1972年的半个多世纪里,黄河从未出现过断流现象。至于古代,只有黄河频繁决口改道的记载,还没有发现黄河断流的记载。在断流之前,黄河的入海年径流量已开始锐减:20世纪60年代为575亿立方米,70年代为313亿立方米,80年代为284亿立方米,90年代中期为187亿立方米。在短短的几十年里,黄河入海径流总量锐减了一半多。从1972年至1999年的二十八年中,黄河下游共有二十二年发生断流。根据利津站的实测资料,二十二年中累计断流七十四次,平均每年断流超过一百天。1987年后几乎连年出现断流。从"三年两决口",到"四年三断流",黄河的命运以另一种灾难的方式演绎,而且是比决口改道更难治理的灾难,其断流时间不断提前,断流范围不断扩大,断流频率、持续时间不断增加,还多次出现跨年度断流。1995年,地处河口段的利津水文站,断流历时长达122天。1996年,地处济南市郊的泺口水文站于2月14日就开始断流,这年利津水文站先后断流七次,历时达136天,是有史以来黄河断流时间最早、历时最长的年份。断流河长也在不断向上蔓延,一直上延至河南开封市的柳园口,长七百余千米。整个黄河下游几乎都断流了,黄河已经没有下游了。

在相当长的一段时间里,黄河断流只有断流流域的人们知道,哪怕知道也仅仅是极有限的局部,而外界一直不知道黄河断流了,这真是一个天大的秘密。直到1995年,在黄河断流十三年后,这一秘密才被"黄委会"水文局王文玲和张纬等人捅开了。他们撰写了《黄河下游断流情况的回顾与思考》一文,在《人民黄河》1995年第四期发表,这也是该刊首次发表有关黄河断流的文章。至此,黄河断流已不再是秘密。在1997年以后几年里有关黄河断流的文章几乎铺天盖地,这也足以表达人们对黄河断流的关注程度。而每个人在拿出治理黄河断流的对策之前,都必须追问,到底是什么原因致使黄河下游断流?

追究黄河断流的原因,和所有灾难一样,原因很多,很复杂。尽管众说纷纭,但人类首先还是要在老天爷身上找原因,能够推给老天爷的先推给老天爷,如降水量减少,太阳辐射,太阳黑子,温室效应,还有所谓间冰期,等等,这都有可能导致黄河干涸断流。又由于黄河是一条悬河,河床淤积得比两岸地平线高出五米左右,水往低处流,比地平线更低的地下水不可能流到黄河河底,黄河不仅得不到两岸地下含水层的水源补给,反而要用河水下渗补给地下含水层,越是干旱越是下渗严重。这都是原因,也都是常识。对常识,只能用常识来追问,如果常识性地反问一下,黄河从春秋以前就是一个巨大的悬念,一直悬到现在,上下五千年,都没有断流,怎么到了我们这个时代就断流了?

人类,尤其是我们这个时代的人类,是推卸不了我们自身的原因的。黄河断流最直接的原因,说穿了还是人祸。

有一个原因是很多人一直在回避的,那就是,那一道道横亘在黄河中上游峡谷里的拦河大坝。黄河流域原本处于干旱或半干旱地区,水资源匮乏,即使在水量比较充沛的中上游流域,水均衡一般也处于负均衡状态,只有丰水年份才出现正均衡。而在中上游修建了大量水库后,在水体聚集效应下,很多宝贵的水资源都被阳光蒸发掉了。而沿途又有人类修建的大大小小的引黄灌溉工程,层层拦截黄河水,拦截多,放流少。因抗旱用水集中,水库蓄水能力相对不足,还有一些从国家水利大局出发向流域外引黄的水利工程,如引黄济津等,也引走了一部分黄河水。上述这些耗水量,年均有二百多亿立方米,约占黄河水量的三分之一。

从耗水量看,历史上,人类对黄河水源的利用一直十分有限,尽管黄河水量比长江少得多,但人们也从未担心水少了,最担心的还是洪水。解放初,黄河供水地区的年均耗水量才一百亿立方米,一直到20世纪五六十年代,每年大约有五百亿立方米的黄河水白白流入大海,也从来没有人觉得可惜。到了90年代初,随着人口和经济迅速增长、城市的不断扩张、人类生产与生活规模无节制扩大,耗水量一直呈急剧上升态势。20世纪50年代时,黄河下游灌区灌溉约为一百四十万公顷农田,到90年代猛增到五百万公顷,工业用水更是数十倍地增长。以黄河水资源之少,要满足人类如此之大的需求,也就只有竭泽而渔了,哪里还有水放到下游来?又由于对全流域的宏观管理不协调,在枯水年份或者枯水季节,黄河沿岸各地只从自身利益考虑,纷纷引水、蓄水、争水、抢水,水资源管理混乱,水量分配不合理,水荒矛盾更加突出。

偏偏又越是干涸缺水的地方,水资源越是浪费惊人,这又与水价低廉有关了。黄河流域是中国北方重要的农业产区,农业灌溉用水即占全河流用水总量的九成以上。而引黄渠每立方米水费仅为三厘钱,远远低于供水的生产成本,如此低廉的水价自然难以唤起人们的节约用水意识。农业灌溉仍然主要采用大畦漫灌、串灌等原始灌溉方式,一些灌区每公顷地年均毛用水量竟然高达五六十立方米,粗放经营的农业生产方式使黄河水资源的有效利用率还不到四成,水资源浪费程度令人触目惊心。有专家充满惋惜地哀叹,如果把那些浪费的水资源留在黄河里,黄河下游也不至于被逼到山穷水尽的绝境。

由于黄河断流,致使黄河下游流域的最后一个省份山东陷入了一片焦渴。山东省黄河两岸五百万人吃水困难,下游引黄灌区近五千万亩农田无水灌溉,胜利油田也因缺水而多年限产。黄河断流加剧北方水危机,受害的不只是山东一省。黄河断流,直接引发了一系列生态灾难,由于没有足够的水量冲刷泥沙,下游河床泥沙沉积更加严重,黄河三角洲生态退化、荒漠化。而对处于河口三角洲的山东省东营市来说,黄河是这里两百万人的生命河,黄河一旦断流,这里将是一片毫无生机的盐碱滩。

黄河断流,改变了河道冲刷模式,泥沙淤积使河道萎缩,河床抬高,黄河下游成为地上悬河,降低了行洪能力,增加了决口和改道的风险,威胁着下游人民的生命财产安全。目前,黄河下游主河槽呈现出"浅碟子状",汛期一旦来大水,洪水就会轻而易举地越出河槽。在横比降远大于纵比降的"二级悬河"形势下,洪水甚至是中小洪水在滩区极易形成横河、斜河、滚河,使黄河下游两岸大堤防不胜防。

随着黄河断流越演越烈,很多悲观的预言家开始预测黄河的命运:黄河将变成一条季节河;黄河的水很快就要喝光用尽。甚至还有专家绝望地断定:"黄河断流是必然的,要学会与狼共舞。"这条狼,便是断流的黄河了。当然,也有更多的专家学者和社会贤达奔走呼吁,1998年春天,"保护母亲河"被列为全国政协一号提案。此前,中国科学院和中国工程院一百六十多位院士面对黄河的年年断流联名向社会发出一份呼吁书:"行动起来,拯救黄河!"

对黄河下游的拯救,就是对黄河最后的拯救。

关注黄河命运的不只是中国人,还有许多外国人,尤其是我们的东邻日本人。也就在这一年,日本一家著名月刊如是说,不应仅仅把黄河断流看成是经济和环境问题。整体来看,黄河断流带来的是整个流域的衰亡,断流使黄河流域的活力不断衰退……长远来看,黄河文明已开始走向衰退。在日本人眼里,黄河文明就是中华文明的代名词。而这些时常给中华民族制造危机的日本人,给中国人又一次带来了惊悚的警示。拯救黄河,对于中国人,不只是拯救一条自然河流,而是拯救中华文明。

1998年秋天,我站在一条看不见黄河的黄河口,干涸的河道,流泻着日落的悲怆,那如同置身于世界尽头的荒凉,经年不忘,终生难忘。"大河上下,顿失滔滔",一个伟人笔下的黄河,仿佛真的成了黄河的另一种绝唱。

事情没有我想象的那样悲观,黄河的命运在2000年被人类所扭转。对此,我在前文已经提及,这得感谢小浪底水利工程,随着这一工程的运行,在又一个千年来临之际,黄河终于没有把断流的历史带入一个新世纪、新千年。但一开始人们还并不乐观,以为这只是昙花一现。然而,从那以后,一直到现在,黄河已经连续十多年没有断流了。

黄河断流,谁在黄河的最末端,谁的危机最大。黄河一旦断流,最早就是从尾巴上开始的,这个尾巴就是东营市,而垦利县又在这尾巴梢儿上。轮到他们用水时,也就到了最后关头,对于他们,这也是最后的拯救。在某种意义上说,他们必须同大海抢水,一眨眼,这水就流到大海里去了。他们都经历过多少年黄河断流,在他们眼里,这每一滴水真是比石油还金贵。这里不缺石油,这里最缺的就是水。每年开春,是黄河凌汛季节,也是河水比较充沛的时机,从东营市到垦利县的各级水利部门便迅速行动,全力抢引抢蓄黄河水,哪怕现在用不着,也要早早储存一点水。

缺水,对水利建设也是一种倒逼机制。水利,又进入了一种竞技状态。

我决定去垦利县水利局打听打听。这个水利局设了一个专门的灌溉处,一位副主任指着一幅垦利县引黄灌溉图,指着上面像血管一样的灌溉渠系给我讲解了半天。一种很真实的感觉,水,就是血脉。我听明白了,垦利县从2011年开始,确定了四大水利工程:溢洪河清淤疏浚工程、五七中型灌区节水配套改造工程、双河灌区续建配套与节水改造工程、麻湾灌区续建配套与节水改造工程。这些灌区渠系原本都是原打鱼张引黄灌区的组成部分,打鱼张灌溉管理局不存在了,但当年的工程还在、渠系还在,受当时客观条件的影响,投资普遍不足,后来灌区配套建设又一直没跟上,至今仍有相当一部分灌区不能很好地发挥效益。这次大办水利,清淤和防沙是重点,对河道、干渠要进行大规模的整修,对那些像毛细血管一样的支渠、斗渠、毛渠直至农户田间的竹节沟,也都要进行清理疏通,这样才能确保渠系畅通,提高灌溉速度和效率。节水,是这些配套改造工程的重中之重。对大小灌渠都要进行防漏处理,力保每一滴水都不被白白漏掉,尤其要改变农民传统的漫灌方式,大力推广低压管道输水灌溉,如喷灌、微灌等先进的节水灌溉措施。这将是黄河灌溉史上的一次革命。按照规划,垦利县将要建设水闸、生产桥、支渠泵站、节制闸、渡槽等一百多座大中型水利工程。

这要多少钱啊？我问这位副主任。他说,总投资一个多亿。

我知道,垦利县有这个实力,垦利县全年财政收入已突破十个亿。十个指头,他们只是拿出一个指头搞水利,值。

如今大办水利的不只是政府,还有一些牛人私人投资搞水利。

张庆利就是这样一个牛人。

老张出生在一个普通农家,但他不是农民,而是一个下岗职工。下岗对很多人都是不幸的,对老张却是幸运的。这个豪迈的山东汉子,很有商业头脑。他下岗后做生意,很快就挣到了第一桶金。随后,他搞起了房地产开发,虽说不是什么房地产大亨,但也是黄河口小有名气的百万富翁。他原本想把自己的房地产越做越大,但一个很多人并没有在意的信息,却让他在年过不惑时又一次转身。一个人的命运,也从此与这一方水土更紧密地联系在一起。

那是2002年,老张听说济南军区东营生产基地有大片的盐碱地正在招商,他一听到信息就鬼使神差地赶来了。一开始也没有什么明确的想法,只是赶来看看,说不定有什么商机。这一看,让他心疼不已,一望无际的盐碱地,一片荒芜,他想,如能把这盐碱地改造好了,那可真是一笔大买卖啊！但他早过了冲动的年岁,他开始前思后想,想来想去,还是觉得这是一个难得的机会,他甚至觉得自己终于找到了一件值得自己做一辈子的事情。他决定了,盐碱地也是土地,他要把这片盐碱地包下来,要能买下来当然就更好了。当然,这是不可能的。他刚把自己的主意说出来,立马就遭到了家人的反对。也是的,你个老张,放着城里好好的生意不做,偏去改造那苍蝇不下蛋的盐碱地,又远离城区,干啥都不方便,这不是花钱买罪受吗？

对家人的反对,张庆利有心理准备。老张是个豪爽人,还有些倔强。他的性格,熟悉他的人那都是知道的,只要他认准的道,就会咬牙干下去,不撞南墙不回头,撞了南墙也不一定回头。他一出手,就是大手笔。承包了多少盐碱地？十万亩！惊得多少人连眼珠子都快掉出来了。

一个农家子,对农业多少是懂得一些的,然而他要当的不是父辈那样的农民,十万亩土地,要干就是大农业。他在山东农业大学待了一个月,为的就是向专家教授求教,怎么改造盐碱地。说起来很复杂,一听却很简单,甚至让人觉得有点好笑。你吃过咸菜没有?再咸的咸菜,用清水冲洗几遍,咸菜也变淡了。要把盐碱地改造成良田,道理是一样的。要改造盐碱地,先要修水利,这也是当年修打鱼张引黄灌溉工程时,那苏联专家讲的,实际上就是一个土壤改造工程,一个农田水利建设工程。那时候黄河已经结束了几十年断流的历史,这可给老张帮了大忙。他的目标确定了,挖水渠,引黄河水来洗盐渗碱,改造盐碱地。

一个私人老板对水利的投资就这样开始了,他拿出家中所有积蓄,又从多家银行贷款,第一期工程就筹资一千五百多万元,购置了大小机械设备四十多台,雇用了一百多名员工。他这实力,这机械设备,在他父辈的时代,比一个国家投资的大中型水利工程都要强。一期工程干了两年,五万多亩的盐碱地全部翻耕一遍,累计挖了大小水渠七百多条,其中十五米宽的主干渠就有四条,总长五十多千米,十米宽的副渠五十条,总长五十千米,又在田间挖出一条条纵横交错的引水渠和专门的滤碱沟,大致估计,开挖土方四千多万方。这些挖出来的土方都没有浪费,正好用来抬高洼地,洼地变成了一块块"台田"。

许多当年修过水利的老人,都啧啧连声,不可思议,这样大的工程量,换了以前,一个人民公社也干不了,现在一个私人老板就干下来了,人世的变化可真是太大了!

事实上,老张比他父辈当年修水利吃的苦并不少。吃住都在工棚里,每天天还没亮就起床了,直奔工地,一直忙到深更半夜,一身泥水,就倒在床上了。两年下来,他买来的机器设备报废了一半,他整个人瘦了一圈,很多城里的生意伙伴,乍一看见他,都不敢相认了。这哪像当年意气风发的张老板,整个人就像一个非洲难民。吃亏他不怕,最怕的是有人来讨债。为了这片盐碱地,他把所有的钱砸进来了还不够,还欠了一屁股债。而这又不是盖房子,赚钱那是吹糠见米,这修水利、改造盐碱地,只有投入,三年五载看不到收入。这样的风险和压力,很少有人理解,说风凉话的倒有不少。这盐碱地连人家济南军区改造了几十年也没有改造好,他能改造好吗？就算把土地改造好了,又被人家收回去了怎么办？

前边的话他无所谓,后边那句话才是最让他担心的。

不过,他已经干到这份上了,他也只能吃了秤砣铁了心地干下去了。紧接着又是第二期工程开工,引黄河水浇地,洗盐渗碱。这一干又是一年,必须经过两次大规模的春冬灌溉,才能洗去土壤中大量的盐碱,提升土壤的有机质,土地才有可能长出庄稼。这一环节做不好,一切都前功尽弃了。这对他来说,意味着再一年借债投资,再一年毫无收益。就在他进退两难之际,应该感谢东营市河口区水利局,他们伸出了援手,先是给他派来了专家组,继而又给他调来了大功率的抽水船,将饱含营养的黄河水源源不断地送进了他的农田开发区。老张又组织了近四百多名劳力,租用了两百多台抽水机抽水浇地。经过一年的洗盐渗碱,黄河水中的大部分有机物质留在了土壤中,而土壤中的盐碱成分越来越少,土质自然越来越好。在专家们的指点下,老张创造了引黄浇地渗碱、"上农下渔"改造利用盐碱等方法,以实践的方式填补了水利史上的一项空白。简单说,旱时,用黄河水浇灌台田;涝时,台田里的水就会流入沟渠和鱼池。

老张啊,还真不简单,这在水利上是一大创造,得到了很多水利专家的肯定。

一个私人老板在这盐碱地上打拼了十年,如今,这十万亩盐碱地上,已经形成了一个农、林、牧、副、渔的高效循环经济区。这也很可能是迄今为止最先进、效益最高的引黄灌区,一个真正的鱼米之乡。他以渔改碱,在低洼的盐碱地上开发了八千多亩水产养殖区,在不同的池塘里,引来了海水养虾,淡水养鱼,他养殖的黄河口大闸蟹,在市场上供不应求。他又把这些土地、水池分散承包给别的养殖户,这些养殖户的收入也不低。为充分利用生态资源,发展循环经济,他又买来了一百多头母牛,每年产崽牛六十多头,三年后可发展为五百头。农作物的秸秆可养殖牛羊,畜粪还田增肥土地,从而增产农作物,畜粪既可还田,又可养鱼,鱼塘的池泥做肥还田。而远离城区的优势也彰显出来了,这个优势就是无工业、无城市生活污水的污染,可以生产出真正的绿色食品。——这是他在十年前就想到了的,但世间又有多少人有着这样长远的目光呢?

老张已经五十六了,但看上去只有四十出头,这是一个充满了底气也充满了爆发力的汉子。他觉得十万亩土地还不足以让他完全施展开拳脚,如果有一百万亩就好了。中国确实很需要他这样的人,但这样的机会又实在不多,他能暂时扮演一个十万亩土地的农场主,对于他,已经够幸运了。

我在这三角洲上绕来绕去,绕了很多弯子。一条黄河,流到最后,在最后的三十多千米,依然是"九曲十八弯、弯弯是险滩",绝对不是我在长江入海口看到的那种辽阔景象。同样是大河,同样是入海口,黄河口却像一条弯弯曲曲的狭窄胡同,这里俗称"窄胡同"。这也让黄河把一个惊险的悬念,一直保留到了最后。

古人云:"以一壤之地,纳千里之洪波,近滩之处淤垫日高,状如仰釜,最称险要……"每年开春,"凌汛大涨,漫口林立……大者或数百丈,小者亦数十丈"。1937年主汛期,黄河口南岸麻湾决口,淹没了数百村庄,洪水荡涤之处,一切荡然无存。新中国成立后,当地人民在河道拐弯大溜顶冲的险要位置,先后修筑起二十多处埽坝险工,又对黄河入海口进行了大规模的治理。如今黄河的入海口,已位于渤海湾与莱州湾交汇处,这是1976年人工改道后经清水沟淤积塑造的新河道。当万里黄河进入河口,首站便是麻湾险工,虽是险工,却已被人类打造得如同铜墙铁壁,一部新中国治黄的悲欢录,至此画上了一个有惊无险的惊叹号。

又一次走向1998年秋天我长久伫立过的地方,看着一条河在秋天的阳光下静静地流过来,水很小。离大海越近,这条长河便流得越来越平缓了。它的流速,已慢过了我的脚步。在走近一条河之前,她已经在我脑海里重复了无数遍。没有意外,这条河和我的想象一样。

又得实话实说了,这样一点水量,与其说是现实,不如说是一种象征,它只是很勉强地、象征性地保持了黄河没有断流。但不管怎样,一条长五千余千米的岁月长河,终于又能从头到尾流进大海了。

"土花漠碧云茫茫,黄河欲尽天苍黄",李商隐这两句诗,写出了我在黄河口的真情实感。想象一个人,在辽阔旷远的天地间,远眺黄河尽头那苍黄的天空,让人倍感惆怅。黄河在最后道别之前,变得有些缠绵悱恻。应该说,它并不孤独,两岸已有大片的树林、天然草滩和茂密的芦苇陪伴它走完最后的行程,还有天鹅、白鹤、黄鹂为它送行,在蔚蓝色的大海出现之前,天地间是铺向大海的像红地毯一样的植物。远处的渤海,被夏日耀眼的阳光照耀着,像地图上描绘的一样蓝。

现在,人类正翘首以待的是南水北调,把长江水引进黄河,也只有长江才能改变黄河的命运,才能真正拯救黄河,这是黄河也是人类的唯一指望。这个梦想离黄河已经为时不远了。

到那时,当我又一次走到这里,黄河口流淌着的也许是长江水。

第二章　长江的追问

一条江在我的眼前猛地浮现,神龙见首不见尾。

在苍茫群山之中,一条江的出现,是一件很突然的事。

一条长江,源远流长。谁都知道长江。谁都知道长江是中国乃至亚细亚第一长河,从长度,到水量,她还是仅次于非洲的尼罗河与南美洲的亚马孙河的世界第三长河。谁都知道,长江和黄河一起并称为中华民族的母亲河。但又有多少人知道,一条长江的水量就占了全国的五分之二,相当于整整二十条黄河!这还不包括淮河流域。若按自然地理的意义,严格地说,淮河流域其实也是可以纳入长江流域的,如果纳入,那就更大了。

长江和黄河不同。黄河摇摆不定,时常改道,但她从头到尾只有一个名字——黄河。

长江从不改道,一直在亘古以来的河道里流淌,但每流经一段河段,都会被人类重新命名一次。从最上游的正源沱沱河,穿越第一级阶梯青藏高原到第二级阶梯云贵高原、四川盆地,一路流过沱沱河、通天河、金沙江、川江、峡江、荆江、扬子江,这6000多公里的长江干流先后被命名了七次,也形成了相当清晰的七个阶段。

如果说黄河是中华民族兴起的一条龙脉,长江则是中华民族的命脉。

按地理教科书上的说法,长江以沱沱河为正源,全长约6397公里,从西至东依次流经青海省、四川省、西藏自治区、云南省、重庆市、湖北省、湖南省、江西省、安徽省、江苏省和上海市,最后在上海市的崇明县注入东海。其支流流域还包括甘肃、贵州、陕西、广西、河南、浙江、广东等省的部分地区。长江流域现有人口占全国的三分之一左右。按南水北调工程的规划,西线工程计划向黄河流域年引水 2006 亿立方米,相当于四条黄河的总流量;中线工程最终将达到每年向黄河、海河流域调水 130 亿立方米的规模;东线工程最终将达到向淮河、黄河、海河流域调水 148 亿立方米的规模。如果三线工程最终按计划完成,其水量等于在北方再造了约五条黄河,一条长江将要养活全国三分之二以上的人口,长江将不只是长江流域的命脉,而且是除东北、华南之外中国人的命脉,中华民族最伟大的命脉。

面对这条在岁月中哗哗流过的河流,我真不知道从哪里开始,以哪儿为起点。对每一条大河,人类都有一个漫长的求索过程,然后一步步艰辛地接近。这个接近的过程,你只能一路仰望。

一 穿越金沙江大峡谷

一条岁月长河流到这里,已经历了沱沱河、通天河两个阶段,她正从海拔 4000 米以上的一级阶梯青藏高原飞奔而下,抵达海拔 1000 多米的二级阶梯云贵高原。这巨大的落差,从横断山脉深深地切下去,在云南丽江石鼓附近突然转向东北,形成了一道惊心动魄的大峡谷——虎跳峡。两岸山岭与江面以高达 3000 米的落差,几乎是以怒吼的方式坠落为地球上最深的峡谷之一。对于想要从此经过的人类,这是一个难以逾越的大限。有人尝试过,那个已渐渐被人们遗忘的名字,首漂长江的第一勇士——尧茂书,就是第一个在这里完成了一次史无前例的尝试,最终也在大峡谷里以最勇敢、最惊险的方式完成了生命的献祭。而我,绝对没有这样的勇气和力量,我只能转弯抹角,从美得无与伦比的丽江古城辗转来到这个险得无与伦比的天堑……

在石鼓渡口,我找到了一个划羊皮筏子的傈僳族老人给我带路。

这是傈僳族聚居的一个古镇。傈僳族为氐羌族后裔,藏缅语族的一支。这老人叫福贡。听他说,他的先祖曾是傈僳族头人,数百年前,大约在明嘉靖至万历年间,弱小的傈僳族和强大的藏族之间爆发了一场战争,他们这一支傈僳族人在战败后不得不流亡他乡,最终迁徙到了这里。原因很简单,一是这里地势险要,易守难攻,可以让这个弱小的民族权且安身立命,再就是这里拥有丰富的水源，可以让他们落地生根、开枝散叶。

福贡老人说："只要有水，傈僳人在石头上也能种出庄稼！"

跟着老人穿过石鼓镇，一座依山而筑的小镇。这是一座错落有致的石头城堡，镇中的小街也是用石板铺成的，街两旁店铺林立，生意兴旺，在世俗的杂乱与热闹之中又有一种边城特有的安宁祥和。这安详其实与声音无关，更多来自一种精神感受，一种边地文化。这里还是一条岁月长河的上游，也是人类生存和文化的上游区域。历史上，石鼓就是茶马古道上的一座重镇，地处古代滇藏交通要冲，是从内地通往康藏的咽喉。藏民以及西南绝域的众多狩猎部落把皮毛和中草药驮运到这里出售，又换回他们生命中不可或缺的茶叶、盐巴和布匹。一直到今天，这里仍然是以路为市，三日一圩。我来时，正赶上这里的圩日，这里的东西便宜得让人吃惊，买了一个当地的特色水果——香橼，才卖五块钱一个。一个手工编制的蒲团才卖五块钱，草鞋呢，才卖两块钱一双，我买了一双草鞋穿上，走了几步，脚底下立马就有了一种坚韧的舒适感。我的向导福贡老人也穿着这样一双草鞋，他已八十高龄了，连耳朵上也长满了老人斑，但身子骨还相当硬朗、结实，一双大脚板在石板路上踩得很响亮，又很快，我一路小跑才能追上他。

风忽然大了起来。是从江上吹来的风，很清凉地掠过耳边。老汉的白须被风瑟瑟地吹着，这时候，一个老人才显得有几分苍凉。

还没走到江边，我就看见了一样事物，这是凡来这里的人都不会放过的，一个古镇的标志——石鼓。但老人却没看这个石鼓，他望着一条江，在这里突然拐了一个大弯的金沙江，他的神情非常古怪。顺着老人望着的那个方向看过去，我感到老人看着的是比这条江更远的一个什么地方。

那过于遥远的地方，我是看不见的，也是一辈子都无法抵达的。譬如说这条长河的源头——唐古拉山脉主峰各拉丹东雪山和姜根迪如冰川，就是我的大限。我承认，我没有能力逾越这个大限，也不想逾越这个大限，我甚至觉得它应该永远成为人类的大限，永远停留在人迹罕至的无人区。而现在，已经有越来越多充满了挑战性的人向那里进发了。随着人类的逼近，那千万年来形成的古老冰川正在不断地退缩，近三十年来已退缩了将近1000

千米。随着冰川的不断退缩和萎缩,冰川融水给河流带来的流量将会逐渐减少,直至随着冰川的消失而彻底枯竭,到时候人类想要弥补怕也是无济于事了。

我知道,一个傈僳族老人也不可能看得那么远,但他好像本能地感觉到了什么,至少,他是看得见金沙江的这个大转折的。这个大转折,就是令无数人神往的金沙江第一湾,其实应该叫万里长江第一湾。飞奔而下的金沙江,因山崖阻挡,在这里掉头急转,形成一个巨大的"V"形转弯,一路折向东北方向,向着素称天府之国的四川盆地奔涌而去。长江的这一次转身,足以用华丽来形容,没有这样一次华丽转身,在中国大西南兴许就没有一个沃土千里的天府之国。然而,在我的视线里,一个急转弯并没有在顷刻间发生,那自青藏高原一路奔涌而来的江水反倒突然静了下来,就像受到了神灵的控制。

福贡老人摇着头,不住嘴地念叨,水小了,水小了。老人这样念叨着时,好像有点不敢抬头看那条江了,每看一次,这水就像小了一次。但老汉知其然却不知其所以然,日怪哩,日怪哩,这水怎么就一年比一年少了呢?

一个傈僳族老人的疑惑,也是我的疑惑。面对这条江,我时常会露出一脸呆相。按说,这里应该是天底下水最多的地方,这里不止有一条金沙江,还有澜沧江和怒江,这三条从青藏高原奔腾南下的大江,在南北走向的云岭、怒山、高黎贡山三大山脉的夹峙下,在石鼓完成了一次伟大会师,三条大江流淌在一起。如果你有幸走到这里,你将亲眼见证这堪称举世奇观的一幕——三江并流。眼下,这三水交汇却并无风云际会的浩荡之感,宽阔的江面显得分外平静,甚至有一种婉转恬淡之美。那来自三江上游的雪山融水,使江水碧蓝通透,两岸幽蓝的山峰倒映在水中,像要溶化。更有这满山的翠竹和岸边的绿柳,又加深了江水的清幽。然而这恬淡之美的背后已经隐伏着深深的危机,她们的能量已经十分有限了,已经很难带给下游巨大的能量了。

福贡老人给我讲了一个傈僳族人由来已久的神话:金沙江、怒江和澜沧江原本是青藏高原一母所生的三姊妹,这三姊妹在高原上厮守了千万年,都待得有些不耐烦了,于是她们告别了母亲,结伴远游。走到这苍茫群山之间时,三姊妹变得茫然起来,到底该向哪个方向走呢?三姊妹发生了争执,大姐、二姐固执地往南走了,而金沙姑娘立志要到太阳升起的东方去寻找光明和爱情,她挥泪告别了两个姐姐,然后毅然转身离去。——这个神话让我听得入迷了,河流的一个自然转折竟然被傈僳族人演绎得如此神奇。

若要追溯一条岁月长河,比神话更接近真相的还是那个石鼓,其实是一块汉白玉雕刻的像鼓一样的石碑。这块石头也实在太大了,直径15米,比一座房子还大。当我走得离它越来越近,却不知怎的,仍感到它离我十分遥远。这隔着的其实不是现实的距离,而是无尽的风雨沧桑。

人类对这条河有太多的命名方式,从不同时代的命名也可窥探到一条长河在沧桑岁月中的某些信息。对这条河最早的命名源于战国时代成书的《禹贡》,一个黑而且深的名字,黑水,在随后的《山海经》中又被称为绳水。东汉许慎的《说文解字》以及《汉书·地理志》,又将今雅砻江以上的金沙江称为淹水,并以若水—雅砻江为金沙江干流。此外,她还有很多别名,如马湖江、神川、泸水等。而在这众多的名字中最让人心动的还是丽水,我不知道这是否与如今的丽江有关。古文献载:"黄金生于丽水,白银出自朱提。"在金沙江底层和低洼处,那些以麻布裹身的古代淘金人,很早就发现了和沙砾混杂在一起的小小金沙,渺小得几乎看不见,但经过一番披沙拣金的反复淘洗后,就能看见那闪光的金子了。在古人心中,金沙江是黄金的诞生地。这里开始出现大量淘金人还是在宋代,很可能,在那时金沙江就被称为金沙江了。

三国时,这条河第一次与战争联系在一起,诸葛亮的《出师表》里有"五月渡泸,深入不毛"的自述。所谓泸水,据后世考证,就是现在的金沙江。诸葛亮把渡江的时间选择在农历五月,这正是江水开始漫涨的季节,水越大,水势越平缓。当年渡江的每一条船,据说都是用铁桶般粗的大树精心打造的。但诸葛亮所做的这一切,既是为胜利作准备,也是为死亡作准备。这谜一般的江河总是在给人类制造幻觉,我就生长于这条长河的中游,深知这貌似平缓的江水深处隐藏着多少湍急的暗流,这暗藏的凶险连老谋深算的诸葛亮也一次次失算。暗流是看不见的,只有遇到船时你才会看见。当一条船被某种不可知力量推动时,死亡也在突然加速,它的力量是如此强大,有多少条战船连同那一船船的将士瞬间被撕得支离破碎。诸葛亮最终挥师渡过了金沙江,然而又有多少生命连同这些战船一起翻入了大江,这是后人永远也不知道的。历史已经习惯于记录残酷的战争带来的胜利的刺激,记下一个统帅指挥若定的尊严,却忘了那些淹没在水底下的无数生命。相传,这石鼓最早就是诸葛亮南征吐蕃时为纪念其"五月渡泸"而立,但又不只是纯粹的纪念,还有镇守之意——以镇吐蕃。不知是诸葛亮当年留下的文字早已磨灭,还是当时战事紧急,根本就来不及刻上文字,我在这石鼓上没有看到那个时代的任何文字印迹。

最先从水利意义上发现金沙江并对金沙江水系做了详细描述的是北魏郦道元。遗憾的是,他走近了金沙江,看到了金沙江,但在《水经注》中他却未能言明金沙江与长江干流的关系,他可能根本就不知道金沙江就是长江上游的一段干流。对于他,金沙江是与长江无关的另一条河流。

郦道元的声音是微弱的,战争依然在这条河流上扮演强大的主角。在诸葛亮的"五月渡泸"千百年之后,又一个威严的战神率领着他麾下所向披靡的蒙古骑兵来到了这里。忽必烈,这位战无不胜的统帅,一眼看见这条江时,眼睛里迸出逼人的寒光,他死死地勒住马缰,终于停下了一个征服者的脚步,他身后的将士和战马也跟着一起站住了。河谷里刹那间一片空阔死寂,这早已习惯于以睥睨和轻蔑的眼光看待南方的蒙古铁骑,只能站住,他们遇到了一条过不去的河流,他们终于感到了一种被尖锐地划开的旷世隔绝。据说,一开始这些蒙古骑兵想到的是强渡,眼看着那些剽悍的战马和战士被河流席卷而去,忽必烈不再以睥睨和轻蔑的眼光看着这条河流了,他在江边徘徊数日,愁眉苦脸,一副落魄的模样。但忽必烈毕竟是忽必烈,在反复巡视之后,他终于找到了一种比强渡更好的方式,一种比诸葛亮选择的渡江工具更好的渡江工具。他们把自己最熟悉的牛皮和羊皮可劲地吹成鼓鼓囊囊的气囊,编成了一条条渡江的皮筏子,顺着水势,漂流而下,又借着水势,渡向彼岸。一道天堑,一段难以逾越的大限,就这样,在一条历史长河上漂浮起来了。你不能不说,这个叫忽必烈的蒙古人,不但懂得战争,还懂得一条河流的真理。

到了明代,又有一个像郦道元一样在江湖上时常出没的旅行探险家来到这里。就是这个人,这个像苦行僧一样的人——徐霞客,以古人那难以想象的跋涉方式,第一次改写了长江的历史,第一个提出"推江源者,必当以金沙为首"。据此可知,这条河流在徐霞客的时代就已被称为金沙江。在徐霞客的《江源考》中,金沙江第一次被确认为长江上源。应该说,这是一次伟大的发现和确认,从此纠正了自《禹贡》以来"岷山导江"的说法,一个延续两千年的谬误。一个谬误的纠正,一下把长江的长度往前推了数千里。后世正是沿着他的足迹,循金沙江继续往上追溯。到了清朝,人们已把长江的源头追溯到了金沙江上游的通天河,但依然无法确定长江正源。新中国成立后,曾在1956年和1977年,两次组织水利专家考察长江源头地区,一直追溯到通天河上游的沱沱河,以至沱沱河的发源地唐古拉山脉各拉丹冬雪山,最终完成了长江源头的确认。

后来,该说到明嘉靖年间了,相传,一个叫木高的丽江土司在渡江远征吐蕃后凯旋,在狂欢的鼓乐和漫卷的旌旗之中,木高土司却显得异常沉默。他可能感觉到了某种宿命,这鼓乐、这旌旗、这凯旋的将士和狂欢的子民或许只在一阵风之后就会被吹得一干二净,干净得就像根本没有存在过。谁也无法返回这个世界,包括他本人。必须有一种永远被风吹不走的东西留在这里。于是,这位土司大人命那个时代最出色的工匠在这石鼓上刻下了他征伐吐蕃的功绩,就像刻下了他征服一条大河的誓言。

看着刻在石头上的功勋和誓言,土司这才放心地走了,骑着他高大的骏马,率领着他骁勇而剽悍的将士和如潮水般追随着他的无数子民一阵风似地疾驰而去,很快就不见了踪影。他们去了哪儿?没人知道。消失对于人类,永远都是神秘的。但一个石鼓还留在这儿,连同那个时代一起留在了这儿,一个古朴的小镇连同这里的一个与戎马征战紧密相连的渡口就这样被命名。只是当初灼热的石头已经冷却,凝固在岁月的风中,仿佛已成为岁月的唯一支撑。我俯下身去读那刻在五百多年前的每一个文字——傈僳族其实是一个有语言却没有自己文字的民族,傈僳族人的语言属藏语系藏缅语族彝语支,在新中国成立之前,他们一直使用刻木和结绳记事的原始方式。我看到这石鼓上只有一些模糊的印迹,岁月悠久,这古老的印迹又被一层一层阴绿发亮的苔藓所涂抹,涂抹成沉郁的深褐色。其实,即使这个人口极少的民族拥有过自己的文字,哪怕是再深刻的文字,在五百多年后,一段历史也模糊得难以辨认了。但只要仔细看,你就会看到石鼓上细微的裂缝,相传这裂缝古来就有,它与风雨沧桑无关,只与征战有关,每遇战乱石鼓便裂开,太平岁月则弥合。说到这里,福贡老人又给我讲了一个神秘得近乎诡谲的传说,当年木高土司大破吐蕃后,把许多无法运走的宝藏都藏在了这里,并留下一首谶语:"石人对石鼓,金银万万五。哪个猜得着,买得丽江府。"

这是一首永远无人真正解开的谶语,眼前这个睿智的傈僳族老人也无法解开。他也不想解开,仿佛一旦解开就会一语成谶。但这个谶语却让我一直猜测到现在,我下意识地觉得它与这条河有关,而这条河流,原本也是人类难以解开的谶语。

从石鼓出发,沿着金沙江的流向一路向滇北与川南的夹缝中行进,气氛开始显得神秘、肃杀。两岸的山势越来越高,山高谷深,造就了一道被称为西南绝域的大峡谷——金沙江大峡谷,也有人称之为中国西部大峡谷。

这乌蒙蒙的群山,不用说,就是著名的乌蒙山,一个与天险有关的名字。与天险有关的还有这里的气候、这里的雾。无论天晴还是刮风下雨,那乌蒙蒙的雾从未在大峡谷消散过。听当地的村民讲,一年四季都是这样,乌蒙蒙的,这也是它被人类命名为乌蒙山的原因吧。有人说那不是雾,那是瘴气。关于乌蒙山,还有另一种说法,乌蒙山,实际上是乌蛮山。有确凿的史料记载,早在唐代,在今云南昭通一带活动着一个称为"乌蛮"的部落,他们是这大峡谷里的强悍的先民。至今,这里的民风依然粗犷、剽悍,峡谷里那些个子瘦小的汉子让你感觉到一种骨子里的强悍。是的,他们很淳朴,对每一个走到他们领地上来的人都友善地微笑,也非常好客,但谁要惹恼了他们,他们绝对要跟他拼命。

金沙江,乌蒙山,构成了大峡谷的两大凶险的屏障,以鬼斧神工的方式,营造了天地间的一片神奇秘境。这处处惊险的大峡谷叫人叹服,然而,更叫人叹服的是大峡谷两岸人民生存的勇气和本领。他们在那耸立的峭壁上,开垦出了一块块像银幕一样悬挂在空中的土地,在乱石堆的缝隙里,播种耕耘;在那陡立的石壁上,凿出了一级级细小的石阶;在那陡峭的山腰上,修建了一幢幢房屋,有的人家房屋几乎修在了悬崖上。我仰望了许久,真不知道他们是怎么上下的。

我曾想过一种最好的方式,坐船,从金沙江顺水而下。但金沙江已难觅这样一条航船,只在水流比较平静的地方,才能看到几条往来于两岸摆渡的渡船,在窄窄的河道里艰难爬行。

如今,由于陆路交通发达,金沙江的航运风光不再,但驱车从金沙江大峡谷中通过,也非常艰险。金沙江南岸是冲刷岸,北岸大多是堆积岸,我所经过的一条坑坑洼洼的公路就在金沙江北岸高山脚下沿江而建。这悬挂在乱石与崖壁上的路,早先是一条铜运古道。远至三千多年前的商周时期,云南巧家便以产铜闻名,到了清乾隆年间,政府百分之七十的铸币铜都是在这里开采的。这条铜运古道从巧家汤丹铜矿,经鲁甸、昭通到永善,从黄草坪下金沙江,由陆路转水运。这表明金沙江航运一直都不通畅,一直是水陆并用。

沿着这条古道,经过乌东德水电站——金沙江水电基地下游河段四大世界级巨型水电站的第一个梯级,走到云南省巧家县与四川省凉山彝族自治州宁南县交界处,我已经走到这大峡谷里最危险的地方——白鹤滩。这里是金沙江下游——雅砻江口至宜宾河段四个梯级开发水电站的第二级。俯身望去,一条江,沉在峡谷的最深处,看上去,就是大峡谷最深的一条裂隙,流逝之声很深。看那江水,感觉进入了流沙河,在深切的大峡谷里沉缓地流淌着的是一条泥沙俱下的河流,没有荡气回肠,没有跌宕起伏,也没有缠绵悱恻。它缓慢、凝滞、浑浊泛红,如大地的血管里流淌不动的血浆,有太多的阻塞。

金沙江中游是长江主要产沙区之一。我猜测，这或许就是战国时《禹贡》最早把她称为"黑水"的缘故，那么金沙江如此之高的泥沙含量应该是由来已久。这些泥沙都将被她裹挟而下，进入长江。但听这里的老乡说，二十几年前，这水还没有现在这样浑，还能看见这水里的鱼呢，如今江水越来越浑了，这是正在修建的水电站把水搅浑了。

这话我一点也不怀疑，道理是明摆着的，要在这大峡谷里修水电站，就要修路，就要兴建许多设施，就有大型设备和千军万马上阵，对这大峡谷的影响自然不可低估。要命的是，你别看这大峡谷的悬崖峭壁看上去气势磅礴，其实这大山非常脆弱。乌蒙山原本就是由断层抬升而形成的年轻山地，又经喀斯特地貌发育，山间多盆地和深切谷地，还有一望伤目的残丘峰林、溶蚀洼地、石灰岩溶蚀盆地和灰岩槽状谷地，这是看得见的；看不见的还有犬牙交错的溶洞和暗流汹涌的地下河，这样的地形地貌，注定了大峡谷山体与生态的极端脆弱。早有地质专家预言过，你别看乌蒙山气势磅礴，但这山体脆弱得根本不能动，不动也许没事，一动整个山体都散架了，顷刻间就土崩瓦解了。只要你走进这大峡谷里来亲眼看看，你就会发现，随处都是泥石流和大面积山体垮塌的灾难现场。

随着白鹤滩大坝蓄水，这又将是一段被淹没的历史。

看着悬崖底下的那些施工人员，我为他们捏了一把汗，若是发生了泥石流，他们又如何能在顷刻间逃过一场天塌地陷般的大劫？这绝非杞人忧天，我的忧虑很快就被验证了，2012年6月28日凌晨，白鹤滩水电站施工区发生强降雨，造成饱水土体发生崩滑，局部堵塞沟道，发生溃决，瞬间形成了大洪流侵蚀斜坡及沟谷松散体。——这是学术层面上的诠释，简而言之，就是我们常说的山洪暴发，引发了泥石流。这场被命名为"6·28"特大山洪泥石流的灾害，冲毁施工区营地，四十一人失踪，经反复搜寻抢救，最终还有三十六人失踪，而这些失踪者生还的希望非常渺茫，他们很可能已经被坍塌的山体活埋了，即便没有活埋，被冲进了金沙江也很难再找到。

白鹤滩水电站只是金沙江干流水电站梯级开发的一座。接下来，我要走过的溪洛渡水电站是金沙江水电基地下游四个巨型水电站中最大的一个,也是目前中国第二、世界第三大水电站。溪洛渡水库区处于攀西——六盘水地区的核心地带,这是中国资源最富集的地区。该地区不仅有丰富的水能资源,还有种类多、储量大的矿产资源,以及充足的光、热资源和生物资源,被誉为得天独厚的聚宝盆。

说到这座水电站,很多人都知道一个新闻事件,2005年,这个特大水电站曾被环保部责令处罚过,溪洛渡水电站因为"未批先建"遭停工处罚。被处罚的不只是溪洛渡——2008年6月15日,对于正在施工的鲁地拉和龙开口两座水电站不啻是遭遇了晴天霹雳的一天。这天,国家环保部环境影响评价司一个由巡视员牟广丰率领的五人小组,来到这两座水电站,"宣布停工"。停工的理由,一是这两站的主坝修建违反程序,未批先建;二是整个流域规划还有待重新论证。被环保部直接叫停,最根本的原因还是这两座水电站未通过相应的环境评价便擅自筑坝截流。

这几座水电站被国家最高环保部门处罚,直至叫停,足以用"举世震惊"来形容。

要知道,这可不是一般的小水电,鲁地拉是由中国华电集团公司云南公司投资建设的,龙开口是由中国华能集团公司、金沙江中游水电开发有限公司和云南省开发投资有限公司按比例出资建设的,都有着国字号的大背景。对环保部的铁腕行动,有人拍手称快,尤其是那些环保人士,认为这是来自国家层面的某种信号,也有人觉得这两座水电站有点冤,一位参加过鲁地拉环境影响评价研讨会的专家坦言:"每次开会,环评部门的资料都是用手推车推出来的。"

水电开发与生态环保,从来就是一把锋利无比的双刃剑。

我绝非极端的环保主义者,但现在,只要一说到哪里有多少水能资源,哪里可以建多少座水电站,我的神经下意识地就一下绷紧了。这大峡谷里,人类正在开山、钻洞、筑桥、铺路,修建一座座水电站。这人称西南绝域的金沙江大峡谷正吸引着全世界的目光,一座座梯级水电站,让他们的神经绷紧了。

我在这大峡谷里穿行了二十多天,紧绷的神经一直也没有松弛过。

面对水电,必须冷静,必须保持着一种理智上的清醒。

一个基本常识,水电能源完全取决于落差。如果从虎跳峡算起,金沙江的落差高达3000米;如果从她的源头各拉丹东冰峰算起,这个落差更是高达5000米以上,巨大的落差让金沙江蕴藏着极其丰富的水能资源。众所周知,中国原本就是一个极度干旱缺水的国家,是全球十三个人均水资源最贫乏的国家之一。但据近年来水利规划部门进一步勘探,中国河流水能资源蕴藏量近七亿千瓦,在技术上可行、经济上合理的水能资源开发量在四亿千瓦左右,不论是水能资源蕴藏量还是可开发的水能资源,中国在世界各国中均居第一位。这是天赋的资源,是上苍恩赐给中华民族的。而一条金沙江干支流的水能资源就超过了全国的四分之一。这么说吧,金沙江的水能总量超过七个三峡,建成之后,一条金沙江的发电量就将大大超过我国目前已开发的全部水电,人类不可能眼看着这一巨大的"天赋的资源"而袖手旁观。

从前面提及的虎跳峡开始,几乎每一座拦河大坝和每一座水电站都是伴随着激烈的争议上马的,而争议的焦点和问题的症结就是水能开发与生态环保。除了是否影响开发流域内的景观和环境,还有一个重要专题是水生生物的评估。修建水电站的最大影响之一就是这些水生生物的命运,每一座水电站都会修建大坝,拦河回流,将原来奔腾的流水变成静水,导致水温变化,因而影响一部分鱼类的生存。而水坝也会导致水流速度变缓,这对一些需要生活在急流中的鱼类极为不利。更重要的是,流域中还有很多需要洄游的鱼类,围堰拦河会导致鱼类的洄游之路被截断,从此让这些卑微的生命断子绝孙。

在水电开发和生态环保的拉锯战中,更让人担心的还是诸侯争战的无序开发。随着电力体制改革的深入,金沙江流域的水电开发不仅是国字号电力集团的天下,还有众多私人资本的角逐,金沙江开始成为另一种淘金之河,水电开发也进入了"战国时代"。自2004年以来,不断膨胀的东南和浙江民间财富都加入这个淘金阵营中。有专家称,民间资本进入和地方政府"割据"给金沙江水电开发带来了真正的混乱。这些民间资本很多没有一个流域的整体规划,往往是派人来考察一下,看中一段流域,跟当地政府谈好价钱就开发,短短数年内,这些支流小水电遍地开花,让干流的水电开发非常被动。按规定,支流水电建设应该服从干流规划。以水生生物的保护来说,如果没有支流上建设的小水电站,鲁地拉水电站对鱼类保护可采取放流措施,支流的自然水流长度可达到200多公里,完全能够解决金沙江中游修建水电站的洄游鱼类的保护问题。正是由于小水电的无序开发,还有不断追加的环境和移民成本,都增加着大型水电开发的变数。这种观点,很明显,是替那些国字号大集团代言的,但有一个问题,问到了关键:金沙江,到底是谁的金沙江?

过了溪洛渡,在大峡谷里艰险地穿行100多千米,就是向家坝了。

这里原本是一个两三百人的自然村落,大多数人都是清初从湖广上川迁来的移民,村人又大多姓向,这里便叫向家坝了。多少年来,这样一个大峡谷里的村寨一向籍籍无名。然而进入21世纪,这里突然出名了,举世闻名。在三峡大坝竣工之后,这里成了三峡之后又一个让世界瞩目的焦点,这是金沙江下游水电四级开发中的最后一级水电站,整个坝址流域面积达四十五万平方千米,超过两个湖南省,几乎一举就将金沙江流域全盘掌控了。按规划设计,向家坝将成为中国第三大水电站,向家坝加上它上游的溪洛渡水电站,总发电量还要大于三峡水电站。

而淹没,又将成为这里的一个事实。金沙江流域的大片土地、农田、城镇和村庄,随着大坝蓄水将成为水底世界。绥江,是长江东转的地方,也是金沙江下游的生态屏障滇川交界的重要口岸,将成为云南省唯一被淹没的县城。同时将被淹没的,还有我现在穿行于大峡谷的一条路,在地图上,这条路被标示为南横线,也是绥江人通往外部的唯一一条出路,不过,一条更宽展的国家二级公路已经开始在大峡谷的悬崖峭壁上修建了。

在无数人的田园和家园被淹没之前,大规模的移民早就开始了。

现在压在水电开发建设上的两座大山,一是生态环保,一是移民。

说到移民,应该说说我这次穿越金沙江大峡谷的司机兼向导陈刚了,他也是向家坝人,一个豪爽的四十多岁的光头汉子。

向家坝村是这里最早整体搬迁的,陈刚也成了这里的首批移民之一,但移得并不远,距向家坝不远的云南水富县城近郊,位于金沙江南岸的坝尾槽就是一个移民安置小区,他们的新家就安在这里。房子是按城镇设计规划的,一幢幢漂亮的楼房,一条条整齐的街道,看上去就像城区。一座城市应有的设施和功能,还有社保、医保、最低生活补助,在这里一样不少。村委会已不存在,改成了居委会。这是一次非常重要的身份转换,意味着他们已经不是村民,而是城镇居民。这就是说,在这漂亮的社区背后,除了新建的房子和搬迁而来的人,还有一种被他们视为命根子的东西已经永远消失了——土地。它们将被永远淹没在数百米深的水底下。

没有土地,这些城镇新居民又将怎样为生?这是一个焦点问题。他们是否会因为水电站的修建被剥夺生存资源而"二次受害"?从坝尾槽的情况看,应该说这里的移民是相当幸运的。在他们附近,就是一个著名的旅游景点——中国西部大峡谷度假村,除了大峡谷和金沙江的风景,还有度假村和温泉,来这里游玩的游客成了新移民的滚滚财源。陈刚是个退伍军人,他以前是青藏公路上的汽车兵,这种见过大世面的人往往能成为先富起来的一部分人。他很快就用移民补偿金买了旅游车,而他高超的驾驶技术,又可以让他带着游客深入大峡谷,搞探险旅游。这次我在大峡谷里就见证了他高超的技术,从他对大峡谷自然、历史和人文的了解看,他也是下了大功夫的。没有他,我走不出这条大峡谷,而他也从我身上赚到了不菲的收入。现在,陈刚已经有了自己的车队和旅行社,他的合伙人都是向家坝的移民。

以陈刚为例也许过于典型,我必须对我文字的诚实负责。

没有比较就没有鉴别,应该去那些没有搬迁的村寨看看。必须去。我随机选择了绥江县新滩镇的一个普通村寨。新滩镇位于绥江县东北部,金沙江南岸,北与四川屏山县隔江相望。这里也是即将被向家坝水电站淹没的库区,但移民搬迁还没有启动。陈刚一听我要去那地方,沉默了,但他没有拒绝,只把牙关使劲地咬紧了。

我们走的是大峡谷里的南横线,这也是唯一能够通向那里的一条路。修路工一直在这条路上不停地修,修通不久又变得坑坑洼洼了,这是那些载重卡车压下去的,压下去了半米多深。天晴还好,一下雨,就变成了一个个烂泥坑。山体的脆弱、滑坡,让路基都倾斜了。每隔不久,他们又得重修,反反复复地修。我脑子里闪过一个念头,他们都是西绪福斯神话里的主角,被判要将大石推上陡峭的高山,每次他们用尽全力,大石快要到顶时,石头就会从其手中滑脱,又得重新推回去,他们就这样干着无止境的劳动。我这样想着时,陈刚已把车小心地靠在了路边。他下了车,从车斗里拿出一把长柄铁铲,开始修路,在填平了几个大坑洼后,他又把几块落在路当中的坠石搬开,垫在倾斜的路基一侧。看得出,这是他早已习惯了的事。他拍打着手上的灰土,上车,又握紧了方向盘,车速并不快,想快也快不了,却有一种腾云驾雾的感觉。嘎!车轮一声尖叫,一个又急又陡的弯道,车子激烈地抖了一下,我在惯性的作用下一下站了起来。陈刚倒是镇定自若,他笑着说:"好啦,好啦,过来啦!"他说,他原来请了一个外地司机,结果那司机在这道上开了一半路,脸色就发白了,害怕得浑身发抖,到了一道悬崖边上,他干脆把车停了,再也不敢开了。陈刚只好给他加工资,但加工资他也不干。他想挣钱,但他不想把一条命搭进去。

说到这里,这光头汉子又豪爽地大笑起来。我也觉得,我又该给这光头汉子加钱了。

一路颠簸,大峡谷越来越窄,最狭窄的地方,人好像可以腾地一下跳过去。但作为风景旅游胜地的中国西部大峡谷不在这里。那里奢华的温泉、别墅、度假村,离这条大峡谷的真相实在太遥远。

感谢陈刚,也得感谢我自己的勇敢,我们一路上真是冒着生命危险闯过来的。金沙江由南向北一路流来,在这里忽然一转,然后滔滔不绝地向东流去,在宜宾与岷江合流汇入长江。在水运时代,这里是滇川交界的重要口岸,也是滇川两省三府——昭通、宜宾、凉山的交通咽喉。然而,现在,这里已是西南绝域的一个死角,如果没有我们走过的这条南横线,这里人只能困守在西部大峡谷里。如今,连这条路也要被淹没了,就是不被淹没,这也是一条只能让人麻着胆子、冒着生命危险通过的路。它原本就十分狭窄,弯多坡陡,两车迎面相遇必须小心翼翼地避让,稍有不慎就会翻入江底。又因年久失修,早已变得坑坑洼洼。就是这样一条路,沿着金沙江南岸的悬崖边缘一路蜿蜒延伸,不说泥石流和山体滑坡、塌方,就是平常日子,也时时有飞沙走石从天而降。

但车开到新滩镇,再要开进那山上的村寨,是绝对不行了,除非天上有一辆吊车把车吊上去。如果没有陈刚这个从小生长在大峡谷里的汉子带路,我高度近视的双眼,压根就看不到哪里才是上山的路。没有路,连羊肠小道也称不上,我们只能盘着崖壁,使劲抓着从岩石里长出来的小灌木朝山腰攀缘。我们要去的村寨,不在山巅上,就在半山腰里。来之前,也曾想过,在这古朴的自然村落里,或许有保留着自然本色的木屋或黑瓦白墙的民居。到了这里才发现,这样的乡村不会在山水画中出现,绝对是一般的乡下人不可企及的,它只适合怀旧的城里人在富足中体验悠闲,也只适合文人对乡村矫情的想象。

我看见的这个村寨,就像是从乱石坑里扒拉出来的,一间间老屋低矮、狭窄,歪歪倒倒,土墙的缝隙里枯叶深积。屋顶上盖着的老瓦像没有烧透,因老屋歪斜,木质门板开裂变形,被一条锈迹斑斑的铁丝捆在门框上。房前屋后,乱石散布,杂草遍地,到处都是鸡屎、牛羊粪,大粪的气味和呛人的柴烟交织在一起。一大堆黑乎乎的胖苍蝇贪婪地叮住了什么,我不敢走近,我怕看到什么催人呕吐的东西。一些脏脏的儿童,流着鼻涕,脸像从来没有洗过,他们在尖声哭喊,或是在快乐地打闹。可怕的麻风病曾在这深山里的村落里流行。这就是西部农村的现实,一个残酷的现实,贫穷、肮脏、破破烂烂。这样的土壤,永远都是滋生贫穷的土壤。一个水电站,终于让这里人有了改变的可能,而搬迁,移民,也许就是能改变他们命运的最直接有力的方式。

我很快就发现,这寨子里,几乎每家人都在房前屋后挖了一眼水窖。这样的水窖,我在大西北的干旱缺水地区看到过,没想到这里人守着一条金沙江,也还要挖这么多水窖。

听了陈刚的一番解释,我才知道,这里也是一个干旱缺水区。尤其是近年来频发的大西南干旱,云南都是重灾区,金沙江流域还遭遇过历史上罕见的特大旱灾,每遇大旱,为挑一担水,就要翻山越岭走十几里路。水是这里人的命根子。这大峡谷里不是有一条金沙江吗?是的,可金沙江深陷的大峡谷最深处,离村寨与田地遥不可及,从金沙江汲水不但成本高,泥沙量也太重了,若要净化,也要付出高昂的成本,在这个依然贫穷的地方,无论是政府还是农民都承受不起。这里也并不缺少雨水,可好不容易盼来一场雨,又会引发另一种致命灾难——山洪暴发和泥石流。雨水也存不下来,天一放晴,地上又干得冒烟了。

原以为山有多高,水有多高,眼前的事实又一次矫正了我的想当然。这里连树木也很少,看见一棵老树,树干干枯得只剩下一张空壳了,发焦发黑,已经认不出是什么树,但上面挂满了红布头,也许老乡们在这里祈求过雨水吧。

很想找到一个年轻人,但这苍老的大山仿佛已苍老得不见了任何年轻的身影。只有一些留守老人在山道上冗长而拖沓地走动。再就是一些小孩子。路过一户农舍,一个老人扛着锄头正要出门。门没关,不是他忘了关,而是根本不用关,没有贼人会光顾这山高路远的穷乡僻壤,会来偷他们家里的破破烂烂。我跟老汉搭讪时,他误会了,以为我是县里的干部,来做移民工作的。他马上就放下锄头,热情地把我让进了屋里。看来,这里的老乡们对移民搬迁没有太多的抵触情绪。

走进老汉家,像走进了废品收购站,从一间屋子转进另一间屋子,一切都是破破烂烂的。破损的脸盆,豁口的饭碗。老汉拿碗喝凉水时我都替他担心,别磕着了他的老牙。

多少年了,一个大峡谷的农人家里,还穷得这样让人触目惊心。

一个人投胎到这个地方,不知经历了几世的冤孽啊。老汉长叹。我在他的叹息中闻到了强烈的烟草味。

一问,老汉的儿子媳妇果然都外出打工去了。辛辛苦苦拉扯大的儿女,辛辛苦苦娶进门的媳妇,又一个个离开了他。一个个就像走散了,很少回来。瓜里面有籽,籽里面没瓜啊。老人叹息。他们不关心他们的老父亲,难道就一点也不关心扔在这大峡谷里的自己的儿女?但他一点也不埋怨他们。他知道他们在外打工也很苦。他们把钱从南方寄回来。他们在给儿女挣学费,挣前途。老汉只是担心,担心他们漂泊无依的生活。自从儿女们走了之后,他和老伴又拉扯着儿女的儿女,这好像是他俩一生最后的事业。两个孙子一个孙女都是他们老两口带大的,几个孙子都长得很健壮,不像城里那些营养过剩、发育不良的孩子。腊肉苕粉,就是他们最喜欢吃的。他们穿的衣服,是在外打工的父母从城里买回来的,有时候是过年时带回来的,有时候是邮寄过来的,看衣服的新旧,大致能猜出他们有多久没有回来了,没与这家里联系了,甚至还能猜出他们赚的钱有多少,打工的日子好不好过。前年,老伴死了,儿子回来过一趟,媳妇没回来,那路费贵啊,一趟来回就要花费他们打工一个月的收入。现在,大孙子和大孙女都上中学了,小孙子也能帮爷爷挖树蔸了。

看这老汉那眼神,虽说贫穷,却并不是穷愁潦倒的样子,反倒有几分安逸、恬淡。天一亮,他就会准时醒过来,打开门,放出鸡鸭,给猪喂食,给牛喂草,也把自己的肚子填饱。然后,去地里干活,天黑了荷锄回家。春天种玉米,秋天扳苞谷。上山砍柴,进屋烧火。这样的日子一成不变,一辈子,数千年。其实,一个农人的小生活,也是中国数千年农耕文明的大日子。如果没有意外,眼下的这个老人也会像他的祖祖辈辈一样,躺在一张他躺了一辈子的床上,溘然长逝,然后被埋进他父母亲旁边的一眼土坑里。他连墓穴都早已挖好了。然而现在,他却开始为父亲的、祖父的、先人的骨骸将要迁到哪里而犯愁。说到这里,老人突然变得焦虑起来。他不知道,这烟火人间的生活,会不会在另一个地方消失。说到这里,老汉沉默了。这是长久的沉默,一个沉默的老汉把沉默燃成了一股辛辣呛人的旱烟。看得出,他的烟瘾很大。他的脸孔也像被烟熏火燎的腊肉一样。

抽完一袋烟,老汉又拿起了锄头,他还惦记着他那块地。七十多岁了,佝偻着腰身,也不用拐杖,一把锄头就能支撑起他的身体以及身体的病痛。走到地头,我发现土地干旱得很厉害。老汉用手指抹了一下锄头的锋芒,往手掌里使劲吐了一口唾沫,然后攥紧了锄头,衰弱无力地举起来,但落下来很重。那是一双又脏又黑的手,像是长在一只长臂猿身上。从猿到人,在这个漫长的进化过程中,我在这个老人身上看不到太大的变化。这乱石缝隙里的土地,只能靠一双双枯瘦的手臂翻动。虽说不久就要搬迁了,但只要他在这里住一天,他就不会让这些地荒了,活一天,他就要种一天,直到耗尽骨头里的最后一丝气血。

告别了老人,走到刚才路过的那棵老树下。从这边的悬崖上,也可以清楚地看到金沙江对岸另一边悬崖上的房舍,卓然独立。这边鄙之地的苍生,自从出现在这大峡谷里,就一直全凭自己的力量生存、繁衍。他们在这大峡谷里挖出一小块一小块的田地。玉米和红薯,是这里最顽强的庄稼,也只有它们才能填充这些顽强的生命。而当你低下头,从半山俯瞰荒凉的河谷时,却又突然觉得,这流淌不尽的江水就这样白白地流走了。

下山时,发现一溜蚂蚁排着队,正朝更高的山顶上爬。它们仿佛也预感到,这里的一切就要被淹没了。随着金沙江一系列梯级水电站竣工,奔腾咆哮的金沙江将变得平稳娴静,又是高峡出平湖,金沙江将绿水映照,青山叠翠,绽放奇异险峻的秀丽风光。金沙江大峡谷也将成为世界级的能源巨舰。而原来的世界——我们此刻置身于其间的世界,走过的这条路,走过的这一个个村寨,都将在水底沉没,永远沉没。

这是一条泥沙俱下也特别纠结的河流,但不管怎样,在流淌了2000多千米后,我已经走到了她的尽头。接下来,金沙江将在宜宾与岷江汇合,她的使命已经完成,这也是万里长江最漫长的一段流域。

二 永恒的存在

从向家坝北行,金沙江两岸峰峦如铜墙铁壁般森严,山谷中有一条沿途都有武警站岗的快车道,这条快车道真的很快,感觉钻过了几条隧道,转眼就到了宜宾。

宜宾,万里长江第一城。这并非宜宾的自诩,而是约定俗成。尽管我们早已习惯把长江的源头一直推至遥远的各拉丹冬雪山,但严格地说,一条长江,是从这里才开始被称为长江的。众所周知,古人以"江"专指长江,以

"河"专指黄河。按古文字学家的解释,江的本义是"水"与"工"联合起来表示的"人工水道"之意,这样的人工河道与中原地区黄土地上的自然河流最大的区别在于它有人工驳勘的规则堤岸,水道走向较为固定。由于南方的河流因气候湿润、植被丰茂而河道固定,很少发生河流改道情况,所以南方河流被总名为"江"。又由于长江是南方的代表性河流,从不改道,所以就使用"江"字作为其专名。但长江被称为长江,大约还是从东晋开始的,东晋王羲之和孙绰又是较早用"长江"之名的。据《晋书·王羲之传》:王羲之修书给殷浩,"今军破于外,资竭于内,保淮之志非复所及,莫过还保长江"。孙绰上疏曰:"天祚未革,中宗龙飞,非唯信顺协于天人而已,实赖万里长江画而守之耳。"于此可知,长江,万里长江,在那时就是相当流行的说法了。

走向宜宾长江地标广场,一眼就可以看见,万里长江的零公里标志就矗立在三江口。

这三江,一条是依然清澈的岷江,一条是比黄河还浑浊的金沙江,这一清一浊,亦如泾渭分明。在两江的交汇处诞生了地球上的第三大河流——长江。我不想改写地理教科书,然而这是一个基本事实,在这里你才能真正感受到一条长江诞生的豪迈气象。一条漫长的金沙江流到这里,在诞生中消失,而对于万里长江,这里却是又一个开端。从四川宜宾到湖北宜昌,这长约1000公里的河段才是名副其实的长江上游,也是长江最后的上游。她也有自己的约定俗成的名字,在重庆成为直辖市之前,这段千里长江全在四川境内运行,故俗称川江。

眼下,这条近在身旁又远在天边的岷江,如同川江上一段清澈的插叙。

每当我朝江河流来的邈远天际深深凝望,总有一种山外有山、天外有天之感。

岷江,望文生义,山民的江。她发源于四川与甘肃交界的岷山南麓,以"岷山导江"而得名。岷山为长江、黄河两大水系的分水岭,如果没有这座西部大山,长江和黄河可能发生一次伟大的交汇。在金沙江被追根溯源的徐霞客认定为长江的正源和干流之前,岷江曾被古人长时间地误为长江的源头。岷江其实还有一个非常有名的古名——都江。一听就知道,就是这条江,缔造了中华民族最伟大的水利工程——都江堰。

当大西南所有的河流在阴差阳错中都面临干涸的水危机时,岷江之水看上去比长江还要浩大。这是长江上游水量最大的一条支流,她流经的四川盆地西部是中国水量丰富的多雨地区,沿途又接纳了九十多条大大小小的支流。著名的大渡河就是岷江水系最大的支流,黑水河是岷江上游最大的支流,青衣江则是岷江下游最大的支流。这么多的水量汇聚于一江,一条岷江的流量就超过了黄河的两倍多,其水力资源蕴藏量占长江流域的五分之一。看着她在阳光下雍容地流过来,我下意识地想,不知是谁安排了她的命运。

走到了都江堰才明白,河流的命运并不完全是上苍的安排,还有另一种不可缺少的力量和智慧。岷江是川西的母亲河,也是都江堰的主水源。在李冰父子筑都江堰之前,这条河,也是一条灾难性的河流。她从千里岷山流来,又沿成都平原西侧向南流去。地势决定河床,而她高悬的河床对整个成都平原构成了一个类似于黄河又不同于黄河的悬念,因由不同,但结果是一样的,对于成都平原,她就是一条地上悬江,而且悬得十分厉害。在都江堰诞生之前,每当春夏山洪暴发,这野性的河流从千里岷山奔腾而下,而河道又十分狭窄,一个成都平原,仿佛就是为了让她宣泄洪水而准备的。在那漫长的洪荒时代,川西坝子上,水至则泽国一片,如同汪洋大海,水退则变成一片荒芜无边的沼泽。想想,如果没有人类,这样一个世界也挺好,这才是真正的自然王国,真正的原生态。在荒草丛生的沼泽、滩涂和芦苇荡中,只有日夜鼓噪的青蛙、爱幻想的毒蛇和陶醉在自己世界里的巨蟒,还有呱呱叫着的水鸭子在另一片风景中成群活动。然而不幸的是,人类很早就在这片难得的平川大地上出现了,这些早已在时空中不知去向的古蜀人,或许经历了太多的洪灾,他们的部族图腾就是"鱼凫"。那个时常在美酒与美景中陶醉的唐人李白,却在这里抚今追昔,留下了"蚕丛及鱼凫,开国何茫然""人或成鱼鳖"的千年喟叹。这也是我在李白的天性浪漫的诗意中读到的最伤感的文字,兴许,就是这条灾难性的河流在忆念中击中了他人性中最柔软的部分。

这条灾难性的河流,也不是没有人治过。所谓水利,其实从来与自然无关,只因有了人类,又为了人类的生存,才有水利和水害之说。大约在李冰出世的两三百年前,古蜀国的杜宇王就以开明为相,对岷江进行了一次规模浩大的治理,治理的结果是在岷江出山处开凿了一条人工河,把岷江的一部分水流分入沱江,以减轻洪水对平原的压力。这是一个很聪明的治水策略,一直到现在仍被我们广泛使用,如著名的荆江分洪工程,海河流域众多的新河、减河,与之如出一辙。然而此举虽有一定的效果,但岷江的水旱灾害依然十分严重,后世也有一代一代人殚精竭虑的治理,但久治不愈。这条河,仿佛一直在灾难中等待,等待一个非凡人物的出现,而他却一直深藏不露。五百年必有王者兴,至少要三百年,才能出一个治水英雄。

历经三百年的漫长等待,终于,一个叫李冰的人横空出世了。

那已是战国末期,一个隐居岷峨山林中的隐士被秦昭襄王发现了。

走笔至此,绕不过一个秦国。这个地处中原最边缘部分的落后诸侯国,能够最终消灭一方方诸侯统一中国,是有道理的,甚至是有天理的。中国古代最伟大的几个水利工程,如都江堰、郑国渠、灵渠,都是秦国人干出来的。如果都江堰真是一种命运的安排,它命中出现的第一个人其实不是李冰,而是秦昭襄王,这位大刀阔斧、励精图治,为秦国将来奠定了一统天下基础的王者,能把一个隐士从白云幽深的山林和寂寞的光景中请出来并拜为蜀郡太守,不能不说他具有非凡的眼光,这真是慧眼识英雄。他没看走眼,这个隐士知天文,识地理,也深谙岷江水性。他的隐居,或许不是为了逃避这个世界,而是要以潜隐的方式把这个世界看得更加清楚。他也的确是异常清醒的,出山之后,他要干的第一件事,就是痛下决心,根治岷江水患。这个想法谁都有,谁不想呢?李冰又有什么高招?

说起来其实很简单,只有六个字:"深淘滩,低作堰。"

所谓隐士,一般是懂得上善若水的自然之道的,这个自然之道就是天道、天理,"乘势利导、因时制宜"。岷江的水灾产生于其西北高、东南低的地势,李冰想到的不是以改天换地的方式改变这个地势,而是恰到好处地利用这个有利的地势,以不改变自然环境、不破坏自然资源、充分顺从自然规律、利用自然资源为依归,根据江河出山口处地形、水脉、水势,乘势利导,采用无坝引水,让岷江水自流灌溉,一举将水害化为水利,使人、地、水三者高度和谐统一。——这是李冰的出发点,是他迈出的第一步,也是中国水利史上迈出的伟大一步。这样一个水利工程,也堪称是全世界迄今为止仅存的一项伟大的"生态工程"。

我也只能从李冰迈出的第一步出发,跟着一个在两千多年前的岁月里隐约浮现的背影亦步亦趋。这个工程过于浩大,如果没有一种引领,我立马就会变成一只可怜的井底之蛙。

在我视线里首先出现的是离碓,这是都江堰堰首工程的重要组成部分。司马迁在《史记·河渠书》中记载:"蜀守冰凿离碓,辟沫水之害,穿二江成都之中。此渠皆可行舟,有余则用溉浸,百姓飨其利。"从此,人们就以"离碓"或"成都二江"来泛指都江堰。离碓之石,是李冰开凿玉垒山时分离出来的石堆,夹在岷江现在的内外江之间,具有调节、控制水流的作用。在离碓东侧,就是内江水口,人称宝瓶口。当初古人开凿这个宝瓶口,可真不容易,看这坚固无比的岩石,古人是怎么劈开的？只有上古神话中的大禹才有如此伟力。但李冰从来就不是神话中的人物,他没有神话中的伟力,当时人类也还远远没有发明火药,但李冰想出了一个高招,以火烧石,使岩石爆裂,终于在玉垒山凿出了这样一个酷似瓶口的山口。只有打通玉垒山,才能一举两得,使岷江水顺畅地流向东边内江,减少西边外江水的流量,使江水不再泛滥,同时又能解除东边地区的干旱,把都江水引流到旱区,灌溉那里的田地。这是李冰治水的第一个关键环节,也是都江堰工程的第一步。又一个第一步！

一个疑问,一条岷江,怎么又分成了内江和外江？我的疑惑很快就被李冰的另一个设计解开了——都江鱼嘴,也叫分水鱼嘴。事实上,这鱼嘴就是一个分水工程,把岷江水流一分为二,东边一条叫内江,江水流入宝瓶口,供灌渠用水;西边一条叫外江,顺江而下,也是岷江的正流。这一工程,是李冰在开凿完宝瓶口以后，打造的又一个天才的工程。原因是，宝瓶口工程虽然起到了分流和灌溉的作用，但因江东地势较高，江水难以流入宝瓶口，为了使岷江水能够顺利东流且保持一定的流量，并充分发挥宝瓶口的分洪和灌溉作用，李冰在开凿完宝瓶口以后，又采用中流作堰的方法，在岷江峡内用石块砌成石埂，因这石埂如同鱼嘴而得名。

由于内江窄而深，外江宽而浅，李冰便利用这一自然规律，通过分水鱼嘴和宝瓶口的联合运用，按照灌溉与防洪的需要，分配洪、枯水流量。每到枯水季节，水位较低，则有六成江水自然而然地流入河床低的内江，进入密布于川西平原之上的灌溉系统，遇旱，则通过闸口引水浇灌，遇雨，则"杜塞水门"，这一开一关，就保证了三百多万亩良田的灌溉，从此使成都平原变成了"水旱从人、不知饥馑"的天府之国；而当洪水来临，由于水位较高，于是大部分江水从江面较宽的外江被迅速排走，进入千里之外的长江干流。这种自动分配内外江水量的设计，就是都江堰著名的"四六分水"。妙中之妙的是，每到汛期岷江涨水，那分水鱼嘴被淹没了，离碓又成为第二道分水处。有了这两个分水工程，无论水多水少，无情或多情，都逃不过李冰的手掌心。

李冰还不放心。为了进一步控制流入宝瓶口的水量，防止灌溉区的水量出现忽大忽小的不稳定状态，李冰又在鱼嘴分水堤的尾部、靠着宝瓶口的地方修建了分洪用的平水槽和溢洪道，李冰还别具匠心地在溢洪道前修有一条弯道，使江水形成环流，当内江水位过高，洪水就经由平水槽漫过堰堤流入外江，减少了进入宝瓶口的水量，保障内江灌溉区免遭水灾。而它的功效还不止此，还有更大的一个妙用——排沙。岷江从西部大山里流来，也是一条多沙河流，而治沙，一直是比治水更难的一个难题。李冰如得神助，居然想出了这样一个妙招，他巧妙地利用了洪水的力量，当洪水中裹挟的沙石随着漫过堰堤的湍急江水哗哗地流入外江，就会产生旋涡，而这旋涡的离心力，可以将泥沙乃至巨石抛过堰堤，这就减少了泥沙在宝瓶口周围的淤积。

为了监测水情，李冰又在内江进水口"作三石人，立三水中，使水竭不至足，盛不没肩"。这些石人不是我现在在某些水利风景处看到的那些愚蠢的雕塑和摆设，而是李冰发明的水文标尺，从石人足和肩这两个高度，古人以

"枯水不淹足,洪水不过肩"来观测内江进水口的水位,掌握进水流量,再通过分水鱼嘴、宝瓶口等分水工程来调节水位,这样就能控制灌渠的进水流量。——这表明,早在两千多年前,古人就已经掌握并且利用了在一定水头下通过一定流量的堰流原理。看了这石人,我又看到了石犀。史称,李冰"作石犀五枚",这石犀又是做什么用的呢?如果没有人讲解,我还真是看不明白了。都江堰管理处的一个姓罗的工程师告诉我,这石犀和石人的作用不同。岷江是一条多沙河流,为了排解泥沙淤积,每年都必须淘滩,这也就是李冰六字诀中的"深淘滩",这河滩又该淘多深呢? 就要看这石犀了,它埋的深度是作为都江堰淘滩的控制高程,并以此作为每年最小水量时淘滩的标准,通过淘滩,使河床保持一定的深度,有一定大小的过水断面,这样就可以保证河床安全地通过比较大的洪水量。这又是李冰的一个伟大创造,也表明,当时的古人对流量和过水断面的关系已经有了高度认识和相当成功的应用,而这种数量关系,正是现代流量公式的一个重要方面,就像这个工程一样,用了两千多年还在被人类继续运用。

走过都江堰,还没有哪个水利工程可以让我五步一停、十步一叹。数千年来,一个农耕民族,又有多少人能有这么充满了天赋和灵感的设计,哪怕用现代人的眼光看,你也看不出丝毫破绽,从规划、设计到施工都是那么缜密和完美,用现在的话说,具有高度的科学性和创造性。难以想象,在那样一个既缺少大型施工设备又没有现代勘测仪器的时代,这一宏大而复杂的水利枢纽工程是怎么完成的。有史料记载,为了吸取前人的治水经验,李冰父子邀集了许多有治水经验的农民,对地形和水情作了实地勘察,最终决定凿穿玉垒山引水。或许,还有太多的发明创造都归功于这样一个代表性的人物。

一个载入史册的年份,公元前256年。经过八年难以想象的艰辛努力,李冰父子,还有那些早已被历史遗忘的民夫,终于打造出了中国水利史上足以让我们这个谦卑的农耕民族引以为荣的杰作。这也是世界上年代最久、唯一留存、以无坝引水为特征的宏大水利工程,玄之又玄,众妙之门。它的奥妙之门就是把宝瓶口、分水鱼嘴和飞沙堰等关键工程组成了一个完整的系统工程和水利枢纽,堤防、分水、泄洪、排沙、控流、防洪、灌溉、航运、生活用水,水利应有的一切题中之义相互依存又共为体系,几乎所有的设计意图都以完美的方式实现,所有的功能都得以流畅地运转和淋漓尽致地发挥。后来的灵渠、郑国渠、它山堰、渔梁坝、戴村坝等堪称经典的古代水利工程,无不留下了都江堰的印记。

设若,每一个水利工程都能够像古老的都江堰那样,历经两千余年的风雨沧桑和无数灾变,还能深仁厚泽地泽被苍生,就可以称为真正伟大的工程。两千多年来,与之兴建时间大致相同的古埃及和古巴比伦的灌溉系统早已在时空中湮没,或沦为供人凭吊的遗迹。唯有它,直到今天,不但没有成为一个徒然供人凭吊的古迹,还一直在浇灌这干涸的大西南,泽被这一方的大地苍生,发挥着愈来愈大的效益。而都江堰突出的特点之一,就是以不破坏自然资源,充分利用自然资源为前提,变害为利,使天、地、人、水四维臻于高度的和谐。这让它不但成了著名的水利工程,也成为一处十分理想的风景名胜。这浑然天成的工程,达到了人类可能达到的极致,像天意,而非人迹。上善若水!我想这也就是老子所说的,"水善利万物而不争,处众人之所恶,故几于道。"

我觉得,怎么评价这个工程都不过分,它的存在就是历史的验证。这真是中国水利史上的伟大奇迹。它还奇迹般地经受住了2008年汶川大地震的毁灭性考验,它依然坚如磐石。有多少水利工程能像都江堰一样,历经数千年沧海桑田、无数灾变而一直使用至今?

神啦,李冰!

但这个人不是神。凝望李冰的雕像,一尊坐像,没有峨冠博带,没有一个郡守大人不同凡响的气派与威仪,只有一身如流水般的布衣。面对他,不需像瞻仰那些伟大人物一样仰望,只需平视。平静地面对这样一个平实的人,或许更能接近真相。事实上,如果不是太史公司马迁,这很可能是一个处于遗忘状态的人,而太史公甚至没有写出他的姓氏,只说"蜀守冰",到了东汉,班固才在《汉书·沟洫志》中写出了一个人完整的姓名,李冰。李冰的石像也是东汉时代留下来的,以埋葬的方式。直到 1974 年,在都江堰外江的考古发掘中,这尊被埋藏得年深月久的石像才露出了面目。正是在东汉李冰石像的题字中,人们才完成了一次历史性的确认,确认了都江堰的名字——都水堰。

面对这样一个平实的人,我心里也感到一种从未有过的平实。他不是神,也不是什么治水英雄,他是一个人。但你又不得不承认人与人的差别,在这个世界上,的确有能力远超我们的人存在,这不是他们真有什么天才,而是他们比我们更接近天理。

前人栽树,后人乘凉,但还得有后人来呵护这棵树。哪怕是再伟大的水利工程,也不可能一劳永逸。李冰筑起的竹笼结构的堰体在那个时代也许是最高明的了,但这样的堰体在岷江急流冲击之下并不稳固。内江河道虽说有排沙机制,但时间长了仍不能避免淤积,必须定期对都江堰进行整修。这或许也是李冰最后的嘱托。对于李冰之后的事,我在历史长河中不经意地打捞出了几段记忆:汉灵帝时设置"都水掾"和"都水长"负责维护堰首工程;蜀汉建兴六年(228 年),诸葛亮北征,以都江堰为农业之根本,"征丁千二百人主护",并设专职堰官进行经常性的管理和维护,此举开以后历代设专职水利官员管理都江堰之先河,此后历朝,均以堰首所在地的县令为主管;到宋朝时,又订立了在每年冬春枯水、农闲时断流岁修的制度,称为"穿淘",修整堰体,深淘河道,淘滩深度依然以挖到埋设在滩底的石犀为准,堰体高度以与对岸岩壁上的水则(水位标尺)相齐为准;明之后,以卧铁代替石犀作为淘滩深度的标志,在宝瓶口的左岸边,我看到了三根一丈来长的卧铁,看上面的铭文,分别铸造于明万历年间、清同治年间和"民国"十六年(1927 年),这如同一种倔强的坚持。也正因为有这样一代一代人坚持,一座都江堰才能成为时空中永恒的存在。至少我深信,它是永恒的。

1949 年初冬,贺龙率人民解放军入川,看到历经战乱遍体鳞伤的都江堰,他在戎马倥偬中发布了一道与战争无关的命令:"抢修都江堰,把已延误的岁修时间抢回来!"没有钱,他下令从军费中拨出专款;没有劳力,他把驻灌县的人民解放军第一八四师调到了抢修工地。这也是新中国历史上对都江堰的第一次岁修,到 1950 年 3 月底就全部完工,4 月初,按照都江堰传统习惯举行了盛大的开水典礼。在新中国成立后的历次大修中,又陆续增加了蓄水、暗渠等工程,在修治的过程中一直遵循李冰当年的治水方略:水体自调,避高就下,弯道环流。李冰在两千多年前倡导的"乘势利导、因时制宜"八字箴言,在共和国时代也得以一如既往的贯彻和传承。

我来了,看了该看的风景,但不知这一方水土上还散落着怎样的故事。

都江堰不只是中国的都江堰,也是世界的都江堰。据史载,最早来都江堰考察的外国人是意大利旅行家马可·波罗,他从陕西汉中骑马,翻山越岭走了二十多天才抵达都江堰。在《马可·波罗游记》中,为当时的都江留下了这样一番生动的描述:"都江水系,川流甚急,川中多鱼,船舶往来甚众,运载商货,往来上下游。"但真正把都江堰介绍给世界的第一人,还是清同治年间来都江堰考察的德国地理学家李希霍芬。这个严谨的德国人以行家的眼光,在其《李希霍芬男爵书简》中用了一个专章来描述都江堰,他惊叹:"都江堰灌溉方法之完善,世界各地无与伦比。"

随着中国打开了尘封已久的国门,世界性的惊叹与赞叹也越来越多。1999 年 3 月,联合国人居中心官员参观都江堰后,也由衷地发出了李希霍芬式的惊叹,惊叹之余,又推荐都江堰水利工程参评 2000 年联合国"最佳水资源利用和处理奖"。2000 年,这是都江堰又一个载入史册的年份。在联合国世界遗产委员会第二十四届大会上,都江堰水利工程以"历史悠久、规模宏大、布局合理、运行科学并且与环境和谐结合,在历史和科学方面具有突出的普遍价值",被正式确定为世界文化遗产,而李冰也被誉为"世界水利文化的鼻祖"。

如果不是一个都江堰,这条岷江,或许只是我匆匆路过的长江的一条支流。

若是没有岷江的加入,长江不会变得如此伟大。

走过这样一条河,由北而南又从西到东,八百千米水路一路逶迤,不只有旧梦,还有眼前我正在经历的真实的一切。那如花似玉的两岸,就是她营造的十三万余平方千米的流域面积,这是我见过的最美丽的江山。山生万境,水生万象。江山,河山,从来就是紧密地连在一起的。在无处不在喊渴的大西南,一个人,还能看到这样一条在湛蓝的天空下静水深流的河流,还能把一条河从头到尾地保持得如许干净、清澈,我只能用奇迹来惊叹了。最终,就在我长久地伫立和凝望的地方,她与浑浊不堪的金沙江同时汇入了长江,哪怕消失,也依然澄明。我高度近视的双眼,因她的澄明而重新变得明亮。

三　谁主沉浮

抵达重庆。在这里,嘉陵江,这奔涌了一千余千米的长江上游支流,最终在重庆朝天门注入长江。朝天门拱卫在嘉陵江和长江交汇处,被誉为"两江枢纽"。

早在公元前314年,秦将张仪灭亡巴国,修筑巴郡城池,就建了这座城门。明朝初年,在扩建重庆旧城时,又按九宫八卦之数建城门十七座,其中规模最大的一座就是朝天门。在水运时代,无论你是从长江上来,还是嘉陵江上来,首先就要抵达这个码头,走进这座城门。这里也就成了重庆历代官员"迎官接圣"之地,上司官员到,他们要在这里奉迎;圣旨到,他们要在这里跪拜,接旨,朝着天子的方向,三呼万岁,谢主隆恩。——朝天门,一座朝拜天子之门。历史上,很长一段时间,朝天门码头是不准民船停靠的,后来虽然取消了这个禁令,但民船也只能停靠大码头旁边的小码头,那最大、最好的码头一直是留给官船用的。

仰头望去,城门上依旧高悬着四个大字:古渝雄关。但这座壁垒森严的雄关在清光绪十七年(1891年)终于开始松动了,在列强的不断施压下,重庆被辟为长江上游最大的一个商埠,这远离大海的朝天门也设立了海关。无论繁荣,还是屈辱,一座朝天门都是最直接的见证。从樯帆林立、舟楫穿梭的中国船,到汽笛长啸、屁股冒烟的外国船,这两江交汇处,呈现出了近代中国一幅华洋杂处、斑驳陆离的风俗画。很多健在的老船工对那些傲慢而嚣张的洋船还保持着深刻的记忆:每当洋船开来,两江上所有的中国船都一齐朝它们点头敬礼。这又是怎么回事呢？猛地一想，我恍然大悟又哑然失笑了，实在是那些外国船太大，掀起的风浪也大，而中国船都是一些木帆船，经不起这样的大风大浪，也就随着风浪颠簸起来了，看上去就像给那些洋船点头敬礼了。

水上的繁华也给朝天门两边的江岸带来了商业的繁盛，街巷纵横棋布，店铺林立，还有铺满街道的茶馆、酒店、客栈、花楼，屋顶上幌子招摇，楼阁上挂着涂了金粉的牌匾，一天到晚都是沸腾的人声、车马声，那个热闹劲儿，丝毫不逊色于上海滩的十里洋场。可惜了，到了 1927 年，民国政府批准重庆设市，既然是城市，那就该打造出一副城市的模样。重庆开始进行近代市政建设，在水上扩建码头，在岸上扩建城区、拓宽道路。大兴土木必有大拆迁，短短几年，就将城墙、城门楼子、老街、老屋子成批拆除，一座朝天门首当其冲，在这一轮大拆大建中，这是第一个被拆毁的城门。从此，这座古重庆城的象征就从人间消失了，更可惜的是，连城门照片也没留下一张。不过，说可惜，也没有什么可惜的，重庆人想得开，这城门楼子就是当年不拆也早已被一把火给烧掉了，1949 年重庆发生了"九·二"火灾，朝天门一带那些幸存的历史城区在烈火浓烟中化为一片废墟，从此，以朝天门为核心的历史上的老重庆全然消失，如今仅余一段段城基墙垣，只有文物考古人员才能发现，一般人是看不见的。

历史没有假设，也不可逆转，但可以仿造，我看到的朝天门，依旧有一种古老沧桑之感。仿古建筑，能仿到这个程度，也算是高仿了。不过，有些东西是真实的，真实地延续下来了。一直到现在，这一带仍是重庆最繁华的商业批发零售区，这码头也是长江上游最大的码头。这也是我多次抵达过的一个码头。

每一次抵达，我都会下意识地驻足观望，观赏两江环抱、山水相映的重庆半岛。一座巨大的城市，仿佛在这伟大的江河上直接诞生。你甚至会觉得，在这样一个大江大河交汇的地方，没有这样一座城市简直没有道理。重庆被誉为东方芝加哥，芝加哥在美国是仅次于纽约和洛杉矶的第三大都会区，这个诱人的大都会又被称为最具美国特质的城市，它将中西部与世界遗

第二章 长江的追问

留的文化及景观融为一体。诺曼·梅勒曾写道:"芝加哥是一座伟大的美国城市,它也许是美国硕果仅存的伟大城市。"而我想,如果有朝一日芝加哥把自己比喻为西方的重庆,我也会像所有到过芝加哥的人一样由衷地礼赞:"我邂逅了一座城市,一座真正的城市。"

当一座朝天门成了我驻足最多的地方,不知不觉地,我感觉这里就是一座城市的中心,不一定是地理意义上的。而以重庆为中心,已经形成了长江流域三大城市圈之一,这,也不一定是地理意义上的。

这次来,正是汛期,历史上,这里几乎每年都要上演水进人退的故事。每到汛期,你可以在这里看到一种奇特的景观——"夹马水",这也是重庆人特有的词语。一条嘉陵江,春来江水绿如蓝,一条是浑浊发黄的长江,两水交汇,一清一浊,恰似一条青龙和一条黄龙的纠缠与搏击,右侧的长江想要死死搂住左侧的嘉陵江,嘉陵江却誓死不从,这样一种征服的力量和不屈的力量都很强大、很顽强,那搏击与挣扎愈演愈烈,其势如野马分鬃。然而,一切都是命定的,一条嘉陵江无论怎样抗拒和挣扎,她最终的命运只能是为万里长江所吞没。当长江吞没了又一条河流之后,水量又一次大增,这让她变得极度亢奋。那一泻千里咆哮而去的气势,连站在岸上的人也心潮澎湃。然而她接下来要走的路却变得越来越狭窄,那也是川江最危险的一段峡谷——三峡。

对于重庆人,三峡是一个绝美的词语,但那是以前。如今一提到三峡,重庆人就会莫名地变得焦虑和惶恐。他们把三峡和洪水联系在了一起。对于重庆,对于所有生活在长江上游的人,这种担心绝非多余。一座惊世大坝把水位抬高到175米,说没有影响那是睁着眼睛撒谎。在三峡大坝蓄水之前,洪水就是这里世代的隐患。洪水的源头之一嘉陵江,流域水量丰沛,又由于嘉陵江流域形状略似扇形,洪水向心汇流,加剧涨势,常常产生严重洪灾,其特征是历时短、洪峰高,来势汹涌有洪水滔天的感觉,旋即又滔滔而去,这得感谢长江,以海纳百川的胸怀接纳了她的滔天洪水。据四川省气象局统计,在新中国成立之前的近五百年内,嘉陵江共发生一百三十多次洪水。新中国成立后,为了治理嘉陵江,在水利投入上花了血本,共建成大、中、小水利工程两千多处，大大减轻了洪水的压力。然而，随着几百千米外的三峡大坝开始蓄水，重庆人的心又悬了起来。随着库区水位的大幅提高，地处三峡上游的重庆，必将遭受嘉陵江洪水和三峡库区回水的两面夹击，重庆，危矣！

2008年成了重庆人如临大敌的第一年，一条消息早已在重庆的街头巷尾议论纷纷了，三峡蓄水将达175米。11月4日，三峡大坝开始蓄水，但这并非最终的蓄水，而是一次尝试。当蓄水达到了172.3米时，立竿见影，远在六百千米之上的重庆部分主城区立刻被淹。需要特别说明一下的是，这不是汛期，而是枯水季节，这也是重庆在枯水季节第一次被淹，不是第一次，也十分罕见。原因很简单，谁都知道，三峡也知道，原定175米蓄水的计划被紧急叫停，但三峡总公司对外发布的消息并没有直言重庆被淹这一事实，而是声称："三峡工程停止蓄水，是为了观察三峡库区地质灾害、生态环境及库岸稳定情况。"又有来自专家的说法是：上游来水不足，大坝高位蓄水无法实现，加之对于蓄水后产生地质灾害的担心，三峡大坝才停止了蓄水。而在民间，则一直把三峡蓄水和重庆主城区的被淹联系在了一起。

到了2009年8月6日的汛期，重庆主城区又一次被淹，据央视当时报道，当天三峡大坝三斗坪水位为148.30米。那么重庆当时的水位是多少呢？超过183米。这是来自水文站的数据。一切都在暗示，当三峡大坝蓄水达到175米高程时，如果又遇到来自嘉陵江或长江上游的洪水，就是朝天门甚至整个重庆沉没于江中之日。——自然，这只是推测，这推测的背后是人们对于三峡工程的种种担忧。

2010年汛期，对重庆防洪是一次更大的考验，对三峡工程，也是竣工以来所面临的最严峻的挑战。7月20日，三峡水库迎来了流量每秒7万立方米的洪峰。当洪水冲击着三峡大坝时，不仅检验着这一伟大工程的抗洪能力，更检验着它在整个长江流域扮演的角色。对下游，它能在多大程度上缓解洪水的压力？对上游，重庆、四川等地会不会遭遇洪水围城？

朝天门见证了这样一次洪水，历史上，这一带也是最容易被淹没的地方，朝天门几乎是周期性地被江水淹没。当洪水如万马奔腾般汹涌而来，你已经分不清哪是嘉陵江哪是长江,朝天门被淹没了,一起被淹没的还有重庆的另一个地标——磁器口。许多还在逛街的人,突然觉得搞不清方向了,恍惚中,没看见水,眼睁睁看到的是许多熟悉的事物忽然不见了,街道不见了,那山城特有的石阶梯坎不见了,连自己的大半截身子也不见了。当人们发出惊呼时,瓷器口的大半个城区已被洪水淹到腰部。那些靠近江边的商铺、民房就更惨了,顷刻间就涌进来两米多深的水。好在,这些经历过大风大浪、看惯了潮涨潮落的江边居民,在灾难降临时还挺冷静,挺有经验,他们把最值钱的东西抱在怀中,然后就开始逃生。又好在,这次洪峰来得迅猛走得也快,第二天就过了重庆。洪峰过后,朝天门码头又重见天日,灾难的现场是比膝盖还深的淤泥,最深的地方淤泥漫过了裤腰。但为了生计,勤劳的重庆人只能挽起裤腿,从这淤泥中蹚过去,背脚的还要背脚,跑码头的还得跑码头。这边的消防车还在用高压水龙头哗哗地冲刷淤泥,那边小贩已经摆起凉粉摊子,拉长声音吆喝开了。

洪水退走后,很多人不忘把每年的洪水做一比较,比较来比较去,还是觉得这次发大水与三峡大坝有关。这不仅是民间的议论,这座特大城市里并不缺少敢说真话的水利专家,很多专家直言:"三峡大坝修得太高了,如果要保重庆,最好水位不要超过160米。"但这些专家的观点只能以另类的方式、不同的声音存在,更强大的声音永远来自主流。2010年7月22日,三峡水利枢纽梯级调度通信中心副总工程师赵云发公开回应了"重庆朝天门码头被淹,是三峡大坝惹的祸"这一问题,他几乎是义正词严地说:"重庆目前的水量主要来自降雨和嘉陵江,跟三峡没关系!"而长江重庆航道局航道处处长闻光华也不约而同地呼应了他的观点:"该航道江水与回水的关系不大,而是上游自然洪水所致。"

而我,只是一个各种声音的忠实记录者,孰是孰非,我是没有权力也没有能力来提供判断的,这里,我摘录下一些专家执着的言说——

2005年,就有人计算过,从宜宾到宜昌,这长达1000多千米的川江,尤其是长江三峡,狭窄的河道和陡峭的坡度把浩荡的江水几乎逼到了一条绝路上,也让江水变得极为湍急,这里援引一组精确到了小数点的数据:在建三峡工程和葛洲坝工程之前,宜昌至重庆间的最高水位差为136.9米,而最低水位差也有120.6米,正是这巨大的水位差,才让长江激流奔涌,让李白有了"千里江陵一日还"的可能。2003年,三峡蓄水135米之后,这个水位差已被大大缩小了,只有30米上下。随着三峡水位的进一步提高,当坝前水位达到175米时,这个落差已经基本上归零,人类也终于实现了"高峡出平湖"的伟大梦想,而整个三峡也变成了一潭死水,说死水过于残酷,只能说是一潭静水。当一条大河不再流淌,是平静的,也是高度危险的,一旦发生洪水,下泄不畅,洪水就会通过六百多千米的狭长河道和十三个峡口层层壅高。有专家进行了危险的测算:按照三峡工程泥沙组所给定的三峡水库平均水力坡降为7米/100千米,当坝前水位达到175米时,距此六百多千米处的重庆市的水位就会高达217米。——这是一些还没有得到证实的演算。若果真如此,不但重庆危机四伏,连大西南的交通大动脉成渝铁路也将在呼啸的洪水中瘫痪。

但愿,但愿这是一道完全算错了、只能得零分的算术题。

朝天门,这座在水中沉浮的朝天门,在三峡大坝建起来之前我来过,在三峡大坝的建设过程中我来过,在三峡大坝建成蓄水之后我也来过。一次次在这里抵达,又一次次从这里离去,在无知无觉地变老的岁月中,我依然没有看清楚自己的来路与归途。

又将离去。当我登上一条开往三峡的轮船时,我感到了来自大江深处的一阵震颤。

从朝天门顺江而下,接下来是川江最危险的一段,也是万里长江最后的上游。她将在这六百多千米的河段内横切强大的巫山山脉,制造出举世震惊的长江三峡。

对我,对于很多人,这是熟悉而又陌生的风景,我已经不知多少次从峡谷中穿过了。然而,过去的经验已成幻境,当与李白看到过的两岸青山静穆相对时,我忽然发现,一大半青山已经永存水底。事实上,连一条大江也沉没了,沉没在一个伟大水库的最深处。很多从前的事物,必须努力回忆才有依稀的印象。但有一个地方印象特别深刻——白鹤梁。这可能与那些深刻在岩石上的文字有关。

准确地说,白鹤梁不是一个地名,而是涪陵城北长江中的一块巨石,一块长约一千六百米、宽十五米的天然巨型石梁。这样一块巨石,差不多是一个小岛了。一个有名的地方,总与传说有关,相传唐朝时有个姓朱的真人在这里苦修,最终修成了正果,乘白鹤缥缈而去,这巨大的石梁故名白鹤梁。但白鹤梁的价值不是因为这个虚无缥缈的传说,而是那些实实在在地刻在石头上的文字和图案,而且很多都与水文有关。尤其珍贵的是,上面的题刻、图像记录了长江一千二百余年间七十多个年份的历史枯水位情况,对研究长江中上游水文变化、规律、航运、生产和人类生活等均有重大的史料价值,很多都是唯一的。譬如说那些石鱼石刻,就是长江枯水位的历史记录,石鱼的眼睛为长江中上游的零点水位,相当于海拔137.91米高程。这一水文记录比英国在武汉江汉馆设计的水尺标点早一千多年。古人还在白鹤梁上刻有"枯水季节,若石鱼出水面,则兆年丰千年如许"的石刻题记。葛洲坝水电站和三峡工程在设计时都参考了白鹤梁水文题刻的一些数据,如三峡大坝最终决定蓄水到175米的水位高程,就是以白鹤梁一千多年的洪水记录为依据,而正是它提供的依据将自己淹没。

穿过瞿塘峡、巫峡,远远就看见了横亘在西陵峡中的三峡大坝了。

我都记不得这是第几次穿过三峡了,但从来没有像现在这样茫然过。

很想谈谈,一个普通的中国公民,一个喝长江水长大的人,这数十年里对三峡工程的一点心里话。

1984年,我二十出头,正在一所名不见经传的学院里攻读可有可无的汉语言文学专业,每天带着平庸的表情,做着不可救药的作家梦。第一次听说要修三峡工程,传说还要建三峡省,校园里一片欢腾。那是一个缺电的时代,大多数农村包括我的家乡都是点煤油灯,而煤油也十分紧张。而洪水,对于我们从小生长在长江边上的人,也是永远的威胁,想到孙中山的梦想、毛泽东的梦想、我们的梦想、一个民族的梦想即将变成现实,第一次因兴奋而失眠,一双失眠的眼灼灼地在黑暗中燃烧,感觉一切的黑暗与灾难即将一劳永逸地终结了。

也就在那年,一个叫陆佑楣的水利水电工程专家,被时任水电部部长的钱正英亲自点将,从黄河上游正在建设中的龙羊峡水电站工地上调入京。钱正英说:"调你来,就是为了三峡工程!"——那年,陆佑楣恰好是我现在的年岁,五十而知天命。从那以后,只要提到三峡,提到水电,这都是一个无法绕开的名字。

两年后,1986年,我从那所高校毕业了。在等待分配的那个特别难挨的暑假,我坐着如今早已被淘汰的"江渝号"客轮,从我故乡的岳阳城陵矶港溯流而上,过荆江,穿三峡,在三天之后抵达重庆朝天门码头。这是我人生中的第一次远行,一条长河的漫长,连同三峡绝美的风景,成了我一生最难忘的记忆。

也就在这一年,一场有关三峡工程的大论证展开了。这场大论证共有四百多位专家参与,涉及四十个专业。参与这场大论证的专家"来自国务院所属十七个部门、单位,中国科学院所属的十二个院所,二十八所高等院校和八个省市,其中水电系统以外的占大半,还有二十余名全国政协委员"。这场论证从1986年6月开始,历经近三年,到1989年2月才基本结束,众多专家提出了很多重要意见。此时,陆佑楣已担任三峡工程论证领导小组的副组长。陆佑楣后来回忆说,在召开的十次论证大会上,大都存在正反方意见的交锋,最后一次论证大会上,论辩甚为激烈,尤其是泥沙问题,成为论证的重中之重。泥沙问题是世界上任何一座大型水库都很难绕过的问题,而一个最惨痛的教训就来自三门峡。

就在这个论证过程中,当年反对修建黄河三门峡水电站的黄万里再次站了出来,反对修建三峡大坝,他并不在受邀的专家之列,但他对三门峡的准确预言,让他在主流之外有了更令人信服的声音。黄万里最担心的依然是泥沙问题,而且说得非常具体:"致命的问题发生在库水末端的淤积上,这淤积会逐步向上游干流漫延,抬高两岸坝田的洪水位,使淹没频繁,终至于毁没四川坝田,而不得不拆除大坝。"

其实,这也是陆佑楣在梳理三峡面临的诸多问题时最担心的一个问题。

作为一个资深水电工程专家，他先后参与和主持了黄河刘家峡、龙羊峡等国家重点水电工程建设，对黄河的情况太了解了，他也在多种场合坦承："三门峡是中国水利史上最沉痛的教训。"

一个信念，成了陆佑楣和所有参与三峡论证的专家的共识，三峡，决不能成为第二个三门峡！

不能不说，这次广泛公开的大论证也让三峡工程成为新中国成立以来最为透明的世纪工程。这次论证后形成的报告，提交给了国家的最高权力机关全国人大。1992年4月3日，七届全国人大五次会议表决通过关于兴建三峡工程的决议。这是关于三峡工程上与不上的最终拍板定案，也是全国人大在通过各种决议时投反对票、弃权票最多的一次。时任国务院副总理、三峡工程筹备领导小组组长的李鹏在2003年出版的《三峡日记》中披露了三峡上马前后的一些细节："决定三峡工程命运是在1985年1月19日，这是一个永远值得纪念的日子。"——这一天，邓小平在参加建设广东大亚湾核电站有关合同签字仪式后，听取李鹏对三峡工程的汇报，指出："低坝方案不好，中坝方案是好方案，从现在即可着手筹备。中坝可以多发电，万吨船队可以开到重庆"，"看来电有希望，翻两番就有希望"。又据《三峡日记》透露，十几天后，1985年2月2日，"李锐给我传过话来，他对三峡工程建设感到悲观，认为三峡工程上马将铸成大错。"——事实上，这位原中共中央委员、中组部副部长是体制内反对三峡上马最坚决也最执着的一位，直到1992年全国人大会议召开前夕，李锐深知大势已不可逆转，但依然没有放弃一搏。这年元旦，他上书中央常委再次呼吁："三峡工程现在不能上马！"他重申了三峡工程投资太大、移民太多、泥沙淤积、上游洪灾等诸多问题，再三建议："还是到21世纪各方面条件成熟时再决定为好。"然而，无论是黄万里，还是李锐，都无法扭转全国人大的最终表决：赞成1767票，反对177票，弃权664票，还有根本未按表决器的25票，投赞成票的共占出席人数的67%。

值得一提的是，除了法律程序上的表决，在这次人大会上，还有一些以不同的方式表达意见的，台湾代表黄顺新向中外新闻界散发动议材料："由于涉及领域宽广，未知因素太多，疑问不少，审议讨论时间太短，反面资料与意见的发表不充分、对工程建设的利弊尚难有深入、正确、统一的认识。因此,我们认为表决这样一个重大议案,应特别慎重,应将本案作重大议案处理,应有三分之二以上代表赞成才可通过。"——他试图提高表决的门槛,但未被采纳,而在会议即将表决前,黄顺新突然要求发言,由于会议未安排这一程序,黄顺新未被允许发言,旋即退席。

1993年9月,陆佑楣出任三峡工程总公司第一任总经理。

这一年我三十一岁,这是我人生中的又一次重要转型。我在十多年前通过高考获得的一切,在这一年我全部放弃了,我辞去了公职,告别了赖以乞食的单位。在失去了一切身份之后,我开始在各地游走,鬼使神差,又有了一次三峡之旅。当时,大大小小的旅行社也纷纷推出了"三峡,最后的告别"之旅,应该说,这击中了我心中最脆弱的部分。尽管我从来就不是一个多愁善感的人,但当你突然想到你此时置身于其中的一切、眼里正在看到的一切即将被大水淹没,而且是永远的淹没,永远也看不到了,那心里还真是有点难以言说的悲凉。

1997年11月,三峡工程成功实现大江截流,这比原计划提前一年。为什么会提前一年呢?——据香港《文汇报》援引陆佑楣总经理的话:"三峡工程大江截流要争取在1997年完成,比原计划提前一年,使大江截流年度与香港回归祖国的年度同步,让1997年成为双庆之年。"

这一年,我又一次游览三峡。这一次的方式有点特别,从城陵矶登船后,我是一站一站地走,荆州,宜昌,秭归,巴东,巫山,白帝城,奉节,云阳,丰都,万县,涪陵,重庆。这一次不是走马观花,我几乎把从岳阳城陵矶到重庆这条长江两岸的大小城镇走遍了,历时一个多月。对于我,这样的游走当时没有明确的目的,现在回想起来也没有明确的目的,就是下意识地想要走走,看看。

1998年,三峡工程抢在汛前建成二期围堰。这一年长江流域发生了载入史册的"98特大洪水",刚筑起的围堰经受住了八次大洪峰的考验,最终确保了大坝基坑安全。陆佑楣总经理当时正在宜昌坐镇指挥建设三峡工程,这惊涛骇浪一直在他的记忆中回响,一个洪峰接着一个洪峰,整整持续了两个月。这也让他更深刻地意识到三峡工程"是不可替代的"。而我当时家住洞庭湖畔的岳阳,我和许多被洪水围困的人一样,也急切地盼望着三峡大坝早日建成,盼望着一道拦江大坝可以抵挡住这滔天洪水。

  从1993年到2003年,整整十年,三峡工程从无到有,再到135米的第一次蓄水,陆佑楣总经理在见证了这一切之后,不知不觉就到了退休的年龄。在2003年三峡工程下闸蓄水后,陆佑楣从他一生主持的最大一个工程上退了下来,现任中国大坝委员会主席。尽管已退休多年,他还是无法改掉一个在长达十年的时间里养成的习惯,无论和谁说话,他总喜欢用"我这里"来代替"三峡",仿佛三峡就是他的家。

  而我也渐渐年过不惑,走向知天命,却依然下意识地关注着三峡。在这十年间,我又有多次三峡之旅。2006年4月初,在三峡蓄水达到135米后,我站在重庆朝天门,沉默地看了许久,想看看这里的水位是否有太大变化,诚实地说,看不出有太大的变化,此时汛期尚未来临。事实上,这一年长江上游也未遭遇太大的洪水。但很多重庆人的心都悬着,也都知道,再过几个月,三峡工程将实行第二次蓄水,达到156米水位。

  走笔至此,应该交代一下了,我在此以对比的方式叙述,是为了尽可能地给读者提供一种官方意志与民间意识的双重解读:陆佑楣,一个处在三峡工程最高位置的总经理,一个执行者。三峡工程是国家最高权力机关通过决议上马的,这就意味着,他实际上是代表了最高权力的执行者。我,一个普通的老百姓,也是一个公民。我和他,就这样围绕着一座三峡大坝在数十年里演绎着各自的人生。而我虽是一介草民,却又努力地想要做一个共和国的合格国民,这甚至就是我的最高人生理想。

  就在三峡大坝第二次蓄水的前夕,我有了一个绝好的机遇。那已是2006年盛夏,我应邀赴三峡采风,这次采风我受到了几乎有点受宠若惊的特殊礼遇。在专门负责接待的一辆中巴上,一个负责接待的朋友对我说:"你坐的这个位子,就是李鹏总理坐过的。"这是真的。他一点也不像开玩笑。其实,这只是一种非常偶然的安排。记得在小岗村采访粮食问题时,我也曾坐在国家主席胡锦涛坐过的一只凳子上吃过午饭。我一介布衣，早已置身于体制之外，对大人物绝无高攀之意，只是觉得冥冥时空中总有某种意想不到的偶然，值得记上一笔，在过于沉重的话题中平添些许趣味。

此时，三峡大坝还在紧张的施工阶段。一台台现代化大型机械轰轰烈烈，隔得老远也能感到强有力的震撼。听一位副指挥长介绍，这座大坝将修到185米高程。不是175米吗？怎么又高了十米呢？没错——这是很多人容易误会的两个数字，蓄水高程是175米，但大坝必须比最终蓄水位高十米。这次采风，我们还享受了一点特殊待遇，得以进入三峡枢纽工程的核心区域，亲眼看见一台台已经运行的水轮发电机。一切都是高度的现代化和自动化，偌大的机房里静悄悄的，除了我们这些参观者和给我们讲解的一个工程技术人员，几乎看不到别的身影。这样一个举世瞩目的电站，人员之少，办事之干练，还有他们对三峡未来十分乐观的预期，让我倍感振奋。听给我们讲解的工程技术人员介绍，这里的每台涡轮发电机单机容量为七十万千瓦，工程全部竣工后，这样的发电机将达到三十二台，加上三峡电站自身的两台五万千瓦的电源电站，年发电量将达到千亿度。这个概念过于宏大，也过于抽象，但做一个比较就明白了。三峡工程建成之后的总发电量是葛洲坝水电站的五倍，是大亚湾核电站的十倍，占全国水力发电量的五分之一。如果你对这些数字仍然没有太多的概念，还可看看这样一个对比，三峡工程十天的发电量就相当于1949年中国一年的总发电量。

听到这里，你能不振奋吗？

三峡工程的经济效益主要是发电，但三峡工程还有防洪和航运两大功能，而防洪被认为是三峡工程最核心的效益。为了这三大效益，人类也付出了极大的代价，生态环保、名胜古迹和大规模移民，还有多少城镇、山林和田园被淹没。三峡工程的移民规模之大，淹没的城镇、乡村、田园之多，在世界工程史上绝无仅有。而且，如果库尾水位超出预计，还会再增加新的移民数量。移民的安置主要通过就地后靠或者就近搬迁来解决。后来发现，水库淹没了大量耕地，从而导致整个库区人多地少，生态环境趋于恶化，于是对农村人口又增加了一种移民方式，就是由政府安排，举家外迁至其他省份居住。目前,又有大约十四万名新增移民迁到了上海、江苏、浙江、安徽、福建、江西、山东、湖南、广东、四川等省市以及湖北、重庆库区外生活。——我在大学时代听到的那个传说其实也并非传说,为解决移民问题,在20世纪80年代中期,中央还真是曾筹备设立三峡省予以统筹管理,但后来考虑到三峡库区是西部贫困地区,新成立一个省恐怕难以实现经济自立,当时湖北省抵制情绪严重,原定方案最终只得作罢。重庆能成为中国的第四个直辖市,实际上也有省区的意义,它的版图包括了原四川省的重庆、万州、涪陵和黔江四个地区的范围,说是直辖市,实质上更接近于一个省。

如今,不管你对三峡工程怎么看,只有一个结果,生米已煮成熟饭,历史也难以逆转。当年参与论证的老一辈水利专家们正在逐渐进入高龄,年轻一代的水利专家一般不再纠结于三峡工程的是是非非,他们更多关心的是,在付出了巨大的代价之后,如何让三峡的综合效益"最大化"。那么,它的三大效益又到底怎么样呢?从发电看,尽管长江上游金沙江的溪洛渡和向家坝两座水电站加起来就能超过三峡,但三峡工程发电所产生的巨大经济效益基本上是无可争辩的。那么,从防洪和航运来看呢?

我是带着疑问穿过三峡大坝的,也只有穿过了这座大坝,才能看得更清楚。

穿过三峡大坝,让人眼前豁然一亮。一条大江流到这里,这川江曾经最凶险的一段、长江最后的上游就算流到头了,万里长江漫长的上游也终于结束了。从长江源头到西陵峡东口的宜昌,这长约三千五百千米的长江上游,实际上超过了长江总长度的一半。过了三峡就是湖北宜昌,"水至此而夷,山至此而陵"。古夷陵,是长江上游和中游的分界处,但这个分界处我以前多少感到有些模糊,感谢三峡,是三峡大坝把它变得前所未有地清晰了。

四　危险的河流

长江穿过三峡,就进入了第三级阶梯——长江中下游平原,沿岸开始出现地势低平的带状平原,它将沿着长江两岸一直绵延到长江三角洲。这也就是中国三大平原之一,其北界为淮阳丘陵和黄淮平原,南界为江南丘陵以及浙闽丘陵,地势低平,海拔大多在五十米上下。从人称"三峡之末、荆江之首"的宜昌枝江开始,北岸为江汉平原,南岸为洞庭湖平原,又合称两湖平原,接着是鄱阳湖平原,这三大平原组成了长江中游平原;下游平原包括安徽长江沿岸平原和巢湖平原(皖中平原)以及江苏、浙江、上海间的长江三角洲,整个平原纵贯长江中下游流域一直到出海口,北接淮阳山,南接江南丘陵,总面积二十余万平方千米。这是中国最肥沃的土地,也是水网交织、人口密集的鱼米之乡。

万里长江,险在荆江。所谓荆江,指的是宜昌枝江到我故乡岳阳城陵矶的这一段长江干流,全长不过三百六十千米,又大致分成两段。荆江河道呈西北至东南——偏南流向。在唐宋时,这条江多称蜀江,也有的干脆就叫岷江。这种历史变迁,常常让后世把不同的事物混淆一团。以实证的方式去实地考察,或是最逼近真相的一种方式。最好的方式还是坐船,逆水而行,顺水而下,一个来回,你就能看清荆江的全貌了。我在这条危险的河流上,不知来来回回走过多少回了。

说到荆江这古老的名字,无疑与一个古老的地名有关——荆州。这是一片值得你久久凝望的辽阔土地,也就是人们常说的荆楚大地。这大地上有长江中游古老的城池之一,荆州古城,又名江陵,地处荆江北岸、江汉平原西部,南临长江,北依汉水,西控巴蜀,南通湘粤,很久以来便有"七省通衢"之称。追溯历史,其前身为楚国国都——郢,从春秋战国到五代十国,先后有三十四代帝王在此建都。一看,这里就是一个兵家必争之地。争什么?土地,粮食,要塞,水陆交通。——这些战争必备的优势,荆州几乎占全了,也难怪刘备那个仁义君子借了荆州也不想还了,谁又能够割舍这一眼望不到尽头的黑油油的土地啊。

但要想守住荆州也不容易,除了兵马铠甲,还得有抵御洪水的堤防。

这个地方,一切看上去都那么美妙,偏偏地势十分低洼,每年入汛之后,这一片大地和一座古城便直面荆江洪水的威胁。在人工堤防出现之前,荆州人全凭沿江地带的天然堤来抵挡洪水。这些天然堤,原为洪水泛滥时的悬浮物质在河道两侧逐渐沉积而形成，后经人工填土垒砌，成了一半天成一半人工的最原始的堤防。——这不是猜测，而是有历史证据的。据勘探，古荆江大堤上一般都有厚达十米左右的人工填土，也就是说，为了抵挡洪水，人类在天然河堤之上又加高了十米。没到过荆江的人，不知道荆江洪水一旦涨起来有多恐怖，这加高了十米的天然堤根本抵挡不了洪水，还得靠人类筑起真正的堤防。

要了解长江洪水史，荆江，荆州，是最关键的地方，荆州是要塞，荆江是要害。

自古以来，荆州人只能"藉堤为防""恃堤为命"。那么江陵城最早的人工堤防又始于何时？一个历史人物浮出了水面——桓温。此公为东晋永和年间的荆州刺史，就是在他治下，江陵人在此筑起了一道环绕江陵城的荆江大堤——金堤，这是荆江防洪史上的一件大事，在北魏郦道元《水经注》卷三十四之《江水篇》中记得很清楚："江陵城地东南倾，故缘以金堤，自灵溪始，桓温令陈遵监造。"历史是客观的，也是模糊的，这一记载有很多疑点，很多争议，但此后凡述及江陵堤防肇事者，大体皆引此为据。你可以怀疑它，但难以推翻它。历史只能勉强接受这样一个事实，把桓温筑造的金堤作为荆江大堤和江陵人工堤防的一个开端。桓温堪称是"中国最风度特异的时代最风格特异的人"，怎么评价这个人与本文主题无关，但他率先筑起了荆州堤防，这是一个古代父母官"为官一任，造福一方"的德政，他也因筑金堤而名垂青史。一道金堤也的确筑得固若金汤，往事越千年，如今残存的金堤，还牢不可破地筑在长江江汉平原西段的北岸，如同岁月中最倔强的一种存在。睹物思人，一个人，一道堤，一直到现在依然被荆州的父老乡亲感念着，感念之余也有感叹，要是每个地方的官员都像桓温一样就好了。

荆州之险，实为荆江之险。但你看了也许会感到奇怪，这危险的河流，实在看不出危险性在哪里。是的，这是一种看不见的危险。它不同于上游那些峡谷险滩，张牙舞爪，穷凶极恶，那一副狰狞面目让你毛骨悚然，小心翼翼，高度警惕。你看眼前这条河，她是多么平静，又多么仁慈和宽厚，让你想到慈眉善目的母亲，哦，母亲河。然而在这平静的江面下正暗流汹涌。人道是，黄河面恶心善，长江面善心恶。黄河就很少有这样湍急的暗流。又看这江面，这可能是中国江河中最宽阔的江面，但真正能行船的航道十分狭窄，弯多，水急。凶险的不止有暗流与旋涡，还有夺命的流沙暗藏在水下，这些被船工称为"阎王沙"的流沙。这么说吧，遇到了暗流和旋涡你还可以挣扎一下，至少还有生还的可能，若是遭遇了流沙连挣扎的机会都不会给你留下，眼前一黑，瞬间就连船带人活埋在江底了。又由于河道曲折而流速缓慢，像黄河一样，大量的泥沙在这里淤积，致使荆江成了长江中游的一段"悬河"。每到洪期，洪水水位有时候会高出两岸十几米，一旦决口，荆楚大地、江汉平原和那个被称为九省通衢的大武汉，顷刻间，就会被遮天盖地的洪水所淹没。自从有了人类以来，不知有多少生命被这条河流吞没了。

当一条长江流经荆江北岸的湖北公安县境，有一个叫藕池口的地方，这是一个非常重要的分界线。古人就是以这里为界，把一条荆江分为上荆江和下荆江。上荆江为顺直微曲性河段，河汊众多，水流枝分，两岸多山冈和丘陵。相比于上荆江，下荆江河道尤为曲折，河曲横向摆动所达到的最大宽度达二十千米，为典型的蜿蜒型河道，"万里长江，险在荆江"，指的就是这一段了。下荆江两岸一马平川，奔腾而下的河流，一下进入了弯弯曲曲又十分平缓的河道，一下失去了落差，水突然不流了，像是流累了，全都拥堵在这里，又有湘、资、沅、澧四水在此遭遇，叠加，每到洪汛期，水位往往要高出内垸十多米。这才是荆江最大的危险，崩岸频繁，河势多变，对防洪、航运和农业生产都是极大的威胁。黄河是悬河，长江、洞庭湖其实也是悬河、悬湖。一条长河，到了这里，也是阴阳之际的界河啊！

事实上，我已进入了这危险的河流最危险的一段，这也是离我生命最近的河流，我的故乡，就在荆江和洞庭湖交汇处的一个水洼子里。在经历了漫长的跋涉后，回乡的感觉，被河流一路带着，有一种从未有过的真切。在中国的无数条河流中，我毫不掩饰我对长江的感情，我在她身上倾注的笔墨要超过中国所有的江河，这是一种与生俱来的感情，但一次次洪水留给我的记忆，又让我对她深怀恐惧，充满了敬畏。

历史亦如河流,但其流速似乎比河流更快。面对一条岁月长河,还是从离我们最近的一段历史说起吧。——解放了,新中国诞生了,满目疮痍而百废待兴。灾难,从一开始就考验着一个刚刚诞生的人民共和国,而洪水泛滥的长江几乎在第一时间就引起了新中国第一代领导人的高度关注。

谁也没有想到,就在新中国诞生后的第一个国庆日,刚刚参加了国庆大典的毛泽东、刘少奇、周恩来,就在这个特殊的日子里,安排同当时的中南局代理书记邓子恢谈荆江分洪。毛泽东摊开地图,像面临一场淮海大决战那样,撑着双臂,面对地图,却微闭着双目。这位身经百战的统帅,在面对时间、河流、水系、流域时,似乎并没有决胜的把握。在沉思良久之后,他才说:"当前国家要花钱的地方很多啊,财政相当紧张,但是,为了解除湖北人民的洪水威胁,国家再困难,也要干荆江分洪工程!"

就这样,荆江分洪成为共和国开国治江的第一大水利工程。它的重要设计意图是在湘、资、沅、澧四水同时涨水时,遏止长江洪水经虎渡河流入洞庭湖,在分洪时,可减少长江由四口流入洞庭湖的洪量,减少洪水对洞庭湖的威胁。利用长江中下游湖泊洼地,建设和安排荆江分洪区、大通湖蓄洪垦区、白潭湖和张渡湖蓄洪垦区等平原分蓄洪工程。同时,保证长江航运畅通。

我正朝它走近,太平口,旧称虎渡口,长江途经此口,分出一条支流转道南下,就是这条支脉沟通着长江与洞庭湖。虎渡一名,最早见于《后汉书》,岁月之幽深,可见一斑。虎渡口上有一座码头,至今尚存,相传为纪念当地一邵姓治水功臣,被称为邵家码头。太平口地处公安县埠河镇境内,正好处于长江中下游的荆江河段中部,荆江分洪工程的枢纽进洪闸就选在太平口。

1952年4月5日,这个日子好记,清明节,荆江分洪工程就在这个中国人祭祀祖先的传统节日里全线开工,太平口人山人海,山呼海啸。选在这个时间开工,是为了抢在长江汛期来临之前,建成荆江分洪第一期主体工程。在那个时代,新中国还一穷二白,没有大型施工设备,但有人,打的也是人海战术。参加荆江分洪工程的有十多万军人、十六万民工以及四万多技术工人和工程技术人员,为了打赢最艰难的攻坚战,从部队抽调了六个师,全都是战功赫赫、敢打敢拼的正规军。工程总指挥部由唐天际任总指挥,李先念任总政委,副总指挥有:王树声、许子威、林一山。除了林一山,几乎都是从红军时代过来的出生入死的战将,而共和国第一任水利部长傅作义也是身经百战的国民党将军——这是一个生死大决战的阵容。

1952年6月25日,荆江分洪工程总指挥部宣布:荆江分洪工程胜利完成!

这是中国人创造的又一世界性奇迹,在大型机械缺乏的时代,他们以75天的惊人速度建成荆江分洪第一期主体工程。

这意味着,在共和国诞生的两年之后,一条新的河流诞生了!

如今,整整六十年过去了。当我顺着江北的荆江大堤走向太平口,一路冷冷清清,很少看见人影。当年太平口街,也曾是一个热闹的小镇,杂货店、酒肆、肉铺、鱼摊、米店……几十家店铺一字排开,仅茶馆就有四家,街上车水马龙,贩夫走卒们经营着四方生意。从上游、下游来往的船只,行经此处大多停靠休整。每逢船只泊停,茶馆里的数十名纤夫便蜂拥而上,去寻觅买卖。那时候,长江奔流到此,太平口水流湍急,船只一不小心就从长江漂进了虎渡河,过往船只要雇请纤夫拉纤,那是又苦又累的苦力活。现在,这些纤夫有的还活着,但已是八十多岁的老汉了。我在北闸村寻访到一个姓刘的老汉,就是当年的纤夫,也是这工地上的民工。几乎所有的纤夫和村里的强壮汉子,都上了工地,没有谁强迫他们,也不是为了挣钱。一听说这工程修好了,这里就再也不会淹水了,每个人都争着抢着要上工地,连女人们也不甘落后,那时候还没有"铁姑娘"的说法,就叫妇女队。

那时,连简单的碎石设备也没有,全靠姑娘们的两只手。那样的劳动,是最原始的,也是最质朴的。一手锤子,一手石块,把锤子还原为铁,把石块还原为石头,再还原为细碎的小石子儿。叮叮叮,咚咚咚,这几乎成了她们生活中的唯一声音。痛。热。辣。没有比铁锤、石块更坚强的心,谁能坚持下来?逝水不绝,晨昏不绝,火花四溅,呼呼生风。一双双手,姑娘们的手,女人的手,还原为血,为骨,又还原为一层层的硬茧。她们就全凭一双手,以及手里的锤子,把一把把砸石头的锤子舞成了一团团火焰,创造了每天碎石

1.38立方米的最高纪录。每一粒这样的小石子儿,混合着女人的气味,青春的气味,生命的气味,被搅拌成混凝土,浇铸成一道道脊梁。

  我找到了一位当年参加碎石的妇女,一位老婆婆,皱褶里,六十年的尘埃依然厚积。她微笑着,这笑容里有疲倦,也有难以掩饰的悲伤。她告诉我,有很多参战的孕妇,一直到快要生产了也不肯下工地,把娃儿就生在了工地上……

  很多人,仿佛在寻找中复活了。谭银翠,还有人记得这个独臂老人吗?这个来自宜昌的女民工,要靠多硬的心肠,才能把婚期一推,再推?在一次推斗车抢运南闸急需的钢材时,她几天几夜没有休息,实在太累了,在藕池口工地下坡时,她感觉生命被异乎寻常地猛击了一下,她身后的一辆斗车把她撞倒在地上,又从她的左臂上轧过去。她在痛楚中昏死过去,醒来时,一条手臂不见了,从此,她一生就只有一条胳膊了。但她醒来的第一句话就是:"别把我送回家,我虽然失去了左臂但我还有右臂,我还可以出一份力啊。"——这就像电影,但比电影更真实。

  还记得那些战士吗?要说累和苦,第一是清淤。地老天荒的芦苇荡,潮湿、闷热,夜里搭上帐篷,一掀开被子,便有四五条蛇爬出来。还有那些阴森恐怖的鬼沼,深不可测。干这活的都是解放军战士和青壮民兵。他们跳进快要没顶的淤泥荡子里,每个人腰上,都必须用绳子捆上,把命运连在一起。露出来的只有脑袋和一双双高举着的手臂,把装满了淤泥的桶子,从头顶上传递过来。这就是中国最早的流水线,生命与血肉的流水线。很多当年参战的战士,都难以忘怀九天八夜在黄天湖清淤之战。时值雨季,从高空泼洒下来的雨水,倾泻着,打得脸生疼。为了赶在洪汛来临之前完成主体工程,只能这样连轴转。

  在一位叫布可夫的苏联水利专家眼里,这些青铜般的中国小个子战士,每人体内都有一台发动机,创造着不绝的生命能量。生命的极限一次次地被创造出来,从开始有三天四夜不上岸的,到最后有九天八夜不上岸的。为了不让自己睡着,必须喊叫,以澎湃的方式,像长江上的纤夫号子。这发自深渊的呐喊,是唯一可以让自己燃烧的方式。曾经和共产党多次交手的傅作义将军终于懂得了,什么才是真正的战士!只因为他们的存在,原来计划半个月完成的黄天湖清淤,结果只用了九天八夜,这为黄山头泄洪闸提前完工节省了四天时间。这是洪汛期来临之前的四天,时间就是生命的四天。这是人类以生命的极限创造的奇迹。

很多健在的老人也没有忘记那个叫布可夫的俄罗斯大个子,荆江的老百姓第一次看见老外,就是这些苏联专家。布可夫这位异常严厉的苏联专家,在1952年的3月和5月先后两次到工地勘察,直接参与了工程设计与施工。他身材高大,脾气也很大。中国,是多么落后啊,他粗暴地、愤怒地吼叫着,像个暴君。文盲,你们这些文盲!他每天这样骂骂咧咧的。他随时都会用他的皮卷尺丈量土石方,计算工程的进度,紧盯着江水上涨的速度。他不知道自己的鞋底已经被石块划破了,不知道自己的脚底在流血……

当淤泥被这样一点一点地清除掉,你才能看见战士们在九天八夜之后渐渐露出的胸脯、腰身、大腿、小腿和两只脚。当一个个生命重新露出来,你才会发现他们溃烂的伤疤,腰,屁股,裆,都烧起了泡,流淌着脓血,一个个就像生命的残骸。这是怎样坚忍的生命啊,连布可夫的那张俄罗斯脸庞,也布满了滚烫的泪水。啊,太惨了,太惨了,他感叹,上帝在天上看到这情景都想哭!

如今,这一个又一个名字就刻在太平口的那一座塔式方形碑上。在花岗岩构筑的底座上,是汉白玉镶嵌的浮雕,雕刻的是当年的民工和战士施工的场面,碑两侧分立着碧瓦红柱六角攒尖亭,亭内石碑上,刻着当年参战英模的名字。傍晚的太阳在大理石上耀眼地反光,照亮了密密匝匝的姓名,这成百上千的名字,每一个名字上都染上了火红的颜色,每一笔都刻画得那么遒劲、坚强而深刻,就像那些人一样。一晃,六十年了,我依然感觉有一片片热浪扑过来,仿佛,还能感觉到那个时代的速度和心跳……

只在此时,我才感到我很渺小,必须踮起脚尖,去仰望那一个个名字。多少年后,这碑石上镌刻着的很多名字,笔画已经磨损,需要仔细辨认。除了这碑石上铭刻着的,还有多少早已被遗忘了名字的人?三十多万大军,这模糊数字里的每一个人,都值得为他建一座纪念碑……

它并不巍峨,三层,高十余米,没有伟大的姿态。你不必仰望,站在荆江大堤上,它比你更低。水往低处流,而它矗立在离水最近的地方——江湾里——地势最低处。但它仿佛远远不止这样一个高度,抑或,它在永恒的时空中还有另外一个高度,一种我们无法估量的高度。

荆江分洪是新中国开国治江的第一大水利工程,也是一个经得住历史考验的工程,它的设计意图达到了。在1954年的特大洪水中,为了保住荆江大堤,保卫大武汉,政府不得不三次动用刚刚竣工的荆江分洪工程,荆江,沙市,武汉,水位迅速下降;1998年的长江特大洪水,又以实践检验真理的方式证明了这是一项治标与治本相结合的大型水利枢纽,也是平原水资源综合利用的典范工程。一个当年预计"可保用四十年,至少二十年"的水利工程,在经历了六十年的风雨沧桑之后,在举世瞩目的三峡水利枢纽工程兴建后,依然是长江中下游平原地区的重要水利枢纽,依然还在显示其强大的生命力。不说武汉,设若没有这样一个工程,中国至少会少了洞庭湖平原和江汉平原两大商品粮基地。而那时的水利技术还远不及今天,也没有大型机械施工,但工程质量过得硬,绝对不是今天那种豆腐渣工程。

就凭这一点,也应该为它竖起一座纪念碑。通过这座碑,你才知道那个时代给我们留下的千千万万的水利工程是怎么干出来的。

大河,倾泻着,偶尔,突然倒转……

太平口,世代祈愿太平的太平口,以前这样叫,现在还这样叫,但在1952年的夏天,人类终于把一个千年梦想叫成了一种永恒的现实。理解这样一座石碑,要多少年?半个世纪,一个花甲?还是,在更漫长的岁月,经历更多的轮回、转世?

偶尔,也会有人来这里站站,看一看江上的景色。有这样一个老人,每天都要来这里看看。如果哪天没有出现,你会觉得这纪念碑下少了点什么。后来,她就真的消失了。听说,她也是当年的一位碎石女工。现在,她们中间活着的,已经不多了。又听说,许多年后,那位叫布可夫的俄罗斯人还从遥远的伏尔加格勒写信来,想来这里看看,后来又没音信了,也许……这是不幸的猜测,哪怕活着,也该是八九十岁的老人了,也不可能回到他"战斗过的地方"了。但他一定会在自己人生的最后记忆里,把多少年前走过的路在心里再走上一遍……

然而,在一个成功的工程后面,紧接而来的却有那么多令人遗憾的工程。历史已经检验了荆江分洪的成功,也同样检验了荆江裁弯取直工程的成败,不敢说这是一个失败的工程,但至少是留下了太多的遗憾和后患。

大自然自有自己的是非曲直,但为了改善这九曲回肠的河道,人类先后于1967年、1969年在下荆江的中州子和上车湾实施了两处人工裁弯。还有沙滩子裁弯工程因故未能按计划及时实施,于1972年发生自然裁弯。河段裁弯取直之后,降低了裁弯工程以上两百多千米河段内的洪水位一米左右,扩大了河道泄量,也相应减少了藕池口、太平口等入洞庭湖的分流及分沙量,对荆江和洞庭湖区防洪都有利。在航运方面,三处裁弯共缩短航程近八十千米,并裁掉了阻碍主航道的四处浅滩。由于河势稳定,抑制了崩岸,保护了农田,并为河曲带农业发展创造了有利条件。应该说,下荆江裁弯在设计意图上是非常理想的,但必须看到,每一个水利工程都不是一个单纯的水利工程,它对江湖关系变化的影响是多方面的,也是变幻莫测的。你可以建造一个工程,却难以预测更难以把握它会带来怎样的后果。事实上,新中国许多留下了遗憾和后患的工程都是直奔主题而缺少举一反三的思量。荆江裁弯取直工程就是这样一个工程,它并未达到人类期望的化险为夷的效果,反而制造了更多的危险。下荆江裁弯加剧了荆江河道冲刷,由于裁弯段上冲下淤,抬高了分流河道口门的相对高程,导致三口分流分沙的减少和分流河道的淤积。其中藕池口距裁弯处近,受影响最大,裁弯是藕池河急剧淤积萎缩的主要原因,因此而减少了长江向洞庭湖分流,直接抬高了荆江监利段的水位,水位抬高也就意味着加大了荆江的防洪压力,而且一直祸及中下游。

——这也是一个工程留给人类的一个教训,无论你有多么美妙的设计意图,也一定要小心,小心遭遇大自然另一面的锋刃;又无论你怎样处心积虑,也奈何大自然的鬼斧神工不得。

五　历史是不能欺骗的

　　追溯这条河流的历史，几乎都是被淹没的记忆。

　　自有长江以来，洪水几乎是年年入汛后都有的。你甚至可以这样看，我们把长江比作母亲河，她也的确有着她母性的生命周期和规律。长江历史上发生的毁灭性大洪水在史籍中的记载，数不胜数，一次次洪水，一次次推波助澜，仿佛是为了把洪水推到一个史无前例的高潮。接下来，就是20世纪最大的洪水——1998年长江特大洪水。

　　我是这次特大洪水的见证者。那年正好是我三十六岁的本命年，我家又正好在洞庭湖的南湖湖滨，那种随时都可能在某个瞬间降临的灭顶之灾，让我有了一种深刻的生命体验。不只是恐惧，也不是一种濒死的感觉，而是人类在巨大灾难降临之前的一种难以名状的惆怅。现在想来，这种感觉真的很奇怪，或是人类残留的一种动物本能在起作用罢了。那也是我有生以来感觉最漫长的一段时间，我时常顶着倾盆大雨去湖边看水又涨了多高了。

　　极端反常的气候，是这场特大洪水的罪魁祸首。

　　与1954年的洪水不同的是，这次很多人都知道了两个洋名字：厄尔尼诺和拉尼娜。受厄尔尼诺和拉尼娜现象影响，这一年雨季提前到来。3月上旬湘江流域就开始普降暴雨，湘、资、沅、澧四水相继发生了特大洪水，率先涌入洞庭湖，在洞庭湖水位居高不下时，长江又出现超历史的特大洪水。大雨从开春后的3月上旬一直下到由夏入秋的8、9月份，持续时间之长，降雨强度之大，在历史上都是极其罕见的。暴雨中心一直稳定或重复出现在洞庭湖和长江中下游，荆江流域的大小堤垸、1000多千米的防洪大堤全部超过危险水位，三十多个骨干内湖全都超过了高控水位。暴雨一直狂泻不止，洞庭湖流域像一张漂浮在水中的地图。从6月底到9月初，湘、资、沅、澧四水的多次洪峰与长江出现的八次洪峰一次又一次地遭遇、叠加，以狂暴的方式形成洞庭湖的五次洪峰……

　　在我1998年的日记里，还保存着当时记录的五次洪峰的水位：从6月

26日早晨到29日深夜两点,江湖第一次洪峰叠加形成巨大流量,城陵矶水位从31米的防汛水位直接蹿升到33.08米,处于危险水位以上;7月6日凌晨四点,第一次洪峰逼近城陵矶,水位猛涨到34.52米,超危险水位1.52米;此后一直处于高危水位,到了7月27日下午五点,城陵矶出现第二次洪峰,水位又往上蹿了近一米,达到35.48米,超危险水位2.48米,超历史最高水位0.17米;这一破历史的纪录在短短的几天之后再次被刷新,到8月1日凌晨三点,城陵矶出现第三次洪峰,8月9日正午出现第四次洪峰,水位高达35.57米,超历史最高水位0.26米;8月20日下午四点,长江最大一次洪峰正好与澧水、沅水等南水洪峰相遇,叠加形成洞庭湖第五次洪峰,城陵矶水位达到35.94米,超危险水位近三米,超1954年最高水位1.39米,超历史最高水位0.63米。这样的超越,不同于寻常的涨水,洪水一旦越过了危险水位、保证水位之后,这样的超越就变成了极限超越。别说在危险水位上再上涨近三米的垂直高度,就是超过了一厘米、一毫米,也是一种生死危急的超越。而这高水位的持续时间之长,也是历史罕见的,城陵矶自6月29日超过危险水位到9月14日洪水缓慢退出,维持时间长达七十八天,超过34.55米的高危水位持续了四十五天,超过历史最高水位的时间长达二十九天……

在时过境迁之后,回想那一场已经远去十四年的洪水,我依然感到那是一个奇迹。这个奇迹,就是人类最终战胜了几乎不可能战胜的一场巨大灾难。奇迹中的奇迹是,面对洪水的巨大压力,人类一直没有采取分洪措施。

说到这个奇迹,又该说到危险的荆江了。长江防洪重点在中下游,又突出表现在中游,尤其是荆江。荆江的抗洪形势历来就是最险恶的,三百多千米荆江大堤,作为江汉平原和武汉防洪的重要屏障,是抗洪抢险的重中之重,险中之险。守卫荆江大堤的也是人民解放军精锐之师,空降兵某军一万五千多名官兵。这不但是硬仗,更是持久战,整整七十九个日日夜夜,不是风雨交加,就是烈日炎炎。

8月6日,荆江水位第一次超过分洪线。分,还是不分?从一开始,江泽民总书记就明确提出了"严防死守"和"三个确保":确保长江大堤安全、确保重要城市安全、确保人民生命安全。在这危急关头,江泽民又打电话给国务院副总理、国家防汛抗旱总指挥部总指挥温家宝,指示:在原来基础上再增派部队,宁可多一点。多一点有三条好处:一个可以锻炼部队,这是和平时期对部队一次很好的摔打和考验的机会;二是可以增强人民的勇气,老百姓一看解放军来了心里就有了底,增强人民严防死守、保住大堤的信心;三是可以密切军民关系,加深军民鱼水之情。于此可知,在中央最高决策层的战略方针里还有更深的意图。

严防死守,不溃一坝一垸!这是当年喊得最响亮的一句口号。

8月1日,这是人民军队诞生的日子,1998年8月1日,也是很多簰洲湾人一辈子也忘不了的最恐怖的一天。这晚八点钟左右,夜幕渐渐笼罩了一切,但大堤上依然灯火通明,夜晚的江风吹得一面面战旗猎猎飘扬,在战火硝烟中它们曾经插上敌人的阵地,如今,它们又插在了洪水的前面,插在了堤上。原来的大堤早已被洪水淹没了,他们的口号是,人在堤在,水长堤高。他们必须抢在每一次洪峰来临之前,用装满了沙石的编织袋垒起子堤。他们的迷彩服,肩膀上,手臂上,早已磨烂了,磨烂了的皮肉上伤痕累累。很难想象,许多战士才十八九岁,很多都是独生子女,在家里都是心肝宝贝,然而,一旦上了战场,个个都是铁打的英雄汉。誓与大堤共存亡!这不是一句口号,这是他们坚守的信念。

有这样的军队守护着大堤,垸内的老乡们也平添了一些安全感。但事实是,这民垸内有二十九个村庄和五万多名群众,在一场灭顶之灾降临之前,都没有转移出来。不是来不及,当地政府部门也不是没有在危急关头转移群众的预案,也许是觉得还没有到危急关头。但无论你怎样猜测,毕竟是人算不如天算,灾难的发生或许早已被历史注定。一开始,只是出现了一个管涌。管涌,这是在防汛大堤上用得最多的一个词,字典里居然找不到解释,也许根本就用不着解释,就是汛期堤坝出现像从小水管里流水一样的渗水。如果是清水,问题还不大,一旦出现含着泥沙的浑水,那就严重了。我家乡把这种现象叫"翻砂鼓水",很形象。江西人叫"泡泉"。管涌出现后,抗洪将士马上就紧急抢险,但一缕管涌眨眼间就冲开成了一道十米多宽的溃口,无论你怎样填土,压石,却止不住大出血般的洪水,十米,一百米,八百余米……天地间竟然有一种如此巨大的力量,可以在顷刻间将一道大堤撕开这样巨大的裂口,四亿多立方米的洪水以八米高的落差疯狂地扑向垸内……

不幸中的万幸,洪水袭来时,还不是太深的夜晚,很多老乡还没有睡觉。他们瞬间就被这突如其来的洪水惊呆了,而生存的本能让他们迅速反应过来,开始了他们扶老携幼、拖儿带女的大逃亡。但哪怕再快的速度,也赶不上洪水的速度。纵横决荡的洪水中,一个个垂死挣扎的生命,一会儿浮起来,一会儿沉下去。

水势越来越大。广州军区某舟桥旅某营和广州空军高炮五团某连,总共三百七十多名官兵,在湖北省军区政治部主任戴应忠少将率领下,赶去抢堵管涌,还在半路上,他们就与洪水遭遇了。咆哮的洪水劈头盖脸扑来,走在最前面的指挥车顷刻间就被淹没在滚滚浊浪中,很快又淹到了大卡车的车厢。这突然变化的形势,让抢险变成了抢救,抢救生命,戴应忠在洪水汹涌的声音中大声命令战士们,用铁锹捅破顶棚伪装网,会水的和不会水的结成对子,立即脱掉外衣和鞋子,就地抢险,不惜一切代价把群众救出来!

那些率先展开营救的官兵,在洪水中相互呼喊着同伴的名字,吹响救生圈上的哨子,把不少灾民与官兵都集结到一片小树林里,等待救援。身陷洪水之中的官兵们自我组织起来,抢救在洪水中挣扎的群众。

很多人记住了一个献出了生命的抗洪英雄,高建成,高炮五团某连指导员。在危急关头,他把救生衣让给了一个不会游泳的新战士,在洪流中继续指挥被洪水冲散的战士们自救互救,在连续救出八名群众和战士后,他却因体力不支被急流冲卷走了;还有一个活着的抗洪英雄,也让簰洲湾人不断提起,罗伟峰,一个普通的战士,他连续七次跳进洪水,把七名群众救上了大堤,当他第八次跳进洪水中时,被一位老大爷死死抱住了,动弹不得。危险之中,小罗抱住了一棵大树,使尽全身的力气,双腿紧紧夹住树干,让老人坐在自己的肩上。整整一夜,水涨一寸,他就将老人往上顶一寸,硬是用自己的肩膀顶着老人,一直坚持到天亮……

还有这样一个也许称不上英雄的小英雄,小江珊,这个凭着对生命的渴望在小树杈上坚持了整整一夜的小姑娘,被武警战士救起。营救小江珊的镜头,让全国亿万观众为之动容。正是通过这个镜头,全国上上下下都知道了一个以超生的方式降生的小女孩,知道了在洪水中挣扎的灾民们强烈的求生愿望……

在簰洲湾决口六天之后,8月7日中午,九江城防大堤4至5号闸发生决口。决口处由三米被急剧地撕裂到六十米左右,当时堤内堤外的水位落差超过七米,九江城区五十多万人民的生命财产危在旦夕。堵口!江泽民总书记要求不惜一切代价堵住决口。南京军区抗洪指挥部紧急调遣部队向决口地段集结,同时,在市区构筑第二道防线,坚决把洪水挡在城区外面!

就在解放军将士奋不顾身地同洪水搏击时,一个电话从中南海直接打到了江西省九江市防汛抗旱指挥部。当时值班的是常务副总指挥张华东,他抓起电话,就听到了朱镕基总理急切的声音。朱镕基语气强硬,又异常坚定:"一定要死守大堤,无论如何要把口子堵起来!如果人手不够,可直接打电话给国家防总,直接派解放军支援。"紧接着,朱镕基又问,"抢救人员要不要直升机,空投救生衣、橡皮舟?"张华东显然没有和总理直接对话的经验,他用另一只手擦了擦额头上的汗水,紧张地说:"这……要和省、市领导商量一下……"朱镕基几乎是冲着他喊道:"马上研究,要什么调什么!一定要保证人民生命安全!淹没的损失将来可以补回来,人死了就不能复生,所以一定要保护人民生命的安全,特别是东边的堤一定要保住,不再决口!"

打了电话,朱镕基还是不放心,两天后的下午,他便赶到九江。汽车在离决口最近的渡口停下来,但朱镕基没有走向迎候他的官员,而是钻进了附近几家小屋,探望、问候老百姓,然后才转身登上专门前来迎接他的快艇。风高浪急,一条快艇在风浪中剧烈地颠簸着。朱镕基神情冷峻,就在这颠簸的风浪中向九江市副市长、城区防汛总指挥吕明询问决口的情况,尤其是对人员的伤亡问得特别仔细,几乎是在盘问了。紧接着,他又不动声色地问起了防洪墙的问题。为什么这道防洪墙会突然决口?显然,总理已经知道什么了。吕明也不敢隐瞒,道出了实情:"这段堤是1966年修筑的,当时没有清基。1995年为了提高防洪标准,市里自筹资金在原来的土堤上增加了防洪墙。由于4月才动工，汛期快到了，工期紧，所以也没有清基。"朱镕基一听，立刻皱起眉头厉声问道："现在倒塌的墙里，有没有钢筋？有没有用竹筋代替钢筋的？这样的堤有多长？"吕明说："未发现竹筋。这一年建的防护墙有六千多米，每一段墙的具体情况，我不是很清楚。"朱镕基怒斥道："不是说固若金汤吗？谁知堤内竟然是豆腐渣！一些承包单位没有建筑资格，或是承揽项目太多，纷纷将项目转包出去，以致造成层层承包，层层剥皮，制造了一个个偷工减料、以次充好的豆腐渣工程。这样的工程要从根子查起，对负责设计、施工、监理的人员都要追查。人命关天，百年大计，千秋大业，竟然搞出这样的豆腐渣工程，王八蛋工程！腐败到这种程度，怎么得了？！"

一时间气氛非常紧张，谁也不敢吭声。稍缓，朱镕基感叹道："要实事求是，要对党和人民负责，历史是不能欺骗的！水灾之后，一定要进行整治，要高标准修好长江大堤。当然，国家也要拿钱，但是，一定要修好，要请专家监督，保证质量第一！"

历史是不能欺骗的！但许多年来，我一直有一个未解的疑问，如果当年主动分洪，是不是可以把损失减少到更小一些？这里面有复杂的价值换算问题，局部分洪的代价和全线抗洪的代价，生命的代价和蓄洪区人民财产的代价。但有一点可以肯定，如果在荆江分洪，长江中下游承受的洪水压力无疑会减小。而人类在坚拒主动分洪之后，也就只能接受被动分洪这个事实，溃堤，决口，淹没。

人类在洪水面前被逼得没有退路，只因洪水没有出路。

在洪水退却后，朱镕基兑现了自己的诺言。自1998年后的十多年间，国家投入五十多亿加固荆州堤防，按高标准全面整修和加固长江干堤，如果把整修加固的土石方垒成一米高、一米宽的围墙可绕地球四圈半，防洪标准从十年一遇，提高到了五十年一遇的标准。只是不知道，这里边有没有让他震怒的豆腐渣工程。

1999年，在查看我故乡的岳阳长江干堤时，看到遭受洪水侵蚀的大堤满身疮痍，朱镕基总理语重心长地说："三年后我再来看看你们大堤修得好不好。"

三年后,朱镕基如约来到了岳阳。很多老百姓也知道他怒斥豆腐渣工程的故事,他这次来岳阳,老百姓的说法是:"朱总理要来看看他拨下来的钱是不是用到了实处,是不是真的用在修堤上了。"事实似乎也验证了老百姓的道听途说。朱镕基一到长江干堤岳阳段后,便下车行走,一路上,他目光炯炯地看着,眼前这一道加固了的长江干堤,蜿蜒如同一道高大而又厚实的长城,堤面宽达八米至十二米,堤顶高程超过历史最高水位两米,堤坡由预制的水泥板块铺砌,在阳光的照耀下,看上去严丝合缝,坚如磐石。看到这里,一向不苟言笑、从不轻易赞人的朱镕基也不禁连连赞赏了:"湖南的大堤修得好!"吃中饭时,他还特意指着桌上的一盘湖南人爱吃的豆腐脑,对陪同的地方官们幽默又意味深长地说:"我喜欢吃你们的豆腐脑,不喜欢吃豆腐渣,这次你们没有让我在长江大堤上吃到豆腐渣,我很高兴。"

事实上,这长高长大了的长江干堤在特大洪水面前已初显威力。1999年,洞庭湖、长江流域再起高洪。7月23日,城陵矶水位超过了1954、1996年的最高水位,还一度出现了直逼1998年的高水位。由于堤防标准提高,这一年基本上是在有惊无险中度汛的。这给荆江南岸、洞庭湖畔的岳阳人带来了从未有过的安全感。

这十足的安全感,不仅是加高加大了的堤坝,还有三峡大坝逐渐显示出来的威力。

我在前文提到,按照三峡的建设要求,首先是有效控制长江上游洪水,起到防洪作用,其次才是在发电、航运等方面发挥效益。三峡工程的设计防洪标准是:千年设防,万年校核。能抵御1998年那样的百年一遇洪水,当洪水到来时能够拦蓄住洪水,而不用启用下游的分洪区分洪;大坝设计行洪能力是千年一遇,特大洪水到来时在下游荆江分洪区配合下确保武汉及下游平原不被淹;当万年一遇罕见大洪水到来时,确保三峡不溃坝。

那么,这个效果又如何呢?许多人都在拭目以待。

自2003年6月,三峡下闸蓄水至今,尚未接受过洪水的考验。直至2010年7月11日,三峡大坝迎来入汛以来首次洪峰,最大流量达38500立方米/秒。19日,三峡泄洪首次突破40000立方米/秒,而此时,三峡入库流量则首次超过了70000立方米/秒。三峡建成以来最大的一次洪峰抵达宜昌。这座大坝的防洪能力顷刻间被洪水推到了时代的高处。从上游翻腾而下的滚滚洪水,如何被三峡大坝高高托起,轻轻放下,成为万众视线的焦点。而在此之前,人们对于大坝的防洪能力已经有过广泛的关注。有人摘出了从2003年至2010年的四条新闻,前三条标题分别为:三峡大坝可以抵挡万年一遇洪水;三峡大坝今年起可防千年一遇洪水;三峡大坝可抵御百年一遇特大洪水。最后一条,让人看了十分沮丧:三峡蓄洪能力有限,勿把希望全寄托在三峡大坝上。

十二小时后,洪峰顺利通过荆州沙市,荆州大堤安然渡险,这与1998年形成鲜明的对比。人们都说,有三峡大坝,我们一点也不担心。荆江南岸洞庭湖畔的岳阳人却没有掉以轻心。7月17日中午,城陵矶水位刚好涨至32.5米,这是2007年以来城陵矶水位首次涨至警戒水位。据湖南省水文局分析,城陵矶水位涨到这个高度,主要是四水特别是沅水、澧水洪峰入湖所致。为防御长江上游来水,7月15日起,三峡加大了下泄流量为自己减压,在三峡水库加大下泄流量的情况下,长江三口入湖流量加大,洞庭湖城陵矶水位上涨到33.24米,超过危险水位。洞庭湖区拉响防汛警报,岳阳市紧急动员五万多干群坚守一线防洪大堤,随时准备防大汛打大仗。但这次洪水上涨的时间很短,洪水来也匆匆,去也匆匆,一天之后城陵矶便退出危险水位,到7月21日,城陵矶又退到了警戒水位以下。于是,岳阳人也像荆州人一样,几乎说出了同样的话,有三峡大坝,我们一点也不担心。

在举国上下的关注下,洪水一路经过荆州、岳阳、武汉,然后变成了强弩之末,整个长江中下游虚惊一场。

事实检验了三峡!时任三峡集团董事长的曹广晶面对众多的媒体长长地舒了口气。应该说,在防洪这一核心效益方面,三峡大坝还真是像他们承诺的一样"能高高托起,又轻轻放下"。事实上,三峡集团也希望通过此次调蓄的机会在世人面前展示出三峡非凡的防洪能力。而对于按照抵御千年一遇洪水而设计的三峡来说,人们其实并没有那么高的期待。一千年太遥远,对于人生不满百的人类那已经是奢望了,眼前的事实,已足以让包括我在内的长江儿女们心服口服了,三峡工程在防洪上发挥的效益是一个无可争辩的事实。然而,就在我们对三峡充满了真诚的感恩之心时,长江中下游的另一种灾难又接连降临⋯⋯

六　湘江,谁为你哭泣

荆江是长江干流最危险的一段,危险的不只是荆江,还有三湘四水。湘江、资江、沅江、澧水是湖南的四大河流,也是荆江南岸的四大支流,这四水的水量超过长江总水量的五分之一。每到汛期,荆江之所以能掀起一次次狂涛巨澜,除了上游来水,就是这三湘四水在推波助澜。

三湘四水,首推湘江。湘江是湖南最大的河流,也是荆江南岸最大的一条支流,六千万湖湘儿女,有四千多万生活在湘江流域。这是由三湘——潇湘、蒸湘、漓湘等纷繁水系交汇而成的一条大河,这也是湖南一地被人们称为三湘大地的原因——它是根据湘江的三个重要源头命名的。说起来,湘江干流其实并不长,仅有八百余千米,但流域面积近十万平方千米,约占湖南全省面积的一半,尤其令人惊叹的还是她的水量,在沿途接纳了潇水、春陵水、耒水、洣水、蒸水、涟水等一千多条大小支流后,湘江水势已变得如此雄浑浩荡。20世纪90年代初,我曾经干过一件很疯狂的事——徒步穿越湘江,从湘江口一直走到了一条河流的尽头。无论是谁,一旦走近这条河,都能感觉她的流量之大,湘人王闿运曾出此狂言:"大江东去,无非湘水余波。"

这句话其实并非狂言,湘江水注入洞庭,汇入长江,多年平均入湖水量为七百多亿立方米,这一水量超过了中国七大江河水系中的黄河、淮河、海河和辽河等四大水系,和流量位居第三的松花江不相上下。这么说吧,如果她不是长江的一条支流,而是一条独立的河流,在中国七大江河中至少是名列第四的大河。而一条支流拥有如此之大的水量,足以让它在长江中游扮演举足轻重、推波助澜的角色。

当走近这条大河的一刹那,你总忍不住要多看她几眼。

当你凝视她的那一刻,眼前已闪过无数浪花。

2011年夏天,我从长江上游一路走来,穿荆江,过洞庭,然后,几乎是下意识地转身,奔向了湘江。若要看清楚荆江、洞庭湖和长江中下游的历史与现状,湘江是一个撇不开的事实。若是撇开了,我甚至无法对接下来的内容进行叙述,有很重要的一部分内容将被抽空,没有来由了。

先从这条河的水资源说起,一个河流拥有如此丰富的水资源,自然会激发人类开发的热情,想不动心都不行。连一向敦厚沉稳的华国锋也怦然动心了。湘江孕育了一代伟人毛泽东,在那个时代,湖湘儿女对这条河流倾注的感情有多深,是现在的年轻人难以理解的。而在那个时代,一个与农业生产和水利建设有着密切关系的名字也是很难绕开的——华国锋。湘江流域一系列水利工程的大手笔,如著名的韶山灌区、欧阳海灌区、东江水电站,还有数以百计的大中型水利工程,大都是在华国锋主政湖南时干出来的,又大多是在毛泽东时代干出来的。

这第一个大手笔,就是韶山灌区。

一首湘中民歌:"高山顶上修条河,河水哗哗笑山坡。昔日在你脚下走,今日从你头上过……"这首民歌,曾在三湘大地广为传唱,歌唱的是湖南省最大引水灌溉区——韶山灌区,这一工程的策划者与指挥者就是华国锋。华国锋时任中共湖南省委书记处书记兼中共湘潭地委书记。这里是湘中红色丘陵盆地的一部分,守着一条水势汹涌的湘江和湘江中游一大支流涟水河,这里人却世世代代喊渴,缺的其实不是水,而是引水的灌渠。1965年7月1日,酝酿了多年的韶山灌区工程终于开工了,华国锋担任工程总指挥。经过十万民工将近十个月的日夜奋战,这一浩大的水利工程竣工了。

我在此仰望。这是一座从头到尾都必须仰望的工程。整个工程大体由洋潭水库、总干渠和左干渠三部分组成。洋潭水库位于湘江左岸支流涟水河中游,利用湘乡和双峰县境内的一道天然峡谷作为进水口,从而成了韶山灌区的蓄水、引水枢纽。一条长达两百多千米的干渠,从这里出发,蜿蜒穿行于苍山之中,被人们誉为"韶山银河"。它也的确宛如一条天上的银河,这是异常艰险的穿越,沿途穿过一条条隧洞、渡槽、桥梁,这也是工程最艰险的部分。仰望着一条银河,从山的这边忽然消失,又从山的那边哗哗涌现,让人倍感神奇。我知道,最神奇的还是那个时代的人,他们又是靠怎样的力量和智慧,在难以逾越的山岳之间打通了一条人间的天河?

能够解开这个疑团的,还是那些过来人。湘乡市山枣镇的吴天根老人,就是当年的十万民工之一。这七十多岁的老汉,当年还是一个三十出头的壮实汉子,如今已苍老得连眼窝也凹陷下去了。他们的工地,在洙津渡,这也是山枣镇一个古老的渡口,韶山灌区北干渠的第一座渡槽就建在这里。这也是整个韶山灌区气势最宏伟的一座渡槽。老人把我带到这里,夏日的阳光异常强烈,老汉头上的草帽已经晒成了焦黄色,裂开了。我也是满脸流汗,汗水模糊了眼睛,模糊着,看见一个当年的民工指着一座巍峨的渡槽,诉说着当年施工的艰辛和苦难,一段模糊的岁月又渐渐变得清晰起来。比这老汉难懂的湘中土话更清楚的,是逐渐变得清晰的目光。这渡槽长约一里,一部分槽身用"A"字形支架,还有一部分为六孔桥拱式支架,最大的一个跨河拱梁有三十多米宽,比桥底下的河流还宽。在那年头要建起这样一道拱梁,只能说是奇迹了。在韶山灌区工程管理局,听了袁建明局长的一番讲解,我才知道,这渡槽,当年是采取大型预制吊装与装配式相结合的办法建成的。那时候,这已经是最先进的施工技术了,韶山灌区也因此是一个样板工程。这里的许多技术创新,为后来的水利工程,尤其是跨河桥梁、渡槽的施工提供了经验,哪怕到了现在,仍然在广泛运用。这让我感到惊奇,也改变了我长久以来的一个观念,我总觉得那个时代的大型水利工程都是靠下死力气干出来的,没想到一个四十多年前的工程还有这样高的技术含量。这渡槽的名字有点奇怪,叫"吃涟灌万顷",这是国务院原副总理谭震林命名的。但只要到这里来看过了,你就不觉得有什么奇怪了,感觉很形象,很真切。这渡槽,就像一条腾云驾雾的长龙,把涟水吃进去,又吐出来,灌溉着万顷良田。当年的湘中山区,不但缺水,更缺电。在这渡槽的进出口处,还建有一座水电站——洙津渡电站,年平均发电量近两千万度,就是这强大的电流把湘中山区变成了不夜的山村。还没走到这座水电站,我就感到了它的气势,那发电的尾水以倾泻的方式飞入涟水,形成一道气势磅礴的飞瀑,又与渡槽不远处的一座被前人誉为"楚南大观"的万福桥遥相呼应。当水珠飞溅到我身上,在这酷暑的烈日之下,我终于感到了一丝清凉。

韶山灌区不仅是一个大型综合水利工程,如今也是湘中著名的水利风景区。人们大致总结出灌区十大工程景观,这个"吃涟灌万顷"的渡槽只是其中一景,还有高坝平湖——水府庙水库、洋潭飞渡、三湘分流、云湖天河、韶山银河、楠竹长虹、石牛横渡、红星飞渡等叹为观止的景观,若要一一描述出来可以写一本书了。我只能选择放弃,但有的工程又是我无法舍弃的,如"三湘分流"。沿北干渠,一路翻山越岭走到湘乡芦塘寺水库前边,忽然听见头顶上传来汩汩的流水声。仰头一看,又是一座凌空而驾的大渡槽,这是一座向灌区四周分流的渡槽,一条船正在我的头顶上经过。看来,当年人们在修渡槽时,不只是考虑到了农田灌溉,还考虑到了航运。这渡槽里竟然可以行驶载重二十吨的木船,在湘中的支流水系上,这已经是大船了。这里不但可以行船,在渡槽出口,还有一个利用大山塘改造而成的船坞,可停船舶。这里,也是韶山灌区管理局所在地。走到这里,真是由衷地羡慕他们,以至感慨。当年修了这么一个艰巨而浩大的工程,这里的自然生态竟然看不出丝毫的破坏,或是当年保护得好,或是后来恢复得好。眼前,这一曲青山,一道流水,一阵阵清风从绿树的清幽之中吹来。所谓风水,这就是最好的风水了,谁不爱这清风与流水呢?我沉浸在风水中,都有点舍不得走了。

云湖天河是韶山灌渠右干渠上的第六座渡槽,这条全长近一里的渡槽,当年只花了七十多天时间就顺利建成了。它一跨公路,二跨铁路,这座渡槽的设计意图之一,就是不能因重点水利工程的建设而改变当时的交通格局。建成之后,它也成了一道奇特的景观,有一首民歌这样描述:"一条天河落人间,飞渡云湖两岸边。汽车火车水下过,空中能游十吨船。"这渡槽上也有行人道。我气喘吁吁地爬上渡槽,忽然有如神人一般的飘然之感,云在头上飘,人在空中游,还真像是在云湖天河中遨游。看这云湖天河之下,又是一片如同油画般的田园景色。这也是华国锋的得意之作,他亲自为渡槽题写了四个颜体大字"云湖天河",如今还刻在引水渡槽与湘潭至韶山公路的立体交汇处的槽身上。后来,华国锋几次回湘潭,他都要来这里看一看,又无论人生坎坷宦海沉浮,都心系民生之多艰。

穿行于灌区,还有众多如同血管脉络的支渠、斗渠、毛渠。整个灌区工程,横贯湘中的双峰、湘乡、湘潭、宁乡、望城等县市,把涟水、涓水、靳水、紫云河等湘中四水流域连接在一起。灌区面积达两千多平方千米,把近七万公顷一百多万亩长期处于干旱状态的田地变成了旱涝保收的良田。特别值得称道的是,这规模宏大的工程,不但没有减少田地,还新造了近七千亩农田。

应该说,这是毛泽东时代留下的一个经典的水利工程,也是一个当年设计、当年建成、当年受益的综合水利工程。这也是华国锋一生中的一个壮举。之所以这样说,是对历史事实的尊重。这个工程,在华国锋之前的几任省委主要负责人都因种种顾虑而一直未能做到,是华国锋把它变成了现实。这既是十万湘中儿女用血汗铸就的一座水利史上的丰碑,也是华国锋人生历程上的一座里程碑。当年,华国锋也因为主持修建了这一民生水利工程而得到了毛泽东的赏识,这也是华国锋在"文革"初期被打倒又被毛泽东钦点复出并委以重任的原因之一。在毛泽东眼里,这个厚重少文的年轻人,是一个政治上靠得住又相当稳重踏实的实干家。

华国锋一生说得最多的一句话是"贵在鼓劲",但他也一直强调"科学精神"。与同时代许多盲目上马的工程相比,韶山灌区经受住了历史的严峻考验。如今,四十多年过去了,它依然是湖南省最大的引水灌溉工程,也是一座以灌溉为主,兼具发电、防洪排涝、航运、工矿城镇供水、养殖等综合功能的大型水利工程,来这里参观的人无不交口称赞、打心眼里佩服。

1970年7月,继韶山灌区之后,湘江流域又一个大型水利工程——欧阳海灌区开工了,华国锋担任总指挥长。这一个水利枢纽工程,位于湘南桂阳县境内,以拦截湘江上游支流舂陵江而成。说到舂陵江,还有一则趣事。当时,华国锋已是主政三湘的湖南省委第一书记,他在向毛泽东汇报欧阳海灌区工程时,在报告中把"舂陵江"写成"春陵江"。毛泽东一下看出问题了,对他说:"小华,你搞错了,把'舂陵江'写成'春陵江',这个'春'字下面的'日'字是开了口的。舂陵江发源于九嶷山,最后汇入湘江。"这一字之误让忠厚的华国锋禁不住脸红了,不过,虽然挨了批评,但毛泽东还是非常支持建设欧阳海灌区,而毛主席渊博的知识、惊人的记忆力,以及对三湘四水的了如指掌,更让华国锋钦佩不已。尤其让华国锋感动的是,毛泽东指出了他的一字之误后,还饶有兴致地给他讲起了春陵江的典故——相传,春陵是一个古人的名字,他在这一带一直为人民做好事,后代人为了纪念他,把这条河改名为春陵江。

在文化造诣极深的毛泽东面前,厚重少文的华国锋从不多言。但毛泽东引用这个典故的寓意,他一下就听懂了,他激动不已,伟大领袖毛主席就把他比作那个一直为人民做好事的春陵啊!

在桂阳县,古有春陵,今有欧阳海,都是为人民做好事的。欧阳海灌区原名湖溪桥水库,就是为纪念爱民模范欧阳海而更名的。桂阳县是欧阳海的故乡,这位年轻战士在列车风驰电掣而来的铁轨上,舍身推战马,勇救人民生命财产,演绎了感动一个时代的英雄壮举,也实践了自己的人生信仰:"如果需要为共产主义的理想而牺牲,我们每一个人,都应该也可以做到脸不变色心不跳。"作为总指挥长的华国锋,显然也希望每个参与这次水利大会战的指战员,都能以欧阳海精神来鼓舞和激励自己。

按设计规划,这是一个以防洪灌溉为主的水利枢纽工程,兼有发电、航运等功能,在丰水年份,主要靠水力发电来维持整个库区工作正常运转。一副蓝图上描绘出的主要建筑物有混凝土双曲拱坝、下游砌石二道拱坝、左右干渠渠首建筑物、斜面升船机、电站厂房和引水系统等,水库采用坝体开大孔口泄洪。那个时代,有太多的政治运动,谁要想为老百姓干点事实就会被扣上"唯生产力论"的修正主义大帽子。哪怕像华国锋这样被毛泽东信任的人,也时常会遭受冲击。华国锋最担心的事情很快发生了,工程一上马,就有一些人起来造反,这对工程建设干扰很大,也让施工进度时常受阻。整整四年,华国锋在为这个工程呕心沥血的同时,也顶住了一次次政治运动对工程建设的冲击,历经一千多个日日夜夜的奋战,欧阳海水利枢纽工程终于全面竣工了。实践证明,所有的设计意图都实现了,甚至比当初的设计还要好。这一工程除了发电,更重要的是一举解决了郴州、衡阳这两个湘南地区的水旱威胁。这也是华国锋"抓革命,促生产"的又一杰作。

回顾一下,从南下一直到上调中央之前,华国锋数十年来一直在湖南工作,他也把湖南视为他的第二故乡。湖南是一个农业大省,华国锋长时间主管农村工作,无论风云如何变幻,他一直在不遗余力地抓生产。别的不说,只说他在湖南工作期间兴修的大型水利工程,除了韶山灌区、欧阳海灌区,还有洞庭湖排涝工程、东江水库、涔天河水库、风滩水库、柘溪水库等。若以平常心看华国锋在三湘四水修建的这些大型水利工程,尽管也有这样那样的一些问题,但你会发现,那个时代,湖南人很少在湘资沅澧等干流上大兴土木。尽管这些干流也只是长江的支流,但那时湖南人选择的都是支流的支流,韶山灌区是在湘江左岸支流涟水中游修建的,欧阳海灌区是在湘江上游支流春陵江上修建的,东江水库是在湘江上游支流耒水上修建的,涔天河水库是在湘江上游支流潇水的支流涔天河修建的,风滩水库是在沅江支流酉水上修建的,只有柘溪水库是修建在资江中游干流上,而资江也是长江一条比较小的支流,根本就不能跟湘江、沅江等干流相比。

选择支流,尤其是上游支流修建水利工程,比在大江大河的干流上拦河筑坝、层层拦截,其实更接近真正的水利意义:一是上游多峡谷,地势窄,而水能丰富,比较适宜修建,投入也比较少;二是上游人口和农田都比较少,可以最大限度地减少移民以及库区对农田的淹没,而这些贫瘠的大山沟原本就不适宜人类居住,移民甚至可以直接改变这里人的命运;尤其重要的是,此举可以最大限度地减少人类对自然环境和自然河流的破坏,可以让干流保持畅通无阻,也最大限度地减少了对流域内生态的影响。——这些好处是一望便知的,只要你愿意走到这大山深处来看看。一个事实,我采访过的很多有良知而不同流俗的水利专家,也更倾向于在河流上游尤其是支流上修建水利工程。这样的工程也许不能与三峡工程这样的巨无霸相比,但集腋成裘、以小搏大,其综合效益并不比在干流上修建大坝差。一个最明显不过的例子,在长江上游干流金沙江上修建的两座水电站——洛溪渡和向家坝,其发电能力加在一起就超过了三峡。

用现在的眼光看,华国锋那时候也许并没有这样高瞻远瞩的眼光,他也不是水利专家,但他在湖南期间又确实没有在湘江、沅江等干流上大兴土木,更不说在长江上大动干戈了。从权力的巅峰上退下来后,华国锋还时常来湖南走走,也有很多湖南人时常去北京看望他,很多湖南人对华老是充满了真挚感情的。华老也时常和他们谈起三湘四水的水利建设,其中不乏经历了岁月沉淀后的反思。说到自己在湖南建设的水利工程,华老对韶山灌区最满意,连说了三个好字:规划设计好,工程建设质量好,经济效益好。而对欧阳海灌区工程,他觉得还不尽如人意,还可以干得更好,特别是灌区配套工程,就远不如韶山灌区。从一个老人对自己过于严厉的反思中,也能看出他对水利工程的严谨和精益求精。其实,欧阳海灌区工程也是一个禁得住历史考验的工程,先后获得国家优秀设计奖和湖南省科技大会奖,1982年又荣获国家优质工程银质奖。——这个迟来的奖项可以说是现实对历史的追认,在毛泽东时代,大多数水利工程都是在狂热之中仓促上马的,像这样禁得住历史考验的优质工程实在不多。如今,数十年过去了,欧阳海灌区工程的年发电量不但没有减退,还超过了原来的设计能力,水库蓄水正常,一直是解决耒阳、常宁、衡阳三县市农田灌溉的骨干工程。

眼见为实。当我从2011年的酷热与干渴中一路走来,沿途看到的都是干裂的土地,但走进韶山灌区和欧阳海灌区,这里的稻田一片葱绿,哪怕走到水田边上,也看不到丝毫干旱的痕迹,这里有的稻田还养了鱼,稻子长得好,鱼也游得欢。这大片稻田的边上,就有一条水渠,一渠哗哗流淌的清水,那水真清啊。几个村民和小孩正在水渠里游泳。这一路上我看见了太多干得冒烟的渠道,乍然看见这碧波荡漾的渠水,两眼一下清亮了。我扒下一身被汗水湿透了的衣裤,跳下水,也和他们畅快地游在了一起,一边游,一边打听,这水是从哪儿流过来的?我的猜测没错,这水正是从欧阳海水库流来的。一个和我年岁相仿的农民说:"欧阳海灌区在今年大旱中还发挥了大作用,可毛爹爹去世了就没有人搞水利了。"这话我听了不知多少遍了,几乎所有从那个时代走过来的农民都像同一个人,都在说着同样的话。

在接下来的采访中,我更清楚了,也更感动了。2011年衡阳、郴州等湘江上游地区也遭受了严重的旱情,自开春以来一直持续高温少雨。欧阳海水库于6月22日开始限制发电,一个月后,又完全停止发电,这一切就是为了全面保证辖区内人民生活及灌溉用水。全面保证!这话让我心里一震,如今很少有人敢这样拍着胸脯说话了。说这话的是欧阳海灌区管理局供水公司一位姓杨的副经理。我问他,那么现在欧阳海水库里还有多少水呢?他随口就报出了两个让我放心的数据:"现在水库总储量在1.7亿立方左右,每天灌溉放水量在390万立方左右,进水出水还基本维持平衡。"

我一边在心里默算,一边想,这真是奇迹了,在这样的大旱灾中,还能保持这样一种平衡。而为了保证这个平衡,首先就要做出牺牲,由于停止发电,灌区每天47万元的收入没有了不说,还由水库出资从电网倒购电来供应水库周边四个乡镇的用电,这样一笔账算下来,水库每天要亏损14.7万元,如果加上停止发电的损失,欧阳海水库每天至少损失55万元。这笔账算得很仔细,但我采访过的每一个水库工作人员都毫无怨言,他们要对得住欧阳海这个名字,也要对得住当年为修建这个水库而流血流汗的老百姓,没有他们就没有这个水库。这些水库管理者非常清醒,他们只是这水库的管理者,而不是这里的主人,全面保证,是他们的承诺,也是当年修建这个水库的第一使命,确保粮食丰收。而从水库的管理方式看,也非常科学,他们一直严密监控测报系统以及气象台的数据,及早判断出旱情的来临,并于6月13日冷静地做出增加蓄水量的决定,这也给2011年的抗旱工作赢得了更多的水源。同时,他们又根据气象分析,对旱情雨情做出短期、中期、长期发展趋势的分析判断,更加科学地调度灌溉水的放闸量。

告别时,他们再次表示:"无论怎样,我们都会支持抗旱到最后时刻。"

真的,我很感动。如今,还有多少水库能像欧阳海水库一样,能够把一种精神坚持到最后时刻?或许,河流尚未干涸,精神就已经干涸了。

还有一个老人,也把一种牵挂坚持到了最后,又该说到华国锋了。

除了这些大型水利水电工程,华国锋也一直非常重视小水电建设。如今,湖南小水电装机已超过了二百万千瓦,接近全省发电装机容量的三分之一,但一些国字号的大电网和地方小水电的关系不协调。华国锋在迟暮岁月看到了这样一个材料,有个县大电网和小水电的矛盾还引发了群众性闹事,这让华老非常牵挂。他觉得,大电网不应该以大压小,而是应该扶助和支持小水电的发展。——这也许是一个迟暮老人最后的牵挂。

华国锋牵挂着湖南,湖南人也牵挂着他。无论华国锋本人如何大起大落,这个人一直都被湖湘儿女深深地铭记着,感念着。为官一任,造福一方,像华国锋这样能为一个地方造福的"官",也是值得铭记的。他也许称不上是满腹韬略的政治家,但绝对是一个实干家;他也许够不上伟大,却实实在在称得上"人民公仆"。对于他,这个词语其实是不需要打引号的。在华国锋逝世后,许多上一辈的湖南人,有的就是我的邻居,我的亲人,都自发地在家里设了灵位来祭奠他,在他的遗像前默默流泪,或伤心地哭泣。而他主持修建的洞庭湖排涝、韶山灌区等大型水利工程也郑重地写入了他的悼词,我不知道,有多少水利工程能最终被写入一个人的悼词,又有多少人主持兴修的水利工程能够最终盖棺论定?

唯愿,这不是人类对水利的悼词。

如果华国锋还健在,看到眼前这条湘江,他的双眼会不会干枯?

湘江北去,一路浩浩荡荡地奔向洞庭湖,奔向长江,然而此时,她正在我眼皮底下干涸、萎缩,直至枯竭。一路上看见,湘江的裸露河床越来越大,在骄阳下都已干得冒烟。这直观的描述,有湖南省水利部门水情分析佐证,湘江已处在六十年来历史同期最低水位。

有人这样形容:如今的湘江已是一条"轻飘飘的河流"。

这条轻飘飘的河流,暂时解除了人类被淹没的危险,却已变得危机四伏。许多被掩盖在水下的事物,譬如那些直通湘江的大大小小的排污口,现在都彻底地暴露出来了,走不多远,我就会嗅到一股恶臭味,就知道又将遭遇一个排污口。越是干旱,污染越是严重,那江底里剩下的最后一滴水,绝对不是人类的眼泪,而是毒药。

湘江的污染由来已久,曾几何时,这条"轻飘飘的河流",又因严重的重金属污染而被称为一条"沉重的河流"。

无论是谁,沿着湘江走一遍就知道,从湘南到湘北,从郴州到岳阳,数以千计的大中型工矿企业林立在干支流两岸。在任何一种版本的中国地理教科书上，湖南都被称为"有色金属之乡"，甚至还被誉为全球极具盛名的"有色金属之乡"。湖南有十种常用有色金属产品产量居全国前三位，其中铅、锌、锑产量均居全国首位，湖南人倍感自豪。然而，这些有色金属基本上可以置换的是另一个让现代人诚惶诚恐的名字：重金属。

株洲霞湾，一个美丽得让人心仪的名字，但已经很少有人知道这个名字的来历。只有这里的一些老人还依稀记得，早先的霞湾港很清澈、霞湾街很热闹、霞湾村很美丽。那是解放初期，霞湾港舟楫往来，霞湾街就这样应运而生了。三十多家商铺面邻湘江一字排开，吆喝声、铁匠铺铿锵错落的打铁声不断，空气中弥漫着鲜甜的豆腐味。如今，从株洲湘江大桥望去，位于株洲清水塘工业区的霞湾港烟囱林立，天地灰蒙蒙一片，当年的水湾甚至连四周的池塘都早已被推土机填平了。老辈们说："这里原有二十三口清水塘，如今只剩一口臭水塘。"走到这里，不见清水，只见一堆堆堆积如山的原材料和工业垃圾。为什么都愿意在这里开厂呢？连傻子也知道，就因为这里有一条湘江，不愁没有水，也不愁排不了污水。从这里一路流向湘潭、长沙、洞庭湖、长江中下游的湘江水，其实根本就不用环保部门来监测，这水怎么样，连瞎子也看得见。走到湘江边上，裸露的红色泥土上遍布着死鱼，这里的田地也是一片荒芜了，杂草丛生。不怪这里的农人懒，一个村民说，从巨大烟囱排出的废气，在空中旋转打滚，遮天蔽日，还有带腐蚀性的浮渣掉落在村庄里，落在脸上滚烫滚烫的。一个农人也许不知道啥叫重金属，"镉"又是个什么东西，但他们知道，这里的水不能吃不能用也不能种庄稼，就是种了自己也不敢吃，卖了也是害人，这种昧良心损阳寿的事情他们不能干。一个村干部说，村里两千多亩田地大多污染了抛荒了，村里的青壮年大都只能靠打工为生，就是打工也不愿在这里打，宁可背井离乡去外地打。

2006年新年伊始，一个危机事件突然发生了：湘江镉污染事件！

1月7日，湘潭市环保局对污染源区域被污染的水塘采样监测，积水的镉浓度超标四十倍，有的水域甚至高达二百多倍以上。

也就是从这个事件开始，很多湖南人第一次知道了世界上还有一种叫

"镉"的致命金属。我也是通过这个事件，才大致搞清楚了这东西到底是个啥玩意儿。——镉，它和锌一同存在于自然界中，人类在19世纪才发现它的存在。应该说，这是一个伟大的发现，而且还真是难以发现，镉在地壳中的含量比锌少得多，又常常以少量包含于锌矿中，很少单独成矿。而金属镉比锌更易挥发，因此在用高温炼锌时，它比锌更早逸出，也就逃避了人们的觉察。这也注定了镉不可能先于锌而被人们发现。这一发现让人类找到了一种能有效吸收中子的优良金属，后来广泛用于钢、铁、铜和其他金属的电镀，随着科技进步，又用来制造体积小、容量大的电池。镉的化合物还大量用于生产颜料和荧光粉，而它的鲜明的硫化物所制成的镉黄颜料，广受艺术家的欢迎。然而，在广泛应用的同时，这一闪烁着银白色光泽的金属正在成为人类的杀手，世界环境污染八大公害事件之一富山事件的主要污染物就是镉，镉污染在重金属污染中排第二。镉一旦进入人体，其排出速度很慢，短则十年，长则二三十年。镉可致人急性中毒，严重者可出现中毒性肺水肿或化学性肺炎，因急性呼吸衰竭而死亡。镉引起的慢性中毒则会致癌，还会导致肾脏损害、肺气肿、贫血等，由于它能把骨头里的钙置换出来，让坚硬的骨头像玻璃一样易碎，一旦患病，则痛不欲生，如同缓慢的凌迟，曾有死亡者，身上发现有五十多处骨折……

把一种金属元素描述至此，我已经毛骨悚然，这种有毒的文字对读者也是一种残忍。这次镉污染事件，其实不是第一次发生，也不会是最后一次发生，这将是我最不情愿又不得不反复续写的一个话题。

事件发生后，株洲天元区新马村有一百五十多位村民在体检中被查出慢性镉中毒。这病其实早就上身了，但他们一开始不知道自己得了什么怪病。现在得怪病的老百姓太多了，老百姓得了病，没钱治，只能找乡村医生看看，这些乡村医生又没有现代化的仪器设备，自然也查不出个所以然，也就一律被当作了疑难杂症。最苦的就是这些最底层的老乡了，他们也没钱去大医院看病，只能痛苦地拖着，拖到最后，一个个被折磨得痛不欲生时，也只能发出悲惨而绝望的哀号。夜深人静的时候，这哭声伴随着河流的流逝断断续续地传来，听起来特别瘆人，就像一条河在哭。一直到死，他们不知道自己得的是什么怪病,家里人也不知他们得的是什么怪病,无非是哭一场,就把这样一个莫名死去的人给埋葬了。

如果没有这样一个事件发生,那许多病死的人,还有这些正在被病魔折磨的人,也许永远都不会知道,他们的病,是慢性镉中毒。

如今的官员不怕有事,就怕突然发生个什么"事件"。一件事和一个事件的意思是绝对不一样的。谁都知道,前一年发生的松花江污染事件,连国家环保总局局长都被迫辞职了,这可不是闹着玩的。

时任湖南省环保厅厅长的蒋益民连夜赶到湘潭,当时已是晚上十一点多了,可见时间之紧迫、事态之危急。危机发生了,才会有危机处置。

其实,把污染源调查清楚并不难。在那个黑漆漆的夜晚,大批环保官员已直奔湘江多处直排口,顶着早春凛冽的寒风,一个个打着手电搜寻着,如挖洞寻蛇打一般,严查每一个可能的污染源头。很快就查清了,就是不查很多人也猜测到了,罪魁祸首就来自株洲霞湾。一股祸水找到了,几乎是在一夜之间就找到了。非常吊诡的是,这次污染事件却并非偷排所致,而是由一个水利事故引起,株洲水利公司对霞湾港清淤导流,结果使大量含镉废水排入湘江。很偶然,但看似偶然,却又必然。株洲是湖南最重要的工业城市,也是全国十大污染城市之一。株洲的污染流入湘江,流向下游,又主要是通过霞湾港。而这貌似偶然的事故,也许可以让一些人减轻责任,但只要深入地探究一下,其实充满了更深的玄机。

许多人又心生疑惑,这样一个霞湾,对湘江的污染由来已久了,怎么直到现在才变成一个"事件"?

仿佛直到现在,很多人才忽然明白了,早一点行动,就可以多挽救一些人的健康。然而,尽管蒋厅长在深夜火速赶到,仍有湘潭市人大代表对他公开质疑,甚至不留情面地指责他失职,严重失职!理由是,你以前干什么去了?但这时,又有顾大局的领导发话了:"危机时刻,应对危机比追究责任更加重要。"

湘江流域的重金属污染,绝不只是一个株洲霞湾。最可怕的污染,还来自河流的上游,甚至是源头。而湘江上游一个污染重灾区,就位于郴州市临武县的三十六湾,这里不是湘江干流,而是湘江的二级支流甘溪河的源头。甘溪河,曾经是一条清冽甘甜的河流,一些上了岁数的人说,那水喝着,就像矿泉水,不,就是矿泉水。然而,当人类在这里真的发现了丰富的矿藏后,这条河也就流到了末日。灾难性的开采从20世纪末开始一直延续了十多年,尤其是从2002年到2007年这五年间,随着全球矿产资源价格一路飙升,钨从每吨两万元上涨到二十多万元,一下翻了十倍还不止,锌从每吨三千元上涨到两万多元,锡从每吨三万元上涨到每吨十五万元,价格的不断翻番,更加剧了人类的掠夺式开采。除了疯狂地挖矿,他们什么也不顾了,连命也不要了,污泥浊水裹挟着重金属源源不断地通过甘溪河涌入湘江。

有人说,在中国,如今想要找到干净的河流和找到干净的心灵一样难。

从某种意义上说,河流的污染也是从人心开始的。物欲横流,必然导致精神的水土流失。有人说,要想切断污染源,不是从河流开始,而要从人开始。人心太黑了,比污水还黑。就这样,一个不到五十平方千米的三十六湾,十万人演绎着猖獗而诡异的财富传奇。以前是十万大军修水利,现在是十万大军上矿山。更要命的是,十万采矿大军挤在山谷里,一旦山洪暴发就会发生巨大危险,然而,这些人好像都不要命了。这种疯狂的、不要命的掠夺式开采,不仅造成国有资产的重大损失,也给湘江上游流域带来了严重的重金属污染。

数百年前,伟大的卡尔·马克思就说过一个真理:如果有百分之百的利润,资本就敢践踏一切人间法律。其实,当地政府对三十六湾的整治也像三十六湾的掠夺式开采和污染一样由来已久,但整治的口号喊了一年又一年,三十六湾的乱采滥挖和污染也是一年又一年,不但没有好转,反而变本加厉,越来越严重。有人大发横财,也有人深受其害,最苦的还是那些老百姓。从20世纪90年代起,嘉禾、桂阳、北湖区等地村民就没有停止过上访。村民上访的原因主要是因为当地河道淤结,河床抬高,水土流失,存在行洪安全隐患,生态遭到破坏,田地不能耕种,水质严重污染,数万人饮用水出现困难。一个老乡说:"以前过河要撑船,现在挽起裤脚就能走过去。"此言不虚,我就看见过一辆拖拉机在河上跑,不仔细看,还真以为是一条坑坑洼洼的土路呢。

这些老百姓并不是傻瓜。很多老乡都说,若要动真格,除了治污、治矿,还要治黑!

在一个叫曾锦春的人被抓起来之前,又有谁敢相信,郴州最大的黑恶势力就是中共郴州市委纪委书记呢?最可怕的污染往往来自河流的上游,一条河流如果从源头就开始污染,将把污染从头带到尾。这其实也是对权力的一个很残酷的比喻。如果一个地方从权力的最上游就开始腐败,其中下层的结果也可想而知。在震惊全国的郴州系列腐败案中,市委书记李大伦、市长周政坤、市委组织部部长周清江、市委宣传部部长樊甲生、副市长雷渊利,还有那个曾锦春,郴州市的党政班子成员,几乎是被一窝端了,全都栽在了这个人称寸土寸金的小地方。李大伦被抓,我是亲眼看到了的。此人居然是一个"散文家"和"书法家",当时他正在郴州举办的一个全国性散文论坛的主席台上,以解剖自我心灵的方式、无比真诚地谈着道义的担当和人文情怀的坚守,刚谈到一半,省纪委的人来了。坐在台下的我,眼睁睁地看着一个市委书记从台上走到台下,钻进了一辆等候着他的车,从此不见了踪影。他在监狱里写了什么,不得而知,但雷渊利副市长在羁押期间倒是留下了一首打油诗来剖析自己的罪行:"结交老板几十人,权钱交易数不清。党纪国法全不顾,身败名裂成罪人。"

矿床,成了腐败的温床,同时也成了河床的棺材。

想想,这样一伙人执掌了郴州的党政大权,又围绕这些矿藏,官、商、黑勾结在一起,形成了一个疯狂而贪婪的利益链,这个世界还有救吗?这里边还有多少官员参股或直接占有所谓干股?

在整肃郴州官场系列贪腐案之后,事情终于迎来了转机。

三十六湾真正平静下来,还是2008年之后。这里边还有一个重要原因,随着全球矿产资源价格急剧回落,很多矿主已经无利可图,也就不再非法开采了。这也让人深刻地感觉到,有时候,政府的有形之手还不如市场的无形之手那样有力。

如今,矿产资源价格依然处于低迷的状态,这给十多年来一直充满了火药味的三十六湾带来了一段难得的平静。这平静甚至让人觉得有些反常，在那些还没有被人类彻底征服的悬崖峭壁上，布满了还没有打通的矿口，当地老乡戏称为"独眼龙"，悬崖底下，是炸药爆炸后、大火焚烧后的山谷，散发出刺鼻的焦炭味。我最关注的还是河流，一条干涸的河流，像一条正在腐烂的死蛇，远处塘官铺水电站大坝已被十多年来乱采滥挖的尾沙吞没。水电产业曾是临武、嘉禾、桂阳等湘南三县最具优势的产业，也是华国锋在湖南主政时期留给这里人的一笔取之不尽用之不竭的财富，现在全毁了。由于尾沙淤积，大坝失去蓄水功能，电站、电排、水泵、大坝大多处于瘫痪或半瘫痪状态，据当地政府估算，直接损失超过两个亿。在甘溪坪村至坦下坪村一带，曾是山区少有的一大片平坦的耕地，三十多年前，临武县将这里树为"农业学大寨"的玉米样板基地。而今，这一千多亩良田全部被尾沙淹没，失去了土地的农民，只能靠外出打工和吃低保来生活。现在的河床，已经超过许多村民的屋基，村民们不得不在门前筑了一道防水墙。

临武县的一个干部感叹道："短暂的繁荣之后，留下了长久的痛。"

拯救湘江，拯救母亲河！湖南人一直在疾呼。

但谁又能拯救湘江？又以怎样的方式才能拯救湘江？

又是疑问，又是悬念，我也只能又一次带着疑问和悬念出发，跟着这北去的湘江，以令人难以忍受的缓慢速度，走向洞庭……

七　问卜洞庭

一个无比尴尬的事实，当我抵达故乡的洞庭湖，居然找不到这个我最熟悉的大湖了。是的，她已在我的视线里退远，越来越远，远到一种渺茫得需要寻找的地步，甚至感到一种正在消失的危机。

对于我，她不只是地理上的中国第二大淡水湖，也是生了我、养了我的生命湖和母亲湖。从一开始，我就决定选择她——以洞庭湖为例，来追踪2011年长江中下游这场旷日持久的大旱。这样的选择无疑有着一种与生俱来的情感，甚至是一种本能。我就生长在洞庭湖和长江交汇处淤积起来的一片河床上,是喝着这大江大湖里的水长大的。在数以千万计的洞庭儿女中,我也是她血脉相连的一员,用母亲湖或生命湖来形容洞庭湖,这对我从来就不是一个比喻,而是一种像血缘一样的真实。我对洞庭湖的关注与生俱来,由来已久,并非只因今年这百年一遇的大旱以及干旱之后惊心动魄的洪涝急转,三百年一遇的暴雨、山洪与泥石流,顷刻间活埋了我家乡临湘的一个山村和许多老乡的生命。

很不幸,这些叠加在一起的巨大而复杂的灾难,竟然都发生在我的故乡。当北京两位我尊敬的师长在电话中表达对这些灾难、灾变的焦虑和关切时,我已经在路上。对于一个临近知天命的人,我心里十分清楚,若要弄清这诡谲的灾难、灾变及其背后难以言说的诡秘,必须走近她,抵达现场,直抵她的内心。

我找到了一个向导,李望生先生。以我对洞庭湖的熟悉程度,我的这次追踪采访从一开始就有点特别,我大可不必去采访别人,只需要访问自己的内心。但我还是谨慎地找到了一个对洞庭湖的前世今生更熟悉的向导,李望生先生,一个土生土长的洞庭湖城陵矶人。许多年来,他一直在长江航道局、洞庭湖城陵矶港工作,多年来一直关注长江航道和洞庭湖、鄱阳湖与江汉湖群水系的变迁,他也是洞庭湖和长江流域屈指可数的几位资深港史专家之一。对于洞庭湖以及长江,他无疑比我更有阅历,有更多独到的感受。我找到了他,他接受了,并且马上就推掉了手头的所有工作,看那神情他似乎早有准备,还有些义不容辞。

"你找我算是找对了,这是我饭碗里的事情。"他笑眯眯地说,但脸色沉重。

若要看清楚洞庭湖和长江,先要看清城陵矶。这将是一个我们反复打量的地方。这不是我的选择,这是江湖的选择。

从古岳州城中心的东吴大将鲁肃墓奔向城陵矶,一路沿着洞庭湖防洪大堤朝着东北方向行驶,短短十五千米的路程,很快就到了。这也就是城陵矶到岳州古城的历史距离。熟门熟路的老李,把我带到了一个视野辽阔的地方。这里是长江与洞庭湖交汇处的右岸,隔江与湖北省监利县的荆江北岸大堤相望。据《水经注》载："江之右岸有城陵山，山有故城。"郦道元指的就是我们站着的这个地方了。我猜想，郦道元说这话时，是站在左岸发言的，感觉他还站在我们对面的荆江北岸，指点着什么。对这个地方，我虽说没有李望生熟悉，但也算很熟悉，不知来过多少次了，有时候是在岸边驻足观望，有时候是乘船游览三江口。事实上，至少是在2009年之后，如果还想看到比较辽阔的水面，看到洞庭湖那"八百里洞庭"的依稀模样，也只有在这里和岳阳楼上了。每次往这里一站，我的记忆与印象中只有水，天地间只有沉默地涌动着的大水。当水的辽阔充满了一种无形的力量，它绝对不会大喊大叫，也不会惊涛拍岸，大喊大叫和无比震惊的只有我们——人类。每来这里一次，我就被震撼一次。在这里坐船，也绝对不是轻松的"泛舟"，那种不可名状的沉重，会让你长时间地沉默，像这大江大湖里的水一样沉默。

　　此时，你会感觉城陵矶也以它突出的力量，表达着它亘古的沉默。它——洞庭湖与长江交汇处的一个突出的半岛——"南绾三湘、北控荆汉，扼洞庭湖贯通长江的咽喉"。城陵矶是长江中游第一矶，位列长江三大名矶之一。另外两矶分别是长江下游东岸安徽马鞍山的采石矶和南京城北郊幕府山东北角的万里长江第一矶——燕子矶。李望生说，长江三大矶，实际上也就是中国三大矶。这里原本也是岳阳县和我家乡临湘县（今临湘市）分界的地方，城陵矶一镇两县，在20世纪80年代初才合二为一，被整体划入岳阳市。听老李说，城陵矶在国外的名气尤其是水利航运上的名气比岳阳大得多，很多外国地图上都会标示出城陵矶在洞庭湖和长江中游的突出存在，却不一定会标示岳阳。

　　"你看见了没有？"老李指向远方的水面，风吹乱了他斑白的头发。这里是湖口，也是江口，风很大。

　　顺着他手指的方向，向南约一千米处便是洞庭湖和长江的交汇处——三江口，浑然中呈现出不同的水色，一是来自长江上游的北水——荆江水，一是接纳了三湘四水的洞庭湖水，在模糊的江湖汇合处，于是有了一条比较清晰的边际。这江湖水，水大时，还看不出明显的界限，越是枯水期，水位越低，越是泾渭分明。现在，我发现变了，换了以前，江水是浑的，湖水是清的；

现在却相反,湖水浑黄,而江水变清了。老李解释说,洞庭湖水其实没多大的变化,还是原来的颜色,变了的是长江水。三峡水库蓄水后,长江上游的大量泥沙被淤积在水库内,这不只是三峡水库的淤积,江水涌出三峡后,由于水暂时变清了,随之带来夹沙能力的增强,未入湖的泥沙又淤积在城陵矶以下河段,尤其是城陵矶到湖北洪湖螺山河段,淤积更为严重。大量泥沙堵住洞庭湖口,洪水来临时,湖内水位抬高,埋下了洪水隐患,水位浅了,又堵塞航道。老李不仅是让我看到这些,还要让我看到另一个事实,现在的三江口已经不在原来的地方了。以前,这分界线应该在长江里,现在呢,在原来淤积的基础上,水位又大大降低了,这分界线又往湖里移了一些。这就是说,哪怕这样的低水位,也有被淤积托起来的因素,实际上的水位比这更低。

但三江口到底是哪三江呢?我好像从未搞清楚过。一种说法是,这里是荆江、沅江、湘江的汇合处,荆江一路奔波而来,湘江一路浩荡北上,还有娓娓而来的沅江,三水合流注入长江,而这里也就是洞庭湖入长江之口,于是造就了一个"大江环其东北,洞庭瞰其西南"的大境界,古人谓之"江会"。这样一个地方,无疑也是历来兵家必争之地,尤其是水军争夺的要地。历史上,无论是北伐,还是南征,都会在这里展开殊死的争夺战。三国赤壁之战的古战场,就在城陵矶三江口下游不过百余里,沿途的黄盖湖、陆城分别是东吴大将黄盖、陆逊、鲁肃等重兵把守的沿江要塞。曹军赤壁惨败后,一路向三江口逃奔,想从三江口夺路北上,但在孙权、刘备两支水师劲旅的追击下,最终在三江口被打得落花流水,只得弃舟登陆,败走华容道,这才逃过一劫。这是一段历史,更像一段传说,但,至少是禁得住历史逻辑的推论的。曹操是强大的,但哪怕再强大的力量,如果不熟悉水性,一条可以给人类带来便捷的水路就会变成一条致命的危途,甚至是死路一条。

听了老李的一番话,我似有所悟。如果老李不说,我这个自以为对洞庭湖、城陵矶、三江口很熟悉的人,对这江湖的变化还真是一点也看不出来,甚至还产生了某种幻觉,洞庭湖和长江里还有这么多水啊,怎么会干涸呢?

那么,城陵矶的水位,现在,此刻,到底低到了什么程度?

历史需要参照物,否则我们会在现实中迷失方向。

这里有一个非常醒目的标志,不是岳阳楼,而是城陵矶水文站。那就去城陵矶水文站吧,它会告诉你一切真相。然而,老李居然在他最熟悉的地方找不到他最熟悉的那座水文站了。转了几圈后,他不得不打电话,向我们共同的朋友、城陵矶新港总经理徐忠诚问路,这才找到了一条正确的路线。很快,老李就把我带到了城陵矶水文站。

是这里吗?他凝望着,像在确认某些似曾相识的事实,又茫然了。我也在一旁驻足观望。十七岁从乡下进城,到现在,半辈子了,我还是第一次走近这座水文塔。也许从这里经过了,也许见过不止一次了,但没有任何印象。我也从未像今天这样来关注一座水文塔。这塔矗立在城陵矶港西侧,离我们刚才问道的上洋关很近,拐一下,顺着洞庭湖大堤直走,几分钟就到了。老李对这个站的历史地理是很清楚的。城陵矶水文站建于民国初年,一直是长江中游重要的水文站之一,既监控着洞庭湖水,也监测着长江水。每年入汛之后,中央人民广播电台、中央电视台就会以滚动的方式即时播报长江水位的变化情况,城陵矶水位,一直是让长江中下游流域、甚至整个中国揪心的焦点之一。

按说,无论从历史还是从地理上仔细核对,都没错。看上去,这水文站也真的很老了,不知是不是那座一百多年前的水文塔?

老李还在仔细辨认,我也越看越奇怪。这塔,虽说紧挨着洞庭湖大堤,但没有水了,它已经完全从洞庭湖里脱离出来,像一个被湖水抛弃的奇怪碉堡。我看见了湖水,从石块筑砌的塔基要走小半里路,才能走到湖边上。我走过的地方,是一大片湖水退走后裸露出来的滩涂,在一条行人踩出来的小径两边,只见散乱地堆着的沙石、疯长的水草、几洼浑浊的积水和烂泥坑。这无疑都是洞庭湖遗留的痕迹。荒滩上布满了牛蹄踩烂的脚印,几条牛,正悠闲地甩着尾巴吃草,腮帮上挂着白沫。一条牛听见了我的脚步声,忽然抬起头来,眼睛睁得很大,警惕地朝我张望。老天!洞庭湖竟然干涸成这样子了。我有些明白了,明白老李为什么那么茫然了。他可能也有一段时间没到这里来了,他不知道洞庭湖的变化有多大,干涸,水位降低,已经让一个大湖最深的地方也在不断地萎缩、后退,湖水已经退得相当远了。看上去洞庭湖根本不像一个湖,更像是一条河流。这个水文站,彻底被废弃了,它的存在已经毫无意义。然而,只要你仔细看,还能看到那残破的塔身上还有一轮一轮的洪水淹没、浸泡过的痕迹。这塔上有1931年的水痕、1954年的水痕、1998年的水痕,洪水的痕迹是那样难以磨灭,如同刻骨铭心的创痛。望着它,感觉洪水正一次次地漫过我的脑海,我的记忆里灌满了洪水。

这座废弃的水文塔,可以成为历史的参照物,但已经完全失去了对水位进行监测的功能。我们要找的水文塔显然不是它。老李又开始打电话问询,我们这才找到了一个新建的城陵矶水文站,就在离这里不远的七里山,还是叫城陵矶水文站。七里山,早已看不见山了,水位标志也不再是早先的那种垂直的标杆式的,现在是阶梯式的,一步一阶,一直延伸到湖水里,每隔一米便有一个水位标杆。这更方便于监测,也更科学。

我看见了一位正在实时监测的水文监测员,看上去很年轻,我问他现在的水位是多少?

他看了我一眼,说,还问什么啊,你都看见了。

是的,我看见了这个有着两层琉璃飞檐的亭阁式水文监测站。支撑着整个亭阁的是一根高大的立柱,和那座老水文塔一样,上面也有清晰的水痕,但看上去年代并不久远,应该是去年汛期水淹的痕迹,水位也很浅,只淹到了水泥柱的三分之一左右。而现在,它也已经完全站在干岸上了,周围长满了荒草,看那长势,最少也得半年多时间吧。当然,更直接的,还是水文标上的数字,从堤坝往下,延伸到湖面,只有最低处的一根水位标,被淹掉了一半。这就是说,洞庭湖已是最低水位,已经接近死水位。这水位到底是多少?我睁大眼睛看着,好像只有六米多点儿。这是低得令人难以置信的数字。我不敢相信我的眼睛,也许是我的眼睛高度近视吧,而这时,他已报出了城陵矶精确的水位:6.10米,落。

要了解洞庭湖现在的水位有多低,先要了解洞庭湖的洪水有多大。

看这一组数字就明白了:洞庭湖城陵矶的防汛水位是31米,警戒水位是32.5米,危险水位是33米,保证水位为34.4米。

此时正值汛期,我高度近视的双眼,竟然看清了一种残酷的真实,洞庭湖水位真的低得只有六米了!这就是汛期的洞庭湖水位啊,它比2009年入秋后洞庭湖枯水季节的水位还要低得多,那时的水位是多少?很多人对2009年的秋天记忆深刻,而最清晰的记忆莫过于城陵矶水文站实时监测的水文信息:10月13日八时,洞庭湖城陵矶水位降至21.84米,创六十年来的历史最低。这个创历史最低的水位也比此时此刻的水位高得太多啊,我瞠目结舌。更残酷的事实是,如此之低的水位还在继续下降。你可以想象洞庭湖干涸到什么程度了。

我记住了这个日子,这个时刻,2011年6月1日,上午十一点。

我还从未如此精确地关注某个时刻。

对这样的水位、旱情,老李显然比我更懂。我看了他一眼,忽然发现他眼里深含着忧伤。老李,怎么了?我不该问。这一问,就触动了他心中最大的隐痛。他苦难的命运就是从这里开始的。1955年,他刚降生不久,他父亲去岳阳城里开会,然后坐船回城陵矶,在七里山水域,遇到一股横流水,船翻了,一船人全都像下饺子一样翻进了湖中,他那才二十出头的年轻能干的父亲,就这样被湖水夺走了生命。那时候就是这样,有太多的生命被流水无情地卷走。老李回忆说,那一年并未发大水,但洞庭湖比现在大多了,从城陵矶到岳阳城,这里还是水的天下,一大片江湖混流的水域,最便捷的便是走水路,坐船。而翻船、淹死人,几乎是每天都会发生,尤其是七里山、城陵矶这些矶头附近的水域,你就是水性再好,再会游泳,一旦落水也难逃一劫。

一次次狂暴的洪水淹没着我的记忆,也让我面对眼前干涸的洞庭湖本能地发问,为什么当年有那么多装不下的水,又为什么现在连一点儿盖湖底的水都不够了?从极端的洪水,到极端的干旱,到底是谁在施展这两极的舞蹈?

"洞庭湖出了大问题了!"李望生说。他又指着不远处的岳阳楼说,范仲淹在《岳阳楼记》里的八个字基本上为洞庭湖排定了生庚八字"北通巫峡,南极潇湘"。老李解释说,洞庭湖水主要有两大来源:一是北水——城陵矶以上的长江上游来水,它吞吐着长江,与长江荆江段紧密相连,休戚与共;二是南水——湘资沅澧四水,这四水虽说都名列长江的支流,但都是先入洞庭湖后才进入长江的。这也形成了江湖博弈的复杂水系格局,洞庭湖不仅要承接湘、资、沅、澧等四水来水,而且要蓄纳长江分流水量,无论是南水和北水,都要经由西、南以及东洞庭湖调蓄后才汇入长江,然后又通过城陵矶入长江。

李望生打了一个非常形象的比喻,这个洞庭湖就像系在长江腰上的大水袋,也是长江中下游区域唯一一个江、河、湖泊吞吐自如的"水袋子"。长江是穿洞庭湖而过,这和江西鄱阳湖就不一样,长江不进鄱阳湖。洞庭湖呢,长江上游来水在贯穿了好几个省穿过三峡进入荆江之后,先要通过荆江四口进洞庭。每年入汛,洞庭湖都要承载长江中上游无法承载的洪水量,同时,她还要接纳湘、资、沅、澧四水,加之湖南本身的雨水充沛,这无数的水流纷纷涌进洞庭湖,又只能通过东洞庭湖城陵矶这个出口再进长江。洞庭湖有八口来水,却只有城陵矶这唯一的出口。城陵矶水位为什么那样令人揪心?它与江湖生死攸关哪,所以,每年一到抗洪的时候,湖南防总发布的第一道命令就是:"抢占洞庭湖!"什么意思呢?就是所有水库都不要蓄水,先把水赶快放掉,赶快让这些放出来的水进洞庭湖,洞庭湖水满了,就顶住了长江入洞庭湖的洪水。如果你弄晚了,长江水先入了洞庭湖,洞庭湖满了,湖南四水就进不了洞庭湖,这三湘四水流域就将泛滥成灾,造成大范围的内涝。在长江中游两千余年来有史记载的二百多次大洪水中,洞庭湖与长江形成了一种"西进东出,融合一体"的江湖关系,对肆虐的洪水不同程度地起到了"化解"尤其是"削峰"作用,对长江洪水、洪峰的削减率接近三分之一。

说到这里,李望生给我讲了一个故事,长江龙王朝洞庭。君山岛上有座洞庭庙,洞庭龙王庙。洞庭湖水此消彼长,潮起潮落,大水从未淹过龙王庙。每年入汛之后,长江水一路奔腾,浩浩荡荡地涌入洞庭。这就是长江龙王朝洞庭,意思是说,长江龙王到洞庭龙王这里来朝觐,来求救,它这一路从上游疾奔到了中游,已是疲惫不堪,不堪重负,请求洞庭龙王收留自己,在这大湖里安歇安歇。这是一个流传久远的江湖传说,仔细一想,又很有道理,它非常传神地描绘出了洞庭湖和长江的关系。长江洪流入洞庭,让不堪重负的江水得以暂时分流,一下减轻了长江的压力,而洞庭湖仿佛就是大自然为了调蓄洪水而特意安排的一个大湖。

我惊叹,大自然真是充满了天赋,老天爷真是太伟大了。上苍特意为江湖安排了这样一个地方,来完成水流巨大的能量转换,而城陵矶三江口堪称是一个能量转换的大师,让天地间保持一种自然平衡。然而现在,在这个洞庭湖最深的、水域辽阔的"江会"之地,范仲淹笔下那个"浩浩汤汤,横无际涯"的洞庭湖连影子也看不到了。这个平衡显然已经被打破了,洞庭湖从难以承受的洪水之重急遽地向难以承受的生命之轻转化,这平衡的江湖正在倾斜,失重⋯⋯

"连洞庭湖都没有水了,简直是没有道理的!"老李连连摇头,他接下来的一句话让我吓了一跳:"如果城陵矶都干了,洞庭湖就死了,彻底死了,长江可能只剩下一条小溪沟!"

这是危言耸听吗?以我对老李的了解,他绝对是个厚道人,也是个性格温和的人,还从来没把话说得这么绝对。

八百里洞庭,是我们挂在嘴边的一句话。

这里,先必须确立一个基本的事实,八百里洞庭,到底有多大?

从一开始,我就是带着这个疑问出发的。在出发之前,我先翻开了洞庭湖地图,不是一幅,而是几十幅,每一幅都是不同的。一幅一幅地揭开,就像揭开一层层历史,才知道洞庭湖有多大,洞庭湖的变化有多大。

这也是我和老李在车上一路谈论的话题,除了洞庭湖,我们已经没有了别的话题。

追溯最久远的洞庭湖,应该从没有地图的洞庭湖开始。洞庭湖,原为古云梦泽的一部分,从某种意义上说,洞庭湖是随着古云梦泽的消失而诞生的。在地质史上,洞庭湖与江汉平原的古云梦泽同属于"江汉——洞庭凹陷",对她的历史性确认却一直没有完成,她到底是古云梦泽在江南的一部分,还是作为一个独立的水系而存在和发展的?没有答案,或者说有太多的答案。但这样的演变史应该是可信的:从先秦到清咸丰二年(1852年),洞庭湖和古云梦泽在以各自的方式续写自己的命运,古云梦泽在不断地萎缩,一个大泽渐渐分为南北两部分,长江以北,湖泽变沼泽,沼泽变田园,直至消亡,这一个沧海桑田的过程,不是突变,是嬗变,最终形成了如今沃野千里的江汉平原。

沧海桑田,但总有亘古的标志存在。若想知道洞庭湖当时的中心在哪儿,先要找到这八百里洞庭中的一个神秘小岛,君山岛。"遥望洞庭山水翠,白银盘里一青螺。"这是唐人刘禹锡看到的君山。它很小,站在岳阳楼上看,每个人都会有刘禹锡这感觉。别看它是个不到一平方千米的小不点儿,却是上古神话传说中的"洞府之庭"。它更久远的名字也不叫君山,古称洞庭山,这就是洞庭湖变迁中的一个核心标志。洞庭湖最早就是环绕这座小岛逐渐形成的一个大湖,始有洞庭山,方有洞庭湖。

君山,我们不知来过多少次了,但这次我们没有走进去,没有必要走进去了。以前,至少在20世纪90年代以前,我们每次来都是坐船,现在也不用坐船上岛了。此刻,我们就站在离它不远不近的地方打量着,这曾经地处洞庭湖心腹部位的君山岛,现在也早已不是洞庭湖中的一个神秘小岛了,好多年前就成了一个半岛了,泥沙淤积,人类在它附近围垦、筑堤、修路,一条通往岛上的路修得很好,汽车可以一直开到岛上去。而眼下,在这个大旱年,如果不是特别熟悉的人,你根本看不出这是洞庭湖心的一个神秘小岛,它彻头彻尾变成了一个与无边的田野连成一片的小山包。

偌大的湖泊,到哪儿去了?

我在寻找。一直在寻找。寻找的艰难,让我一次次翻开手中的地图。以人类占有时空的局限和渺小,很多事物只有在地图上才能看得更清楚。在地图上,洞庭湖被描绘成一片静止的蓝色水泽,夹在湖北湖南两省之间,位于湖南省北部,长江荆江河段以南。她的形状是清晰的,像教科书上描绘的一样清晰:洞庭湖是一个东、南、西三面环山,只有北部敞着口的马蹄形盆地,西北高,东南低。从成因上看,是燕山运动断陷所形成的一个构造湖,第四纪至今,一直处于振荡式的负向运动中,形成外围高、中部低平的碟形盆地。在这个盆地边缘有桃花山、太阳山、太浮山等岛状山地突起和绵延起伏的环湖丘陵,中部是湖积、河湖冲积、河口三角洲和外湖组成的堆积平原,呈现水网平原景观。湖床自西北向东南微倾,底质为多泥或淤泥型,东、南、西三面有湘、资、沅、澧等水直接灌注入湖,还有长江三口、汨罗江、藕池河东支和华容河等河流水系,形成不对称的向心水系,源源不断地注入其中。这样一个水满为患的大湖,怎么会干涸缺水呢?

老李说,从洞庭湖的发育过程看,从先秦到汉晋时期,洞庭湖一直在长大。而洞庭湖真正变得波澜壮阔,还是到了东晋、南朝之际。一个标志性的历史事件,随着荆江内陆三角洲的扩展和古云梦泽的日渐干涸,人类开始在荆江江陵河段筑堤,其中最有名的便是江陵金堤。对于江陵这道最早的人工堤防,北魏郦道元在《水经注》卷三十四之《江水篇》中记得很清楚:"江陵城地东南倾,故缘以金堤,自灵溪始,桓温令陈遵监造。"这个非凡的开端也是一个江湖博弈的开端,洞庭湖的命运由此开始了一个关键性变迁。——我在这里把它作为洞庭湖历史上的第一个关节点:一道金堤让江陵城在洪水泛滥中固若金汤,但强盛的长江上游来水在闯过三峡之后必须为自己找到出路,江北无路可去,江水便只能浩浩荡荡地涌向荆江南岸,而恰好,南岸就是沉降中的华容隆起的最大沉降地带和凹陷下沉中的洞庭沼泽平原。水往低处流,这是大自然的真理。大量长江水涌入洞庭湖,让洞庭湖的许多沼泽变湖泽,变成了一望无际、烟波浩渺的大泽。这蔚为壮观的景象被北魏郦道元忠实地记录下来了,他还特别指出,湘、资、沅、澧,"凡此四水,同注洞庭,北会大江","湖水广圆五百余里,日月若出没于其中"。

这里面颇有戏剧性,正是北岸对洪水的围堵成全了八百里洞庭,让南岸的洞庭湖不断壮大。又加之古代荆江分水口多在北岸,南岸的洞庭湖区很少受到长江泥沙淤积的影响,又完全是一片不设防的自然湖泊,在为江汉平原年年岁岁泄洪的同时,她也发育得妩媚而丰满,闪烁着野生的健康色彩。从北魏到唐宋,洞庭湖水面进一步向西扩展,唐宋那些辽阔浩茫的诗文,是最真实最直观的见证:"洞庭西望楚江分,水尽南天不见云。"这是李白《游洞庭湖》描绘的盛唐的洞庭湖。在杜甫的笔下,洞庭湖已是"吴楚东南坼,乾坤日夜浮"的大境界了。比李杜晚生六七十年的韩愈登岳阳楼时,看到的洞庭湖似乎更大了;"洞庭九州间,厥大谁与让?"在唐朝的天下,这已是无与伦比的大湖了。而我更相信"杜诗韩文",杜甫和韩愈都是老老实实的写作者,他们的诗是诗史,少有李白夸张渲染的水分,应该更加实诚可信。到了北宋,范仲淹笔下的洞庭湖境界就更大了,"衔远山,吞长江,浩浩汤汤,横无际涯",一湖一楼从此进入了"洞庭天下水,岳阳天下楼"时代。一篇《岳阳楼记》,在洞庭湖前世今生的对比中,为我们呈现了一个清晰的参照系。

此时的洞庭湖还不是八百里洞庭,还远没到她的鼎盛时期,洞庭湖的面积还在继续扩展。又过了数百年,到了明嘉靖、隆庆年间(1522—1572),一代名相张居正又成了加速洞庭湖扩展的一大推手。张居正是湖北江陵人,为了保护湖北安陆的明显陵以及他自己家乡江陵的安全,张居正采取了"舍南救北"的方针,在荆江北岸筑起比桓温的金堤更坚固的黄檀长堤。也是在他的主导下,长江北岸的最后一个通道——郝穴于明嘉靖二十一年(1542年)实施堵口。这使长江进入北岸的穴口基本堵塞,从此长江洪水只能南侵,此前江北的云梦大泽从此也彻底变成了广袤的平原。洞庭湖也由此成了长江荆江段唯一的分洪和泄洪处,水域不断向西、南方向扩展,逐渐形成了后来的西洞庭湖和南洞庭湖。这是洞庭湖历史上的第二个关节点。

尽管河流入湖三角洲不断向湖中伸展,湖面分割缩小,湖区边缘开始出现洲滩与分隔的湖群,但从公元4世纪到19世纪,洞庭湖一直在继续缓慢沉降,洞庭湖水系受长江分流南下影响,而洞庭湖也一直向东扩展。洞庭湖这一不断扩展的形势,一直延续到清道光年间(1821—1850),周极四百余千米,面积也达到了洞庭湖有史以来的最大值,达6000平方千米左右。至此,洞庭湖已进入全盛时期,八百里洞庭,名副其实,她也成了名副其实的中华第一大淡水湖。复旦大学教授张修桂说,尽管唐朝末年开始流行洞庭八百里的说法,但是那只是一种好听的说辞。张修桂教授长期从事历史自然地理和古地图的教学、研究工作,他和谭其骧先生早年根据古文献研究洞庭湖的变迁,得出了洞庭湖从无到有、从有到大、再从大到衰落的结论。根据明末清初的《广舆图》判断,他认为,这幅地图描绘的是洞庭湖的全盛年代,有文献记载,"每年夏秋之交,湖水泛滥,方八九百里,龙阳(今汉寿)、沅江则西南之一隅耳"。其时洞庭湖"东北属巴陵,西北跨华容、石首、安乡,西连武陵(今常德)、龙阳、沅江,南带益阳而褱湘阴,凡四府一州九邑,横亘八九百里,日月皆出没其中"。

同荆江北岸相比,南岸的洞庭湖流域在很长时间都是一片不设防的大泽,在自然状态下调蓄着南来北往的洪水。诚如有人说:"一切历史,均可以在自然的演化中发现人类的因素。"洞庭湖演化为今天这样子,其中最大的一个因素,就是人类因素。

那么,人类又是从何时开始在洞庭湖上围垦的呢?

这又到了老李的饭碗里了。他还真是一部随时都可以翻开的洞庭湖字典。但他说,谁也不知道人类是何时在这里开始围垦的。南宋时,洞庭湖的一些沙洲上就出现了一些零星的低矮堤垸,但那时候地广人稀,人口还很少,就是开垦,也是一些规模很小的零星开垦。人类在洞庭湖上大规模垦荒,还是从清代开始。这里边又有一个标志性事件,19世纪中叶,在郝穴堵口三百多年之后的清咸丰二年(1852年),"南北之争"终于演变成一个关键性事件——藕池决口。但要明白这个事件对洞庭湖的命运有多关键还要等待不少年。这里我们先摆出事实,那年入汛之后,洪水长时间高涨不退。荆州驻防的满族将军兼管堤务,他按照长久以来的"舍南救北"的老传统,拟向藕池开口,向南岸"消泄以杀水势"。但南岸依然严防死守,不肯掘口,他们的家园、粮食、牲口都在这圩垸里,他们怎能放弃呢?眼看北岸江堤危机四伏,驻防将军调来了军队,架起了大炮,对准南岸的防洪堤轰击,把堤打垮,让滔天洪水往湖南淹,"抢险人群纷纷逃命,南岸遂溃"。这并非江湖传说。这一次炮轰,彻底打通了藕池向洞庭湖泄洪的通道,北岸的水患解除了。在南岸堤防被炮击溃之后,由于民力拮据无法修整,结果1860年发洪水就完全抵挡不住了。长江洪水从藕池口大量进入,一路哗哗地冲出一条河流来,河流直接进入洞庭湖,随洪水裹挟而来的是长江上游的大量泥沙,加速了洞庭湖的淤积。随后又是同治十二年(1873年)松滋决口,加上原有太平、调弦两口,形成四口分流局面,藕池口和稍后形成的松滋口两条长江入洞庭的水道,洪水和泥沙淤积更加严重。——这也就是洞庭湖的第三个关节点。

在藕池决口半个世纪之后,许多问题逐渐暴露出来了。时任湖广总督的张之洞查勘奏疏:"藕池为荆江南岸大堤,当日因江心沙洲太多,逼江溜直趋南岸,藕池正当西南顶弯之处,遂致冲成巨口,分引大溜。"最大的问题还是一个老问题,洪水带来了大量的泥沙,让洞庭湖的淤积更加严重,淤积造成的洪水也日益严重。也就在张之洞查勘奏疏之时,仅仅几十年,洞庭湖就淤积出整整一个县来——南县。翻开1825年刊刻的《洞庭湖志》,还根本没有这个县的影子。这是中国唯一由泥沙淤积和人工围垦而成的县,也是一个纯移民县。这一马平川的土地至少在三十年内还没有进入官方的视野,在行政版图上是一片空白。直到光绪十六年(1890年),这一片在洞庭湖上新长出来的土地到底该归属于谁,湖南湖北争执不休。对于土地,人类是从来不会停止争夺的。时任湖广总督的张之洞倒也聪明,他将两省各县争执不休的新增土地划出了一个南洲厅。"民国"二年(1913年)湖南都督府下令撤销南洲厅,改称南洲县,次年又根据"中华民国"内务部复电转令,将南洲县正式更名为南县,一直沿用至今。

如今,我们站在东洞庭湖的君山,就能看见从不远处的南县长过来的芦苇滩涂。南县依然在不断地长大。一个县直接在洞庭湖上诞生,如同神话,真有某种海市蜃楼般的感觉,有些神奇,也有些虚幻。百余年后,这里已是一个人口稠密、面积超过一千平方千米、有"洞庭明珠"之称的大县了,也是洞庭湖商品粮基地的粮食大县。

在经历了一个世纪的淤塞、萎缩后,直到1949年时,洞庭湖水体面积仍有4350平方千米,是现在洞庭湖的两三倍,依然是中国无可争辩的第一大淡水湖。

人类可以辩解,却无法否认,洞庭湖的面积一路陡降,是从1949年后开始的。洞庭湖伴随着新中国的历史进入了第四个关节点。

对洞庭湖大规模围垦的真正高潮还是1958年,"大跃进"的狂热和人民公社的体制,为人类对洞庭湖的大规模围垦创造了史无前例的巨大能量。在"以粮为纲"的思想指导下,为了解决吃饭问题,中央和地方政府都把粮食生产作为各级工作的重点。毛泽东当时把血吸虫防治和围垦产粮结合起来,全国各地刮起一股围湖造田风,人类对洞庭湖的围垦变得更加狂热。

1958年,湖南做出了找洞庭湖要钱、要粮的计划,这大概就是"钱粮湖"得名的来历。对钱粮湖的围垦,也成了这次大规模围湖造田的第一个标志性事件。这里原来是洞庭湖的一部分,与调弦河相通,而要围垦此湖,必须得先行堵住上游河流来水。于是,湖南方面向湖北省提出了"堵塞调弦口"的要求。这年5月20日,湖北省委第一书记王任重、湖南省委第一书记周小舟、江西省省长邵式平等,在国务院总理会议室举行了三省水利会议,会上确定了调弦堵口的决议。多少年来在"南北之争"中一直处弱势的湖南,在这之后逐渐占了上风。这一堵,荆江四口只剩下了三口。自然形成的江湖格局,又一次被人类改变。在此后三四十年里,因围湖造田及泥沙淤积,洞庭湖面积加速下降。淤积,是洞庭湖面积减少最重要的原因。淤积,貌似自然现象,却有太多的人祸作祟。而大部分的人祸,都是从良好的愿景出发,是为了造福一方。尽管对洞庭湖的围垦由来已久,但像这种有组织的大规模围垦还是史无前例的。围垦,在很长一段时间都被视为"农田水利基本建设",每年的洪水退到哪里,田埂就修到哪里。毁灭,变成了建设;围垦,变成了围剿。

在围垦钱粮湖的同时,人类又开始向洞庭湖的另一部分——大通湖下手了。大通湖农场是否该围,一直是鄂、湘两省争论的重点。新中国成立前,两省各自施展政治攻势,就大通湖问题争论不休。湖北省的参议会议长何成浚一直给蒋介石上书,号称要成立"监刨委员会",监督湖南人不能围垦对蓄洪有很大作用的大通湖,而以章士钊为首的湖南在沪"同乡会"则坚决反对成立该委员会,认为可以要求允许在洞庭湖进行围垦。

到了1958年,一个幅员辽阔的大通湖农场终于建立起来,随后便是君山农场、建新农场、屈原农场、黄盖湖农场……在地图上可以看到,今天占据了洞庭湖东、西、南、北水面的大都是1958年围垦起来的大大小小的农场,很多都是县级建制的大型国有农场,还有多如牛毛的由县区管辖的中小型农场以及全部或部分围垦出来的乡镇。这一路上,我沿途看到的都是圩垸,这是什么概念?一个黄盖湖,这还不包括湖北那三分之一的黄盖湖,大小内垸、堤垸就有二十多个,人口近十万,耕地和养殖面积有近三十万亩。这个面积,也就是原来的水域面积。这些大大小小的圩垸,几乎所有的村落、田园都是在原来的湖泊里围垦的。更让人惊叹的是一个时代的围垦速度,这个速度建立在军事化管理围垦之上。以岳阳县为例,那时还没有岳阳市,整个岳阳县的围垦实行军事建制,县长是总指挥长,而大的围垦组织属于团级建制;男女分成两大阵营,露宿在大堤上,三个月内不允许回家。

当年,还流传着一个大寨人与洞庭人的故事:郭凤莲带着几个大寨的老头来洞庭参观,在君山那边,大寨的一个老头随手抓了把黑乎乎的淤泥,又羡慕又惋惜:"这么肥沃的土啊,你们怎么还不开垦?我们大寨人在石头上都种出庄稼了。"事实上,那时候洞庭湖能够围垦的土地已经不多了,剩下的只是国家强制留出来蓄洪的天然湖面,可是这话还是刺激了许多当地干部。20世纪70年代,围垦的最后高潮来临。1975年,沅江县委决定一年建成大寨县,确定围垦四十八万亩湖田,建设成为高标准"大寨田",计划每年夺取粮食过亿斤。县委调集了十万民工向洞庭湖进军,人力不说,在那个年代劳动力是最廉价的,只说别的耗资,就超过了1200多万元。结果这高标准的"大寨田"连1976年夏天的汛期都没有挺过去,当时外湖的水位也不算高,也就三十二米多,可是仓促围起来的堤垸占据了水道——也就是说,他们在根本不能围垦的地方围垦了。尽管弄了上万名劳动力上堤防洪,"严防死守",但还是没有保住。为了防止整体坍塌,只好向省委申请炸开一部分堤蓄洪,当年颗粒无收。但人类在强大的主观意志控制下是很难吸取教训的,第二年,沅江县又出动五万名劳动力修复加固大堤,结果在1978年的洪水中多处崩溃。号称"大寨垸"的漉湖围垦区最终以颗粒未收而告终,但每一个人都坚守到了最后。

每年入汛,圩垸里的田园与村落就像处在一个被洪水围困的锅底子里。我故乡的江南垸也是一个圩垸,里边有个地势最低洼的地方就叫"锅底湖"。如今,这里连湖的影子也早已看不见了,全部变成了稻田。一个叫李若水的老干部,当年在江南垸蹲点。听他说,在经历"大跃进"后的三年"困难时期"之后,江南人加速了对自然湖泊的围垦,在公社书记的指挥下,那个场面非常壮观,水退到哪里,秧苗就插到哪里,那时候最激动人心的口号就是"插秧插到水中央,种田种到高山上"。湖田又黑又肥,特别适合于种稻子,几个月后,一茬稻子收割了,饥荒也就过去了。但洪水仿佛故意和人作对,每年,在早稻成熟的季节,眼看着田里的稻子一片金黄,渐渐散发出成熟的味道,水也看着看着涨起来。很多农人一大早起来的第一件事,就是去看水。这水,除了被堤坝挡着,已经没有了任何出路,眼看着往上涨,在洪峰来临时,一天一两米地往上蹿,看得让你两眼发花,看着这圩垸里的一切事物,就像是个梦。最真实的就是一道堤,他们的身家性命就被这堤坝挡着。到了这个时候,洞庭湖区和长江沿岸的村民已经顾不上收割稻子,全村出动,在毛泽东时代则是编成营、连、排等军事建制,拼命加高加大堤坝,在堤坝上严防死守,人在堤在,保证不溃一堤一垸。你还不得不承认,这种人定胜天的信念与意志,和制度的力量捆绑在一起,有时候还真是强大的。从我出生的1962年到1998年,这三十六年的岁月,我一直生活在洞庭湖和长江交汇处,脑子里灌满了洪水的记忆,但还真没有看到江南垸溃堤溃垸,而这又反过来激励了人类的围垦。

这种坚守多少有些悲壮,抗洪英雄也成了和平年代最可爱的人。但很少有人想过,水往哪里去?人类总是把洪水当作战胜的对象,而真正的罪魁祸首说到底还是这种大规模的围垦。中科院南京地理与湖泊研究所研究员姜加虎解释了围垦和洪水的关系:泥沙淤积主要是沉在湖的底部,就像是一个洗脸盆,淤积泥沙只会使盆子变浅,面积还变化不大,但是一围垦,就把大盆子变成小盆子了,面积缩小的效应非常明显。围垦不仅把盆子的边缘抢走,还逐步地往里推进。围垦影响着洞庭湖的调蓄量,因为洞庭湖面积缩小了,水位上升很明显。如果洞庭湖本身水位很高,长江再来水,它就没有调蓄作用了。堤垸是应该装水的,这就是说,人类这种"严防死守"是悲壮的,也是错误的。为了一个悲壮的错误,诞生了多少悲壮的英雄。

这里,我们就把1998年作为洞庭湖命运的一个分水岭。它是不是洞庭湖历史的第五个关节点,现在还很难说,但它无疑是洞庭湖命运的一个转折点。在经历了一次特大洪水之后,洞庭湖的命运迎来了一次重要的转机。

在洪水越来越严峻的情况下,中央痛下决心,终于明确出台了"退田还湖、退耕还林、平垸行洪"的十二字方针。这十二个字的背后,是国家必须拿出巨额资金作支撑。这是共和国水利史上一次慷慨的付出,也是一项堪称伟大的德政。各地政府表现出了强大的执行力,当年底,像沅江围堤湖垸一样的许多垸被正式列入了"移民建镇,空垸待蓄"试点。"平垸行洪"是什么意思?就是把以前在洞庭湖围垦出来的垸全部平掉,清除行洪障碍,把从洞庭湖那里夺来的一切重新交还给洞庭湖,让已经被堵塞了半个多世纪的洪水重返畅通的出路。

这是人类第一次自觉地把从洞庭湖那里夺来的还给洞庭湖。

但无论是大自然的淤积,还是人类大规模的围垦,一个事实已经难以改变:今天,洞庭湖已成为全国重要的商品粮基地之一,重点淡水渔区之一。尽管湖区面积只占湖南全省的十七分之一,粮食产量却占到全省产量的六分之一,棉花产量和水产品产量均占全省的一半左右。因此,它对湖南省的农业生产有着举足轻重的影响。为了这巨大利益,人类就必须付出巨大的代价。现在,就是我们想要退出来,也已经无法全身而退了。这个代价,实在太大。我们一方面从水利和生态出发,想要退田还湖,另一方面又要保证从战略高度出发,保护基本农田,这是老百姓的"吃饭田""保命田",而洞庭湖区的基本农田几乎都是围垦出来的,这又怎么能退出来呢?有的在大势所迫之下退出来,现在又开始复垦了,很多地方还专门成立了复垦办。我的文字触及现实,便充满了矛盾,充满了悖论。

走进洞庭湖,像钻进了迷魂阵。

一种倾斜失重的感觉,首先来自一道长堤,采桑湖大堤。就在我们从S306拐向采桑湖方向时,突然听见"嘭"的一声,我浑身一震,还以为轮胎爆胎了。司机停下车,我们下来一看,原来是一辆摩托车追尾,撞在了我们的车上。两个农民连同他们的摩托车摔倒在路当中,一个农民的手肘摔破了一块皮,还好,伤情不重,他们很快就扶着摩托车爬起来了。这是他们追尾,我们这车完全没有责任,但我们的车后轿和尾灯都被撞坏了,司机拨了交警的电话,等着他们来处理。这时我看见了那两个农民焦急的样子,像热锅上的蚂蚁,还看见了他们购买的小水泵,我突然明白了,他们这么急,也许是为了赶回去抽水抗旱。

"算了吧,"我对司机说,"你这损失,就由我来出吧。"

司机听我这么一说,就把那两个农民放了,把车开向了采桑湖的方向。

采桑湖大堤,也是通向采桑湖的一条路。堤坝修得高大结实,但这正是东洞庭湖最危险的一道堤。它南接国家东洞庭湖自然保护区采桑湖管理站,西至渔场友谊闸,东临东洞庭湖,内接采桑湖,是两水夹堤堤段。历年的抗洪抢险,这里险情不断。

这道堤是1958年修筑的,为积极响应国家"围湖造田,丰衣足食"的号召,钱粮湖农场开始围垦造田,修建临湖大堤,连接钱粮湖北垸。垸内开垦良田数万亩,农场一跃成为当时江南国有农场中的第一大粮食生产基地。中国人有一个最大的优点,他们每干一件事,一个大工程,想到的是多个主题,多种用途。从一开始,这大堤不仅防御洪水,而且成为当时重要的一条交通要道。然而,他们又总是容易犯一个最大的错误,人定胜天,明知不可为而为之。他们不但把洞庭湖偌大的一个子湖完全围垦成了农场,更致命的一个错误,就是在往日的湖州淤泥上直接修了一道大堤,一条路。

结果,第二年,1959年冬修水利,当大堤修到三十多米高程时,出问题了。大堤部分堤身首次出现明显的沉陷,堤顶、堤内外坡都绽开了裂缝,像锯齿一样。一条病险大堤,从一开始就已注定。从1959年开始到1973年,连续十四年时间,大堤出现严重的堤身沉陷、变形,而人类也就只能付出高昂的代价抢险整治,把大堤一次次加高增厚,又修筑内外平台来阻挡大堤开裂。但大堤仍然下沉不止,始终未达到设计高程,而且更加恶化,那些后来修起来的内外平台和外坡产生滑移、开裂、外鼓。于是,从1973年至1984年连续十一年时间,钱粮湖农场不得不逐年加大资金投入力度,对其进行进一步整治。除加高培厚堤身外,对内外坡平台也要进行加宽培厚,并在外坡平台上植树造林。此外,在外坡还进行全面花岗岩块石护坡,护坡厚度达到一米。然而,隐患一直没有排除,到了1985年春季,入汛之前,在堤顶外肩部分堤段浆砌块石防浪墙上又出现了多处开裂,将防洪墙切断,出现断塌。堤外护坡块石下滑隆起严重，内坡出现纵向裂缝，呈弧形张开，向处坡倾斜。眼看又一轮洪水即将来临，连湖南省委省政府都急了，决定采用挖泥船对大堤全程沿堤进行吹填固基，这才基本确保了垸内人民的生命财产安全。20世纪90年代以来，自然灾害日益频繁，大堤由于长年浸泡，堤身出现险情的频率越来越高。1996年汛期，采桑湖塌陷地段连续四次出现内滑坡。1998年发生特大洪水，采桑湖塌陷堤段连续出现七次滑坡。到了1999年7月汛期，采桑湖塌陷堤段连续出现两次滑坡，而人类也不得不连续四年对采桑湖大堤滑坡进行整治，一是大堤取直加高，二是外坡整修和块石护砌，三是滑坡段铺土工膜和黏土铺盖层闭渗，并在原来的平台上又增设二级平台阻渗。在1998年的特大洪水之后，中央和地方财政逐年加大资金投入力度，对大堤进行整修，但依然阻挡不住大堤的塌陷和开裂。2006年汛后，有关部门对大堤进行检查，发现采桑湖砼路面出现多条纵、横向裂缝，砼路面出现沉陷，多处堤身下沉，路面悬空。就为了这一个不该围的农场，一条不该修的堤坝，人类不知折腾了多少年，又付出了多大的代价。

如今，它依然是洞庭湖最危险的堤坝，险情之所以没有发生，只因为湖水现在很少涨到堤脚了，这倒是人类没有预料到的。

从采桑湖大堤上走下来，朝湖底走时，一只公鸡领着几只母鸡在蓬蒿丛里觅食。

钻出这片比人还高的蓬蒿，我就看到了，一张阴暗之网——迷魂阵。这是江湖上一种最具毁灭性的捕鱼工具，网眼细密，在鱼虾洄游的必经之路上摆成长龙形网阵，只留一个进口，鱼儿只能进不能出，不论大小鱼虾一网打尽，连眼睛都没有睁开的小鱼也格杀勿论。这样的迷魂阵越来越隐蔽，有的只留下一个小塑料瓶作为标记，又有水草遮挡，没有经验的人根本看不出。他们摆设了迷魂阵，也和东洞庭湖湿地的管理人员玩起了迷魂阵。这里不是没有人管，还管得很严，但你就是拔了他们的迷魂阵，撕烂了，也不值几个钱，你就是把他们抓住了，也拿他们没有办法。一句话，他们干这勾当，也是山穷水尽的一种营生。罚款，他们没有钱，抓他们去坐牢，又还够不上。再说,他们也不怕坐牢,他们这日子过的,也比劳改犯好不到哪里去。

当我把镜头对准一个人和他的迷魂阵时,他竟然没有一点儿躲闪的意思,但他也懒得搭理你。这和那些高度警觉的挖沙船不同。人家那是日进斗金,他这是赤脚的不怕穿鞋的。财富决定着人们对于法律和制度的态度,暴利可以驱使人类去冒险,而最弱势的群体也能变得无所畏惧,无所谓。

这里就是采桑湖,一个充满了诗意的名字,到处飘满了死亡的气息。除了这些布下了迷魂阵的非凡捕捞者,还有许多偷猎、毒杀鸟类者。他们在这里暗设罗网,投下毒饵,甚至用录音机录下雄鸟或雌鸟的歌声,在这里反复播放,诱捕那些为爱而来的精灵。古老的洞庭,鬼影憧憧,却又有天鹅的舞蹈,白鹭的高歌。——这里是东洞庭湖湿地保护区的核心区域,也是中国(东洞庭湖)国际重要湿地示范区。

几乎每年的冬天,我都要来这里看看,看鸟。这里是鸟类的天堂,有时也是地狱。历史上,每年有三五十万只水鸟在洞庭湖越冬,但据近年科考数据,这一数字正在锐减。当一种生命大幅度锐减,人类就开始使用最精确的数字来说明问题。2003—2004年,这里栖息的鸟类为十三万多只;到2004—2005年间减少了两万只;2005—2006年已经不到十万只。这惊人的递减,在2007年大旱之后进一步加速。那些浪迹天涯的游子仿佛正在匆匆地告别这个世界,消失在渺远的时空之中。这也让守望着它们的人有一种铭心刻骨的伤痛。

印象深刻的是2006年冬天,一场淋漓冬雨之后,我还记得赵启鸿当时忧心忡忡的表情。他就是这里的"地主"——东洞庭湖国家级自然保护区管理局局长。他说,尽管洞庭湖素有"洪水一大片,枯水几条线"和"霜落洞庭干"之说,但从2003年开始,洞庭湖显然已不是一般的"霜落洞庭干",也不是一般的"枯水几条线",在进入枯水期后,在"霜落洞庭干"后,洞庭湖水量还在锐减,水位还在走低。对洞庭湖,他比我熟悉,对他的焦虑,我那时还没有太深的理解。我总觉得,干旱可能是暂时的现象,是反常的现象。然而,在连续经历了数年干旱之后,现在已经很少觉得干旱是一种异常的、反常的现象了,感觉洞庭湖的干旱很正常了,不干旱反倒有些反常、异常了。

现在想来,同眼前的干旱相比,我感觉那个水位实在不低了。那是冬天,是枯水期中的枯水期,但那天,我们走到这里来,穿着雨衣,还必须穿上笨重的高过膝盖的深筒雨靴。水不深,但是绝对有水,那是冬天冰冷的湖水。我们还不敢往湖心里走,尽管湖水中有裸露出来的沙洲,但还有大片水域。这是一双高过膝盖的深筒雨靴跋涉不过去的,必须坐船。并且这次来,不是枯水期,而是丰水期,不是"枯水几条线"的季节,而是"洪水一大片"的季节。我曾经那么害怕洪水,现在我多么想看到洪水,但连"枯水几条线"我也没有看到。是的,我特意选在了我当年走过的地方,没有任何空间的距离,只有五年的时间距离。我还应该交代一个事实,在我来之前,这里已经下过两次雨,而为了缓解洞庭湖和长江中下游旱情,三峡水库持续加大泄流量,截至5月26日,2011年已累计向中下游补水180.87亿立方米,把长江干流的汉口站、洞庭湖城陵矶站以及鄱阳湖湖口站的水位,分别较近期最低水位,回升了两米以上。然而,我眼睁睁地看见的,依然是大片裸露的湖床,干涸的淤泥布满了干旱的裂痕。远处的湖滩上长满荒草,哪怕朝更远的湖中心看,也只有一小洼一小洼的积水。沙洲上,湖滩上,随处可见晒干的蚌壳、螺蛳、死鱼。我就穿着一双皮凉鞋在这湖底里走,连踩出来的脚印都是干的。干涸,干渴,焦渴,焦干,干枯,干旱,我还能找到多少词语来形容一个同义的事实?我已口干舌焦,我只能沉默。

在沉默中,我兀自看着一条条刚踩出来的小路,扭扭曲曲地通向湖中心。

这里面或许也有共和国总理的脚印。一个难忘的镜头:6月2日,温家宝总理走下湖堤,蹲下身子,望着洞庭湖底拳头大的裂缝和大量已经腐烂、风干的河蚌和鱼苗,眉头紧锁。他脸上的褶皱,他沉默的眼神,让我深刻地感觉到,这个大湖实在需要一种注视。

很想看看那些鸟。还能看见五年前那四只小天鹅吗?我还记得那一刻的震惊,在迷蒙的冬雨中,一种美的力量蓦地惊现,一种属于生命的最高贵的优雅,在瞬间穿透了我,把我惊呆了。片刻之后,我才敢相信,我看见了天鹅,一共是四只。它们一身洁白,在成群的飞鸟中无比纯洁地出现,一下让所有的斑斓失去了意义。我听见了它们清脆的鸣声,叭、叭、叭……这不是大天鹅那种像喇叭一样的叫声,它们到底在向这个世界叭问什么呢?我无法说出那一刻我心中的感受,我突然想到了美学家高尔泰的一句名言,美是自由的象征。

这也许就是我对2006年采桑湖的冬天印象深刻的理由。

现在,它们去哪儿了?它们每一个是否也成了那每年以一万只的速度递减的万分之一?仰望苍穹,现在连回忆它们我也需要勇气。小天鹅是冬候鸟,祈祷它们一路平安地飞回了它们远在长白山或乌伦古湖的故乡。它们就是还留在这里,这干涸的湖泊和萎靡的湿地也让它们难以栖息。

守望着这些鸟类的人,脸上都充满了焦虑。他们说,如果保护区内水位低于24米后,湖州基本上都已裸露。整个保护区面积为1900平方千米,核心区域为290平方千米。现在,核心区水域只剩下了43.5平方千米,这是怎样的干涸状态。而他们最担心的是,气温如果继续升高,水位又持续走低,适合水鸟栖息的湿地将会进一步减少。这严重影响了洞庭湖的生态环境。大面积干涸,苔草生长期延长,对鱼类产卵繁衍影响很大。这也是洞庭湖的最后野生鱼类。而洲滩只有经过较长时间浸泡,水生植物才能生长,鸟儿才有食源。而现在大部分洲滩干涸开裂,候鸟来了,也没有食物,没有栖息地,最终只能选择离去。

采桑湖管理站是1991年建站的,整整二十年了,从最初的一两个人,到三四个人,到现在的五六个人,他们在这里孤独寂寞地守望。站长姓高,很多人都知道这个人如其名、一米八几的高大汉子,高大力。见了他,你会感觉到有一种强大的力量,在守护着这里脆弱的生态。他们管着三万多亩水域,除了采桑湖,还有大西湖和小西湖。在很长一段时间,这里还处于人鸟杂居的混沌状态。又要说到1998年了,洪水过后,中央下了最大的决心,"退田还湖,平垸行洪",采桑湖的渔民开始陆续直到全部迁出,采桑湖实现全封闭管理。现在,这管理站四周已看不见民房,商铺,车辆、行人稀少。我们驱车十几里,路上也很少看见人。一幢白色小楼,形单影只,像是被隔绝在世界之外的一个标点。偌大的世界,人类还感到生存的空间越来越拥挤,只有这里还让我多少有一些地广人稀的感觉。

从建站到现在,高大力在这里干了二十年了,一个血气方刚的小伙子,如今已是一个年过不惑、满脸沧桑的大汉。现在他已是东洞庭湖管理局保护科科长,他的职责,仍然是保护。对这一方水土,他无疑是最了解的。他说,往年涨水季节,这片水域是鱼产卵、索饵的洄游地,到了枯水季节,水退后形成的浅水、沼泽、草地和洲滩,又是越冬候鸟和其他水生动物的重要栖息地。在这里栖息生存的物种资源和数量,占东洞庭湖的三分之二以上。这就是说,东洞庭湖保护区,三分之二是由他们在保护。

我知道,这是又苦又累的活路,他们的故事我也不止一次听说了。冬天,洞庭湖的冬天是很冷的,然而他们在寒风凛冽的夜晚更要保持高度的警觉,踏着冰凌覆盖的湖州、沙滩巡逻。有时候雨靴进水结冰,一路就像赤脚走在冰上。到了潮湿闷热的夏季,他们又要穿上不透水也不透气的胶皮水裤,一天最少也要在管区里跋涉四五个小时。皮肤都沤烂了,奇痒难忍,又无法把手伸到胶皮水裤里去抓挠,那种难受,说不出有多难受。常在湖边走,没有不湿鞋的,血吸虫病、风湿、肠胃毛病,这小站里的人无一幸免。这是他们的职业病。老高粗犷豪迈,他不愿说这些,但一说到他们的职责,他一脸的棱角和神圣便凸显出来了,他说:"我们做的这个事是很有意义的,人类是生物链中的一环,任何一个物种的灭绝都意味着另一个物种的危机,人,是不能独自活在这个世界上的。"

这话让我怦然心动。我忽然明白了我来这里的意义。

这个保护区不只有鸟类、鱼类,还有地球上最后的一群麋鹿。在地球上所有的物种中,也许没有比麋鹿长得更奇特的了,也没有比它们的命运更坎坷的了。中国人都叫它四不像:头脸像马、角像鹿、颈像骆驼、尾像驴。西方叫"大卫神父鹿"。这不同的命名,诠释着它们的命运。它们最早的故乡,就是长江中下游沼泽地带。茂盛的青草和水草,把它们养得像驴马一样壮实。这漂亮、健康、眼睛晶莹透亮的生灵,也曾是东亚最多的动物,却在汉朝末年的战乱与饥荒中近乎绝种,这里面有自然气候变化的原因,也有人类对它们的残忍捕食。元朝时,一些幸存的麋鹿被捕捉到皇家猎苑内,野生的麋鹿成了人类豢养的玩物。到19世纪时，只剩下在北京南海子皇家猎苑内还有一群，不久被八国联军捕捉，运到了遥远的大不列颠，从此这种中国特有的动物在它的祖国消失。幸运的是，英国的十一世贝福特公爵花重金收养了世界仅存的十八头麋鹿，放养在他的乌邦寺庄园中。更幸运的是，它们很快就习惯了那遥远而又陌生的水土，以极其顽强的生命力成了"世界珍稀动物"。

  20世纪90年代，在世界动物保护组织的协调下，英国政府决定无偿向中国提供种群，阔别百年的麋鹿终于又回归了久违的故乡。但它们坎坷的命运还在继续，1998年的特大洪水，将湖北石首麋鹿保护区内放养的麋鹿顷刻间冲散，但洪水无法夺走这些顽强的生命，它们与生俱来的水性加上宽大的四蹄，让它们逃过了又一场浩劫，最终流落到了东洞庭湖一带。十多年间，它们已在这一方水土上安家，数量已经达到六十只，并且已经自然分成了三个群落。这也是大自然赋予动物的本能，它们以这样的本能不断地分化，不断地拉开同一种群的基因与血缘的距离。大自然，大自然啊，只有面对大自然我才会一次又一次地惊叹，谁又能超越这大自然才有的神力。如今，这一群麋鹿已是野化程度相当高的麋鹿种群。在2009年1月8日，一个科学考察团在洞庭湖发现二十七头野生麋鹿，这是全球首次发现有野生麋鹿的足迹。我怀疑，他们是不是看走眼了，把这群放养的麋鹿看成了野生麋鹿？果真如此，也足以说明它们跟野生差不多了。好啊。但眼下，这群麋鹿又面临着它们命运中最严峻的考验，这个季节，正是麋鹿产仔的季节，如果洞庭湖像这样持续干旱下去，这些体长两米、重三百多公斤的食草动物的活动区域将大面积缩减，它们嗷嗷待哺的幼崽可能已经找不到干净的水源。它们能否挺过这个干旱的夏天又迎来洞庭湖秋天更漫长的枯水期？这就要看它们的生命力有多顽强了。但愿它们像我们人类一样顽强。

  一群麋鹿的命运，其实也就是洞庭湖的命运。谁能拯救它们？

  此时，我突然感到了自己的渺小，我只能眼睁睁地看着阳光炙烤着热气腾腾的湖底。无论是三峡放水，还是一两场阵雨，短时期内都难以浇灌洞庭湖的焦渴。如果说以前的洪灾还有五年一遇、十年一遇、五十年一遇的周期律，现在的干旱则是连年发生。只要十天半月不下雨，接着就是严重的旱灾,洞庭湖竟然变得如此脆弱,长江竟然变得如此脆弱,而以前,哪怕一两个月不下雨,田里干旱了,洞庭湖和长江流域也不会有如此严重的干涸。干旱,让无数生命赖以生存的环境面临危机,还会引发大规模的鼠害、蝗灾,这不是假设,而是已经发生过了的事。食物链正在断裂,生物链正在崩溃。如果旱情不断蔓延,洞庭湖区的生态体系可能会彻底崩溃。已经有人预测,就算干旱就此结束,洞庭湖生态湿地的恢复,至少也需要十年。十年,又是一个巧合,这正好是一群麋鹿在洞庭湖成长的历史。

在我走向知天命的无数记忆中,只有太多的与洪水、淹没、惊涛骇浪有关的记忆,我的记忆还从未像现在这样干涸。从2011年5月下旬到6月上旬,我一直在寻找,一直在奔走,真有一种走向知天命的感觉。我已暗下决心,这次,一定要把这个大湖彻彻底底看清楚。我还是习惯叫她大湖,就像我早已习惯把长江叫大河。但我最终还是没有看清楚这个大湖,我唯一看清楚了的是,我们的母亲湖,生命湖,已经干涸见底了,大自然正以最彻底的方式向人类摊牌。

洞庭湖到底怎么了?在经历了一场罕见的秋冬春夏四季连旱之后,很多人都在反思,在发问。行吟泽畔的屈子,仗剑独立于暮天荒野之中,仰望着冥冥上苍,一连提出了一百七十多个问题。而对于洞庭湖,人类的问题比屈子更多。

这也许是人类继屈原的天问之后的又一次天问。

一个贯穿始终的疑问:干涸,从何时开始?

从1998年的长江特大洪水以来,那种悲壮的抗洪记忆逐渐淡忘。尽管1999年的洪水也不小,来势凶猛,但退得也快。也就从这年开始,十多年来,长江中下游的洪水奇迹般消失。一道道国家投入巨资修建的大堤,徒具摆设的意义,很多关于洪水的问题,仿佛都已一劳永逸地解决了。一个世代的隐患如果真的从此消失,也是多少代人梦寐以求的。然而,在2002年之后,人类越来越感到有点不对头。水越来越少了,枯水期提前到来,汛期缩短,却常常发生洪涝急转……

2002年入汛后,作为全省防汛主战场的洞庭湖,水位一度快速攀升,人们关注的热度也在随着水位攀升,一场防大汛抗大灾的战斗已经打响。时任湖南省委书记的杨正午说了一句话:"长江大堤防汛就是老虎死了补三枪。"这里面有决绝,也有藐视。很多人都记住了这句话,如果说洪水真是老虎一样的猛兽,这只老虎好像真的死了。

自那以后,洪水仿佛已在江湖上销声匿迹了。

2003年6月,三峡工程首次蓄水,坝前水位达到135米。也就在这一年,洞庭湖的枯水期提前到来,与同期相比水位下降两米多,达到历史最低。2004年和2005年,洞庭湖水位也无起色。湖南省人大环资委副主任刘帅在《洞庭湖调查》中也提到,"连续两年冬天,东洞庭湖的水面不到前年的60%,往年穿长筒雨靴实地监测,去年和今年穿皮鞋就能跑遍所有的监测点"。

2006年9月,三峡工程实行第二次蓄水,达到156米水位。从这年冬天,到2007年春天,洞庭湖和长江中下游流域遭遇冬春连旱。2007年夏天,洞庭湖区的岳阳县鹿角镇发生了一场罕见的人鼠大战,至今给人们留下了惊心动魄的记忆。事后,很多人都在找原因。一种说法是,当地吃蛇成风,当大量的蛇成为盘中餐时,田鼠没有了天敌,也就泛滥成灾了。但后来查证,这些被吃掉的蛇都是家养的,不是洞庭湖地区的野蛇。当地政府部门也表示,自2000年洞庭湖区实行规范管理以后,捕蛇行为也越来越少。岳阳城区各大餐馆中的口味蛇,都是来源于广东等地的专业养殖场。于是,又有人推测,可能是汛期到来洪水上涨,但2007年的水不算大,水位只在30米左右。这样一来,洪水也不是主要原因了。到底是什么原因呢?有人忽然想到了三峡。然而,兹事体大,对于三峡工程的任何非议,在当时都是要特别郑重处理的大事。于是老百姓不谈三峡,只谈老鼠。一个老人说,春天,正是老鼠产仔的旺季,如果像往年那样下雨、发水,至少要淹死上亿只小田鼠。这也是当时官方和民间找到的、一直到现在都认可的主要原因和直接原因。罪魁祸首是洞庭湖旱灾,由于洞庭湖区域从2006年10月至2007年6月一直处于长达九个月的干旱状态,湖滩裸露时间长,为田鼠提供了天然的觅食和成长空间,导致田鼠大量繁殖,数量惊人。那么,洞庭湖到底为什么会发生这样的干旱呢？一些专家说，不要动不动就把灾害往三峡身上引，洞庭湖鼠害和三峡绝对没有直接关系。当然，许多专家也谆谆告诫，这次鼠害形成的原因，主要是生态环境遭受了破坏，有天灾也有人祸，两者互为关联长期影响后，才导致今天的局面，而无论天灾还是人祸，归根结底还是要更多反思人祸方面的教训。这是接近真理的话。在很多具体的事物被抽空了之后，真理便很容易在泛论中产生。

不管怎样，一场人鼠大战又变成了历史。然而，到了2009年，洞庭湖和长江中下游流域又发生了有史以来最大的一次干旱。恰好就在这一年9月15日，三峡工程开始向最终水位175米试验性蓄水。难道，这又是巧合？难道，人世间竟然有这样多的巧合？

很多人对2009年那个秋天记忆深刻，而最清晰的记忆莫过于城陵矶水文站实时监测的水文信息：10月13日八时，洞庭湖城陵矶水位降至21.84米。在同一时刻，湘江、资水、沅水、澧水的水文控制站点水位也在持续回落。它们不约而同，就像事先商量好了似的。据六十年来岳阳水文资料记载显示，洞庭湖城陵矶水位低于23米，只在1959年、1972年出现过。而在1972年后，由于荆江人工裁弯工程的完成，在上游来水相等的情况下，城陵矶水位自然抬高0.6米。如果考虑这一因素，城陵矶这次出现的超低水位，也是六十年来历史同期最低水位。短短的一个月后，洞庭湖水体面积仅有537.84平方千米，比9月骤然缩减近三分之二。

洞庭湖现在还有多大？2011年5月17日，通过气象遥感卫星监测到洞庭湖水体面积仅为382平方千米。5月21日到24日出现了一段降水过程，加之三峡水库放水的作用显现，5月27日，通过卫星遥感监测到洞庭湖水体面积增加到了577平方千米。

很多年前，就有人说，洞庭湖已落后于太湖而屈居第三。这是洞庭湖目前还不愿承认、不愿面对的一个事实。但以这个实测面积看，洞庭湖比五大淡水湖中最小的巢湖还要小，巢湖的面积为753平方公里。

我想，每个人看了这些数字，就知道洞庭湖现在干涸到了什么程度，对于这些数字，我连小数点后面的数字也不敢省略。我必须谨慎。

洞庭湖欲哭无泪。

千百年来水满为患的洞庭湖，如今，八百里洞庭仅剩三百里，到哪里去找水呢？一是找长江要。诚如有人说，如果没有三峡，2011年的旱情可能更加严重。

这里权且不做更深的追问，只说三峡补水，对干旱有多大的效果？

2009年洞庭湖遭遇秋旱，在长江中下游干旱省区的呼唤下，三峡于10月27日开闸放水，但对洞庭湖和长江中下游流域的影响极其有限，城陵矶水位在三峡放水之后，七天仅回升0.26米。2011年，为缓解旱情，三峡水库持续加大泄流量，到5月27日早上八时，三峡水库出库流量达11600立方米每秒，截至5月26日已累计向中下游补水180.87亿立方米。这些长江上游来水，把长江干流的汉口站、洞庭湖城陵矶站以及鄱阳湖湖口站的水位，分别较近期最低水位回升了2米以上，此前旱情较重的滨湖地区，旱情也得到一定缓解。然而，这两米的水位在这种超低水位之下，也仅仅只是一种杯水车薪的"缓解"。温家宝总理6月初来这里考察时，他看见的依然是洞庭湖核心区干涸开裂的湖底，他也只能从机井压水来浇灌农人的棉苗。他在丹江口看到的一切，足以说明三峡放水而且是持续放水对长江中下游的水位并没有起死回生的作用，丹江口的死水位还是死水位。而此时，包括洞庭湖在内的长江中下游流域还眼巴巴地望着三峡加大下泄流量，然而，由于入不敷出，三峡枢纽管理局宣布：水库"调节库容"即将消耗殆尽。

这简短的一句话，惊醒了多少梦中人。三峡补水的能力是非常有限的，至此已到极限。北水要不着，那洞庭湖又只能转过身来向南水——湘、资、沅、澧四水要水。而这四水的旱情比洞庭湖还严重，全都处于历史最低水位以下，它们还要在洞庭湖里抽水抗旱呢。绕来绕去，又绕回来了，人类又只能抬头望天了。盼着老天爷喜降甘霖，成了人类的唯一指望。

长久的干涸让人类变得麻木，他们也许忘了还有另一种危险的存在，旱涝急转！

从6月4日开始，湖南省共有两百多个乡镇普降暴雨，连日来与大旱顽强抗争的湖区群众奔走相告："下雨啦，下雨啦！"这场来得太迟的雨水，让各地严重旱情得到明显缓解,但干旱已经让早稻基本上绝收,我在沿途看到很多农人都在冒雨抢插中稻。而大量的新闻镜头也在制造幻觉,一个镜头让人印象深刻:6月6日,长沙东屯渡西龙村,陈国华家门口一片汪洋,水淹到齐床铺,周围还有几栋平房被淹,居民一大早就开始"抗洪"。这样的新闻给人制造了一种假象,整个世界都要被洪水淹没了。其实,这完全是因为低洼地带的内涝所致。东屯渡原本就是长沙最低洼的地带,而这样的旱涝急转,暴露了水利建设的严重滞后,也暴露了我们预警机制的落后。6月9日晚,一场强降雨开始了,湘北、湘西北、湘中以北发生了一次明显的强降水过程。随后,我家乡临湘市发生了泥石流灾难,因山洪暴发,成片的土地和房屋被山洪和泥石流淹没,灾难最深重的是詹桥镇观山村,十八人因灾死亡,二十八人失踪。对这场灾难,一直到现在我的老乡们还在议论纷纷,当地村民说,除了罕见的暴雨,山上的矿山废沙才是祸首。一位姓李的老乡说,早在山洪暴发之前,就有很多矿场的废沙大量堆积在山上,在山上越堆越多,如同定时炸弹,这些废沙堆离村民的住宅,近则百米,远的也不过几百米。还有不少人猜测这些矿场"有背景"。但所有的结论都只能由专家做出,专家说,这是三百年一遇的特大山洪。这又是怎么算出来的?谁也不可能用人生去验证,谁能活够三百岁呢?而专家的话,让自然灾害彻底排除了人祸的因素,也让当地政府官员如释重负。那些矿场也就没有什么可说的了。只是,令人困惑的是,从来只听见官员们援引专家的话,却很少听见他们援引老百姓的声音。

  山洪水,极容易造成内涝,对洞庭湖和长江水位的提升相当有限,影响也很短暂。在这次局部地区的强降雨过后,江河水位全线上涨,2011年6月13日八时,洞庭湖城陵矶水位终于达到26.35米。到7月7日,在经历了多次强降雨之后,长江进入主汛期,城陵矶早晨八点的水位为28.26米。城陵矶的正常水位在30米左右,最低警戒水位是32.5米。长江流域各站水位也有所提升,但均低于警戒水位6米至10.6米。这是十分吊诡的"暴风雨中的干旱"。这就是说,洞庭湖和长江将在低于警戒水位4米多的状态下安然度过一个没有汛期的主汛期,离危险就更远了。江湖大堤一片宁静,仿佛汛期还没有来就已经退走了。然而在安然之中人们更多的是焦虑，汛期水位如此之低，洞庭湖的枯水季节已经不是提前来临的问题，可能会成为一种常态。

洞庭湖，在自然史中，这个还相当年轻的大湖，却未老先衰，正在走向生命的尽头。

一个从湘江带来的问题，谁来拯救洞庭湖？谁又能拯救洞庭湖？

很多人意识到，现在最重要的不是为洞庭湖的命运提供独特的解读，不是阐释，而是重构。也有很多人提出了自己的构想。

第一种构想——向长江借水。具体说，就是要通过荆江四口补水，来疏浚、滋养洞庭湖。城陵矶水文总站的金升高队长，可以说是洞庭湖城陵矶水位变化的第一证人，他也表达了类似的观点："三峡工程建成后，洪水威胁被削减了，现在的问题不是水多了，而是通过城陵矶的水少了，摆在眼前的问题是如何利用洪水效应，来为洞庭湖多蓄点水，向长江要水、借水。"湖南省国土资源厅高级工程师童潜明曾多次环洞庭湖考察，他提出这样一个设想，可疏浚华容河，向长江借点水，解决华容缺水和东洞庭生态恶化的问题。但是，他又很矛盾，很担心，担心随之而来的新问题。目前华容县工业化程度不高，原因就是缺水，如果有水了，他们就有可能引来印染、化肥、造纸等耗水企业沿河分布，这是他最不愿意看到的，他说："千万不要引来长江洁净水，过华容这道手，反而变成污水流进洞庭湖。"

第二种设想，在洞庭湖和长江交汇处的城陵矶筑坝拦水，建起一座水利航电枢纽工程。对于洞庭湖，这个想法干脆简单，也是决定她命运的一种最直接的方式，只要把湘、资、沅、澧四水拦截在湖里，她就可以维持自己的正常水位。如果愿意，她的水域面积甚至可以恢复到明清时期的规模。但问题是，如果长江流域继续干旱下去，甚至像许多人预言的那样，干旱将成为一种常态，那么长江中下游怎么办？事实上，这正是江湖博弈的症结所在，它关乎整个长江的命运。

如果没有更好的办法来阻止洞庭湖的进一步干涸和萎缩，有人已对她的命运做出了预言：洞庭湖迟早会走向死亡！

——这是复旦大学教授张修桂发出的预言,甚至是讣告。

洞庭湖,不只是一个自然湖泊,也是一个民族的精神记忆。当我暂时画上一个句号,我下意识地以手扪心,为这个生我们、养我们的大湖祈祷。

八 丹江口,一个伟大的构想

洞庭湖的命运只是长江中游平原的一个缩影,湖北众多湖泊水面在2011年的大旱中缩减一半,而这些湖泊几乎遍布江汉平原。我乘坐的火车在武汉跨过长江和汉江后,便一直沿着汉江在辽阔的江汉平原上奔驰。所谓江汉,江是长江,汉是汉江。当长江和众多的湖泊干涸如此,那么汉江又该是怎样的命运呢?

对汉江命运最揪心的也许不是我,而是在长久的焦渴中翘首期待着汉江水北上的人们。汉江,又称汉水,古称沔水,发源于陕南汉中市汉王山——嶓冢山,流经陕西汉中、安康,出陕西后进入湖北西北部十堰境内,最终在武汉三镇之一的汉口龙王庙汇入长江,全长约1577千米。这是长江最漫长的一条支流,其流域面积在1959年前超过十七万平方千米,位居长江水系众多支流之首,在1959年后的几十年里已减少至不足十六万平方千米,现已退居嘉陵江之后,为长江水系各支流第二。流域面积的减少,意味着河流的萎缩。人们对汉江格外关注,还是她的水质,这是长江中游也是中国中部区域水质最好的大河,也是南水北调中线的水源。

还没有走近丹江口,我就被一道巨大的阴影笼罩了。我知道发生了什么。仰望,又一次仰望。仰望这一人类构筑的伟大奇迹,一个正在走近知天命的人,也禁不住内心的激荡,血液充满了沸腾的感觉。这种直接的情感冲击,在随后转化为一种更接近知天命的心灵感受。

这一伟大奇迹,从一开始就来自一个伟大的构想。

1952年深秋,那段岁月我已经不止一次地提及,新中国成立后毛泽东第一次出京巡视,他想去看看黄河。黄河南岸的邙山,是秦岭山脉的余脉,这座山在来自湘中大山的毛泽东眼里,只能算是一堆低矮的黄土丘陵,它却是黄河与其支流洛河的分水岭,也是黄河南岸、洛阳北面的一道天然屏障,在一望无涯的中原,这里自古便是军事上的战略要地。一幅地图在毛泽东眼前摊开了,时任黄河水利委员会主任的王化云正在向他汇报治黄的情况,而毛泽东的目光却从地图上移开,出神地看着黄河。此时已是黄河的秋天,汛期早已过去,枯水季节正在来临,黄河看上去很大,很悬,但黄河显然有点虚张声势,在洪水退去之后裸露出了大片如同荒漠的河床、河滩,毛泽东一眼就看见了,他眼神里充满了忧虑。这忧郁的眼神被王化云捕捉到了,他感到这是一个非常好的时机,一个想法在他心中酝酿已久——他提出了一个引江济黄的构想。

这就是说,王化云是第一个提出南水北调的人。当把这个想法说出来后,他一动不动,温顺地看着毛泽东。过了片刻,毛泽东就微微点了点头,用他浓重的湘中乡音说:"南方水多,北方水少,借一点来是可以的。"

南水北调最初的构想就是这样提出来的,一段历史被我这样描述出来,甚至有些轻描淡写的味道。或许这两个人,都感觉到了,要把这样一个想法真正变成一个可以付诸实施的战略构想,还有漫长的路要走。一生气势磅礴的毛泽东,尽管充满了诗人豪迈的想象力,又是一个"无所畏惧"的马克思主义者,但在事关治黄治江的大型水利工程上,他是相当谨慎的,也很善于听取各方面的意见。在看过黄河之后,毛泽东还想看看长江。1953年2月,一个春寒料峭的早晨,毛泽东从汉口登上"长江号"军舰,东去南京。在军舰离开码头时,时任长江水利委员会主任的林一山奉命登舰。这一路上,他们的话题自然是长江。在这之前,长江水利委员会从汉江防洪和水资源综合利用的目的出发,已做了大量前期工作,并基本确认要兴建丹江口水利枢纽,这是开发汉江的最佳工程方案。不过,由于规划尚未完成,林一山还没有向中央汇报过。就是在这艘军舰上,毛泽东把王化云的那个想法提了出来,这一提,让林一山心里怦然一动,他立马意识到,如果要从长江调水北上,没有比丹江口更好的了,这样一来,丹江口水利枢纽工程上马就更有指望了,将来很可能成为南水北调的水源地。就这样,黄河,长江,王化云,林一山,一个"黄河龙王",一个"长江龙王",几乎是不谋而合,真是想到一块儿了。果然,当林一山说出他的想法,也正中毛泽东的下怀,但他凡事都爱问个为什么,他问林一山,这是为什么?林一山说,过了丹江口,汉江再往下,流向转向南北,河谷变宽,没有高山,缺少兴建高坝的条件,向北方引水也就无从谈起,最好的地方只有丹江口。

毛泽东又沉思了片刻,说,你回去以后马上就派人勘察,一有资料就即刻给我写信。

历史还真是有太多的偶然,这些偶然也是机遇。林一山设想的一个原本与南水北调无关的水利枢纽工程,从这时候开始就与南水北调紧密地联系在一起了。

转眼到了1954年,长江流域经历了新中国成立以来的第一次特大洪水。灾难过后,毛泽东乘专列沿京广线视察,途经武汉时,又和林一山谈了一个通宵。这一次的主题与南水北调无关,他们谈的是三峡工程。从孙中山开始,三峡工程就成了一个民族的伟大梦想。面对长江给人类带来的一次次浩劫,无论是孙中山,还是毛泽东,从一开始考虑的都不是发电,而是如何找到一种最有力量的方式来制服这条兴风作浪的长江。而对修建三峡工程,林一山一生不遗余力,而且相当乐观。据他自己回忆,就在那个彻夜长谈的夜晚,他就对毛泽东说:"三峡工程我们自己干并不太难。"不过,他又说,最好还是在丹江口水利枢纽建成以后,"因为这个工程的规模,也算得上是世界第一流的大工程了。我们有了这个经验,就可以把技术水平提高到能够胜任三峡工程的设计了。"

毛泽东听了,连连点头,他也觉得这样更好,更稳妥。于是乎,丹江口水利枢纽在承担了南水北调中线工程的重任之后,又有了一个"为三峡练兵"的使命。在某种意义上可以这样说,丹江口工程,以及后来的葛洲坝工程,都是三峡工程的试验品。

但这一工程真正付诸实施,已是四年之后,风起云涌的"大跃进"时代已经来临。

天上没有玉皇,地上没有龙王,我就是玉皇,我就是龙王,喝令三山五岳开道,我来了!

1958年9月1日,汉江的汛期刚刚过去,经历了一场酷暑的丹江口正在秋风中渐渐转凉。一个伟大的构想好像特意选择在这个学生开学的日子拉开了序幕,从盛大的开工典礼到千军万马的战前的誓师,给许多人留下了一生难忘的记忆。其实并非特意选择,而是"大跃进"战鼓催人,这比预定的开工日期提前了整整一个月。不能不说,在"大跃进"运动中组建的人民公社发挥了巨大的作用,第一个就是为大规模调集民工提供了非常有利的条件,一声令下,十万民工便带着干粮,肩挑手提地上路了。这十万民工是从湖北、河南两省所属的襄阳、荆州、南阳等三个地区十七个县调来的人民公社社员,他们挑着担子,一头是行李卷,一头是一捆稻草,担子上还挂着铁锹、土筐,一路长途跋涉,徒步行进,从早到晚走个不停,一个个走得灰扑扑的,浑身大汗。队伍中还有好多妇女,这是妇女队,世界不同了,男女都一样,在中国,男女平等首先体现在共担苦难上。无论离工地有多远,都是走来的,最远的是荆州,从那儿走到丹江口起码要走十几天。

丹江口水库总指挥部设在当时的均县沙陀营,也就是今天的丹江口市。沙陀是游牧于今新疆巴里坤湖之东的一个西突厥部落,又称沙陀突厥。相传唐末黄巢起义军在攻占荆州、襄阳时,朝廷调突厥首领李克用率领沙陀军五百骑兵前往镇压。途中,沙陀骑兵曾在这荒野上屯兵宿营,这地方从此得名沙陀营。直到新中国成立前,这里依然十分荒凉,常有土匪昼伏夜出,劫掠过往船只和商旅,是一个月黑夜杀人的土匪窝。十万民工以沙陀营为圆心,在左右两岸安营扎寨,几千个用茅草或油毡搭成的临时工棚如同战争年代的兵营,每个营地周围旌旗招展,高音喇叭里不停地播放着民工们的决心书、请战书、挑战书——那被无数倍地放大了的声音,震耳欲聋,也让人感到特别震撼。

丹江口水利工程总指挥长是当时的湖北省省长张体学,四十三岁,正当盛年。别看岁数不大,但他十七岁就参加了红军,经历了抗日战争和解放战争。如何指挥这一次千军万马的大兵团作战,这对一个身经百战的人不是什么难事。张体学早就想好了,他把十万民工全部实行军事化编制,组成八个民兵师,另有从淮河委员会和武汉水利部门调来的工人和工程技术人员组成一个机械师,共计九个师,统一指挥,纪律严明。自从解放战争结束后,张体学已经有几年没有这种指挥千军万马的感觉了,看到这场景,他如同置身于前线,精神抖擞,雄姿英发,几乎忘了他还有另一个重要身份。

但黄安木匠出身的副总理李先念和中共湖北省委第一书记王任重却没忘,还半开玩笑地提醒他:"小张啊,可别忘了你还是湖北省的省长!"

兵马未动,粮草先行。开工不久,一个事先准备不足的问题便暴露出来了,几个民兵师纷纷向指挥部告急,没粮吃了!当时号称十万民工,但实际还不止,有十几万呢,这在那时候差不多是一个中等城市的人口规模。这么多人,干的是最重的体力活,每天光是吃饭,一个人最少也要一斤半米。而在民工们频频告急时,偌大的中国都在告急,"大跃进"带来的弊端在各地暴露出来了。好在张体学手下有一个非常得力的部下,这也是他在战争年代的老部下,时任襄阳专区专员的夏克。张体学任命夏克为丹江口工程后勤兵团司令。他很快就拟定十多万人的粮油供应,指定由当时的郧阳地区西六县——均县、郧县、竹山、竹溪、郧西、房县负责后勤保障,要求组织专门的支前运输队。这是一道死命令,他不要过程,只要结果:每天必须有十万斤粮食运到丹江口工地!

这可让当地老百姓遭罪了。西六县地处秦巴深山,耕种的都是贫瘠的山地,一年到头,勤扒苦做,连自己也吃不饱,每天还要向丹江口调集十万斤粮食,可以说,工地上的民工吃的每一粒粮食,都是从他们的饭碗里拨出来的。西六县的百姓也就只能勒紧裤腰带饿肚子。这个工程可以说是老百姓以生命为代价干出来的。又想,如果那时张体学不是当着湖北省省长,以这个身份为夏克撑腰,举全省之力来保障丹江口工地的粮食优先供应,这个工程也干不下去,这也是当时的奇迹之一了。在全中国陷入"三年困难"时期,每天都有粮食源源不断地运到工地上来,除了米面,还有地瓜干,无论粗粮杂粮,总之能让十多万民工基本上能够吃上饱饭。说到这事,很多老民工还挺怀念总指挥长张体学,没有张体学,他们说不定早就饿死了,他们要是不下苦力干活,也太对不起张体学了。

西六县的老百姓遭罪了,十多万民工也遭罪了,他们的生活有多苦,一些老民工甚至都不愿意回忆了。他们住的房子全是民工们自己动手搭建的油毡棚和茅草棚,四周围一圈薄薄的芦席,房顶上用茅草一铺,芦席墙上没有窗户,两头搭的草帘就是门。在当时,能住上油毡棚就是条件最好的了。不管是油毡棚还是茅草棚,里边都是没有床的。民工们把自己带来的稻草往地上一铺就是床,家境好的上面铺一床单子,家境差的一床被子一裹,连垫带盖全是它了,几十个人一溜大通铺。这种房子冬天不保暖,夏天不隔热,外面下大雨,屋里下小雨,外面雨住了,屋里还在滴滴答答一直下个不停。铺在地下的稻草刚开始还有暖烘烘的感觉,没多久就不管用了,睡在上面和睡在地上没两样。寒冬腊月,北风呼啸,大雪纷飞,大伙冷得挤成一团,早上醒来,眉毛上、头发上都冻成冰疙瘩。更要命的是,这工棚还有巨大的安全隐患,油毡茅草都是很容易着火的,几十上百个工棚挤在一起,几百上千人住在一起,工地上又没有电,除了指挥部有一台三十瓦的柴油发电机外,民工们晚上照明全靠蜡烛和油灯,一不小心,一个火星溅出来,就会引发一场大火。灾难就这样发生了,一天晚上,淅川民兵师工棚里,一个女民工不慎将煤油灯碰倒,倒在地上的煤油灯一下子将地铺上的稻草引燃,她慌乱地去扑救,眨眼间,一个茅草棚全燃了,火借风势,呼啦啦地向两边的茅草棚延烧,火烧连营,烧红了半边天。没有水源,没有灭火设备,民工们在烈火与浓烟里乱作一团,只能徒劳地挣扎、绝望地呼号。事后统计,烧死了三十多个民工,烧伤的不计其数。他们不是功臣,也不是烈士,只是一个时代的参与者。

无论经历怎样的浩劫,工程一直在顽强地向前推进。

按当时的设计方案,丹江口水库大坝高175米,正常水位高程170米,电站装机容量75.5万千瓦。一个如此宏大的工程,除了几台苏联老大哥支援的大型施工设备,全靠十多万由文盲、半文盲组成的农民队伍用锄头、铁锹、扁担、土筐来建造,再就是一些运载着黏土、沙石的小木船。用现在的眼光看,这简直是一个天大的玩笑,而在大放卫星的年代,这也的确是湖北省准备放出的一颗惊天动地的大卫星。

拦河大坝，是整个工程中最重大的工程。首先要在汉江右岸筑起一道坚固的围堰，把湍急的汉江水挤到左侧三分之一的河道里去，然后把围堰中的水抽出来，清理河床坝基，这样才能浇筑混凝土大坝和导流孔。如何修建右岸围堰，成了摆在施工人员面前的第一道难题。第一种是苏联专家提出来的"洋办法"：采用钢板桩挡水，再用混凝土浇筑。应该说，这是当时最先进的一种方法，却让中国人犯难了，到哪里去找这种钢材呢？"大跃进"炼出的那些钢铁，尽管被统计到了国家钢产量的正式数据库，还被周恩来总理在人大报告中宣布过，但谁都知道，那些钢铁跟破铜烂铁差不多，根本做不得数，也做不得用。好在中国人特别聪明，很快就对苏联专家的"洋办法"提出了一种折中方案：用木板桩代替钢板桩，然后进行混凝土浇筑。这又是在开国际玩笑了，那些个苏联专家眼珠子瞪得都快掉出来了，天啊，木板能代替钢板吗？又有人提出了第三种方案，这个方案倒是干脆，钢板也不用，木板也不用，就用土石方在河道里筑起一道土石围堰来——这倒是一个完完全全的土办法。提出这个方案的工程师叫杨铭堂，对这个名字很多人印象深刻，当时就有人开玩笑说："明明是洋名堂（杨铭堂），偏偏出个土办法。"不过，要说这种土法上马还真是中国劳动人民治水用了几千年的法子——水来土囤。问题是，这样艰险又宏大的一个工程，靠中国古人的这种土办法能成吗？果然，这种最古老的方案很快就遭到大多数专家尤其是苏联专家的反对，这不符合工程技术标准，虽有历史依据，却没有理论依据，毕竟丹江口是新中国的一个大型水利枢纽工程。这样干不成，怎么干？三方一直争来争去，还是觉得苏联专家提出的第一种方案比较好，也打听过了，这样的钢板倒是有一家西欧的钢厂愿意卖给中国人，但要等到1960年才能交货。正处在"大跃进"时代的中国人，是绝对不可能等那么久的。两年啊，中国人只能快马加鞭，只争朝夕。活人岂能叫尿憋死，那么就只能采用第二种折中方案——木板桩，但木板桩在打进沙滩两米多深时，就遭遇了河床底下的大卵石层，再往下打，咔嚓一声，折断了。就这样，绕了一个大圈子，最终还是回到了杨铭堂提出的土办法。所有专家不管当初怎么想，现在都只能围绕这个中国人用了几千年的土办法来献计献策，最终确定了土、沙、石组合围堰的方案,在围堰线上填土、中间填沙、外脚抛石填出水面,最终形成一个土台把水赶走。人类选择了这个方案,也就意味着基本上放弃了仅有的几台大型机械,只能完全依靠民工的力量来移山填江。

1958年11月5日,初冬季节的丹江口,江风吹在身上已有几分凛冽了,但人们热情高涨,右岸围堰工程正式启动。丹江口,汉江和丹江汇一流,江面有六百多米宽,日均流量超过上亿立方米。十万民工三班倒,不分白天黑夜,不论刮风下雨,挑着一担担箩筐,排成一队队长龙,往来穿梭,从一座黄土山岭取土,然后用双肩担起沉重的土筐,上坡下岭走完大半里路,将黄土一筐一筐地倒入围堰。这是典型的蚂蚁搬家,一担黄土倒下去,看上去只有一小撮,却有着上百斤的重量,一个民工每天要挑几百担,来回也要走上几百趟,相当于每天负重行走近百里。——在原来的均县,如今的丹江口市,我找到了年过古稀的老两口,王老伯和周大娘,他们就参加过这围堰工程的大会战。那时候老两口还是三十不到的青年,和当时所有的民工一样,穿着单薄的衣裳,操着简陋的工具,女挖土,男挑担。那时候粮食也越来越困难了,只能吃个半饥半饱,饥肠辘辘,而天气也越来越冷,每个人只能弯着腰,把身子深深地俯下去,顶着风中的雪粒子。在零下的严寒中他们只能无休无止地干,拼命地干。挑担子的,很多人用破了三五副垫肩;挖土的,那坚硬的冻土把虎口震裂了,鲜血粘在了锄头柄上,冻成了殷红的冰疙瘩。但他们自己不知道,不知道疼痛了。这是一场超出了人类生存极限的恶战,每天都有民工昏死过去,有的还能活过来,有的就冻死了、累死了。那时候的民工没有一分钱的工资,哪怕到了今天也没有一句怨言,谁都觉得自己是在给国家出力,而在那个时代,给国家出力是不需要任何理由也不需要任何报酬的义务。我已多次描述过这样的场景,这样的人类。毛泽东时代的水利工程,就是这样干成的。

整整五十天过去了,那座叫黄土岭的山不见了,它已经完全被这些像蚂蚁一样的民工搬走了。一座山都填进了汉江,筑起了一道一千米多长的土石围堰。汉江终于屈服了,被挤到了左侧的三分之一河道内,气呼呼地从人类脚下流过。

然而,这还不是最艰难的工程。最艰难的时刻在1959年12月26日来临,总指挥部提前两天下达了命令:腰斩汉江!所谓腰斩汉江,就是汉江截流,而截留日期又特意选在两天之后的12月26日,这是毛泽东的生日。如果截流成功,这将是献给毛主席他老人家的一份寿礼。但,若是失败了呢?当时的人们似乎根本就不会想到还会有这样一个结果。这是一场排山倒海的大会战,龙口两岸人流如潮,吼声如雷,抛石填土,那斗大的石头全靠人力抬起来,但由于两岸的群山被湍急的江水深深地切成了陡坡,水深超过十多米,随着合龙口不断收紧,江水也越来越湍急,眼看着一块大石头滚入江中,又眼看着被激流冲走了。人类与自然力量的对比实在太悬殊,但人类又有令大自然惊愕万分的不屈意志。一块巨石冲走了,又一块巨石压上来,每个人都把力气用到了生命的极限。眼看着合龙口在一寸一寸地向前推进,六百多米宽的汉江被人类一点点地勒紧,只剩下二十多米宽了,一条不屈的河流也使出了她最后的力量和人类作殊死的较量。终于,在下午两点半,最后一车土石一股脑儿倒下去,一条长河断裂了,一个龙口合龙了。顷刻间,十万民工欢声雷动,这些像牛一样习惯于沉默的农民,眼睁睁地看着亘古以来奔流不息的汉江在自己手上被生生拦腰斩断,仿佛忘了这些日子他们是怎么过来的……

然而——这个转折词我已经有点滥用了,事实上新中国的水利工程又有太多的转折,丹江口工程也逃脱不了这个转折。没过多久,人们就发现,这些只争朝夕干出来的工程埋下了太多的隐患。按原计划,要确保整个工程在1962年竣工,但丹江口工程不但没有竣工,而且只能停工。很多隐患暴露出来了,尤其是水库大坝出现了严重的质量问题——经水利电力部和湖北省组成的质量检查组对工程质量进行检查,发现已浇筑的混凝土坝体出现架空和冷缝达427处,裂缝更是多达2463条。这些其实早有人发现,又一直不敢正视。一道拦江大坝这样千疮百孔,谁都知道这是致命的危险,谁也不敢冒这样大的险,整个工程只能停下来,至少是暂时停下来。1962年中央召开了七千人大会,对"大跃进"以来暴露出来的各种问题进行纠正。也就在这次大会的第二天,丹江口工程被中央高层明确要求暂停施工。在国家主席刘少奇的主持下,在其后的几年里开始对国民经济进行冷静而理智的调整,其中一个重要内容,就是对基础建设进行压缩。水电部适时做出决定:丹江口工程下马。这个马又到底怎么下呢？当时准备了两种方案,一是"文下",国家再作一些补救性投资,让已浇好的近百万吨混凝土工程在修复后发挥一些作用,这也是十分有限的作用,不但与南水北调的伟大构想无关,也与丹江口作为一个水利枢纽工程无关,仅仅只是对丹江防汛能够起一点滞洪作用；一是"武下",很干脆,就地解散。——这让总指挥长张体学坐不住了,一个工程干到这样悲惨的结局,他无疑有了一种强烈的失败感,他不甘心就这样下马。痛定思痛,他马上赶往北京,面见毛泽东,一个人承担了前期施工过程的所有错误。同时,他也力陈丹江口水库的必要性。他的目的非常明确,宁可牺牲自己,也要挽救丹江口工程。

经过他及多方的努力,丹江口大坝最终没有"武下",也没有"文下",而是暂停,先将主体工程暂时停下来,把质量事故处理好,再看情况。这一停就是两年,直到1964年底,国务院终于批准丹江口工程复工,而工程也调整为分期进行:前期工程将大坝修建到162米高程,目标是能够防洪和发电。有了前面的惨痛教训,复工之后,丹江口工程施工作风为之一变,这么说吧,当一个社会回归到正常社会,工程施工也回到了正常的状态。对前期的质量问题,先采取了补救措施,在排除了隐患之后才重新按照质量标准、技术规范严格复工。从1965年复工到1968年第一台十五万千瓦机组正式投产发电,丹江口工程一直在稳打稳扎地推进,哪怕在"十年浩劫"中,这里也没有出现"大跃进"时代的狂热。直到1974年,差不多十年过去了,丹江口前期工程才告完成。此时的丹江口大坝总长2.5千米,坝顶高程162米,装机容量九十万千瓦,这些数据说出了一个事实,丹江口工程的前期目标基本上实现了。尤其值得一提的是,丹江口水库蓄水运行至今,三十多年来,经历过几次大洪水考验,但大坝依然安如磐石。应该说,这次亡羊补牢式的补救是相当成功的,在毛泽东时代的大型水利工程中,这是一个禁得住历史考验的优质工程。

然而,那个伟大的构想——"南水北调",从复工之后似乎就一直处于被遗忘的状态,十多年来已经很少再被人提及,难道真的是被人们遗忘了?

此时,已是2011年6月中旬,我在烈日下大汗淋漓地登上了丹江口大坝。在大坝162米门机上,有两个红线标记:176.6米,这是大坝最终蓄水的设计高程;2010年,这是南水北调工程向北京通水时间。

从1958年丹江口大坝动工到达到现在的设计高度,跨越了半个世纪的岁月。这是一个跨时代的水利工程,若要了解新中国水利史,丹江口工程就是一部最真实、最直观的形象史。整个枢纽工程由丹江口大坝、丹江发电厂、升船机和两条灌溉引水渠四部分组成,这也是目前中国功能全、效益佳的特大型水库之一,在防洪、发电、航运、灌溉、养殖以及旅游等方面都发挥着巨大的作用,曾被周恩来总理称赞为"中国唯一五利俱全的水利工程"。最让人惊叹的还是眼前这被誉为"亚洲天池"的丹江口水库,这是亚洲第一大水库,说是水库,不如说是亚洲第一大人工淡水湖。库区跨越鄂豫两省,主要水域位于湖北丹江口市和河南淅川县,大致可分为汉江库区和丹江库区,九成源于汉江,只有一成源于丹江。这个水域面积为846平方千米的人工湖,比中国第五大淡水湖巢湖的水域面积还要多上百平方千米,如果不计较人工因素,丹江口水库实为中国的第五大淡水湖。但谁又能排除这人工因素呢,正因为有了人类不遗余力的打造,丹江口水库才成了人类创造的又一伟大奇迹。

——追溯历史,从遗忘开始。在南水北调被遗忘了多少年之后,直到1978年9月,当中国正在迈进又一个崭新的时代,一个处于遗忘状态的工程,终于又被人提了起来——陈云就南水北调问题专门给时任水电部部长的钱正英写了一封信,建议在广泛征求意见、完善规划方案的前提下,把南水北调工作做得更好。1979年12月,水电部正式成立了南水北调规划办公室,为水电部直属机构,统筹领导协调全国的南水北调工作。在随后的几年里,南水北调先后被七届全国人大列入"八五"计划和"十年"规划,党的十四大列入中国跨世纪的骨干工程之一。1995年12月,南水北调工程开始全面论证,和三峡工程一样成为举世瞩目的热点和焦点。

按规划,南水北调总体格局分为西线、中线和东线工程,分别从长江流域上游、中游和下游调水北上。

西线工程,计划在长江上游干流通天河和支流雅砻江、大渡河上游筑坝建库,开凿穿过长江与黄河的分水岭巴颜喀拉山脉的输水隧洞,把长江水调入黄河上游流域,目标是解决黄河上中游地区和渭河关中平原的干涸缺水问题,涉及青海、甘肃、宁夏、内蒙古、陕西、山西等六省区。此外,结合兴建黄河干流上的骨干水利枢纽工程,还可以向邻近黄河流域的甘肃河西走廊地区供水,必要时,还可及时向黄河下游补水。——这也是南水北调工程中最为艰巨的,截至目前,还没有开工建设。

中线工程,以丹江口水库为水源区和取水处,调水至几乎处于枯竭状态的海河流域,主要是供应北京、天津、河北以及河南等四省市。2005年9月,南水北调中线控制性工程——丹江口大坝加高工程开工,大坝加高后,正常蓄水位将从前期的157米提高至170米,库容从174.5亿立方米增加到290.5亿立方米。第一期工程完工后,年均可向河南、河北、天津、北京等四省市调水95亿立方米,远期目标,每年调水130亿立方米,超过了海河年径流量的一半以上。

东线工程,在三线调水工程中,东线工程开工最早,已有现成输水道,新的调水计划也正是利用江苏省已有的江水北调工程逐步扩大调水规模并延长输水线路,从长江下游扬州抽引长江水,利用京杭大运河以及与之平行的河道逐级提水北送,并连接起调蓄作用的洪泽湖、骆马湖、南四湖、东平湖。南水出东平湖后,分两路输水:一路向北,在位山附近经隧洞穿过黄河;另一路向东,通过胶东地区输水干线经济南输水到烟台、威海等地。

——纵观整个南水北调工程,将通过三条调水线路与长江、黄河、淮河和海河四大江河相互连接,构成我国水资源"四横三纵、南北调配、东西互济"的总体格局。三线工程全部竣工后,预计到2050年调水总规模为448亿立方米,其中东线148亿立方米,中线130亿立方米,西线170亿立方米。长江在地理教科书上的年径流量为9513亿立方米,至少从理论上看,从长江调水北上是完全可行的。而长江也成了中华民族真正意义上的母亲河,她不但要供长江流域约占全国三分之一的四亿多人口畅饮,还要泽被黄河、海河乃至淮河流域的亿万苍生。

然而,我眼睁睁地看到的丹江口,和那个无数人叹为观止的丹江口,仿佛不是处于同一时空中。丹江口水库很大,越大越让我感到强烈的反差,偌大的水库,看上去就像一个巨大的空洞。我来之前的猜测,在这里得到了印证。情况比我预料的还要糟糕,丹江口和长江中下游地区一样,在经历了一百多天的大旱之后,水位持续下降,一直降到了死水位以下。丹江口水库的死水位为139米,2011年6月4日,坝前水位只有134.87米,比死水位还低四米多。就在这天,温家宝总理来到了丹江口,站在丹江口水库坝顶,看着这比死水位还低的水位,他满脸忧色地说:"今年的大旱引起我的思考,南水北调工程是中央决策的重大工程,必须建设好。但是有四个重大问题应该全面考虑:第一是水质问题,要保证一廊清水到北京,这既涉及库区周边水环境,也涉及南水北调沿途输送环境;第二是移民问题,要保障移民得到妥善安置和长期稳定就业;第三是汉江水环境容量问题;要密切关注汉江水环境的变化;防止水体富营养化;第四是水资源利用和保护生态环境的关系。水利工程给生态环境带来了影响,生态环境的变化也会给水利工程带来影响,要综合考虑。"

是啊,对中国的许多问题,尤其是水利问题,我们都要综合思考,甚至需要回忆,让后世记住人类为此付出的巨大的代价。不说十多万在这里流血流汗的民工,还有多少做出了巨大牺牲的移民。一些老人回忆起当年南水北调移民,几度哽咽。有人冻死、饿死,有人成"野人",那时候移民可不像今天这样往好地方迁。1959年,丹江口大坝开工建设的次年,河南省淅川县两万多人移民青海。移民们带着七天的干粮和配发的军大衣,坐着火车到了青海,却发现开垦荒地条件艰苦,军事化的管理很难适应,很快陆续逃了回来。有的人沿着铁路线乞讨,冻死饿死的不少,在青海留下六千多人,余下的都逃了回来,但他们的故乡已经变成了库区,没有家园了,没有田地了,少数移民则在多次搬迁中,过着"野人"生活。

抚今追昔,让北京人、天津人喝上一口干净水真不容易,还有多少人为此做出了巨大的牺牲？牺牲没有成为历史，还在继续。如今，这些还生活在丹江口库区周边的农民，正处在干旱的煎熬中。2011年的旱灾已造成丹江口市五十多万亩粮食经济作物受灾，小麦、柑橘、油菜、蔬菜等农作物大面积受损，他们的嗓子干得冒烟了，他们养命的田地也干得冒烟了，但他们守着身边的一个大水库，却只能干瞪着眼。这些农人中，就有我前面提到的老两口——王老伯和周大娘。当年为修这个水库，他们流血流汗，几乎把性命都豁出来了，如今，这水库里的水却难解他们的燃眉之急。别说水库里现在没有多少水，就是有水，这些农民也很难用得上。这一带是典型的南北交接之地，就在我身旁，一边是等待收割的麦田，另一边是刚刚插下的秧苗。秧田的一边，还种着玉米。它们在风中发出轻微的响动。或许，这里就有诸葛亮出山之前躬耕的陇亩，也有当年关羽水淹七军时被淹没过的土地。王老伯和周大娘，站在一片属于他们的麦地里，绝望地看着在干旱中成熟的麦子。这麦子是褐黄色的，用手轻轻一捋，满手都是脱落的瘪粒，麦芒扎得我手心一阵生疼。

丹江口被称为汉江的天然水位调节器，其实还是由人来操控的。整个丹江口水库除汉江河道以外，主要有两个出水口，一个是位于北边河南省南阳市的陶岔渠首，这是南水北调东线工程的取水点；另一个则是位于湖北省老河口市的清泉沟水利枢纽，是丹江口水库下游地区"引丹工程"的取水点。而丹江口市想要用水，仰仗的是水库沿岸沟沟坎坎中自然形成的一些小型取水点，几个太阳一晒，这水就干了。这些库区周边的农民，看着水库里的水，却用不上。一个当地人以调侃的方式说出了丹江口市与丹江口水库的关系："这些农民就像猫看着鱼缸里的鱼儿，明明有鱼，但就是吃不到嘴里。"对此，丹江口市防办也很无奈，他们也很同情这些农民，但他们没有放水的权力，一个工作人员说："丹江口水库的水要长江委（长江水利委员会）来调度，我们无权决定。"

那么谁有这个权力呢？丹江口水库的管理单位是总部设在丹江口市的汉江水利水电（集团）有限责任公司，其主管单位是长江水利委员会。对于丹江口水库，丹江口市乃至湖北省也无权干涉，最终决定要取决于长委会的统一调度。这不是哪个省哪个市的水利机构，是中华人民共和国水利部在长江流域和澜沧江以西（含澜沧江）区域内行使水行政主管职能的派出机构。他们也只能从整个长江流域来考虑丹江口水库何时开闸、何时蓄水，不过，他们也说出了一个事实，这次长江中下游大旱他们绝对没有袖手旁观。自2011年4月份以来，丹江口水库先后七次加大下泄流量，累计为下游补水近六十亿立方米。这水不是放少了，而是放多了，使得原本处在蓄水期的丹江口水库水位跌至历史第四低，这是丹江口水库为下游抗旱做出的牺牲。

牺牲，为了这样一座水库，这世间已经有太多的牺牲者，也有着各种各样的牺牲方式。但摆在眼前的是一个更现实的问题，如果长江、汉江一直处在低水位，这丹江口水库又找谁要水？南水北调又怎么调？当丹江口降到死水位以下，也让南水北调中线工程甚至整个南水北调工程再度成为全国焦点。有专家称，这实际上是对这一工程提前进行了大考：在大旱时节，如何协调水源地用水与向北方调水的平衡？换句话说，当南北都出现了严重的水危机，这有限的水资源，是北上还是南下？

这是一个水权分配难题，一个跨区域水资源调度的难题。

对这个担忧，长江委有其乐观的解释，也有其乐观的理由：目前的苦难是暂时的，到2005年南水北调中线工程全部完工后，随着丹江口水库水位抬高，总库容将又增加一百亿立方以上，只要科学调度，完全可以双管齐下，既不影响南水北调，同时也可以为下游放水抗旱。——这的确是一个让人乐观其成的愿景，只是许多人并没有这么乐观，而且只能从悲观的现实出发。由于丹江口水库"腰斩汉江"，拦截了汉江中上游来水，致使汉江下游水量一直处于严重的供血不足状态，这并非在2011年这个大旱年的极端干涸下发生的事，这已是一种常态。数十年来，丹江口以下的汉江流域一直处于干旱缺水状态。怎么办？聪明的九头鸟想出了一个主意，事实上已经在2010年3月付诸实施，一项名为"引江济汉"的工程，在长江荆江河段开工。这一工程计划每年从长江取水37亿立方米补充到汉江及其支流，以缓解因南水北调工程对汉江下游所产生的生态、灌溉、供水、航运等多方面的影响。这样一来，丹江口水库与汉江争水，就演变成了汉江与长江争水、支流与干流争水,这无疑是一个悲观的令人沮丧的结果。曾几何时,汉江这条源源不断地给长江输水的第一大支流,现在却只能向长江借水了。那么,长江又有多少水可借?尽管长江的水量是黄河的二十倍,然据不完全统计,长江流域现有的总库容量只有1745亿立方米左右,这与地理教科书上的那个9513亿立方米的水量实在太悬殊!如果长江真的只剩这不到两千亿立方米的水量,南水北调工程的命运就是一个巨大的悬念了,没有水了,你怎么调?

而与长江争水的又岂止是一条汉江?随着近几年长江上游干支流上筑起一道又一道拦江大坝和大型水利枢纽工程,整个长江流域早已是纷争四起,众多支流、湖泊都在争夺长江干流的水资源,上游和下游争,支流与干流争,更有愈演愈烈的江湖博弈……

九　江湖博弈

又走到了一个分界线——长江中游和下游的自然分界线,湖口。

这里因地处鄱阳湖入长江之口而得名,古称"彭蠡之口",是江西水上北大门,素有"江湖锁钥,三省通衢"之称。一座著名的石钟山就耸峙于此,"彭蠡之口有石钟山焉"。它以陡峭峥嵘的险要地势,扼守着长江和鄱阳湖。不用说,这又是江湖上的一个兵家必争之地。三国时,东吴都督周瑜在鄱阳湖操练水军,就是自石钟山发兵进击赤壁,大破曹军八十万。元末朱元璋、陈友谅为争夺天下大战鄱阳湖,清代曾国藩率湘军水师与太平军在湖口鏖战十载,民国初李烈钧在湖口誓师讨袁,一个湖口,一座石钟山,在历史的江湖上突显出无与伦比的战略地位。登临石钟山,可远眺庐山烟云,又可近观江湖清浊。所谓江湖,江水雄浑,而湖水清澈,从来不会混为一体。只是,如今没有战火硝烟的血战,只有江湖博弈的交锋,这里将成为又一个欲说还休的战场。

鄱阳湖,众所周知的中国第一大淡水湖。她的形状就像一个葫芦。有人这样形象地比喻,洞庭湖是拴在长江腰带上的一只大水袋,鄱阳湖是长江上挂着的一个宝葫芦。这两个大湖都处在长江中游南岸,命运也极其相似。

洞庭湖原为古云梦泽的一部分,鄱阳湖则是古彭蠡泽的一部分。这两大辽阔的古泽漫溢于长江两岸,《汉书·地理志》"寻阳"注:"《禹贡》九江在南,皆东合为大江。"意思是说,古时长江在寻阳(今九江,一说为湖北黄梅)派分为多条河流——九,极言多——东注入彭蠡泽。其时,南有鄱阳湖,北有古人所谓不敢越雷池一步的雷池(今湖北黄梅龙感湖),而被长江淹没的湖泊中,其边际是模糊的。长江在这一流域逐渐变得清晰,其实也是历史上江湖反复博弈的一个结局。当一条清晰的大江滚滚东逝,意味着浩浩荡荡的湖泊已经在不断的萎缩中分裂。长江流经今天江西省九江市北的一段,因九江古称浔阳而得名,俗称浔阳江。这些古老的名字,为沧海桑田的江湖变迁留下了一个个供后人探悉的符码。

在抵达湖口之前,我已经反复描述过洞庭湖和洪湖的干涸,如果再描述鄱阳湖的干涸,将要陷入万劫不复的重复。

这样的重复,也被一个总是在危机时刻出现的身影见证了。

2011年6月2日上午,鄱阳湖成了温家宝总理第一个抵达的旱区,他走向鄱阳湖子湖——大湖池,极目远眺,只见赣江和修河过去十分宽阔的交汇处已明显狭窄,鄱阳湖滩地零星散布着条块状的水洼。再往远处看,鄱阳湖那一湖浩渺清水已变成一片平原。

看着干涸的湖底,他问江西省水文局局长谭国良:"去年这里水有多深?"

谭国良回答:"有三米多深。今年一百一十多天没有下雨,眼下,进入汛期两个多月了,一直没有下雨。"

温家宝眉头紧锁,神情凝重。

鄱阳湖不应该是共和国总理看到的这样子,然而眼前这个中国最大的淡水湖又确实是这样子。鄱阳湖的生态比洞庭湖好,这是很多人公认的。鄱阳湖的水质在长江流域众多的湖泊中也是比较好的,素有"中国清水"之称。但再好的生态,也抵挡不住水位的急遽下降。当水位降到半个世纪以来的历史同期最低,水质也在变化。如今清水难觅,满眼都是污泥浊水的沼泽。在湖口,仍能看到一条清晰的分界线。不同的是,以往,湖水清而江水浊,如今已经反过来了,江水清而湖水浊。这江湖两色的反向变化恰好始于三峡运行之后。因为三峡坝区截流以后,随着流动性减弱,大量泥沙沉降,透明度就会增加,其后果就是淡水赤潮更容易爆发。

到底是什么改变了江湖的自然格局?尽管尚无令人信服的数据来证明三峡工程与江湖水量锐减和极端干旱天气有关,但很多人认为,随着三峡大坝的影响力越来越大,江湖关系旧的平衡已经打破,新的平衡尚未建立,而新一轮江湖博弈已经拉开了序幕。

2011年5月18日,国务院总理温家宝主持召开国务院常务会议。在我的印象中,这还是最高国家行政机关第一次明确要求"妥善处理三峡蓄水的不利影响"。据公开的报道,经过十七年艰苦努力,三峡工程初步设计建设,任务如期完成,防洪、发电、航运、水资源利用等综合效益开始全面发挥。三峡工程在发挥巨大综合效益的同时,在移民安稳致富、生态环境保护、地质灾害防治等方面还存在一些亟须解决的问题,对长江中下游航运、灌溉、供水等也产生了一定影响。这些问题有的在论证设计中已经预见但需要在运行后加以解决,有的在工程建设期已经认识到但受当时条件限制难以有效解决,有的是随着经济社会发展而提出的新要求。适时开展三峡后续工作,对于确保三峡工程长期安全运行和持续发挥综合效益,提升其服务国民经济和社会发展能力,更好更多地造福广大人民群众,意义重大。——这一消息之所以引起国内外的广泛关注,是因为,这是中国政府第一次公开承认三峡工程有些亟须解决的问题。三峡工程存在的问题正在变得透明。当问题变得公开了,争论的声音反而小了。摆在面前的,最重要的就不是争议有没有问题了,而是把问题摆出来,集思广益,去寻求怎么解决这些问题。

江西山江湖开发治理委员会办公室主任王晓鸿把矛头直指三峡:在三峡蓄水后,以前江水倒灌鄱阳湖的场面已很罕见。要说大旱,历史上鄱阳湖也不知发生了多少次干旱,但从来不会干涸成这样子,尤其在汛期,长江洪水滔天,鄱阳湖水满为患。而现在长江没水了,由于鄱阳湖地势高于长江,水往低处流,让鄱阳湖水大量外泄入江,一遇大旱,鄱阳湖水就会干涸见底。

三峡何以会成为众矢之的?

三峡很委屈,力挺三峡工程的专家很委屈,长江流域不管是大旱还是大涝,只要发生了异常气候,三峡工程总会成为众矢之的。难道三峡大坝真有如此巨大的能量吗？它真的能忽而一下制造大旱,又忽而一下制造大涝吗？

尽管如此,至少在2011年的大旱以前,三峡还是一个很少公开触碰的敏感话题。

每一次灾难的发生,极端气候就成了人类推卸责任的最方便的托词,但这样的托词现在似乎有些失灵了。所谓极端的气候,从来都不是突然发生的,很多症候,事实上都在时间的推移中开始显现,而在这个推移的过程中,又似乎都能找到与之相关的隐形的链条。尽管没有直接有力的证据,但其实是有逻辑顺序的,这就是对三峡大坝蓄水之前和蓄水之后进行比较。尽管老百姓无法做出高深的科学论证,但群众的眼睛是雪亮的,他们的切实感受是真实的。这大概是最权威的专家也无法否认的吧。

三峡工程绝非一个局域性的问题,这已是人类的一种共识。科学可以论证一项工程,但以人类目前所掌握的科技水平,是否有足够的能力来论证一个世界？其间还有多少可能性？多少未知区域？

指责三峡的不只是长江中下游,更有上游。早在2004年,四川、重庆发生洪涝灾害,就有人怀疑这与三峡蓄水造成水汽蒸发量加大有关;仅仅两年后,还是在这一地区,又发生罕见大旱,再次有人怀疑与三峡蓄水有关。

这一次长江中下游大旱,三峡的问题几乎是摊牌了,但围绕三峡的争论就像这干涸开裂的土地,沟壑越争越大。面对来自民间的一次次质疑,一些有官方背景的众多水利水电专家纷纷走向前台,他们依然认为将极端天气全部归罪于三峡大坝"纯属无稽之谈"。和水利专家不同,大多数气象、气候专家选择了沉默,成为另一种"沉没的声音"。他们不愿正面谈及三峡大坝是否影响长江流域气候的问题,但他们又更加忧虑未来三峡库区的极端气候事件将显著增加。

事实上,当长江中下游把矛头一次次指向三峡工程,其实也指向了三峡以上的一系列大坝,但这些大坝对于中下游河流的影响以及其间的利弊,现在下结论为时尚早。

这不是世纪的忧患,可能是千年的追问。

当我从长江上游走来,一路上看见的都是拦江大坝。长江上游干流和支流上已有六十多个大型水电站和数不胜数的中小型电站,在未来十到二十年里还有更多的大坝横亘在江河上。这个事实,是没有任何争议的,必须直面的是,如何能够解决上游蓄水和下游用水的矛盾。此外,江西、湖北、湖南的许多主要河流及其支流均建有水电站,这些水电站在干旱期间也成为抗旱的拦路虎,抗旱需要水,发电更需要水。发电站利用掌控大坝的优势可以对上游来水进行人为控制,它首先必须保证自己正常发电的水位,才会把剩余的水放下来,而正当干旱季节中下游地区需要大量用水时,这些电站却必须大量拦水发电。又由于电站管理权归属不同,利益不同,调度困难,致使抗旱处于极其被动的状态。一个事例,2011年4月份,江西修河流域,因上游水电站不愿放水,致使下游两万多亩早稻田得不到及时灌溉,在上级部门的强力干预下,该电厂才勉强开闸放水,但此时已造成农田受旱损失。这些旱灾导致的损失,比发电的收入不知要高多少倍,但发电是直接收入,而农田受旱的损失却往往是间接的,甚至被刻意低估的损失。

我在黄河流域采访时,一个研究黄河历史文化的学者说,黄河是中华民族一条源远流长的龙脉,当黄河上游修起了一道道大坝,这龙脉被阻隔了,断裂了,黄河也就难逃断流的命运。尽管我不太相信这种玄学文化意义的解读,但这里面又确乎有一定的自然科学道理。同黄河相比,长江上游干流在毛泽东时代一直没有大兴土木,只是修了一座葛洲坝。而现在,随着三峡大坝的崛起,也随着三峡大坝对江湖格局的改变,从上游到中游,从干流到支流,一道道大坝正在建造,或正准备建造。湘江正在筑坝拦水,还有资江、沅江、澧水,都在跃跃欲试,并已有明确的规划。洞庭湖水利枢纽工程也正运筹于帷幄之中,还有陕西省的"引汉济渭"、湖北襄阳市的"引丹灌区"、湖北荆江的"引江济汉"等工程或已上马或准备上马。这所有的工程只有一个核心意图,拦截长江水,保证自己的这一方水土拥有足够的水资源。这也将各地政府面对水危机的紧张和危机感表露无遗。

对于这些备受争议、甚至引发了世界性争议的水坝,至少有一个人没有我们这样悲观。此人就是中国长江三峡开发总公司前总经理、2003年当选为中国工程院院士的陆佑楣先生,他还有一个与我此刻的叙述直接相关的职务——中国大坝委员会主席。

针对那些质疑三峡大坝的人们,由此而质疑大坝这个普遍性存在的人们,他认为,从水资源上看:"那些在中国唱反水坝的人,没有概念,缺乏科学知识。水资源是时空分布不均匀的,当然应该通过工程措施来合理分布,以前人类是自然地向有水源的地方移动,现在人口不用大迁移了,想办法用工程的措施让它尽可能均衡一点,这是一个很自然的过程。事实上,全球有多少座坝?全球有四十万座,美国七万多座。20世纪30年代到70年代是发达国家水电建设的高峰期,目前发达国家的水能资源已基本得到开发。法国被视为新能源利用出色的国家,我去那儿什么感觉呢,它们的水能几乎都开发了,几乎每一滴水都利用了。大坝的使用寿命都长达百年以上,西方国家并不是说不建坝了,而是已经完成了这个大规模建坝的过程。中国现在水电站建设规模应该说不小,但还差得远,和他们当时情况对比,大体上类似罗斯福新政的时候。"

那么,从生态环境上看呢?他认为:"生态环境实际上并不是水电站的主要矛盾,这是被人为夸大了的。水质污染,不是水库引起的。长江自古以来就是一个排污的通道,经济不发达,人口不多的情况下,这些污水就自然净化。现在时代不一样了,庞大的工业和城市,集中的人口,决定了把长江当成一个排污口的古老习惯要彻底颠覆了。源头是在陆地上,治理也是在陆地上,这跟水电发展没有任何关系,这是一个简单的道理。"

陆佑楣说,总有人在脱离实际,误导公众。不客气地说,现在反水电好像成了一种"时尚"。也有人拿都江堰为例出来反对现代的水电建设,说老祖宗不需要建坝,也能建成一个引水工程,一直用到现在。确实,都江堰是个了不起的工程,它认真分析了岷江的情况,解决了成都平原的灌溉。但是,两千多年了,现在的人口、耕地、用水量比当时要增加多少,一个都江堰就能满足需求了吗?所以才修了紫坪铺水库,来提高平原用水和灌溉标准。

对于国内当下弥漫的反坝情绪，他质问："为什么现在老把水电和环境生态破坏概念化地联系，对水电的认可度那么低？这跟国外的NGO组织、反坝组织不无关系。那些认为国外现在到了'拆坝时代'的观点也完全是一种误导。这涉及不同国家对坝的定义问题。美国五米到八米都称为坝，如果按这种标准，中国有多少坝？八万六千多。美国垦务局局长告诉我，美国每年会拆一部分坝，其中有些水坝仅仅是为了灌溉或者是为了小农庄的电力自给，比如自己的领地里面修建一个小电站等等。目前，美国的大电网领土覆盖率非常之高，有了大电网，小电站就完成了历史的使命，就可以拆了。美国大型水坝没有被拆。中国也拆掉了一些小电站，最古老的石龙坝电站已经停止发电了，因为这是一座很小的电站，已经过时了，但并不是说已经进入了拆坝时期，或者停止建设水电站的时期。"

无论是谁，听了陆先生的这一番话，都能感觉到他的直爽、坦诚，甚至还有据理力争的尖锐，以至尖刻，他激动地说："有些人太情感化了，他说，河流必须要自然地流淌，没有这个道理！河流是自然存在的东西，如果没有水坝，你人类怎么利用这个水资源呢？如果没有密云水库，能有北京的今天吗？西南地区的河流，是世界自然遗产。修了十几个梯级电站，难道能把三江并流变成两江并流吗？没有，还是三江并流。他们太夸大了，就是不去了解真实情况。淹没区我都去看过，有人说建电站有一片原始森林要淹没？不存在。其实低海拔的树都已经被砍光了，这些树都是从岩石缝里长出来的，没有几百年恐怕也长不出来。它是经过几百年甚至上千年，不断地筛选才能长出来的。实际上这十几个梯级电站，每个电站，水位都远低于裸露的山体。但是如果你不去开发，当地的居民非常贫困，他要靠山吃山，过去一直以来的生态破坏是贫困跟人口的同步增长造成的。三峡工程不建，那些老县城的人怎么发展？没有土地资源，没有太丰富的矿产资源，如果在矿产上打主意，环境破坏只会更大。"

不过，他也承认，对鱼类的保护确实是一个难题。长江里面有一些很珍贵的鱼类，像中华鲟，过不了坝了。国外做了很多试验，修了很多鱼道，鱼梯，升鱼机等。像美国哥伦比亚河上这么多梯级电站，建成后现在才逐步研究鱼类怎么过坝的问题。我们长江里的鱼已经很少,少的原因是捕捞过度和污染。像中华鲟的产卵本来不是在金沙江,而是在长江的中下游。由于中下游人类的活动太多,把它们赶到了金沙江去。那么现在修三峡水库,金沙江在修,葛洲坝早就在修了,已经切断了。现在用人工繁殖的办法来繁殖,是不是成功还有待于长期观测。这些问题要从水电合理有序的开发过程中解决,研究具体的办法,研究水电的收益怎么用上来,而不是不去开发。开发和保护是两个问题,不是简单对立的。有些是生物多样性的需要,应该把这些鱼类保护住,不要让它灭亡,但保持生物多样性也还是要从人类可持续发展的角度来考虑。

陆佑楣先生的观点是权威性的,也是具有代表性的,对国家在水利布局上的宏观决策来说无疑也是举足轻重的。我暗自猜测,这大概也是一道道大坝最终能够获得国家批准的理由吧。

现在,对三峡指责得最厉害的江西,似乎发现还有比指责更有实际意义的事要干,为了保证鄱阳湖、赣江有正常的水位,一个酝酿多年的鄱阳湖"筑坝之梦"被重新激发。2008年12月,江西省成立鄱阳湖水利枢纽工程领导小组,由时任省长吴新雄领衔,亲任领导小组组长。该枢纽的原方案是:在距长江二十七千米处的鄱阳湖口修筑一座长约三千米的混凝土大坝,提高鄱阳湖枯水季节水环境容量,达到供水(灌溉)、保护水生态环境、保护湿地、消灭钉螺、航运、旅游、发电以及水产等方面的综合效益。当又一道伟岸的大坝筑起来,江西人将一劳永逸地把湖水拦在自己的地盘里,以保证鄱阳湖和赣江等河流处于正常水位。在正常的水位下,鄱阳湖面积有3914平方千米,容积达三百亿立方米。对于江西,对于鄱阳湖,这是必要的。这也意味着,江西人的一湖"中国清水"从此将有保障。

2009年12月12日,国务院正式批复《鄱阳湖生态经济区域规划》,关于鄱阳湖水利枢纽工程内容为两句话:做好水利枢纽前期工作,积极推动鄱阳湖水利枢纽各项工作。

应该祝福江西,我却想为长江哭泣。这意味着,长江也将在最缺水的时刻又减少了一个巨大的水源。据统计,经鄱阳湖注入长江的水量约是长江径流量的15.6%,超过黄河、淮河、海河三河水量的总和。正因为这清澈的湖水源源不断汇入浑浊的江中,保障了长江中下游的供水。如果这水被截留,那么长江下游怎么办?而来自国际生态领域的专家则担心,鄱阳湖筑坝会使长江中下游的水危机更加严重,随着长江流域干支流各地抢水的加剧,今后武汉、南京壮阔的江面也许会变成一条水沟。

我多么希望,但愿这不是一个可能被证实的预言,而是一个虚妄的谎言。

现在,谁也无法预测,在筑起这么多水坝、枢纽之后,湖口以下的长江流域将会出现一个怎样的局面。这样的大坝会不会进一步向下游蔓延?芜湖要不要修?马鞍山要不要修?南京要不要修?……

这一连串的问题让我想到一个博尔赫斯式的寓言。按博尔赫斯对镜子的说法:它代表了繁殖。最有名的例证是,把一个婴儿放在两面镜子的中间,就可以生产出无穷无尽的婴儿。这是多么令人惊讶的奇迹。而我想说的是,大坝也可以繁殖大坝,一座世界上最雄伟的大坝可以繁殖出无数大坝。如果这些大坝全都按人类的意愿有计划、有步骤地建起来了,可以想象长江中下游流域、上游的金沙江流域未来将是什么样子。以中国的国力之强和制度的力量,筑一道大坝是最容易不过的事情,而某个决策一旦付诸实施,就将变成一个难以逆转的事实。

当我走过2011年的长江,我不是感觉到而是眼睁睁地看到,长江干流如果没有支流水源的补充,还得源源不断地向大大小小的支流输血,哪怕是再伟大的一条母亲河,也将生命枯竭。这种情况其实也让作为主管部门的长江委甚是担心,陈晓军副主任忧心忡忡地说:"由于各梯级蓄水工程蓄水时期相对集中,相互之间竞争性蓄水会导致下游河道的水位下降,会影响整个长江流域的江湖关系。"

充满忧患的还有很多水利专家,武汉大学水资源论证中心副主任胡铁松说:"南水北调工程最大的意义,在于对时空分配不均匀的水资源进行人工的调节,而这应该有一套调度方案来做保证,现在丹江口向下放水还只是一种应急方案。"

同为武汉大学水利水电学院教授的李可可认为,我们过去的水资源分配模式太过粗糙,该到了好好反思的时候了。从全球范围来看,极端天气的出现越来越频繁,在此情况下,对于水资源的管理思维也该有所转变,应通过立法来明确"水权"分配,明确在各种极端情况下,大型水利工程在防洪、抗旱、航运、发电以及生态保护功能之间应如何兼顾,同时避免出现跨区域的水权纠纷。

在水利上我只是一个门外汉,但我深信江湖中也有一种能量守恒的定理,正是它在维持江湖格局在大自然中的平衡。我也一直在追问,人类是否真的能掌控大自然的力量?一座座大坝,我们可以预估它的直接效益,规划出它给我们带来的种种好处,但人类能否真正主宰和把握那种来自大自然的巨大的能量转换?换句话说,这巨大的能量是否会向别处转换,发生灾难性转换?

这些,我们暂时还不知道,但我们隐隐约约猜测到了什么,预感到了什么。

有人说过,如果说中国的政治改革和民主法治有一个"人算"的渐进安排,但环境灾祸的突然降临可能是"天算"的宿命。而国家环保总局副局长潘岳给出的灾难时间表是:见到悬崖——五年,跌入悬崖——我们这一代。

十　从湖口到吴淞口

从湖口到吴淞口,全长九百余千米。这是万里长江最后一段流域。

最好的方式还是坐一条船,随大江东去。这也是中国水网极密集的地区之一,南岸为江南水乡,北岸也是水乡泽国,江湖穿插,河汊纵横,无处不是航道,处处皆可行船。当长江流经安徽境内,北岸有华阳河、皖河、裕溪河和滁河等,还有中国第五大淡水湖巢湖和皖南湖群;南岸有黄湓河、秋浦河、大通河、漳河、青弋江和水阳江等;江苏境内,北有京杭大运河、通扬运河和洪泽湖等;南有贯穿浙江钱塘江的江南运河,一条大江在众多的湖泊、支流加入后,如同在新鲜血液里一次次诞生,每诞生一次长江就变大一次,一条从世界屋脊流来的长江,直到这里,才真正进入了波澜壮阔的大境界。

淮河入江水道自三江营汇入长江,从自然地理看,淮河其实也是长江的一条支流,但人类已把淮河作为一个独立的流域水系。如果不是人类的特意安排,长江流域将变得更加浩大。

一个在船上奔波的人,其实更能看清楚这一方水土。

当我把目光转向长江北岸,眼前开始出现大片广阔的冲积平原。这是长江中下游平原的一部分,又称长江沿岸平原或巢湖平原、皖中平原。就是这辽阔肥沃的平原和水网,把安徽省变成了天下粮仓。尤其是沿江地区,一直是安徽省最重要的稻产区和棉花产地,占有重要地位的还有油菜和水产。这里也是长江流域人类居住时间久远的地区之一,在安徽省江北发现的直立人化石和数处包含人类遗迹的遗址,都证明了一个非常重要的历史事实:尽管中国政治史多以华北和黄河流域为中心,长江流域却始终以其农业潜力而对历代王朝具有重大经济意义。

途径巢湖平原,绕不开一个巢湖。这是长江北岸出现的第一个大湖,中国五大淡水湖之一。这个水域面积约为750平方千米的湖泊其实不大,如果洪湖的命运没有被人类改变,洪湖的水域面积比巢湖还大。但巢湖的来水面积不小,接近1万平方千米,沿岸为合肥市所环绕。每一个自然湖泊都是上苍巧妙的安排,为的是接纳众多的支流,在湖泊里汇集。巢湖的主要入湖河流有南淝河、上派河、丰乐河、杭埠河、白石天河、兆河、柘皋河等,这些河流都源于山丘区,一般集水面积都大,流程较短,比降陡,汇流快,穿过湖周圩区后,进入巢湖,又经湖泊调节容蓄后,出巢湖闸经裕溪河于裕溪闸下注入长江。汛期,若长江水位过高,裕溪河受顶托倒灌时,裕溪闸与巢湖闸将关闭,以拒江倒灌。巢湖四周诸河来水,全都仰赖巢湖容蓄,防洪压力很大。为了缓解巢湖及裕溪河的防洪问题,1986年冬天,当地开始进行牛屯河分洪道建设。工程竣工后,入江口水位比裕溪河口的长江水位降低了半米左右,这半米也让巢湖水系的防洪压力减少了一半以上。但巢湖近年来的命运和洞庭湖、鄱阳湖一样,她所面临的不是洪水的压力,而同样是干旱的压力。在2011年这个大旱年,长江中下游出现了六十年来最严重的"三季连旱"。

巢湖也未能幸免,出现近五年来的最低水位,湖滩大面积裸露,野草疯长,搁浅的渔船被野草掩埋……这景象我已经反复描述过,我好像在描写同一个湖,每一次都让我感到是残忍的重复。

同北岸相比,长江下游南岸则显得比较复杂一些。从湖口一路过来,沿岸的河漫滩平原比北岸要狭窄得多,沿江地区多为山地丘陵和阶地,一路上都有石质山地直接伸进江中。伸进江中就被人类称为矶头了,这样的矶头实在太多,从九江至江阴沿江两岸有五六十个大大小小的矶头,其中分布在南岸的就有五十个。长江三大名矶,除了洞庭湖和长江交汇处的城陵矶,另外两矶分别是采石矶和燕子矶。看看这几个代表性的矶头,对流域内的水文、地形、地貌以及人文就大致了然了。

采石矶位于安徽省马鞍山市西南的长江南岸,这座突兀在江流上的石矶,素有"千古一秀"之美誉。它的得名据说始于三国东吴时,此处曾产五彩石,因其形状如蜗牛,又有"金牛出渚"的传说,又名牛渚矶。采石矶是一个古老的文学意象,历史上来这里题诗咏唱的文人骚客实在太多,这里就不说了,但天才的李白是不能不说的。不说他的吟咏,只说他的命运。相传他就是在这里因酒醉赴水、捉月而死,一个天才淹死了,一座采石矶从此蒙上了一层浪漫神秘的宿命色彩,也平添了一座太白楼。曾几何时,这座楼与岳阳楼、黄鹤楼、滕王阁并称为江南著名的"三楼一阁"。不过,让采石矶更著名的还是战争。南宋时期,一场惨烈的抗金之战就发生在这里。绍兴三十一年(1161年),金军统帅完颜亮率六十万大军分四路南下,抵达采石矶对面江岸,与宋军隔江对峙。据《宋史》记载,当时形势危急,完颜亮高踞在高台"黄居"下,杀白马祭天,准备次日渡江,江南的宋军却正因"易将"而无人负责。幸亏守将虞允文毅然负起守卫重任,以少胜多,大败金军。在战争史上,这也是一场以少胜多的著名战例。

过了采石矶,燕子矶也就遥遥在望了。一座更为惊险的石矶,突兀于南京市北郊观音门外直渎山上,三面临空,势如燕子展翅欲飞。这就是人称为万里长江第一矶的燕子矶,很形象。这样一个地方,又有太多的文人骚客、英雄名流慕名游览。李白顺江而下,也在这里留下了一个传说,他登临矶顶,以石为樽,江水为酒,把酒问天,结果吞江醉石,为燕子矶留下了一个"酒樽石"。又传说明太祖朱元璋南下集庆时就是从这里登陆。观音阁旁悬壁上,原有铁索穿石而挂,传为当年明太祖朱元璋的军师刘伯温系舟之处。观音阁旁的平台,传为明太祖皇后马娘娘的梳妆台遗址。"燕子矶"三个楷书大字,又据说是乾隆皇帝御笔亲题。这个最爱游山玩水的天子,六下江南,三登燕子矶。第一次来游燕子矶时,即被这壮阔的江山震撼了,写了一首气势不凡的七绝:"当年闻说绕江澜,撼地洪涛中下看。却喜涨沙成绿野,烟村耕凿久相安。"不过,这绝美的风景,也让很多人选择在这里跳江轻生。于是,在燕子矶山上临崖处,有陶行知先生手书的石碑一块,六个字:"想一想,死不得。"但你不想死,却有人不让你活。1937年南京陷落,从南京城里逃出来的难民慌不择路地奔向江边,一条大江,成了他们宿命的方向,燕子矶下,就有一个渡口,这是他们可以侥幸逃生的唯一希望。但很快他们就发现,一条大江把他们的希望彻底变成了绝望,江面上已经看不到一条船了,那些渡船早就逃到江北。这让数万逃难者陷入进退维谷的绝境。很快,日本骑兵就带着轻机枪追来了,一场血腥的大屠杀是从燕子矶上开始的,日寇就把枪架在燕子矶一带的山头上,对着拥挤在江边的平民疯狂扫射。据历史资料记载,有五万多中国平民死于这场屠杀,无数尸体漂浮在长江上,随大江东去,把一条黄金水道变成了一条淌血的河流。由于很多没有漂走的尸体一直堆积在江滩上,没有人收尸,直到第二年春夏之交,这里还堆满了无人过问的尸体。那腐烂的尸体散发出来的恶臭气味,数十里之外都能嗅到。为祭奠这些被无辜屠杀的同胞,后来这里竖起了一块燕子矶遇难同胞纪念碑。一只不知从哪里飞来的黑色小鸟站在这碑尖上,过了很久也没有飞走。这也成了我眼里一团久久没有移开的黑。我甚至忘了眼前还有这样一座矶、一块碑和一条沉重而缓慢的长江。

这一段长江因山势所阻,必须向东北绕过南京直至镇江一带的山地,过了镇江,又折向东南。镇江北岸,就是扬州,这一带长江古称扬子江,就是因扬州有一条通往镇江的古老渡口——扬子津。先有扬子津,后有扬子江。扬子江是扬州以下至入海口的长江下游河段的旧称,这也是西方传教士最先听到的长江之名。到了清朝末年,长江门户被列强的炮舰打开,一条条外国船由吴淞口溯江而上,穿过长江中上游,直抵重庆。又无论一条船走多远,他们都要经过这段扬子江,久而久之,外国人便把它作为了整个长江的代称,英文音译为"the Yangtze River",并且正式标示在他们的世界地图上。但以扬子江之名取代整个长江,从来没有被中国政府接受过,它既代表不了整个长江,又带有屈辱的半殖民地色彩,中国人绝对不可能接受。在中国出版的中国地图和世界地图上,长江的英文名称为"the Changjiang River",而不是列强强加给我们的"the Yangtze River"。

仿佛经历了漫长的时间,我才终于听到了大江东去的声音。滔滔不绝,充满了流动的呼吸。扬子江是长江的深水区,江阔,水深,浪大。在扬州看扬子江,感觉离大海已经很近了,在江中推波助澜的,就是来自大海的潮汐。

当江面变得越来越宽阔,两岸也变得越来越辽阔。

就这样,恍然不觉中,我已从狭长的、带状的长江中下游平原进入了广袤的长江三角洲。这也是长江中下游平原最后的版图。随着离大海越来越近,这里地势更加平坦,更是一片江南之乡的景象。要说江南,这也就是最经典的江南。

江南,这个洋溢着文学意象的美丽辞藻,其实从未有过统一的定义。

从人文地理的意义看,江南特指长江以南。在不同的历史时期,江南的意义又不尽相同。一般认为,广义的江南涵盖了长江中下游以南直至南岭、武夷山脉以北的辽阔版图,涵盖了如今的湖南、江西、浙江和上海全境,还包括了湖北、安徽和江苏等省的长江以南地区,大致相当于唐代江南道的境界;狭义的江南又与宋代江南东路及两浙路所辖范围大致相同,包括了现在的浙沪全境、苏皖长江以南部分、赣北濒临长江鄱阳湖的地区及赣东北。无论广义或狭义,江南都是中国版图上最辽阔最富饶的一部分,也是中国农业极发达的地区之一。

这片土地也同样充满了忧患,而最大的忧患就是洪水。

为了守护这肥沃的平原,自东晋以来,陆续在长江两岸建有大量的堤防。据统计,长江下游两岸干堤总长1860余千米,但由于地面高程普遍低于汛期洪水位,极易成灾。1991年江淮大水,江南江北一片汪洋。1995年长江下游干流又出现新中国成立以来的第二大洪水。每当洪水来临,另一种灾难就变得更加突出——崩岸。崩岸大都发生在平滩水位下,主流冲刷右岸边滩,形成贴岸深槽,而发生处的河道一般地质基础差,抗冲刷能力极弱。还有一个重要原因是,航道疏浚也很可能造成崩岸。这也是我家乡长江中游时常发生的事,一般分为条形倒崩、弧形坐崩和阶梯状崩塌。条形倒崩是指沿河岸发生长条状的崩塌,弧形坐崩则是大面积的河岸以弧形坍塌,阶梯状崩塌是从上往下以阶梯状一级一级地垮塌。这种灾难与洪水没有直接的关系,一年四季都会发生。接下来的一段描述来自我孩提时的记忆:一个人在冬天的河岸边走,水在很深的河谷里深沉地流淌。当寂静笼罩了一切时,突然会蹿起一股巨大的水浪,水花嗖嗖地飞溅到半空中。回荡之声缥缈而又高远,好像天上还有一条大河。每次水声响起,我就知道,那一定是崩岸了。有时候整个人会随着一整块河岸崩下去,那个过程是无法看清楚的,就像你永远也无法看清大河深处无声涌动的那股暗藏的力量。尽管每天都会有一大片一大片的河岸突然崩塌,又迅速地被大河吞没,但从这里坍塌下去的土地,又会在不远处的另一个河湾里重新生长出来,变成滩涂或沙洲。甚至连那些同河岸一起崩下去的树,也会重新生长出来。沿岸一带的护浪林,就这样被河流搬来搬去,这让人感到神奇,像是虚构。一棵树原来到底长在什么地方,很大程度上也只能去猜测了。但很少有人会去猜测,谁会去关心一小片土地和一棵树的历史呢?

　　长江下游的崩岸,一看就比中游更厉害。崩岸在长江中下游极具危险性,不但直接威胁到工农业生产和人民生命财产的安全,还可致使河床产生横向变形,带来一系列的次生灾害,埋下更多深不可测的隐患。从江西湖口至江苏江阴段的长江干流,两岸崩岸总长有四百多千米。护岸工程,是长江下游最重要的水利工程。沿长江下游干堤走,可以看见主要有两种类型,一是覆盖式平顺护岸,有抛石、沉排、沉枕、沉笼和沉软体排等几种结构,这也是长江下游采用最多的一种护岸形式;还有一种丁坝护岸,主要是堆石坝。另外也有采用短丁坝与平顺护岸相结合的方式。这些工程有的是看不见的,譬如水下抛石,一抛就是数万立方,全都沉在水底下。这很容易造成施工的偷工减料。有些官员只热衷于表面光溜、立竿见影的面子工程,把一道堤坝修得又高又大,水底下的工程反正看不见,就敷衍一下。为了确保水下抛石的施工质量,很多地方现在采用电子过磅计量方式收购块石,还有专人拿着录音笔在现场监督,一人过秤,一人报数,一人录音。看着这情景,既让人心里踏实了许多,也让人心里不是滋味儿。这个时代啊,人类为了堵死一个江底下的漏洞,先要想多少办法才能堵死人心里的漏洞啊。

大海已经越来越近了,我已经明显地感觉到了来自大海的潮汐。

在历次大洪水中,人类无不希望江水快速下泄,直奔大海,然而江水却好像故意要和人类作对,你越是希望它加速下泄,它越是变得令人难以忍受的缓慢。和人类作对的其实不是江流,而是大海。一种来自大海之上的力量远远地超过了长江的力量,顶住了江水。这就是海水倒灌。这也让长江裹挟而下的大量泥沙在入海口沉积下来,在江心逐渐淤积成几十个大大小小的沙洲。其中最大的一个已不能用沙洲来定义,这是长江用泥沙直接堆起来的一个岛屿,中国第三大岛——崇明岛。在崇明岛浮现之前,一座伟大的东方城堡,如同在这茫茫大水中诞生。

长江,中国第一大河流;上海,中国第一大城市。

这也是一座特别有方向感的城市——上海,到海上去。

走进这座伟大的城市,又有太多的内容必须省略,我依然只能直奔我的主题,上海的命脉,水。

如果说上海出现了水危机,恐怕没有人相信。但上海人相信,他们就在这危机中生活。

若要解读中国城市水危机,有两个伟大的标本,一个是北京,一个是上海。北京缺水,很容易理解;上海缺水,则令人匪夷所思。从水资源看,上海的人均拥有量为全国人均拥有量的三十倍左右,然而,早在1990年上海就被列为全国三百个缺水城市之一。为什么上海也会打上缺水城市的标志?这是我的追问,也是上海的追问。追问的答案是2001年《上海市水资源普查报告》。该报告对黄浦江沿岸水厂的水质监测数据表明,江水的溶解氧、氨氮、化学耗氧量的年平均值均超标,水体污染显著。原来如此,我恍然大悟了,上海缺的不是水,而是干净水。像上海这样的城市可以作为中国缺水城市的另一个类型,北京是典型的水源型缺水城市,而上海则是典型的水质型缺水城市。

上海的主要水源来自黄浦江。而黄浦江的水质,曾让不可一世的英国人也羡慕不已。

历史上,上海第一次水质调查,就是上海公共租界工部局搞的,时间是1870年。这次调查,分别在黄浦江及其临近的江湖上,选择了龙华上游、江边码头、黄浦江虹口港、苏州河、外滩、淀山湖、黄浦江上游的松江、黄渡等十二个取样点取水,水样被送到远在伦敦的英国皇家化学学院进行了严格的水质检验。结果是,上海的水质优于同期英国泰晤士河水。这让那些住在上海租界的英国人放心了,这水也可以放心喝。

到了1883年,英商建起了中国的第一家地表水水厂——杨树浦水厂。这也是上海乃至中国城市供应自来水的历史性开端。但这家自来水厂不但没有受到上海人的欢迎,还遭到了一些市井之民的抵制。千百年来,中国人早已习惯直接饮用江湖上的自然水,也难怪他们对自来水这种洋玩意儿一时难以接受。据《上海轶事大观》记载:"当时风气未开,华人用者甚鲜,甚至有谓水有毒质,服者有害。相戒不用。"自来水卖不出去,眼看着就要亏本,这让开自来水厂的英国商人很伤脑筋。他们从当年的烟草商人那里得到了启迪。烟草商人的做法是,不要钱,白送给你吸,等你吸上瘾了再卖给你。于是,这些开自来水厂的英商也如法炮制,"其后水公司遍赠各水炉、茶馆,于是用者渐众。居户之不装龙头者可嘱水夫担送,每担取钱十文……"这样一来,上海自来水逐渐普及了。

上海这个华洋杂处、斑驳陆离的十里洋场,在乱糟糟的一百多年里,水源却一直保护得很好。一直到20世纪50年代,黄浦江依然是一条供数百万人畅饮的河流,沿岸自来水厂都是直接从黄浦江取水。水好,鱼也好,那时候黄浦江盛产鳗鱼、鲈鱼、鲷鱼等野生鱼类。"大跃进"时期,渔业队每年的捕鱼量近万担,到"文革"初期就减少了一半,1970年已降至两千担左右,到1978年时,黄浦江下游的鱼虾已经绝迹。一条江河里没有了这些活泼的生命,这水也就开始散发出异样的味道。事实上也是从那时起,一些外地来沪的客人,喝不惯上海的自来水,连泡出来的茶都有一股怪味儿。其实,上海人也早已感到这水不对劲,纷纷向有关部门和自来水厂抱怨,呃,这水怎么搞的?

原因其实是明摆着的,闻得到,也看得见。1988年,我第一次走进上海,就闻到了一阵一阵的刺鼻气味儿,而只要你嗅到了这气味儿,很快就能看到一条污黑发臭的河流。但当时似乎还没有"水危机"这个词儿,一些上海人甚至还不无骄傲地告诉我们,你别看这河流都是污水,日本人还想出钱买呢。请相信我的诚实,这绝对不是我的编造。那么日本人买这臭熏熏的东西干什么?我只能这样推测,这臭水沟里也许有很多重金属,这对于资源极度缺乏的日本人还真是宝贝疙瘩。而这样反证了我们的工业化一直是粗放型的、资源浪费型的。借用一句耳熟能详的话,垃圾只是放错了位置的资源。同日本这样的发达国家相比,我们对可再生资源的利用实在太落后了,许多宝贵的资源都成了污染的罪魁祸首。上海,这座隔海与日本九州岛相望的城市,一直是中国最大的工业基地,也是污染最严重的城市。这又与国家的工业布局有关,这样的污染也注定了是最难治理的工业结构性污染,而所有的污染最终又只能通过水来排解。新中国成立后,新中国对污染的治理不但技术落后,而且长时间没有引起高度重视,许多污染源都是长时间遗留下来的,积重难返。

用时任上海市水务局副局长沈依云的话说:"到处是水,可不能用。"

据沈依云介绍,目前上海有两个主要取水口,两个取水口都有问题。一个取水口的水源是黄浦江,黄浦江的污染现在已不是工业和生活污水的污染,而是通航所造成的河道污染。上海位于中国大陆海岸线中部长江口,拥有中国最大的外贸港口,从海上来的船,从长江来的船,黑压压地挤在一条黄浦江里,直接影响到水源地;还有一个是长江水源地,但由于海水倒灌,咸潮频繁,而咸潮一直是沿海城市用水安全的威胁。不说历史,只说近十年,上海长江口多次遭遇来势凶猛的咸潮,取水口盐度最高时曾超标五倍多。每年11月到次年4月是长江枯水季,也是咸潮频发季,2011年的咸潮又是历年之最。每一次咸潮来袭,都是上海水务部门高度紧张、高度戒备的时刻,上海市各家媒体都会在显著的位置报道取水口的状况,而在这些报道背后,水务局上上下下也进入了临战状态,通宵达旦地工作。那个压力有多大,是一般人难以想象的,但最大的压力还不是席卷而来的咸潮,而是市民的恐慌。

沈依云抬起头来看着窗外,仿佛有什么不祥的景象即将在窗外出现。他满脸忧色地说:"如果市民都感觉到饮用水危机了,那就太严重了。"

那么,上海人每天又需要多少水呢?据统计,2004年中国城镇每天的人均生活用水量为212升(含公共用水),农村居民人均生活用水量则要少得多,每日为68升,市民是农民的三倍。上海市民的用水量更大,据2001年上海市水资源普查报告,上海市区自来水人均综合生活用水量为每天289升。又据2010年统计资料,上海人口为2301万,一个城市的人口就相当于一个中等国家,不干别的,光是这么多人一天就要耗掉多少水?这是小学生都会算的一道乘法题,答案是一个海量的数字,一个天文数字,谁又知道还有多少没有统计的。

无论一座城市拥有多少人口,怎么才能让每一个市民喝上干净水是每座城市最大的事情,也是市民最揪心的。随着生活质量日益提高,水质却在不断下降,这也是中国三十多年来跨越式发展的一个悖论。伴随着频频发生的水污染事件,很多市民对自来水也越来越缺乏信任感,这让瓶装的纯净水成了很多市民饮水的第一选择。现在,随便走进一个市民家里,一眼就能看到摆在客厅里的纯净水设备,还有人在自来水龙头上加装了净水设备。这也是现在市民家里流行的"一水两制":喝的是纯净水,用的是自来水。

还别说,这"一水两制"给很多城市的供水部门带来了灵感——分质供水,也就是将饮用水与其他用水分开供应,实行不同的水质标准和水价。其实,这也不是什么新鲜事物。以美国为例,他们早就开始推行这种分质供水,一种是符合联邦政府与一些州政府水质标准的"可饮用水",还有一种是

"非饮用水"。类似的方法,现在很多中国城市都在试行,但最引人关注的还是上海。2001年,是上海试行分质供水的元年,出台了《上海市新建住宅管道分质供水建设管理若干规定》。2011年在上海举行的APPC会议,也成了这一"水务新政"的试验平台。供水部门首先在承担会议接待的锦江饭店安装分质供水的设备,通水检验,"可饮用水"水质达到卫生部和欧盟的饮用水标准,可以直接饮用,就像水龙头上贴的标识一样:"龙头放开,水可生饮。"这也是上海生饮水装置的正式启用。与此同时,上海西郊东苑怡和园小区也建成了全市首个分质供水小区。运行表明,各项水质指标均已达到国家标准。若从水价上看,这也是一项很实惠的惠民政策,在分质供水实施分别计价后,市民喝到的可饮用水比市场供应的桶装水便宜一半。然而,这一经过APPC这样的国际高端平台检验又实实在在能给老百姓带来实惠的"水务新政",运行了不到四个年头就无疾而终了。2005年3月25日,上海市水务局正式发出通知,废止了关于分质供水的相关规定。这又到底是什么原因呢?

国外现行的分质供水与目前国内的管道纯净水其实是两个概念,中国市民每人每天的饮水量不过三升左右,但在实施的过程中,他们不光是喝饮用水,很多人洗澡、洗发、洗衣服也同样用饮用水。这不但没有达到节水的目的,反而让饮用水量大增。可见,当初供水部门的设计意图从一开始就有些想当然了,过于理想主义了。有的专家甚至担心,如果寄希望于通过分质供水走"捷径",很可能在经济、社会方面造成不良后果。在指导思想上和操作上,可能造成放弃保护水源和改善水处理技术的努力,结果现有管网供水水质逐渐下降为非饮用水,而饮用水的供应量又明显小于合理的限度,直至造成恶性循环。而对老百姓来说,在实际操作上也挺麻烦的。一个龙头里流出来的是饮用水,一个龙头里流出来的是非饮用水,可能忙中出错,尤其是那些小孩子和老人,难免就会把不该用的水给用了,把不该喝的水给喝了。这喝了非饮用水,那可不是闹着玩的,轻则拉肚子,重则进医院,这看病又得多少钱?中国人实在,算账也算得仔细,该计较的都会盘算到。从专家发出的警示到民间的抱怨,大概就是这项"水务新政"无疾而终之疾了。

绕了一个大圈子，又重新回到了原点。中国的事情似乎都是这样，如同无限循环的小数，绕来绕去，最终永远无法除尽。那么，水危机的真正解决之道在哪里？有专家认为，关键还是要通过控制水源污染、改进技术等来保证供水并改善供水的原水水质，这才能从根本上解决问题，只有这样才能治本，其他的都是治标。此外，还有一个重要举措，就是节约用水。现在，上海市已经制定了节水规划，从上海市民的人均综合生活用水量看，也确实还有不小的节水空间。节水也同样是一个理想化的意图，谁都知道中国缺水，上海缺水，谁都知道要节约用水，观念的普及不是问题，节水早已是一种共识，但要让每个人节水，又恐怕不是短时间内就能靠每个市民的自觉来解决的。中国的事，更多还得从制度上去解决。如何把节水制度化？上海似乎也没有什么高招，他们采取的措施也是现在很多城市正在推行的，实行超计划用水加价收费。还有，就是在科技上想办法，对工业园区、社区、校区都制定各类用水标准。不能说没有效果，以公用事业用水为例，过去上海的公路绿化带都是通过消防车运送自来水进行浇灌，成本高，又费水。实施节水措施后，上海市的公路绿化带下都铺设了PPC管道，就近抽取河水灌溉，仅此一项，每年就可为上海节约几十万立方的自来水。但这几十万立方水对于这座特大城市的海量耗水只是杯水车薪。

这不是上海的问题，也不是长江三角洲或长江流域的问题。从上海看中国，这里有一组充满了危机感又时常被人们引用的数据：中国水资源总量居世界第六，但人均水资源量仅为世界平均水平的四分之一，列全球第八十八位，属于"缺水国家"。2006年5月，水利部副部长矫勇曾公开表示，按目前的正常需要，正常年份全国缺水总量将近四百亿立方米，有四百多座城市供水不足，一百多座城市严重缺水。——这是严峻的现实，那么未来呢？随着未来中国的进一步城市化，中国大大小小的城市从数量到规模还将以几何倍数增长，这将给中国带来更大的水资源压力，也将带来更严重的水质型的水危机，将有更多的自然江河湖泊干涸、萎缩直至消失。这其实也就是我从长江上游一路看过来的现实，还有未来吗？

一路上，我都在想象，这从唐古拉主峰一路奔流而来的万里长江，该以一个怎样的神圣的仪式来完成她生命的最后庆典？在大海拥抱大江的那一刻，又该是怎样的壮怀激烈？走到这里才发现，没有激情狂欢，没有波澜壮阔，只见浑浊发黑的水浪在离大海最近的地方慢吞吞地浮动，一副疲惫不堪又逆来顺受的神态。这就是我眼睁睁地看到的万里长江，她已经流了不止一万里，她可能已经真的流累了，流得精疲力竭了……

十一 一条船还能走多远

若要知道一条船在长江上还能走多远，最好的方式是把一条长江航道从头走到尾，然后倒回去再走一遍。

在这方面我倒不想故作谦虚，一条长江我来来回回不知走了多少遍了。尤其在20世纪，无论是东去上海，还是西去重庆，我几乎都会选择这条黄金水道。直到现在，我还有些怀念我坐过的那些轮船，"江汉"轮，"江渝"轮，"江沪"轮。这样的怀念也只能是缅怀了，这些船现在都被淘汰了，它们的速度太慢，已经远远赶不上我们这个时代的速度。

说到长江航运，又要请出李望生先生了。航运，离不开航道和港口，在很长一段时间，他就是吃这碗饭的，一直到现在还在吃。

从哪里开始呢？我找来了一幅长江航运图，在老李面前摊开了。老李连想也没想，就用手指了一下，他指着的是长江上游的第一个港口宜宾。这在我是意料之中，这里是长江的零千米处，也是长江航道的零千米处。只是，如果把宜宾作为万里长江的零千米，长江就不能号称万里长江了，长江的长度少了一大半。从航运看，宜宾上游的金沙江、通天河流域在船长的地图上也并非绝对的空白，也有航运，但航道逼仄，只能走很小的船，用一篇著名小说的标题来形容，那是"没有航标的河流"。长江航道，一直是以宜宾为零起点的。我们也只能从这里开始，顺着长江的流向，看看一条船在长江干流上还能走多远。

一般来说，从四川宜宾港至湖北宜昌市南津关，这长度一千余千米的航道，是长江最上游的航道，也就是人们一直视为畏途的川江。历史上，"自古川江不夜航",指的就是这里了。这句话的背景,是水运的帆船时代,载货运客,靠的都是全凭人力和风力运行的木帆船,十吨左右的就算是了不起的大船了,水深——航深不是主要问题,主要还是航道的凶险。巴渝境内,层峦叠嶂,又要经过水流湍急的三峡,考验船长们的是如何在激流中把一条船控制住,在险滩密布和礁石林立的河流里找到一条最安全的航道。对于人类,这也是最冒险的航运,1000多千米的川江航道,一半路途要闯滩斗水。这极为凶险的航道,也建立了船长——艄公的崇高权威。他们都是历尽奇险、大难不死的人,也是航行经验极为丰富的人,遇到危险,又显得特别冷静,船行船停,该快该慢,水手船工全凭他们指挥。没有哪个不服从的,除非你不想活了。由于川江凶险,那时候又没有航标,船上也没有航灯,一到夜晚就看不清那条凶险的水路了,只能在夜幕降临之前找个码头湾船,等到天亮了再走。也正因为川江的凶险,还直接产生了一种文化。那时候,一般小船上有几个船工,大船上有二三十个船工,岸上还有纤夫。为了统一扳桡节奏,在明、清时期,由艄公击鼓为号指挥船行,大约在清朝中期,逐渐兴起号子,由艄公发号,众船工帮腔,这也就是让人听了特别悲壮的"川江号子"。尽管悲壮,却又比击鼓为号更有节奏感,也更催人奋进,每个人都觉得自己是以生命在做最后的搏击,连心跳也一齐随着这号子搏动。后来,还产生了专门的号子头,这也是仅次于艄公的第二号权威人物。就这样,这些川江的船夫、纤夫们日复一日、年复一年喊着号子,"脚蹬石头手扒沙,风里雨里走天涯",在坚硬的石头上留下了纤绳磨砺出的一道道深深的纤痕。那无比悲壮的"川江号子",一直在这大峡谷里回荡,回荡了数百年,现在已被列入第一批国家非物质文化遗产了。

随着国家西部大开发战略的深入,为了满足长江上游航道的重庆、泸州、宜宾等沿江地区日益旺盛的水运需求,长江航道局按国家交通部提出的"深下游、畅中游、延上游"的建设发展思路,从2005年开始,分三期对重庆至宜宾航道进行了全线整治,采取炸礁、筑坝、疏浚等措施,整治了十多处滩险,新建、改建了八百多座航标、信号台。这让长江最上游的一段航道的通航能力大大提升。据长江宜宾航道局发布航行通告称,长江宜宾合江门至重庆羊角滩的维护航深已从3.0米拓深到3.7米,航宽从50米拓宽至80米。应该说,这是一次跨越式发展,从过去的Ⅲ级航道直接进入了现在的Ⅰ级航道,原来只能通行一千吨级船舶,现在可通行三千吨级大型船舶。实际上,这个通告还是相当谨慎和保守的,从重庆直航宜宾的船舶远远超过了三千吨级。2008年6月,万吨巨轮"巨航89号"徐徐开进了宜宾港口,这条巨轮自重两千多吨,可装载货物九千吨左右。这也是有史以来抵达万里长江零千米处的最大船舶。

一条万吨巨轮驶入长江最上游的港口,也开启了长江航运史的一个新纪元。

2009年10月,宜宾至上海2688千米长江航道,全部实现昼夜通航,从此终结了"自古川江不夜航"的漫长历史。——这让人感到惊喜,也感到有些突然,仿佛一夜之间,历史就真的改变了。金秋十月,尽管是长江流域一年最美好的季节,对长江航道却不是最佳季节,随着秋季的来临,长江已开始进入枯水期。然而,这一切又是真的,这里边一定有什么大背景。确实,很多人都见证了一个伟大的时刻。10月25日,在雄伟的三峡大坝坝顶,时任中国长江三峡集团公司董事长、党组书记曹广晶向全世界宣布:"三峡工程试验性蓄水成功蓄至175米!"为了这一伟大时刻的来临,从1919年孙中山先生提出开发长江水资源的设想,到1956年毛泽东主席"高峡出平湖"的宏伟构想,再到1992年第七届全国人大第五次会议通过兴建三峡工程议案,中国人已经等待了近一个世纪。——这里申明一下,出于谨慎的原因,这里我援引了当年的新闻报道。

关于三峡工程在防洪和发电方面的巨大效益,这里我就不重复了,只说航运,这也是三峡工程的三大效益之一。事实上这个效益随着三峡工程蓄水水位由135米向156米、175米提升,也早就逐渐体现出来了。水涨船高,水位越高,江面越宽,水流变缓,这是想想就知道的常识,那些让船工们如临大敌的险滩、暗礁,也一一告别了它们最后的演出,深深沉入水底。长江航道部门也随之对川江航运、航道进行了调整。水有水路,和陆路一样,也有单行道,以前船舶在川江部分水域里只能单向通行,这一历史也从此终结了。现在川江全线,至少在三峡库区内,实现了全天候的双向行驶,这等于把航道扩大了一倍,也把航运能力扩大了一倍,缩短了时间。随着航运时间的缩短,船舶的运输效率大增。随着那些暗礁险滩的消失,船舶运行也更加安全,一条航道变成了高速公路,一艘艘快艇、冲锋舟、水翼船在美妙的嗖嗖声中贴着水面疾飞。

还是听听一个老船长怎么说。刘松柏从十八岁就在这川江上跑船,跑了四十几年,这条江还是让他提心吊胆,每过一次夔门就像过一次鬼门关。这个夔门,就是雄踞长江三峡之首的瞿塘峡。在长江三峡中它是最窄又最短的一道峡谷,两岸是高数百丈的悬崖断壁,江面最窄处还不到50米。一条大江从上游呼啸而来,一下被挤压在这大峡谷里,只能拼命地挣扎、咆哮、左冲右突,激起的浪花冲到半空中,又如同暴雨倾泻而下。一个峡谷都在震撼,更别说一条船了。这条八千米长的峡谷,亘古以来就是川江上一道难以逾越的天险,不知发生了多少船毁人亡的惨剧。很多老船工不叫它夔门,叫鬼门。它也确是一道鬼门关。很多人都知道夔门之险、三峡之险,却不知一条川江还暗藏着多少凶险。其实,从宜昌到重庆,一路上都是危途险路,哪怕过了三峡,到了重庆,那危险也还远远没有过去。在九龙坡港下游,就是号称鬼见愁的一个浅滩——三角碛。像三角碛这样的浅滩一共有五个,猪儿碛、胡家滩、麻布滩、草鞋碛,号称"五大浅滩"。现在这些浅滩全都变成了深潭,如果不仔细想,你都不知道它们原来在哪儿了。

一座三峡工程,直接改变了川江航运的命运,也只有这种伟大的工程才具有这样的伟力。这无疑也让三峡工程的建设者充满了自豪和自信。曹广晶董事长在向全世界宣布三峡工程试验性蓄水成功蓄至175米高程的同时,也宣布了三峡工程将要发挥的三大效益。在航运效益上,从此结束了"自古川江不夜航"的历史,改善了湖北宜昌至重庆段六百多千米的水运条件,万吨级船队可直抵重庆港,航运成本将降低四分之一。长江中上游成为名副其实的黄金水道。此外,三峡水库每年枯水季节利用蓄积的水量为下游补水,可提高中下游通航能力……

然而,这令人惊喜的消息似乎并没有让人们惊喜多久。如果说这只是一种对未来的畅想,这一畅想也没有变成事实上的畅通。一直到现在,十多年过去了,这个目标依然没有实现,哪怕三峡库区航道也没有像人们所期待的那样成为一条黄金水道。

据长江重庆航道局航道处处长闻光华说,如今万吨船舶根本上不了丰都,更抵达不了重庆。三峡蓄水后,江面看似宽了,但很多地方其实很浅。现在的标准航宽实际上只有100米左右,而库区难以遏止的泥沙淤积也越来越严重,最大的淤积点已达二十多米。有个地方叫烂泥湾,2011年水深只有五米,刚刚达到通航标准,如果不赶紧疏浚,真要断航了。另一个严重淤积点是涪陵下游十几千米的江段,叫土脑子,淤积后的江底海拔高度达到139.6米,而消落期的平均水位是145米,这看上去很高的水位,深度也不过5米多点。还有暗礁,以前的暗礁沉入了水底没错,但在蓄水之后一些原来露在水面上的山岩被水淹没后又变成了新的暗礁。要改变库区的航道,还需要国家投入大笔资金来炸暗礁、拓宽通航宽度。此外,由于水流减缓,湍急的江流变成了库区静水。这不但是泥沙沉积的主要原因,也让水面的垃圾越来越多。水流不动了,垃圾就只能漂浮在这里,清理江面漂浮物已是重庆航道局最伤脑筋的事。现在只能靠三峡库区的区县政府部门来组织专门的打捞队伍,但哪怕一天到晚不间断地进行打捞、清运,也难以让航道变得干净。这不仅是为了保持库区水域的清洁,这些漂浮物对航运也是灾难性的,搞不好就会缠住机轮,把机轮卡死,甚至让轮船偏离航向,发生触礁事故。

河流是最容易让人产生错觉甚至幻觉的一种存在。它时时刻刻都在变化,当一种真相掩盖另一种真相,当一个结果变成另一种结果,总是让人猝不及防。

当人类关于长江航运的畅想渐渐变成一种危机,有人感觉到了危机,也有人不敢相信真的发生了什么危机,还有人呢,或许是根本不敢面对、不敢正视业已出现的危机。总之,危机出现之后,似乎一直没有引起人们的高度关注,甚至处在一种遮遮掩掩的状态,但很多事是不以人的意志为转移的。

2011年长江中下游大旱,把许多人一直在遮遮掩掩的真相撕开了,也让人们第一次正视了长江水危机的严峻现实,而长江航运危机也在这次危机中突显出来了。

又从哪儿说起呢?还是城陵矶。这也是一个值得你反复打量的地方。

无论是长江上游、中游还是下游,又无论是长江航运、洞庭湖航运,还是以三湘四水为代表的支流水系航运,都无法绕开城陵矶。城陵矶港是长江八大良港之一,是长江中游水陆联运、干支联系的综合枢纽港口,湖南省水路第一门户,也是湖南唯一的国家一类口岸。城陵矶港之所以能够成为湘北内联四水、外通江海的湖湘第一港,说来也是大自然的选择。这得天独厚的地理优势非为人造,实乃天成,要不怎么叫天然良港呢。

一个或许并不恰当的比喻,春江水暖鸭先知。洞庭湖人把江湖涨水叫"回春"。从每年的第一轮春水到来,到洞庭湖和长江水涨水落,城陵矶港最敏感。2011年大旱,尽管这里遭遇了六十多年来最低的水位,但港口依然一片忙碌。一台台巨大的浮吊正在忙碌地装货、卸货,穿着工装的工作人员手拿高频无线电话,正忙碌地指挥着一艘艘即将靠岸的船舶。看着港湾里停满了的船舶,还有正在江湖上行驶的船舶,你真的感觉不到这是一个大旱年。

老李指着一艘正往小船上卸载的大船说:"你看见没有,大船怎么要向小船卸载?"

我一愣,还是老李观察仔细。看老李那神情,似乎大有蹊跷。是的,只要你仔细看,也多少能看出一些蹊跷。那些千吨级的大货轮都是从下游的武汉、南京、上海开过来的,而那些三五百吨级的小船则是从上游的重庆、三峡、宜昌开过来的。我也觉得奇怪,为什么下游来的船比较大,而上游来的船比较小呢?

老李说,看了这些船,你就大致知道它们走过的航道是怎样的情况了。

一幅长江航运图再次摊开了。离开了这幅地图,你还真是看不清长江航道是怎么回事。老李指着地图说,在三峡工程蓄水之前,上游航道,也就是川江航道,对整个长江航道来说,是一条越走越细的尾巴。现在的情况变了,无论三峡水库有什么问题,川江的航运条件大大改善了,不说万吨轮,走五千吨级船舶是没有问题的,就是有问题也是局部的,可以解决的。

他说得如此肯定,我忍不住争辩起来:"那,这里怎么没有看见从重庆过来的大船呢?"

老李笑了,说:"你还真是问到点子上了,重庆船过不来,三峡船过不来,宜昌船也过不来,但问题不是出在川江,而是出在中游,它们过不了荆江!"

老李的指头从川江上一划而过,重重地落在宜昌上。他说:"过了川江,到了宜昌,从宜昌港至江西九江港,就是长江中游航道。长江中游多支流,多湖泊,多曲流,江面看上去很宽,但水很浅,尤其是三百多千米的荆江航道。现在哪怕在盛水期,能走千吨级的船舶就谢天谢地了,像现在这样的大旱年,五百吨级的船也不一定过得了荆江,三千吨、五千吨,想也别想了,所以,这荆江航道也就成了长江航道上的一道瓶颈。从上游来的船,开到了宜昌港,过不来了,过不了荆江,就到不了城陵矶;从下游开过来的船呢,开到了城陵矶,过不去了,过不了荆江,就到不了宜昌。那川江上能走万吨巨轮,你也只能隔着三百千米的荆江望洋兴叹,可望而不可即……"

听到这里,我听明白了,我问他:"难道,这,这一切就因为今年的大旱?"

老李又开始摇头了。这是一个习惯点头的人,但现在却在不停地摇头。

他说:"从 2003 年开始就有苗头了,长江水位一路走低,越往后情况越严重。现在重量级的轮船从下游开来后,就只能在城陵矶港湾船,把货物从大船上卸载到小船上,化整为零,再运到城陵矶上游和三湘四水的各个港口。城陵矶港口还有专线通京广铁路,水陆联运,水路走不了,就走陆路。江湖路断,倒是给地处长江中游的城陵矶带来了一派繁荣的景象,它从一个中游口岸一下变成了长江中上游的第一港,西南、中南所有走水路的货运,都要在这里集散。"

我一边听老李讲着,一边看着一个个忙得汗流浃背的码头工人。天气潮湿闷热,没有太阳,还下着零星阵雨。没想到,一场大旱,倒是让城陵矶港口变得特别忙碌了。这些码头工人累是极累的,但他们干得很欢,他们的绩效工资和奖金在这个干旱季节肯定要大幅提高了。

那么,长江下游航道的命运又如何呢?

顺着老李的手指,我的目光落在了地图上的那个圆圈上,九江港。

老李一边在地图上指点,一边给我讲解,这里面有很多专业术语,他怕我听不懂,也尽量讲得通俗易懂。——如果顺着长江走,长江下游干流第一港就是九江港,从九江港开始,就是长江下游航道了。从九江到安庆是下游的第一个航段,维护航深4.0米,航宽100米;从安庆至南京是下游的第二个航段,维护航深4.5米,航宽100米,常年可通行三千吨至五千吨级船舶和一万五到三万吨级船队。——"船队和船舶是不同的,也是很多人容易弄混的。"老李提醒我。——过了南京燕子矶,主航道水深已超过10.0米,万吨级轮船常年可直抵南京。往下,南京至徐六泾段维护航深10.5米,航宽两200,这才是长江真正的黄金水道,或者说是长江航道最精华的部分,可通行一万吨到两万五千吨级的海轮。也只有这里才能以通江达海的区位优势和港口优势,集黄金海岸和黄金水道于一身。这条航道相对于整个长江航道而言,又实在太短,万吨巨轮只能抵达南京港,再往上根本就走不了。

这又让我产生了一个问题,这样设想一下吧,如果一条船从大海上驶入长江干流航道,从最下游的港口上海一直走到最上游的港口宜宾,能够走多大船呢?

老李反问了我一句,你是问以前还是现在?

老李的反问让我愣了一下,是的,如果没有一个参照系,这个问题又怎么回答呢?

那就以2009年为一个分际吧,这几乎是我下意识的选择。

老李没有直接回答我,而是给我找到了一份比言说更直接的材料:2009年以前,三千吨级船舶常年可从上海港直达重庆,在7、8、9三个月的盛水期,从上海到重庆可直达五千吨级船舶,三千吨级可直达宜宾港。——这就是说,整个长江航道,从头到尾,在2009年以前,三千吨级的船舶常年是可通行的。那么,在2009年之后呢,从上海到武汉可直达三千吨级船舶,盛水期,五千吨级海轮可直达武汉,三千吨级可直达城陵矶港。这就是说,城陵矶港事实上已成为海轮能够抵达的长江上游航道最后一港。什么意思?城陵矶不在长江上游,离上游还远着呢,在它的上游还有众多的良港,如荆州,宜昌,万州,重庆,宜宾,不说三五千吨级,万吨级巨轮也可以进港,但不是港口出了问题,而是航道出了问题。从整个长江航道全线通航的意义来说,城陵矶港成为长江上游航道最后一港已经是一个事实,而我非常希望这个事实很快被改写。不是以辩解的方式,同样以事实的方式,事实胜于雄辩,只有事实才能改写事实。

听到这里,我比先前明白了许多。航道的问题,归根结底还是水的问题,而现在,长江航道没有水,洞庭湖航道也没有水。从老李不断提到的2003年之后的几个年份,我已经猜测到了什么,那也是我一直不敢触及的问题,三峡大坝。这是当今世界第一大的水电工程大坝,以后的人类有没有这样伟大的气魄也很难说。但这个话题过于重大,我对它充满了敬畏。关于它,已经有海量的信息储存在各种公开的或不公开的数据库里,但谁又能找到直接证据把一个伟大水利枢纽工程和一场旷日持久的大旱联系起来?没有,这两者之间绝对没有直接的因果关系,我们只能抱怨在全球变暖的背景下发生了这样极端干旱的天气,这才是有直接因果关系的。

就在那段最干旱的岁月,2011年5月22日,在长江中下游许多港口处于历史同期最低水位时,仿佛是为了证明什么,这一天竟然成了"一个改写世界内河航运史的日子",在有关方面举办的新闻发布会上,还加了一个惊叹号。这到底又是个什么日子呢?就在这一天,世界上最大、最先进的内河豪华邮轮"长江黄金1号"在重庆首航。这是根据国家旅游局2008年发布的《内河游船星级的划分与评定标准》而设计的一艘超级豪华游轮,被誉为国内内河航运巅峰之作。它的首航,"不但开启了三峡涉外豪华游船新的里程碑,还开启了三峡万吨级涉外豪华邮轮海洋化时代的新纪元!"又是一个惊叹号,这是来自当时的公开报道。然而,这艘万吨级涉外豪华邮轮从重庆启航之后,又将抵达哪里呢?——宜昌港。事实上,"长江黄金1号"一直在重庆港至宜昌港这一段六百多千米的航道上运行。到2012年,又有几艘五星级长江黄金号系列邮轮在长江三峡国际黄金旅游线航行。实话实说,长江航道豪华邮轮的领航者还不是长江黄金号系列邮轮,而是美国维多利亚系列邮轮。从1994年开始,维多利亚系列邮轮就已经形成长江上最大的国际五星级船队。这些别具欧式风格、宽敞大气、尽显王者风范的国际邮轮又在哪里航行呢?依然是也只能是在宜昌和重庆之间航行。

从中国的"长江黄金1号"到美国的维多利亚系列邮轮,都以最豪华的方式证明了,三峡工程兑现了自己的承诺。现在万吨级的船队不但可以直抵重庆,还可以抵达宜宾,而宜宾至上海的2688千米长江航道已全部实现昼夜通航,"自古川江不夜航"的历史也彻底终结了——这都是真的,连标点符号都是真实的。但在这真实的背后还有另一种真实:万吨级船队可以从宜昌港开到宜宾港,却开不出荆江,而宜宾至上海的2688千米长江航道全部实现昼夜通航,三五百吨级的船队是绝对可以的。

你,现在明白了吗?老李瞪大眼睛看着我,我也瞪大眼睛看着他,大眼瞪小眼,然后一齐哑然失笑,然后又不约而同地擦着眼角的泪水。

那天,我们从城陵矶港出来,又去看了城陵矶新港——湖南岳阳国际集装箱港。我和老李共同的朋友徐忠诚在这里担任总经理。我们能进入这个港口的核心区采访,是得到了徐总特别批准的,但他本人因有急务赶不过来,他也知道李望生对这个港口的情况有多熟悉。

这是一个现代化程度很高的港口,地处一湖(洞庭湖)两原(江汉平原、洞庭湖平原)三省(湘、鄂、赣)四线(京广铁路、京珠高速公路、107国道、长江)的多元交汇点上,是长江中游类似武汉的又一个"金十字架",扼长江,锁洞庭,处于江湖要冲,一个连接华南、东南、西南的水上重要枢纽。在长江中游,也特别需要一个为中国腹地的国际集装箱提供中转的现代化公共物流平台。现在建起来的,还只是一期工程。车开到这里,已经从洞庭湖大堤开上了长江干堤,这才发现,水位超低的不止洞庭湖,还有长江。顺着长江航道向东望去,裸露出来的河床、江岸和沙洲一览无余。我就是在这江边长大的,这水,比冬天枯水期的水位还要低很多,这个季节竟然还能看到江心里的沙洲,我长这么大还没有见过汛期的江心洲。我都快到天命之年了,五十而知天命,是越活越懵懂了。

走上港口的第一层平台，一座座超大型塔吊巍然耸立，却毫无动静，仿佛进入了休眠状态。手扶着栏杆，我俯身向下看港口停泊的船只。由于水位太低，船落下去很深，必须走到最底下的一层平台上，才能接近那些正在装卸集装箱的船舶。一条从长沙港开过来的货轮正在卸载，我问船上的水手，这船载重多少？他说三百吨。简短的交谈中，我知道了，这些货都是要运到上海去的，那他们为什么又不直接运到上海去呢？那水手用浓重的长沙方言说，划不来。老李在一旁给我解释，走水运，船越大成本越低，像三五百吨级的船跑长途成本就太高了，只有把货物集中起来，装上千吨级以上的大船才合算。

在这样一个国际集装箱码头，怎么看不见一艘大船和外轮呢？我转悠了一阵，看见了一张交通运输部长江航道局发布的通告：由于遭遇持续枯水，决定2011年5月11日零时起，长江中游武汉至城陵矶河段海轮航道将暂时关闭。一个港口工作人员解释说，外轮航道，也就是重量级船舶的航道，并不是只走外轮，因为外轮一般比较大，所以才这样叫。外轮开不进来，大吨位的船当然也就开不进来了。李望生对长江航道更熟悉，他说，长江中游武汉至城陵矶河段，上起湖南洞庭湖口，下至湖北武汉长江大桥，全长约228千米，是长江黄金水道承东启西的重要河段。现在，这条外轮航道暂时关闭了，也就是说，长江外轮航线又一下缩短了，至少在这暂时关闭的情况下，连城陵矶都不是外轮抵达长江的最后一港了，现在外轮和大吨位级的船舶只能开到武汉了。

我看见他皱紧了眉头，望着下游的江面发愁。江面上，船还不少，但很难看到千吨级以上的大船。就是那些千吨级以下的船舶，也行驶得非常耐心而迟缓，好像不是在中国第一、世界第三的大河里走，而是在一个深深浅浅的坑洼里走。这情景让老李担心，城陵矶水位这样低下，武汉也够呛。如果水位这样低下去，一直这样低下去，长江外轮航道可能只剩下下游的下游——上海到南京那一段了。而像这样的暂时关闭已经不是第一次了。老李说，2010年7月，长江航道局首次开通武汉至城陵矶河段海轮航道，将长江海轮航线向内陆腹地上延伸了两百多千米。不是他们不想继续延伸，而是根本延伸不上去。就是延伸到岳阳，也是季节性的，开通时间为每年5月至9月（长江的盛水期），而在每年10月至次年4月（长江的枯水期）就要关闭，想开也开不了。但这次暂时关闭还是第一次在盛水期关闭，要关闭多久，就要看长江有多少水了。从2011年的水位看，汉口站水位还不到去年同期水位的一半，九江站比去年同期低了六米多。想一想就知道，一下低下去两层楼了，这一点儿水刚够敷衍江底，怎么能承载起三五千吨级的船呢？

难怪那些三五百吨的船队都走得这样小心翼翼。水位低到这个程度，造成河道变窄，原本淹没在水里的暗礁现在都露了出来，而水越浅，流速越快，这使得船舶搁浅、触碰事故频繁发生。听一个港口工作人员说，从2010年10月份以来，几乎每天都有外地船只误入浅水区而搁浅，往来船只在航道内刮擦、碰撞事故时有发生。2011年5月，在外轮航道暂时关闭之前，还有千吨级以上的货船从下游开上来，但由于水浅已无法靠岸，只能通过小船将货物卸载上岸，要么就堆放在码头上的仓库里等待涨水，要么改走成本昂贵的陆路运输。搁浅的不止船，还有企业。水位下降，物流成本却在这种反复的转运中不断上涨，很多企业都吃不消了。眼前严峻的现实，让我又想到了实在不愿涉及的那个话题，"自古川江不夜航"的历史结束了，如今长江黄金水道不夜航的历史却开始了。很多船，一到夜幕降临，就干脆停了下来，在深陷的河谷里，一片荒凉死寂。如果郦道元再活一次，不知该在《水经注》里为这暗夜里的一切做出怎样的注释。

忽然想到，一个灾难性的崭新课题。以前，我们为了应对高水位的洪水、洪峰，已形成了一系列应对处理机制。现在，洞庭湖和长江正在面临一次次超低水位，一旦出现便灾难深重。已有专家预言，这种超低水位给人间制造的灾难、带来的损失，丝毫不亚于让人类惊心动魄的洪水。这就需要尽快建立一系列像应对洪水一样的预警机制，来应对这种灾难性的低水位。

李望生抹了一把脸上的汗水，说，是啊，很多人早就开始呼吁了。

对城陵矶港，老李是有感情的，对长江航道他也充满了感情。毕竟，这曾是他谋生的单位。他在长江航道局工作时，从宜宾到上海，从上海到宜宾，来来回回不知跑过多少遍，几乎把长江两岸大大小小的港口都跑遍了。

对中国现在的交通布局,多少年来他一直在研究,在思考,也有自己的一番看法。

长江是中国最主要的运输河流,其干流与支流交织如网,自古以来就是中国南方横贯东西、纵连南北的水上交通大动脉。长江也是海路的延续,将内陆和沿海的港口与其他主要城市连成一个运输网。以上游的重庆、中游的武汉和下游的南京、上海等大城市为枢纽,一条长江,承载着长江流域无数城镇。长江又通过大运河与可通航的黄河、淮河、海河、渭水等北方水系相通,大运河还与杭州及天津的海港联系在一起。

尽管主航道深浅不一,但从宜宾至上海的长江干流航道,均具有优越的航运价值,通航里程有两千六百多千米。同中国的其他内河航道相比,整个长江航道都堪称是黄金水道。如果再加上众多的支流水系,长江航道总长有八万多千米,几乎全是客货运密集、繁忙的水路。2005年,长江干线货运量就超过了欧洲的莱茵河和美国的密西西比河,成为世界上运量最大、航运最繁忙的通航河流。现在呢,长江干流的货运量早已突破十亿吨大关,是密西西比河的两倍和莱茵河的三倍。即便如此,目前长江航运能力的开发还十分有限。长江干线航运若完全开发,运能应该在三十亿吨,至少相当于十条京广铁路的运输能力。换言之,长江的运能尚有三分之二有待开发。

说到这里,老李忽然发出一声感叹:"我们的交通布局有问题啊!"

听那略显嘶哑的嗓音,他几乎是在疾呼了。

他说,西方发达国家那么发达,但都把航道作为交通的主动脉。江湖水路,是上天恩赐给人类的,别的路都是人修的。西方人有一种信仰的力量在支撑着他们的思路,他们的公路和铁路都是与航道垂直的,与航道构成T字形和十字形,密西西比河是这样,莱茵河也是这样。当然,中国的京广、京九也是这样,为什么要这样布局?就是把货物转运到港口,形成这样一个格局,水运是干,陆路为支,这样才可以把水运充分利用起来,物流向水运集中,支流为干流集散,陆路为水运分流。河流,航道,尽管速度赶不上火车、汽车,但运载能力大,运价低,可以直接向大海航行。在所有的道路中,只有水路是永远不会隔断的通途,可以走向地球上的任何一个角落。一个基本常识,越发达的国家,它们的开放程度越高,这种开放就是向大海开放,这也是中国的沿海城市为什么比内地发达的原因。总的来说,中国在交通布局上是有很大问题的,像长江这样贯穿中国东西的黄金水道可以说是独一无二的,弥足珍贵,但我们在交通布局上对这条黄金水道还没有给予足够的重视。譬如说我们在上海、武汉、重庆之间修了很多与长江平行的公路、铁路,有的已经通车了,有的正在规划、正在修建,这些路傍着长江走和长江争抢物流。一国之内,守着一条黄金水道不好好利用,却投入巨额资金大搞重复建设,公路、铁路和黄金水道形成内耗局面。如果把这些资金投入长江航道建设上、投在民生上,该有多好啊!

老李的脸色越来越沉重,有一种心灰意冷以至入骨的无奈感。

这是一个相当谨小慎微的人,我还是第一次听见他这样大胆坦率的直言。

一段后话。2012年7月,我正在岭南寓中整理从去年4月到今年6月的长江采访笔记,同时也关注着从长江传来的消息。第一个揪心的消息,自今年2月份以来,长江泸州段航道内的水位已多次逼近零水位,泸州海事部门发布航行通告:"凡是吃水超过2.7米的船舶禁止进入川江航道,多家航运企业被迫停运。"——这段航道是我去年走过的,泸州介于宜宾至重庆之间,地处长江和沱江交汇处,也是四川出海的南通道和长江上游重要港口。从重庆到泸州的长江航道达到Ⅲ级航道标准,按标准可通行千吨级船舶。据报道,造成川江上游断航的原因是"由于去年春夏秋连旱,造成了上游来水严重不足"。这让我立刻想到了连续三年发生的大西南的干旱。当干旱变成一种常态,我开始为重庆和宜宾之间的这一段航道担心,但愿它不会成为川江上的一条盲肠。

紧接着又传来重庆突遭大水袭城的消息,但我似乎并不感到突然。就像大西南的干旱一样,这里遭遇大水袭城也已成为一种常态。重庆市民也见惯不惊,在洪水冲进大门之前,你或许还能在惊涛骇浪中听见从窗户里传来的麻将声。

事实上,我的目光迅速地越过了重庆和三峡,我最关注的还是我地处洞庭湖和长江中游交汇处的故乡。这个季节正是主汛期,而三峡已迎来了今年汛期的第四次洪峰。那么我的故乡呢?一个电话打给了已退居二线的老李,他知道我想要问什么,还没等我开口他就说:"今年的水比去年大,现在城陵矶的水位是30.48米,没事!"——我也立马松了一口气,然后在日历上记下了这个时间:2012年7月7日。我知道,城陵矶的警戒水位是32.50米,所谓警戒水位,只是洪水普遍漫滩或水浸堤脚的水位,现在洪水离堤脚还有两米多呢。我甚至希望这一次城陵矶能够超过警戒水位,让长江能够匀出一点水来浇灌干涸的洞庭湖、干涸的三湘四水,还有这干涸已久的长江航道。城陵矶港,这个国家一类口岸,已经好多年没有见过来自海上的轮船了,几乎都让人忘了它和远方的大海有什么联系,忘了一条船还能走多远……

第三章　淮河的倾诉

淮河是长江和黄河之间的第三条大河。历史上,由于南方的大河——珠江一直为中原所忽视,淮河一直被古人视为仅次于长江、黄河的中国第三条大河。

远在上古,淮河又与黄河、长江和济水并称为"四渎",从秦始皇诏令祭祀名山大川开始,其川有二,"曰淮曰济"。在以中原文化为主流的汉民族源流史中,这也是中国的四大主流。如今,济水已是一个消失的古水名,四大主流只余黄河、长江和淮河这三条大致平行的河流。夹在江河之间的淮河,既非北方河流,也非南方河流,她和秦岭一起构成了一道中国自然地理的南北分界线,是一条名副其实的"中流"。她从河南与湖北交界的桐柏大山一路流来,如一条源远流长的血脉,流经河南省南部、安徽省北部、江苏省北部,在江苏省江都县三江营注入长江,全长1000千米,营造了近19万平方千米的流域面积。以北为北方,是平坦辽阔、土层深厚的黄淮冲积平原,素称黄淮大地;以南为南方,是著名的江淮平原。整个淮河流域纵贯湖北、河南、安徽、山东、江苏五省,总人口为1.65亿人,人口密度居全国江河流域之首,是全国平均人口密度的近五倍。

曾几何时,淮水也曾以清澈的方式在大地上流淌。淮,从水,从隹,望文生义,应该是一种水鸟。传说,淮河的得名就是因为古时这里有一种叫"淮"的短尾水鸟,成群地栖息在河边的丛林与水草中。然而,这种古老的鸟类,在东汉许慎的《说文解字》中就已不见了踪影。淮,淮水也——这是《说文》开宗明义的解释。而淮的本义为:水至清。最清的水。眼前的淮河是浑浊的现实,甚至是无以复加的污浊。这也是我现在每每走近一条河流的感觉,它们与历史构成的强烈反差,总是给我带来直接而强烈的刺激。

一 淮河的倾诉

许久以来,一直想去看看淮河。

没承想,有生以来第一次走向淮河就是灾难性的。

那是2009年春夏之交,在夜幕降临之前,我赶到了淮河之滨的凤阳古城。尘烟之上,天正在黑黢黢地压下来。我几乎刚进城门,就遭遇了入夏以来的第一次风暴。这也是江淮大地在入夏后遭遇的第一次强对流天气,瞬间,古城的白昼如同黑夜,随后,整个城区突然停电。在一片漆黑中只有闪电的强光和阴沉无比的雷声,然后是暴雨,是狂风,还有比暴风骤雨更有冲击力的东西,从天上重重地砸下来,瞬间我才惊觉——冰雹!

在整个世界陷入一片黑暗的那一瞬间,我下意识地看了一下手机,没有任何信号显示。

天地间,仿佛一下变成了黑暗的盲区。

后来看新闻才知道,这座千年古城遭受了九级以上风暴袭击,而凤阳仅仅只是这次灾难中的一个小数点。我在凤阳感受暴风雨的同一时刻,江淮、黄淮流域的河南、山西、山东、江苏四省及安徽的其他广袤地区先后出现了雷暴大风与冰雹交加的强对流天气。这种被气象学称为"飑线天气"的整个过程,风力强,移速快,范围广,五省受灾人口400多万人,因灾死亡20多人,其中农业直接经济损失估计数十亿元。——这是2009年继北方发生严重旱灾之后,我国中部和东部地区遭遇的又一场严重自然灾害。

灾情,只有在灾难过去之后才能看见。那已是第二天早晨,在经历了一夜暴风雨之后,更让我感觉到凤阳的古旧与沧桑,大半个凤阳城已被洪水淹没。一座劫后余生的古城,竟然是一片奇异的风平浪静,然而一场灾难就像匆忙离去的凶手,把许多东西遗留在了作案现场。一片狼藉中,一些武警官兵还泡在水中,正在清理残余垃圾,拖走倒下来的大树和广告牌。这些训练有素的军人,还没有来得及解下救生带、脱下灌满了水的靴子。从鼓楼到龙兴寺,一条瘫痪的大街被他们迅速清理出来,这也让我看到了一种强大动员能力和执行力。一座老县城,又在这如同沼泽般的淤泥积水中开始运转。

我知道,这里离淮河还有一段距离,要看淮河,还得去二十里外的临淮关。公交班车已停开,我好不容易在一大堆杂木乱树中找到了一辆颠簸穿行的出租车。司机是个愣头愣脑的小伙子,开出的价钱比平时高了两三倍,我还是别无选择地上了他的车。在去临淮关的路上,一路风雨随行,但同昨日的暴风雨相比,此番风雨已是和风细雨。小伙子还心有余悸地给我讲着昨日的那场风暴。他是凤阳人,但不是这老县城里的人,而是临淮关人。这让我陡地打起了精神,从他身上我仿佛一下嗅到了淮河的气味。我意兴盎然,他却满脸愁容。我忽然觉悟到,一个想看看淮河的人,和一个每天都要面对淮河的人,心情实在大不一样。小伙子最担心的还是今年淮河的洪汛——怕是又要发大水啊!

他长叹了一声,而后,便一直紧闭着坚忍的嘴唇。

风雨凄迷中,浮现出一块即将被洪水淹没的古老石碑:临淮关。

临淮关地处淮南,古称濠梁,那字迹模糊的古老汉字被雨水洗涤得异常清晰。这让我一下变得清醒了,我知道,这里既是淮南水系的一处要津,也是淮河中游的一处天险。

每到汛期,淮雨猛降。"淮雨"不是我生造的词语,《尚书大传》注:大雨之名也。

蹚过临淮关那条最繁华也最容易被大水淹没的街道,跨过一座残缺不堪的古老石桥,我终于寻觅到淮河中游的一个老渡口。三间风雨飘摇的房子,几棵挣扎着、扭曲着生长的老树,就是此岸的全部风景。天又一次暗下来,水漫漶着,脚下的大地忽然消失,眼前就是一条让我憧憬已久的岁月长河——淮河。这是我第一次看见淮河,人和水之间一下没有了边界。生于长江南岸的我,从小就见过大风大浪,但我奇怪地觉得,眼前这条河,比长江还长,比黄河更大。

放浪于江湖,我时常会遇到一些从未见过但又感到亲切而熟悉的身影。或许是这些萍水相逢的人,散发着我熟悉的气味。其中最多的便是那些水文站的观测员,每次看见他们,心中都会涌起一股暖流。水位观测和报汛,是繁重而危险的工作,该是男人的担当,然而在临淮关,我看见的竟然是一个女人清瘦的身影,倾斜着伸向河水,腰弯着,脖子也弯着,大概是弯曲得太久了,连脖子根儿都红了。

她叫李岚,在临淮关,没有人不认识她。她家就住在河边上,是离淮河最近的人家。

走向她时,一个大浪扑向岸边,我下意识地闪身躲到了一边,她却还在向水更深处走。又一个浪头扑来,在她身上重重地撞了一下,发出一声响,她浑身都湿透了,连头发都在冒水。越是水位猛涨,她越要准确地监测出水位和汛情的变化。平时日子,水位观测是每两小时观测一次,而在汛期,则要增加到每小时观测一次。这就是说,她必须夜以继日不停歇地观测。她家住的楼下,墙脚已被洪水淹没,每次下楼,她都要蹚着齐膝深的水流,走向深不可测的淮河。每天四五十次从水中蹚过,一双脚早就被水泡烂了,脚一伸进水里,就像针扎一样痛。在小镇谋生不易,丈夫外出打工,她还带着个四五岁的孩子。一到汛期,她就把孩子送给爷爷奶奶或外公外婆带,又软硬兼施地把外出打工的丈夫喊回家。白天,她掐着表,一小时一小时地观测、报汛。到了夜晚,她和衣躺在床上,眯瞪一会儿,又猛地醒过来,去河边监测、报汛。她的夜晚,就是这样一个小时一个小时地连缀起来的。她醒了,丈夫也睡不着,更不放心,只能陪她一起熬夜,一起干。看着妻子这样没日没夜地干,一身泥一身水,身上的衣服从未干过,人也变得又黑又瘦了,丈夫又是心疼又是唏嘘,偶尔也难免会问她:"水文站每月给你多少钱呢?值得你这么没日没夜地给他们卖命吗?"

每次面对丈夫的质问,她总是淡定地一笑,答道:"我不是给他们卖命,我得顾我们自己的性命啊,就是他们不给一分钱,我也得干啊!"

一个朴实的小镇女人,说不出什么大道理。最大的道理她明白,谁都明白,她观测、报出的每一个水文数据,都关乎着淮河两岸千万人生命财产的安危,也关乎着他们自家的安危。他们一家世世代代就是离淮河最近的人,命定的也是离危险最近的人。说起来,李岚并非水文站的正式工作人员,临淮关也没有水文站,她只是水文站的一位临时工,正式名称叫委托观测员。他们家受水文站的委托干水文监测,从她爷爷、姑姑到她,已经干了三代人了。三代人,六十年,他们对一条河的守望,像共和国的历史一样漫长。

干水文工作久了,她对淮河和临淮关的历史也多少懂得了一点。她指给我看,就是在这个古老的渡口,早先还设有古盐道的关隘,那时候,这大河上每日扯着风帆来来往往的船只,都要在这里落帆靠岸。更早的时候,往来的行船还得在这里交上厘金。设卡抽厘的一部分经费,就是以整修堤防、防汛抢险的名义进行的,但真正用于堤防的又有多少呢?淮河几乎是年年决堤倒口,养命的淮河,转眼间就会变成夺命的淮河。她小时候,这渡口还有一道连接淮河两岸的古浮桥,而今,这里早已不见当年烟锁浮桥的风景,只有一条在风雨中刚刚起锚的铁轮渡。对岸,很多一大早就来镇上卖菜的农人,此时正拖着空板车拼命追赶过来,但那条屁股后面冒着滚滚浓烟的铁轮渡,在他们匆忙赶到岸边时却已经开走了。他们只能在此等待,等着下一条锈迹斑驳的铁轮渡开过来。

如果说他们还有一个等待的具体事物,我却只是满眼茫然。眼前涌动着的沉默的巨浪,让我一直保持着深深的缄默。

天底下,没有比这更肥沃的土地,也没有比这更无情的洪水。

若按年径流量看,淮河约为 622 亿立方米,为中国第五大水系,略低于黄河和长江第五大支流赣江的水量。中国第五大水系也就跟长江第五大支流差不多,但淮河又是一条特别容易产生洪水的河流。

大自然早已为每一条河流安排了命运的行程,但河流的命运又总是被人类打乱。

历史似乎一直在证明,善治淮者,必为良政。江淮平原肥沃的土地,也就能源源不断地生长出优质的稻米。而一旦淮河年久失修,必为乱世。乱世之极,首推南宋建炎二年(1128 年)冬,这也是我多次提及的一个事件——宋开封尹、东京留守杜充决开黄河,"自泗入淮,以阻金兵",这一事件不但直接造成了黄河改道,也改变了淮河、海河、大运河流域的水利格局。汹涌而下的黄河夺淮入海,迫使大量淮水经长江入海,一条来龙去脉清清楚楚的河流,从此变成了一条混血的河流,分不清哪是黄河水、哪是淮河水了。从杜充掘堤开始,在黄河夺淮长达七百余年的漫长岁月里,黄河又多次在南岸决口,致使淮河水系尤其是淮北地区变得极其紊乱。河水裹挟而来的泥沙淤塞在淮河干流中下游,又受到洪泽湖顶托,洪泽湖底比淮河的河床还高,淮水进不了洪泽湖。没有了一个大湖的调节,中游的水下不来,下游的水又流不出,一条长河从此就像一头被人伤害过的巨兽,寻找一切机会狂怒地向人类反扑。大雨大灾,小雨小灾,不下雨又变成了赤地千里的旱灾。

回望一条岁月长河,如果说金人入侵是一个时代的灾难,杜充决开黄河则是贻害千秋万代的罪孽。杜充此举,与后来蒋介石密令掘开黄河花园口大堤以阻击日军的举措如出一辙,但至今仍有人为他辩解,说他的出发点是好的,是好心办了错事。我觉得,对说这种话的人,应该让历史与现实一起来拷问他们的良心。难道以"爱国"的名义就可以置无数苍生的性命于不顾?这样一个把老百姓的性命不当一回事的"国",又怎么会让老百姓打心眼里去爱?

越是灾难性的河流,越是让人敬畏。先人们以最虔诚的方式表达了人类对这样一条大河的敬畏,他们封淮河之神为东渎大淮之神,又兴建了中国历史上时间最早、规格最高、规模最大的一座水神庙——淮渎庙。一代又一代的帝王为祈求风调雨顺、风平浪静,每年在洪汛来临之前都要派钦差大臣前去拜祭祈福。

如今,淮渎庙里早已没有了跪拜的钦差,但洪水依然是人类的大患。

每年汛期,临淮关不但是凤阳县要把守的一道险关,新中国成立以来,这里每年都是南京军区要派部队来严防死守的一个阵地,他们守护的不只有沃野千里的江淮平原,还有京沪大动脉。

临淮关和古濠州最真实的历史,更多是由朱元璋来书写的。这里是明朝开国皇帝朱元璋的真正的故乡——龙兴之地。很多人只知道朱元璋是凤阳人,但很少有人知道他是临淮关——濠州人。朱元璋就生在这淮河边上的一个赤贫的农家,他刚生下来时,家里穷得连块裹身子的布都没有,还是他哥从淮河上捞了一块从上游漂来的破绸子,才给朱元璋裹了身子。为了混口饭吃,朱元璋当了小和尚,以行童游食于灾情较轻的淮西一带;为了混口饭吃,他才舍得一身剐地投奔了义军。朱元璋称帝之后,成为中国历史上最重视兴修水利的帝王之一。到洪武二十八年(1395年),全国共开塘堰四万多处,疏通河流四千多条,其中自然也包括对淮河的治理。淮渎庙内,现在还有据说是朱元璋亲自撰文的一块巨碑。

越是最高统治者最重视的河流,也越是最难治理的河流。淮河水患,一直难以得到真正的根治,但淮河水域,又是兵家必争之地。太平天国将士在这里浴血奋战。国共两军先是在这里联手抗日,随后以江淮为战场进行了一场最终决定中国命运的淮海大决战。新中国成立后,刘伯承元帅还在这里指挥过大型军事演习。哪怕在兵荒马乱的岁月,这里仍是远近闻名的"小南京"、安徽省四大历史名镇之一。

临淮关的兴衰都与水直接有关。水利,让这里成了一座重镇;水害,又让这里一直难以得到更大的发展。在一次次大洪水的荡涤之下,每年的淮河大水使大半个镇都被洪水淹没,连镇政府也泡在水里。现在,镇政府已搬迁到城北地势较高、离凤阳城关更近的地方,再也不受水淹了。随着市场经济大潮的不断涌动,临淮关的许多商家、工厂也都陆续搬到了凤阳、蚌埠。现在的临淮关,依然是千年古镇,但昔日的繁华已被雨打风吹去,一副落魄潦倒的样子。

六十多年前,就在共和国即将诞生的那一年夏天,江淮大地连降暴雨,猛涨的河水几乎在一夜之间就冲毁了旧中国那道低矮的堤坝,顷刻间又淹没了人间。紧随洪水而来的是死亡,是饥荒,是淮河儿女千百年来的沉沦与挣扎。就在新中国举行开国大典时,淮河两岸还深陷在洪水退去后的一片片泥沼中。新生的政权刚一建立,有些地方甚至还没有来得及建立人民政府,就投入了刻不容缓的救灾与赈济。然而,到了第二年夏天,刚刚经历了前一年大洪水的淮河人民正在苦苦地救灾度荒、重建家园时,又一次遭遇了灭顶的大水灾。

灾情急于战报。夜深了,中央人民政府主席毛泽东还在一份灾情报告上用红蓝两色铅笔画着一道道触目惊心的横线。那上面,不是别的,是深重的灾难——不少是全村沉没,很多灾民被毒虫咬死,预计今后灾害仍极严重,很多老百姓抱头大哭……勾画处,那一行行文字,都已被一种最严峻的目光审视过,谁主沉浮?这个一生无所畏惧、最彻底的唯物主义者,在面对一条条大河时,他的眼神里充满了忧郁。他连夜把这份灾情报告批示给当时的政务院总理周恩来:"请令水利部限日做出导淮计划……此计划八月份务须做好,由政务院通过,秋初即开始动工。"没过多久,毛泽东再次督促周恩来:"治淮开工期不宜久延,请督促早日勘测,早日做好计划,早日开工。"

早日,早日,早日,毛泽东连用三个"早日",可见他治淮的心情是何等焦虑。

中央决定,为集中力量治理淮河,苏北的"土改"推迟一年。

土改,是在战争年代也没有耽误的。为了一条河流的治理而推迟土改,在中国土改史上,在共和国历史上,这是第一次,也是唯一的一次。

淮河之危,危在旦夕!

淮河儿女终于等来了他们一直盼望着的一个时刻,那是 1950 年秋天。淮河的洪水刚刚退去,江淮流域数百万人民投入了一场排山倒海般的大会战。这场大会战的规模远胜于当年淮海战役,人们建造了许多山谷水库、湖泊和洼地蓄洪区,还疏浚和开挖了数条大型运河,培修和加高了淮河大堤,从而有力地控制了淮河洪水的泛滥。而今,六十多年过去了,这无数曾在工地上流血流汗的民工,早已难觅踪迹,健在的也已经很少了,但历史不会就这样无声无息地消失。一个叫金秀兰的老人,这个当年的铁姑娘,而今还十分硬朗地活着。她是新中国成立后的第一代治淮特等劳模,也是全国劳模。上工地时,她还是个十八岁的姑娘,现在已是快八十岁的老人了,白发和皱纹,记载着如流的岁月。

透过这样一个老人,我仿佛见到了多少年前的那个秋天。

金秀兰是淮河苦命的女儿,十岁那年,新四军在她的家乡开辟了抗日根据地。她父亲因积极参加抗日,被日伪汉奸残忍地杀害了。悲苦的母亲,带着她们三姊妹沿着淮河的一条支流,跟跟跄跄逃到一样贫穷的外婆家,借了舅舅的几亩薄地种着。一年大水一年大旱地种着,苦苦地度着日子。思念着父亲的母亲,总在幽玄冥深的夜晚发出如哭似叹的声音,一如深夜河水的流逝,传达着绵绵不绝的悲凉。这苦难的日子,何时才有个尽头啊?终于,在金秀兰十八岁那年,家乡解放了,那个残忍地杀害她父亲的汉奸被人民政府镇压。如果说别人的翻身多少还有些抽象,金秀兰家的翻身,却是非常真切的感觉。只要这个汉奸还活着,还在称王称霸,她们孤儿寡母就回不了家。

然而,淮河两岸的老百姓很快就发现,想要真的翻身是那么难。只要这条淮河的洪水还在肆虐,他们就不可能真正翻身。你种上庄稼,它给你淹没;你好不容易盖上几间草棚子,它也给你淹没。还有人,淮河发一年洪水,不知要淹死多少人。一年又一年的洪水,河里,年年漂满了浮尸……

当人民政府发出号召,要下决心治理好淮河时,淮河两岸的老百姓就像当年抗日支前一样踊跃。村里的青壮劳力都在整装待发,这让十八岁的金秀兰急了,她家里没有男劳力,只有她和几个姊妹。想到古时候木兰也能从军,她和家里、村里的姊妹们也想上河工,却招来了一片激烈的反对声。那时刚解放,老百姓的思想还很落后,很迷信,他们说是女子不能扒河,要是冲撞了河神,还会招来更大的洪水,但村里的干部支持她。金秀兰带着村里的十三个姊妹组成了一个青年女子班,参加了淮河最大支流之一——濉河的疏浚。这也是淮河工地上的第一个青年女子班,很快就被叫成了铁姑娘班。开工第一仗,是挖河床,把河床挖深开宽,但河床上的淤泥如同沼泽,芦苇丛生。尤其是芦苇的根系,在所有植物的根系中可能是最错综复杂的,扎进泥土里又特别深。这可把姑娘们累坏了,一个个,也看不出还是女儿身了,泥糊糊的,只看见两只眼睛还在眨巴眨巴着。再往下挖,是河床底下最坚硬的砂姜层,连力气很大的男劳力都吃不消。还真有不少男劳力朝她们这边看呢。这一看,反倒让姑娘们陡然增添了力气,你们这些男人,不就想看看姑娘们的笑话吗?金秀兰对姊妹们说:"只要咱们有决心,这些砂姜就是用牙啃也得把它们啃掉!姐妹们,要想男女平等,咱姑娘们就得好好干出个名堂给那些男人看看!"

还别说,这话让姊妹们特上心,她们就是要让那些男人看看哩!金秀兰第一个拿起铁锹,跳下河床挖起来。其他姑娘也都不甘示弱,咬紧了牙关一小块一小块地啃。要说力气,她们肯定没有男人大,但她们特别有耐心。男人歇伙时,她们还在干。到晚上,收工时,一量土方,她们比那些男劳力还是要少一点。眼看着姑娘们还要加晚班,那些男人早已服输了,求她们,姑奶奶,别干了,你们能在这大冷天里干上一整天不歇伙,就比咱们厉害哩!姑娘们也乐了,手一扬,甩给那些男人一脸的泥巴。

这是激情后的浪漫,哪怕再苦再累,在那个热情似火的年代也从不缺乏。

那时,没有任何大型机械施工,那么大的工程,就靠一把把铁锹,一条条扁担,一只只土筐,一个个人,你挖我挑,你追我赶,从河床上,把挖出来的土运到大堤上。随着大堤的一天天加高,河床一天天变宽,变深,姑娘们也一个个变瘦了,变黑了。这样一整天地你追我赶,有的姐妹脚都跑肿了,脚底磨出了血泡,肩膀也磨破了,流血、化脓。这些,白天拼命干活时,仗着一股儿干劲,还不觉得,到晚上收工后,一个个累得一步都不想走了。金秀兰也累啊,谁都知道,她是最累的一个,但她还帮着姊妹们端饭端菜,每晚都要烧一大锅热水,让姊妹们泡泡脚,解解乏。这都是小事,却是很难一天天坚持下来的小事。那时候,还不像后来的"大跃进",逼着你去干,打着你去干,大伙儿都很自觉,人情味儿也很浓。有一天夜晚,一个姊妹生病了,金秀兰顾不得白天的劳累,赶紧一路小跑去找医生。那夜,大雨滂沱,黑黢黢的天空下,只有令人恐怖的闪电撕裂着天空。她在泥泞里跋涉了七八里,又替医生背着药箱,赶回工棚。那个姊妹,在高烧昏睡中喃喃地喊着,我要回家,回家……她醒过来后,金秀兰让她回家歇歇,她却又怎么也不肯回家了,逼急了,她忽然说出一句:"在工地,就像在家一样温暖啊,真的!"

这就是那个年代的人,他们都很普通,在今天看来,他们又是那样不普通。

那时条件异常艰苦,有时候粮食也不能及时发下来,民工只能天天煮胡萝卜吃。有的姑娘实在受不住了,开始偷偷地哭鼻子。金秀兰也是姑娘家,说是铁姑娘,谁又真个是铁打的呢?别的姑娘哭,她也忍不住跟着哭。一想到村里被洪水淹死的那些乡亲,那些因为受灾而饿死的亲人,姑娘们哭得更伤心了,也越哭越清醒。干,还得干,现在多挖一锹土,来年就少淹死一些人,多打一些救命的粮食啊!那时,姑娘们,真的就是这么想的,很单纯,非常单纯。所有的民工都这么想,要不,光凭那种火热而又抽象的革命干劲,根本就坚持不下来。你只能这样想,你是在为自己干活,为自己家里干活。这也许不是多么崇高的境界,却是非常质朴、非常实在的想法。

有了这样的想法,你一切都像在为家里着想。譬如金秀兰,每次看到收工后很多人把工具乱丢、乱放,有的丢失,有的损坏,她马上就想到要有一个工具管委会,对工具统一保管。每天上工下工,她都要检查一遍。她看到伙房里烧饭用的柴草较多,便建议炊事员隔几天刮一次锅底,锅底刮干净了,柴草就经烧,一天可就能节省三十斤柴草。这样的精打细算,就是居家过日子的方式,不算不知道,一算吓一跳,像她们所在的一个民工队,每天就能节省两万多斤柴草,如果在整个工地推广,那更是一个惊人的数字。

最艰巨的,还是在工程进入第二个阶段后。金秀兰带着泗县民工队提前十天来到峰山切岭工地。他们要在五十多米宽的老龙潭里,把五米多深的淤泥一筐一筐地送到半里以外的岸上去。他们搭好了木排,架上了跳板,两个人抬着一只土筐,民工们走在木排和跳板上面,去是重担,来是空筐,这一轻一重让木排和跳板倾斜,那上面原本就是又溜又滑,草鞋陷在了淤泥中,也不敢用力拔脚,一用力,就可能从跳板上摔下来。这样蛮干不行,累人不说,还太危险了!金秀兰让大家先停下来,想想办法。磨刀不误砍柴工。大伙儿经过反复摸索实践,终于想出了一个好办法——这烂泥巴里苇草不是很多吗?就用苇草扎成两条排,横在淤泥中,去是重担,来时空筐,各行其道。又加上劳力合理的组织搭配,这样一来,干起活儿来顺溜多了,也轻松多了。他们发明的这个办法很快就在泗县总队推广,一下节省了七十多个工作日。

人类的很多创造发明,都是逼出来的。

在那个冬天,大雪一直经久不息地降落,一直降到零下十五摄氏度,那真是滴水成冰啊,风一吹就直打哆嗦,冷得不知道在下雪,在结冰。但河谷里的淤泥知道,淤泥不再是淤泥了,早已冻得像石板一样硬。无论你是用铁镐,还是锋利无比的抓钩,都难以破冰。一些男劳力仗着有股干巴劲,下死力去硬砸,一镐下去震得虎口开裂,也只能砸出个小洞。怎么办?金秀兰一边刨一边琢磨,反反复复多次尝试后,她终于想出个神奇的"撬冻法",不是向四周挖,而是从掘出的一个小洞里往下掏,一直把冰层下面的冻土掏空,掏得人都能钻进去了,人就站在冰层底下,再向四周挖。等你把一大块冰层下面的冻土全都掏空了,那冰层就悬空了,没有支撑了,你再用铁镐去撬,一撬一块,一撬一块,咔嚓,咔嚓,咔嚓咔嚓,这破冰的声音真解恨,痛快极了!那石板一样硬的冰块不再顽抗了,开始土崩瓦解……

随着春天的来临,河谷里的冰凌将要不可避免地融化,必须在解冻之前赶快开挖排水的龙沟,否则可能造成刚刚筑起的堤坝排水不畅,后患无穷。可当时还是冰天雪地,有人建议再等等,等天气好了再干,不是怕困难,而是眼下施工异常困难。金秀兰知道,不能等,你等到天气一好,就来不及了!她二话不说,就卷起裤脚,蹬掉鞋子,没人知道她脚上的冻疮有多疼痛,更没有人知道她的伤口早就被污水感染了,伤口正在发炎。她的速度太快了,连人们想看清楚也来不及,就忽地一下跳进冰冷刺骨的泥水中。不是泥水,是冰碴。紧随其后的姊妹们,也咕咚咕咚一个一个跳了下去。那些男人,还能站在岸上袖手旁观吗?他们不是瞧不起这些个黄毛丫头吗?那你们就下来啊!于是,这些汉子,一个个呵呵地抽着冷气纷纷跳下了。到晚上收工,金秀兰是第一个跳下去的,最后一个爬上来的。她快爬不上来了,还是那些男人使劲把她拽上来的。拽上来了才看清楚他们原来没有看见的,她那两只脚又红又肿,像被冰水泡涨了的胡萝卜一样,还有被冰碴划出的一条条伤口,血红血红。汉子们看着,眼睛红了。这姑奶奶,可狠哪!他们心服口服了。

又是一年。在洪水来临之前,第一期治淮工程初战告捷,金秀兰被评为治淮特等劳模,这无疑是她一生都忘不了的一个年头,毛主席、周总理接见了她,还宴请了她。她从北京载誉归来时,有人说,这下金秀兰要当大干部了!然而,她注定不是时代的宠儿,更不是弄潮儿,这个女人后来的一生都很平淡,一生都待在平凡的岗位上,这其实也是最适合她的生活,她就是一个普通劳动者。如果一个人一生都能平平安安地度过该有多好啊!她最感幸运的是,从那以后,她再也没有因为洪水而流离失所;她最不幸的是,人到中年时,她就遭遇了中年丧夫的痛苦。她和她悲苦的母亲一样,就靠自己一个人,艰难地把四个儿女拉扯成人。

如今,她老了。在淡泊中,她无疑又多了一份难得的宁静。唯一让她有些不安的,或者说她最关心的,依然是淮河,她说:"我是淮河的女儿,我的成长都是与治淮联系在一起的。"每年一到汛期,她的神经就绷紧了,时时刻刻注视着淮河雨情、水情、水位变化。整个汛期,她几乎天天跟淮河待在一起,出神地看着从遥远的上游流来又向遥远的下游流去的滔滔逝水。

没有奢望,只有祈求,祈求这条母亲一样的河流走得一路平安。

治理世界上任何一条河流,都不是一代人就能完成的。

治淮,是共和国大规模治水的开端,淮河又是六十年来久治不愈的一条历史长河。

历史,既看正面,也看背面,才能看到真实的历史。

看新中国治淮史,第一要突出解决的,就是疏浚河道、扩大行洪通道,缩短洪峰在中游滞留的时间,为洪水找到一条畅快的出路。新中国先后整治了淮河干、支河道,开挖了排水沟渠,初步建立了排水系统。尽管当时的治理标准较低,但20世纪50年代通过对淮河第一阶段的治理,初步化解了淮河两岸人民多少年来"大雨大灾,小雨小灾,无雨旱灾"的苦难。然而和长江流域的情况一样,人类一边在淮河苦苦地寻找出路的同时,又一边在沿淮两岸分布着的湾地、洼地和湖泊中开荒造田。尤其是1958年的"大跃进"和人民公社化之后,"以粮为纲"被绝对化,人类又开始对淮河水系的湖泊湿地进行大规模围垦,致使为淮河滞洪、行洪的沿淮湖泊群消失殆尽。当年治淮好不容易打通的行洪通道,被重新堵塞,洪水没有可去的地方,只能向人间一次次施虐。——这其实是江河的本性。洪水无情,大自然赋予了它不讲理的特权,没有人道,却有天理。一旦人类违背了天理,泛滥的江河绝对没有丝毫人道。

这种人类制造的尴尬和困窘,又何止是一条淮河,这也是共和国前三十年的水利史留给后世的无数悖论之一。六十年治淮,人类付出了重大代价在淮河水系建成王家坝、正阳关、蚌埠闸、洪泽湖闸等大型水闸,对洪水的调控起到了重要作用,但这种建坝拦水、建闸筑库堵水的方式,时间越长越多的隐患就开始显露出来,直至酿成最惨烈的悲剧。

1975年8月,淮河上游支流洪汝河、沙颍河流域发生3号台风,风径反常,进入河南省驻马店地区,暴发罕见特大暴雨。很多人一辈子都忘不了那场惨绝人寰的灭顶之灾。汝河板桥水库水位超过坝顶防浪墙后,大坝溃决,更惨重的是洪河石漫滩水库大坝也漫顶溃决,这两座在治淮过程中兴建的大型水库,瞬间天崩地裂。京沪大动脉在滚滚洪流里中断半个多月。河南受灾人口八百多万人,受灾耕地一百多万亩,安徽省受灾人口四百多万人,六十多万亩耕地遭灾。京广铁路一百多公里在瞬间被冲毁,停运十八天。据《中国历史大洪水》一书的统计数字,这次灾难有超过两万六千人死难。

——这就是灾难深重的"75·8"特大暴雨洪水,新中国历史上淮河流域遭遇的最惨重的一次灾难。

1977年,一份治淮情况报告及其附件《治淮战略性骨干工程说明》出台了,它把淮河大型骨干工程归纳为三个方针:蓄山水,给出路,引外水。蓄山水,就是继续在山区修建拦洪水库,淮河水系和沂沭泗水系干支流上已建三十多座大型水库。给出路,是进一步扩大淮沂沭泗干支流的排洪出路,开辟入江入海水道。解除淮河流域洪涝灾害的重要工程之一是开辟入江入海水道,现已形成一个入江入海的工程体系。淮河水系方面:洪水通过洪泽湖枢纽控制,大部分经入江水道分入长江,一部分经苏北灌溉总干渠入海,一部分经淮沭河分淮入沂。此外里运河还可分泄少量淮河洪水入江,废黄河可分泄部分淮河洪水入海。目前洪泽湖地区及其下游地区的防洪标准不到百年一遇。为使防洪标准提高到三百年一遇,规划沿灌溉总干渠北侧开挖新的入海水道。此外,还计划实施"沂沭泗洪水东调南下工程"。引外水,是从长江和其支流汉江引水补充水源,干旱之年还可北引黄河、南引长江补源。淮河治理开发的目标是以防洪为主,兼顾除涝、发电、灌溉、航运、水产、水土保持等方面的综合利用。——这是一个理想化的系统工程,而已有的历史业已验证,要描绘出一幅宏伟的蓝图并不难,要兴建一系列水利工程也不难,难的是人类同水的博弈过程中以及围绕水的各种利益纷争中有太多剪不断、理还乱的纠结和症结。

人类的历史,在农耕文明时代,其实就是水的历史,粮食的历史。粮食是人类的命脉,水又是粮食的命脉。古往今来,淮河流域在我国农业生产中一直占有举足轻重的地位。一条淮河,连同长江,共同造就了江淮平原这个养活数千万人口的天下粮仓。新中国成立后,这里更成了国家重要的商品粮基地,约占全国粮食总产量的六分之一,足以养活数以亿计的人口,其人均农业产值一直高于全国人均值,但其人均国内生产总值又低于全国平均值。这也是现实中国的一种悖论,农业比重越大,经济越不发达,淮河流域就是这样一个经济欠发达地区。

如今,淮河流域沿海还有万亩滩涂可以开发,但如今人类的眼光变了,人们更关注的是另一种开发,那种可以让淮河流域迅速改变落后面貌的淘金式开发。这里的原煤是富矿,目前已建成淮南、淮北、平顶山、徐州、兖州、枣庄等国家大型煤炭生产基地,产煤量约占全国的八分之一,也是我国黄河以南最大的煤田。近三十年来,淮河流域的煤化工、建材、电力、机械制造等轻重工业已有了较大发展,郑州、徐州、连云港、淮南、蚌埠、济宁等一批大中型工业城市正在崛起。这样的崛起也让一条自然河流承载了前所未有的灾难。大量生产和生活污水不经处理直接向河中排放,各种废物向河边倾泻,尤其是一批小造纸、小制革、小化工等排污量大而社会效益差的工业企业,使淮河水受到极其严重的污染,化学耗氧量超标几十到几百倍,三分之二的河段已失去使用价值。因水质恶劣,一些地区守着淮河没水喝。这已是淮河流域一个旷日持久的灾难性事实。不是没水喝,而是不敢喝,沿岸的许多村庄的村民由于喝了淮河水,出现许多严重的疾病。人有病,天知否?

许多人还记得，2008年夏天，淮河上游洪水裹挟着一个几十千米长、约五亿立方米的巨大污水团一路扬长而下。据专家测量，这次污水总量超过了安徽省淮河段全年的排污总量，不但给沿岸的水产养殖户带来了惨重的经济损失，一度还影响了蚌埠、阜阳、淮南等沿淮城市的居民生活用水。这一巨大的污染带，让世人震惊。这不是第一次，也不是最后一次。

这也让很多治淮专家痛心疾首又无可奈何，他们在说同样一句话："如今的淮河是涝灾大于洪灾，旱灾又大于涝灾，而环境污染造成的灾害又大于旱灾。"

从六十年对淮河的治理，可以清楚地看到共和国水利史的变迁。

人类永远也难以预料和控制一条大河的意志，最好的方式，就是为一条大河寻找到最适合她的出路。

面对淮河，那天，我不知道在河边站了多久。我的雨伞早已被风吹得倾斜到一边，伞叶几乎翻卷过来了，浑身都已湿透。我一直神情专注地凝视着一条长河流向大海的方向，那无声而沉默的流逝，如此平静，却让我浑身上下震荡不已……

二 生死洪泽湖

从淮河走向洪泽湖不用转身。

未到洪泽湖，先见洪河口。没有这个洪河口，也许就没有洪泽湖了。

从洪河口到洪泽湖出口的中渡为淮河中游。这近五百千米的水路，在人类眼里不是河流，而是一望无际的苍茫大泽。一条喧嚣的淮河，忽然消失了，消失在这个大湖中。它选择了宁静，一种几近于沉潜般的宁静。等到它重新出现，就是下游了。

一只昂首的天鹅，正要在这里展翅欲飞。——这不是我的文学想象，而是地图上描绘出的洪泽湖的形状。洪泽湖只是一个大概念，由成子湖湾、溧河湖湾、淮河湖湾三大湖湾组成，恰好构成了一身两翼。在天下湖泊中，还没有哪个自然湖泊有如此美丽的造型。这只天鹅的色彩是纯正的蓝色，这让我在抵达一个大湖之前,就油然而生一望无际的蓝色遐想。

一条淮河流到这里,一路长途奔波,终于有了一个栖息之地。大地终于腾出了一个足够宽敞的地方,来安放一个大湖。

洪泽,洪水之泽。在自然史上,洪泽湖还是一个相当年轻的湖泊。洪泽湖到底是怎样形成的?综合专家们的各种说法,主要有三大成因:从地貌看,洪泽湖正好处在地壳断裂形成的凹陷处,这是洪泽湖形成的地理因素。洪泽湖的胚胎始于唐宋以前的小湖群,主要有富陵湖、破釜涧、泥墩湖、万家湖等,但在洪泽湖形成之前这些都是彼此分隔的小湖。从历史看,黄河夺淮才是形成洪泽湖的客观因素。一个标志性年份,还是杜充决开黄河,这个事件几乎殃及了淮海之间的所有水系。黄水南奔,变成了名副其实的黄祸,经泗水在淮阴以下夺淮河下游河道入海。淮河被走投无路的黄河强横地夺走了入海水道,没有了出路,被迫在盱眙以东潴水。到宋绍熙五年(1194年),黄河在河南阳武又一次大决口。这相隔四十多年的两次黄河决口,造成黄河夺淮长达七百年之久。由于黄河居高临下,倒灌入淮,黄淮合流,将原本彼此分隔的大小湖沼、洼地连成一片,汇聚为一片汪洋的洪泽湖。还有一个重要原因,洪泽湖由于发育在冲积平原的洼地上,先天不足,从一开始就是一个浅水型湖泊,这让它的蓄水量十分有限。又因黄河夺淮后泥沙俱下,淮河尾闾不断淤垫造成湖底日升,湖水日涨,湖堤日高,使洪泽湖成为一个比黄河更大的"悬湖",最高水位比下游地平线高出十几米。为了抵挡高涨的湖水,人类只能不断加固、筑高洪泽湖大堤——高家堰,也是洪泽湖最终完全形成的人为因素和决定性因素,因此,洪泽湖又被称为"人工湖"。

沿着杨柳夹岸的高家堰一路蜿蜒而行,这初秋的湖柳,依然葱茏碧绿。在盎然绿意的掩映之下,一道两千多年的古堤,依然在岁月中倔强地坚守,坚守着这一望无际的大泽。这是世界上最早的人工堤坝,历经一代代不断加固、筑高、延伸,如同一部层层叠叠的史册。若要了解中国水利史、防洪史、堤防史,离开了高家堰,如同抽空了历史的一条来龙去脉;若要问卜洪泽湖的命运,乃至淮扬大地的命运,其中的玄机,也只有高家堰能为你揭秘。没有高家堰,就没有洪泽湖。"倒了高家堰,淮扬不见面。"一句民谚最真实地道出了洪泽湖的危险和高家堰的至关重要。淮扬儿女的生死系于洪泽湖,洪泽湖的生死又系于高家堰。

追溯这道古堤的前身,在洪泽湖出现之前,它就出现了。

又得从大禹治水的上古传说开始了。那原本就是一个传说比历史更多的洪荒时代,那时候这里一切还处于江湖不分、一片混沌之中。在这里聚居、拓荒、繁衍生息的,是淮夷人高氏部落,他们应该与七千年前生活在长江流域的河姆渡氏族处于同一时代——母系氏族的繁荣阶段。在大禹对紊乱的江淮、黄淮水系进行了最初的清理之后,淮河才于混沌岁月中露出比较清晰的轮廓,淮河两岸的千里沃野也从漫漶的岁月中浮现出来。淮夷人高氏部落,在这里开垦出了中国最早的稻作区。

战国末年,数百年喧哗与流血的岁月,从大禹治水到井田制时代留下的水利设施在纷乱的战争中长久荒废。当人类喧嚣,洪水也开始喧哗,关于洪荒的记载又开始频频见诸史册,以天怒人怨的方式演绎,淮河又变得猖狂起来。无数安顺守命的苍生,没有在兵荒马乱的岁月被砍掉脑袋,却被喧嚣的洪水裹挟而去,连尸首也找不到。当天下变得不可救药,只能靠苍生自救。一段传说由此产生,某年大汛,当洪水又一次汹涌而来,淮夷人高氏部落有个叫高祺的首领,在喧嚣的洪水中手举黄旗,摇旗呐喊,男女老少一齐上阵,砍伐芦苇、水蒲,结结实实地捆扎起来,一捆捆地运往被洪水撕开的裂口处。芦苇是生命力极强的植物,坚韧结实,干芦苇在水的浸泡下还可以急遽膨胀,这为人们在危急中争取了填入土石方的抢险时间。高家堰的前身,就是一道芦苇坝。洪泽湖大堤后来一直被称为高家堰,也由此而来。

喧嚣中终于有了一种坚守,一道芦苇坝,它的坚守是如此脆弱,更多来自人类抵御洪水的意志,但也由此而成就了乱世中兴修水利的一个典范,否则它也不会流传千古。这也是中国堤防史的开端。从此之后,为了抵御喧哗的洪水,人类也以沉默的方式把堤防筑得更加坚固。

迨至东汉末年,又是一段喧哗与流血的岁月,又冒出了一个以治水而流传千古的人物——陈登。历史上对此人的描述是,性格桀骜不驯,学识渊博,智谋过人,少有扶世济民之志。这位年轻而文弱的士人,虽没有曹孟德、刘玄德那样的雄心抱负,却在历史的夹缝中彰显出一种更恒久的精神价值与力量,他以体恤民情、抚弱育孤而深得一方百姓敬重。陈登在徐州典农校尉任上,率一州百姓兴修水利,发展农田灌溉,使汉末乱世中的一方百姓安居乐业,"粳稻丰积"。这让挟天子以令诸侯的曹操曹丞相对陈登也很是看重,"以登为广陵太守。登在广陵,广施仁德,明审赏罚,民畏爱之"。广陵地处江淮之间,其核心区域在今天扬州的广陵区,历来就是洪水泛滥之地。在广陵太守的任上,陈登拖着病弱的身子,率百姓筑起了一道从武家墩到西顺河镇的三十里长堰——捍淮堰。这也是高家堰的前身之一。史家认为,陈登筑起的这道防洪堰堤,是两千多年前的世界上最早的人工堤坝,也奠定了高家堰最早、最牢固的基础,一举将灾难深重的广陵变成了旱涝保收的良田沃野。后来,曹魏太尉司马懿为消灭东吴进而统一全国,派大将邓艾在皖内屯田蓄粮,也多亏了这道捍淮堰的坚守。

杜充决开黄河之后,这道淮河大堤变成了洪泽湖大堤。洪泽湖的主要水源是淮河,淮河自古以来就是水患极多的河流之一,而淮河水患必然殃及甚至直接转嫁给洪泽湖。"堰堤大有建瓴之势,城郡更出釜底之形",一旦高家堰溃坝,整个淮扬大地顷刻间就会被喧哗的洪水淹没。

高家堰是历代统治者最关注的地方,在这里,他们说得最多的就是两个字:慎防!

明朝开国。朱元璋在马背上夺得了江山,但老百姓依然处在水深火热之中,不是洪灾就是旱灾。应该说,朱元璋这个穷苦农民出身的皇帝对水利是高度重视的,这甚至是他的一种本能。称帝之后,他立刻诏谕,凡有关水利的事务要随时呈奏,并派刘基和国子监诸生等遍诣天下督修水利。洪武十一年(1378年),淮水泛滥,洪泽湖畔的泗州城岌岌可危。危急之时,钦差刘基日夜兼程赶往洪泽湖。刘基神机妙算又精通堪舆,在明初的水利建设上,是个不可或缺的人物,他曾申奏"尝以一岁开一支河及塘堰数万,以利农桑"的治水之策。话说刘基一路勘察水势地形,在勘察中,刘基发现了先代修堤的一个问题,这一带地形高低不平,所建堤堰没有按水平修建,是故,上水头一来水,下水头就决口。刘基找到决口的原因,便向老百姓买了很多米粮,运到上游。在洪泽湖畔的老子山处,他把米粮慢慢地撒在水面上,再根据米粮顺水漂行的位置找到了一条水平线,命人按水平修筑堆埝。刘基此举还真是管用,从那以后,洪泽湖大堤就很少倒口了。数百年来,洪泽湖不知又经历了多少次大洪水,但当年筑起的堆埝在历次大洪水中都没有被冲垮。当我看着它,我的眼神也变得坚固无比了。

这也是高家堰又一道坚固无比的基础,洪泽湖的老乡们把这堆埝叫"钢堆"。

在明朝,还有一个值得铭记的名字——潘季驯。潘季驯素有"千古治黄第一人、运河之子"之誉。在中国水利史上,他是一位不可忽视的水利专家。所谓治水名臣或水利专家,其实就是在灾难中诞生的一类人物。潘季驯主持治理的黄河、淮河和运河,无一不是灾难深重的河流。潘季驯提出以高堰为两河治理关键,只有增筑高堰不使淮水东溃,人工蓄积的淮水方能"尽出清口",清口及下游不淤,运道才能通畅。为综合解决黄河、淮河、运河交汇地区久治不愈的洪患,他以高家堰为主坝,按当时的标准计量,筑起了一道长万余丈、高约四米的防汛挡水的石墙,其中三千余丈建有排桩防浪工程,自万历八年(1580年)十月起,又筑包砌石工防浪墙,长三千余丈,高一丈,叠砌十层,厚二层。就是在他的主持下,高家堰北端于明万历中一直顺延至运河边,并从此固定下来。为了泄洪,潘季驯又选高家堰以南十多千米处作为开敞式溢洪道,称为天然减水坝,沿用了一百余年。

在巩固了堤防之后,为了严加防范,官府还给沿堤一带的老百姓划定了看管堤段,以防不测。这些安顺守命的升斗小民,在制度的安排下,成了摆在洪水最前线的一排卒子。在高家堰长堤上十堡和十一堡之间,有一处险工:侯二门。这段险工是当年就近分给侯二夫妇的。侯二夫妇日夜上堤轮流看守。某年秋汛来临,这天中午,侯二的妻子刚给守堤的丈夫送来饭食,侯二没吃几口,一双眼睛就直了,直直地瞪着水中翻涌的旋涡。水中翻泡打漩并不要紧,要命的是旋涡中会翻起泥浆——生长于大江边的我深知这种水底翻砂的凶险,这表明水底下的堤坝穿孔了,用现在的水利名词叫"海底浸"。危险！当看到这翻着泥浆的泡沫时，侯二把手里的饭碗一摞，叫妻子鸣锣报警："快叫人来！"他大叫一声，猛地跳入水中，挥锹挖泥堵洞。然而那翻着泥浆的旋涡越来越大，情急之下，侯二用身体死死地堵住洞口。水中传来一声沉闷的咕咚，侯二不见了，整个人被卷入洞中了。侯二的妻子林氏在鸣锣报警后，一边大喊"快来人啊，快来人啊"，一边也奋不顾身地跳入洞口，旋即也被卷入洞中。当官吏和四周的老百姓赶来抢险时，侯二夫妇已在那深不可测的水底溃洞中永远消失了。老百姓一边拼命抢险，一边哭喊："侯二，你回来吧！林氏，你回来吧！——"

这明朝的呼喊声，穿越数百年岁月，依然在滚滚浪涛中回旋，回旋至今。

这并非历史，又是一段传说。在一部由治水名臣和治水英雄演绎而来的中国水利史上，很少有老百姓的形象和名字出现，哪怕在传说中出现也是罕见的。侯二夫妇是个例外，这侯二门，不只是对侯二夫妇的纪念，也是对无数为水利而奉献、牺牲的老百姓的永久祭奠。

从刘基到潘季驯，绵亘两百余年的明王朝几乎把高家堰修到了如同铜墙铁壁一般，但依然难以一劳永逸地解决淮河和洪泽湖的水患。历史上洪泽湖大堤多次溃决，仅1575年至1855年近三百年间，就决口一百四十余次。每一次决口，都是灭顶之灾。这洪泽湖底下，不知沉没了多少生命，甚至沉下了一座古城。那座在明洪武年间没有被淹没的古城泗州，终于在大清国的康乾盛世中沉没了。

淮河、洪泽湖的洪水几乎贯穿了整个康乾盛世。

清王朝虽是来自关外的政权，但入主中原之后对水利也是高度重视的。

康熙十五年（1676年）高家堰大溃决，在国家财政非常困难的情况下，康熙帝还是痛下决心，对黄河、淮河进行全面治理。翌年，一代治河名臣靳辅，从安徽巡抚任上被提升为河道总督，这一年他四十五岁。从这年到六十岁病逝，靳辅一直致力于治河。靳辅手下有一个得力助手陈潢。在治理方法上，陈潢基本上继承和发展了明代潘季驯"筑堤束水，以水攻沙"的治河理论，主张把"分流"和"合流"结合起来，把"分流杀势"作为河水暴涨时的应急措施，而以"合流攻沙"作为长远安排。他深刻地认识到"河流今昔形势不同,无一劳永逸之策,在时时谨小慎微,而尤重在河员之久任"。为了治理黄淮两河水患,陈潢又打破自古以来"防河保运"的传统方法,提出了在黄淮上、中、下游进行"统行规划、源流并治",但不知何故,这一综合治水的主张未为朝廷采纳,这让他的治水之才发挥得极其有限。如今在洪泽湖还可以看见的,是靳辅和陈潢联手打造的护堤工程:从康熙十七年(1678年)十一月到次年五月,靳辅、陈潢在前人修建的高家堰上又筑起了一道更坚固的石工堤防,石工防浪挡土墙以密桩做基础,临水面以十比一的坡度逐层砌筑,胶结材料为糯米石灰砂姜,墙顶及吃重部位的条石皆用蝴蝶形铸铁扣勾连。石工与坝身土之间镶嵌砖柜与三合土心墙。大堤总宽五十米左右。同时在堤坝外又加修坦坡,防止外水浸入减少抗力。在水利史上,这是一项成功的创举,即使今天,在高堤上修筑坦坡仍不失其意义。这道清代的洪泽湖大堤,依然被人们称为高家堰,但又加高、加厚、延长了,向南延伸至今洪泽县蒋坝镇,长达六十千米,号称百里古堤。

历代人在不断培修加固高家堰时,也一直在精心设计人工泄洪设施,明代为减水闸,清代用减水坝。泄洪口宽约六十丈,长约七十丈,由石工墙护边,密桩铺底,用糯米汁三合土做溢流面,并有进口段、溢流段、扩散段、消能段等布置。不能不说,陈潢为治水立下了汗马功劳,康熙二十六年(1687年),经靳辅保奏,陈潢得授三品佥事道衔。然而,命运对这个人近乎残酷,第二年他就被人以"屯田扰民"的罪名参劾,遭撤职,不久便病死于北京。

清咸丰初年,为了抵挡太平军和捻军的进攻,时任江宁布政使、漕运总督的吴棠想筑一座石城以御敌,但淮安是平原,石料无处可找,他想到了高家堰。那些筑堤的石头都是坚固的大石块,这可是抵挡洪水的命根子,但情势危急,他也顾不得那么多了,命兵丁们开拆大堤上的石块。这让当地百姓忧心如焚,又没有办法来阻止。历史于此又变成了一段传说,忽一日,就在人们愁眉不展的时候,突然有个百岁老人飘然来到人群中间,捋着胡子说道:"刘伯温享有'半仙'之誉,人鬼不可侵犯。石工头原是他反复叮嘱过的慎防之地,只要能找到一纸偈帖,必可叫吴棠停拆。"于是,这位老者叫来民工,神秘地叮嘱了一番。结果,在第二天拆堤时,民工挖到一块石偈,随即禀告吴棠。吴棠一看,上面镌刻的是"刘基造,吴棠拆,拆到此处拆不得"的字样,而且真是刘基的手迹。这让吴棠惊觉"此乃天意,不可违犯",于是立即下令停工,并叫民工把已拆的堆埝夯实。从此,这高家堰大堤就保存下来了。

这个民间传说匪夷所思,老百姓竟然对享有"国之干城"声誉的吴棠是这样一个印象。官修的史书对此公的评价可不低,他任淮安府桃园县令时,"常改装出行,访贫问苦,以礼化民,以文治县,亲治匪患与水患,为政三年境内大治",后历经坎坷,屡迁为封疆大吏,"以民慈父,为国重臣,江淮草木知名,天下治平第一人"。然而,在民间,人们却从未忘怀那个"刘基造,吴棠拆"的故事。无论你拥有多么神圣的名义,都不能违背天意。

一路沿着洪泽湖东岸走,可以看到新中国成立后修建的三大水利工程:二河闸、三河闸和高良涧进水闸。这三大枢纽工程与洪泽湖大堤一起,把洪泽湖变成了一个巨型平原水库。

1958年修建的二河闸,首先进入了我的视野。淮水、湖水从此出二河闸,进入淮沭河。淮沭河,又名淮沭新河,实际上是一条全长近两百千米的人工运河,也是一项引淮入沂综合利用的水利工程,从1958年到1960年,从狂热的"大跃进"到三年"困难时期",淮河儿女在饥寒交迫的极度困难中,完成了这一巨大的工程。从洪泽湖大堤二河闸引水,东北行经淮阴水利枢纽,到沭阳县过新沂河后,北上连云港市,经临洪口注入海州湾,全长近两百千米。沿线兴建各种控制、配套工程,汛期可分泄淮河洪水,经新沂河入海,旱季则引洪泽湖水或调引由江都水利枢纽和淮安抽水站抽引的江水北上,补给沂沭河下游平原灌溉用水,并保证淮沭河航运和连云港市用水。

比二河闸修建得更早的是位于洪泽湖的东南角三河闸,看上去也更加气势磅礴。这样的成语似乎就是为了这些宏大的事物而准备的。不过,现在看起来也许没有当年的气势了,恢宏之中已难掩岁月的沧桑。——这是新中国成立初期我国自行设计自行施工的一座大型水闸,淮河流域第一大闸,堪称新中国第一闸,是淮河下游入江水道的控制口门。

对于淮河、洪泽湖、高家堰,毛泽东、周恩来等新中国的第一代领导人非常焦虑,周恩来乘坐飞机来到洪泽湖上空察看大堤,并致电当地省市政府:"一定要修筑好洪泽湖大堤,保证人民的生命财产安全!"总理的指示,代表了国家的意志。洪泽湖的正常水位12.5米,汛期或大水年份水位可抬高3米左右。旧时,尽管拥有高家堰,但在民国乱世中大堤失修,水患严重。在新中国治淮之前,洪泽湖汪洋一片,既无固定湖岸,又无一定形状,其几何形态极不规则。新中国成立后,在治淮的同时也一直在对洪泽湖实施综合整治,加固培修洪泽湖大堤,一道北起淮阴县码头镇、南至盱眙县堆头村的防洪大堤,全长近70千米。古老的高家堰,以焕然一新的姿态,终于被打造成了苏北防洪的第一屏障。

水位决定了防洪标准,经过数十年整治,洪泽湖的防洪标准现已提高到16米水位。

在对高家堰大部分堤段加紧改造和加固的同时,水利专家们深知,要保堤,除了加固,更关键的是为洪泽湖开拓出泄洪通道,让洪水有更通畅的出路,洪水没有出路,就是拼命死保,最终也是保不住的。洪泽湖的出路,也就是淮河的出路。洪泽湖位于淮河中游,以下为淮河下游,如果上中游来水被洪泽湖顶托住了,淮河中上游流域必然遭遇灭顶之灾。

淮河入江入海水道远比长江复杂,由于受黄河夺淮的影响,千百年来,淮河流域的地形和水系发生了很大变化。淮河干流自西向东,在江苏省中部注入洪泽湖,经洪泽湖调蓄后,分三路下泄,主流通过三河闸,出三河,经宝应湖、高邮湖在三江营入长江,是为入江水道。这其实也就是淮河的入江水道,江湖的出路合二为一,长江与淮河的入江口地理交汇点位于扬州市邗江区,那里还有一个"淮河入江口公园"。至此,淮河干流全长1000千米。

我眼前的三河闸就是这样一个关键性工程,1952年10月动工兴建,1953年7月建成放水。闸身为钢筋混凝土结构,一道道宽达十米的钢结构弧形闸门。很多游人来这里参观,都会下意识地数着这里的闸门,仿佛在清点逝去的岁月。我从左到右数过去,又倒过来数了一遍。此时正是汛期,每一道闸门都打开了,激越的水流哗然一声升起来,又轰然一声落下去,水花四溅,在耀眼的阳光下曳起一道道彩虹。我数来数去,还是没有数清楚。

一个准确的结果,是三河闸机电检修班的一位技师告诉我的:三河闸一共是六十三孔闸门,每孔均设有电力、人力两用卷扬启闭机一台,左右岸空箱内分别设有水电站一座,装机容量分别为 160 千瓦和 125 千瓦。门墩上,还架设了一座净宽十米的双车道公路桥。接下来又是一些枯燥的数字和术语了:三河闸按洪泽湖水位 16 米设计、17 米校核,设计抗震烈度 8 度,属大 I 型水闸,总宽度近 700 米。

我惊叹,在新中国成立初期,这是足以用宏伟来形容的大型水利工程了。

对三河闸最熟悉的人,莫过于这里的职工了。我见到的这位技师,是三河闸机电检修班班长顾师傅,一个瘦小精干的汉子,一开口说话那喉结便显得十分坚硬,突出。听他说,为了提高防洪标准,几十年来,三河闸也进行了多次维修、加固和改造。现在这里最先进的设施,是一座彩钢板启闭机房,机房里还安装了闸门自动监控系统,但它的心脏部位——三河闸启闭机还是 1953 年的产品,早已超期服役了。——这是一个让我惊讶的事实。不知是惊讶那个年代的设备恒久而耐用,还是惊讶我们的水利设施更新换代严重滞后?在水利方面,我们有些地方真的是在吃老本啊。又多亏了这些检修工人,正是有了他们精心细致的养护,每台启闭机在运转了六十年后依然还在安全而灵活地运转。这也让他们获得了国家一级水利工程管理单位的荣誉,而在这荣誉的背后,我却感到了一种难以言说的惨淡。

历史证明,一个水利工程建起来很难,但能够经受长时间检验更难。这里面有设计上的问题,也有工程本身的质量问题。用一句人们常说的话说,是由于受到了当时客观条件的影响,譬如说当时的技术水平、材料、设备等等,你也确实不能站在 21 世纪的天空下对那个时代的人指手画脚。但还是有不少水利工程能够经受住历史的严峻考验,远的有两千多年前的都江堰,近在眼前的就是这座新中国成立初年的大型水利枢纽工程,它已经经受住了长达六十年的严峻考验。它拦蓄淮河上中游来水,把也曾泛滥成灾的洪泽湖变成一个可以被人类调控的巨型平原水库,为苏北地区的工农业和生活用水提供了丰富的水源，又极大地减轻了淮河下游的防洪压力，保证里下河平原三千万亩农田和两千多万人民生命财产不再受到淮河洪灾之苦。六十年来，三河闸先后抗御了1954年、1991年、2003年、2006年等多次大洪水。2003年的那次大洪水顾师傅是亲身经历过的，不说洪水有多大，只说三河闸的泄洪量就高达600多亿立方米。一条淮河又有多少水呢，年径流量也就600多亿立方米，这等于把一条淮河通过三河闸泄掉了，三河闸也经受住了有史以来最大泄洪量的考验。到2006年的洪水时，泄洪又达136亿立方米，这也是算是很大的了，但更大的考验还不是泄洪量，而是时间。这次洪水历时三个多月，而他们泄洪的时间比洪水更长，历时104天，这是三河闸经历的有史以来最漫长的泄洪时间考验。这也是一个经受住了历史考验的工程，它最初的设计意图几乎是完美地实现了。

　　历史也检验了顾卫林这些水利人的敬业与忠诚。就说他现在带着的这个机电检修班，承担着三河闸六十三台启闭机、六十三扇钢闸门的维修任务，还有变压器、备用电源、配电柜的检查、保养和维修。这些事，说起来又是异常单调、枯燥的，这样的工作像机器一样，这些人也像机器一样。每年汛期来临，他们便要提前把一台台巨大启闭机全部拆开了，每一个零件都不能放过，那个细致的程度就像检查飞机。水利设施的风险也和飞机一样，一旦出了什么问题就无法回天，而它的灾难性后果比飞机失事更恐怖，江西九江城防大堤4至5号闸发生决口就是惨痛的教训。这样的灾难再也不能在别的水闸发生了，这也是顾师傅和所有三河闸人的信念。每次检修，每一根轴都要均匀地涂上润滑油，每一个齿轮都必须擦洗得锃亮，每一根螺栓和紧固零部件都要拧紧，绝对不能滑丝。这就是他们的日常工作，对于这里的很多职工，这也是他们祖辈干了、父辈干了、他们自己还要干一辈子的工作。正是因为他们精心备至的呵护，三河闸才保持了工程设备良好的安全性能。除了洪水，还有许多突发性灾难。2007年7月1日，三河闸闸门自动监控系统突遭雷击，系统瘫痪。当时正值主汛期，必须马上抢修，一秒钟都不能耽误。暴风雨中，电闪雷鸣，炸雷一个接一个，仿佛就在头顶上炸开，震得人头皮一阵一阵发麻。这是豁出了性命在干，因为随时都可能遭遇雷击。就这样,他们以最短的时间恢复了系统运行。当一座座闸门按指令开始运行时,有人夸他们,好身手啊!他们却不知道人家在说什么,他们什么也听不见了,耳朵都被雷声震聋了,一直到现在,还有些神经性耳鸣……

这样一个小细节,让我感到了这些平凡的人、这些平凡的工作又是那样不平凡。我跟顾师傅道别时,他还忙着呢,正在清洗一个刚拆卸下来的齿轮,他穿着的一身迷彩服工装已被汗水浸透了。看着这样一个水电工人,我不知说什么才好:"干你们这行,太累了……"

"不累不累,"他摆着手,嘿嘿笑着说,"我们吃的就是这碗饭啊。"

看那浸满了油污的大手,连指甲缝和掌纹里也是黑的,我知道,这是一辈子怎么洗也洗不干净的手。在水利战线上,不知还有多少这样默默地拧着螺丝、擦洗着齿轮的人,这只是我偶然遇到的一个。当顾师傅又一次低下头去擦洗齿轮时,我忽然有了一种莫名的感动。是的,他们就是吃这碗饭的,人生不过如此,干什么都要对得住自己吃的这碗饭。

此时,已近黄昏,一个被夕阳染红了的洪泽湖就在这普通人的背后,风平浪静,间或被渔人的船桨激起一片波浪……

三 从洪水走廊到天堂之路

又得从一座水闸开始——高良涧进水闸。

去那里,先要穿过洪泽湖东岸的一个小镇,这岁月深处的小镇叫高良涧,这里的一个港口也叫高良涧。高良涧在洪泽湖很有名。自古以来,这里就是洪泽湖东岸一道水陆交通的咽喉,一个历史悠久的水陆码头。一个码头,一条水路,沟通了大运河、淮河和长江。现在,这里已是洪泽湖上最大的港口,每天都有数以千计的船舶在这里来来往往。这样的风景总让我贪婪地看着,一双见惯了干涸的眼,看过了多少濒临灭绝的江湖,仿佛到了这里才看明白,一个港口是什么样子,一个大湖又是什么样子。

高良涧,按苏北口音,原本叫"交粮站"。这又与一段传说有关了。相传在大禹治水时,就以这里为中心,一边征集民工,一边设点收粮,洪泽湖的老乡们纷纷交粮支援大禹时代的水利建设,从此这里便叫"交粮站"了。大禹时代有洪泽湖吗?此事当然不能当真,又有谁会真的把一段传说当真呢。不过,这里倒也真是鱼米之乡。站在东岸大堤上,一眼望开去,垸内是万顷良田,垸外是万顷碧波。这也让我感到惊奇,一条淮河现在已是一条黑水河了,这洪泽湖的清澈却不减当年。除了商船,这湖上到处都是渔船。洪泽湖盛产白鱼、大青虾、大闸蟹,这让码头上充满了鱼腥味,用当地老乡的话说,是湖鲜味。又一个传说,乾隆皇帝南巡时,看见了这样一个鱼米之乡,随口便将"交粮站"改为"高良站",他这一改,却改得更加莫名其妙,高良站,啥意思呢?其实还是叫高良涧好,一听就是与水有关。

早就听说了这个古老的小镇,走进来了,却隐隐感到失望。这绝对不是我想象中的古镇,古典的气息已荡然无存,从幽深的岁月里浮现出来的是浮浅的时尚,穿过一条卷闸门和玻璃门夹着的小街,迎面看到的都是小镇人的富足和喜悦。走出这条小街就能看到我最想看到的事物了。这里像是小镇上的一片荒地,在芦苇和摇曳的狗尾巴草中,一座六十年前的老建筑看上去有些荒凉,又如同在荒芜岁月中一种倔强的坚持。这是洪泽湖的又一控制工程,上承洪泽湖,下启苏北灌溉总渠,名曰进水闸,其实,它更是淮河、洪泽湖的又一个重要分泄口。

我来时,正好赶上这里开闸放水,一股股激流从闸门里奔涌而出。这给一座几近凝固的老建筑带来了活力,它的气势还很旺盛,血气方刚,浪花飞溅。方向在六十年前就已确定,奔向大海,那里是它最后的出路。

这里离大海其实还挺远。自从黄河夺淮之后,从淮河到洪泽湖都失去了入海水道。这也就是这个水利工程的意义。六十年前,在修建高良涧进水闸的同时,又以人工的方式给它重新开凿了一条全长168千米的入海水道——苏北灌溉总渠。说到这里,也就明白了,高良涧进水闸和苏北灌溉总渠并非两个水利工程,而是一个大型综合水利工程的两个组成部分,也可以把高良涧进水闸视为苏北灌溉总渠的龙头工程。除了为淮河、洪泽湖排洪入海,它又是引洪泽湖水灌溉废黄河以南地区的输水干渠。整个工程以泄洪、排涝、灌溉为主,兼有航运、发电等多种功能,在渠首、渠中和渠尾分别建有四座水闸:高良涧进水闸、运东分水闸、阜宁腰闸和六垛挡潮闸,并在高良涧、运东、阜宁三闸附近分别建有水电站和船闸等配套梯级设施,沿总渠两岸还建有三十六座灌排涵洞,渠北建有两座排涝闸,沿线还建有四座跨河公路桥。在总渠与二河之间,还建有高良涧越闸,后来又增辟了一个排洪入总渠的口门,以发挥总渠的排洪潜力。每到汛期,便加大排洪流量,当渠北地区内涝加重时,则利用总渠和排水渠之间的渠北、东沙港两排水闸,调度涝水经总渠排泄入海,以减轻排水渠排水负担。

按总渠设计引水流量,可以有效灌溉里下河平原和渠北三百多万亩农田。——里下河平原总面积超过一万平方千米,地势东高西低,整个里下河地区是一个大的碟形洼地,但洼中有高,内有若干小的碟形洼地。汉代以前,在这里顽强求生的人类已能利用沼泽滩地种植水稻了。在苏北灌溉总渠竣工之后,里下河平原从此成了物产丰饶、旱涝保收的良田,是著名的商品粮、油料和水产品基地之一。

说到里运河,这条河在分泄淮河洪水中也扮演着举足轻重的角色。里运河并非自然河流,而是由古运河最早的一段、历史上的邗沟演变而来,新中国成立后,又经多年整治,打造成了一条综合利用的河道。里运河可分泄淮河洪水,既是京杭大运河的一部分,又是南水北调东线干渠,从杨庄起至江都止,全长约160千米。两岸均筑有大堤,其西堤即入江水道的东堤,以防御淮河洪水,保障里下河地区安全。历史是很考验人的。在高良涧进水闸和苏北灌溉总渠工程竣工不久,就遭遇了1954年大水,总渠分泄了每秒超过一千立方米流量的淮河洪水入海,这也是它历史上第一次接受严峻考验。尤其在1965年的大洪水中,又经受住了最大安全行洪流量的考验。如今,经过六十年的行水、行洪考验,这个新中国成立初年的水利工程达到了当年的设计运用要求,甚至超过了。

很多事,你不亲眼看到,就只能想入非非。

还是老习惯,坐上一条船。从高良涧出发,走的不是河道,是航道。这条灌溉总渠事实上也是一条东西向的大型运河,为Ⅲ级航道,是连接洪泽湖和京杭大运河的主要航道。若按航道标准,可走千吨级船舶。在这条水路出现之前，从高良涧到淮安没有水路，流水无路，但洪水有路，我正在走的这条水路，实际上就是昔日的一条"洪水走廊"。

淮安郊外，便是苏北灌溉总渠管理处大楼。当年把管理处选址在这个地方，也许并非人为的选择，而是一种必然。走进管理处大院，偌大一个庭院，颇有庭院深深深几许之感，除了树木和花草，还有一曲清流从花草树木中穿过。听见潺潺流水声，我感到惊喜，又觉得奇怪。对我来说，只要是水，没有一样是可以轻视或不值得关注的。忍不住四下张望，这一块四面筑起围墙的高地上，怎会有一条溪流呢？难道这是借鉴了苏州园林的一种设计？事实上，淮安城里也有很多古典山水园林，只是没有苏州园林那么有名。

很快，我就找到了这里的一位技术人员。没想到，他还是一位业余文学爱好者。惊喜。由于他不愿透露姓名，这里也就只能让他处于匿名状态了。他很热情，不是对我热情，对每一个还关注这里的人他都很热情。接下来，就是他一边带着我参观一边给我讲解了。他指着我看见的那条溪流说，这不是溪流，而是淮河的微缩景观。淮河就是这样的，只是按比例缩小了，真正的淮河你是不可能从头看到尾的。在这里，一下就看清楚了，它是怎样从桐柏山上一路奔流，又怎样通过洪泽湖、高良涧和苏北灌溉总渠流入大海。在这一微缩景观河流上，我看到了我此刻的置身之处，淮安。

若要看清淮安，也只能把它缩小了看，只因人类太渺小。这座古老的城池位于江淮平原东部，既是淮河流域的一座历史名城，又是一座崛起在长江三角洲地区的现代化城市，还是淮河与京杭大运河的一个交点。历史上，淮安与扬州、苏州、杭州并称运河沿线的四大都市，被誉为"中国运河之都"。从水系上看，这里地处淮、沂、沭、泗诸水下游，大运河、里运河、苏北灌溉总渠在此风云际会，还有淮河入江水道、淮河入海水道、淮河干流等九条河流在其境内纵贯横穿，洪泽湖大部分也位于市境内，又有白马湖、高邮湖、宝应湖等星罗棋布的自然湖泊。每次走进这样一个典型的平原水乡，面对这样多的水，我就感到人类描绘水的词汇实在太少了，太少了就容易重复。譬如说我曾经说过苏州是水做的，这淮安也是水做的，而淮安和苏州又不同。苏州的身份是清晰的，一座长江流域、太湖之滨的古城，但淮安的身份很复杂，复杂只因这复杂的水系构成了淮安复杂的血缘谱系。你很难把她的身份界定为哪一流域,她无疑是淮河流域的城市,也可以说是长江流域的城市,但从文化意义上看,淮安还是应该被纳入江淮流域。事实上,淮安也是江淮流域古文化发源地之一。

一个地方拥有这么多的水系,是好事,也不是好事。水,可以给人类带来水利,也可以给人类带来水害。一个淮安,在这利与害中博弈了数千年,它顽强地存在,至少表明人类在水利上占了上风。这是奇迹。要知道,淮安只是一座地势低洼的城池,却承接了河南、安徽、山东、江苏四省二十多万平方千米面积的来水,想一想,也知道这里为什么被称为"洪水走廊"了。据史载,从1368年至1948年近六百年间,淮安共发生大水灾三百五十多次,每两年就要经历一次大水灾。这里人的生命力、危机感、忧患意识,一直与这里的江湖水系交织在一起。吊诡的是,这样一个"洪水走廊"又时常发生大旱灾。在历经一次次洪水的同时,淮安有史记载的大旱之年就有八十多年,每逢大旱,河道断流,沟湖干涸,土地龟裂,颗粒无收。淮安的历史是由灾难写成的,淮安这个古老的地名,寄予了这里人世代的梦想。淮安,淮何以安?何时安?

这也让一个生于斯长于斯的淮安人,新中国第一任总理周恩来,寝食难安。

周恩来生于淮安,事实也是生于忧患。身为淮安人的周恩来也深谙淮事,他曾经深情地说过:"生于斯,长于斯,渐习为淮人;耳所闻,目所见,亦无非淮事。"

1949年秋,新中国刚刚诞生,淮河流域就已深陷在一场洪灾之中,淮安更是重灾区。毛泽东和周恩来深知淮河儿女的苦难,电告中共苏北区党委和苏北行政公署:我们党"对在革命战争中做出重大贡献的苏北人民所遭受的水灾苦难,负有拯救的严重责任",要求当地政府必须"全力组织人民生产自救,以工代赈,兴修水利,以消除历史上遗留的祸患"。到了1950年,淮河还没有摆脱上一年的水灾,又一场水灾席卷了江淮大地,灾情尤为严重。灾情急报中南海,毛泽东这一次没有做出就灾救灾的批示,而是做出了这样深谋远虑的批示:"从长期的远大的利益着眼,根本地解决淮河问题。"

8月17日,中央指出:"如不认真治水根治水害,政权就无法巩固。"

这也是中央第一次非常明确地把治水与治国紧密地联系在了一起。

随后,周恩来总理在北京主持召开治淮会议,为新中国治淮制定了一个基本方针,"蓄泄兼筹"。这短短的四个字,决定了未来淮河的命运。

1951年春天,在淮河的又一年汛期来临之前,新中国第一任水利部部长傅作义和苏联水利专家布可夫赶赴淮河流域,在安徽省委书记曾希圣的陪同下,沿着淮河,进行了实地勘查,探索如何治理淮河。进入苏北后,苏北专署主任惠浴宇陪同考察。说到这里,还有一个插曲。由于淮河两岸是淮海战役的主战场,很多农舍的墙壁上,当时都刷了醒目的宣传标语,解放初,这些标语还留在那里,其中有一条是:"打到北京去,活捉傅作义!"没想到现在傅作义来了,看见了。傅作义只是咧嘴笑了笑,便一头钻进农舍去,和农民聊起了连续两年的灾害情况。倒是苏联专家布可夫感到有点过分了,他站在门外,指着标语对惠浴宇专员说:"你们对傅部长太不尊重,明明知道傅部长要来,为什么还留着这个?"惠浴宇这才发现了问题,立马叫来行署公安局局长,让他派人去淮河沿线检查,把此类标语一律刷掉。

傅作义似乎没有注意到这些被刷掉的标语,他眼里只有淮河流域的灾难。在深入调查后,他主持召开了治淮委员会议。布可夫和王元颐、陈志定等水利专家一起,开始着手搞江苏首期治淮方案。1951年4月,淮河委员会工程部提出了《关于治淮方略的初步报告》。这是新中国治淮的第一个总体规划文件,其中中下游的整治方案,就是布可夫和各地专家一起研究制定的。根据这个方案,苏北治淮第一仗就是兴建苏北灌溉总渠。

不久,周恩来总理就召集政务院有关部门负责人听取治理淮河工作的汇报。

但这一工程要不要上,何时上,在当时却引起了激烈的争议。

一个不可忽视的客观原因,当时正值中国人民志愿军入朝作战初期,为了支援前线作战,中央财政和物资的紧张可想而知。有的副总理、部门负责人表示,这个事情是应该办的,但是就目前中央提供实际支持的能力看,规模是不是太大了？这也是实情，按当时的国力，摆在面前的第一件事，就是解除洪水的威胁，但按苏北灌溉总渠的设计，还有蓄水、灌溉、航运、发电等多种功能，有人当即算了一笔账："搞这样的工程，用的钱都能铺到香港了。"更多的意见倾向于等以后有条件了再搞。另一个争论的焦点是蓄水问题，这牵涉到淮河上游、中游、下游各方面的利益，牵一发而动全身，如何保证自己的利益都有各自的想法，谁也不想让别人的水利变成自己的水害。上游有个省的负责人忽然冒出了这样一句话："我们那儿除涝还忙不过来，你们倒要花钱搞灌溉了？"

这冷嘲热讽的一句话，把一向有谦谦君子之风的周恩来一下激怒了，他把茶杯往茶几上砰地一顿，几乎是指着说这话的同志严厉批评："你的老毛病不改，为什么不好好听听，先分什么你们我们？"一时间，气氛高度紧张。在周恩来主持的会议上，还很少出现这样的气氛。这时候，苏北行署专员惠浴宇缓缓开口了，也多亏了他这一番话，缓和了当时的气氛："我们当然体谅中央的困难，但作为具体实施者，又希望能将工程的效益发挥得更好一点。我也不说别的，只说我们苏北是下游，面对大海，淮、沂、沭、泗四大害河，均要出海，我们有义务敞开大门，让兄弟省泄洪，我们一定办到，具体泄多少，按中央指示办。"

周总理最后拍板说："苏北人民在战争期间，响应党的号召，上去那么多人，流了那么多血，出了那么多烈士，洪水给你放下海，它够资格蓄一点水嘛！我们应该支援他们，河南上游，以蓄为主；安徽中游，泄蓄兼施；江苏下游，以泄为主，蓄为辅，苏北五大工程，提得有气魄，我都同意。要保证八百流量，废除归海坝。什么叫归海坝？水大了马上放水淹人就是了，我们党领导的新中国，这样下去怎么行？"

散会后，周恩来撂下一句硬话："今天晚上就批准灌溉总渠，你们要像搞新沂河那样搞好这条河。"总理是说话算话的，当晚，他就做出了苏北灌溉总渠上马的批复，同时还批给大米一亿斤。开国之初，公职人员还是以粮食代津贴，这一亿斤大米，就是国家支持苏北灌溉总渠建设的经费了。

1951年11月2日，没有阳光，只有冷寂的冰雪闪烁着寒光。这一天，苏北灌溉总渠在凛冽的寒风中全线开工，一声令下，来自淮阴、盐城、南通、扬州等专区数十个县的民工，在一阵阵扫过江淮大地的寒风中开进了工地。西到洪泽湖畔，东至黄海之滨，在160多千米的工地沿线，新中国第一条水利建设的战线就这样拉开了。来自各地的民工自己动手，搭起了一个个人字式、桥洞式、道帽式、老虎大张嘴式的简易工棚，遮风避雨，安营扎寨。

这是开国第一大水利工程，也是一场比淮海战役更加波澜壮阔的人民战争。

毛泽东时代的水利建设，几乎是以人民战争的方式完成的。

天寒地冻，但热血沸腾。在开工的誓师大会上，当年的民工仿佛提前喊出了"大跃进"时代的口号：

"我们如今翻了身，也要让淮河翻个身！"

"长城是人修的，总渠是人挑的！"

这时常被洪水淹没的江淮大地，第一次被淮河儿女你追我赶的呼喊声淹没了。

当成千上万如一盘散沙的农民被组织起来，他们巨大的能量绝不亚于一条大河。

这是一个庞大的群体，一百多万人。

我来这里，只想找一个人，但必须是这百万分之一。

这也是我在采访中时常会遇到的最大难题。岁月不饶人，当年二十出头的小伙子，现在也是八十高龄了。几经寻访，我找到了一位当年参加过会战的老汉，刘福贵，刘大爷。

刘大爷是个孤儿，上工地时，还是一个十六七岁的少年。他原本也拥有一个十来口人的大家庭，一次又一次的洪水把他的亲人一个一个夺走了。不只是他，当年的民工，几乎家家都有死在洪水中的，就是没有被洪水淹死，也难以挨过退水之后的饥荒和瘟疫。这里人，能够活下来都是奇迹。新中国成立后，人民政府号召他们上河工，修水利，几乎不需要做什么思想工作，用刘大爷的话说，他连想也没想就挑着土筐上了工地。

他坐在那儿,好像又重返了过去生活经历的某个时刻。

1951年那个冬天的寒冷,哪怕在回忆中也彻骨入髓。开工不久,便是隆冬严寒,冰天雪地。那被冻实的土地有如铁板一块,一镐下去,一个白点。再使劲,一锹下去,一道白痕。后来,有人想出一个法子来了,先在冻土上打开一个洞,凿开一条缝,再用扁担、杠子、大锹连成一气往上撬,七八个人一起使劲。被撬开的冻土盖大的有五六百斤,小的也有两三百斤。就用这种办法,他们每人每天挖运两三个立方的冻土。挖开的是渠道,挖起来的冻土就用来筑堤。大雪封堤,上下坡困难,一不小心,抬着土石方的民工就滑倒了,摔得鼻青脸肿,还有人摔断了胳膊摔断了腿。这不是个事儿,民工们又想出了一个办法,铲雪,铺草。脚不打滑了,民工们上下穿梭,"上坡如背纤,下坡似放箭"。尽管工期紧,但那时候负责施工的干部并不像后来"大跃进"时一样拼命催促施工速度,而是大声喊叫提醒民工:"小心,慢点啊,别着急!"

地下冻了一尺多厚,一锹下去一道白印,震得虎口发麻出血。

铁锹攥在手里,像抹了油一样光滑。

每天在工地上奋战十几个小时。许多民工的虎口震裂了,手脚冻起了紫疙瘩,但民工们还是你追我赶。

为了抢速度,一位叫刘成亮的民工小组长,琢磨出了一个"人、锹、担"三不闲的劳动组合方法,使劳动效率迅速提高。他们这个小组,35天的任务16天就完成了。冬天还没有过去,他们就提前投入春季工程,把两季工程一次提前完成了。

说到这个人,刘大爷的印象很深,那时候刘成亮可是个大名人,后来还被评为特等劳模,受到了毛主席、周总理的接见。

那时受到政务院嘉奖和毛主席、周总理接见的民工,还不只刘成亮,淮安县也出了个特等劳模——巾帼英雄梁秀英。她带领的妇女小组,有很多还是小脚女人,分任务时,负责施工管理的干部想给妇女分少一点,梁秀英不干了,大声说:"现在男女平等了,少分一方,我也不答应!"梁秀英她们的工地和刘大爷这个小组的工地是紧挨在一起的,那会儿,这些汉子对娘们儿还挺不服气,等着看她们的笑话呢。这些娘们一个个甩开膀子苦干,又精细思考巧干,根据运土远近、挖土难易、爬坡高低等不同情况,适时改进挑挖劳动组合。结果,她们比刘大爷这个民工组干得还快,提前完成了任务。刘大爷这些汉子,第一次在女人面前认了输。

在寒冷的冬天,每个人都盼着早点开春,但一开春又遇上大麻烦了。冰雪融化,泥水淤积,挖出的渠道成了烂泥坑了,锹不好挖,筐不好抬,在这样的淤泥中也无法筑堤。民工们卷起裤腿,跳进泥浆,打堰戽水。在春寒料峭中,他们白天是一身汗水,一身泥水,夜晚又变成一身冰凌。很多民工都生了病,甚至落下了一身的毛病。——给我讲着这些往事的刘大爷,就被风湿折磨了一辈子。

此时,我看着刘大爷一双厚实的长满了老茧的手掌,仿佛还停留在当年的岁月中。这双手少了一个指头,大拇指。我问老汉这是怎么搞的,老汉淡漠地说,是被土石方砸的。其实,他还是幸运的,他只是丢掉了一个手指头,有人把命都丢在工地上了。

老人的方言有些听不懂,但只要你用心听,就能听懂。

这种类似的讲述,每听一次,我的心就紧缩一次。

我被自己吐出的烟雾呛得直流眼泪。

我知道,一个农人的命运,其实就是那个时代所有中国农民的境遇。他们好像很健忘,很少有人纠结在自己经历过的苦难中。

如果没有历史做证,我真的不敢相信,这新中国第一大水利工程,两个月不到就建成了,可以说,这是一次大规模冬修水利的结果。解放初的一百多万民工硬是用锹挖肩挑车推,完成了七千多万立方米土方任务。从此,那被黄河夺走了出路的淮河和洪泽湖,那在苏北大地上纵横决荡了千百年的洪水,终于有了一条属于自己的入海通道。

中国人一边要进行艰苦卓绝的抗美援朝战争,同世界上最强大的敌人作战,一边又在水利建设上干出了这样的壮举,让全世界刮目相看。1952年5月5日,在北京参加世界工联会议的部分代表慕名赶来参观,想要亲眼看看中国人干出了一个怎样的工程。在当时的社会主义阵营里,捷克、波兰等东欧国家是当时水利比较发达的国家,这些国家的代表在参观后,感到非常震撼,他们由衷地感叹:"像这样的大河,全凭人工开挖,在我们国家是难以办到的。"后来,又有参加亚洲及太平洋区域和平会议的加拿大、美国、日本、越南、泰国、马来西亚等国的代表来到了这里。这一次,他们看得更仔细,连续四天,马不停蹄地参观了灌溉总渠、运东分水闸和其他设施。面对如此浩大的土建工程、如此宏伟的建筑物,他们连称OK,OK!一个西方国家的友人说:"《圣经》上说,要修一条通往天堂之路,靠精神力量没有修起来,如今中国人民靠自己的双手修了一条天堂之路。"

从"洪水走廊"到"天堂之路",这个过程,不但西方人难以理解,连上帝也是不可言说的。但有一种从未被人说出的精神,来自受难的耶稣,苦难的中国底层人民其实都是耶稣,就像国际歌里那句著名的歌词,从来没有救世主。新中国历史上的一个个水利工程,都是这些最底层的老百姓干出来的,他们几乎把自己的力量用到了生命极限。那是习惯于听命、服从、指派的一代人。从个体生命的意义上看,这一代人也是共和国水利史上做出了巨大牺牲的一代。

去看看那条通往天堂的路吧。一口气爬上一道透迤的堤坝,这就是淮河入海水道大坝。眼前忽然出现了幻觉,天地间,画出了一个巨大的十字架。不是幻觉,一条是东西走向的苏北灌溉总渠,一条是南北走向的京杭大运河,就是这两条伟大的人工河流在淮北大地上画出了一个无与伦比的十字架。两水交汇后,又分别向南、向东流去,一入长江,一入黄海。但还有一条河流你是看不见的,淮河。此刻,淮河之水正在大运河底下的一条隧道里静静地流淌,又悄然东去,只有流逝,没有诉说。

第四章　海河不是一条河

追踪海河,必到天津。海河是天津的母亲河,没有海河,甚至没有天津。

水利部海河水利委员会也理所当然地设在天津。说到这家机构的前身,可谓历史悠久。早在"民国"七年(1918年),就在天津成立了顺直水利委员会,其任务是整治直隶省(含现河北省、北京市、天津市)河道,十年后改组为华北水利委员会。七七事变前,华北水利委员会由天津内迁,抗战胜利后迁返原地,组建华北水利工程总局。1948年10月华北解放区宣布成立华北水利委员会,1950年又改名华北水利工程总局,1953年撤销。直到1979年才正式成立水利部海河水利委员会,为水利部派出机构,代表水利部行使包括海河流域、滦河流域和鲁北地区区域内的水行政主管职责。现在一般说到海河水系,实际上是由海河流域和滦河流域归纳而成的海滦河水系,也包括鲁北地区的一些小水系。人类的行政架构,至少在设置上是和自然水系保持一致的。

一　海河不是一条河

天津人干脆利落,把海河水利委员会呼之为海委。说到海委,天津没有人不知道,根本不用打引号。而最了解海河的,无疑就是海委人,他们就是吃这碗饭的。

如果不找到一个经历过沧桑岁月的老人,我是看不清这条河的。

我找到了,年过八旬的马念刚老人,就是我要找的人。一个白发似雪的老人,但并没有经历了沧桑岁月的老态。他站在那儿,腰杆挺得笔直,他坐在那里,娓娓而谈,细说海河,又有一种曾经沧桑难为水的淡定。

这是一个离海河最近的老人。一条海河,在新中国流淌了六十多年,他从头到尾都经历过了。他这一生,可以说是与海河一路走过来的。1949年,他还是一个年方弱冠的青年,从太行山麓一个小山村来到天津,他干的第一件事,是参加接收国民党政府河北省水利局。从此,一直到退休,这条河流,就宿命般地与他联系在一起。离休前,他是海河水利委员会的高级工程师,也是《海河志》的副总编,他不仅是海河水利专家,也是海河水利史专家,人称海河的一部活字典。事实上,走到哪里,我都会找到许多像马老这样把毕生心血倾注到水利事业中的活字典,他们可给我帮了大忙。如果没有他们,我想把一条河的前世今生、来龙去脉搞清楚是根本不可能的。譬如说,在来天津之前,我知道海河是天津的母亲河,还知道海河是中国七大江河中的第六大河流。

但马老不经意地说出的一句话,却让我吓了一跳——海河不是一条河。

海河不是一条河那又是什么呢?

如果你以看黄河、长江、淮河的眼光来看海河,那还真是看不清楚这条河。打开海河水系的高清卫星地图,犹如抖开了一把折扇。我脑子里固有的江河概念,一下没有了主干。从黄河、长江到淮河,无论水系多么紊乱,又如何变幻莫测,但一条河流就像一棵枝繁叶茂的大树,皆有一个从头到尾的主干。海河却没有。

海河的干流在天津,但这条干流从天津到入海全程只有七十多千米。

难道这条名列中国第六大河流的海河竟是一条如此短暂的河流?

不是我不甘心,这实在是有点说不过去。

这些疑团都被眼前的这个睿智的老人一一解开了,而这个纷纭复杂的过程就像清理一团乱麻。海河还真的不是一条河,她和我们对江河的传统定义是不一样的,她是一个由众多河流组成的水系,是华北地区流入渤海诸河的泛称。换句话说,这条名叫海河的河,名副其实,就是一条海纳百川之河,她在华北大地上形成了一个东临渤海、南界黄河、西起太行山、北倚内蒙古高原南缘的广袤流域,面积三十余万平方千米(含滦河流域),从西到东,横跨北京、天津、山西、河北、河南、山东、辽宁和内蒙古八省区,生活着一亿以上的人口。整个海河水系的形状,用马老的话说,就像一个大巴掌,一把大蒲扇。

每次面对一条河流,我首先急切地想要知道,一条河流的源头在哪里。没有源头,你就无法计算一条河流的长度。海河的源头在哪里?这个问题,对马老而言,根本不是一个问题,整个海河都在他脑袋里装着呢。然而我很快发现,问题并不这样简单,老人显得相当谨慎,他没有直接说出答案。这让我感到诧异,感觉马老似有什么隐情。难道海河连源头也没有吗?

我又向海委规划计划处教授级高工郭书英先生打听。这是一位谦逊、儒雅的学者,他也没有直接说出答案,而是指着墙上的海河流域图,列举了如下几种说法:

一是来自《辞海》的说法,海河发源于卫河。卫河又发源于河南辉县太行山南麓苏门山下百泉池,流经河南新乡、安阳,沿途接纳淇河、安阳河等,至河北馆陶与漳河汇合称漳卫河,再流经山东临清入南运河,一路穿过河南、山东、河北、天津等四省一市,最终入海河,从天津注入渤海。水利专家一般把这条流经古卫国版图的河流视为海河五大支流之一,同时也是南运河的支流。若以此为源头计算,海河全长1090千米。

二是来自《海河流域综合规划》的说法,按这个说法,海河发源于地处山西省境内的漳河。中国有众多的漳河,而这条被纳入海河水系的漳河实际上是卫河的一条支流,源出晋东南山地,又有清漳河与浊漳河两源。清漳河大部流行于太行山区的石灰岩和石英岩区,泥沙较少,水较清;浊漳河流经山西黄土地区,水色浑浊。两源在河北省西南边境的合漳村汇合后称漳河,向东流至河北馆陶入卫河。其实比漳河更有名的不是清漳河也不是浊漳河,而是河南林县人引浊漳河水而修建的人工天河——红旗渠。这是后话了。若是按"河源唯远"的原则来确定一条河的长度,应该以浊漳河为源头计算,那么,一条海河就是由浊漳河、漳河、卫河和海河在天津七十余千米的干流组成,以此计算,海河全长1329千米。

我自以为找到了答案,但很快又是一头雾水,郭书英先生紧接着又告诉我,还有一种说法,海河源头位于内蒙古自治区乌兰察布市中南部的丰镇。此地是河北、山西和内蒙古三省区交界处,在中国地理上又称为丰镇丘陵,是一个风蚀沙化、水土流失严重的地区。就是这一带弥漫的风沙,直接造成北京官厅水库和永定河的泥沙淤积。难以想象,这样一个风沙之源竟是海河之源?当北方弥漫的风沙又一次模糊了我的双眼,我更加找不到一条河流的源头了。

至此,我才恍然大悟了,海河不是没有源头,而是有太多的源头。为什么一条海河会有如此多的源头呢?料想我对海河的追问,也足以让很多人眼花缭乱。这还只是刚刚开始呢,我就感觉自己陷入某种怪圈了。事实上,对海河正本清源,一直以来,也是水利专家的难题。若要对海河水系进行一次清理,一点也不比理清一团乱麻容易。

郭书英先生打开了电脑上的高清地图,用鼠标点着,在纷乱的水系中一条一条地清理。大致说吧,海河水系主要由北运河、永定河、大清河、子牙河和南运河五条河流组成。这就是说,被纳入海河水系的许多河流,同时也是京杭大运河的一部分,而且是极其重要的部分。这里暂且搁下,留待大运河一章细述。撇开了南北运河,海河还有几大重要支流,永定河为海河西北支,大清河为海河西支,子牙河为海河西南支。这些河流各有各的源头,最终都在天津汇集,又按各自的水道注入渤海,从头到尾既不同源,也未合流。整个海河水系都是这样,由众多河流组成。也正因此,一些流程比较长的海河支流,几乎都可以视为海河的干流,他们的源头也可视为海河的源头。你还真是无法认定哪条支流是海河的干流,哪里又是海河的源头。

——这也就是我找到的一个不是答案的答案。

回头还说我对马念刚先生的采访,这是一次漫长的采访,此时还远远没有结束。

漫长是对历史的追溯,和淮河一样,海河和黄河、大运河也有剪不断、理还乱的关系。如果说淮河是一条混血的河流,海河的血缘谱系则更复杂、更混血。马老只是给我大致梳理了一番。

第四章 海河不是一条河 | 309

在海河形成之前,从西周以来至春秋战国时代,华北平原水系的主流是黄河,那时的黄河下游分成多股,纵贯河北平原注入渤海。一直到西汉以前,华北平原上的河流都属于黄河水系,又各自独流入海。西汉时,黄河干流东移,原来流入黄河的大小河流——如今被纳入海河水系的大清河、唐河、永定河、白河、北运河等纷纷脱离黄河而各自流入渤海,互不交汇。——这大致就是海河诸河的前身。海河水系形成之初,西南止于淇水,东北止于沽水。到北魏郦道元时代,淇水以西的清水、丹水已有部分被引入海河。

海河水系的真正形成,却并非天地造化,而是人间的安排。这得归功于一代枭雄曹操。东汉末世,群雄逐鹿,人间的纷争亦如水系的博弈。曹操为消灭袁绍残余势力,北征袁尚,却苦于没有一条畅达的水路。于是,他先开白沟,把淇水拦截起来引入白沟,白沟水量大增,而白沟又与清河相连,由此形成了一条河北水运干线。这让曹军的兵马、辎重、粮草可以通过水路源源不断地运上战场。而后,曹操为北攻乌桓,又先后开凿平虏渠(今南运河青县到静海一段)、泉州渠(北汇鲍丘水今蓟运河,南接潞河今海河)、新河(西起泉州渠北端,东至濡水今滦河),由此而形成贯穿天津地区的河流干线,从此沟通黄河和海河水系,而历史上也认为海河水系始告形成。若从中国运河史的意义看,曹操是继吴王夫差在春秋时代开凿中国最古老的运河——邗沟之后又一个伟大开拓者,从那以后,南有邗沟,北有白沟,遥相呼应。后来,曹操开凿的这两条运河又被隋朝的南北大运河和元朝的京杭大运河利用起来,这又让海河水系和大运河水系纠结在一起,难解难分,海河的血缘谱系更其复杂。要把大运河讲清楚,绕不开海河;要把海河搞清楚,又绕不开大运河,又无论大运河还是海河其历史又离不开黄河。这里面实在有太多的纠缠、纠结和纠纷,马老也只能大致说说,我也只能姑妄记之。——这里我还要多一句嘴,这个曹操了不得,他不仅是一个杰出的政治家、军事家和诗人,还堪称中国古代杰出的水利家。如果没有更多的历史发现,曹操就是历史上对海河开发利用的第一人,也是春秋以来开凿运河的第一人。只因他的光芒过于灿烂,他在水利史上的贡献被遮蔽了。

自从曹操沟通了黄河和海河水系,在很长一段时间,海河都是华北平原的一条黄金水道和漕运要道。隋炀帝开永济渠,引沁水入清水,是海河水系向西南扩展到最远的时期。但不久即废。唐代永济渠、宋元御河、明清卫河等仍以清、淇为源。宋代黄河北流,黄河又加入了海河水系。金以后黄河南徙,海河平原上的河流从此与黄河无涉——直到20世纪50年代修建人民胜利渠,又引部分黄河水流接济卫河,黄河和海河这才又有了联系。元人为修京杭大运河开凿了会通河,引汶水至临清会御河,海河水系又向东南扩展,会通河至清末淤废。东北方面,海河水系形成之初,仅包括沽水——白河干流。曹操在开平虏渠的同年又开凿了泉州渠,鲍丘水的一部分即由渠入海河,但主流仍循蓟运河东南入海。隋开永济渠前,海河水系东北界再度扩展,大大改善了河北平原的水运条件。

然而——马老一个转折,接下来就进入了灾难性的话题,海河也的确是一条灾难性的河流,要不也就不会发生后来那么多事了。

海河之所以多灾多难,说来还是由于海河水系上游支流繁多分散。大多数河流发源于太行山和燕山山地,在山区与平原间又没有丘陵过渡带,每年夏秋降雨集中,且多山洪暴雨,山区河流坡陡流急,洪水冲出山口就直接冲入了平原,坡度骤降而流速减慢,水流携带的泥沙淤积于河床,降低了下游河槽的过水能力。当诸河流到下游集中,河道的容泄能力上大下小,尾闾不畅,因此极易形成洪峰。如果几条河同时涨水汇入海河,相互顶托,水流不能及时宣泄,往往酿成迅猛的洪涝灾害。这样的洪灾并非海河水量太大,而是水量太集中。等到洪水过去,洪旱急转,又会形成旷日持久的大旱。在灾难上,海河与淮河如出一辙,洪水与干旱翻来覆去地折腾。又由于海河经常决口,各支流多冲积改道,在支流间形成大小不等的碟形和条形洼地,这些洼地又十年九涝、常年积水,海河流域也成了土地盐碱化的重灾区。洪、涝、旱、碱,历来是海河流域四大自然灾害。

翻检马念刚先生担纲副总编的《海河志》:从1368年到1948年的580年间,海河流域发生过严重水灾387次,严重旱灾407次,比淮河流域的频率还高。

远的不说,只说20世纪上半叶最大的两次洪水:

1917年7月,海河流域发生20世纪的第一场特大洪水。因受台风影响,海河流域出现大范围暴雨,太行山、燕山迎风侧均被暴雨笼罩,直隶各河暴雨倾盆并伴有山洪暴发,七十条河流决口,受灾面积近四万平方千米,受灾人口六百多万,尤以天津、保定两地灾情深重。天津是当时的直隶省会,因地处海河入海口,"为众水所归,几有陆沉之慨"。据《申报》记载:"天津灾情之重为历来所未有,就全境而论,被灾者约占五分之四,灾民约有八十余万人","查水之始至也系在夜半,顷刻之间平地水深数尺,居民或睡梦未觉,或病体难支,或值产妇临盆,或将婴儿遗落,老者艰于步履,壮者恋其财产,致被淹毙者实已有二三百人,而其逃生者亦皆不及着衣,率以被褥蔽体,衣履完全者甚属有限"。因是深夜发水,更让人猝不及防,当时天津市街道水深数尺,马路均可行船。有外国记者见到,"水色之恶,浊黄而微青,显含有植物质","凡浴桶、大盆、空缸等物皆为过渡之具,薄板、竹竿悉成桨楫"。由于大水灾的破坏,天津与外界水陆交通全部中断。

二十多年后的1939年,海河流域又爆发了一次特大洪水,这也是1917年以来最大的一年。整个流域从南到北均发生了大洪水,暴雨洪水还殃及黄河流域。这次洪水以海河北系的永定河、北运河、潮白河、蓟运河和大清河南支最为突出。由于当年正值日寇侵占华北地区,留下来的实测资料较少,治水之事更是无人问津,洪水冲垮南围堤后突入市区,不知有多少人被洪水卷走了。我在天津拜访了一些在这场洪水中劫后余生如今还健在的老人,那是他们一辈子最刻骨铭心的记忆。从来没有看见发那么大的水,来得又陡又急,眨眼间就冲入了天津城区,浪头比屋顶还高。没死的,就趴在楼顶、电线杆、路灯杆和树上。水漫天津后,汹涌咆哮的洪水才逐渐平静下来,却又经久不退。这场洪水持续了两个月,偌大的天津城也在水里泡了两个月。街道上的积水比人还深,低洼处有一丈多深,往日车水马龙的街道,只能靠船通行。一些有钱的人家甚至不惜用整袋的面粉在门口囤积为堤,用以挡水。而那些穷人,则只能"伏卧屋顶,苟延残喘","难民堆积街头,鹄立兴叹"。天津只是当年的重灾区之一,被洪水冲毁的还有津浦铁路和海河流域、华北平原上无数的城镇乡村。

洪水过后,日军部队和日伪建设总署等曾对洪水及其灾害做过调查,新中国成立后中央和河北省水利部门也先后进行了多次洪水调查。尽管留下的实测资料很少,但这些灾难性的资料倒是为新中国拟定海河流域防洪规划提供了宝贵的依据,尤其是对制定海河北系及天津市的防洪措施具有非常珍贵的价值。

亘古的大地,亘古的河流,一个崭新的共和国几乎是在旷古的洪荒中诞生的。

海河,几乎成了新中国第一代领导人眼皮底下的一条河。海河地处中国的心脏部位,既有首都北京这个全国政治、经济、文化的中心,又有天津这个工商业大都市和北方最大的国际港口,在中国版图上仅占三十分之一的海河流域,却因此而具有了无与伦比的战略地位。

回溯新中国海河水利史,发生在1963年的"63·8"特大暴雨洪灾是一个分界线。

在1963年前,又大致分为两个阶段:从1949年到1957年是三年国民经济恢复和第一个五年计划时期,这一时期海河流域主要是整修旧中国遗留下来的那些残缺不全的水利设施,同时也兴建了官厅水库、陡河水库和独流减河、潮白新河等骨干工程,但对海河的治理还未开始按统一规划大规模建设;从1958年到1963年是第二个阶段,"大跃进"运动把海河流域的水利建设推向了第一个高潮。1957年底,北京勘测设计院编制了《海河流域规划(草案)》,并确定了"以蓄为主"的方针。随后,海河流域便掀起了以兴建大中型水库为主的水利建设高潮,在太行山和燕山出口处规划建设一大批大中型水库,全流域山区有二十多座大型水库,四五十座中型水库和一大批小型水库同时开工兴建,平原区也兴建了一些蓄水工程,其规模之大、涉及面之广都是空前的。

如果没有"63·8"洪灾,海河最大规模的一次水利建设高潮也许不会那么快就来临。那时正是国民经济调整时期,国家基本建设已经大规模压缩。但1963年8月的那场大洪水是命定要发生的,那也是新中国历史上海河流域遭受的最大一次洪灾。

说到那场洪水,马老的眼睛下意识地睁大了,如同面对一个正在迫近的深渊。

马老说,他从事水利工作五十多年,和海河打了大半辈子交道,大小灾难不知道经历了多少。回想起当年与洪魔搏击的日子,他说得最多的是两个词,一个是惊心动魄,这是洪水袭来的感觉,一个是提心吊胆,这是洪水退却后的感觉,水退了,只是暂时退了,说不定什么时候又会席卷而来。他们每天要做的事情,就是为灾难的又一次降临提前做准备,做好一切准备,包括最坏的准备。

海河洪水主要是暴雨所致,"63·8"洪灾的元凶也是暴雨。

自8月初开始,海河南系的南运河、子牙河、大清河等流域猛降暴雨,暴雨的强度之大、时间之长、雨量之集中、分布面之广,都打破了海河流域有水文记录以来的历史纪录,比常年同期更是多七至十倍。暴雨是很常见的自然灾害,但这样的暴雨无论在历史上还是在国内各大流域都非常罕见。非常的气候产生非常的灾难,

滏阳河是暴雨中心地区,各支流普遍漫堤溃决,冲断京广铁路,涌向大陆泽、宁晋泊,而后宽达十多千米的洪流沿滏阳河两岸向东北奔流。8月6日,地处黑龙港流域河北新河县漫堤,仅一昼夜全县被淹,水深三米,防指迅速调运大小船只及空投的橡皮艇,连夜将被困在残堤和高地上的老弱病孕约三万人送到安全之处。两天之后,冀县淹没。8月10日,洪水冲向衡水,衡水被淹,电话全部中断,地委和专署机关虽近在咫尺,在洪水中也难以联系。省里正在为衡水的灾情而焦急时,一位女话务员机智地将通信器材抱上楼顶,向省委报告了受灾的详细情况,为领导决策提供了依据。经地委向省委请示,扒开了石德铁路路基,防止了路南地区的防洪形势进一步恶化,减轻了损失。即便如此,滏阳河两堤尽沉于水下,堤上行船二十余天。

这次洪水的另一暴雨中心位于大清河南支,沿太行山的暴雨带来势凶猛。8月8日,位于界河的刘家台水库漫坝溃决,当时水库蓄量超过四千万立方米,半小时内倾泻殆尽。水库失事是凌晨三四点,很多人还沉睡在梦

中,坝下村民及守护水库的解放军官兵,根本来不及撤离便被洪水席卷。危急中,解放军某部战士谢臣在溃坝下游抢救落水妇女时,不幸牺牲。

王快水库位于河北省曲阳县郑家庄大清河南支沙河上,是一座以防洪为主,兼灌溉、发电的大型枢纽工程,1958年6月兴建,1960年6月竣工。在这次洪水中又开辟了临时溢洪道,但因堵坝溃决致使底板被掏空而遭受破坏。由于当时通讯不便,在通知水库下游的定县做好防护和群众转移准备时,结果被下游的群众误听成王快水库大坝垮了,引起一场虚惊。

8月8日,暴雨从海河南系北上北京,这也是新中国成立以来共和国首都遭遇的最大一次洪灾,偌大的北京就像一幅漂浮在水上的地图。

但当时最危急的还不是首都北京,而是天津。

天津危急!抗洪斗争的重头戏也随之在天津拉开帷幕。

治海河,必治天津。保海河,必保天津!每一次海河洪水危机,"保卫天津市,保卫津浦铁路"都是最响亮的口号,也是中央防汛指挥部的指导方针,代表了国家意志。

天津保卫战,比平津战役更惊心动魄,几乎动用一切力量来保卫天津。

天津是海河流域的最低点,平均海拔只有三四米,水往低处流,东南西北中,海河流域所有的水,最终都会流到天津。每年进入汛期后,随着海河上游大量洪水迅猛下泄,南北夹击,天津市内各条河水猛涨。面临极大威胁的不只是天津市,还有津浦铁路这条交通大动脉。为了防止洪水漫溢,海河两岸建起了一道从金钢桥到刘庄的防水墙,北方人叫子埝,南方人叫子堤。这种防水墙有一米二高,但只能挡一挡水浪,根本无法抵挡巨大的洪水。按照当时的设计,海河能够承载的最高降雨量是1200毫米,最大洪峰为1690毫米,但"63·8"洪水超过了防水墙原先设计近半米,在高危水位上。别说半米,哪怕再往上涨一厘米也是极度危险的,而水文部门监测水位更是精确到了小数点后面的两位数,也就是精确到了厘米。之所以如此高度精确,只因洪水高度危险。

这次洪水对天津的威胁有多大?马老采用的是对比的方式,以天津历史上最大的两次洪水相比,1917年、1939年这两次淹没天津的洪水,其水量只相当于"63·8"洪水的三分之二。

当时的情形也的确让人感觉到一种水临城下的触目惊心,尽管海河还没有溢出来,但天津城外已经是汪洋一片,大水随时能够漫过海河。不说人类,连那些深藏不露的小动物也惊恐万状,两岸开始有很多野生的小动物跑上堤坝。当时,天津市组织了数万人的抢险队伍,还有紧急调来的解放军战士,都是住帐篷,饮河水。过水区的老鼠、野兔和蛇也都被驱赶到河堤,与人争地,爬到帐篷里,比比皆是,甚至钻到床铺上和鞋膛里。很多战士和工作人员早上从自己的鞋里抖出黏糊糊的蜥蜴或蛇,一些孩子们上学放学随身带着绳子和木盆,以防万一。对当时的情形,经历了那场洪水的天津作家林希有更形象也更直观的描述:"当时水面离堤顶不到半米,风浪轻轻一打就能漫过去,基本上就靠抗洪大军在堤坝上码放草袋子,全市各行各业一律去人,齐心协力抗击洪水。为了保护堤顶的土木不流失,防止风浪翻过,解放军战士两个人一张席,把席子铺在上面,然后把身体趴上去,用血肉之躯抵挡大水冲击。"

洪水泛滥的时候,马念刚是单位的总值班。当时,他家和单位就在同一个院子里,一座办公楼,一个家属楼,几乎是挨着的。他接到任务后,却带上了出差的行囊,还带上了被服,叮嘱妻子做好准备,他可能又要一段时间不能回家了。这其实不是发生在他一个人身上的事,也是那一代人防洪抢险的经历。不只是在"63·8"洪水围城期间,每年汛期,马念刚和他的同事们都是这样,每一根神经都紧紧地绷着。只要防办一个电话,他们立即出发,奔赴指定的战场,能够给家人打招呼还是好的,很多时刻连给家人打个招呼也来不及。回忆着这一段往事,马老这样跟我解释:"没办法,形势太紧急,当时河水已经与岸边相平了,人们不敢随便从河东到河西,因为不知道什么时候水淹上来,自己就回不去了。"

危急时刻,每一个抉择都是生死抉择。

天津能够守住,除了严防死守,更多亏了当时理性地选择在白洋淀、东淀等地扒口泄洪。当时,对天津构成最大威胁的是白洋淀。8月11日,白洋淀千里堤水平堤顶,存蓄洪水六十多亿立方米,高出天津地面七米多,天津防洪形势十分紧张。河北省委一边命令王快水库、西大洋水库、口头水库和横山岭水库关闸停泄,一边又连下几道命令:11日下令在小关扒口分洪,13日又下令在榕花树破大清河西堤分洪入东淀。之后,河北省委采用西三淀联合蓄滞洪水,并扒开南运河堤,让蓄在西三淀的洪水通过津浦铁路二十五孔桥,导入团泊洼,将马厂减河两堤、海大道、北大港围堤爆破,导流入海。爆破泄洪,马老说,这是决定着天津安危的关键性举措。由于时间紧迫,握惯了锄头把的农民,临时抽调向解放军学习爆破技术。一道长达16.5千米的口门被人类炸开了,立竿见影,随着独流减河和团泊洼的洪水哗哗下泄,天津海河水位迅速降低。

在这次分洪中,有十五位民工和战士壮烈牺牲。那些分洪垸的人,也做出了巨大的牺牲,他们的田园、家园顷刻间就被洪水淹没了。是的,对他们遭受的损失国家会有一定的补偿,但在那个年代,老百姓穷,国家也很穷,补偿是很低廉的,根本就得不偿失。正因如此,那时候特别强调一种精神——牺牲精神;一种意识——大局意识。扒口分洪,历来就是非常残酷的一种选择。保哪里,淹哪里,既是战略决策,也是生死抉择。当年,在决定向文安洼分洪时,有一位县委书记顾虑重重,只看本县,不顾大局,当即就受到党纪的严厉处分。在中国,任何时候都不能忘记全国一盘棋。但天津不应该忘记,为了保住天津,泄洪区做出了巨大的牺牲。从另一方面看,如果一味严防死守,一旦失守,猝不及防,灾难反而更加惨重。分洪,让人类掌握了主动,至少可以让分洪区的老百姓可以有序地撤离。正因为采取了这残酷而又明智的抉择,最终确保了天津的安全。

这是一场没有硝烟的人民战争,不亚于一场平津战役。但人类同灾难的搏击,很难像战争一样分出胜负。在付出了惨重的代价之后,天津外围和市区段持续多日高水位而未溃决,应该说是这次抗洪的奇迹之一。马老又简单地对比了一下,1939年的洪水总量远远少于1963年,而结果却截然不同,1939年市区尽成泽国,灾民流离失所;1963年天津市内秩序井然,三四百亿元的资产毫发未损。

天津保住了,但新乡、安阳、邯郸、邢台、石家庄、保定、衡水七座地级市被洪水淹没。据不完全统计,当年共有一百多个市县受灾,七千多万亩农田被淹,三千多万亩绝收,造成华北平原粮食大减产。这次洪水对水利工程的破坏更是毁灭性的,刘家台、东川口、马河、佐村、乱木五座中型水库失事,三百多座中小型水库垮坝,两千多处干流堤防决口,溃不成堤。海河流域内大部分灌区工程的分排水工程、灌渠、扬水站、变电站被洪水冲毁,还有一千多万间房屋倒塌,受灾人口超过两千万,上千万人无家可归,死亡五千余人,四万多人受伤,十几万头大牲畜死伤。这次暴雨洪水还造成京广、石太、石德、津浦等铁路大动脉相继中断,累计停运372天。灾后,洪泛区疾病流行,邯郸地区首先出现无名高烧,病人近两万,死者多为青壮年。接着邢台地区也开始流行,经卫生部派医疗队多方会诊,确诊无名高烧系由感染钩端螺旋体病菌所致。随后,致命的乙型脑炎和伤寒也在洪泛区流行蔓延。到9月15日,灾区患病人数有两百多万,实际上已经是一场瘟疫了,只是在新中国,很少再用瘟疫这个可怕的词语。

据当时的数据,这一场洪灾的直接经济损失约为六十亿元,这还不包括国家为救灾、善后恢复水毁工程而增加的约十亿元开支,而一场抗美援朝战争直接消耗的军费为六十亿元。——这是残酷的对比,但也足以说明自然灾害让人类付出的惨重代价丝毫不亚于一场抗美援朝这样的战争。

海河大水,让毛泽东寝食难安,也让当年河北省委领导几度落泪。当河北省委书记阎达开含着眼泪向毛泽东汇报河北省的灾情时,毛泽东深沉地点着头,又不无焦虑地说:"你们要把灾救出来呀!"

面对海河,毛泽东说了一句少有的狠话:"一定要根治海河!"

在新中国水利史上,一直响彻着一个伟人充满了浓厚湘中口音的强有力的号召。

毛泽东曾说过:"一定要把淮河修好。"

毛泽东也曾说过:"要把黄河的事情办好。"

面对海河,毛泽东又发出了前所未有的时代强音:"一定要根治海河!"

毛泽东发出这一号召的具体时间是1963年11月17日。那年冬天,在洪水早已退却之后,河北省委、省政府,天津市委、市政府在新华路体育场举办"河北省抗洪抢险斗争展览会",毛泽东发出的号召,实际上是他为这次展览会的题词。如今,这幅题词在海河流域的大型水利工程上随处可见。那苍劲的笔迹上,两个大字显得特别震撼:根治!

在治水上,毛泽东还真是很少使用"根治"这样彻底的词语,他一辈子好像就说过这么一次。

伟人的号召力无疑是伟大的。1963年的洪灾过后,海河流域迎来了第二次水利建设高潮。

根治,首先要找到病根。在那个年代,毛泽东和水利专家们紧紧盯住的,主要是洪水。

1963年的大水灾也为人们敲响了警钟,大水之后人们开始对海河流域的治水工作进行了全面思考和必要反思。新中国成立后,到1963年大水以前,对海河流域治理的规划,主要针对洪水频发、山区的洪水无法处理这一矛盾,提出了"以蓄为主"的治理方针,主要采用山区修建大型水库、整修中下游平原河道的方法来防洪。应该说,这些水库在1963年抗洪中发挥了很大的作用,不仅蓄了40亿立方米的洪水,更重要的是削减了不少洪峰,大大减少了下游河道的负担,也减少了损失。如果没有它们,天津市很可能最后守不住。但从另一方面看,这么多水库在洪水中失事垮塌,也与"大跃进"时代仓促上马、在修建过程中拼命抢速度有关。其中很多水库在后来都是久治不愈的病险工程。

经历了1963年的水灾,人们开始认识到,"以蓄为主"的方针片面地强调水库的拦蓄作用,没有处理好蓄泄关系,而忽视了中下游河道的治理,于是就提出了"上蓄、中疏、下排、适当地滞"的治水方针。根治海河的建设高潮是在1968年到1972年,这一阶段正处于"文化大革命"的高潮时期。根据中央指示,海河工地不开展"四大"(大鸣、大放、大辩论、大字报),实行半军事化的团、营、连建制,避免了外界的干扰。数十万民工被陆续调上了根治海河工程的各大战场。——据马念刚先生介绍,根治海河工程,主要是开发疏浚了五条骨干河流(独流减河、永定新河、潮白新河、子牙新河、漳卫新河)的入海通道。与此同时,又先后在各支流上游兴建了官厅、岗南、黄壁庄、密云、岳城等大型水库和许多中小型水库,加固了整个干流中枢的堤防,修筑了 4000 多千米防洪大堤,新开辟了二十多处蓄滞洪区,基本上形成了一个由水库、河道、蓄滞洪区组成的较为完整的防洪体系,实现了分期防守、分流入海。

这次治理一直持续到 1979 年,完成了防洪体系、除涝体系建设,使河道的泄洪能力达到新中国成立初期的十倍,完成了大型水库的除险加固和滦河开发。防洪方面,海河南系、北系和滦河水系的防洪标准都达到了五十年一遇。

五十年一遇,从 1963 年到 2012 年,恰好是五十年了,这个五十年一遇恰好被我赶上了。在来海河之前,我就在有点"不怀好意"地想,五十年了,海河会不会发生五十年一遇的洪水呢?

如今的海河,既不是一条黄金水道,也不是饮水之源,而是一条景观河流。一条景观河流,就是一座城市的品牌。到了天津,不吃一顿狗不理包子等于没到天津;现在又多了一项,到了天津不到海河边上走一遭,那是白来了。

至少,我不能白来,我就是冲着海河而来的。

若要把海河看清楚,不能不看三岔口。三岔口是南北运河、子牙河和海河的交汇处。

在天津人眼里,这里就是海河干流起始的地方,其实也是一座城市的历史起点。

先有三岔口,后有天津卫。天津是一座用船运来的城市。先有河运,后有海运,往来天津的漕粮船、商货船、海船络绎不绝。很多像我一样远道而来的人,大都会把三岔口作为一个游览海河的起点,可以坐游船,也可以散步。这三岔口的永乐桥上,有一座三十五层楼高的摩天轮,不知是不是世界之最,据说是世界上唯一建在桥上的摩天轮。当摩天轮旋转到最高处时,能看到方圆四十千米以内的景致,难怪天津人称之为"天津之眼",确是名副其实的"天津之眼"。不过很快就有比它更高的建筑,一座号称华北地区最高建筑物的摩天大楼——津塔,将耸立在这里。津塔的造型将成为天津的一个象征,就像一张迎风鼓起的风帆带着快速发展的天津,航行在碧蓝色的海河上,奔向大海。

我还是茫然,这条河流是从古老的岁月中流过来的吗?苍茫岁月中那些络绎不绝的船队,从东汉、隋唐一直走到20世纪70年代。这绵延两千年的船队仿佛在我的眼皮底下消失了,如今,这河里唯一的船只,是游船。

从永乐桥,沿着海河岸边的带状公园,一直走到解放桥。在天津,绝对不能望文生义地想当然。永乐桥并非明永乐年间修建的,而是一座2008年才竣工通车的现代化桥梁,它的设计者是日本著名建筑大师川口卫;解放桥并非解放后建造的,而是清末民初修建的,原名万国桥,民国时更名为中山桥,解放后更名为解放桥。天津人时常充满了骄傲地说,百年中国看天津,一部天津近代史就是中国近代史的缩影,一条海河就是这个缩影的演绎。此言不虚。哪怕对一座桥梁的命名,也浓缩了百年中国的历史。

听这河边溜达的老人们说,一直到20世纪80年代之前,海河上的桥很少。人站在这边的河岸,能看到那边的河岸,但往来两岸极为不便,全靠摆渡。每天早晨,需要过河的人都等在岸边,坐小木船划到对岸去,办完事了,再乘小木船划回来。后来有了小火轮,"过了80年代,那样的小火轮都成了古董喽!"一个大娘拉长声音说。如今海河上,一座座跨越两岸的桥梁和海河周边四通八达的大马路形成"七横十二纵"的交通骨架,此岸彼岸早已连成了一个整体,哪还分什么彼此。

每走过一段河流,我都会回首凝望。这条河看着特别顺眼,回头看,河道是顺直的;往前看,河道也是顺直的。有人说海河就像一条蓝色缎带,我觉得不像,海河水不是蓝的,而是绿的,很阴沉的一种绿,走近了,你才会看见,绿的不是水,而是水草和水藻,漂着一条条死鱼;有人把海河喻为一条玉带,也不像,它更像一条人工河,没有一条自然河流的蜿蜒与曲折,连一道河湾也看不见。事实上从清末民初开始,人类就一直在整治这条河流,其中最重要的一项整治就是裁弯取直。最早提出这一建议的是一个德国人,那是戊戌变法的前一年,1897年,天津海关税务司德璀琳提出海河航道裁弯取直的建议,经李鸿章同意,海河工程局对海河主航道采取"塞支强干"和"裁弯取直"工程,但效果似乎不佳。自1901年至1923年,海河工程局又先后进行了六次裁弯,这也是海河工程局建局早期进行的最浩大的工程,从金钢桥到三岔河口挖出了一条笔直的海河河道,把三岔口向上游移到现今位置。尽管这减少了自然之美,但海河变直后,对航运非常有利,尤其是在汛期,顺直的河道,可以更顺畅地向大海泄洪。

无论如何,一座城市的中心能有一条河流穿过,是非常珍贵的,也是屈指可数的。一座钢筋混凝土堆起来的城市,有了一条碧波荡漾的河流,整个城市都活泛了。这是上苍对天津的钟爱与垂青。天津人也非常珍爱这条河流。河水很清,我嗅到了熟悉而亲切的水腥味。天津能保持这一河清水不容易,第一个要保证海河里有水。如今,海河上游来水几近枯竭,大清河水系是干枯的,滹沱河水系是干枯的,子牙河水系也是干枯的,上游的水根本就流不到下游来。事实上,海河和很多缺水河流一样,只能采用双层橡胶坝把十分有限的水拦蓄起来,还要通过北运河等河流补水。在某种意义上说,海河已经是一个河道型的水库。为了保持这一河清水,天津人付出了巨大的代价来打造清水工程,在沿岸修建了截污管道,更重要的是实现了水循环,又从一周循环一次提高到现在的两三天就可实现一个循环,水循环的频率提高了,水变清了,也变活了。

再昂贵的代价花得也值。随着景观价值的不断提升,海河已是一条贯穿着城市文脉与财脉的主轴,河畔的楼盘价值也水涨船高,一路飙升。一条古老的河流,给一座城市带来了新的价值机遇,海河不再是黄金水道,而是价值连城的黄金岸线。海河沿线优势地段资源与稀缺产品价值,使海河两岸成为津城高端置业者瞩目的焦点,天津的很多地王,很多地标性建筑,都在这里诞生。每一个开发商都宣称要采用以人为本的设计理念、精致的细节打磨和对城市高度负责的使命感,让稀有资源得到最好开发,把纸上的建筑打造成海河两岸乃至整个城市核心区内高品质项目的标杆之作。以人为本,一个多么让人心动的决心与信念。这里也的确是天津最适合人类居住的地方。

假如海河倒流数十年,这海河边上又是怎样一副模样呢?

有一位从小在海河边长大的大娘,她原来的家是海河边上的土坯房,那时候海河也没有现在用漂亮的石头砌起来的大堤,只有低矮的土堤。这水边低洼处的人家,住的都是穷人、渔民、水手、码头工人和杂七杂八的城市贫民。在一个小女孩眼里,天津就是一条河。她很少走出河道,不知道这座城市有多大,更不知道这个世界有多大。九国租界里那些充满了异国风情的万国建筑,偶尔远远地瞟一眼,就像一个遥远的梦境。他们的全部生活,就在这条河上。那会儿这河里的鱼虾多啊,水不算清,泥沙是有的,但可以喝。这河边的穷人家里没有自来水,小小年纪,她就要到海河边去挑水,只能用很小的水桶一趟一趟地挑,挑来了,又一桶一桶地倒进水缸。这水不能喝,还要加入白矾,待到泥沙沉淀之后,下面是一层泥沙,上面才是一层清水。到了夏天,眼看着河水涨起来了,成群的苍蝇、蚊子、虻子也飞来了,但最可怕的不是这些东西,是水。大娘说:"一到汛期,我们都特别紧张,毕竟,河水一冒出来,最先倒霉的就是我们住在河边的人家了。"每年夏天,大人孩子都吓得不行。

很想看看这河边的土坯房,看见的却是一幢幢高耸入云的商务大厦和一个个高品质亲水小区。这个世界已经全然颠倒过来了,当年普通人们栖身的海河,如今成了最尊贵也最昂贵的高尚住宅区、中央商务区和旅游景区。天津人沿着海河两岸,构建起了一个物质与精神的水晶家园,也再一次确立了城市与水的关系。当钢筋混凝土和玻璃幕墙变成河流的倒影,一座城市或许已经为自己找到了正确的答案。

很多在海河边住了几十年如今又搬走了的老人们,如今最惬意的就是带着孙子们沿着海河一路散心,告诉后辈,这就是自己曾经生活过的地方,也告诉他们这条河从前是什么样子。

海河垂钓也是一道风景。河边的钓者不少,可见,海河的污染还没有我想象的那样严重。走向一个正在钓鱼的老人。看上去他收获颇丰,浸在水中的大鱼在篓里不断翻腾。他向我展示他下午最大的战果,一条尺把长的海河鲤。说到以前的水库,他的眉头一下皱了起来,那时候,这河水墨黑发臭,还漂浮着一层薄薄的油渍,很难钓到鱼。"钓到了也不敢吃,就是白送给人家,谁要啊?全都喂狗喂猫了,现在呢水质好多了,前几年在这儿很难钓到这么大的鱼。"

忽然看见了奇特的一幕:一个老头在钓鱼,一个老太太却在河边虔诚祷告,然后将一些小鱼放生。钓者自有钓者之乐,放生自有放生的寄托,或许这也是一种生态平衡。

河流的命运,也是鱼类的命运,它们比人类更能感觉到一条河流的变化。2010年9月,永乐桥附近有大大小小的死鱼漂在水上,白花花的一片,还有少量活鱼呼吸艰难地浮出水面。难道海河又遭受了污染?天津市水务局管理人员赶紧乘船排查沿河口门,但未发现明显排污迹象,水体颜色、气味也未发现异常。经市水务局分析,导致鱼类死亡的原因一是市水务局自9月16日起通过北运河向海河实施补水,由于北运河下游橡胶坝阻隔,平时北运河又与海河不相通,北运河河道积存水体进入海河,造成海河水环境发生变化,引起鱼类不适造成大量死亡;第二个原因,是天气原因造成水体缺氧引起鱼类死亡。由于连续阴天,造成水中植物光合作用减弱,溶氧降低,而海河平均水深较深,形成氧跃层和温跃层,底部处于缺氧状态。又由于较强的冷空气和降雨作用,海河水体表层水温急剧下降,比重增加而下沉,底层水因温度较高而上浮,形成上下水层的急速对流。上层较高溶氧的水传到下层,被底层大量还原性物质所消耗,造成上下水层处于缺氧状态,从而引起鱼类窒息死亡。尽管死了很多鱼,很可惜,但听说海河没有受到污染,这让虚惊了一场的市民们长吁了一口气。

入夜,在河边溜达的人越发地多了。在这些溜达的老人中你说不定什么时候就会遇到一个叫马念刚的老先生,他在这河边已经生活了六十年,他把一生最好的时光都付与这条河了。现在,他虽然已经离开海委十多年了,但仍然时时刻刻关注着这条河。此生让老人最感欣慰的,就是海河已经长时间地告别了洪水。五十年一遇的防洪标准,至少已经历了一代人的检验,二十年一代人。对于1963年之后出生的天津人,"洪水"只是一个抽象的历史名词,没有见过,没有属于生命的最深刻体验,也就无动于衷。他们感受最深的或许是另一种灾难,旷日持久的干旱。

然而,一个经历过的人和一个没有经历过的人是不一样的,对于大多数人,不到大难临头的那一刻,是没有那种惊心动魄之感的。马老,一生只干了一件事,一生就守望着一条河。他用心太深,牵挂太深,一辈子最放不下的就是这条河。有时候在梦中他会突然惊醒,一跃而起,奔向这条河,他梦见又发洪水了!

醒了,清醒了,老人觉得自己也挺好笑。老人家很爱笑,连皱纹里都漾着笑意。或许,越是经历过大灾大难的人,越是活得豁达、乐观。老有所乐,摄影、写诗、填词,偶尔还写写文章,这日子过得十分充实,越老越忙了。他人缘好,和一帮退休老人捧着相机走到了一起。他们一起拍摄照片,要把海河每一点每一滴的变化都拍下来,留下永恒的记忆,你今天看见的海河,说不定到明天又不一样了。他们把这个活动叫——追踪海河。

马老还收集了很多关于海河的剪报和相关信息,他说:"现在,大规模的改造又开始了,这次上千亿的投资,要把海河修成世界名河,真是不得了!"

上千亿!我惊叹。把上千亿资金扔进水里,这在以前连想也不敢想。眼睛下意识地往旁边瞟,觑着这条河,感觉这河里的每一滴水、每一朵浪花,都是那么昂贵,那么奢华。

还是马老说得好:"海河有了灾,倒霉的是所有百姓;海河变美了,造福的也是所有百姓,这就是母亲河啊!所以我们要一直追踪下去,记录下海河是怎样越变越美的!"

但马念刚老人总是不忘提醒人们:"1963年那场洪水虽然已经过去快五十年了,但我们仍然不能有麻痹思想,越是干旱,越是不忘防洪,大旱之后必有大涝,这是海河流域历史上亘古不变的规律。也许干旱的时间会持续很长,但越长,洪水来临的可能性越大……"

我仿佛就是在某种灾难性的警示中,从夕阳西下一直走到夜幕降临。这离大海最近的河流,在城市的夜幕与灯影之下,有一种接近大海的蔚蓝。抬眼看见一座造型别致的时光钟,这是津城又一地标建筑,将时钟的计时功能与夜景灯光巧妙结合在一起,为海河沿岸夜景灯光带增辉添色。我的目光也在这一时刻定格:海河,2012年6月20日,晚八点。

这一刻,没有任何事情发生,只是我,在这一时刻必须保持十分的清醒,才能辨别我所处的这个世界和当下。

我对海河的追踪是短暂的,或许才刚刚开始。

二　穿过长城的河流

海河是天津的母亲河,但天津人更关注的却不是海河。这么说吧,如果说海河是一道从天津流淌而过的风景,对于天津人,真正在他们生命中流淌的不是海河,而是另一条河流,滦河。

海河水系,实际上是海滦河水系。滦河,旧称濡水,发源于河北省丰宁满族自治县西北的巴彦古尔图山北麓,流入内蒙古自治区称闪电河,在多伦县附近,有上都河注入称大滦河,经两度曲折,转回河北省,在郭家屯附近汇入小滦河后,才正式被称为滦河。从大势看,滦河干流呈东南向,横穿燕山和冀东平原。滦河与海河的最大不同是,由于流域植被覆盖较好,河水含沙量在北方水系中较低,在北方,算是一条清水河。

滦河在喜峰口穿过长城,这是一次非常重要的穿插。它改变了一座城市的命运。

还是从一座纪念碑说起,就是不说你也会看见的——引滦入津工程纪念碑。

这里是海河干流的起点,也就是子牙河、南运河与海河交汇处的三岔口。过了三岔口,海河才成为一条名副其实的海河。天津阴郁的天空下,一座大理石三角形碑座上,伫立着一尊用汉白玉雕刻的母亲形象。这和我看到的黄河母亲是不一样的,她怀抱婴儿,左手伸掌托着一方倾斜的天空。天津的天空是难得一见的,我在天津卫盘桓数日,从来没有真正看见天津的天空,只有阴沉密布的灰霾,经久不散。让我感动的不是一个母亲的擎天之手,而是她深含着哀愁的眼神,她凝视着海河,似乎是在凝思着海河的前世今生。滦河能够成为一条在天津人生命中流淌的河流,你在她忧伤的眼神里也许能找到原因。

多少年来,由于海潮倒灌,天津人一直喝着苦咸水。到了20世纪60年代末,天津人才发现最可怕的还不是海水倒灌,而是这海河里几乎没有水了。这不是天津的问题,而是整个海河流域的问题。由于华北大地连年干旱,海河流域已是无河不干。非常吊诡的是,干涸的记忆几乎就是在人类经历了一场大洪水之后开始的,又在人类痛下决心根治海河的过程中越来越严重。有人苦笑着说:"这下好了,海河是真的治断了根,不但没有洪水了,很多河流连个水滴也见不到了。"这是笑话,也是实话。不过,把海河的干涸归咎于根治海河工程,不能反映全部的真实,至少还有另一种真相——就在人类根治海河的同时,海河流域的人口也在不断增长,尤其是人口密集、工农业发达的京、津、唐城市圈,对水资源的需求量越来越大,而水危机的程度也愈演愈烈。那时候还没有"水危机"之类的说辞,也很少使用"危机"一类的字眼儿,然而事实上危机早已发生,先有人口危机,才有水危机。

这里还是以天津为例。面对干旱,又一场天津保卫战开始了,又得有人做出牺牲。当年,为了保护天津不被洪水淹没,不知有多少农村被洪水淹没。此时,为了保证天津城市供水,天津郊县的农田灌溉又不允许使用海河水了,连保障城市蔬菜供应的菜地用水也采取了严格限量的措施。一时间,天津郊外,到处是干得冒烟的农田和在干旱中枯萎的庄稼,还有那些挑着水桶、头顶烈日、像非洲难民一样到处寻找水源的乡下人。这也让许多农民仰天长叹:"乡下人都是后娘养的啊!"然而,就是这样严厉地压缩和控制农村用水,天津市区的自来水供应还是频频告急,时时刻刻都有暂停供水的通告贴出来,一层盖着一层。就算有水供应,那水也微弱得没有力气爬上三楼,二楼的水龙头滴滴答答还能沥出一点儿水,三楼以上就没有水了。说到那时候的自来水,很多过来人都直摇头,一副不堪回首的样子。那时候有个民谚,说的是天津四大怪,其中之一就是"自来水腌咸菜",想想那个味道,这样的自来水又怎么能喝呢?天津人爱喝茶,用自来水沏出来的茶也有一股子刺鼻的异味,喝在嘴里更是又苦又涩。天津人的日子苦涩得让人张不开嘴,睁不开眼睛,怕有眼泪呛出来。

当人类的苦涩与干涸到了极限,海河也正在一次次逼近死水位,刘庄浮桥已经浮不起来了,大光明渡口的轮渡没法开了,天津第一发电厂因严重缺水被迫停止发电,还有众多的纺织、印染、造纸等用水大户随时都面临停水停产的威胁。焦急的不只是天津人,当时,国家经委一位负责人看着一份份来自天津的急报,焦急地说:"天津要是停产了,比唐山地震损失还要大!"

这是一句大实话,天津是中国最大的工业城市之一,如果全市几千家工厂因缺水而停产,每年直接损失就超过两百个亿,还有难以估量的间接损失。

干涸,几乎把人类逼到了绝境,而人类又只能在绝境中求生。在南水北调的梦想还遥遥无期时,国家只能就近想办法,一个酝酿已久的大型水利工程在极度的干涸中终于被推到了前台——引滦入津,以潘家口水库为源头,把滦河水分别引到天津市和唐山市。

说到这个工程,又要提到一个年逾古稀的老人了,景春阳,原铁道兵第八师副参谋长,后又历任铁八师师长、铁十八局局长。景春阳一生担任的最重要的职务,却是一个临时职务,引滦入津工程副总指挥,总指挥就是时任天津市市长的李瑞环。

往事并不久远,也就三十多年前的事情,但如果没有一个经历过此事的老人的回忆,谁又能说得清那段往事呢?我接下来的叙述,就来自景春阳老人的回忆。

1981年夏天,具体是哪一天他想不起来了,只记得是酷暑季节,天气热得人感到胸口闷塞。就在这天,景春阳和铁八师师长刘敏、政委张景喜一起去李瑞环市长那里商量引滦入津工程问题。那是一个朴素的时代,连堂堂天津市长的办公条件也很简陋,几个人坐在那里翻着工程图纸,不一会儿就汗流浃背了。李瑞环那会儿还只有四十五六岁,这木匠出身的市长,个头不高,但显得特别精干。他亲自给每人端上了一个白瓷水杯,用他那浓重的天津宝坻口音说:"来,尝尝我的乌龙茶。"

那岁月能喝上乌龙茶也很了不得了,但景春阳喝了一口,苦涩得差点儿吐了。看着杯中那么好的茶叶,泡出来的茶水却是这么一股味道,三位军人几乎是一起喊了起来:"啊,这什么味儿啊!"

李瑞环苦笑了一下,说:"天津有的老百姓连这样的水都喝不上啊!"

一听这话,三位军人立刻就明白了市长的用心,用心良苦啊。他们没有让李瑞环失望,一起立下军令状:"请市长放心,我们保证把滦河水引过来!"

李瑞环却不动声色地问:"国务院计划三年,你们提前到两年,能完成吗?"

景春阳没想到市长大人会给他们出这样一个难题,不过,思考片刻之后,他还是很有信心地回答:"我们有信心完成!"

看见这些军人有信心,李瑞环似乎也变得更有信心了,在送别他们时,他握住他们的手,还在不停地给几个军人鼓劲儿:"那好吧,军队干,我们放心。你们真正两年完成了,在中国水利建设史上是奇迹,我亲自给你们送锦旗!"

一段回忆暂时中断。景春阳老人喝了一口茶,慢慢品咂着,仿佛要将一段往事在回忆中清理得更加清晰。

当老人再次打开话匣子,时间还是1981年,但已经是冬天了,尤其是滦河穿过的长城一带已是隆冬季节。此时工程还没有正式动工,但为了提前一年完成任务,作为先遣部队的指战员就提前开进了工地。一路上,呼啸的寒风卷起地面的黄沙扑面而来,把战士们打得鼻青脸肿,一个个灰头土脸的,又冻又饿,有的战士放下背包就开始呕吐。人民军队,钢铁长城。又哪有人是钢铁做的呢? 说来都是血肉之躯,天冷了怕冷,肚子饿了怕饿,能够用钢铁来形容的,或许只有他们的意志。就是凭着这种意志,他们很快就在荒山野岭之中搭起了一顶顶绿色营帐,一路逶迤连绵,一条战线就这样在冰天雪地拉开了。很快,一台台抬上山来的柴油发电机就在黑魆魆的山岭上轰鸣起来。随后,战士们就日夜不停地向坚硬的山石和冻土开战。钢钎打下去,火星子飞溅,眼看着打下去一尺多深,摇一摇,就松动了,松动的不是岩石,而是地表上的一层冻土。不久,又下了一场大雪,气温骤降到零下二十多摄氏度。热乎乎的面条送上山,还没到工地就被冻成了一团冰疙瘩,连水壶里的开水不一会儿也结了冰。每个人身上都被冰雪一层一层地覆盖了,除了冰雪,你已经看不见人了。景春阳副总指挥看着他的战士,看见的是一个个冰雪与山泥的躯壳,你都不知道这是谁跟谁了。只有叫一个人名字,听见他在答应,你才知道一个具体的战士,知道他是谁。

这些来自岁月深处的画面,很真实。

老人翻开一幅当年的施工图,指点着说,滦河在距天津几百里外的河北省迁西县和遵化地区,引滦入津就是把滦河上游、河北省境内的潘家口和大黑汀两个水库的水引进天津市。这就要穿燕山余脉,沿途要穿过河北省迁西县、遵化地区和天津蓟县、宝坻、武清、北郊等县区,全长234千米,需要治理的河道有100多千米,必须开挖60多千米的专用水渠。整个工程包括隧洞、泵站、水库、水厂、暗涵、明渠、管道、倒虹、桥闸、电站等,所有控制性节点工程有两百多项。所谓节点工程,无一不是难关,这就是说,每一千米他们就要攻克一道难关。在这些难关中,最艰险的一项工程是要穿越中国地质年代最古老的燕山山脉,在两百多条断层中修建一个长达12千米的引水隧洞——这是我国迄今为止最长的一条水利隧洞,也是引滦入津的"卡脖子"工程。此处地壳多升降,造成了岩层扭曲、断裂、破碎,地质条件非常恶劣,随时都可能发生塌方、滑坡、流沙、涌水……当时,有句顺口溜形容这条引水隧洞:"地下水长流,坍方没个头。石如豆腐渣,谁见谁发愁。"也曾有一些工程队的负责人和工程师来勘查过现场,但没有人敢啃这块硬骨头,他们都摇摇头走开了。这块硬骨头只能留给义不容辞的军人来啃,铁八师和天津驻军2859部队共同承建了最艰险的开凿隧洞任务。

说到这里,景春阳老人又用颤抖的手翻着珍藏多年的引滦入津纪念相册。回想当年的岁月,他激动地说,在当时的条件下,没有什么先进的机械设备,只有人力小斗车,按照通常的开挖速度,这条隧洞如果从一头开挖要三十年,从两头开挖要十五年。可是,干得嗓子冒烟的天津人,他们能等十五年吗?

天津市委、市政府下了死命令:1983年必须把滦河水引到天津!

那时铁道兵的文化程度都不高,但副指挥长景春阳却是科班出身,他于

1958年毕业于中南土木建筑学院桥隧专业,该学院在景春阳毕业一年后更名为湖南大学。土木建筑一直是湖大的王牌专业,在国内也是名列前茅、声誉斐然的,和清华、同济的土木建筑一直并称三强。说到自己的母校和专业,景春阳老人不禁有些自豪,这让他在施工中得以大展拳脚。那时候的工程兵都是敢打敢拼的拼命三郎,而景春阳却给他们开起了技术培训班,请来一些工程技术人员给他们讲解新奥法、光面爆破、非电爆破等新技术,这在那个年代还是非常超前的。通过一轮轮培训,景春阳带出了一批不但骁勇而且善战的工程兵。

隧道开挖后不久,就遭遇了一个大难关:一个最大高度有七米以上的断面,不但面积和体积都特别大,而且还要通过多个大断层,其中最大的断层长度两百多米,岩石层面断裂。这断层的压力没有规律,水文情况又十分复杂,一炮下来便塌方。好几天过去了,隧洞没有推进一尺。景春阳和他的战士们,每个人心里都堵得慌,仿佛这个卡脖子工程真把他们的脖子给卡住了,死死卡住了。

李瑞环走进了隧道。他是市长,也是总指挥。一个工程被卡在这里,他不能不来。这瘦小精干的市长走起路来很快,很快他就走到了通往断层的九号支洞,眼看就要钻进去,副总指挥景春阳眼疾手快,一把拖住他:"老李,你不能下去,太危险!"

李瑞环抓过一顶安全帽扣在头上:"我不下去看怎么知道危险?"

李瑞环头也不回地向深深的斜井里走下去,景春阳和营长、连长、参谋们紧跟在他的身后。景春阳一边给李瑞环讲着工程最难的地方在哪里,一边警觉地观察着那断面的动静。当一阵簌簌声响起,他敏感地察觉到了什么,眨眼间,就发现头顶上方有小石头掉落,危险!这是塌方的前兆。他一把拉住李瑞环往外走,刚走几米,呼啦啦——塌方了。顷刻间,上千方的土石就塌在了李瑞环的背后,黑压压的,像天塌下来了一样。——许多年后,景春阳老人想起这事还心有余悸,如果迟了一步,那个后果他不愿设想,他连连摇头说:"这个老李,命大啊。"

李瑞环却显得相当镇定、豁达,他当时还半开玩笑说:"老景呀,我们可是生死之交呀！没有这个断层，就体现不出工程的险峻和伟大，就像京戏里如果没有三堂会审，就没有精彩！"李瑞环是个京剧迷，时常拿京剧里的剧情来打比喻。

有什么样的总指挥，就有什么样的士兵。总指挥的豁达、镇定，更加激发了战士们的大无畏精神。无畏，不是莽撞，而是更加冷静地钻研、思考，如何才能攻克这道难关。事实证明，这道难关最终是靠技术创新攻克的。从此之后，整个进度势如破竹，这条在理论上至少需要十五年时间才能打通的隧洞，仅仅用了一年零四个月时间就打通了，他们也因此而创造了当时全国日掘进六米八的最高纪录。

作为一个在前线直接指挥的副总指挥，景春阳没有太多胜利的喜悦，却有一种深深的痛心。时隔多年，一个当年的副总指挥，如今已是满头白发的老人，慢慢地翻着当年留下的相册，眼里深含着泪水。在这每一张发黄的老照片上，每一个身影都那么年轻，血气方刚，傻乎乎地咧嘴笑着，猛地一想，才觉得他们真的离去了多年。老人默默地摇着白发苍苍的脑袋，痛心地说："在整个引滦工程中共有二十多名战士献出了宝贵的生命，其中就有十七个战士是在打通引水隧洞时牺牲的。"

听他的战友们说，老首长每次谈起牺牲的烈士，都会流泪。

许多年过去了，就是不看照片，一些烈士的身影还在他眼前晃动。

他想起了一个叫周尚孝的四川籍老兵，老班长，会木工。1981年冬，周尚孝参加先遣小分队，是第一批赶到工地的战士，为大部队的到来架帐篷，赶制木窗。由于天气寒冷，他感冒了，发高烧，脸孔都烧得通红了，但怎么劝他都不肯休息，仍日夜工作。那时候的战士就是这样，轻伤不下火线，生病也不下火线，除非病倒了，但很少有病倒的。中国军人，好像真是用特殊的材料做成的，有那么一股特别顽强的精神，还有那么一股特殊劲儿。架帐篷的任务完成了，随后隧道八号支洞又开工了，老班长周尚孝又带领十一班的战士，进入刚被炸开的洞子里去搭排架，这是更危险的工作。头顶上还有不断下落的碎石和泥沙俱下的浸水，随时都有生命危险，周尚孝总是第一个爬上四米多高的横梁，钉扒钉，回填木，把最艰险的任务留给自己。连部需要安全员,他主动请战,担当此任。这安全员实际上是最不安全的,为了大家的安全,他必须排除安全隐患。每次上班,他都要提前半小时进洞,冒着爆破后还没有散尽的浓烟,头顶危石,将险情一一排除掉。1982年6月4日,掌子面顶部发现危石,一个叫孔福山的安全员正在吃力地排除头顶上的危石,周尚孝主动冲上去,帮他一起排险。突然,孔福山眼前一黑,一块八九斤重的石头掉下来,一下把孔福山砸昏了。周尚孝听见头顶上还有呼啦啦的响声,还有更大的石头正在坠落,他朝着孔福山正在歪倒的后背猛地一推,孔福山顺着一道渣堆的斜坡滚出四米多远。就在这一瞬间,一块两米多长、半米多宽的巨石砸在周尚孝的腰上。孔福山脱险了,周尚孝身负重伤,当即昏了过去。当战友们抬着他走出隧洞时,周尚孝在昏迷中苏醒过来,急切地说:"不要管我,还有孔福山……"送到医院,诊断结果很快就出来了,粉碎性胸椎骨折,这是致命的重伤。经抢救,他终于又一次苏醒过来,睁开眼睛的第一句话又是问:"孔福山伤着没有?"由于伤势严重,抢救无效,这位当年已三十多岁的老班长顽强地挣扎了二十天后,终于还是撒手人寰。他是睁着眼离去的,没有看见隧洞打通,他不甘心啊。

周尚孝只是牺牲者中的一个,还有多少人做出了牺牲,献出了生命啊。老人叹息着,慢慢合上了相册,喃喃地说:"今天天津人喝着甘甜的水,品着清香的茶,我想这时候他们心中不会忘记引滦入津那段激情燃烧的岁月,同时也会永远记住在引滦入津工程中默默奉献的人们!"

这话如果从另一个人嘴里说出来,也许我不会有太多的感动,但从这样一个老人嘴里说出来,却让我下意识地一阵心悸,随之而来的又是一种震撼。

这是一个在那个年代创造了多个全国第一的水利工程,但最值得被人类铭记的还不是这些,而是这样一个日子,1983年9月11日。这不是一个节日,但对于天津人,却如同一个重生的日子。随着潘家口水库、大黑汀水库和引滦枢纽闸依次提闸放水,全长234千米的引滦入津工程正式向天津送水了,当白花花的滦河水从天津人的水龙头里哗哗流出来,天津漫长而苦涩的历史从此结束了。

很多天津市民都忘不了这一天,家住天津市南开区的王大爷说,当年为了庆祝引滦入津成功,街道给每家每户发了一小包茶叶:"你们再用自来水泡茶试试看。"

王大爷说:"用滦河水冲出来的茶,还真是清香可口。"

一直到现在,天津都是全国饮用水质量极好的城市之一。

一个水利工程,改变了一座城市的命运,甚至拯救了这座城市。在天津,尽管很少有人把滦河誉为他们的母亲河,但谁都知道,一条滦河就是他们赖以生存的生命线。

许多当年因严重缺水而濒临关闭的企业又开始运转,干涸的天津港也因此而获得了新生,一度停产三年之久的内河港区码头如今一片繁荣。有人告诉我,这些水并非全部来自引滦入津的水,但正因为有了滦河水,才能腾出别的水来干别的事情。至今,这一工程已经安全运行三十个年头,累计为天津安全供水两百多亿立方米。

从三岔口那座纪念碑出发,奔向另一座纪念碑,是一个命定的方向。这两座纪念碑之间,就是两百多千米的引滦入津工程全线。当年的工地早已看不见了,那个历史的现场我已经无法进入。眼前,只有一条引水渠,在三十多年的岁月里流淌着,哗——哗——,一段岁月显得更加漫长。这水,依然干净透亮,每一朵浪花都在美妙地荡漾。在干燥炎热的海河流域,我终于感觉到了一丝丝清凉。随着流水的一路逶迤延伸,两岸的山影与树木染绿了她的周身,这也让我时常产生错觉,把一条人工引水渠看成了一条自由舒畅的自然河流。同天津那条作为景观河流的海河相比,这条人工水渠也的确更接近一条自然河流。但有的人是从来不会产生错觉的,那是我沿途看见的一个个沿着渠道来来回回走动的身影。他们是这里的守水人,在这两百多千米长的水渠两岸,每天都有一千多名水利职工在引滦沿线守望。每个人都睁大眼睛巡视着,他们眼里没有别的事物,只有这条清水长流的引水渠,他们也只有一个简单而坚定的使命,这水渠里的每一滴水都不能弄脏了,更不能被人偷偷放走了。

当阳光西斜的时候,我远远看见了一座引滦枢纽闸,这是引滦入津的渠首工程。我的这一段行程如同倒叙,从一个终点又重新返回了起点。

如今,人类在这里又竖起了一座纪念碑,安放为了一个水利工程而牺牲的二十一位烈士的英灵。

青山埋忠骨,史册载功勋。——这十个大字就是景春阳老人题写的,没有书家的韵味,但一个军人的手笔,把一笔一画都写得苍劲有力。

在这二十一位英烈中,除了战士,还有民工。当我看到一个农民土得掉渣的名字,一种难以言说的滋味从肺腑里翻涌上来,不只是感动,我感到舌尖异常地饥渴。我知道,一个农民的名字是很难铭刻在一座神圣的纪念碑上的,而当年那些在这工地上奋战过的数十万农民,所谓民工,又有谁还记得他们呢?多少年来,这引水渠沿线的农民,眼看着一渠清水从眼皮底下汩汩流过,却只能在长时间的干涸中忍受焦渴。这也让我的心情变得更加复杂了,复杂的还不只这些,还有一个并非多余的担心,这一渠清水还能流淌多久?一条滦河又能流淌多久?近几年,由于水危机进一步加剧,人类更加快了对滦河水资源的开发速度,从滦河支流青龙河引水至秦皇岛。这也是引滦入津工程之后,海河流域的又一个著名引水工程——引青入秦。这为秦皇岛注入了新的活力,但由于引水过度,滦河下游近十年来经常断流。由于失去了流水的冲刷,泥沙迅速淤积,河床不断抬升,一旦发生较大洪水,就会因泄洪不畅而造成大灾。也难怪马念刚老人一直在呼吁人们高度警惕,越是干旱,越是不忘防洪。

很多人都在担心,一座水利工程的纪念碑,会不会变成一条河流的墓碑?

三 沦陷的大地

海河很美,所有能够成为风景的河流都很美。

如果说在天津你还能看到一条被打造成了城市水体景观的海河,然而,只要走出天津,你看到的就是另一条海河,甚至根本看不到海河了。

从天津出发,一头扑向华北大地。大地,只有在华北平原上才有大地的感觉,我的视野,我的整个世界,仿佛都被一种雄浑的力量扩张了。南方没有这样雄浑辽阔的大平原,我家乡的长江中下游平原,只能用秀丽来形容。

从水利的意义看,华北平原主要由黄河、淮河、海河与滦河冲积而成,故又称黄淮海平原,这其实是更准确的名称。这个平原实在太大,我只能把眼光紧紧地盯住我此时最关注的海河平原。海河平原是华北平原的一部分,大体上是和海河流域重叠的,面积近13万平方千米,是华北地区主要农业区。这样的大地,土层深厚,土质肥沃,什么都肯长,小麦、水稻、玉米、高粱、谷子、甘薯、棉花、花生、芝麻、大豆,还有烟草,这才是真正的地大物博啊。必须交代一下时间,此时,2012年5月下旬,小满刚过,刚刚进入农历闰四月。古人制定二十四节气,是以北方的气候和农作物来确定农时的。小满是夏季的第二个节气,此时华北的夏熟作物的籽粒刚刚开始灌浆饱满,但尚未成熟,只是小满,还未大满。

这个季节,海河流域也进入汛期了。但海河和时下的许多河流一样,所谓汛期只是一个抽象的概念,一种空洞的记忆。1963年8月那场特大暴雨洪水,仿佛成了这里人关于洪水的最后记忆。

追踪海河,最好的方式就是追寻当年那些洪水漫溢的河流。

子牙河是海河水系五大河之一,上游有滹沱河、滏阳河两支。滹沱河发源于山西五台山北侧,沿途在山西、河北境内接纳清水河和冶河,一路东流,在河北省中南部的献县与滏阳河汇合,称子牙河。

为了根治海河,解放后先后在子牙河上游修建岗南、黄壁庄、朱庄等水库和山区农田水土保持工程,下游开挖子牙新河,引洪水直接流入渤海。这让子牙河撇开了海河干流,事实上已成了一条独流入海的河流。但自从1963年洪水过后,这条当年洪水漫溢的河流,如今断流了,早已断流了。只在偶尔山洪暴发或上游水库放水的时候才有水,还有就是沿河工厂排出的污水。有些工厂不能直接向河道里排污,就用油罐车把污水拉到这里倾倒。在污水坑的边缘,油罐车倾倒的痕迹清晰可见。

滹沱河已经干涸,那么滏阳河呢?滏阳河就是1963年那场特大洪水的暴雨中心,地势低洼,汇有众多溪流。由于降水集中,又多暴雨,上游流经黄土地区,水土流失严重。这条曾经暴雨成灾的河流全长402千米,在根治海河的奋战中,被打造成了一条防洪、灌溉、排涝、航运等综合利用的骨干河道。但自20世纪70年代以来,由于上游工农业生产大量用水,河水减少,除汛期外,经常断流,航运已被陆路交通代替。

岗南水库地处滹沱河中游,始建于1958年,是治理滹沱河的重点工程之一,是兼有防洪、灌溉、发电、城市用水和库区养鱼之利的大型水利枢纽工程。岗南水库的北岸就是革命圣地——西柏坡。当年建这个水库时,因水库蓄水会把库区北岸西柏坡的旧址淹没,决策者颇费踌躇,后来还是让这一红色纪念地做出了牺牲。水库蓄水后,西柏坡旧址淹没了,现存的西柏坡是1977年以后按旧址的样子仿建的。岗南水库蓄满容量为8亿立方米,但在1963年之后实际上很少蓄满过,以后更别想蓄满了。同样缺水的山西正研究在滹沱河上游小觉建设坪上水库,这让岗南水库高级工程师卢永兰忧心忡忡,她说:"山西坪上水库一旦建成,会在枯水季节拦去岗南水库入库流量的八成左右,以后岗南水库很有可能只能保证石家庄的饮用水了。"

干涸的还有大清河。大清河也是海河水系五大河之一,而且一直是海河水系中水质较好的河流,河水清透,全长448千米。沿河两岸分布白洋淀、东淀、文安洼等淀洼,可调节洪水,上游有著名的王快、西大洋等水库拦洪蓄水,下游通过独流减河引洪水直接入渤海。大清河一直是保定人的母亲河,历史上多次造成洪水决堤的灾难,现在却只能靠上游的水库放水,才有水流过,一年大多数时间都是干涸的。

大清河沿河两岸分布白洋淀等著名淀洼,也就是湖泊湿地,水危机直接引发生态危机,这让海河流域水资源保护局副局长林超忧心忡忡。他说,过去全流域湿地约有一万平方千米,现在只剩下一千多平方千米。当年洪水滔天、直逼天津的白洋淀;如今从湖泊变湿地,又从湿地变旱地。这个在孙犁先生笔下风景如画的北方湖泊、"华北明珠"早已变得黯淡无光,水域从三百六十多平方千米已萎缩到一百多平方千米,并多次发生干淀现象。还有诗人郭小川笔下充满了诗意的天津市大洼地区——团泊洼,水面面积由六百平方千米萎缩到五十多平方千米,就连可蓄存一亿多立方米水的团泊洼水库也曾多次发生干库现象。从整个海河流域的十多个主要平原湿地看，水域面积已从近三千平方千米降至五百多平方千米，青甸洼和黄庄洼已经彻底干枯，连一滴眼泪也没有留下。由于湿地急剧减少和严重缺水，许多水生生物灭绝。天然鱼虾蟹几乎绝种，涉禽、游禽几乎不见，水鸟早已纷纷逃离……

但很少有人类从这里逃离。毕竟，像北京这样的首都，对许多充满了雄心抱负的人，太难以抵御了，那巨大的发展空间，就是巨大的诱惑。天津已经在当年的湿地上建起了高档社区，而农民也正把他们辛勤拓荒的锄头伸向干涸的湿地。每一个人都是要喝水的，每一片庄稼都是要浇灌的，还有一个个激增的开发区、工业新区，用水量激增，一条河流早已不能从上游流到下游了，更不能流到大海了。

人类可以抵挡住洪水，却无法抵挡河流的消失。河流的命运，比人类的命运更加莫测。没有洪水了，没有水了。如今的海河流域是有河皆干，海河流域早已成为水危机和水资源严重匮乏的代名词。

我在海河水利委员会采访时了解到，据他们对全流域二十一条主要平原天然河流的3664千米河道调查表明，20世纪50年代，各河流常年不干，年均入海水量高达241亿立方米；但是，目前许多河道断流或干涸，河流干涸长度达到2189千米，占到六成以上，其中有十条河流干涸天数在三百天以上，入海水量最少时仅有八亿立方米。

一个追问了无数次的疑问，海河为什么没水了？

第一个答案是气象专家给出的，虽说海河流域暴雨成灾，实际上却处于少雨区域，流域的降水特性也是原因之一。海河流域水资源的特点是，七成以上来源于汛期，又主要集中在6月到9月这三个月当中。这三个月的降雨之中，又主要集中在7月下旬和8月上旬，但在此期间可能只有一两次大的降雨，而海河的水资源和洪水就是由汛期内这几场不确定的大雨形成的。现在由于气候的影响，汛期降雨大幅度减少，从而造成地表径流大幅度减少，很少的一点雨水，旋即又被蒸发。历史资料显示，海河流域平均年水面蒸发量为1100毫米,而平均降水量为548毫米,年内分配也十分不均,地域差异很明显。历史上,海河流域也曾经发生过连续的干旱,最长的在明朝,曾经连续七年大旱。大气环流、厄尔尼诺现象、副热带高压长期在这个地区徘徊,都是造成少雨的原因。洪水是突发性的高强度降雨,没有什么规律可循,而干旱的恶性循环是常态下的。1963年大洪水暴发之后,1965年就是中国20世纪最干旱的一年。到20世纪70年代末,海河就进入了漫长的枯水期。1996年之后,海河流域一直处于旷日持久的干旱状态。如今,天津市已连续八年发生干旱,生活和生产用水都发生困难,除引滦入津外,还多次引黄济津。北京、济南、青岛、秦皇岛、沧州等城市也多次发生干旱缺水。海河流域从前是蛙声一片,如今是渴声一片,连青蛙都干死了。

第二个答案,是马念刚先生给出的:"海河规模虽然不如长江黄河,但是它的水系组成非常复杂。这条河真是又怕涝又怕旱。"一则,海河流域地形非常复杂,大致分为高原、山地和平原三种地貌类型。复杂的地貌特征令海河流域降水量年际变化非常明显,或洪涝急转,或常年干旱;从水量来看,海河流域说是中国七大水系之一,但无论从哪方面看,它同南方的河流都不能比,其年均径流量只有两百多亿个立方,约等于在长江的支流中仅排第九位的湖南资江,资江流量为251亿立方米,比整个海河水系还多。又从流域面积和人口来看,资江流域面积还不到三万平方千米,约相当于整个海河流域的三分之一,人口还不到一千万。这样的比较比枯燥的数字更加直观,海河的水量和资江相当,但海河流域的面积却超过资江流域的十倍,人口更是十几倍,北方水系流量之小于此可见一斑,人均水资源占有量之低也可见一斑。不跟南方的河流比,就跟黄河比,海河的水量只有黄河的三分之一,人口却比黄河流域高,黄河流域人口约1.07亿,海河流域人口约1.3亿。把海河流域放在全国的背景下,其三十多万平方千米的土地不到全国的三十分之一,而在这个地区里养活了将近十分之一的人口。水少,土地少,人口多,还有北京、天津这两座特大城市,无论是生活用水,还是工业用水,该需要多少?目前,海河流域人均水资源仅有293立方米,不足全国的七分之一、世界的二十四分之一,更是远远低于世界人均一千立方米水紧缺的警戒线,成为全国七大流域人均水资源最少的流域。——不这样比较一下,像我这样一个门外汉,还真是难以理解北方为什么会发生资源性的水危机。

现在,很多人已经开始对毛泽东时代的许多水利工程进行反思了,这样的反思或追问也许来得太迟,但还是非常必要的。当年,人类为了根治海河,第一个核心念头就是防洪,华北平原、海河流域数以万计的农民在几大水系上日夜奋战,修建水库,拓宽河道,加固河堤,还真是把海河的洪水根治了,根本就没有水了。关于这个问题,我也和海河流域的很多人讨论过,有水利专家,有政府官员,也有农人。其中其实也有上下游之间的利益博弈。下游一般把症结归咎于上游拦河筑坝,建了太多的水库,对下游的影响太大,最严重的干涸发生在下游,断流也发生在下游。我觉得还是马念刚先生说得好:"这并非那个时代的水利建设搞错了,而是这个世界完全变了。"毛泽东时代,也就是计划经济时代,那时的生产力还不发达,对城市规模又按计划进行了严格控制,人类对水的需求比较少,也没有想到如何利用水资源,水就显得多了,变成洪水了,只是想怎么把水拦住。这些水库在毛泽东时代也确实发挥了极大的防洪作用,尤其是在防止山洪暴发方面,可谓立竿见影。近三十年来,随着城市的不断扩张、人口剧增还有工农业经济的高速增长,而海河水量却没有增加,也没法增加。譬如说上游这些水库,以往在每年汛期或下游干旱时还放一些水,现在就基本上不放了,连上游都不够用呢,哪里还有多余的水放下来啊。面对洪水,现在也很少说到抗洪了,而是迎洪,迎接洪水的到来,赶紧把洪水储蓄起来,洪水也是宝贵的水资源。海河如此,黄河如此,现在连长江也在完成这一观念的转换。或许,这也是人类水利史上的一次非凡的转身吧。非凡,只因非常,绝对不是什么华丽的转身。

在地理教科书上,海河的年径流量为228亿立方米,但现在还这样说已经是在欺骗我们的孩子了。现在的海河水系基本上都是干涸的死河道,有专家说,海河年径流量可能只有十几亿立方了。

为此,我求证过马念刚先生,也求证过郭书英先生,但他们都没有直接回答我。郭书英先生的意思是说,由于现在还无法确定海河的源头,源头定不下来,河长也就定不下来,海河到底有多少流量,自然也就定不下来。但郭先生又不经意地透露,在海河流域,如果一条河流还有几个亿的流量,那就很了不得的。

这一声"了不得",又让我陡地睁大了眼睛。我说,对于一条自然河流来说,几个亿的流量算得了什么啊,我们湖南三湘四水中最小的一条支流澧水,年径流量也有174亿立方米。

郭书英听了,点了点头,又不动声色告诉我另一个事实,如果三峡水库泄洪,只要两三个小时,就可以把海河的所有河道、湖泊和水库灌满。可惜的是,三峡水放不到海河里来。

这一个不动声色的比较,也让我更加明白了,三峡水库有多大,而海河的水量又有多小。而这事实背后还有一个足以让无数人感动的事实,几十年来,海河就是在有效水资源极其有限的情况下,保证了北京、天津等流域内大中城市的用水安全。

"这么多年来,我们一直就在忙这事啊。"郭书英淡淡地说。

除了干旱,还有积重难返的污染。

在河北、河南、山东、天津、北京等地区交界处看到,哪怕还有点水在流淌的河流,无一不污染严重。河水由清变浊,由浊变紫,由紫变黑,散发着种种怪味和恶臭,人不能吃,畜不能喝,庄稼也不能浇,严重威胁着当地广大群众的生产和生活以及身体健康。

海河流域水资源保护局局长张胜红说,随着流域经济的快速发展和人口的增加,用水量和排污量逐年增加,水污染问题非常严重。

海河不只是有河皆干,还应该加上一句,有水皆污。

从滹沱河走到滏阳河,又从子牙河转向大清河,这些河流即便不断流,那水也不能用,滏阳河上游的部分支流被一些化工企业截用,污水又排到了河里,可以闻见明显的臭味。

更恐怖的是,尽管是污水,周边的老百姓还在用这样的污水灌溉,而且是抢着用,尤其是在抗旱时,这些污水几天之内就会被抢光、用光。听说,这些污水很肥田,但这污水种出来的粮食,到底是给谁吃呢?我问这些农民,他们摇头,我问这里的市民,他们更是摇头。但有一点是不会有人摇头的,这些用污水种出来的粮食,每年也会计入中国粮食总产量,而国家发放的粮价补贴,也同样会发到这些农民的手里。当北方的粮食一车一车地运到岭南,运到珠三角的粮食市场,或许,也会被我吃进肚子里。

海河流域水生态环境恶化如此严重,究其原因,海河水利委员会原主任邓坚一针见血地说:"海河流域水生态环境恶化如此严重,主要是近年来很多人在观念上重发展,轻环保。特别是领导干部的思想观念上存在着很大的偏差,轻视生态环境保护工作,片面追求经济的快速发展,认为经济上去了是政绩,对环境破坏了无所谓。加之,受到种种制约,在以往历次海河流域的治理规划中,都没有对水生态环境问题给予应有的重视。如在20个世纪80年代以后的规划中,重点在于水资源开发利用和配置,以保证城市、农村用水,也没有明确提出对生态环境的保护工作。后来,对水污染问题虽然有所涉及,但是仍没有将认识提高到水利工程要为保护和改善生态环境服务的高度。同时,一些人对生态环境也缺乏足够的认识和重视,至今还有些人认为,要发展就得牺牲生态环境。"

对海河,也曾有人这样充满了诗意地描述:"从岁月中流来的那条海河,曾是一条波涛汹涌的河流,宽畅的河面上可以行驶海轮,清澈的水里有着丰富的鱼虾……"

——现在,如果我再这样描述,我就是在睁着眼睛说瞎话了。许多生长在海河流域的孩子,甚至从来没有看见过海河水的本色,没有看见过河流上的船舶,更没有看见过河里的鱼虾,他们看见的河水,一会儿是黑的,一会儿是绿的,一会儿又变成了红的。有人说,如果这里的水一直是这样,像变色龙一样,或许过几年,这些孩子们连水是什么颜色、什么味道都不知道了。

更深的危机有时候是看不见的,它发生在地下,而且是越来越深不可测的地下。

如果说海河的孩子还有他们憧憬的未来,而正在抚育他们的父辈们,眼下则只能立足于现实,严峻干旱的现实。他们,百分之七十以上都是农民,而据公开的数据显示：华北用水量最大的还不是城市，而是农业，恰好也占总用水量的百分之七十以上。当河流断流，湖泊干涸，这百分之七十以上的水，他们又找谁去要？这个问题很简单，一是向天要，祈求老天爷降下甘霖，那古老的祈雨仪式在 21 世纪的华北大地、海河流域依然时常出现，但再虔诚的仪式也是枉然；二是向地要。相比苍茫缥缈的苍天而言，向地下要水更实在，农民都是实在人。

事实上，在海河流域已基本上没有地表水的困境下，地下水早已成为华北平原经济社会可持续发展的重要支柱。从黄河在 20 世纪 70 年代断流开始，由地表水枯竭而引发的大水荒，便开始转入地下。和黄河流域相比，海河流域的水危机更加惨烈。又据公开的数据，华北平原地下水天然资源每年约为 227.4 亿立方米，这和海河水系在理论上的年径流量不相上下，其中浅层地下水每年可开采资源 168.3 亿立方米，深层地下水每年可采资源 24.2 亿立方米。这也是华北大地最后可用的水资源。又据海河水利委员会水土保持监测中心站马志尊站长说，海河全流域现在约有 122 万眼机井，每年地下水开采量高达 264 亿立方米，占流域总供水量三分之二。目前，北京、石家庄、邢台、邯郸、保定、衡水、廊坊、唐山等地区的地下水开采量已占总供水量的百分之七十以上。

又是一个百分之七十以上，这个百分比，让人莫名感到有点诡谲和恐惧。

一个谁都懂得的常识，过度开采地下水，最直接的后果就是水位下降。

从国家战略考虑，地下水位属于重要安全指标。一旦发生战争，为避免遭受袭击，很多水库都将被提前疏泄至安全水位，而地表水也容易遭遇生化武器的袭击，或恰遇大旱河道干涸，地下水就成了唯一的保命水。这并非杞人忧天，对现代战争谁都难以预测。每个国家出于战略安危的考虑，都对地下水采取了严厉的保护措施。尤其是深层地下水，在世界各国都被视为"不可开采资源"，中国的水利专家也一再发出"盛世危言"：从地表至深层补给区的水循环需要数百年甚至上千年，而深层地下水恢复需要上万年，不到万不得已，绝不可轻易动用。开采深层地下水不仅是对后辈不负责任的掠夺

第四章 海河不是一条河 | 343

行为,也会给现在的人直接带来灾难,深层地下水的开采极易引发地层沉降等地质灾难。

现在,华北大地上到处都是深水井,越挖越深。三四十年时间,人类已经把整个华北大地底下差不多掏空了。由于地下水的恶性超采,天津市区已下沉两米以上,塘沽下沉超过三米。以前是海水倒灌,如今是海水入侵地下,使土壤盐碱化。比这更巨大的灾难还来自大地沦陷,目前,华北平原地面沉降面积高达六万多平方千米,一个世界上最大的地下水漏斗区也正在华北地区形成,大地裂缝和巨大的天坑频频惊现,随时都会发生坍塌与崩溃。在漫无边际的游走中,我看见了大地的裂缝,也看见了巨大的天坑,但对漏斗却浑然不觉。人类实在过于渺小,而地理学上的漏斗是一个过于巨大的概念。和我一样浑然不觉的或许还有不知不觉地生活在这个漏斗里的华北农民。对于他们,唯一的感觉就是水井越来越难打了,怎么也打不出水来了,难道地下水真的从一个漏斗里漏掉了?

一位水利专家这样比较:"如果说黄河流域的水源环境尚且属于恶化,海河流域的水源环境则已经濒临崩溃,甚至已经崩溃。"

然而,对于干渴到了生存极限的人类,如何找到水源才是燃眉之急,哪顾得上什么子孙后代和地层沉降的后果。对于许多地方官员,抗旱是压倒一切的中心,而当开采地下水与抗旱联系在一起,不但理直气壮,还诞生了多少为老百姓打井的英雄楷模。在这一个个高耸的井架下面,随着白花花的地下水源源不断地涌出,一个个地下水漏斗正在形成,或早已形成。从黄河在20世纪70年代断流开始,由地表水枯竭而引发的大水荒,便开始转入地下,黄河流域的漏斗面积已高达六千多平方千米,其中,最大的运城漏斗,面积近两千平方千米,换句话说,这等于北方的一个幅员辽阔的县境已经完全变成了陷阱。

时常会遭遇打井的农民。现在,没有经过批准,是不能随便打井的。但天高皇帝远,为解燃眉之急,很多没有得到批准的农民,也依然在偷偷摸摸地干。一个陌生人突然撞见了这样一群农民,是危险的。我感到了危险,他们更加警惕。为打井,这些熬了一夜、脸上掉着土渣的农民,睁着一双双红肿的眼睛,直愣愣地看着我,一脸无辜的样子。他们可能误会了,把我当成一个来制止他们的干部了。我不是干部,也从未想过要干预他们。每次一看到他们,我的心立马就软了。这也确立了我写作的一个基本立场,很多时候,我只能保持一种无动于衷的态度,充当一个视而不见的看客。而我的内心,甚至是偏向他们的。

李成军是河北省邢台市柏乡县西汪乡的一个普通农民。

柏乡县地处太行山东麓冲积平原,介于邢台、石家庄两市之间。县境内现存的唯一一条小河流是午河,属海河流域子牙河水系,注入滏阳河,但常年没水,即使在汛期,也只有很小的流量。李成军说:"要是指望这条河,庄稼早就干死了,用水的时候没水,下雨的时候有点儿水,但不需用水。"这是大实话。柏乡的农田灌溉,长期以来一直使用地下水,是一个典型的井灌区。说到地下水,柏乡人挺自豪,柏乡的地下水资源丰富,水质好。走进柏乡,到处都是水井,吃的是井水,浇地靠井水,这里人,就全靠井水养命了。在李成军的记忆里,他小时候,看着父辈们打井是挺容易的一件事,随便找个地方,挖下去两三米深,那水就咕嘟咕嘟冒出来了,喝起来清甜清甜。随着他年龄的增长,这井越来越难打了。1988年,一口井挖到十五六米深,才见水,水很小,要浸很久,才能用井架提水。又过了十年,这井已经不是靠人力能够打的了,要挖下去一百多米深才有水。说到现在,他连连摇头,他地里原来有口井,花了四万元,打到四百多米深,可浇灌三十亩地,现在已经抽不上水来了。现在要打多深,怕是一里路深也不止了,打这样一口深井,少说也要十万以上。他一个农民,又怎么拿得出这么大一笔钱来?他正在想办法,找几个人一块出钱,合打一口井。

一个普通农民的挖井史,也可算是海河流域、华北平原的一部小型水利史。对于农民,打井是他们最大的水利,是他们的命脉、命根子。而就在他们不断往深里打井时,整个华北的地下水位都在急遽下降。而柏乡县,又正好处在河北宁晋、柏乡、隆尧三县的"宁柏隆漏斗区"。说到李成军他们这个村,不到两千人口,人均耕地还不足一亩,就打了近千口机井,两人就要打一口井,很多井已是抽不上水来的废井,还得继续往更深处打。

是的,这里人早已在超采深层地下水、喝子孙水了。然而,谁知道几十年、几百年之后世界又是怎样的呢,兴许连地球都爆炸了。一个干得嗓子冒烟的农民,他最渴望的是能马上喝到嘴里的水。

2009年,财政部、水利部在全国范围内启动了小型农田水利重点县建设工作。柏乡县抢抓到了国家加大对水利建设投入的机遇,2011年争取到了国家特大抗旱资金220万元,购置车载钻机一套、物探仪一台、自动测墒仪一台、潜水泵及配套设施十套。这些现代化的设备都是用来找水、打井的。欣喜之余,又难免让人倍感悲哀,一个地下水资源曾经那么丰富的地方,在短短的数十年之后,就要用物探仪这种找矿、找石油的仪器来找水了。按国家规定,柏乡县年地下水允许开采量为7199万立方米,但据柏乡县水务局一名官员透露,目前该县地下水每年超采5119.2立方米,这是精确到了小数点的数字,我想应该是来自他们的统计数据。而整个华北地下水超采又有多少呢?这也不是什么秘密,据官方通报的数据显示,高达1200亿立方米,这相当于两百个白洋淀的水量。

我心里十分清楚,发生在这里的一切,也发生在整个海河流域和华北大地上,甚至发生在中国的每一个角落。一句话,这就是中国水危机的现实。

其实,超采地下水的又何止这些农民,如果这些怎么也打不出水来的农民知道了另一种真相,他们一定感到很无奈。在极度缺水的华北地区,高尔夫球场就有上百家。当高尔夫球场用饮用水浇草时,周围村民却无水做饭。

每走到一个高尔夫球场,我的眼睛一下就绿了,一望无际的茵茵绿草,阳光下,球场内的喷头正轮番打开,向场地内喷水浇灌。这一切看上去多么美妙、迷人,很多人还以为这样能够保护生态,其实却是生态的最大杀手。这些高尔夫球场都需要大量的水来浇灌草坪,又由于这是贵族式运动,对水质要求很高,现在地表水污染严重,球场根本不敢用,生怕得罪了贵客,很多球场用的都是地下水,而且超采。他们一天要给草坪浇好几次水,每天早上赶在营业前浇一次水,等顾客过来打球时,草特别绿,也特别好看;中午再浇一次,这是一天中最热也是人最少的时候,浇水对球场运营影响最小,当然,这时候浇水,蒸发量也最大,最浪费水。可以说,每一个高尔夫球洞都是耗水"黑洞"。高尔夫球场除了耗水巨大外,大量使用的农药、杀虫剂和化肥也带来了严重污染。这些化肥、农药被草坪吸收的不到一半,大部分都随雨水从阴沟暗槽里流向附近的水库、河流,有的则渗透到地下。

对高尔夫球场,政府是严格控制的。然而,就像治污越治越污一样,越是严格控制,高尔夫球场也越开越多。2004年国家就明令禁止新建高尔夫球场,在禁令出台前,我国的高尔夫球场还不到两百家,而到了2010年底,全国已建成高尔夫球场六百余家。以北京为例,2004年前,北京市高尔夫球场只有十五家,国家叫停后,总共又开业了四十多家。这近六十家高尔夫球场,一年消耗了四千万吨地下水,相当于一百多万人一年的生活用水。这是一个惊人的数字。根据市区非农业人口的数量,我国把城市分为四个等级,人口在二十万以下为小城市,二十万至五十万为中等城市,五十万至一百万为大城市,一百万以上为特大城市,超过二百万为超大城市。这就是说,近六十家高尔夫球场一年消耗的水量就相当于一个特大城市一年的生活用水。

随着地下水的超采,污染也正在转入地下,特别是打了深井,让原来互不流动的深层和浅层地下水,通过深井交汇在一起,于是,地表和浅层污染物进入了深层地下水中。据调查和检测,三分之一的地下水源遭受污染。而地下水一旦被污染,比江河湖泊等地表水更难以治理,其修复技术极其复杂。我国当前地下水修复处理的技术能力也相当薄弱。

为了保障南水北调工程通水以及京津冀主要城市的供水安全,在调查评价的基础上,国家已圈定了二十多处应急供水地下水源地,应急供水潜力每年为十亿立方米。

对于一个泱泱大国,这点儿水实在太有限了,还不知道能不能保得住。

有人说,华北不仅喝断了黄河,喝干了海河,还喝光了地下水。

有人预言,像这样开采下去,人类以后开采地下水,也许比开采石油付出的代价更高昂。

海河不是一条河,海河其实是中国无数河流的缩影。

四　北京风暴

又是一个被高度浓缩的时间："7·21"——2012年7月21日。

这一天，其实是很普通的一天，一切都显得那样自然平常，但当一个日子被浓缩为"7·21"，就成了一个灾难性的标志。

21日至22日凌晨，北京城区在十六个小时内平均降雨量为212毫米，这是北京自1951年有完整气象记录以来最凶猛、最持久的一次强降雨，总体达到特大暴雨级别，而最大降雨点房山区河北镇高达460毫米，为五百年一遇的特大暴雨。这狂泻的暴雨引发的水灾，也是新中国历史上发生在首都北京最大的一次，超过了1963年8月海河流域发生的"63·8"特大暴雨洪灾。这场暴雨到底有多大？有专家以更直接的方式说，北京这一天就把平常年景三四个月的雨量降下来了，有的地方是一天落了半年的雨，还有的地方，像河北镇，一天就落了几年的雨。

北京市气象台史无前例地在"7·21"一天内连发五个预警，上午九点半市气象台发布第一次气象预警，一开始还只是暴雨蓝色预警信号，上午十点，暴雨准时降临。到中午十二点，天地间忽然什么也看不见了，北京全城犹处暗无天日的午夜，只有狂风的呼啸声和倾泻的雨水声。很多北京人都不会忘记这个让他们印象极深的中午，终生难忘。到下午十五时三十分，北京市气象台将暴雨蓝色预警信号上升到了暴雨黄色预警信号。然而，人类显然低估了这次暴雨的强度。随着雨势越来越猖狂，到十八时三十分，市气象台又将暴雨预警级别上升到橙色。也就是说，在过去的三小时，本地降雨量已达50毫米以上，且雨势可能持续。事实上这一次预警还是低估了暴雨的强度，对这场特大暴雨，气象台应发出最高级别的红色预警，而此时的暴雨已到了六十一年来的最高峰值。

尽管对这次暴雨有相当准确的预报，但一场暴风雨还是让北京遭受了许多未曾预见的考验。有的事物是可以预测的，有的事物则是难以预测的。其实，还有比这更早的预言和警示。在灾难发生之前，我在海河流域采访，当我在天津采访水利部海河委员会高级工程师马念刚先生时，他就一再发出危险的警示："1963年那场洪水虽然已经过去快五十年了，但我们仍然不能有麻痹思想，越是干旱，越是不忘防洪，大旱之后必有大涝，这是海河流域历史上亘古不变的规律。也许干旱的时间会持续很长，但越长，洪水来临的可能性越大……"

一语成谶，没想到这么快，灾难就像报应一样降临了。

北京房山区河北镇，在2012年7月21日之前，这里还是一个名不见经传的地方，也是很少被人们关注的地方，然而，"7·21"，让这里骤然间就成了一个万众瞩目的中心，一个暴雨的中心，北京全市最大降雨点就在这里，460毫米！

用当地老乡的话说："那天的雨下得都邪性了，跟倒水似的。"

暴雨引发房山地区山洪暴发，随着拒马河上游洪峰下泄，这条河也成了人们关注的一个焦点。我在天津采访马念刚先生时，老先生就反复提到了这条河，这也的确是一条不该被忽视的河流。

拒马河，为海河重要河流之一，也是北京市五大水系之一，一说为大清河支流，一说为大清河的干流，海河流域的水系原本就有点乱。这里，还是从她的源头说起。这条河发源于河北省涞源县西北太行山麓，源头水量很小，但沿途两岸的众多沟谷都有山泉水流入拒马河，当这一缕一缕的山泉水汇集起来，竟如此声势浩大。在干旱缺水的北方，这也是一条难得一见的大河了。这是一条古老的河流，古称涞水，大约在汉朝时，改称巨马河，那时候的河水可能比现在还大得多，有水大流急如巨马奔腾之意。后来，河名又逐渐演绎为拒马河。这又与一个传说有关。晋十六国乱世，羯族人石勒，即后赵明皇帝，创造了中国历史上唯一一个从奴隶到皇帝的传奇。为了灭亡晋朝，石勒率师奔赴拒马河，晋朝皇帝也派军在地势险要、水流湍急的拒马河设防。敌我悬殊，这让晋军主将刘坤愁眉不展。他愣愣地望着拒马河奔腾的激流，忽然灵机一动，命人连夜砍树，将削尖了的树桩钉进河里，又在树桩与树桩间缠上一道道绊马索，全部隐藏水中。第二天，石勒率师渡河，却被隐藏在水下的绊马索绊得人仰马翻,趁着石勒的军队一片慌乱,晋军万箭齐发,石勒大败而亡。这条拒马河葬送了一个从奴隶到皇帝的传奇英雄,从此也就叫拒马河了。这不是真实的史实,却也能让人猜测到拒马河当年的水势之大。

事实上,一直到现在,海河流域已是"无河不干,无水不污",但拒马河一直是河北省内唯一一条长年不断的河流,也是海河水系和华北地区唯一没有被污染的河流。这也算是奇迹了。她从涞源一路清澈地流来,水大流急,一路上切割沿途山地。这些山地土壤比较松散,经多年切割,水土流失,逐渐形成两壁陡峭的峡谷,人称百里画廊,沿途有紫荆关、野三坡、百里峡、房山十渡等著名风景区,是北京西南部一条黄金旅游线。但很少有人会注意到,人类欣赏的许多风景,实际上都是大自然的灾难制造出来的。在房山张坊,这也是本次灾难的一个重灾区,拒马河一分为二,南拒马河和北拒马河,在经历了一段分道扬镳的流程后,南北拒马河又合二为一,与白沟河合流后,汇入大清河,归海河,最终注入渤海。其干流长二百五十余千米,在北京市境内干流长六十余千米。由于源头的泉水温度常年保持在七摄氏度左右,拒马河也是北方冬天最大的一条不冻河。

应该说,在整个海河水系,生活在拒马河流域的人们是幸运的,也是幸福的。这里人喝的是清冽、甘甜的纯天然河水,沿岸村民们都是直接把河水挑到自家水缸。如今,还有多少河流能供人直接饮用啊,能喝上这样一口大自然的水,已经是一件很奢侈的事了。拒马河不止供千万人畅饮,沿途还灌溉了成千上万亩的优质良田,这样的好水,自然能长出好庄稼。在拒马河流域有很多长寿老人、长寿之乡,长寿秘诀就藏在一条河流里。这条河,也被这里人视为他们的母亲河,生命之河。

没人感觉到,这干净、温驯的河里藏着惊涛骇浪。等你感觉到时,这条生命之河一转眼也会变成一条死亡之河。

那天,"7·21",这条河流到哪里,就会把灭顶之灾带到哪里。

这突发的洪水看起来是那么偶然,而人类在洪水面前的全线溃败却是一种必然而非偶然。马念刚先生已多次发出危险的警示,海河流域一般都是暴雨洪水,而河流上游又大多是山区,极易引起山洪暴发,引发泥石流等更可怕的地质灾害。

灾难从拒马河的上游河北涞水县就开始了,这里拥有野三坡和百里峡等著名景区,每天都有数万游客。对于即将降临的灾难,很多游客似乎没有丝毫预感,在山雨欲来之前,依然纵情于山水之中。幸亏涞水县采取了应急处置,在第一时间就疏散了一万多名游客,但仍有十三人在洪灾中死亡,另有十六人失踪。这次洪水对于拒马河流域的旅游业也是一次灭顶之灾,洪水冲毁了大量旅游设施、水利设施和公路桥梁。通往野三坡的三条路,在灾难中只剩下一条,这也成了人类唯一的逃生之路。

野三坡景区位于拒马河上游,这里绝美的风景,在一夜之间仿佛变成了绝唱。

这里有三百多家宾馆,大多是本地村民开的,受灾的有两百多家。

一个姓刘的村民也在这里开了一家农家乐宾馆。他对洪水的记忆,是从暴雨开始的。在洪水到来前的几个小时里,暴风雨一直持续不断,断了的是通讯和水电设施,没有电了,电话也打不出去了,手机也没有信号了。人类一下陷入了孤立无援的绝境。这让一向乐呵呵的刘老板也陷入了绝望之中,他只能眼睁睁看着宾馆的地面不断地翻沙、鼓水,那水啊,就像趵突泉一样咕嘟咕嘟往外冒,而原本通向拒马河的下水道,也堵住了,水开始往屋里倒灌。我看了他这依山而建的宾馆,真替他捏了一把汗,又替他感到万分侥幸,一场特大洪水没有引发泥石流,他真是够幸运了。听他说,当时,从山上流下来的水就像瀑布一样往下飞泻,不一会儿,宾馆四周就是一片汪洋了,整个野三坡都变成了一片汪洋。宾馆的地基被水浸泡后,开始下沉。我来这里时,已是灾后半个月了,他这宾馆从地基到墙体都出现了一道道裂缝,一直没有开张。

刘老板说:"还开什么张,这房子不能住人了,成危楼了。"他正在琢磨,也请了技术人员来看,是加固整修还是拆了重建,现在还没有定。无论采取哪一种办法,这钱是少不了的,对他来说,这就是实实在在的损失啊。

当我问起他是什么时候听到灾情预报的,他一下气呼呼地喊起来:"没有任何人通知我们洪水要来,也没有谁要我们做好准备。"

我吃惊地看着他。如果他说的是事实,这就是一个让人震惊的事实!对这样一场灾难,老百姓居然没有接到任何预警。

刘老板的话也许是真话,我很快就在一个姓丁的老板那里得到了证实。丁老板也在百里峡开了一家农家乐宾馆,还有一家不小的超市。这里是野三坡的重灾区,他也同样没有得到任何灾情通知。如果得到了通知,他就可以提前做好准备了。结果,在洪水袭来时,他只能带着游客们躲进山里。那时已是深夜,什么都看不见,只听到轰隆隆的波涛声,接着是楼体钢筋断裂的咔嚓声,在瓢泼大雨中,所有人都被这些声音吓得发抖,就怕一个浪扑上来,什么都没了。好不容易挨到第二天天亮,狂风暴雨终于停歇了,他这才带着游客回到宾馆。哪还有什么宾馆,所有人一下被眼前的景象震惊了。他盖在这里的四千多平方米的宾馆和超市,在洪水冲刷下只剩楼基,这也让他和那些游客看到了洪水有多大的毁灭性力量,简直毁灭得比一场地震更彻底。

这可是一个农民几十年挣下来的五百多万资产啊!一夜之间全打了水漂。一夜之间,他就从一个拥有五百多万家产的老板变成了身无分文的穷光蛋。这场灾难,没有给他留下任何东西,还在他双腿上留下一道道难以愈合的伤痕。听他说,这都是那晚他在洪水中解救游客时受的伤。不过,老丁也是一个很乐观豁达的河北汉子,他说,幸亏把游客从宾馆里转移到了山里,要不,房倒屋塌,这些游客全完了。现在,尽管已身无分文,但他儿子、儿媳和孙子,一家人全都安然无恙。只要人还在,还有这片地基在,这房子他可以重建。没有钱,就借,挣了钱,再还。

看他那神情,不像是重建一幢房子,而是要再造一种生活。

告别了这两位开农家乐的老板,我又走到另一个灾难的现场——涞水县王村乡下庄村附近。这里是涿张(涿州——张家口)高速公路第七段修建工地,在这里施工的是中铁集团的一个施工队。在暴雨降临之前,这里的工人倒是提前得到了通知。21日上午,就有施工管理人员来工地通知工人,说可能要发水,让他们尽快撤离。但工人们对"可能要发水"似乎有些满不在乎,还有些经历了不少风风雨雨的工人觉得,就算发水,最多也就是房子进点水,没必要躲避。这里很多工人都是带了家属的,拖家带口的,他们也不想挪窝。灾难是在 22 日凌晨两三点钟降临的,那也是劳累了一天的工人睡得最沉的时候。拒马河的巨浪就在人类的沉睡中席卷而来,一场洪水把工地冲成了废墟。没有人看见那场洪水是怎么席卷而来的,但很多人都看到了灾难留下的现场,洪水将厚达半米的水泥路面都拧成麻花了,几十棵比腰杆粗的大树被连根拔起,扔在山坡上,一辆辆十几吨重的挖掘机被洪水裹挟着砸向桥墩,把一个个钢筋混凝土桥墩砸得稀烂。这河边,原本建了一排彩钢板简易房,作为工地工人和家属的宿舍,洪水过后,只剩下了一间被树枝和流石撞击得破烂不堪的简易房,所有的一切都被卷得干干净净,卷走的不止东西,还有人,十多名工人被洪水卷走了。

不幸中的万幸,当时有人提前惊醒了。一个叫黄安杰的工友在洪水涨起来的时候,还冲进去抢救了好几个家属和孩子。当他还想冲进洪水多抢救出几个人来时,一个浪头打过来,黄安杰忽然就不见了。

洪水,啥叫洪水,一个浪头,一下就能把你打到另一个世界。

洪水退去之后,经过反复寻找,被洪水冲走的十几个人中已经找到了三个,而黄安杰和其他的失踪工人却一直没有找到,不知他们被洪水冲到哪儿去了,不知是死是活。

谜底在北京十渡被揭开,这也是拒马河流域的一个著名景区。美丽的拒马河,每天都把络绎不绝的游客吸引到这里。和野三坡一样,这里同样经历了一场暴风雨,但和野三坡、百里峡最大的一个不同是,这里提前得到了预警,十渡景区的村民和游客在洪峰到来前都及时撤离到安全地区,没有出现遇难者。灾难发生后,很多人都看到了那悲惨而恐怖的景象,一具具尸体从拒马河上游顺流漂下来。

据十渡镇平峪村一个叫隗全的村民回忆,7 月 22 日中午,洪水刚刚退走,他去村西桥查看水势,水势不大了,但水里的一个人头把他吓坏了。桥墩处,一个男子的头部露出水面,正眼睁睁地看着他呢。他赶紧把这事告诉了村委会,村主任蔡丰满很快就带着四个会水的汉子赶到了。几个人游到了桥墩下,才发现那男子的大半截身体都陷在淤泥里,几个人费了老大的劲,才把一具尸体从淤泥中拔出来,抬到了岸边。仔细察看之后,他们发现这人不是本村的村民,很可能是从上游野三坡冲来的。由于当时十一渡桥和十七渡桥均被冲断,十渡镇十九条公路全被冲毁,平峪村已成了一个被困在洪水中的孤岛,几个人猜测,就算死者的家属来寻找,估计短时期内也无法抵达这里。蔡丰满担心天气炎热会让尸体腐败,便决定暂时将尸体掩埋。过了两天,中铁集团一工程项目的三位负责人几经打听,终于找到了这里,他们想看被掩埋的人是不是他们失踪的工人。这一看,果然就是他们失踪的工人,不是别人,就是连救了几个人后被洪水冲走的黄安杰。

看到黄安杰的尸体,很多工友一下就哭了起来。一个和黄安杰同事多年的工友在河边嘶声号哭,他不只是为黄安杰而哭。黄安杰找到了,可他自己被洪水冲走了的妹妹、妹夫以及孩子都还没有找到,还不知是死是活。他还得继续沿着这拒马河一路找下去。还有很多工友走到河边,往河里倒了三瓶二锅头,这是黄安杰生前最爱喝的酒,也是一个农民工能喝得起的酒。这些活着的工友,以这种方式祭奠死去的工友。很多工友都想起了黄安杰常说的一句话,我得挣钱哪,拼命挣钱,等挣够了钱就回家给媳妇盖间房。惨哪,这四十五岁的陕西汉子,一辈子在外做苦工,就想给媳妇盖间房子,没承想就这样死了。他的梦想,这辈子是没法实现了,等着他的,只是故乡山坡上的一个土坑,一座即将隆起的坟茔。

我和那些寻找失踪亲人下落的人一样,也一直沿着拒马河往下游走。走到拒马河下游的张坊镇,也就是拒马河一分为二的地方,这里被洪水冲毁了一千多间房屋,而当时,几乎所有的房屋都被洪水淹没了。淹没,就意味着要逃离,可以说是逃亡,也可以说是逃生。要在洪水中逃出一条生路来,每个人都有刻骨铭心的记忆。

回忆起当晚逃生的情景,张坊镇南白岱村村民王友利还在下意识地发抖。

他发现屋里开始进水,是晚上九点左右,天早已黑了。开始还有电灯,但很快就断电了,他猜测,肯定是电线被暴风雨吹断了。黑咕隆咚的,什么也看不见,只感觉屋里的水越来越大,桌子、椅子都漂起来了,很多东西碰撞在一起,稀里哗啦地。这时候,屋外也传来断断续续的呼救声,不知是谁被大水冲走了。在洪水的呼啸声中,还有各种嘈杂混乱的声音。危急中,王友利第一个想到的是九十多岁的老母亲。他急忙冲进母亲的房间,屋里的水已经和炕一样高了。好在他当时还不太慌乱,还挺冷静,在猛涨的洪水中,他先站到了炕上,用双手抱起母亲,让母亲坐在窗台上,又用自己的身体托起母亲。但洪水涨得比他想象的还要快,很快就淹过了他的胸脯,又淹到了颈部,他只能仰起脑袋来呼吸了。这时,被吓坏的老母亲坐在窗台上呜呜地哭了起来,王友利又一次仰起头,用双手托起母亲的腿,又不停地叮嘱她用力抓住窗框顶端,他自己站在水中,一边仰头呼吸,一边使劲保持身体的稳定。母子俩就这样坚持着,盼着有人来救援。这样,也不知过了多久,谢天谢地,屋内的水位终于不再升高,这至少可以让他露出脑袋来保持呼吸。然而,这时突然传来两声轰响。房子!老天啊,他们家的房子呼啦啦地斜着塌了下来。又万幸的是,老天爷也许被他的孝顺感动了,眼看着塌下来的天花板从窗台边擦过去,却只是将母子俩身上擦破了皮。房屋倒塌后,反而让他们有了救命的稻草,一截房梁斜着浮在两人身旁。王友利叮嘱母亲抱住这房梁,伏在水中,他自己则踩着倒塌的墙垣去查看外面的情况。他知道,这样下去不是个事,他想给老娘也给自己找一条逃生之路。看到母亲那悲伤而绝望的眼神,王友利感到自己的眼泪都快掉下来了,那分明是一种生离死别之感。他在洪水的咆哮声中大声对母亲说:"妈,你老放心啊,我不会抛下你不管的!"

就在王友利在淹过了脖子的洪水中用手托举起九十多岁的老母亲时,南白岱村村民卢勇一家也正在洪水的围困中。卢勇还很年轻,三十刚出头,反应也很敏捷。他没经历过洪水,听见滚滚而来的洪水声,他也没感到太害怕,径自朝门口走,想看看洪水是啥样子。他把围墙上的铁门打开,刚一打开,呼——!一股水流从门外扑来,他赶紧把铁门关上。那关得很严实的铁门又被一股巨大的冲击力猛地推开了,不到一分钟,一堵围墙就被洪水冲塌了。顷刻间,洪水铺天盖地而来。卢勇急忙退回屋里,赶紧把两岁的女儿放在塑料大盆里,让大盆浮在水面上。他和妻子找到一架梯子后,一起抬着大盆爬上了屋顶。不一会儿,洪水就漫上了屋顶。卢勇现在知道什么是洪水了,他浑身都在发抖,但没有惊慌失措。此时,他心中只有一个念头,不管怎么样,他都得把她们母女带出去!好在,卢勇水性还不错。他让妻子先在这里等着,自己一边踩水一边推着装着女儿的塑料盆,往地势较高的地方游去,一连踩过几家邻居的屋顶后,他终于把女儿带到一户地势较高的村民家中。等他再回头去救妻子时,眼前变成了一片汪洋。他定了定神,随手摸到一根五六米长的水管,在漫漶的洪水中辨别着他家里的方向,那个家是根本看不见了。他一头扎进大水里,大约游过了半里路,抱住了一根电线杆,但眼前只有滔滔洪水,茫然四顾,妻子又在哪里呢?一道闪电蓦地一闪,他看见了,妻子正紧紧地抱着一棵树,不远,也就离他三米来远。水流又大又急,三米多远,却形如天堑,他再也过不去了。卢勇还真是聪明,他早有准备,带来了一根五六米长的水管。他将水管伸了过去,妻子抓住了水管:"抓紧,抓紧啊!"他一边叮咛,一边使劲,把妻子从风浪中拉了过来,又带着妻子一起游到了那家地势较高的村民家里。当时,很多村民都聚集到这里。平常日子,这都是低头不见抬头见的街坊邻居,但他们的命运从未像现在这样靠在一起,挨得这样紧。那刚从水里捞起来的女人,第一眼就看到无忧无虑地吮着指头的女儿,接着又愣愣地看着还扶着自己的丈夫,然后用牙齿使劲地咬了一下自己的指头,忽然哇的一声就哭了起来。这晚,妻子抱着卢勇哭了大半夜,哭成了一个泪人儿……

王金荣,这身高只有一米五左右的矮小女人,在那个灾难性的夜晚却差不多成了一个英雄。晚上六点左右,天淡黑时,原本一直在提醒村民转移的大喇叭突然哑了。随即就听见轰的一声,像打了一个炸雷,又看到一个人头大的火球在雨中腾起,刹那间,全村所有的灯光一齐熄灭了。后来人们才知道,不是打雷,是架在村北头的高压线突然爆炸了。好在这时天还没有漆黑,积水还不太深,王金荣在村里开了一家小超市,她正忙着往高处搬货物。

也就十几分钟,水已漫过王金荣的腰,她身边的货物都在水中打转了。她还不死心,还想多抢出几样值钱的家伙来,又听见轰的一声,骤然升高的洪水猛地撞在门窗上,门窗一下爆裂了,外面的大水呼啦一下全灌进了屋子,一下就漫过了她的脖子。到了这时,王金荣知道什么东西也抢不出来了,还是赶紧把自己一条性命抢出来吧。眼看着屋里屋外都是汹涌的大水,想要逃生已没有了路,整个村子都灌满了大水,只看见汽车和各式各样的家具噼里啪啦在洪水里翻滚着。她赶紧抓住门前的铁架子朝屋顶上爬。好不容易爬上房顶,还没顾上喘口气,她就听到有人在房下喊救命。她看到了,那是在自家房后卖烧饼的外地女人刘艳萍,刘艳萍被洪水淹得只剩下一个脑袋了,但她举过头顶的双手中还托着刚满一岁的女儿。王金荣正想着怎么去救她时,刘艳萍凄厉地喊道:"快点儿啊,别救我了,救救我的女儿吧!"

可怎么才能把这母女俩救上来呢?幸亏,这时候又有一个汉子爬上了屋顶。这汉子死死地拽住王金荣,王金荣连身子带手一齐伸向洪水里的刘艳萍,刘艳萍也在努力向他们挨近,这样,王金荣抓住了小女孩,把小女孩救了上来。随后,两人又一起使劲,把刘艳萍拉上了房顶。刚救下这母女俩,又看见一个人在洪水中挣扎,是村里的一个傻子。王金荣又招呼几名邻居,把那傻子也拉上房顶。

说到这事儿,王金荣说,再傻,那也是一条命啊!

在接连救了几个人之后,王金荣忽然觉得冷飕飕的,感到哪里有点不对头,扭头一看,自己身边还趴着一条一米多长的蛇。这条蛇好像也被洪水吓傻了,趴在房顶上一动不动。王金荣的腿都吓软了。这水闹的,连蛇也在逃命了,一条蛇,那也是一条命啊!

就在王金荣等人正在屋顶上躲避洪水时,房山区霞云岭乡庄户台村的鱼骨寺生产一队,却连躲水的屋顶也没有了,洪水引发了一场泥石流,顷刻间就将半山腰的房子连人一起掩埋了。

鱼骨寺生产一队的许多民房就建在云岭的半山腰上,这里的村民大多是一些老人,很多青壮年都搬到山下去了。这些老人在这里住了一辈子了,住惯了,都不愿搬走。他们住的房子也和他们一样苍老,大都年久失修,很多是危房。在泥石流发生之前,当晚七点多钟,村支书任全顺带着几个人冒着大雨来到村子里,劝这里的老人赶紧撤离。有的老人撤离了,但八十九岁的郑大爷和他八十八岁的老伴就是不愿撤离,村里的干部已来通知多次了,最后一次来,老两口把院门锁着,根本就没让他们进门。对这两个老人,村干部还真是没有办法,你要是采取强制手段,他们年岁都这样大了,你若惹急了他们,一口气接不上来,那事儿就大了,人命关天啊。几个村干部只得暂时退走,刚走了二十多分钟,轰的一声,就跟天崩地裂似的,紧接着就看见一座山呼啦啦像被撕烂了一样地垮下来……

这一幕被一个叫陈新忠的村民看见了,他目睹了泥石流发生的全过程,眨眼间,半山腰的很多房子都被塌下来的泥土与石头捂住了,他说:"晚一步,我也被捂在山脚了!"

那任你怎么劝也不愿撤离的老两口就这样被泥石流活埋了,但陈新忠和二十多个乡亲还是很快就赶到了事发地。老两口的房子是看不见了,只有一大堆烂泥和石头。这时,雨下得更大了,呼啦啦的声音一直不断,一听这声音,就知道有石块从山顶上滚下来。但这些老乡没有退走,都在扒着石块救人。还真是听到了从乱石底下传来的微弱的求救声,乡亲们把一块块石头搬开后,将郑大爷救了出来,这老汉的生命力还真是顽强,没事,活着呢。接下来,又在一米多深的乱石堆下找到了老太太的遗体。这活了八十八岁的老太太,虽说很早就想到了死,也为自己的死提前做了多年的准备,这被泥石流埋葬了的屋子,有一间是老两口专门用来放棺材的,可谁又能想到,她竟然会以这样的方式撒手人寰呢。

在房山,还有多少生离死别的故事?

一个十九岁的女孩抱着一棵树,天上暴雨如注,脚下洪水滔天。她叫晓涵,家住房山区石楼镇支楼村,然而她死死地抱着的,却是下坡子村的一棵树。而此时,她的亲人就在对岸,她一直在暴风雨中向父亲呼喊:"爸爸救我!爸爸救救我啊……"

她的亲人们是眼睁睁地看着她被冲走的。隔了三天,父亲再次见到了女儿,一个鲜活美丽的女孩已经变成了一具尸体。这坚强汉子哽咽着说:

"孩子的模样已经不能看了,身上缠满了草,我不敢认。最后我看到了她脚上黑色的指甲油,所有的希望都没有了。"是的,他一直盼着女儿被冲走之后还活着,哪怕被列入失踪者的名单,也还有一线生还的希望。然而,他十九岁的女儿,最终却成了这次灾难的六十六名死难者之一。

晓涵的父亲说,他们是个单亲家庭,但涵子从小就很独立,没有单亲孩子的敏感,她聪明、冷静,遇事有自己的决断。这至少在从女儿被洪水冲走到找到女儿下落的三天里,让一个父亲满怀侥幸的期待,他觉得女儿应该没事。出事的那天,7月21日,是她第一天上班的日子。她还是个学生,但暑假里总要打工挣钱。早上五点多她就上班去了,再听到孩子的声音,就已经到晚上六点多了。当时,雨下得很大,晓涵的阿姨和妹妹开车接她回家,回家的路上有个大水坑,她们不敢过,就绕到了下坡子,离家就三四里地了,谁知道碰上了山洪,一下就把车给掀了。她阿姨打开车门,头没伸出来就被一股浊浪卷走,紧接着,妹妹也被冲走了。涵子还算冷静,她小小心心地爬出车门,又爬到了车顶,恰好有一棵树,她一把抓住了,一棵胳膊粗的杨树,这是她最后的救命树,她一直死死抱着这棵树,就像抱着自己的命。然后,她就给父亲打电话:"爸爸救我!爸爸救救我啊……"

当时,晓涵的父亲贾东辉还在城里,他一边往家里赶,一边赶紧打110、119,打电话给亲朋好友:"你们救救晓涵!"一个朋友接到电话,开着三轮车最先赶到了,那时候是晚八点左右。他离晓涵只有五米了,这已经是离一个生命最近的距离了,但那么大的雨,漆黑一团,根本看不到人。听着孩子不住地喊救命,人却根本过不去。很快,接到电话的其他亲人也都赶到了河对岸。他们离晓涵五十多米远,也只能眼睁睁地看着一个十九岁女孩死死地抱着一棵树,谁都没办法越过那条洪水河。每个人都在对岸喊:"坚持,晓涵,坚持啊!"此时,天地间,不只有洪水的呼啸声,连空气也在呼呼地流动。这喧哗的世界有了太多的嘈杂,而人类的喊叫声是那样卑微、弱小,估计晓涵是很难听到了。但在她生命的最后,她努力了,足足坚持了一个多小时。如果那棵树不倒,她还能坚持,她想活。晚上八点多钟,那棵被她死死抱着的树被洪水冲倒了。黑暗中,再也听不到一个十九岁的女孩在风雨中的呼唤……

晓涵的父亲在暴风雨和洪水的阻挡下，不知绕了多少弯子，才赶到女儿出事的地方，此时已是半夜十二点了，离女儿的声音消失至少有四个钟头了。然后，就是寻找，他和亲人们一刻也没停地找了三天。晓涵的阿姨找到了，妹妹也被人救了，但晓涵没有她们幸运，她走了，就埋在她出事不远的地方。

……

这一个个悲怆的故事，只有一个共同的灾难性背景——"7·21"。奔腾的洪水在狂风暴雨中穿过紫金关峡谷，冲进拒马河，那声音像一连串的惊雷，而天上又真是电闪雷鸣，这让很多人都分不清哪是雷声哪是洪水奔腾声。——据后来水文实测的准确数据，洪水是以每秒2570立方米的流量冲入拒马河的。而暴雨和洪水的强度，据说超过了五百年一遇。洪水中，有的人瞬间就沉没了，有些人没有沉下去，他们和树枝、漩流纠结在了一起，但除了人类的自救和相互拯救，没有任何一样东西可以成为人类的救命稻草。

在灾难发生之前，走在韩村河的街道上，感觉不到这里还是一个乡村。我在2007年秋天就来过这里，仿佛走进了欧洲的某个小城镇。在这里我甚至呼吸到了北方最湿润的空气，这不是来自河流的水汽，而是来自树木的水汽。有了葱茏树木的掩映，一幢幢农家别墅或状如别墅的小楼才会显得如此静谧。走到了这里，才知道一个先富起来的乡村是什么样子，韩村河是北京郊区最富裕的乡镇之一。让韩村河人倍感骄傲的是，2000年5月，中央政治局常委、国务院副总理李岚清来韩村河视察后说："全国农村的发展要都达到韩村河这样，我国的第三步战略目标就实现了。"

然而，韩村河人用了三十多年打造的一切，在一场暴风雨中就沦为了灾难的现场。当时，这里的交通、电力、供水、供气全部中断，整个世界几乎都在一场暴风雨中瘫痪了。而这场灾难也留下了一个值得铭记的名字——韩村河镇副镇长高大辉。

如果将时针拨回7月21日上午，按照上级防汛预案，高大辉正随镇领导班子成员一起到西部山区检查落实一些防汛的险工地段。山雨欲来,空气中飘荡着很浓的水汽。大雨是在中午过后降临的,随后雨势突然转急,然后就是狂风、闪电、雷鸣,这如同世界末日来临般的景象,笼罩了整个韩村河。在一阵紧似一阵的狂风中,暴雨也在不断加大。按镇防汛指挥部下达的任务,高大辉包片负责东周各庄和七贤两个村,他在两村之间来回奔波,带领几个镇干部、村干部挨家挨户地转移群众,尤其是怕有遗漏在这里的村民。若在平时,这两村也就在咫尺之间,然而,一场暴风雨却把这个世界变得如此狰狞,几分钟的路,一个小时也走不到,甚至根本走不动了。下午四点多,韩村河更是风狂雨骤,夹括河、牤牛河的洪水一起暴发,狂风、暴雨、雷电、洪水,这所有的灾难仿佛叠加在一起了,它们带着对人类的一种恶意的嘲笑,仿佛要把每个人撕成碎片。而你只能顶着暴风雨,或驱车,或步行,奔走在越来越深的洪水中,随时都有翻车或滑下深坑里的危险。别说人类,连山体也像被地震震毁了一样大面积垮塌,山脚下的东周各庄危如累卵。泥石流和洪水决堤随时都有可能发生,必须把所有的村民转移到安置点,一个也不能少。高大辉一直冲在最前面,也只能冲在最前面。而此时,全村已经停电,大雨把天都落黑了,能见度只有几米。此时,那些犹犹豫豫一直不愿意转移的村民们已经陷入一片恐慌、绝望之中,高大辉冲出雨幕,出现在村民面前,他高声喊道:"大伙儿不要慌,有我在这儿,大伙儿放心!"

当东周各庄的村民全部转移到了安全地点后,高大辉也已经连续工作了十三个多小时。此时,夜深了,但他根本顾不上极度疲惫、严重透支的身体,又只身一人驱车前往七贤村,去救援那里被洪水围困的村民。谁也不知道,这段他最熟悉的路,就是他生命最后的一段路,一段不归路。

后来,据参与七贤村抢险的工作人员回忆说,高大辉在驾车赶来的路上,一直都在不停打电话询问七贤村还有多少老百姓没有转移出来,快,快!……他一路上都在不停地催促。而后,这声音在暴风骤雨中突然消失了,无声无息地消失了。而当时,所有的干部都在忙着转移群众,数小时后,所有的村民都被安全转移。他的同事们还不知道高大辉已长眠于浑浊的洪水中,救援队员们仍在等待和他赶赴下一处受灾点,但他的手机怎么也打不通。随后,电信网络也中断了,整个世界仿佛都变成了盲区。

直到7月22日下午两点多钟,高大辉已失踪了十七个小时。人们被一股不祥的预感笼罩着,而最揪心的一幕终于出现了。在石楼镇双孝铁路桥西侧,一辆被淹没的车中,一个永远定格的画面,高大辉还坐在车上,手里紧握着方向盘。他显然是想加大马力从洪水中突围出来,然而这是一次注定无法完成的突围。后来人们根据时间推测,大约在当晚九点钟,高大辉驾驶的车辆被困于长周路石楼镇红绿灯铁路桥下,车门被洪水巨大的压力死死挡住了,他无法打开,只能竭尽全力地突围,但无情的洪水却不停地涌进驾驶室,最终,汹涌的大水淹没了他的汽车。韩村河的水势回落后,这悲怆的一幕才浮出水面……

同样是"7·21"那个电闪雷鸣的暴风雨之夜,又一个生命在此定格。

对于很多人来说,那是他们有生以来经历的一个最恐怖的夜晚。多少年没有见过这样的狂风暴雨了,五百年一遇,谁又见过呢,谁又能活五百岁呢?燕山向阳路派出所所长、四十五岁的李方洪同样也没有见过。当很多人瑟缩发抖地躲进自己的屋子里时,他却只能一头扑进风雨中,以作战的速度奔向辖区内的凤凰亭村。警察的职责,让他在暴风雨中只能义无反顾。

在老乡们的眼中,这是一个平时看上去很有几分威严的警官,而现在,他显得更严厉了。他是奉命而来,房山区在同一天已连续两次下达行政命令,根据预案,组织拒马河、大石河流域两侧群众向安全地带转移,对拒不撤离的群众,必须果断采取强制措施!事实上,在两次命令下达之后,大多数村民已经撤离了,但还是有很多村民不相信一场致命的暴风雨会真正降临。这里干涸得太久了,干涸了几十年了,有的人从出生之后就没有看见过大雨,而对于暴雨、山洪、泥石流什么的,用北京市新闻办主任王惠后来的话说,那是在小说里见过的。也正是因为这个原因,许多老乡还没有撤离。尤其是那些个自以为经历过风雨的老人,更是不愿撤离。然而,当汹涌的洪水随着暴风雨一起降临,他们想要撤离已经没有了出路,只有一条退路,退回自己家里,把院门、大门死死地关紧。这是人类在危急中的一种恐惧的本能反应,谁又想过这一扇门能否抵挡住五百年一遇的洪水?

李方洪要干的事其实很简单,就是在暴风雨中挨家挨户查看是否有被困人员。从一扇门到另一扇门,必须使劲敲门,甚至拼命捶门。风雨声和洪水的咆哮声太大了,雷声太大了,这个世界上已经没有别的声音,而躲在屋里的老乡们仿佛也被吓傻了,不这样使劲地捶打,他们根本听不见暴风雨中还有别的动静。就这样,李方洪和两个同事发现了六十多名被困在洪水里的村民,把他们转移到村里地势较高的一户人家,等待冲锋舟把他们转移出去。然后,李方洪又去村东头的院子里查看。水浪拍击着冲毁的墙垣,雨势不断加大。李方洪顶着狂风暴雨一扇门一扇门地拍着,喊叫着,在暴雨肆虐的声响中,他听到了呼救声:"救命哪,快来救命啊!"幸亏他来了,这里还有好几个村民,大都是老人和孩子。有的老人已经找出了逃生用的大盆子,有的孩子已经被装在木箱里,这是老一辈人的逃生办法,现在又被他们搬出来了。看到老人李方洪一躬身,背起来就走;看见孩子李方洪一弯腰,抱起来就走。

李方洪在暴风雨和洪水中来回奔波了大半天。当他把几个老人和孩子背出来时,累得站都站不起了,但他刚一歇下,立马又开始担心,是不是还有遗漏的村民呢?这是致命的担心。很快,他又和两个村民用一根绳子相互拽着,一个警察和两个村民真的就像是拴在一条绳子上的蚂蚱,这时洪水已经漫过了胸脯,深的地方淹到了脖子,仰起脑袋才能呼吸。三个人,紧贴着墙根,逆着湍急的水流,一步一步地摸索着前行。快到村口了,前面的墙被洪水冲倒了,连个扶的地方也没有,走在最前面的李方洪把绳子交给一个村民,说:"还是我先来吧!"这是他说过的最后一句话。然后,两个村民就看见他逆着水流继续往前走,走了两步,他先扶着路边的一根水泥电线杆,然后又往前探着身子,当他伸手够着前面那根用来固定电线杆的斜拉线时,突然迸发出了一团火花,在那个暗无天日的夜晚,火花迸射得无比灿烂,像闪电一样。李方洪扑通一声就倒在水里了,水花四溅,他的手还被吸在那根金属斜拉线上,而无边的黑暗随之又重新降临。两个村民站在洪水中,不知道到底发生了什么事,他们连喊了好几声都没应答。他们猜测,李方洪很可能是触电了。当时,这两个村民吓坏了,眼前黑漆漆的一团,什么也看不见,只好回去搬救兵。等到救援人员赶来时,李方洪的身体已经僵直了。这僵直的身体倒在洪水中,看上去比平时还要高大。

这就是一个警察、一个派出所长度过的最后一天,他帮助六十多名被困村民转移到了安全的地方。最终,村民无一伤亡,而他则成了这次灾难中六十六名死难者之一。

李建民,也是这次灾难中六十六名死难者之一,生前是密云县大城子镇镇长,一个最基层的政府首长。在这场灾难中,他还有另外一个临时的但非常重要的职务,大城子镇防汛指挥部指挥长。身为指挥长,他既要坐镇指挥部,对全镇防汛抢险、抗洪救灾工作进行统一调度,还要随时奔赴第一线,去处理那些随时都可能发生的危机。

事发前一天,7月20日下午,镇里就接到市区预警通知,21日当天会有大到暴雨。当时就是这么说的,后来的事实证明,这已经是非常准确的天气预报,但谁又能想到北京遭遇的是六十年不遇的暴雨呢?更有谁能想到,有些地方的暴雨竟然达到了五百年一遇呢?许多事都要等到后来发生了,你才知道。李建民接到预警后,便在第一时间部署,第一要做的是通知!要快之又快!全镇一万七千多人,六千多户,手机短信、广播、电视、电话……一切可以用的通信手段必须全部用上,对偏远的村屯,要派干部入户通知,绝不能有信息盲区,要通知到每个人!

这就是李建民办事的速度,这个速度是一级政府的速度。这也是李建民办事的风格,凌厉、果断、说一不二,你也必须雷厉风行地去执行。但在平时,李建民不是这样的,他总是笑呵呵,见了谁都笑呵呵的,像个弥勒佛。而每到紧要关头,他就变得这样凌厉而果断了。在暴风雨降临的前夜,整个世界一片死寂,电话显得特别响。20日这一夜,李建民就在接电话和等待电话的紧张状态下度过,连神经末梢都绷紧了。

7月21日,这是灾难性的一天,也是四十六岁的李建民在这世界上度过的最后一天。这天一大早,天气就显得十分闷热。李建民起了个大早,先驾车把在河南上大学的儿子小安送到机场。据小安后来回忆,父亲一路话并不多,只是一些常规性的嘱咐。这种离别小安经历得太多,根本就没把这次的离别当成一次离别。但没想到,正是这看似寻常的一次离别,却成了父子俩的诀别。和小安一样没想到的还有李建民的同事。这天早晨,李建民早早就走进了镇办公楼三楼的防汛指挥部。如果说一个生命临终之前会有什么征兆,在他身上却没有丝毫表现,他的同事们也没有看出丝毫不祥的兆头。每个人都紧张地忙碌着,忙碌而又显得特别寂静,每一次巨大的灾难降临之前,都是寂静的。

雨是从中午开始下的,李建民看了一下壁钟,十二时四十分,但雨下得不大,像北京以前的雨一样,淅淅沥沥的。这让很多人的神经放松了一点。如果只是这样一场小雨,哪怕下得更猛烈一些,也没事,这对于经历了漫长干旱的北京,甚至是一场及时雨,一场渴盼已久的甘霖。这雨下了一个多小时,下午两点,李建民站起来了,带着干部们去各重点区域排查隐患,并再次确认关键要害处的准备是否到位。

在防汛抢险方面,李建民是有丰富经验的。他已经不是第一次经历暴雨山洪了。同北京别的地方相比,大城子镇是一个暴雨山洪频发的地方。去年7月24日的洪灾中,李建民就险些被洪水卷走。大难不死,这让他更感到了洪水的危险,更担心老百姓的安危。在一年时间里,大城子镇兴修了大量水利工程,防洪抗灾能力提升了一个层次。如果不是这样,大城子镇也不可能安然度过这次六十年不遇的特大暴雨。这是前提,也是后话。

大城子镇有三个小塘坝、两个小水库和三个重点村,都是最容易出状况的地方,这也是李建民最不放心的地方。李建民把这些地方一一查看了一遍。雨不大,但天气依然闷热。每到泥石流易发区、重点工程工地、险要路段他都要一一检查,车开不过去的地方,再远,他也要徒步走过去。他身上的衣服全湿透了,汗水和雨水都有。当看见每一个节骨眼上都有镇村干部防守着,就像严密地把守着一道道关卡,抢险应急物资也准备得很充足,他才稍稍放心了。他叮嘱了一番,又走到聂家峪村村民杜德宝家里。杜家离河只有一米之遥,暴雨过后一旦洪水成灾,杜家肯定是首当其冲。李建民询问了杜德宝家的一些情况,给他交代了一句话,真有险情发生,赶紧转移,财产可不要,但不能不要命啊!就在李建民走后三个小时,小雨就变成了大雨。在一场更猛烈的暴风雨来临之前,杜德宝一家立即转移了。当他后来听说,就在他们安全转移时,镇长走了,永远地走了,这位纯朴的农民眼泪哗地一下冒了出来,他感到太突然了,他哽咽着问:"我们安全了,可镇长咋走了?"

事实上,李建民在杜家待了不到十分钟,刚沏的一杯茶还没来得及喝,就匆匆地走了。他接到电话,要赶回镇里参加县防汛视频会。就在开会的时候,大概是下午四点钟,雨越下越大了,而镇气象部门的测量数据也及时传来,降雨已达 30 毫米。李建民走到窗前,看着雨势不但没有变小,反而有越来越大的趋势,他再次果断地做出决定,要求立即对险村、险户进行提前转移。一个行政主官能否果断地做出决定,第一就要看他是否有丰富的经验。李建民做出这个果断的决定,就是他从大雨的来势看出了这雨会越来越大,事实上,他当时的决策是对的。如果再等几个小时,等到雨量到了 50 毫米再转移群众,就是深夜了,转移难度和老百姓的风险也就不知会大多少。

除了经验,还有一个更大的考验,你敢不敢承担责任?李建民的果断决定其实也是要冒很大的风险的,转移群众并非越早越好,毕竟这是兴师动众的事。对老百姓来说,让他们拖家带口地转移,是很费力的事,对于政府而言,要妥善安置这些老百姓的吃喝拉撒睡,也要付出极大的代价。因此,什么时候该转移,也早有应急预案。按上级的预案,实施转移的雨量数据要求是 50 毫米。李建民却打破了这一决定,让全镇八百多人赶紧转移。虽说他有丰富的经验,但毕竟天有不测风云,如果最终没有达到实施转移的雨量数据,他必然要面临上级的问责和群众的怨声载道,甚至有可能引咎辞职。换句话说,如果按上级的规定严格地执行了,实施了,就是给老百姓带来了再大的损失,死了再多的人,他也不必负责。这其实是最考验一个指挥者和决策者的。李建民已经做出了自己的抉择。

他的这一抉择很快就被证明像真理一样正确。几个小时之后,在晚上八九点之间,仅仅一个小时大城子镇的平均降雨量就达到54.2毫米。随后降雨量猛增,从7月21日晚到22日凌晨这段时间,全镇降雨量为206毫米,超过了实施转移雨量标准的四倍。由于李建民果断地决定在天黑之前提前转移群众,大城子镇在这次特大暴雨灾害中创造了奇迹,零伤亡。不,有一人死亡,就是李建民本人。

21日,大城子镇副镇长陈祥庶一直跟着李建民。据他回忆,到晚上七时五十分左右时,李建民在第二次县防汛视频会上汇报完大城子的情况。就在刚刚汇报结束,李建民还没坐稳的时候,窗外雨声大了起来。李建民又站起来,到楼下的指挥中心观测点,查看当时的卫星云图和雨势情况。没想到,在分析完雨情再返回三楼会议室时,李建民和陈祥庶一起走出了二楼的办公室,一个四十六岁的壮汉突然就倒下了。这事发生得太突然,窗外的大雨没有任何停下的迹象,连时间也仿佛被一个突发事件打乱了。当时,谁也没来得及看时间,只是以最快速度叫救护车。暴风雨阻挡了一切,镇卫生院距离镇政府仅仅一里,但路面积了快一米深的水,营救人员带着医疗器械只能绕道没有被洪水淹没的山路,县医院的救护车在布满雨水的山路上只能缓慢行进。医务人员赶到时,李建民已是一个没有呼吸、没有脉搏、没有心跳,几近没有生命体征的人,结果可想而知。

很多人无法接受李建民的离去,太突然了。他的死因是心脏病突发,但很多人都说他是累死的,长期超负荷工作,精神高度紧张。让他如此劳累的不只是这一次暴风雨灾难,还有一年三百六十五天不知疲倦的奔走与操劳,积劳成疾啊。加之这次防汛抢险让他一直处于精神高度紧张的状态。他的猝死和这场突发的灾难一样,看似偶然,其实必然。

7月23日上午九点,暴风雨过后,密云县殡仪馆的怀念厅门前排起了长队,有同事,有朋友,有领导,有下属,但更多的还是来自密云各地的近千名群众,他们与李建民素昧平生,为什么来?因为李建民是个好官,是个好人。

英雄,这个词太崇高,离咱们老百姓太远。老百姓说得最多的是好人,好人哪。古往今来都有好人。这与具体的时代无关,也与制度无关。与制度有关的是,那些执政者现在在干什么,以前又干了些什么,今后又会干什么。他们是怎样在执政的,这是老百姓最关心的。

  灾难中,其实还有另一种牺牲者,还有另一些令人难以忘怀的名字。
  广渠门。早先这里是北京的一座老城门楼子,日军占领时将箭楼拆除。解放初,为道路通畅又拆除了城楼和瓮城。从此,广渠门就有名没门儿了。当历史失去了物证,反而引起了更多的猜测。有人猜测广渠门这里早先应是宽广的大渠,这当然只是猜测,但也有一定的道理。一直到现在,这里仍是京城地势低洼的地方,又处于北京市排污排水的下游,很容易形成积水。而一旦像这次暴风雨一样,暴雨来得又急又大,持续时间长,积水又排不出去,这里真的就变成一条洪水汹涌的大渠了。这次,广渠门桥下积水有四五米深,比一层楼还深,变成了一个致命的深渊。
  又是7月21日,晚上七点半左右,北京的夜幕在暴风雨中降临。此时,广渠门已经下了一天的雨,水位还在上涨。一个人开着一辆车在这里出现了,这时谁也不知道他是谁。不久,就有人知道了:丁志健,三十四岁,幼儿科学启蒙杂志《阿阿熊》编辑部主任。像平时一样,他驾驶一辆黑色途胜SUV回家,东二环广渠门桥下是他回家的必经之路。
  很多事都是后来听旁观者说的。据这里的一位工人说,当时有好几辆车被困在水中,车内人都打开车门逃生,但其中有辆黑色越野车,在桥下柱子旁却没有打开车门,眼看着就被不断上涨的洪水淹没了,看不见了。这辆车,就是丁志健的车。又据丁志健的妻子邱艳说,此前,老公在车里给她打电话,他被困在广渠门桥下的积水中,外面水压太大,他打不开车门,打电话报警又总是占线,让她赶紧报警。——这也是夫妻俩此生最后的通话。
  邱艳报警后,再给丈夫打电话,就打不通了。她急了,在暴风雨中奔向了广渠门。路上,她用了一个多小时的时间,赶到广渠门桥下时,已是晚上八点半左右。这时候天更黑了,在雨幕里透出的昏黄的灯光下,只见桥下洪水漫溢,她根本看不见自家的车,也不知道自己的丈夫在哪里。她开始哭喊,希望有人来救援她老公。这一幕,很多人都看见了,很多人都看见离水最近的地方蹲着一个号啕大哭的女人,她站起来,又蹲下,刚蹲下,又站了起来,但绝望的哭声一直不断。当时,不少人被她的哭喊声吸引过来了,问她丈夫在哪里,她不知道,问她车在哪里,她也不知道。这让很多想救援的人不知怎么办才好,一场没有目标的救援实在太渺茫,水又这样大,这样深,盲目救援无异于大海捞针。眼看着没人下水救援,邱艳几次想要跳到大水里去救人。这样一个弱女子,又怎么能救得了她老公。这时候有一个好心人出现了,这也是邱艳最感谢的一个人,他是交通银行的工作人员,好像叫魏安。就是这个好心人,一听说水里还有人几下就扒下了衣服,跳到大水去找她丈夫和他的车。

事实上,在接到邱艳报警后,救援人员很快就赶到了现场。因为这水太大、太深,这天又忒黑了,到场后,他们一直在侦察情况。很快,他们就分多个搜救组,由西向东,开始搜索五辆被淹车辆中是否有被困者。崔金波是东城区绿化二队防汛抢险巡查小分队的队员,他也是当时的救援人员之一,他让另两名水性不好的同志去水较浅的地方搜寻,然后一个猛子扎到了水下。他水性好,在水下一点一点地摸索,一辆车一辆车地找,最终与一名消防员找到了积水最深处的一辆车。他不知道这是不是邱艳老公的车,也不知道车里有没有人,他与消防员一起用脚将车窗踹碎,在水下很难使出力气,好不容易才踹碎了玻璃,又摸索了好一阵,没人。这时候又有五六名救援人员赶来了,他们穿上救生衣,带着绳子、救生圈,再次往广渠门桥下游。这一次,他们终于摸到了沉没在水里的那辆黑色越野车,将绳索绑在越野车上,几个人想往岸边拉,可水的阻力太大了,根本拉不动。这时候,一名警察对人群里喊道:"谁来帮忙拉一把?"

感人的一幕出现了,十几名男子随即冲了过来,抓住绳子,排成了一个二十多米长的队伍,随着警察的指挥口号,像拔河似的拼命拉。这也是人类与洪水的一次真正的拔河。当时谁也没有想那么多,只有一个很简单很实在的念头,赶快把遇难者的车辆拉出水面。当一辆车终于浮出水面,几位消防员通过车窗,看见里面有一个僵直的身体,正是邱艳的老公丁志健。救援人员立刻就将车窗打碎了,一股压抑了很久的积水从车内喷涌而出,溅得四周的人满头满脸。救援人员很快又把丁志健抬上救护车,急赴北京医院,一刻也没有耽误。此时已是当晚十点半钟左右,离丁志健被困水中已经三个小时。三个小时,没有人知道他生命的最后一段时刻是怎样度过的,但大致也能猜测到,车门紧闭,洪水的压力死死地挡住车门,一扇逃生之门,就这样对他紧闭了。那无疑是他一生度过的最漫长的一段时间。

丁志健被拽出车窗时还活着,但已经奄奄一息,奇迹最终没有出现,一个小时后,因肺部积水抢救无效离世。在六十六名死难者中,北京城区的死难者并不多,而他是其中之一。

他身后,留下的是悲痛欲绝的妻子和刚满三岁的孩子。作为未亡人,邱艳,这个还很年轻的女子,现在要做的,就是用缓慢的时间和漫长的一生去忘掉他,忘掉她的丈夫,女儿的父亲。是的,她还需要等到一个合适的时间,告诉女儿,死,是什么意思,还有洪水,又到底是怎么回事?

一场风暴过后,有些媒体像以前一样,又在试图转移话题,如一场暴雨检验公民社会的成色,如暴雨中闪光的"北京精神"等等,但比这更重要的还是北京"7·21"风暴带给我们的集体震惊和反思。

这些反思首先是从北京的下水道开始。《中国之声》主持人张春蔚说了一句让人怦然心动的话:"下水道是城市的良心,而内涝展现出的是城市的伤口。"

还有人说,中国与世界的差距,只隔着一条下水道。

谁都知道城市下水道是干什么的,但很多人看不见,这也让下水道成为中国城市最大的盲区。而对于很多执政者,他们要做的是让人们看得到的事,譬如说那些高楼大厦,那些傲岸而又耀目的地标性建筑,那些风景园林,那五光十色的城市夜景,还有那些用橡胶坝拦起来的、有音乐喷泉映衬的水体景观,还有很多城市每年都会推出的"十大工程"之类,这才是实实在在的政绩。结果,可想而知的结果,由于忽视了地下那些看不见的工程,甚至连地下空间也被利益集团所掌控,很多城市必然是小雨小涝,大雨大涝,而一旦发生像北京"7·21"这样的特大暴雨洪灾,人类就陷入了无可逃遁的悲剧性命运。

不能不说，一场暴雨击中了北京的软肋。作为一个现代化大都市，一个辉煌的大国首都，这一场暴风雨就暴露出了城市下水道的严重缺陷。但如果把这一场灾难仅仅归咎于下水道，又未免过于天真和简单了。其实，被撕开真相的又何止城市下水道，北京水危机的综合征候几乎都暴露无遗了，这也足以引起我们对北京水危机的综合反思。

这里，我选择海河中的一条支流——永定河，来透视北京的流光与逝水。若要谈到北京水灾，北京水危机，北京水利，谁也绕不开这条河。在自然地理上，永定河为海河五大支流之一，是北京地区最大的河流，也是海河水系北系最大的河流。她贯穿了北京、天津两大直辖市，这让她变得更加举足轻重。永定河虽说不是什么大江大河，但在中国所有的江河中，因其特殊的地位，其防洪地位极高。永定河为全国四大重点防洪江河之一，历来受到国家的高度重视，每年都被列为防洪重点，而且由国家防总直接进行洪水调度和指挥。历史上，永定河就是一条多洪灾的河流，曾七淹北京，八淹天津。永定河一旦发生洪水，对人口密集、经济发达、社会财富集中的北京市而言，将会造成巨大的经济损失。又岂止是经济损失，北京那是什么地方，谁不知道？

没有永定河，就没有北京。北京城就是在古永定河渡口的基础上发展形成的，因水而建，因水而兴。永定河全长七百多千米，流域面积五万余平方千米，在流经山西、河北两省和北京、天津两市后汇入海河，注入渤海。其上游有一南一北两大支流，南为著名的桑干河，北为洋河，在河北省朱官屯汇流之后始称永定河。一般来说，永定河是以桑干河为主源，由于上游流经太行山、阴山、燕山余脉和内蒙古高原，有八个土壤侵蚀严重的产沙区，水土流失严重，又加之永定河流域多暴雨洪水，每年7、8月进入汛期后，河水自燕山峡谷向平原地区奔泻，上游河水裹挟着滚滚泥沙一路飞奔而下，在进入平原地带后又流速陡降，泥沙淤积，日久形成地上河。其善淤、善决、善徙的特征与黄河十分相似，因此，永定河又有"小黄河"和"浑河"之称。又因河床经常变动，摇摆不定，历史上曾留下多条故道，古人把这条迁徙无常的河流叫"无定河"。清康熙三十七年（1698年），在大规模整修平原地区河道后，人类巴望着这条时常改道的无定河从此江山永定,无定河也就被命名为永定河了。但这只是一种充满了无奈和奢望的命名,一直到新中国诞生,永定河依然是一条变幻莫测的"无定河"。

新中国几乎从诞生之日起,就开始大规模兴修水利,永定河一直是海河流域重点治理的河流。为了治理永定河,1951年10月,在河北省张家口市和北京市延庆县界内的官厅山峡入口处兴建了一座官厅水库,这也是新中国成立后建设的第一座大型水库。此地也是永定河的一个要害,明代在此曾设有监视水情的"把水官",旧有官厅村,水库因以官厅命名。当年修建官厅水库的第一个核心意图就是防洪。官厅水库在防洪上的设计非常超前,按一千年一遇洪水设计,一万年一遇洪水校核。为了达到这个设计意图,水库坝高四十五米,设计总库容为41.6亿立方米。该水库从未蓄满过,也许是设计时对上游来水估计过高,最高蓄水也只有22.7亿立方米。但它在防洪上的作用是巨大的,可以拦蓄官厅以上千年一遇的洪水,从此解除北京、天津以及河北北部的洪水威胁。自1953年以来,永定河曾出现了三次大洪水,由于官厅水库削减洪峰的数值达到百分之七十甚至百分之九十以上,基本上免除了永定河下游的洪水灾害。现在,它还保障了京山、京广、京九等重要铁路干线和京津塘、京石等重要高速公路的安全。

除了防洪,它的另一个重要使命就是供水。和北方大多数城市一样,北京地处半干旱地区,是典型的资源型缺水城市。但北京历史上又并不缺水,北京甚至一度叫北京湾,两百多年前,北京到处是湖淀,京师有南淀、北淀、方淀、三角淀、大淀、小淀,凡九十九淀之多。如今的北京海淀区,就是当年流水汇集之地,海,是大的意思,淀,是浅湖的总称。古都北京,堪称是一个水乡泽国。一直到1949年,北京并非缺水地区,而是一个水患成灾的地方。今天在北京市区,还有后海、积水潭、什刹海、北海、中南海、陶然亭、龙潭湖、紫竹院、八一湖、青年湖、柳荫湖等众多水面,但同当年江湖密布的老北京相比,这些水域都只能算是遗存水域了。

北京水危机,是从20世纪80年代开始的。在此之前,北京还没有太强烈的危机感。

当北京开始出现水危机,很多人才开始正视,北京地处半干旱地区,没有大江大河,北京水资源有着"先天不足"的严峻现实。

很多人都在追问,问题出在哪里?一个最直接的原因,人口暴增。解放初年,北京人口两百余万,人均水资源达1800立方米。到2007年,北京迅速膨胀的人口已逼近两千万,人口翻了十倍,耗水量则不止翻十倍,因为还有城市用地的增加,增加了五十倍,还有现代人的生活和现代城市、现代工商业对用水的需求量比以前更大。举一个简单的例子,以前的市民很少用抽水马桶,很少用热水器等洗浴设备,更没有这么多的洗浴中心,那时候洗澡,一盆水要洗几个人。而现在,水龙头一打开,不洗到浑身酣畅淋漓,水龙头不会关上。仅这几项,就该增加多少水啊。据水务部门的保守估计,北京现在的用水需求比1949年增长了三十多倍。另一个原因,由于我们长时间缺乏对生态系统的认识,多年来北京市的用水,仅考虑了农业用水、工业用水、生活用水,从未考虑生态用水。表面上,城市面貌日益美化,生态环境质量却在不断恶化,这也加剧了水危机。从20世纪80年代迄今,不过三十年,北京已经变成了一座严重超载的城市,已经超过了区域水资源的极限承载力。

人类可以建造一个规模庞大的城市,却无法创造城市所依托的自然条件,尤其是无法创造水。苏州人可以造出一座座假山,但"假山可为,假水不可为"。一个城市的发展,必须控制在流域水资源承载力之内,否则将不可持续发展。北京的出路在哪里?北京水危机引发了公众一轮又一轮关于迁都的热议,这些热议和谣传的背后,其实就是北京水危机日趋严峻的真相。

谁都知道,解决北京缺水问题不能就北京论北京,需要在海河水系中诸多省区、城市之间形成互惠共生的有序关系。在中央的统一调度下,现在,北京每年都要从比北京更为缺水的河北、山西地区调水。正在施工的"南水北调"中线工程贯通后,每年将向北京供水十二亿立方米,但有人预计,调来的水可能远远赶不上人口猛增的速度。北京的人口不是计划生育所能控制的,太多的人对首都心向往之,而且拥有在北京安家置业的雄厚实力。随着大量人口进一步拥向北京,北京市人均水资源拥有量将比调水入京前的2010年更低。

眼下，北京的水资源主要靠天然降雨和开采地下水，人均水资源不足三百立方米，仅为世界人均水平的三十分之一，全国平均水平的八分之一。在北京市水务局，我了解到了北京水资源的分布情况和水危机的严重程度。北京地表水最主要的水源是密云水库和官厅水库，这在当年都是颇具超前性的水利工程，密云水库的设计库容是43.7亿立方米，然而到了2004年，其蓄水量仅余七亿立方米，其中六亿多还是无法使用的死库容；官厅水库设计库容是41.6亿立方米，到2007年蓄水量只剩下了一亿立方米，早已低于死库容，根本无水可供。除了密云水库、官厅水库，在毛泽东时代，北京还修建了十三陵水库，在永定河门头沟段还有册田水库、友谊水库、珠窝水库、斋堂水库、落坡岭水库和三家店水利枢纽等一系列水利工程。但由于上游来水严重不足，这众多水库都处于干涸缺水的状态。由于极度缺水，原来烟波浩渺的密云水库内湖，如今已变成大片庄稼地。北京周边十库九旱，有河皆干。尤其是到了枯水期，颐和园昆明湖、圆明园内湖泊以及北京大学的未名湖都干枯见底。从20世纪80年代以来，北京的很多河流消失了，或只余干涸的河道，或连干涸的河道也早已被填满，变成了高楼大厦的一部分，只有一个古老的地名还在。而这些与河流、湖泊有关的地名，一次次把我引向错误的方向。

北京的真相不是洪水，而是干旱，旷日持久的干旱。这样的干旱，对于在海河流域奔走了数日的我，已如同一部反复观看的纪录片。很多河流已经死亡，而死亡之河的命运，事实上早已轮到永定河了。为了满足城市用水，三家店以上永定河水几乎全部引入市区，致使三家店以下七十多千米的河道常年断流。断流之后，河道两边土地严重沙化，这对采沙者是一笔可疯狂攫取的巨大财富。随着永定河采沙的日益猖獗，河道内沟壑遍布，每到冬春季节，西北风顺河道而下，这些被席卷而起的风沙成了北京沙尘暴的一部分。

尽管我不是北京人，但北京是所有中国人的首都，也是我来来往往最多的一座城市，位卑未敢忘忧国，我也同样关注北京的命运，关注永定河的命运。每一次到了北京，下意识地就想去永定河边走走，这一条永定河，就像一条被吸干了乳汁的母亲河,真有情何以堪之感。这条河的绝大部分河段早已断流,哪怕在丰水期也早已无水流淌。由于根本无水补给永定河,加上严重超采地下水,北京西部地区第四纪地下水已经全部枯干,永定河的生态系统已经受到严重破坏。

有人早已预言:永定河正在成为一条"死亡河流样本"。

在永定河北京段断流的三十年间,北京一直没有放弃对这条河的拯救,别的河流也许可以任其自生自灭,但永定河绝对不可以。2005年之前,北京市主要是请求中央协调上游各省节约用水,把水放到下游来。中央不遗余力进行协调,并投入数百亿元资金到永定河上游,支持当地节水和治污工程,北京市也为此支援了上游不下十个亿的资金。永定河上游的山西、河北在节水和治污上也不可谓不努力,但上游也有那么多人口要喝水吃饭,农田要灌溉,经济也要超常规、跨越式发展,结果是,上游用水不仅没有减少,反而还在不断增加,形成了一个非常吊诡的现象,越治越没水。

2008年,眼看奥运临近,而干涸的永定河就像一道刺眼的伤口,北京市提出了一个史无前例的永定河河道"无水变绿"计划。水务部门既然没办法引来水,干脆就在河道内种草,一条绿茵茵的河道总比一条黄沙裸露的河道看上去顺眼一些。但由于河道干涸得太久了,连草也长得稀稀拉拉,没有给人类一个好看相。更有部分区域,甚至采取饮鸩止渴的手段,在河道内引进了数座高尔夫球场。当一条河流变成高尔夫球场,很快就成了一个世界性新闻。高尔夫球场的耗水量之大是谁都知道的,他们又有什么办法引来水呢?唯一的办法,就是在干涸河道底下大量开采深层地下水。此事也曾被媒体屡屡曝光。

奥运之后的2009年,北京市终于痛下决心,开始大规模整治这条已断流三十年的母亲河。其目标是在永定河一百七十多千米北京段恢复流水,尤其是在三十七千米城市段打造出六大湖面和十大公园,再辅以河道内外的园林生态绿化,使永定河重新成为京城的一道亮丽景观。这一工程,既不会改变上游山西、河北缺水和污染之困局,也不会改变下游断流之现实,而是通过橡胶坝拦蓄,在出境之前又用管道抽回,循环使用。有人把这项将耗费

170亿元巨资的全人工造河计划,称为一个奢华的计划,永定河北京段将被打造成中国迄今最大、最长和总造价最高的人造河流,很可能还是世界之最。

有人预测,要让永定河恢复生机,每年最少需要1.3亿立方米的水量。这水从哪里来?在干旱少雨的北京,靠寥寥无几的雨水是浇灌不了永定河的。靠上游来水,三十年时间,已经残酷验证,根本不可能。一种猜测必然产生,靠南水北调进京的水。南水北调进京的首期工程——北京地区的调蓄水库,位于房山区永定河右岸的大宁水库,永定河治理工程竣工之后,干涸的永定河里流淌的也许是远道而来的汉江水,调水成本在每吨十元以上,如果把这水作为永定河景观用水,而且每年1.3亿立方米,这让环保人士感觉实在太奢侈了。但北京市水务局随后便解答了人们的质疑,永定河治理工程所需水量主要来自再生水和部分雨水,这些水即使不利用,也会白白放掉。

一个质疑解答了,又一个质疑产生了。一位熟悉永定河治理规划出台过程的水利专家认为,问题关键是目前方案存在一个巨大的隐患,如此代价建成的人工河流景观,稍遇洪水,就将毁于一旦,永定河人造河段的落成,很可能就是永定河的豪华葬礼。还有多位水利专家发出危险的警示:北京已五十多年未发生大洪水,这意味着未来数年间出现洪水的概率增大。还有专家甚至说:"这等于是场赌局,如果未来十年、二十年不发洪水,北京市政府就赌赢了,这个工程也就值了;如果很快发洪水,那就赌输了,就会有严重的浪费。"

然而,这么多专家的质疑,并没有阻挡一个工程的按计划推行。我们的专家也许过于天真了。这里面还有一个巨大的利益链,是被很多专家视而不见的。那就是,随着永定河人造河计划的实施,沿河两岸土地价格飙升,还没有看见水呢,房价就已水涨船高。在人造河流的同时,一轮新的造城运动也开始了。在永定河数十公里河道两岸,北京市规划了首钢南滨水地区、丰台科技园西区、长阳半岛、大兴滨水绿廊等十多个沿河经济发展区,最大的受益者就是永定河沿岸的房地产开发商。当然,还有这些土地的主人。

此外,永定河流域将加强土地储备,上述十多个沿河区域内,未来总用地面积将达五千六百多公顷,建筑规模将有两千多万平方米。这意味着,北京城区将向永定河流域扩张,未来中心城将有多条公路、铁路和轨道交通通向永定河流域,北京长安街和一号地铁也在酝酿西延至永定河流域。而房地产专家则得出了比水利专家更正确的答案:尽管永定河治理工程投入极大,人造永定河无比奢华,但从带动整个西南五区经济角度来看,北京市政府不但不赔本,仅地产升值一项,北京各级政府就将大赚。

而在这质疑、争议和叫好声中,更多的人像我一样充满了盲目而乐观的期待,期待着流水早日进入这条河流。有了水,才有了生气,才有了一条河的神态,她将以这种方式,照亮一座伟大城市的倒影。

不能说那些水利专家料事如神,但又真是一语成谶。又尽管有太多一语成谶的事情发生,但中华民族从来是一个不大相信预言的民族,尤其是灾难性的预言。永定河"四湖一线"景观建成还不足一年,就遭遇了这次六十年一遇的特大暴雨洪水。永定河流域平均降雨量为144毫米,其中最大降雨量发生在卢沟桥,高达281毫米,为1951年有记录以来最大降雨量。由于暴雨强度大、水流下泄速度急,冲刷面大,永定河"四湖一线"湖景公园形成下切的冲沟、拉裂,部分植被、园路、跌水景观受损。按照河道防洪标准,永定河绿化堤岸由低至高依次种植草本、灌木、乔木植物,这次特大暴雨中,至少有四成草本植物被毁,遭暴雨破坏的绿色植被达三十三万平方米。当然,中国人是拥有顽强的重建和修复能力的,但诚如此前专家的预言:"如果很快发洪水,那就赌输了,就会有严重的浪费。"只是又不知要花费多少钱,而这些钱是否又来自水利经费?

一场风暴,也暴露了永定河沿岸开发商只求牟取暴利而忽视下水道等诸多问题。由于许多地下室都被开发出来卖给了业主,下水道又是能省则省,结果在这次暴雨洪灾中许多小区排水不畅,小区广场变成了汪洋,那些地下室就更不用说了,都泡在水里了。在北京这个寸土寸金的地方,这些地下室大都是要派上大用场的。永定河畔的孔雀城以美国阿卡迪亚为艺术蓝本打造,据说已有超过七千户业主入住。这次,洪水也漫进了孔雀城的地下室,很多业主损失惨重。一个业主投诉说,一场大雨把他美好的孔雀梦惊醒了,他地下室内的家具、字画、电器、装修全都在洪水漫溢中损毁了。如果真像他所说的这样,这可全都是值钱的东西啊。损失必然带来麻烦,带来官司,带来社会的不安定。一场暴雨,引发的是多米诺骨牌效应。

风暴过后,也让人产生了各种类比,同古人比,同国外比,同国内其他城市比。

对于现实问题,也许真要穿过历史才能看得更清楚。

灾难中也有一个奇迹:当北京城区沦为沧海,置身于暴雨中心的北海团城却没有任何积水,它仿佛脱离了北京的现实,成为一个孤立的存在。事实上就是这样,只是这是历史的现实。团城,坐落在北海公园南门西侧,这也是我多次光顾的一个景点,但我只能看到所谓风景,却从来不知道它暗藏的玄机。这地方,无论下多大的雨,每次都只是雨过地皮湿,从来不会像别的地方那样一下雨就浸泡在水里。这里边大有玄机,但妙处难与君说。一个玄机是偶然发现的。2001年,团城里有一棵叫白袍将军的古树生病了,也不知是什么病,专家们在查找病根时,偶然而又吃惊地发现,这古老的团城地底下还有一套暗藏的排水系统。据专家们探究分析,团城上的青砖造型特别,以前只是从古人的审美观上去想,现在看了才知道古人想得还真是不那么简单。这些青砖上大下小,呈倒梯形,试验发现,每块砖就像一个微型水库一样,具有很强的吸水性。每逢下雨天,雨水就会通过青砖和缝隙渗到地下。若遇到大雨或连续多日的降雨,大量的雨水便会借北高南低的走势流入石质的水眼中。团城上有十一个这样的水眼,都分布在古树周围。这些古树事实上就是水眼的坐标,每一棵古树下边就是一个小型排水系统,每个水眼的下部都有一个竖井,竖井与竖井之间还有涵洞沟通。这涵洞也同样是用青砖建成的,多余的雨水到了涵洞以后储存起来,形成一条地下暗河。水眼除了有渗水及排水功能外,还可降低树根附近的水位,使土壤中的水分适宜树木生长。同时,这众多的涵洞与水眼又组成了一个巨大的地下通风系统,为城内的植物提供了良好的透气条件。可见,古人设计团城的渗排系统时,想到的不只是如何排泄洪水,更考虑了如何把这些宝贵的天然降水有效地储存起来,在旱季和雨季之间互相调节,大水不怕涝,大旱不怕旱。可见,虽说天有不测风云,人有旦夕祸福,但只要从长计议,人类在水利上还是可以大有作为的。这套地下集雨排水系统建于明永乐年间,距今已近六百年了。这难免让人要问,究竟是中国古人有智慧呢,还是我们现在的人更聪明?只能说,不是现代人想不出这么好的主意,而是根本懒得去想,反正是看不见的东西,伤那脑筋干什么?

又看国外经验。以我们的东邻日本为例,他们每开发一公顷土地,就建一个蓄水池,收集雨水,这既可防止内涝,又能缓解干旱,一举两得。又看遥远的英国,他们的马路牙子都高于绿地,而每隔一段都有一个缺口,雨水落下后,水就会自然流入绿地进行灌溉,这既能防止积水,又节省了许多人工和宝贵的水资源。为什么这些方法我们就不能借鉴呢?北京是一个极度缺水的城市,老天爷好不容易给你下一场雨,六十年才下了这样一场大雨,这次北京排出了一百万立方米的洪水,如果能利用起来,该是多大的水资源啊。又据北京市水务局统计,这一场暴雨为密云水库增加了两千万立方米的水,相当于一夜之间多出了十个昆明湖。然而,我们对暴雨、洪水资源的利用率还是太低了,当所谓水灾不能在第一时间转化为水利,灾难也就不可避免了。

痛定思痛,众多专家都在疾呼,应该学习国外经验,广建蓄水池,应该让绿地建在马路之下。而事实上,早在十多年前,北京就一直在推广雨洪利用工程。据北京市节水管理中心副主任何建平介绍,从2000年起,中德合作的北京城区雨洪控制与利用示范工程,就开始推广了,目前全市共建雨洪利用工程1355处,每年能收集一千多万立方米雨水,用于绿地浇灌、小区景观、洗车、冲厕等,是节约用水的重要方式。然而,这个数量实在太小了。

走进北京市海淀区双紫小区,就能看到这样一项雨洪利用工程。这也是北京雨洪利用的一个样板工程。双紫小区占地总面积近两万平方米,有五六百户居民。这项工程于2002年9月竣工并投入使用,每年平均可收集雨水一千立方米左右。在双紫小区停车场西部,建了一座可储存850立方米雨水的地下蓄水池，将小区内的雨水收集储存，小区绿化喷灌全部采用的是经过处理的雨水，每年可节约绿化用自来水700立方米，小区公共区域的十四处卫生间全部使用雨水冲洗。根据水表实际计量统计，平均每月用水25立方米，年节约自来水300立方米。在小区北部还建有一座自动化洗车房，利用雨水为居民提供洗车服务，同时还将洗车废水经过除油、沉淀、过滤、消毒等处理后循环利用，雨水的重复利用率有百分之八十以上，年节约自来水60立方米。双紫小区内原有消防井三座，为提高小区的消防保障能力，保障停车场和周边区域的安全，小区内又新建了五座消防井和两套消防栓，并与地下蓄水池相连，所用水源全部为雨水。这个小区还是全市首家采用雨水供暖的社区。从2004年冬季起，经过处理的雨水代替自来水作为锅炉房的供暖循环水，这项措施使每个采暖季可节约自来水四百余吨。同时，小区全部采用透水砖和下凹式绿地，雨水下渗快，地下水资源能够得到有效回补。这有效地化解了小区遭受洪涝之苦。在几次特大暴雨中，双紫小区都经受住了考验，可以迅速排水下渗并收集储存，而一墙之隔的其他小区在短时间内变成一片汪洋。

又根据北京市水务局统计数据，北京多年年平均降水量约585毫米，城镇每年可利用的雨水量有二亿多立方米。这足以让一条永定河死而复活，恢复自然生机，如果利用起来，不仅可以缓解北京水资源紧张的现状，还可大大减轻市政防洪排涝的压力，对整个城市生态环境的改善有着极其重要的意义。据水务部门提供的数据，北京市城镇居民家庭一年的生活用水约六亿立方米，如果能够全面建立起合理的雨水利用系统，北京市一年能收集一亿立方米的雨水，这个数字非常可观。然而，在雨水收集利用方面，一直没有相关的强制性规定。2006年，北京市水务局等八家委办局发出《关于加强建设项目雨水利用工作的通知》，要求新改扩建项目建设雨水利用设施，但没有立法。这也让许多水利专家扼腕叹息，若能早日立法，如果雨水收集成为硬约束，具有强制性，小区没有建雨水收集设施，规划部门就不验收，开发商就不能交房，这次的暴雨洪水也许就不至于成为水灾，而是水利了。对于极度干旱缺水的北京，若能留住这些宝贵的"天上水"，该有多好啊。为了修一条人造永定河,北京可以下那么大的决心,可在这雨洪利用工程上,却像小脚老太一样,走得颤颤巍巍。

"7·21"风暴过后,据《京华时报》报道,北京市首次公开行政经费,2011年,109家市级行政单位的行政经费合计129.9亿元,三公经费8.64亿元,市级公车有19553辆,而在政府性基金预算支出中用于农林水事务的支出合计为三十亿元,其中用于城市防洪的支出仅为九百万元。

面对突发的暴雨天气,除北京之外,上海、广州、武汉等很多大城市都上演过水漫金山的城市内涝。解读北京,实际上也就是解读中国城市的下水道问题、排洪排涝问题,这也是当下中国城市水危机的一个突出表现形式。

每一次走向灾难的现场,总有一种阴差阳错之感。

此时,灾难已过去了一段时日,北京已经立秋,进入了一年最美好的季节。太阳还是很强烈,强烈地照耀在一条条通往灾区的路上。早已不见洪水的踪迹,只感到北方大地又开始干得冒烟了。这让我嘴里干涩得发苦,连牙齿也疼了起来。这可能与气候无关,只与我走向灾区的心情有关。

从曾经被大水淹没过的北京城区走向灾难深重的房山,从来没有像现在这样感觉到,这盘山公路是如此崎岖而陡峭。很多车辆都在向着同一个方向疾驰,或是运送建材物资的大挂车,或是抢修公路、电路的施工车。看得出,灾后的重建正在加紧进行。房山区已经立了军令状,也下了死命令,确保灾民能在寒冷的冬天来临之前过上温饱的生活。这是人类生存最基本的底线。谁都知道,要让灾区人民恢复到以前的生活,短时间内是不可能的。这次大灾受灾人口超过八十万,直接经济损失六十多亿,许多人家三十年来积累的财富一夜之间就荡然无存了,这是不可能在冬天来临之前的两三个月内就能恢复的。

好在,经历了这样一场巨大的灾难,这里的老乡们比往日显得更加淡定、豁达。既然是天灾,而且是五百年一遇的天灾,又恰好被他们碰上了,也就没有什么抱怨的,毕竟,灾难总算过去了。房子没倒的,看着倒了房子的人家,庆幸自己的房子盖得够结实,还能继续住;房子倒了的看着那些有人死亡有人失踪的人家,庆幸自己还活着。每一个人都觉得自己是侥幸活下来的,有一种大难不死的幸存者心态,都是死过一次的人了,还有什么想不开的。他们也很少有"等靠要"的心态,在污泥浊水中就开始默默地收拾着自己的家,晒被子,晒粮食,清除房屋里的淤泥。房山区各村也都成立了小工程队,清淤,清河道,帮村民们垒墙。事实上,在不到半个月的时间里,灾难的现场就基本上被清理干净了,一切似乎又可以重新开始了。

但有的地方已经不能重新开始,譬如河北镇口儿村。这是一个山村,山下曾经是京煤集团西山煤矿的采矿区,当所有的原煤都被采空了,这煤矿于2010年关停,但在大地底下留下了三百多个洞穴,没人知道这些洞穴在哪里,只知道整个村子下面都是空的。这让村支书宋来山充满了焦虑,这焦虑也是经历了一场灾难后的本能反应。这次的特大暴雨已使地质松动,很多地面看上去像被摔烂的千层饼一样,层层叠叠,扭曲变形,那些用石块垒起来的房子到处都是裂缝。即便不再下雨,也不能保证不会出事。如果再有暴雨的话,就更危险了,说不定村子整个儿都会塌下去。口儿村边上的几个村都有类似的问题,共涉及几千村民。对于村民们此后的生活,河北镇也有一个长远规划,将这里的村民统一迁入河北镇中心区域。村民们也都在盼着,但愿这个规划实施时间不要过长,谁也不知道什么时候又会来一场暴风雨。

对这场灾难,村民也有村民的反思。一些村民觉得,这次大灾,既有天灾因素,也有人为因素。一个姓陈的村民指着距离村口二三十米外的一条河道说,水就是从那条河里漫上来的。这条河,不发水时就是一条水沟,沟底里只有浅浅的一点儿水,流得没一点声响。可那晚,这沟里的水眼看就蹭蹭涨起来了,像黄河水一样,呼呼往村子里灌,灌进村子里的不光是水,还有泥沙,水退走后,这淤泥就退不走了。他说着,好像怕我不相信,又说:"你去河道看一看,就知道是人祸了。"

这河叫南泉河。我走过去看了,这是北方常见的河流。眼下这河道已经恢复了平静,平静得又像是一条小水沟了。河道旁的树木已经倒伏了一大片,很多都是被连根拔起的,还倒栽在河道里。但我一眼就看见了,这里不只是河边种了树,连泄洪河道内也栽满了杨树,一看就有年头了,很多树已经长得有碗口粗了。我看着这些河道里的树时,很多村民说:"由于这里二三十年没发洪水,有村民就开始在泄洪河道及河滩上种庄稼,后来就种树,密得跟种葱差不多。"尤其是最近十余年,有村民不只是在河道里种树、种庄稼了,还在河滩上建房盖屋。想一想也知道,当洪水奔泻而下,这排洪通道又怎么能排洪?而北方的许多河流,事实上也就只能起到排洪的作用了。还有村民指着南泉河上游说,在"农业学大寨"的年代,村里在上游修了一个防洪坝,由于防洪坝年久失修,这次的大水一下冲垮了防洪坝,如果有一道防洪坝挡着,至少可以减缓洪水下泄的速度,也就不会发生那么大的灾害了。

望着眼前这条南泉河,河道已被淤泥掩埋了大半,河道里的庄稼全都倒伏在淤泥里,一看就绝收了。河中间,从碎石滩上缓慢流过的一缕小溪流,谁都不可能把它与惨重的灾难联系在一起。然而,我们几十年水利建设的诸多症候,几乎都集中在这样一条小河上。这条小河让你看到,人类对水灾的漠视几乎到了不屑一顾的程度,而当人类精心打造新农村时,水利设施却处于被遗忘的状态。很多地方搞水利,一味追求大工程、大项目,对这种小水利却无暇顾及,而这些小水利,又是离老百姓的生命最近的水利工程。但愿通过这样一次灾害,人类能从最小的、像毛细血管和细胞一样的水利工程干起,尽管这不是什么值得炫耀的骄人政绩,却与老百姓生死攸关。

青龙湖镇北车营村也是这次暴风雨的重灾区之一。风暴过后,留下的是洪水扬长而去没有带走的淤泥,从村民家里清理出来的淤泥堆积如山。许多村民家里的窗户还挂满了被洪水冲来的树枝、水草,村街两边在新农村建设中修起来的花坛,被掩埋在半米厚的淤泥里,那些遭遇洪水袭击过的车辆,还有被洪水冲出来的各种家什、杂物,也都半埋在淤泥中。村里的许多房屋倒塌了,有的还剩下一道残垣、一副框架,有的则荡然无存,连残砖碎瓦也不知冲到哪里去了。在那残损的墙体上,你可以清楚地看到洪水留下的水渍,两米,三米,四米,地势低洼处,有的深有五六米。如果不是有些灾难性的痕迹还遗留在现场,很难想象这里遭受了一场五百年一遇的灾难。

洪荒中的一条路,也淤积在一两尺厚的泥浆里,还没有来得及清理。过往行人只能从此经过,双脚深陷在烂泥中,拔都拔不出来,好不容易拔出来了,却光着脚,鞋子被卡在了稀泥巴里头。北京市委书记郭金龙,就是从这样一条路上深一脚浅一脚地走过来的,看着眼前这一切,他的眉头一直紧锁着。走进安置点的一个蓝色帐篷内,村民李淑敏和杨俊英正坐在里头。郭金龙最关心的是伤亡情况,他问:"遭了这么大的水,村里面有伤亡吗?"两人答道:"还好,我们村里组织得好,转移得快。村支书打电话说,水大了就往高处跑,别管家了,先自保吧。要再晚出一会儿,就没命了!"

郭金龙点头说:"对,留得青山在,不怕没柴烧嘛。"

离开村子时,他还打开车窗再次叮嘱乡亲们:"只要人在就都好办!"

我特别注意到,这次从北京市领导到房山区领导都没有说到战胜洪水战胜灾难之类的话,他们最关心的是人,是生命。还有什么比生命更宝贵?生命就是人之本。应该说,在灾难面前中国人已越来越显示出了应有的人性温度,不但重视每一条生命而且不再像以前那样轻言战胜了什么,又取得了什么胜利之类。我很赞赏一个人文学者的观点,但愿能从首都北京开始,"将来任何一个抗灾行动的结束,都不要再谈什么战胜什么什么,或者是取得了抗灾的胜利,因为如果只要死人,或者哪怕只是死了一个人,都不要认为说这是抗灾的胜利,或者是取得了抗灾的胜利,都不要再谈了,而应该把每个人生命都放在自己的抗灾或者防灾过程当中。"

没有看到决胜的言辞,倒是看到了人类对一场灾难的真诚道歉。

这次,北京除海淀区、西城区、顺义区外,其他十三区县全部受灾,其中又以房山区的损失最惨重。据不完全统计,房山区受损房屋六万多间,倒塌八千多间,道路损毁三百处,五十多座桥梁被洪水和泥石流冲毁,农作物受灾面积达五千公顷,还有经济林、农田水利设施、牲畜家禽,无一不遭受重创。这些都不是最重要的,最重要的还是生命,这次风暴中的死难者,也主要集中在房山区。

若要问责,又不能不说,从危机处置措施上,房山是做得相当不错的。7月21日,房山区两次下达行政命令,根据预案,组织拒马河、大石河流域两侧群众向安全地带转移,对拒不撤离的群众,果断采取强制措施,这极大地减少了伤亡的代价。这晚,也是房山区度过的最黑暗的一个夜晚,全区党政干部与洪水、泥石流抢时间,对重要险村、险户、险工都有专人严防死守,而且做到了"人盯人,人到户",并提前组织了大量险村险户转移,截至7月22日上午八点,也就是暴雨初歇时,房山区共转移受灾群众六万多人。但很不幸,还是有很多生命被洪水无情地吞没了。

对此,房山区区长祁红深深地鞠躬,真诚地道歉:"作为区长,我对不起大家!"

一句道歉的话说出,这年过半百的汉子,已是满眼泪光闪烁,眼看泪水就要流出来,他赶紧将头扭向了一侧。几秒钟后,他才把头转过来,沉痛地表示:房山在这次灾难中确有一些教训需要汲取,譬如说城市中心区、公路和市政道路排水系统的建设有待加强,雨水收集系统建设还要加大力度,同时,群众防灾自救意识和常识还需要进一步提升,还有一些在山沟边上居住的群众,风险很大,要重新考虑他们的搬迁问题,帮助他们重新建设家园。而现在,灾难是暂时过去了,而接下来的许多事,才刚刚开始。

一个令人担心的问题,这次灾难到底有多大的伤亡?是否又会被隐瞒?很多人都有这样的担心。以前,发生灾难后,很多灾区总是将灾情放大,而将伤亡人数缩小。而这次引发人们质疑的一个直接原因,是北京市在22日晚间公布雨灾遇难人数为三十七人后,这个数字一直未见更新,难道这就是最终确认的死亡人数?对此,北京市新闻办主任王惠回应说,目前正在辨识新发现的遗体,新的数字会尽快公布。他真诚地说:"作为我们来说,真的不希望发生这样的事情,真的不希望一个人死。现在这个数字已经是让我们听起来很难过了,我们不希望这个数字再上升。但是,如果真的还有新的数字出现,我们决不会隐瞒。"他还特别强调,"北京市政府经过SARS的考验,不会再隐瞒伤亡数字。"

对于有些网民指责政府预警不足,王惠这样解释说:"天气预报准确,可还是有人开演唱会、踢球,显示北方人防雨意识不足……"也就在这次解释时,他说到"山洪"一词对北京人来说是小说里才看得到的。这其实是一句大实话。对于现在1970后出生的北京人，北方人，最多的灾难性经历是旷日持久的干旱，对暴雨和洪水确实没有太多的防患意识。但很多网友还是不买账，对此，王惠似乎也有些委屈："可是真话为什么会挨骂呢，就是现在的老百姓心态不知道是怎么想的。其实我觉得他们太不了解我了。如果了解我的人，就应该了解，我说的每句话都是真的。"

不过，结论很快就有了，只是这个结论过于悲惨，死亡人数是六十六名。这次官方公布的不是一个笼统的数字，也不是一个个名字，而是史无前例地将他们的身份、年龄、籍贯、遇难情形都公布出来了。这六十六个死难者中有溺水死亡的，有房屋倒塌致死的，有雷击致死的，有触电死亡的，还有在抗洪抢险救灾中以身殉职的。其实对这些死难者，无论你以怎样的方式去追悼和缅怀，生命只有一次，人死不能复生。有人说他们以死亡的方式提升了生命的尊严，我感到这是一个过于残酷的提升。然而，又不能不说，当这一个一个死难者的具体情况被公布，我们才真正感受到了对一个具体的血肉生命的怀念，才真切感受到了难以承受的生命之重。我们因此从这些不幸离去的生命的遭遇中倍感灾难深重，获得更深重的警示，从而去预防悲剧的再一次发生。

事实上，在北京"7·21"风暴过后，灾难远没有结束，那压抑了很久憋闷了很久的巨大能量，似乎还远没有释放完，随后又开始在海河流域的天津、河北以至华北大地掀起了一轮又一轮风暴……

五　人间的天河

一直想去看个究竟，那是离我们最近的一个神话。

风涌动着。山涌动着。脚下的云水涌动着。

在农历五月的风声和阳光里，在晴朗的天空下，山峰比我想象的要蓝。我沿着山腰里的一条水渠走。水渠，是那么不准确的概念，她就是从大山的胸膛深处奔涌而出的一条河流，她也的确是从一条自然之河延伸出来的一段生命。我走得很慢，她流速很快。滔滔不绝中，感觉岁月，从未像这样迅疾有力地奔驰过。这种水的流速,连来自南方、见惯了大江大河大潮大势的我,也一个劲儿地发愣。她是从哪儿流来的?

问渠哪得清如许,为有源头活水来。若要把一条天河的来龙去脉看清楚,最好从漳河那边过来——浊漳河。这是一条天河的源头。但往这儿一走,仿佛走到了千山万水的尽头。那种遥遥无尽的感觉,只因有了这样一条生命之河的延伸,深入某个似曾听说又不为人知的时空……

如果人类有一种更高远的眼光,能够像上帝一样把整个太行山脉看清楚,你会发现,林县人活在了一个被放错了位子的地方。不是没有水,一条漳河,浊漳河,就在太行山麓的那一边极沉默地流着。沉默,是因为离人间太远,你听不见她高一声低一声的深情而不知疲倦的呼唤。而在莽莽苍山的这一边,是林县。这是河南最北部的一个县,地处太行山大峡谷,在干裂得连苔藓也长不出的铁锈色土地上,却世世代代顽强地生长着一些最耐旱的蕨类和藤萝植物,还有一种被称作人的生命也在焦渴中生长,那种从眼睛、嘴唇、心脏、肺叶直到血脉的干渴与焦灼,是林县人用生命一代又一代体验过来的。

水,对于林县人从来只是一种渴念,他们只能翘首期盼上苍赐给他们一点儿甘霖。几滴水,就可以让他们神魂颠倒,然而,那点点滴滴的雨水,时常还没浇湿地面,瞬间就在烈日下化为一缕轻烟,飘逝而去。饥渴——饥与渴,从来都是紧密相连,中间甚至放不下一个顿号。在这样干旱的土地上,林县人把一亩麦子苦苦种上一年,到头了,却比他们撒下的种子多不了几粒。这里每个人的养命水,全靠打旱井。这旱井,出水少,水色阴暗发绿,连搅起的水泡泡也是腐臭的、阴暗发绿的。就这样的水,一盆水,淘过米了,洗过菜了,还要留下来洗脸,漱口,然后,还得一点点地积攒下来,给那些比人类更焦渴的牲口们饮用。这,还是正常年景,一遇到大旱年,很多村庄的老乡们就只能翻山越岭去几十里外的山那边挑水吃。水贵如油啊!没有水的林县人,活得没有一点尊严,用他们自己的话说,活得就像一只只癞皮狗。多少人一辈子都没洗过澡,十七八的姑娘,最水灵的年岁,脸色却像旱井水一样阴暗发绿。

林县啊,这哪是人待的地方,这就是人间炼狱啊。

活人总不能让尿憋死呀!谁都这样说,说了几百上千年了,可一个个还是这样使劲憋屈着。是谁第一个提出开山修渠的设想?在林县,谁都知道,是一个叫杨贵的人。我一直在寻找这个人,一个就挂在林县人嘴巴上的人。啥叫口碑,这就是。在林县人心中,杨贵就是那个修了都江堰的李冰再世,就是一个活着的李冰。这是个还在少年时代就开始进行抗粮斗争的农民的儿子,十五岁入党,十七岁当区长。他带领敌后武工队保卫土地和粮食,赶走了鬼子又打老蒋,小小年岁便身经百战,臂膀上一生都烙着暗红的枪伤。那时候,解放区的妇女一边纳军鞋一边唱:"纳呀、纳呀、纳军鞋,杨贵、杨贵、好区长,鞋壮、路长、打胜仗,保卫咱解放区好时光……"可见,这个杨贵,年纪轻轻的杨贵,在老区人民心中就有多重的分量。而在杨贵心里,记住的是,在敌人的一次次扫荡中,老乡们对自己的掩护,是他们宁可自己饿肚子,也要把小水缸里的最后一滴水、最后几粒粮食留给他们这些战士。滴水之恩,当涌泉相报。那又岂止是滴水之恩,那是老乡们的大恩大义啊。他说过,等到将来胜利了,一定要让老乡们过上好日子。如果老乡们还像过去一样苦,那么再伟大的胜利又有什么意义呢?这就是杨贵的想法,他不像我们想象的那样高尚,后来发生的一切,或许为的就是共产党人的一句承诺。

这一句承诺在杨贵当了林县县委第一书记后,更成了一种责任。一个新世界诞生了,却不像人们曾经想象的那样美好,干旱与焦渴,依然是林县不变的颜色。老百姓的渴望,让杨贵心急如焚,怎么才能让林县人喝上一口干净水,吃上一碗饱饭?老乡们没有奢望,有水喝,有饭吃,就是最好的日子,就值得你活一辈子。然而,杨贵不知想过多少法子,还在"大跃进"之前,他便带着林县人先后修建了抗日渠、天桥渠、英雄渠和三座中型水库,这,多少也能解老百姓的一些焦渴,却难以抵御北方的大旱。一到旱年,这水渠、水库里的水很快就干涸了,看着那一道道深深的裂缝,林县人再度陷入了深深的绝望。老乡们说:"挖山泉,打水井,地下不给水;挖旱池,打旱井,天上不给水;修水渠,修水库,还是蓄不住水。"苍穹之下,焦渴的农人与焦渴的庄稼,让一个执政党的县委书记感到双倍的焦渴。怎样才能从根本上解决这个数千年也没有解决的难题?

人类,最需要的其实不是什么远大的理想,而是对眼下严峻现实的一种承认。

承认这个现实杨贵至少用了五年的时间,五年来兴修水利的摸爬滚打,五年来他付出的心血和老乡们付出的血汗,最终验证了一个残忍的事实,不是他们找不到水,而是林县根本就没有水。杨贵的目光开始越过太行山,他想去大山的那一边寻找水源。山那边,就是山西。当杨贵带着科技人员一路跋涉到山西平顺县石城镇附近时,他忽然站住了。他听到了什么。谛听,万籁俱寂中,只听到峡谷中回荡着巨大的水流声。他简直不敢相信,顺着水声走过去,顷刻间,满世界都是水,四面八方都是水流湍急的声音,有些东西是绕不过去的,于是激荡,于是呼喊。一声呼喊,接着又是长时间的沉默,仿佛在期待,长久而徒劳地期待天地间的一声回应。

他,长久地望着这汹涌奔流的大水出神,吃惊于大山深处这种暗藏的力量。

许久,他浑身都不知不觉湿透了,连头发也被溅过来的水花打湿了,湿漉漉地粘在额头上了。就在一块石头上,他摊开了一张水文图,然而,这个对水疯迷一般地着了魔的人,却忽然变得冷峻了。如何才能把水引到山那边去?这不仅要翻过一座大山,还要穿越两个省。而在省与省之间,地区与地区之间,县与县之间,还有多少难以逾越的无形阻隔。无疑,他还有更深的一重考虑,那是刚刚经历过"大跃进"、大困难的大伤元气的年代,而他着手谋划兴建红旗渠时,上面已经在三令五申地强调要缩短战线,压缩基本建设规模。应该说,这是非常及时的,也是非常正确的。就是中央不这样反复强调,你也不能头脑发热,老百姓再禁不起折腾,干一件事就只能成一件,这贫瘠大山里的穷县太穷太脆弱了,它脆弱的神经已禁受不起任何的重量,哪怕很小的一次失败,也会闹得惊天动地。

他的预感是准确的,反对的声音异常强烈。

有人说:"上了太行山,望见运粮河(运河),远水解不了近渴。"

还有人说得更刺耳:"漳河水要是能流到林县,那是公鸡下蛋!"

对这些风凉话和刺耳的声音,杨贵没有捂住耳朵,而是走到哪儿,听到哪里。这都是真话,大实话。对于一个决策者,在节骨眼上,有人来泼泼冷水,至少可以让你在那个很容易变得狂热的年代,保持一种清醒的、冷静的头脑。你不能不说,这个人真的很清醒。他想要"重新安排林县河山",但他没有喊出"叫高山低头,让河水让路"的豪迈誓言,他首先想到的是要"摸大自然的脾气"——这句话让我怦然心动,他从一开始想到的就不是与天斗,与地斗,而是要摸透了大自然的脾气。只有摸透了大自然的脾气,人类才能为自己择定命运。如果说,红旗渠是一种精神,我想,它最可贵的精神不是如何艰苦卓绝,而恰恰就是人类在大自然面前表现出的一种谦卑,这是对世界的一种尊重,甚至是一种不可或缺的顺从。

没想到,在"大跃进"最狂热的河南,居然会有一个人如此冷静地说出那像先知般的箴言——摸大自然的脾气。你不能不说他是真的摸准了,也认准了。

夜深了,一盏灯,依然照着他打开的水文图。一个前无古人的构想在深思熟虑之后,终于在杨贵心中酝酿成熟——引漳入林。这个构想,对于林县人,丝毫不亚于毛泽东南水北调的伟大构想。他深知,由于没有上级的专项拨款,林县要实施这一工程,将面临巨大的经济压力。但面对重重困难和一片争议声,杨贵坚信,给林县人引来一条活水,从一开始就与"大跃进"无关,这是林县人一直在想的,想了几千年了。他在日记中这样写道:"……工程很大,现在正是困难时期,国家也不投资,如果等到形势好转后再修建,那时会出现什么情况很难预料。山西方面同意引水,这个机会不可失。错过机会,林县人民可能将永远受缺水之苦。现在修建,困难太多了,最基本的办法是自力更生……"

1960年,农历正月十五。太行山落了一个冬天的大雪终于停了,但冰雪还未化。还没等到天光,刚吃过元宵饺子的民工们便像一条条溪流从林县的十五个公社同时出发了,他们扛着锄头、箢箕,箢箕里放着行李,还有许多人推着小推车,赶着马车,向着同一个方向出发。如果说一条河流也有前世今生,这仿佛由一条条溪流汇聚而成的浩浩荡荡的人流,就是她的前生。山高,路陡,夜幕下的冰雪,苍穹上的月亮,寂静,闪烁。还有一个个发亮的身影,在疾行中裹上了一层冰壳。一棵棵倒在路上的大树已被冰雪捂得严严实实,不仔细看还以为是一道山梁子。无边的荒野里,那晃着的微弱的光芒,是照亮山野的马灯,一下一下地晃着,一条冰雪之路,也仿佛一下一下地晃着,抬眼还能看清楚,一低头又不见了。那个凌晨,永远只属于林县人的凌晨,他们在冰天雪地里摸索着,赶到山西省境内的石城镇侯壁断下。要修渠,先要在这里设坝截流。天刚亮,就看见一片霞光在远处冰峰上亮着,老天,这可真是好兆头啊,出太阳了。

民工们立刻跪倒了一片,还有农民带来了猪头,纸钱,香烛,开始祭奠山神与水神。这怎么成,这是封建迷信!一个公社干部赶紧跑去给杨贵报告,杨贵说,我没看见,你也没看见!农民出身的杨贵,是共产党人,也是彻底的唯物主义者,但他能理解老百姓对大自然的虔诚敬畏。其实,哪怕这里面真的有着某些迷信色彩,但一个人能在心里把大山看成菩萨和神祇,也好啊,心里有了神,山里有了神,人类也就对大自然怀有某种神圣感,怀有尊重与沟通的心愿,你就会很小心地珍惜它,爱戴它。这其实不是什么迷信,而是中国农民的一种信仰,甚至是一种美德。事实上,中国许多保存得最好的山川草木、风景名胜,也与这种原始的自然信仰和民俗有着深刻的联系。

我一直在走,不停地走。或许只有从她的源头一路走过来,你才会发现,这条天河,她并非突兀地出现在我们的眼前,她依着逶迤的山势,一路流得那样幽蓝,深邃,又是那样舒畅。树还长在那里,山还长在那里,还像几千年前一样长在那里。一个史无前例又旷日持久的伟大工程,丝毫没有磨退大山和大自然的心气,却平添了一道绝美的风景,这崖壁上的清澈得可以让你看见灵魂的河流,让一座粗壮雄奇的大山生动起来,更多了许多隐藏的风光与气韵,还有了一种荡气回肠的旋律。

一个人心中有了神,就会觉得有些东西是神圣不可侵犯的。

红旗渠修了十年,从拦坝截流,到凿渠引水,林县人更多的不是逢山开山,而是因势利导,一直摸着大山的脾气,也顺着大山的脾气,每个人都打心眼里爱惜着这里的每一棵树,哪怕连野草和山花也很小心地呵护着。这种对自然生态的呵护,在那个年代甚至是比一个伟大工程更伟大的奇迹。林县人心里十分清楚,他们不是要横刀夺取什么,不是向大自然挑战的擂主,更不把大山当作对手和敌人,而是始终把大山和大自然作为一种依靠。这一切是那样自然而然,而正因为他们对大自然的爱护,才有太行山和红旗渠今天的生态,才有如此绝美的风景。而大自然又是最懂得回报的,她以无言的方式,茂密的树木和山花野草,覆盖着岩壁,守望着人类和人类开凿出的这条天河,以及这天河里的云影,天光,松林的倒影,几十年了,这里极少有泥石流发生。

眼前,一下打开了太多的方向——分水苑。

这里是红旗渠总干渠一分为三的地方,从一条总干渠分成了三条干渠。我站在这里,看了很久,她从大驼岭和猫儿岭之间一个凹腰处穿过,哗——,哗——,漫长的声音传达着无尽岁月的悠长。渐渐地,浑身便有湿透了的感觉,这是我感觉到的水和水的分量,每一滴水的分量。看那山岭,现在叫分水岭,但它原来却有个可怕的名字,坟头岭。一听,你就是知道,这是一个只属于死亡与埋葬的地方,一个危险而又荒凉的地方。而现在,这里已是红旗渠一个谁也不愿绕开、谁也不能绕开的优美景点。绿色的山野,绿色的水流,连空气也是淡绿色,我还是第一次如此清晰地看见空气的颜色,这是世间最干净的空气,呼吸变成了一种充满快感的体验。我的胸腔里有太多来自尘世的风尘,它需要过滤,需要净化,需要在这样的过滤和净化中除去尘世中染上的习气。在这里,我感觉到我很弱小,也感觉到我很干净。

给我带路的是一个老汉。这个五十多年前的壮实汉子,现在已是年过古稀的老人,他一直走在我头前,头顶一层白发,在一片绿影中晃动,这让他的白发白得更加耀眼。不是没有导游,青春漂亮的导游小姐,身后跟着一长串游山玩水的人,一心奔向最美的景色,眼里、心里、装满了景致,这种情绪又从闪烁发亮的双眸里漫溢出来。然而,山风太大,他们一个个都使劲掖着被山风掀开的衣衫,走得有些摇摇晃晃。我觉得,最好的导游还是老人,一个穿过峥嵘岁月一路走来的老人,不但能准确地把你引向那些优美的风景,也能引领你穿越岁月,走进某个历史现场。

从分水苑上行数十里,走到一个地方,他忽然站住了。——青年洞!

这是一个你必须仰望的地方。你看见,一条天河,从你头顶上的山体之中穿过,如挂在悬崖绝壁之上,人工天河。到了这里,你才真正理解了,这就是对人工天河的全部解释啊!风涌动着。山涌动着。头顶的云水涌动着。假如河流倒回去几十年,这里没有水声,只有深山老洞,从没有人爬上去过,爬进去过。混沌传说中,只有盘踞在洞穴里的虎皮蟒,闪烁着璀璨迷人的粼光,它的呼吸如同浩瀚宇宙中的黑洞,可以把四周野兽和鹰隼深深吸进洞子里,吃了血肉,而后,吐出白骨。就是在这里,老汉伸手一指,指着一道崖壁说,这,你在电影里看见过的!我脑子里立刻出现了一部黑白纪录片里的一个个惊险镜头——一个个人影就吊在半空中,把整个生命托付给了绳缆。但远远地,你是看不见他们的,你看见的只是一个个影子,在空中飞。森林在摇晃,悬崖在摇晃。那悬在空中的两只脚,踏碎了天空。突如其来的一个特写镜头,那一瞬间,被定格于惊鸿一瞥,让我的心一阵猛跳。

这里面就有给我带路的这个白发老人。

他说,每一个上去的人,都要把那根绳子在腰上打上个死疙瘩。没想过还要解开,没想过还会活着下来。每个人吊上去之前,都要抽上几口烟,喝上几口酒。不是为了壮胆,只是为了让身体发热。那风太大,太冷,哪怕盛夏酷暑天,那风吹到身上也跟刀子在割样的。人类,想要靠近崖壁不容易,你必须张开两臂,不是为了飞翔,而是以拥抱的方式,去接近山体。有时候,你连调整一下身体也来不及,就被狂风吹得向大山撞过去,多少人撞得头破血流;好的,就和大山撞了个满怀,你会感觉胸口被岩石猛地撞痛,但一旦抓住了大山便不再放手,紧紧地抓住,依靠着它。但还是有血从扎进山体的手指缝里流出来。你根本顾不得身体,只把一把錾子、一只铁榔头紧攥在另一只手里。

嘣,嘣,嘣……那叩击山崖的声音,仿佛从时间的背面传过来,闷闷的,乱石如瀑布般倾泻而下。一寸一寸,艰难地掘进。谁心里,都只有一个渴念,嗓子干得冒烟,渴念着的是水。水。在没有水的岁月,汗,就是水。哪怕最坚硬的花岗岩,也会被这样浓烈的血汗一寸寸泡软……

——我瞪大眼睛看,但我永远也看不清那些悬在半空中的一个个小黑点般的影子都是谁。那无疑都是让我必须仰望的英雄,看上去却像历史中的标点。我想,眼前这老汉就是当年的一个英雄。他的身上,还有岩石和炸药的浓烈气味。但老汉说,他不是英雄,那时候,也没人想过要当英雄,更没人想过要在一块石头上刻上自己的名字。

这老汉姓任。但他说,他可不是当年那个"飞虎神鹰"任羊成。老汉说,他是放炮的,放炮危险,但再危险也没有任羊成危险,他不是放炮,而是在放炮后排险。每次放完炮后,都会有松散石头掉下来,这很容易砸在崖下修渠民工的身上,任羊成是排险队长,每天带着队员们腰系大绳,凌空排险,也就是把炸松动了的石头用钢钎撬下来。没有人知道,他们撬下的每一块石头里包藏着怎样的秘密,但他的民工兄弟们知道,只要是"飞虎神鹰"飞过的天空,就是最安全的天空,就不会有祸从天降。但这"飞虎神鹰"也有失足的时候,有次他爬上通天沟除险,一下跌在山谷间的圪针丛里,还好,他捡回来一条命,也背上了一身刺——他挣扎着爬起来时,脊背上扎满了尖尖的枣刺儿,但他忍着难以忍受的疼痛,又重新爬上了山崖,一直把悬崖上所有危险的石头都撬掉了,天黑了很久才回来。当他黑乎乎一身扎进屋里,把房东老大娘吓了一大跳,还以为钻进来一只长满了尖刺的豪猪。瞪眼一看,才看清楚是任羊成。那晚,房东大娘婆媳俩给他挑了大半夜刺,两个妇道人家心疼得心尖都在发颤,这汉子却愣是一声不吭。好汉哪!

停了,老汉又问我听没听说过常根虎?他才是炮手,神炮手!啥叫神炮手?那先得练就爬山、扒崖、装药、放炮的一身本领,还能根据不同的山势来确定这炮咋放。老汉说,你别以为放炮的都是炮筒子,讲究多呢,小炮、大炮、平炮、斜炮、拐弯炮,几十种,每一种的爆破技术都不一样。要当一个好炮手,你得狠——干脆利索;还得准——该装多少药才正好。装多了,炸开了不该炸开的口子,还浪费了炸药,那会儿炸药可珍贵。你装少了呢,又要炸第二次,危险不说,又费药又费工。常根虎那可是一放一个准,但这还不能算神炮手,神炮手还能排除那些没放响的瞎炮。但那瞎炮,许久不响,有时候人一动,突然就炸了。这是一般炮手都不敢干的,得最有经验的人去干。炸死了,是烈士;没炸死,是勇士。像常根虎这样的好炮手,放了十年炮,又排了十年瞎炮,没事儿,他还活着,不缺胳膊不缺腿地囫囵活着,那才称得上神炮手!这些往事,老汉讲得格外平淡,看他的表情,也很平淡,我却听得胆战心惊。平淡,只因为经历过了,曾经沧海难为水;心惊,只因为没有那样的经历,难以理解那种历尽奇险的非凡人生传奇。这样,你才真正理解了人民创造历史的全部含义。你甚至觉得你看见的不仅仅是一项水利工程,而是一个民族不屈精神的象征、一部浪漫主义和现实主义完美结合的伟大作品。

此刻,阳光朗照着。我定定地看着水里的那些石头,整个河床都是石头,如复活节岛上那些神秘而巨大的石像。我知道,没有什么比石头更禁得住时间淘洗。这坚硬的岩石上,留不下足迹,也按不下手印,但那个时代的人都和大山订下了生死契约,没有海誓,只有山盟。白发三千丈,是诗人浪漫的夸张,天河三千里,却是人间伟大而真实的奇迹。为开凿这条人造天河,林县人就在这太行山麓的悬崖、绝壁与峡谷间,硬是用血肉之躯架设起一百五十多座渡槽,开凿了两百多个隧洞,修建了一万二千多座各种坚固的建筑,比一座大山本身更具坚固的质地。这么说或许还太抽象,换句话说吧,如把这些土石垒筑成两米高、三米宽的一道城墙,它可纵贯祖国南北,把广州与哈尔滨连接起来。林县人很少有豪言壮语,那些无法说出的故事和他们经历的干渴一样,都是属于生命的最深刻的体验。这是林县人生存能量的一次集中大释放,也是人类历史上又一个由中国人创造的奇迹。周恩来总理曾经充满自豪地告诉国际友人:"新中国有两大奇迹,一个是南京长江大桥,一个是林县红旗渠。"有人甚至把红旗渠称为"世界第八大奇迹"。

然而,我依然感觉,语言,此时此刻,是多么苍白啊。

今天,当我凝望着它,真的如同凝望一个伟大的神迹,然而,这却是人——一个个最渺小的人干出来的。而当年修渠的那些民工,有多少人不在了?十年,为了这条人造天河,先后有八十多个人献出生命,八十多次壮烈的诀别。他们中大多数是民工,很多就是任大爷的战友和兄弟。想起当年那些一根纸烟轮着抽、一壶老酒轮着喝的哥们儿,一个个赤膊精壮的哥们儿啊,老汉强忍着老泪转过脸去了,那是他一生都在回望的一个方向。他喃喃说,那些伙计,现在剩下的,还有几个啊?——没数过,老汉只是一根接一根地抽烟。

  我想象着,那是怎样的一群生命,他们该以怎样的姿势屹立着?在干旱缺水的地方,最能长出彪悍、刚强、像石头一样硬邦邦的汉子,连说话,每个字都是生生硬硬的。这每一个汉子,都是好汉,这每一个民工,都是英雄。一个老汉这样老了,但他裸露的筋骨依然像石头,生硬得能扎痛我这个南方人的眼睛。

  如今,来自全国各地甚至世界各地的游人络绎不绝,他们大多已是共和国的第四代、第五代公民,还有不少大人带着孩子,他们来到这里,谁都想品尝一下这世界第八大奇迹的一滴水,一滴奇迹般的天河之水。那清冽,那甘甜,那深度,让每一个啜饮着她的人,都莫名专注而感动。这些在自来水和牛奶里长大的年轻人和正在长大的孩子,他们是否能品味到这水里深藏着的那些艰辛岁月?

  听说,只要喝过这里的水,一辈子什么样的辛酸苦涩便都能禁受了。

  我深信,这是真的。

  一切都在流逝,静谧地流逝,从这里流过去很久之后,忽然,听见了响声,仿佛在另一个世界响起。

  我却像一个朝圣者。时光凝结在脚下。我的脚步难以挪动。

  在国民经济调整时期的五年,也是工程进展最顺利的五年,红旗渠的主干工程是在刘少奇主持中央一线工作时完成的。然而,创造了奇迹的林县人,却没有荣耀,只有屈辱。1965年,清明节,红旗渠总干渠全线贯通,整整一年后,三条干渠同时竣工……人类刚刚写下这壮丽的诗篇,历史却写下了恶意的一笔,还没等林县人把天河之水引进他们焦渴的家园和干涸的田园,一场史无前例的大动乱爆发了,让老百姓喝上口水,让田里的庄稼喝上口水,竟成了不可饶恕的大罪。红旗渠一下沦为了唯生产力论的活标本,在太行山上飘扬了整整六年的红旗一夜之间成了黑旗。杨贵被打成走资派,撤职,挨批,挨斗,毒打……然而,就像当年在解放区一样,十七岁,他就懂得,相依为命的是老乡,三十七岁他更加懂得,相依为命的还是老乡,老乡们暗中保护他,给他兜里塞鸡蛋,往他怀里揣刚出锅的烙饼。而对一个身上和心上都有伤的人,他从老乡们的眼神里看到了那种不变的信赖。还是那句话,他说过,一定要让老乡们过上好日子。为了这句承诺,他挨过枪,流过血。既然没死,既然活着,那就要竭尽全力地去履行自己的承诺,去受难……

说到这里,任老汉沉默了,像一块沉默的岩石,老岩石。他的目光穿过云层后面的阳光,那表情,像在回忆前世的事情。他的回忆遽然中断,我也省略了许多难以言说的笔墨。

后来,是啊,还多亏了周恩来总理的亲自关照,在经历了两年多人生浩劫之后,杨贵才得以重整河山。可惜啊,这一折腾,把红旗渠的后续工程又耽误了几年。但杨贵还是杨贵,他也没顾及当时的艰险处境,一出山,便带着老乡们继续修建红旗渠的支渠、斗渠和各种配套工程。然后,如同轮回般,他又遭到批斗,又是在周总理的亲自过问下,杨贵在党的十大上当选中央候补委员,这不仅是对杨贵一个人的肯定,也是在那个异常诡谲的年代对红旗渠和林县人民的一种肯定。

1969年秋天,红旗渠的总干渠、干渠、支渠、斗渠和所有配套建设宣告全面竣工。整整十年,只为这一刻。无穷碧水,仿佛从天边涌来,向着林县的各个方向延伸,如同血流奔涌的血管,一下充满了生命的每一个缝隙,让每一片干涸的土地都变得水汽充盈。十年啊,十年,一代人的血汗,连同生命,仿佛让林县和林县人重新诞生了一次。他们掬着甘甜的渠水,喝呀,喝,一直都在渴望,一直都未曾满足过,每个人都在痛饮,每个人心中都被奇妙的感觉所充满。有的人惊喜地叫起来,鱼,鱼!这鱼从漳河里游过来,游过一千年,一万年,林县人还是第一次看见水里有如此鲜活的生命。它们的出现,仿佛是为了启示一种生命,林县人,多少辈子也没有痛快淋漓地洗过澡的林县人,汉子们、媳妇们、姑娘们、老人和孩子们,纷纷扑腾到水里,在这人造天河里,完成了他们人生第一次最圣洁的洗礼……

风涌动着。山涌动着。脚下的云水涌动着。山下的麦子涌动着。这个季节,空气中又渐渐弥漫着成熟的味道,阳光下,一茬麦子又黄了。

这天上的河流,流淌着的早已是寻常的人间故事。不管时代风云如何变幻,又不管人生命运多么无常,从干涸记忆深处的第一次全线通水,到今天,红旗渠已经历了四十年的风雨沧桑。这是一条时间越久越能看清她生命本色的河流,而林县,也由一个豫北穷县,变成了今天的一个水灵灵的绿色生态旅游城市——林州市。在今天的林州人心里她依然是一渠水,一渠粮,一渠电,就像给我带路的任大爷说,它是俺林州人的生命水啊。四十年,这条人间的天河彻底解决了全县五十多万人的吃水问题,还有五十多万亩耕地在红旗渠的灌溉下变成了肥沃的粮田,粮食亩产由建渠之前的亩产还不到两百斤增加到了现在的上千斤。

但我似乎有些不走运。我来到这里时,又是北方遭遇大旱的季节,这样的干旱已是北方的常态,连我这个来自长江、珠江边上的人都已见惯不惊。令我吃惊的是眼前的事实,在几乎无河不干、无河不污的海河流域,还有这样一条从天边流来的河流,滔滔不尽地流向大地与生命深处。然而,水,又的确是能给人类带来幻觉的,我看着的这一渠清水是真的,但这真实背后还有另一种真相。

追溯起来,这其实也是一段与华北大旱、海河干涸这个大背景有关的真相。红旗渠也是海河水系的一部分,当海河干涸,漳河也必然发生水危机,好在红旗渠地处漳河上游,多少还有一点水,但水量锐减,时常也会干涸断流。这样的危机在红旗渠竣工不久就开始发生了,只是很少有人说出真相。毕竟红旗渠是新中国水利战线上的一面红旗,在人们眼里,它不仅是一个单纯的水利工程,还是一个政治工程,谁都希望它能成为一条永不干涸的精神之河和人类永不干涸的记忆。

但眼看着红旗渠处于危机之中,又不能不说出真相。1991年12月,原林县县委副书记崔凤金痛定思痛,终于痛下决心,给河南省委、省政府写了一封信:"近十几年来,红旗渠遭到严重破坏。总干渠普遍被淤泥堵塞,山石滚落渠内成了'镇山石'也没有人排除,山岩风化,殃及渠身也无人组织修复。支、农、斗渠大段大段地被拆毁。甚至有人拆石盖房,肆意破坏。长藤结瓜——水库工程大部分干涸,有的干脆在库内开荒种地。夜明珠小水电站大部分成了废墟,十二支渠上原有二十四座小水电站,今天成了残垣断壁。红英汇流纪念亭也亭塌碑倒。更有甚者,总干渠盘阳段渠岸碑爆炸,三十多米渠墙倒塌,六十多米移位裂缝,造成红旗渠全线停水。时至今日,红旗渠支、农、斗渠475条,共长1050千米,第十二支渠基本报废,其他均被严重损毁。水库池塘破坏损毁得更为严重。"

——这还只是崔凤金反映红旗渠的一部分情况,而红旗渠当时的情况,比一个行政干部谨慎的描述更加触目惊心。然而那个年代,正是水利几乎被人们遗忘的年代,很少有人走到这里来亲眼看看,红旗渠的命运也并未引起各方面的高度重视。这让红旗渠干涸、断流以及人为的破坏进一步恶化。到了1999年8月,正是主汛期,红旗渠三十多年来首次在汛期断流,而且是全线断流。一般来说,大旱之后必有大水,但在2000年主汛期,红旗渠又发生了更严重的全线断流。据林州水务部门统计,1977年红旗渠引漳河水量为4.57亿立方米,2000年只有0.73亿立方米。从这点儿引水量一看就知道,这次断流与漳河直接有关。常言道,大河有水小河满,大河没水小河干,连漳河里都没有水了,红旗渠就是修得再漂亮,又到哪里去引水呢?这样的严重干涸、断流,一直延续着。2007年,安阳师范学院王野平老师徒步考察红旗渠后,写了一篇《从青年洞到渠首——红旗渠考察与思考》的调查报告:"原来红旗渠配套有三百六十多个水库,但大都废弃不用。现行的政策及领导,并未充分利用水库、池塘蓄水。像林州东姚水利站修成水库后,可灌溉百余亩土地,但东姚乡水利站为了自己卖水,而不让水库蓄水,致使水库干裂报废。"王野平为此而痛心疾首地疾呼:"红旗渠奄奄一息,只剩精神,没有了水;没有水的红旗渠,近于报废;当年全林县人民付出的惨重代价,今天都快付诸东流了;林州有重新被旱魔勒紧脖子的危险!"

从崔凤金向河南省委、省政府反映情况,到王野平的奔走与疾呼,红旗渠的命运并未得到太大的改变。随着引水量锐减,灌区浇灌面积由原来的约六十万亩缩水了一多半,已不到三十万亩。而在极度的干涸与焦渴中,人类为了争抢最后一点水,多次发生大规模械斗,有的村民甚至动用上了抗战时期的火炮,将对方的渠道、灌溉设施等炸毁了。甚至有人说:"这已经不是械斗,而是生死存亡之争。"而当这样的事件在人间频频发生,也足以表明人间干涸到了怎样的程度。又岂止是一条红旗渠一条漳河的问题,也不仅是三十多万平方千米的海河流域的问题,这是整个中国的问题。中国水危机已经走到了一个生死抉择的十字路口。

这个抉择终于在 2011 年早春来临,新中国成立六十多年来,中央第一次以一号文件形成对水利工作进行全面战略部署。随后,中央财政投入巨资加强各地水利设施建设,其中就有一笔是拨付给红旗渠用于技改工程的,3600 万,对于红旗渠,这是实实在在的大手笔了。哪怕红旗渠真是一条永不干涸的精神之河,如果没有实实在在的投入,人类也只能靠精神来抗旱、解渴了。又或许就是这实实在在的投入,拯救了一条几近报废的红旗渠,这才让我看到了眼前这"为有源头活水来"的一渠活水,一渠清水。然而,红旗渠从来不是孤立的存在,一条红旗渠无论被人类打造得多么伟大,还得有源源不断的水源。红旗渠的水源是浊漳河,浊漳河又是漳河的支流,漳河又是卫河的支流,卫河又是海河水系南运河的支流,这些水系是交织在一起的。

若要让红旗渠成为人类永不干涸的记忆,还有多少江河需要拯救?

第五章　大运河

大运河,谁都知道大运河,谁都知道大运河是中国水利史上、中国航运史上最伟大的古代工程,是世界上开凿时间较早、规模最大、线路最长、延续时间最久且目前仍在使用的人工运河。然而,当你真的走近了大运河,眼前却突然一阵模糊,你说的是哪条大运河?是隋唐大运河,还是京杭大运河,抑或是你眼睁睁地看着的这条大运河?

很多事,只有在你真正开始关注它时,想要更深入地了解它时,你才会发现,我们对它所知甚少。譬如以前,一说到大运河,我立马就会想到京杭大运河。现在我明白了,大运河,隋唐大运河,京杭大运河,还有我们今天眼睁睁地看着的大运河,绝对是不能画等号的。最好的方式,还是从北京出发,走向杭州。一路上你将穿越北京、天津、河北、山东、江苏、浙江、河南和安徽八省市,这条路线,基本上在东经110度至东经120度之间穿过,或许会有一点摇摆,但摇摆幅度不大。这是京杭大运河的路线,也是南水北调东线工程的路线,还是京沪高铁的路线。这三条线路大致是平行的,也会有一些转折,难免会走一些弯路,但出入不大。走过了我才发现,我穿越的这条大运河是京杭大运河的路线,但又不是、至少不完全是京杭大运河,它大体上包括京杭大运河、隋唐大运河和浙东运河三部分。否则,一条水路也不会显得如此漫长。

当我穿过中国东部平原上的海河、黄河、淮河、长江、钱塘江五大水系后,我才恍然大悟,当所有的水系都以平行的方式自西向东流淌时,只有这条大运河,是中国大地上唯一沟通南北的大河,这正是它非凡的意义。是的,这些我早已从历史地理教科书上知道,但直到走过了,我才感觉到这是一种真实的发现。否则,一条大运河永远都只是你在地图上看见的大运河。

这里必须交代一下,元代以前,大运河通钱塘江,现仅通至杭州。

一 时间的审判

若要追溯大运河的来龙去脉,只能从以琼花为图腾的扬州开始。

在传说中的琼花出现之前,这座城市其实已在我的叙述中不断地重复和穿插。

这与我的叙述无关,而是一种得天独厚的安排。只要一涉及江河水系,没有人能绕开这个地方。面对这座与水息息相关的古老城池,到底应该把她放在哪一个江河流域内?这一直是我颇踌躇的一个复杂问题。她无疑是属于长江流域的,扬州地处长江下游北岸,长江在扬州境内有八十多千米,这个里程不算太长,但意味深长,没有扬州,也许就没有扬子江。无论从哪方面看,扬州无疑都是长江流域的城市。但地处江淮平原南端、素有"苏中门户"之称的扬州,在地理与人文意义上说,似乎又更属于淮河和大运河流域。扬州之名最早见于《尚书·禹贡》:"淮海维扬州。"淮扬是一个标志性的也是一个不可分割的地域徽号。正因为地处沟通淮扬的要津,历史上每一次对大运河的大规模整治,以扬州为轴心的江苏运河段,都是重中之重。

第一次来扬州,目标相当明确,我就是冲着一个瘦西湖而来的。但扬州不只有瘦西湖,还有太多与水有关的事物。

在古代,扬州是一个广泛的地理概念,如今的扬州,实际上是春秋的邗城、秦汉的广陵,江都是扬州古城的另一个名称。楚汉相争之际,楚霸王项羽一度在广陵临江建都,始称江都。隋炀帝从东都洛阳沿大运河三幸江都,爱这里江山,更爱这里的琼花和比琼花更美的美人。扬州为古代中国海上丝绸之路的重要港埠,唐代中国东南第一大都会、中国四大贸易港口之一,清代的盐运和漕运中心。这里有太多让我想寻觅的地方。

第一次走进扬州,时值而立之年。

我为这里的山水写出了无数的形容词,但也忘了许多与这座水城有关的重要事物。

又一次走进扬州,已是2012年6月下旬。我从北运河和南运河交接的天津海河三岔口出发,沿着一条大运河一路南行。京沪高铁,只用了三四个小时就把我送到了这里。风驰电掣的速度让我倍感时间的飞逝,此时离我第一次走进扬州时隔二十年,我也从而立之年走到了自己的知天命之年。说来也是巧合,我天命之年的生日就是在扬州不知不觉度过的。度过了,方才惊觉,我已是一个五十而知天命的老人了。很想弯下腰去,在这里的流水里看一看自己年过半百的老态,想一想往昔和未来的一切。或许,这就是一个老人的心态。

其实,第一个想看看的是春秋邗沟,这是二十年前被我遗忘了的事物,却是我此行最明确的意图。——大运河的第一锹土就是在这里开挖的。

对大运河的开凿,可以一直上溯到公元前5世纪的春秋末期。对这一段历史,《左传》哀公九年(前486年)有确凿记载:吴王夫差在接连打败越国和楚国两大宿敌后,迅速崛起为当时统驭长江下游一带的春秋霸主。虽说强大的吴国从未列入春秋五霸,但一个达到鼎盛的吴国,已经变得野心勃勃。它不想再安分守己地守着一条长江,开始觊觎群雄逐鹿的中原。为了争夺中原霸主地位,夫差发动了一次次北伐战争,屡次北上与齐、晋等大国争锋。也正是从北伐的战略上考虑,夫差征调数十万民夫筑邗城,作为北伐的桥头堡,并利用长江三角洲的天然河湖港汊,疏通了由今苏州经无锡至常州北入长江直达扬州的古水道。而他最具开拓性的壮举便是在邗城脚下开邗沟——自扬州到江水,东北通过射阳湖,再折向西北,至淮安入淮河。这条全长一百七十多千米的邗沟,也就是后来里运河或淮扬运河的前身。其实叫淮扬运河更准确,事实上,它就是大运河连接扬州、扬子江和淮河的一段。尽管这一段运河只占今天大运河的十分之一,却是大运河中最古老的一段。历史上人类第一次通过它把长江水引入了淮河,江淮从此终结了互不相干的历史,成为连为一体的水系。尽管从一开始,这条运河就同战争、野心直接相连,但在大运河的历史和中国水利史上,却是一个伟大的开端。

对历史的清理,时常让我在现实的时空中更加茫然。如果没有一个对扬州的前世今生都相当熟悉的人带着,我很难找到这条世界上最古老的运河。

还是老办法,每到一个地方,先去寻找当地的活字典。

几经辗转,才找到了熟知当地文史掌故的刘溪泉先生。看着他黑白夹杂的头发,我立马对他有了一种信任感。那天,据说是扬州入夏以来最炎热的一天,太阳把一座古老的城池照得无比清晰。刘先生带着我从楼群的阴影里转出来,眼前豁然一亮,此处已是扬州市北郊。那条春秋邗沟,竟然很快就找到了。这让我有点不敢相信,看着眼前这条两三里长的河流,我感到非常可疑,这就是历史上最古老的运河吗?刘先生"嗯哪"一声,然后就带着我认认真真地走了一个来回。换句话说,这也是实地踏勘了。

凝视这条河,水还是千年不断的水,只是这浅浅的水面已经无法载起一条最小的行船。河边上,是近年来盖起的一幢幢火柴盒般的楼房,掩映在杨柳丛中。这些杨柳被烈日照得蔫蔫的,都不由自主地向着一湾流水弯曲。想象隋炀帝时代那"渠广四十步,渠旁皆筑御道,树以柳"的情景,不知他当年的龙舟是不是从这里经过。向河边上的居民打听这条河的情况,不知是他们听不懂我的话,还是不知道这条河的来历,一个个都在摇头,却又像不堪回首的样子。

扬州是大运河的历史起点,甚至可以说是孕育了大运河的子宫。

在孕育了一条大运河的同时,扬州也成了世界上最早的、中国唯一与古运河同龄的运河城。用刘先生的话说,看扬州的历史,就是中国大运河的一部通史,也是中国水利史、航运史的一部通史。

然而,这个伟大的历史开端似乎一直只是一个开端,在之后漫长的岁月中,邗沟依然只是一条邗沟。春秋的流水,在无尽岁月的荒芜淤塞中,一如吴王夫差当年徒劳的北伐,始终难以把南方的力量注入北方。黄河、长江、北方、南方,历史上原本就是难以沟通的两种文明,最直接有效的沟通,就是来自北方的征服者一路金戈铁马地打过来,以血腥的杀伐最终将南方征服,而南方在这种不断被征服的过程中似乎变得越来越温驯。一条大运河,印证了这个宿命,只有来自北方的力量才能将它打通。

在邗沟温驯地流淌了数百年之后，又一个逐鹿中原的乱世来临。

东汉建安十年（205年）后，曹操先开白沟，又开平虏渠、泉州渠。对这段历史，我已在关于海河的一章里有过叙述。曹操是一个大战略家，他从军事出发，却干出了中国水利史上两件了不起的大事：一件是他对白沟、平虏渠、泉州渠的开凿，从此让漫漶而模糊的海河水系从黄河摇摆不定的下游分离出来，让海河形成了一个相对独立的水系；还有一件就是他开凿了北方运河的几个关键段落，这都将被隋炀帝和元世祖利用起来，纳入隋唐南北大运河和元代京杭大运河的一部分。但很遗憾，伟大的曹操最终也没有把一条北国的白沟修到南方的邗沟。如果他能统一中国，或许他会完成这一使命。然而，直到死，他也没有统一中国，也没有征服南方。

从东汉末年至隋朝初年，南有邗沟，北有白沟，南北两段运河遥相呼应，岁月绵延而流水隔绝，在苍茫岁月中隔绝了四百年之后，一个开创大运河的时代终于来临。隋朝，这个像秦朝一样辉煌而短命的王朝，注定是要统一中国的。当隋文帝统一中国北方后，南方的陈王朝，我的故国，成了他最后一个征服的对象。随着中国南北的又一次统一，一条南北大运河终于到了呼之欲出的时刻。

说到这里，刘溪泉先生为我大致清理了一个头绪，但这不是他的观点，而是水利史家的观点。大运河的开凿史大致分为三个阶段：春秋时代为第一个阶段；隋朝开凿的南北大运河为第二个阶段；元朝开凿的京杭大运河为第三个阶段。而曹操的作为并未列入一个阶段，只是其中的一段插曲。

对于大运河的历史和命运而言，第二个阶段无疑是最重要的。

刘先生纠正了我一个认知上的误区：隋代大运河并非从隋炀帝开始开凿，事实上，从隋文帝就开始了。当时，为兴兵伐陈，来自北方的隋军首先就要打通南征江南的水道。就这样，春秋的邗沟，在荒废已久之后，终于进入了来自北方的征服者的视线。这也让扬州成为隋代南北大运河最早动土的地方。不过，当时主要是战争的需要，主要是对荒芜已久的春秋邗沟进行疏浚和整治，其中最大的一个工程，就是在今淮安到扬州之间开了一条山阳渎，中间不再绕道射阳湖，这等于是为隋朝统一中国打通了一条捷径。

隋文帝杨坚不但统一了分裂百年的中国,还开启了隋唐盛世之门,实现了千古传颂的开皇之治。可惜天不假年,抑或死于非命。幸运而又不幸的是,他的继任者隋炀帝杨广,对于文治武功也像父亲一样有着恢宏的抱负,并且戮力付诸实现。

杨广一生干了很多大事,但最伟大的还是修通了一条南北大运河。

就从隋大业元年(605年)说起吧。这是杨广登基的第二个年头,三十六岁的隋炀帝将年号改为大业,这意味着,雄心勃勃的他就要开创和缔造自己的大业了。

但老百姓不这样看。老百姓没有话语权,却以民间传说演绎着他们的想法和说法。相传隋朝时,扬州开了一种十分绮丽的花——琼花。隋炀帝听说了它的美丽后,就决定去赏花。于是他动用大量人力,开通了著名的隋朝大运河,并乘豪华龙舟前往。可是琼花讨厌这位暴虐的君主,杨广来时就自行败落,不让隋炀帝看。此花在南宋被移植临安,但随后枯萎,移回扬州,则又复活。又相传隋炀帝开凿大运河是为了下江南,遍寻江南美女,而历史记载隋炀帝的确在扬州建"迷楼"来金屋藏娇,似乎也是其荒唐行为的历史证据。

传说也罢,荒唐也罢,大运河工程即将上马,已是一个历史事实。当时,朝臣中反对的人也挺多,但杨广力排众议,下令由杰出工程专家宇文恺主持修建大运河。

宇文恺出生于显赫的武将世家,其祖先是鲜卑族,其父宇文贵为西魏十二大将军之一。宇文恺擅长工艺,尤善建筑,主持过许多大型的建筑工程。蜚声中外的唐都长安、东都洛阳,实际上都是在隋代建造的,创建这两座历史名城的第一功臣就是宇文恺。从营建新都大兴城——西安古城,到修建著名的仁寿宫,他营造的巧思和学识的渊博都得到了天才的发挥。尽管很少有人把他视为水利专家,但他在水利上也做出了杰出的贡献。在主持修建大运河之前,隋开皇三年(583年),新都建成而仓廪空虚,需要大量转运关东米粟,而渭水多沙,不便漕运。四年,隋文帝下诏兴建漕渠,令宇文恺率领水工凿渠，引渭水通黄河，自大兴城东至潼关三百余里，名叫广通渠，后改名永通渠。虽说修渠的初衷是为了漕运，这一条广通渠却让关中的老百姓广受灌溉泽被之利，人称富民渠。这也是关中历史上著名的水利工程。与此同时，宇文恺还主持整修了汴河。在此基础上，隋炀帝杨广后来开通济渠，疏通古邗沟，开永济渠，重开江南运河，从此东西南北转运便利，隋唐关中的富庶颇得益于此。

在杨广开始大展宏图时，宇文恺一生最辉煌的功业也由此开始了。

这里按时间顺序，先说通济渠。这是隋南北大运河中最重要的一段，它分二段凿成：一段自今河南洛阳西的隋帝宫殿西苑开始，引谷、洛二水入黄河；另一段自河南的板渚（今河南荥阳汜水镇东北三十五里）引黄河水经荥阳、开封与汴水合流，在盱眙之北入淮水。这条全长六百多千米的运河，连接了黄河与淮河，贯通了西安到扬州的水路，是帝国时代最鼎盛时期的交通大动脉，"枢纽天下、临制四海"，通航了七百余年。哪怕用现在的眼光看，通济渠的设计也是无可挑剔的，它充分利用了旧有的渠道和自然河道。但为了通行巨大的龙舟，必须把河道凿得又宽又深。要命的是，如此浩大而艰巨的工程，杨广却要在短时间内完成。史载，隋炀帝"发河南、淮北诸郡民，前后百余万"。宇文恺深知工程艰难，但于他而言，最重要的是取悦帝王，这让他在主持修建的多项大工程中"役使严急，丁夫多死，疲顿颠仆，推填坑坎，覆以土石，因而筑为平地。死者以万数"。隋炀帝还派出了五万名彪形大汉，各执刑杖，作为督促民工劳动的监工。因为劳动负担很重，监工动不动就用棍棒毒打。从修长城，到修大运河，一个伟大而苦难的民族表现出了最大的顽强。很多劳工浑身溃烂，一使劲，就会从身体内掉下一条条蛆虫。每个人都在艰难地呼吸，大口大口地喘着粗气。活着，对于他们，就是以垂死挣扎的方式把最后一丝力气使在这工地上。一条大运河何时才能修到头呢？事实上，很多人都看不到那个尽头了，看到的是一车一车拉走的尸体，层层叠叠，一层压着父亲，一层压着儿子，累死的、饿死的、病死的、活活打死的，一条大运河其实是用老百姓一具一具的尸体连接起来的。这条大运河，就是他们的地狱和冥河。

从大业元年三月动工,到当年八月通济渠就全部竣工了。五个月!连五个月也不到。隋炀帝和宇文恺创造了运河开凿史上的奇迹。此时,我一边回想往日的繁荣一边想,或许,就是这样的奇迹把隋炀帝打造成了老百姓心中最可怕的暴君吧。

在大兴土木开凿通济渠的同年,杨广没有忘怀南方那条古老的运河,"又发淮南民十余万开邗沟,自山阳至扬子入江",对春秋以来淤积的沙砾和泥沙又进行了一次大规模的疏浚。隋代的工匠也深谙"深淘滩"的法则。自那以后,邗沟再也不会断流。随着通济渠和邗沟的应声打通,黄河、淮河和长江三大水系,实现了历史性的贯通。这在中国水利史上,是伟大的壮举之一。

第一个有幸享受这条大运河的人,只能是隋炀帝。这原本就是一条为了王者而开拓的御河。大运河的开通仪式或许也是他出发的大典。杨广从洛阳登上龙舟,沿通济渠南巡江都。这些,唐人韩偓的《开河记》记得很清楚:"功既毕,上言于帝,决下口,注水入汴梁。帝自洛阳迁驾大渠,诏江淮诸州,造大船五百只。龙舟既成,泛江沿淮而下。"想象一个伫立于巍峨龙舟之上的天子,像一个可以驾驭一切的伟人,他又何止是人间的帝王,连黄河、淮河、长江这些桀骜不驯的江河都服从了他强大的意志。

一路上江山如画般展开,用现在的眼光看,隋炀帝打造的不只是一条大运河,还是一个生态水体景观工程。从牡丹花开的东都洛阳到琼花怒放的淮扬江都,两千里水路如花似玉,两岸筑起了十里一亭、百里一阁的御道,水上波光潋滟,两岸绿柳成荫,这逐水而生的杨柳是非常动人的,让一条大运河满盈着绿色的诗情与画意。隋炀帝不只有雄才伟略,还是一个才华横溢的诗人和独具风格的散文家。他的诗文和他开凿的大运河一样,被后世誉为"通首气体强大,颇有魏武之风",但炀帝不但有气体强大的魏武之风,也"能作雅正语,比陈后主胜之",一首《春江花月夜》就是他此类风格的代表作:"暮江平不动,春花满正开。流波将月去,潮水带星来。"

在这春花与逝水之中,我第一次读出了他内心里深含着的宿命感。他是否看到这条大运河到处都飘荡着冤魂与幽灵?而这王者的御河,是否又能延续王者的血脉?

事实上,杨广不会就此住手,他的宿命不是成为一个诗人,而是一个惨无人道又当之无愧的伟大开拓者。

在通济渠开通三年之后,隋炀帝的目光转向了河北,这是更具战略意义的一种目光。据史载,隋大业四年(608年)正月,隋炀帝"诏发河北诸郡男女百余万开永济渠,引沁水,南达于河,北通涿郡"。寥寥数语的《隋书·阎毗传》,让后世得知了隋炀帝开凿永济渠的战略意图:"将兴辽东之役,自洛口开渠,达于涿郡,以通运漕。毗督其役。"可见,隋炀帝并非一个只顾寻欢作乐的皇帝,他还有另一番开疆拓土的大业。

永济渠由阎毗负责督建——"毗督其役"。

阎毗,何许人也? 据《隋书·阎毗传》大略可知:阎毗为北周上柱国宁州刺史阎庆之子,北周武帝时被选为驸马,娶清郡公主,生了阎立德、阎立本这两个著名的儿子。隋文帝"爱其才艺,拜车骑将军"。阎毗在隋代的卓著贡献,就是主持修建了永济渠。也正是隋开永济渠,以曹魏旧渠为基础,将曹魏旧渠拓展成为大渠,至现在的天津市境与沽河汇合。这是永济渠的中段;从今天津市至古涿郡为永济渠的北段,这是由当年的水利工程师通过对古潞河、桑干河两条自然河道的下游改造而成;开永济渠的关键工程是在沁水左岸开渠,南引沁水向东北流,汇清水至今浚县西入白沟。这是永济渠的南段,也是当时新开凿的河渠。永济渠也是在隋炀帝的催促下完成的一个"大跃进"工程。由于男丁严重不足,连很多妇女也被强征而来,整个工程当年开工,当年开通,从开工到建成仅用了不到一年的时间。这是隋炀帝创造的又一个奇迹,一条又宽又深的运河在无数百姓的血泪中诞生。

永济渠现在看不见了,看得见的是南运河。

南运河为海河南支,原为古老河道,后经人工开凿,现为京杭大运河北段,也是京杭大运河在华北的主要河段。南运河南起山东省临清市,一路流经山东德州,再经河北省吴桥、东光、泊头、沧县、青县入津,至三岔河口与北运河汇合后入海河,全长五百余千米,为海河水系五大河流之一。

追溯南运河的历史，必然会追溯到永济渠。永济渠是继隋炀帝开掘通济渠、疏通古邗沟之后，开凿的又一重要运河。这条长约一千千米的永济渠，"阔一百七十尺，深二丈四尺"，从洛阳经山东临清至河北涿郡，从此打通了一条沟通黄河与海河流域的航运水道。战争准备对于隋炀帝来说仍然是当前第一要务，永济渠是隋朝调运河北地区（指当时黄河以北、太行山以东的河北道）粮食的主要渠道，也是对北方用兵时，输送人员与战备物资的运输线。

大业七年（611年），雄姿英发的隋炀帝乘坐着他那水上宫殿一样的龙舟自江都沿运河北上，除亲自乘龙舟通过永济渠外，还曾"发淮以南民夫及船运黎阳及洛口诸仓米至涿郡，舳舻相次千余里，载兵甲及攻取之具，往还在道常数十万人"。当时江淮以南的役夫和船只以及漕运、兵甲、武器、兵士等都是通过永济渠运往涿郡的，船只相延近千里，往返运输数十万人次。这络绎不绝的船队和人马，水陆兼程，最后抵达涿郡，全程两千多千米，时称四千里，仅用了五十多天，足见其通航能力之大。

也就在这年，隋炀帝从大运河挥师北上，东征高丽，负责督建永济渠的阎毗在跟隋炀帝征辽时，死于途中。

大业八年十月，主持修建通济渠的宇文恺卒于工部尚书之位。

大业十二年，隋炀帝决定三游江都。当时，全国已经民不聊生、烽烟四起，一些耿直之臣上书劝谏，结果多人被杀。当杨广所乘龙舟行至梁郡（商丘）时，官绅带领一些群众拦路上书谏阻，结果同样惨遭处死。就是在这次巡游到达目的地江都后，三月三日，禁卫军突然发动兵变，右屯卫将军宇文化及傍晚时杀入宫中。杨广与萧皇后出逃被捉，叛军要取其头颅，杨广选择服毒，称要留全尸。服毒未成，被兵士勒死，满足了他留全尸的意愿，死后被草草埋葬于江都宫。

隋炀帝活了四十九年，五十而知天命，而他已在知天命之年来临的前一年死于非命，大约也终于没有悟到他的天命了。他死了，但关于他的历史没有画上句号，甚至才刚刚开始。他活着时，没有任何力量可以审判他，他死了，将接受时间的审判。但非常吊诡的是，隋炀帝死了一千四百年，似乎依然未盖棺论定,或许似乎当年埋葬得过于草率了,他也是中国历史上一位难以盖棺论定的帝王。《剑桥中国隋唐史》对他的评价很有意思:"隋炀帝毕竟是一位美好事物的鉴赏家、一位有成就的诗人和独具风格的散文家,他可能有点像政治美学家,这种人的特点可用以下的语言来表达:的确,自欺欺人也许是一个规律,因为带有强烈的艺术成分的政治个性具有一种炫耀性的想象力,它能使其个人的历史具有戏剧性,并使一切现实服从野心勃勃的计划。"大运河只是他野心勃勃的计划之一,幸运的是在他生前就变成了现实。一条比京杭大运河还要长的大运河,从通济渠、永济渠一路流经黄河、淮河、邗沟,穿过长江,又经江南运河至杭州。在隋炀帝时代,一条亘古未有的大运河终于变成了一条真正的南北大运河。

而这条大运河,以及人类干出的许多工程,尤其是水利工程,也同样要接受时间的审判。在中国水利史上,能够经受住时间审判的水利工程其实不多,那些能够留下来至今还在发挥作用的更是少之又少,很多早已被无情的时间淘汰出局。隋炀帝开凿的这条南北大运河,显然比他本人更能经受住时间的审判。对于这条大运河的伟大意义,古往今来,几乎没有争议。

历史上,把隋炀帝时代修建的这条大运河惯称为隋唐大运河,唐人实在占了很大的便宜。唐人李吉甫尝谓:"隋氏作之虽苦,后代实受其利焉。"设想一下,如果把这条大运河交给唐太宗来修,而且一定要修通,又不知后世如何来评价唐朝和唐太宗了。历史从来没有假设,事实上,一条南北大运河也轮不到、用不着唐太宗来修了。对隋朝开创的一切,唐朝,这个世界公认的中国最强盛的时代,从一开始就扮演了一个继承者的角色。短命的隋王朝给它留下了太伟大的遗产,从西京长安到东都洛阳,从丝绸之路到大运河,从科举制度到天朝体系,从开疆拓土到四方来朝,这些几乎都是隋炀帝开创出来的,也都被唐朝全盘继承下来了,唯一不被继承的是国破人亡。一个开创者和一个继承者的命运是不一样的,隋炀帝只能死于非命,成为中国历史上名声极差的皇帝之一,而唐太宗可以颐养天年、寿终正寝,成为中国历史上名声极好的皇帝之一。还有一点相当重要,李世民虽说继承了一条大运河,但这条历史长河中没有浮现他去江都巡游的身影。他无疑比杨广更懂得"水可载舟,亦可覆舟"的宿命,而宿命的依据从来都是天理。历史上,伟大的人物更多的不是取决于个人的品质,而是取决于他们对天理清醒的程度。

事实上,对于一个早已死去的人,时间的审判、所有的评说,对他已经没有任何意义。

一条源远流长的大运河,在流淌了一千七百多年后,已足以清洗一个暴君的罪责和血腥。

二　郭守敬和京杭大运河

一条大运河,又经历了六个多世纪的风雨沧桑,在 13 世纪末的元朝,终于又迎来了历史上的第三次大规模修治。

公元 1271 年,崛起于漠北草原的蒙古族建立了元朝。元世祖忽必烈又是一位"思大有为于天下"的千古一帝,他一生征战,终于一统天下,建立了幅员辽阔的大元帝国。蒙元以北京为大都,但由于"元都于燕,去江南极远,而百司庶府之繁,卫士编民之众,无不仰给于江南"(《元史·食货志》),南粮北调运道的通畅与否便成了元朝政权能否巩固与维持的首要问题。

元世祖忽必烈的时代,大约花了十年时间,就把一条从北京到杭州的大运河不绕弯子地全线贯通了。

若要看清京杭大运河,最好的地方又是在南北运河交接的天津三岔口了。

很多天津老人都把京杭大运河叫运粮河。事实上也是这样,作为漕运通道的大运河就是用来运粮的。

从马上夺得宋朝江山的蒙古人,可以叉开双腿骑着战马以最快的速度飞越欧亚大陆,为一个帝国开拓无比辽阔的疆域,但一旦他们把权力的中心落定在燕山脚下的大都——北京,他们马上面临一个问题,怎样才能把江南的粮食源源不断地运到这里来?

还原忽必烈所要面临的现实,他鹰一样的目光已从一个征服者的犀利变成了一个统治者的踌躇,面对大元帝国的版图,在南北江山之间反复游移。不能说元初没有漕运通道,有,而且大致有两条。一条是由江淮上溯黄河,向西北至今天河南东北部的封丘县中砾镇,但一条水路走到这里就走不通了,只能转陆运,靠脚夫运到两百里外的河南新乡,再通过卫河水运,经天津至通州——今北京通县,再转陆运至大都。一看就知道,这条运输路线不仅绕道过远,并且要水陆转运,费尽周折。而忽必烈是极具战略眼光的,以这样的速度运输漕粮,一旦战事爆发如何应对?

他的目光又移向了大海。事实上,中国由南而北,一直就有一条海运路线,自长江口的刘家港——今江苏太仓浏河镇出海,一路沿着蜿蜒的海岸线北上,绕过山东半岛东端,从东海进入渤海,再在大沽进入天津海河,北循白河至卢沟河,在白河汇合处的张家湾再转至通州。这条海运路线不用我啰唆,在《元史·河渠志》中就有记载。这条海上运输线虽在费用上较陆运和内河航运要节省许多,但因海上"风涛不测,盗贼出没",运输安全受到严重威胁,加之通州到大都之间也不通水路,还是不得不依靠脚力陆运。在元代统治者眼里,这些汉人如同牲口,在鞭子的催逼之下,民夫"不胜其瘁","驴畜死者,不可胜计"。

其实还有另一条路,也就是隋炀帝开凿的南北大运河。由于战争的破坏和年久失修等原因,这些水道普遍淤塞破损严重。这倒比较好办,忽必烈早就下令对可利用的原有运河进行了全面的疏浚和整修。这些河段主要包括直沽(今天津)至临清的御河,扬州至淮安的淮扬运河,镇江至杭州的江南运河。经过全面治理,大多数河段得以重新畅通。隋代的永济渠、唐人的广济渠、宋人的御渠,从山东德州至天津段,事实上已经提前被打造成了京杭大运河南运河的一段。除了航运,元人又开浚的广济渠引沁水灌溉济源、沁阳、孟州市、温县、武陟五县民田,但好景不长,二十年后就因黄河泥沙太大而淤废,只得又于公元1329年前后重新修复。如今,济源、沁阳等县的广济河就是当年广济渠故道。

最大的问题还不在这里,而是南北大运河也就是隋唐大运河的走向。这一走向是根据隋唐的统治中心而决定的,说是南北大运河,其整体却呈东西方向。诚如历史地理学家史念海说:"若以现今的徐州市为中心,则国内主要的运河干线由东西方向改变为南北的方向,其间差不多成了一个九十度的直角。"而这个九十度的大转折对于大元帝国已经毫无必要,以最直接的方式开凿一条纵贯南北的大运河才是大元帝国最迫切的需要。尽管这条新运河还没有实施,也没有命名,但大致的路线已经确定,它已无须再绕经河南等地,在利用南北大运河和海河、淮河流域的自然河流的基础上,开凿大都至通州、临清至济州之间的运河,成为南北水道贯通的一系列关键工程。

事实上,也早已有人在为开拓一条新的大运河做准备。

此人便是元都水少监,集天文学家、数学家、水利专家和仪器制造专家于一身的郭守敬。面对这样的天才,你不得不承认,这世界上总有能力远超我们的人存在。这个人实在太有才了,这里我只能集中笔墨,说说郭守敬在中国水利史上的贡献。

郭守敬,河北邢台人,也是在蒙古征服整个中国之前就出生的汉人,而那时的北国,早已纳入金国以及之后的蒙元代的版图。在他小时候,蒙古人还过着游牧生活,而游牧民族对农耕文明具有极大的掠夺性和破坏性。元世祖忽必烈统一中国,才逐渐改变了游牧部落野蛮的杀掠方式。从征服和统治的角度看,既然要对以农耕文明为主体的中国实施统治,就必须遵循农耕文明的自然与人文法则。换一个角度看,少数民族用战争征服了中国,而中国又以自己的先进文化征服了少数民族。中华民族的历史,事实上也是这样完成的。

在忽必烈统一中国的过程中,有两位汉族幕府重臣对他影响深远:一位是被誉为"大元帝国设计师"的邢州人刘秉忠,就是他取《易经》"大哉乾元"之意将蒙古更名为大元;另一位也是邢州人,张文谦。在军中,他曾与刘秉忠多次向忽必烈进言:"王者之师,有征无战,当一视同仁,不可嗜杀。"忽必烈听从他们的劝告,逐渐改变了游牧民族掠地屠城的旧习,命令诸将进入宋境后不可随意杀人,不可乱烧民房,要释放全部俘虏。这些措施不仅对元军取得胜利起到了重大作用,而且最大限度地保护了被征服地区的原有文明。尤其是身居高位的张文谦,"凡所陈于上前,莫非尧、舜仁义之道",对元朝初期稳定国家、建立纲纪、恢复经济、制定历法等做出了卓越的贡献。

郭守敬能被元世祖忽必烈发现并擢用,也多亏了刘秉忠、张文谦这两人的提携推荐。郭守敬初见元世祖,就当面提出了治水六策:第一条就与大运河有关,他建议修复从中都到通州的漕运河道;第二、第三条是关于他自己家乡的城市用水和灌溉渠道的建议;第四条是关于磁州、邯郸一带水利建设的意见;第五、第六条是关于中原地带沁河河水的合理利用和黄河北岸渠道建设的建议。这六条都是他经过仔细查勘后提出的切实的计划,对于经由路线、受益面积等项都说得清清楚楚。元世祖认为郭守敬的建议很有道理,当下就任命他"提举诸路河渠",掌管各地河渠的整修和管理等工作,第二年又升他为银符副河渠使。

郭守敬为大元帝国立下的治水第一功,是"西夏治水",那是元世祖至元元年(1264年)。从西夏返京后郭守敬被任命为都水少监,协助都水监掌管河渠、堤防、桥梁、闸坝等的修治工程。以北京为首都,并非自元朝开始,在元朝之前的金国便以北京为首都,其粮食绝大部分也是从江南征运来的。为了便于运输,金朝在华北平原上利用天然水道和隋唐以来修建的运河建立了一个漕运系统,但它的终点不是北京,而是离京城还有几十里路的通州。这段陆路虽只有几十里,却要用大量的车、马、役夫来运输。一至雨季,沉重的粮车往往会深陷在烂泥之中。在以水运为主的时代,谁都盼着有一条直达京城的运粮河啊。

这其实也是郭守敬早就想到了的,前面说过,郭守敬向元世祖提出的第一条治水建议便是修通通州到京城的漕运河道。然而,这个工程实施起来非常困难。由于通州地势比京城要低,水往低处流,只能从大都引水流往通州,这就非在大都周围寻找水源不可,而大都又是一个水源很少的地方。郭守敬在反复踏勘后发现了离大都最近的两条天然河流,一条是发源于西北郊外的高梁河,另一条是从西南而来的凉水河,然而这两条河水量都很小,根本满足不了运河的水量要求。郭守敬又在京城往北的几十里外发现了两条河:清河和沙河。这两条河的水量倒是较大,但因地形的影响,都是自然地流向东南,成为经过通州的温榆河上源。水量最大的还是城西几十里处的浑河,也就是现在北京的永定河。金朝时,曾在石景山北面开了一条运河,把浑河水引出西山,向东直注入通州城东的白河。但浑河水中携带了大量泥沙,致使河床淤积抬高,每到洪水季节,水势汹涌,极易泛滥成灾。事实上,金人打造的这样一个水利工程反而变成了水害,开凿后不过十五年,就因山洪而决堤,给京师带来了一次大洪灾,同时又把运河的上游填塞了。

这样一个失败的水利工程留下的警示,让郭守敬在大都治水时变得特别谨慎。事实上,郭守敬也经过了多次尝试、多次失败。由于一直没有达到预期的效果,郭守敬更深入地分析了失败的原因。他认识到,过去的设想虽然美妙,但都带有片面性,治水,必须把水量、泥沙及河道坡度等种种因素结合起来,作一个通盘的考虑。在以后的几年中,他不再急于求成,而更仔细、更耐心地勘测了大都城四郊的水文情况和地势起伏。至元二十八年(1291年),有人建议利用滦河、浑河作为向上游地区运粮的河道。元世祖一时不能决断,就委派正在太史令任上的郭守敬去实地勘查。郭守敬探测到中途就发觉这些建议都是不切实际的,但这一番实地勘查,却让他有了新的发现,一个新方案也构思出来了:仍然是利用以前凿成的河道,把昌平神山(今凤凰山)脚下的白浮泉水引入瓮山泊(今北京昆明湖),并且让这条引水河在沿途拦截所有原来从西山东流入沙河、清河的泉水,汇合在一起。这样一来,运河水量可以大为增加,而这些泉水又都是清泉,泥沙很少,在运河下游可以毫无顾虑地建立一系列控制各段水位的闸门,以便粮船平稳上驶。——应该说,这是个十分周密的计划。元世祖命郭守敬主持这一工程,并调集了几万军民,在至元二十九年(1292年)春天破土动工。这条从神山到通州高丽庄,全长一百六十多里的运河,连同全部闸坝工程在内,只用了一年半的时间,到第二年秋天就全部完工了。

这条运河就是著名的通惠河,大致分为两段:一为引水河道,起自昌平白浮村,终至瓮山泊;二为通航段,自瓮山泊以下穿大都城至通州高丽庄入白河。从此,漕船可由通州直入通惠河,又直达今天北京城内的积水潭。积水潭如今还在,而且是北京的一个重要地标,目睹之后却让人伤感,它已在岁月中淤缩成一个小池潭了。但那时候这里可是一个大港口,南方来的粮船云集于此,热闹非凡。这条运河不但解决了南粮北运的问题,而且还促进了南货北销,进一步繁荣了大都城的经济。这条运河的凿成,对建都于大都的元朝而言,除了水利、漕运的意义,无疑还具有特殊的政治意义。

说到这里又该说说北运河了。北运河也有御河之称,中国历代叫御河的河流很多,也就是皇家河流,皇帝的御用之河。隋朝有隋朝的御河,唐宋有唐宋的御河,而北运河无疑是元朝的御河。这条运河是元人利用白河下游河道修竣,也是海河水系五大河流之一,古称白河、沽水和潞河,其上游为温榆河,源于燕山山脉军都山南麓,自西北而东南,至通州区与通惠河相汇合后,始称北运河。北京周边的河流,如北面的清河、南面的凉水河等几乎全注入北运河。由于河身狭窄,洪水宣泄不畅,北运河更大的一个作用是分泄洪水。北运河也是北京最主要的排水河道,尤其是下游,更多以减流分洪、洼淀放淤为主。海河流域有诸多人工开凿的分洪、泄洪河道,谓之减河,如青龙湾减河、筐儿港减河等,都是为了减少洪水而开辟的泄洪通道。这条长一百八十多千米的北运河,自北京通县至天津海河三岔口,南北运河和海河三水交汇,常言道"南北运河汇天津,托起了一座天津卫"。

在大都治水的同时,郭守敬还于至元八年(1271年),奉命赴鲁西地区进行水文和地形勘查测量。他认为,山东具有沟通南北大运河的优越条件。于是,元政府决定首开济州河以通泗、济。这一工程于元世祖至元十九年(1282年)十二月初开工,第二年八月"济州新河成"(《元史·世祖纪》)。济州河起自今济宁市南,北至今东平县安山,长七十五千米,以汶水(今大汶河)和泗水为水源。济州河凿成后,南方的粮船可沿淮扬运河北上,由济州河循大清河(古济水)到渤海,由现在的海河口上溯北运河抵达通州,又由通惠河漕运到积水潭码头。一条京杭大运河就这样开通了。但是,这条运河在山东段遇到了一个伤脑筋的问题:由于大清河的水量偏少,落差又小,还有潮汐顶托,泥沙很容易淤积,时间一长,就导致粮船经常搁浅,时常不得不

"舍舟而陆",改从"东阿旱站运至临清,入御河"(《元史·食货志》)。为了解决这段陆运的瓶颈问题,元朝廷又决定开凿东平至临清的一条运河——会通河。至元二十六年(1289年),开凿会通河的工程正式动工,当年六月便告竣工通航。这条新运河南起须城安山,接济州河向北,经聊城到临清接卫河,全长一百二十多千米。济州河、会通河的凿成,从此打通了一条捷径,使运粮的漕船可以从徐州直接北上直达通州,南北相连,不再绕道河南洛阳,一下就省去了三百多千米的路程。——这条运河现在也叫鲁运河或山东运河,在后来的岁月中又有延伸,从临清延伸至山东、江苏两省交界处的台儿庄,又延伸出了一条中运河。中运河是自台儿庄向南穿过淮河至淮阴清江大闸的一段运河,长一百八十六千米,原为发源于山东的泗水下游故河道,后为黄河所夺,又为南北漕运所经,成为大运河的一部分。在19世纪中叶黄河北徙之前的近六百年间,中运河曾穿过奔腾的黄河。黄河、淮河和大运河三水交汇后,水大流急,又与微山湖、骆马湖和中国第四大淡水湖洪泽湖互相连通,江湖之间推波助澜,因此历代沿河修筑堤防特别多。

就这样,在元世祖忽必烈的时代,大约花了十年时间,就把一条从北京到杭州的大运河不绕弯子地全线贯通了。我们终于也可以对这条大运河的来龙去脉梳理一下了:一条北起元大都、南至杭州的京杭大运河,由北向南,全程可分为七段:通惠河—北运河—南运河或卫运河—会通河或鲁运河—中运河—里运河(即春秋邗沟)—江南运河,全长一千七百多千米,比隋朝的南北大运河缩短了一千余里。为了有别于隋朝开凿的南北大运河,从元朝起,人们就把这条大运河称为京杭大运河。

京杭大运河的开通,无论在运河史还是中国水利史上都具有划时代的历史意义,它把原来张开如折扇状的南北大运河改造成为直线形的京杭大运河,在中华民族的发展史上,为发展南北交通,沟通南北之间经济、文化等方面的联系做出了巨大的贡献。作为南北的交通大动脉,京杭大运河历史上曾起过"半天下之财赋,悉由此路而进"的巨大作用。运河的通航,也促进了沿岸城市的迅速发展。若回顾一下历代修建的运河,大都被京杭大运河有效地利用起来了,只有一条通济渠,这条当年离往日的帝都最近的运河,像盲肠一样被京杭大运河割掉了。这其实与当年的设计无关,元、明、清三代,均建都北京,随着人类权力中心的转移,无论是当年的长安还是洛阳,都已远离权力中心,在元朝将大运河的河道切弯取直后,通济渠是必然会被切掉的。从此,一段古老的废运河,在荒草丛中越来越落寞,那御道上残存的里程碑,如同风雨剥蚀的墓碑。偶尔也会有一些文人骚客来这里走走,看看,连他们留下的文字也是斑驳残缺的。这斑驳残缺的文字也成了一段废运河在荒芜岁月的唯一慰藉,而沧海桑田中深藏着的隐秘法则和自然秩序,又有多少人能够洞悉呢?

再说郭守敬。从古人留下的一幅郭守敬的石刻绘像看,这是一个形销骨立的老者,但瘦得又极见风骨。自从通惠河开通以后,他一直兼任天文和水利两方面的官职,后又被擢升知太史院事。他是帝国最具权威的水利专家,凡有关水利方面的事务,朝廷仍经常征询他的意见。元成宗在大德二年(1298年)决定在上都附近开一道渠,郭守敬去当地查勘地形,了解雨量情况,发现这条河道离山区很近,每年的雨量虽不多,但很集中,极易引起山洪暴发,因此不能按平时的流量设计,河道最少要宽达五十至七十步,才能承载山洪暴发时的水量。但当时的主管官员认为郭守敬把雨季流量估计得太高了,为了节省开渠的支出,也为了减轻老百姓的负担和减少朝廷支出,最终把郭守敬设定的宽度削减了三分之一。结果,河渠开通的第二年,报应就来了,山洪暴发,顺河直冲下来,由于狭窄的河渠容纳不下猛涨的洪水,两岸泛滥成灾,老百姓遭殃了。这一场山洪不知淹没了多少农田、村庄,又有多少人死于非命,连元成宗的行宫也几乎被冲毁了,成宗只得紧急北迁躲避洪水。这时,他想起了郭守敬的预言,不由得对左右感叹:"郭太史真是神人呐,可惜没有听他的话!"

元仁宗延祐三年(1316年),郭守敬病逝,享年八十六岁,这在那个时代已是一个罕见的长寿老人,而此时,一个中国历史上最强大的帝国也急遽地走在下坡路上。一条京杭大运河,无疑是这个帝国给中华民族留下的最伟大的一笔遗产。但从历史的事实看,元代漕运并不发达,由南方经京杭大运河北运的粮食,一年不过四十万石。据《京杭运河史》的作者、水利学家姚汉源说:"元代盛行海运,京杭运河为商旅之助而漕运不多。"这又是怎么回事呢?原来,这期间还有一个大障碍,还是运河山东段,尽管元人想了许多办法,但一直没有解决运河山东段漕运不畅的问题,而元朝这个一直没有解决的遗留问题,最终留给了明朝。

直到明永乐年间,在京杭大运河开通一百四十余年后,这一问题才被一个在中国水利史上堪与都江堰齐名的伟大水利工程解决,这就是我即将抵达的戴村坝。

三　戴村坝:无限玄机

走向戴村坝,又是一个酷暑难耐的夏日。大运河流域已经好长时间没有下过雨了,许多河段已经断航,甚至断流。不知这里的情形又如何。当远远地看到被刺眼的阳光照亮的戴村坝时,我的心情变得越来越压抑。但这似乎又与心情无关,而是渺小的个人面对一些过于伟大的事物,必然会产生的沉重之感。

这里是大清河与大汶河分流的地方,但如果没有一个向导带着,并且不停地给我解说,我甚至分不清哪是大清河哪是大汶河。我的向导仍是陪我在东平湖采访的丁永林先生。熟悉了,我就叫他老丁了。他对这一方水土可谓了如指掌。

历史上,大清河和大汶河曾经是两条河。大清河,据《东原考古录》载:"水清莫如济,故济以清名。"可知,那时候,这还是一条清水河。但一条河流在岁月中变得越来越浑浊,一条河的历史也变得暧昧了。早先,它还是济水的一条支流,而济水在《尔雅》中就是一条与长江、黄河、淮河并肩的古老大河,所谓江、河、淮、济,古称四渎,是古代四条独流入海的大河。古代帝王祭祀名山大川,即"五岳四渎"。唐代以大淮为东渎,大江为南渎,大河为西渎,大济为北渎。自元人开凿了京杭大运河,这里实际上又成了南运河的一段。当济水历经沧桑和人为的打造,在岁月中逐渐消失后,大清河作为古济水的遗存河流,又因大运河而与大汶河直接联系在一起,现在两条河实际上就是同一条河了,只是有上下游之别,大汶河是大清河的上游,大清河是大汶河的下游。然而从流域看,它们的血缘依然纷乱复杂,大清河被纳入海河水系五大河之一,大汶河却是黄河下游最末的一条支流。同一条河,一段属海河流域,一段属黄河流域,中间还夹着一条大运河,它们无疑又都属于大运河流域,而组成大运河的很多河流,也属于海河流域。这血缘纷乱的水系,无疑让我的叙述也变得有些混乱。

还是从看得见的事物说起。一座大坝已横亘在眼前。

我已经不愿意用气势磅礴、雄伟壮观一类过于宏大而空洞的词语来形容它了。然而,当我描述了太多宏大的工程,我已经变得理屈词穷了,又该以怎样的方式来形容它呢?没词儿了。这甚至让我有些绝望而不甘心。

老丁比我年长几岁,算是老兄了,这位山东汉子个子不算高大,甚至有些瘦弱,但他走上大坝的那种笃定的脚步,只能让我深感自卑。这湿漉漉的坝上很滑,还长了一层青苔。在一头巨大的石兽后面,是一道铁栏杆,大书着"坝体湿滑,禁止攀越"的警示。我只能望而却步了。不过隔着铁栏杆也看得很清楚,整个大坝都是层层叠叠的巨石垒砌的。老丁说,这都是重一吨至六吨的巨石。看得出,这些巨石被古人镶砌得十分精密,为防止被洪水冲塌,石与石之间采用束腰扣榫结合法,一个个铁扣把大坝锁为一体,看上去固若金汤。这在那个时代,是了不起的尖端技术了。一道大坝四百多米长,从南向北伸去,以横切的方式,把清、汶两水豁然分开,但又并未决然分开。

——这分而不分之间,就体现了戴村坝最高的技术含金量了。

若要窥探其中的玄机,还得回到一个开端。

据这里的碑文记载,戴村坝初建于明永乐年间。众所周知,永乐是明成祖朱棣的年号。朱棣是一个在历史上充满了争议的政治强人,这样的人一般都崇尚文治武功,当他决定把帝都从南京迁到北京时,第一个就考虑到江南的物资如何北运,"漕运之利钝,全局所系也"。当时的京杭大运河,已有多处堵塞不畅,尤其是运河山东段,"河道时患浅涩,不胜重载"。永乐九年(1411年),朝廷命工部尚书宋礼等征集军民十六万(一说三十万)重开会通河（包括元代的济州河和会通河），而难点和关键也是运河山东段，尤其是大汶河和大清河这一段。这样说其实不大准确，这两条河在那时候扮演的还是截然不同的角色，大清河是运河山东段的一段，而大汶河则是用来给运河山东段补充水源的。运河山东段长约三百里，最大难题就是缺水，由于大部分为人工河道，也就只能靠汶、泗诸水还有沿岸的山泉水来弥补运河水量。又因山东多泉水，这条运河也因此被称为"泉河"。

对运河山东段的淤塞问题，不能说元人是无所作为的，事实上，元人曾采用"遏汶入洸"的办法——在汶河上的堽城（今宁阳县境内）筑坝拦水，迫使汶水南入洸河，流至济宁，再分水南北"以济运道"。应该说，这是人类的一个理想设计，但很快就被实践证明是一个失败的水利工程。由于济宁向北至南旺一段，不是水往低处流，而是水往高处走，水大时还勉强可行，水小时便难以北流，水枯时则经常断航，乃至因水势不足而时常干涸。这也是宋礼治河面临的第一个难题。宋礼是一个很能干的官员，但再能干他也难以扭转"水往高处流"的局面。那时又没有什么提水设备，宋礼走到这里，只能干瞪着眼，束手无策。

在官员们束手无策时，总有藏于民间的智者和高人出现。汶上老人白英就是这样一个高人。尽管此人日后被逐渐神化，在正史上却是一个名不见经传的人物。我们大体知道的是，白英，字节之。关于此人，现在能看到的最早记载是1496年成书的《漕河图志》，该书在记录戴村坝工程时，附带对此翁捎上了一笔，有"用汶上县老人白英计"这样一句话。而所谓"老人"，据老丁解释，这并非说白英当时就是个老人了，按明代的官称，这所谓老人有两种说法：一是乡官，洪武二十八年（1395年），仿汉代三老设立，"老人"也就是三老之一；二是当时的河工夫头，专事管理河工的维修，也称为老人。这就是说，他既有可能是一个乡官，也有可能是一个河工夫头，总之都是地位相当卑微的人，还是一代伟人毛泽东干脆，把这位汶上老人直称为"农民水利家"。

那么，这位农民水利家又提出了什么伟大的建议呢？说起来也很简单，他认为南旺是南北的水脊——分水岭，靠元人那种"遏汶入洸"的办法是解决不了问题的,原因也很简单,它违背了水往低处流的自然规律。他提出了"引汶绝济"的建议,也就是破除元代的堽城坝,使汶水不再流入济河,迫使水西行,并在汶水下游大清河东端戴村附近拦河筑坝,"遏汶水使西,尽出南旺",也就是让汶水进入小汶河南流,"使趋南旺,以济运道"。——这一建议,人称"白英策",其核心意图就是"引汶绝济"。这一建议的科学性又在哪里呢?20世纪初,郑肇经著《中国水利史》时,曾以江淮水面为零计算,测得南旺湖面高出江淮水面三十八米,为南北分水岭的极高处之一,可谓真正的水脊了。——这已经是用现代水利的视角来看明朝的"白英策"了,所以说,哪怕是按今天的眼光看,白英的贡献也是了不起的。

其实,在白英之前,郭守敬就曾在此"相度地势",确定了济宁分水的方案。同白英相比,郭守敬是载入了史册的天文学家、数学家、水利专家和仪器制造专家,还是最早发明"海拔"概念的人,但他未曾关注到南旺这个"水脊",这才使一个"农民水利家"有了用武之地。而幸运的是,身为帝国工部尚书的宋大人宋礼从一开始就未小瞧这位"农民水利家",而且是言听计从。诚如有人评说:"在下者如白英,身处岩穴不忘国事;在上者如宋礼,虚怀若谷广纳善言。"

戴村坝分水工程,在当时也是一个国家重点工程了,但要实施这一工程并不容易。这里既是水脊,水流自然湍急,在那个时代,要在既湍急又宽广的河面上筑拦水坝,是十分艰险的。这个艰险的过程被历史忽略了,我也不好在此凭空猜测,只知道宋礼等人征调大批民夫,动用了无数能工巧匠,又克服了重重难关,终于修成了一条长五里的全桩型土坝,聚沙为堰,截水南流。为了验证工程质量,宋礼和白英采取的是最严峻的方式,他们特意选在伏秋大汛时,让洪水对刚筑起来的大坝反复冲刷。经过实践的反复检验,证明"白英策"的确是一个真理,而戴村坝则是一个实现了的真理。大坝修成之后,拦汶水顺小汶河南下,流向运河南旺段的最高处,再实行南北分水,按三七分,三分南注,七分北流,这也就是人们常说的"七分朝天子,三分下江南"。——这一工程从此解决了山东山区丘陵地段运河断流的现象,河道加深,漕运畅通,"八百斛之舟迅流无滞",大运河船只畅通无阻,成了沟通大明帝国南北交通的一条大动脉。有人如此赞叹,汶上老人白英的一个建议,成就了大运河五百多年的繁华。在戴村坝开始运用的第一年,通过运河输送到北京的粮食就有六百多万石,此后常年四百万石左右。明朝的漕运能力一直是元朝的十倍以上,而沿河德州、临清、济宁等十一处府州县,在漕运的带动下也成为大运河流域的重要港口和商埠。

从整个京杭大运河流域看,戴村坝自运用以来一直是大运河最关键的供水枢纽工程,为京杭大运河得以南北贯通起到了核心作用,很多水利专家都用"心脏"来比喻这一工程,谓之为"大运河之心"。如今,戴村坝又被中国大运河申遗考察组称为"中国第一坝"。但再伟大的水利工程也不是一代人就能完成的,诚如姚汉源在《京杭运河史》中感叹的那样:"运河非一二人之力,非一时之功……其创修则智者出其智慧,有力者挥洒其血汗,参与者当以兆亿计。心血凝聚不可以升斗量!"

我们现在看到的戴村坝,就是一代一代人前赴后继打造而成,其主体工程由三部分组成,从南向北依次为主石坝、太皇堤和三合土坝。

最南端的主石坝呈南北向,长443米,又分三段:北边一段叫玲珑坝,筑于明万历十七年(1589年),是时任总理河督的著名水利专家潘季驯在大坝北端筑起的一道石坝;南边一段叫滚水坝,筑于万历二十一年(1593年),是时任南京工部尚书的舒应龙在南端筑起的一道石堰,以防洪水冲刷;在滚水坝和玲珑坝之间,是特意留下来的一段以供泄水的石滩,名曰乱石坝。这三坝中,滚水坝最低,它的作用是在汶水开始上涨、小汶河水位超过安全界线后向西漫水,以防小汶河决口。北边的玲珑坝比滚水坝高一分米,中间的乱石坝又比玲珑坝高二分米。随着汶水水位的涨落,三坝分级漫水,可调蓄河水储量。至此,戴村坝才形成一道三坝连接的拦河石坝,整个工程才算大功告成。这三部分既各自独立,又相辅相成,形成了三位一体的独特布局。这种三位一体又相互配套的水利枢纽工程,在没有精密测绘仪器的时代,能够设计得如此精密巧妙,造型又如此美观,堪称中国水利史上的又一奇迹。

据水利部门测量,三坝先后漫水的数量与大汶河洪水的流量及小汶河的过水是互相协调的,因而既保证了向小汶河持续供水,又能排洪防溢。虽历经数百年,任洪水千磨万击,至今戴村坝仍铁扣紧锁,岿然不动。从整体上看,戴村坝既借鉴了都江堰的原理,又有自身特色。整个大坝的形状略成弧形,弓背向着迎水面,增加了坝的预应力。为保证跌水坡与坝基的安全,古人又在坝的跌水面修了一道缓冲坎,水经缓冲坎而缓速,减轻了对坝的冲击力。

主石坝北的太皇堤,顺河向为东北西南向,堤为土石结构。汶水东来,太皇堤正面相迎,使水势缓速而南折再靠近石坝,既能保坝,又能助三合土坝泄洪,起着保坝抗洪的双重作用。

三合土坝南接太皇堤,其走向与太皇堤相同,因以三合土筑成,称为三合土坝。这三合土坝的作用,是抵御特大洪水。清初,在整体维修的同时,增筑此坝,坝长260余米,水平高度比坝面高两米。如果主石坝漫水水位超过两米,加之太皇堤吃紧,此时三合土坝即行漫水,起到泄洪保坝的作用,实为汶水溢洪道。

老丁带着我绕到后面,指着大坝背后的三合土说:"这三合土有八十厘米宽,大坝能经历近百年的流水考验,秘密就在这里,这些三合土基础对大坝起着牢固的支撑作用。"

戴村坝堪称天才的工程。康熙皇帝自称通晓水文,看了戴村坝,他说了这样一番话:"朕屡次南巡,经过汶上分水口观遏汶分流处,深服白英相度开复之妙。"又云,"此等胆识,后人时所不及,亦不能得水平如此之准也。"民国初年,来此考察的荷兰水利专家方维因看得特别仔细,几乎把每一条缝隙都看过了,他心服口服,说:"此种工作,当十四五世纪工程学胚胎时期,必视为绝大事业。彼古人之综其事,主其谋,而遂如许完善结果者,今我后人见之,焉得不敬而且崇也。"不过,他也深感惋惜,当时大运河的漕运已经断绝,乱世之中的戴村坝年久失修,一个外国水利专家的赞美,也就如同悼词。

民国二十二年(1933年),东平县县长史介繁对水利非常关注,他来戴村坝察看,看到坝基罅漏处可容数人,坦坡冲没两三米,木桩外露,大半已经腐朽,沿坝到处渗水。看到戴村坝如此悲惨,他想到的还不是大运河的航运,而是危险的灾难,如果汶流直泄,黄河倒灌,"东平全境俱成泽国矣"。为此,他向山东省政府反复申述,终于对戴村坝进行了一次维修,主要是消除戴村坝可能给东平县带来的洪灾隐患。

新中国成立后,1965年,毛泽东在接见山东党政主要负责人时,称赞戴村坝是一个了不起的工程,并将当年策划、主持修建这一工程的汶上老人白英誉为"农民水利家"。为了保证这一工程继续发挥其拦沙缓洪、防止河流溜势变化的作用,山东省以及当地政府曾先后于1965年、1967年、1974年至1977年、1990年对戴村坝进行了多次加固整修。2001年8月1日,戴村坝水文站洪峰流量超过一千多立方米每秒,乱石坝被洪水冲决。在灾后的修复过程中,工程技术人员无意间发现了这座乱石坝的神奇之处:坝底部为柏木排桩,三合细土填筑联为一体,坝表面为五层大块石——万斤石,相临石块间以铁铆扣相连,以杨藤水三合土灌石缝,上下左右间用铁铆闩相连,桩顶与石间隔有多层黄表纸,使桩基受力均匀,坝前有柏木桩基,呈梅花形,桩表面进行火烤防腐处理。如果不是被洪水冲决,今人还真是难以得知古人在打造水利工程时是何等的用心。这一次对戴村坝的加固整修,历时三年。至2004年8月工程竣工,恰逢汶河又一次汛期来临,这年戴村坝水文站先后出现三次较大洪峰,来水超过26亿立方米,为近四十年来最大径流量,这也是解放后戴村坝经受的最严峻考验,新修后的戴村坝经数次洪水冲击而坚如磐石,岿然不动。

洪峰退走后,所有人都不约而同地吁了一口长气。这一口长气,仿佛长达六百年。

从戴村坝诞生到现在,六百年风雨沧桑,从最初的设计到施工,以至于后来一代又一代人的加固整修和新增工程,都不是简单的修复,而是对原有设计进行了一次又一次的完善,可以说凝聚了一个民族高超的水利智慧。而从历史看,凡是历经沧桑而能存世的古代水利工程,不但在历史上发挥了重要作用,而且在与时俱进中依然还能为后人所用。都江堰是这样,高家堰是这样,戴村坝也是这样。中华民族对历史的开创者有英雄崇拜情结,"功高为神",对宋礼、白英,历代都有褒奖。明武宗正德十一年(1516年)建宋礼祠,并附祀白英。后又有专祠祭奉白英。大坝北端,原建有一座白英老人祠,现已不存。万历二十五年(1597年)工部主事胡缵撰写了《白英老人祠记》,并撰联:"天下无二老,泉河第一功。"清雍正年间,白英被敕封为永济神。光绪五年(1879年),又分别敕封宋礼、白英为"显应大王""白大王"。今天,为了"念古人身处岩穴而心在天下,行在一时而及万世之功德,令后人敬仰",丁永林先生所在的单位,山东黄河河务局东平湖管理局于2005年6月在此立了一座纪念碑,提醒人们:"事水利而责任重大,岂敢懈怠。"

然而,走笔至此,我的叙述又是一个转折。此时正值大汶河的汛期,但一条被戴村坝拦腰截断的大汶河,只有被拦蓄起来的大清河里还有漂满了浮萍的一湾静水,而大坝另一侧的大汶河早已干涸,只见裸露的河床和荒草中的一摊积水。戴坝虎啸,曾是最震撼人心的东平八景之一,而这一壮丽的景观已绝迹多年。若想重见如同虎啸一般的汶河水,靠汶河上游来水猛增,希望似乎已经非常渺茫。现在戴村坝人有了一个更实在的期盼,那就是等到南水北调东线工程通水之后,或许又能在这里听到大汶河声传空谷、震撼群山的虎啸之声。

四 另一条大运河

古老的大运河,从春秋流到魏晋,从魏晋流到宋唐,又从隋唐流到宋元,至此,仿佛才归入正途,很少再改换水道,从北到南,一路流过元明清,以至民国。千百年的岁月,沉舟侧畔千帆过,又一个开天辟地的时代来临。

新中国成立后,几乎是在第一时间就将京杭大运河列为重点发展的内河航运主干线之一。极具战略眼光的新中国第一代领导人,他们看到的,不只是大运河在我国内河航运中极为重要的地位,还有它巨大的防洪、灌溉、供水等多种综合效益。由于连年战乱,古老的大运河年久失修,又加之历史上的大运河河道弯曲,河面的宽窄和水深不一,涵闸小,隐患多,许多河段已经断航,黄河以北地区早就不通航了,常年通航的仅有八百多千米,又主要在江苏境内,这自然又得益于长江、淮河两条大河给运河补充了北方少有的水量,才让这条大运河不至于全线干涸断流。即使是这些能够通航的河道,也基本上是没有航标的,航运等级低,船闸都是明清时代留下来的小型船闸,只能通行一些小船。又由于运河两岸堤防矮小,每到汛期,不是这里溃堤,就是那里决口,而灾难最深重的就是里运河与下河之间的里下河平原,这里也是长江与淮河之间最低洼的地区,俗称"锅底洼"。

  随着新中国经济建设的蓬勃发展,这条沟通南北的大运河显得越来越重要,除了要解决千百年来的南粮北运,还要解决北煤南运,对大运河的整治迫在眉睫。1952年,交通部组织对京杭运河全线查勘后,编制了整治工程建设规划。但那时,从国家到地方的财力都极其有限,根本没有财力对大运河全线进行综合整治,只能采取"先通后畅"的方针。又好在,这一穷二白的中国,虽说没有钱,但从来不缺人,一声吆喝,运河沿岸的农民、船民便纷纷上了工地。他们手中的铲耙、铁锹、镢头等原始的劳动工具——这是他们使用了几千年的工具——使得特别顺手,这条运河他们也修了几千年了,他们的生命,都打上了这条运河的烙印。对这些老百姓,根本不需要做什么思想工作,他们要想平安生活,就必须把这条大运河修理好。这一次修理,主要是对航道进行疏浚整治,挖除河道内阻碍行洪、行船的坝埂,对两岸堤坝也进行了加固整修。这也是新中国历史上对大运河的第一次治理整修工程,但又并未正式列入大运河的第一期整治工程,好像只是一期工程之前的一段铺垫,一个引子。其实,这次大运河整治也有两个代表性工程:1952年兴建的皂河船闸和1953年兴建的江阴船闸。这也是当年屈指可数的大工程。

  直到1956年11月,京杭运河第一期整治和建设工程首先在江苏拉开了序幕。

  江苏是大运河的摇篮,也是京杭大运河流经最长的省份,流经江苏境内的大运河,约占京杭大运河总长的五分之二,也可以说是京杭大运河最好的一段。大运河全程分为七段,其中在江苏境内就有三段:淮安以北的中运河、淮安至扬州的里运河、镇江以南的江南运河。从沿岸城市看,大运河流经包括北京、天津在内的六省十九市,江苏共有十三个地级市,一条大运河就流经了八个,从北到南依次为:徐州、宿迁、淮安、扬州、镇江、常州、无锡、苏州,占了江苏全省的三分之二,这些地方又无一不是江苏经济文化发达的重镇,也是运河线上重要的战略物资和各类商品的集散中心。历史上,大运河流经的江淮地区就是全国财赋的中心区域。隋唐时,"当今赋出于天下,江南居十九",江南的富庶几乎支撑着隋唐的天下。而江南多的不只是财富,还有粮食。明清以来,京杭大运河沿岸的徐州、淮安与山东的临清、德州并称运河上的"天下四大粮仓"。也正因为江南无与伦比的富足,才会有这样一条贯通南北的大运河。

说到对大运河的治理,很大一部分工程其实是治淮工程。由于大运河北与海河、南与淮河交织在一起,华北的运河治理,实际上也是海河治理的一部分,江苏大运河的整治,重点也是治理淮河。这些,我已经在关于淮河流域的叙述中写得比较详细了,主要工程引淮入海,扩大入江水道,提高农田灌溉、排洪、行洪能力。第一期工程从1956年11月开工到1957年7月竣工,仅用了半年多的时间。当时,国家投资一千多万元,其余全靠民工流汗出力,先后开挖了新沂河、淮沭新河,兴建了三河闸等水利枢纽工程,修建了苏北灌溉总渠。这一系列工程,对淮河流域的意义就不说了,对大运河来说,是构成了苏北河网较好的输水系统,水系畅流则航道畅通,这是不用多说的。运河要水,但水位也要能有效地控制和调节,说起来是一句话,要达到这个目标却要兴修许多工程。在主体工程完工后,又在运河航道上设置了一批航标,古老的大运河,再也不是一条没有航标的河流。经过第一期工程整治,大运河自蔺家坝至六圩都天庙四百多千米航道已经被打造成二级航道,按标准,可通航两千吨级船舶。当年隋炀帝那如水上宫殿一样的龙舟,又不知是多少吨?

这里还有一段我不忍割舍的插曲。当年,大运河拓宽时,在高邮城西西门湾有一座古老的西塔,也就是汪曾祺先生反复描写过的那座镇国寺塔,始建于唐朝,有"南方大雁塔"之称。这座古塔正好处在大运河的拓宽范围内,在当时,水利建设是压倒一切的大事,在施工方案中,这座塔是必须拆除的。方案呈报周恩来总理后,他看得特别仔细,在审批方案时特批四字:"让道保塔。"这四个字,保住了高邮的一座标志性的古建筑,也将运河堤向东移了五十余米，又在古塔四周直径一百米以内夯土筑堤保护，形成一处两河三堤的奇特水利景观。由此，大运河中形成了一个小岛，一座镇国寺塔被保护在河中央。如今，这一古塔为大运河申报世界文化遗产提供了一个千年不朽的历史凭证。

在第一期工程竣工之后，又掀起了第二期、第三期工程，贯穿了整个"大跃进"时代。从1956年到1961年，这五年里，有六七十万民工在大运河上日夜奋战，很多人都坚持不下去了，而一场狂热的"大跃进"运动也难以持续。中国大地遍体鳞伤，中华民族遍体鳞伤，迫切需要休养生息，国家不得不压缩包括水利建设在内的基建战线，对大运河的治理也暂告一段落。这种狂热的"大跃进"式的建设，虽说不可避免地给工程留下了不少隐患，但经过治理的大运河已今非昔比，除了对老河道的综合整治，又先后开挖了新通扬运河、通榆运河、通启运河航道。据江苏省有关部门对这次治理的统计数据，全省新建船闸九十多座，新建和改建一万多座通航桥梁，在主要航道上配布了航标，航道全面提升等级，运力大大提高。船舶航行速度加快，往返航次时间减短，很少再出现船只拥堵待闸现象。

很遗憾，由于国家压缩基建战线，很多工程在1962年前后只能仓促下马了，有的航段未能按二级航道标准完工。有一个工程却没有停下来，而是按计划在1961年底开工了，这就是著名的江都水利枢纽工程。越到后来，这一工程越是显得意义非凡。

在扬州，你问江都水利枢纽在哪里，不一定有人知道，但你问江都抽水站，几乎没有人不知道。

从扬州北郊转向扬州东郊，就是江都老城区南端，花香一阵阵涌来。是琼花吗？扬州的琼花为什么那么让隋炀帝魂不守舍？一种说法，他当年修大运河就是为了来看江都的琼花。琼花有很多种，有草本，也有木本。扬州的琼花属木本，现为扬州市花，自古以来有"维扬一株花，四海无同类"的美誉，以叶茂花繁、洁白无瑕名扬天下。如果隋炀帝真是为了到扬州赏琼花而下令开凿了大运河，那倒真是一个历史上最浪漫的诗人。其实，喜欢琼花的又何止杨广,欧阳修在此任太守时,曾称赞琼花是举世无双之花,在琼花观内题下"无双亭";北宋的仁宗皇帝曾把琼花移到汴京御花园中,谁知次年即萎,只得送还扬州;南宋的孝宗皇帝又把它移往临安,但立刻憔悴无花,只得再次移送扬州;元兵攻破扬州,琼花便彻底死了。如今,沿湖岸边洁白如玉的锦簇花团,风华之中掩映着祭祀夫差的吴王庙、隋炀帝的陵寝和迷楼故址。一座迷楼早已人去楼空,但古老的江都却依然十分迷人。

真没想到,一座巨大的水利枢纽就处在这无限风光之中,建设得像风景区一样,这些水利建设者真是花了不少心思。深入其间,头顶绿荫遮蔽,身旁碧水滔滔。一座源头碑,给了我一个最好的视角。从这里望过去,广袤的苏北平原河网密布,稻菽千重,在一大片碧水之中,四座庞大的抽水机站,由西向东,每一座抽水机站的平台就是一个绿岛,四水环绕,站闸相连,又有亭榭楼台点缀其间,恍如进入了世外桃源。应该说,这是我见过的最美的水利工程之一,庞大的泵站、机组都被湖光山色、鸟语花香巧妙地隐藏起来。

这风景如画的地方,历史上,却是个易旱易涝的地方。但兴建这样一个庞大的工程,当然不是为了这一方水土。当年,这个工程既是大运河治理的重点工程,也被列入治淮的重点工程,是在周恩来总理的直接关怀下兴建的。从1961年12月挥开了第一锹土,到1977年3月竣工,历时十六年。整个工程由四座大型电力抽水站、十二座大中型水闸、三座船闸、两座涵洞和两条鱼道以及输变电工程、引排河道组成,是一个集泄洪、灌溉、排涝、引水、通航、发电、改善生态环境等多项功能于一体的大型水利枢纽。它创造了多个中国之最和亚洲东部地区之最,它是迄今为止中国最大的引江枢纽工程,也是我国乃至亚洲东部地区规模最大的电力排灌工程。但它到底有多大呢?

一个工作人员告诉了我一些巨大的数字,我记不住,就算记住了,数字还是数字。这个工作人员于是换了一种方式,这下我听懂了并且惊叹了:它一小时抽水量可供四万多亩田插秧,一天一夜的抽水量,如果注入宽、深各一米的水渠,就可以绕地球一周。

我也恍然大悟了,为什么这里会被国家选定为南水北调东线工程的源头。

　　事实上,对大运河的治理,从一开始就与南水北调东线工程紧密地联系在一起。

　　在一个伟人提出南水北调的设想之后,东线工程就开始运筹了。在南水北调西线、中线和东线这三线中,东线工程也是启动最早的。首先,从江苏省内看,也存在一个南水北调的问题:把洪水成灾的长江水北调到干旱缺水的苏北地区。经过四十多年的建设,尤其在江都水利枢纽工程竣工之后,江苏省的江水北调已初具规模。但真正把南水北调东线工程上升到国家层面,还是在1972年华北大旱后,水利部组织有关部门研究东线调水方案,1976年提出《南水北调近期工程规划报告》上报国务院。1990年,又提出《南水北调东线工程修订规划报告》。在此期间,还完成了东线第一期工程可行性研究报告及其修订报告。一个规划接着一个规划,这既体现国家在水利宏观布局上的审慎,也体现了东线工程建设的必要性与迫切性。中国水利建设,显得更加理性和冷静了。

　　按规划,南水北调东线工程以江都水利枢纽工程为龙头,从长江干流引水,基本上就是沿京杭大运河逐级提水北送,向黄淮海平原东部和胶东地区供水。供水区内分布有淮河、海河、黄河流域的二十多座地级市,还有天津、济南、青岛、徐州等大城市,人口密集,又是我国重要的能源化工生产基地和粮食等农产品主要产区,经济增长潜力巨大,但这一广大区域内的大部分河流已经干涸、断流,可利用的地表水日益减少。由于长期超采深层地下水,引发了水质恶化、地面沉降等多种地质灾害。尤其是海河流域,地表水已高度开发,地下水又严重超采,已到了仅仅依靠当地水资源难以解决缺水问题的程度。——这一工程,既是对江苏省江水北调工程的提升和延伸,也可以说是对华北、胶东水危机的拯救。在某种意义上说,这是人类修建的另一条大运河。

　　2010年,南水北调东线第一期工程在京杭大运河沿线拉开,同时拉开的还有各种利益的博弈。这个时代的水利建设,无疑与毛泽东时代的水利建设有极大的不同,那时候是一声令下,所有的力量一下就被集中调动起来了,而现在,有了现代化大型施工设备,那种千军万马的奋战场面已是久远的黑白电影里的镜头,比施工难度更大的是施工过程中牵涉到的移民、征地、拆迁、补偿,又由此而产生各种矛盾、纠纷……

一年前,在苏北地区上演了这样一幕,当时,小麦已经长出了穗,再过二十来天就该开镰收割了。而这时,施工队伍开着挖掘机进场施工了,几十位村民坐在了挖掘机的前面,全是村中的老人、妇女和儿童。有时候,越是弱者,反而越是最强大的力量,一个老婆婆拿一把椅子往路上一坐,就能堵住一条进场施工的道路。这些村民没提别的要求,就是恳求等他们收了这一季麦子后再施工。不明真相的人,听听这些要求还挺可怜的,但若是施工方等到麦子割了再施工,汛期就来临了,两三个月的汛期不能施工,汛期过后也不能马上施工,估计要从5月份等到10月份才能施工,这怎么可能呢?更何况,施工是一环扣一环的,一龙挡住千江水,一个工程耽搁了,必将影响下一个工程。想想,遇到这样的事,谁不着急上火,但又绝对不能发火。对这样的老百姓,哪怕是这样蛮不讲理阻工的老百姓,你也只能苦口婆心地安慰他们。有时候你明知他们没有道理,也要花点钱,出点血,要不,他们一阻就是几个小时,甚至几天,拖延了工期谁来赶?

其实明眼人一眼就能看出,这些老乡也不是真的割舍不下这一茬麦子,他们要的是钱。征迁补偿,要钱是天经地义的。早在小麦还很矮的时候,政府就已经对农民进行了补偿。但情况比征迁干部想象的还要复杂,村民们说,他们的补偿款被克扣了。南水北调是国家工程,而征地拆迁执行的是国家大中型水利水电工程建设征地补偿标准,永久征地按照当地前三年平均产值的十六倍进行补偿,每亩地应补偿两万多元。难道这些村民还没拿到手吗?谁敢克扣他们的救命钱,吃了豹子胆了?还真是没人敢克扣这笔钱,村民们也都实实在在拿到手里了,但村民们不信,现在很多村民也上网,他们在网上看到的是四万元,为这事,他们还准备到省里去上访。眼看着事情越闹越大了,你拿国务院的文件给这些村民看,他们也不信。一个征迁干部急了,他跟村民打赌,如果村民能够找到一份每亩地补偿四万元的文件,他愿意支付他们去南京的差旅费和伙食费,但有一点,先把在这里阻工的人撤了。

说到这些事,一个负责征地拆迁的干部苦笑着对我说,这样的事太多了,一天一夜也讲不完,千头万绪,无奇不有。放炮让兔子流产、让鸡不生蛋,水系破坏了、鱼塘死了鱼,这些事情你也许找不到直接的关联,但这对老乡都是比国家工程更大的事情。还有的老乡阻工和修路简直一点关系也没有,有一家贫困户申请吃低保,当地民政部门批了两个,还有一个没有批,这吃不吃低保又与南水北调有什么关系呢?八竿子打不着,这老乡却把他对当地政府部门的不满转化为了一种过激方式,他拦在施工路上不准你施工,遇到这样的人,你跟他讲道理也没用。又譬如说征地补偿款,这是应由当地政府兑现的,但老百姓因为没有及时拿到补偿款,也采取阻工的方式。还有不让挖土的、不让运输的,甚至不让走路的。那些突击种树、突击盖房、突击埋坟的就更多了。还有的老乡和施工劳务队的民工发生了冲突,老乡纠集了人,跑到工地上打我们的施工人员,走到半路上被村里的狗咬了,老乡也要我们出医药费……

尽管一路磕磕绊绊,东线工程还是沿着一条大运河从江都一路向北顽强地推进。

从扬州到淮安,我也沿着大运河最古老的一段,从长江抵达了淮河。

淮安,我也在关于淮河流域的篇章里描述过,这也是一座运河重镇,向来有"南船北马,九省通衢"之称,地扼漕运之冲,为运河的襟喉之地,历史上年漕运量曾达八百万石,为中国古代漕运之最。自明代以来,淮安就是国家漕粮和淮盐的集散中心,当时的河、漕、盐、榷(关税)管理机构都驻节在这一带,走进淮安老城区,昔日的大小官署鳞次栉比,到了清乾隆年间,淮安已成为沿运河的四大都会之一,因此,淮安又被称为"运河之都"。

这里也是一个众水汇聚之地,洪泽湖,淮河,大运河,里运河,古黄河,苏北灌溉总渠,还有现在的南水北调东线工程,都绕不开一个淮安,而大运河几乎是淮安的绕城河。东线工程淮安段主要是利用京杭大运河和金宝航道为主线输水,把洪泽湖作为一个大蓄水池。工程完成后洪泽湖水位将比现在的正常水位提高半米左右,并常年保持高水位,在众多湖泊干涸缺水的今天,这对洪泽湖是一个喜讯。由于洪泽湖抬高蓄水位,也必然导致与洪泽湖连通的河流、湖泊水位相应上升。但抗洪的压力,经过南水北调的调节可以有效化解,这也是典型的化害为利,从前让人提心吊胆的"洪水猛兽"将转化为宝贵的水资源。

淮安作为江苏南水北调主通道,头等大事是治污,要确保调往北方的水的质量。

事实上,在东线工程启动之前,一个绝对不能忽视的问题就浮出了水面:大运河是中国污染最严重的河流之一。南水北调东线工程重点在治污,能不能让北方人民喝上水质合格的长江水是悬在许多人心头的一个大问号。这也是我最大的疑问。

二十年前,当我第一次走近大运河,河水像酱油一样,到处漂浮着航运带来的油污、垃圾和惨白的死鱼尸体,那腐烂产生的恶臭弥漫在河岸两侧,成群的蚊蝇在水边飞舞,河两岸就是庄稼地,连垄沟里流的也是黑褐色的水。用这水浇灌庄稼,很多老乡自己种出来的粮食连自己也不敢吃,最终都不知道给谁吃了。一个早已不是新闻的新闻说,大运河沿岸的乡村,得癌症和疑难杂症的人越来越多,很多水源污染严重的村庄,村民们都是在癌症的阴影下生活。

一些年过古稀的老人回忆,他们小时候,每天都在这运河里抓小鱼,摸螺蛳,那水清得能看见河里的鱼虾,乡下人就是从运河里挑水回家吃。如今,谁还敢喝运河水啊,别说喝,用这水洗衣服,穿在身上也会长疙瘩。现在吃水用水,只能靠打井,井水看上去很清澈,但喝在嘴里是苦涩的。

大运河的污染是全流域性的污染。这污染不但来自大运河两岸,由于大运河是与黄河、海河、淮河、长江等四大水系交织在一起的,这四大河流的污染也会殃及大运河流域,尤其是海河和淮河,一直以来都是污染严重又久治不愈的大河。

就说淮安,从新中国成立到20世纪90年代,淮安的市直工业主要集中在城西的大运河和里运河沿线,很多都是污染严重的化工厂。毛泽东时代对水利建设高度重视，但忽略了环保建设，这些工厂之所以建在河岸边，一是满足工业用水需求，二是排污方便。新时期以来，以经济建设为中心，重发展，轻环保，工厂越开越多，城市越来越大，运河两岸高楼林立，工业废水、生活废水、人为倾倒的杂物，把大运河变成了污水排放沟，其中最为严重的还是化工污染。每一家化工厂，都是流进大运河毒水的源头。

里运河是南水北调东线工程的第二梯级输水河道，横穿清河、清浦、楚州三区。2009年底，里运河进行了截污导流工程。事实上，自20世纪80年代起，淮安人就开始整治这条河流了。为了能让一泓清水流向北方，搬迁的不仅是沿岸的工厂，沿岸的许多村民、居民也都告别故土，去政府规划的安置区重建家园。这是一个大换血的工程，流水，就是河流的血液，要让一条河流焕发生机，必须有健康的血液。换水之后，淮安人又在里运河投放了大量的鱼苗。一条河流治理得怎么样，先不看水清不清，有时候清水也是一种假象，关键是看这水里的生命，看这河里养的鱼虾长得怎么样，健康不健康，鲜活不鲜活。鱼虾不但可以净化水体，维护河流的生态平衡，而且它们也比人类更懂得水性。

二十年，时间不短啊，此刻，我站在里运河大闸口段，举目远眺，这条曾经清水长流的古老运河，这条也曾污水横流、苍蝇蚊子满天飞的运河，如今，清澈的河水与两岸整齐的绿化相互辉映，与我二十年前看到的运河水真是大不一样了。听一位工作人员说，从2010年4月起，里运河水质每月经环保部门检测均达三类水质以上。是的，这还只是一个差强人意的标准，但同以前的劣五类水相比，已经足以用重生来形容了。如果现在中国的每一条河流都能达到三类水的标准，我真想跪在大地上，谢天谢地了。淮安人还不满足于这个标准，他们把目标定在二类水的标准，这意味着他们还将付出更艰辛的努力。

在淮河入海水道、苏北灌溉总渠与京杭大运河的交汇处，就是国家级水利风景区——淮安水利枢纽。

一条大运河已经给我带来了太多的震撼，面对这一壮观奇特、气势宏伟的工程，我又一次震惊了。

听工作人员介绍，这是亚洲最大的水路立交工程，既是南水北调东线工程输水干线的节点，又是淮河入海水道的第二级枢纽，具有泄洪、排涝、灌溉、南水北调、发电、航运等综合功能，可同时满足淮河入海水道泄洪和京杭大运河通航需要。大运河在上，从一条巨大的渡槽里流过，这也是南水北调工程东线调水的唯一通道；下部涵洞则自西向东，沟通淮河入海水道，可防百年一遇的特大洪水。这里还是水的编组站，江淮之水在这里重新分配后，可东下，可西行，可北上，可南去，涝可排，旱可灌，把长江、淮河、大运河、灌溉总渠、洪泽湖、白马湖、高邮湖等水系连成一片，实现跨湖泊调度，远距离输水，达到多方位受益。

这一工程于2001年元月开工，2003年10月21日整个枢纽工程竣工。工程结构复杂，技术含量高，施工难度大。在施工中，成功实施了大面积软基开挖、超大型深基坑深井降排水和地涵薄壁混凝土施工，尤其是十万立方米结构长度超极限的薄壁混凝土防裂技术的自主研发和成功应用，使立交地涵混凝土未出现一条裂缝，经专家鉴定技术达到国际先进水平。

我一边硬着头皮听工程技术人员讲解，一边看着巨幅的工程示意图。后面两句我听懂了，一座如此宏大的工程，混凝土未出现一条裂缝，它的质量是过得硬的。更过硬的还有一个事实：2003年6月28日，淮河发生了新中国成立以来仅次于1954年的流域性大洪水，淮安枢纽工程经受住了考验，顺利泄洪。这就更让人放心了。这一工程不但质量过得硬，而且建得相当典雅美观，与周围的环境和谐统一，这也让它跻身国家水利风景区的行列。

现在的水利工程是既实用，又美观。那两座桥头堡是由东南大学设计的，底座为浅灰色花岗岩贴面古城墙，上部则为江淮古民居青色屋檐，融古风和现代技术于一体。桥头堡内设有观光电梯，游人可直达塔顶。站在三十多米高的塔顶，视野顿时开阔起来，北边的古城楚州和南岸的淮安水利枢纽尽收眼底。建设者们的智慧和心血，打造的不仅是京杭大运河上的一道标志性景观，也是中国水利建设史上的奇观。其工程数量之多、密度之大、种类之全、功能之复杂，汇聚的江湖水系之多、水文化之丰厚，在国内恐怕找不出第二个，在世界上也十分罕见。这不只是一个水利工程，其实也是一座水利工程博物馆。

在南水北调东线工程运筹和推进的同时,京杭大运河也被列入国家内河航运两横一纵的发展规划。随着东线工程的实施,大运河将是重要的输水线路,这是任何古人都没有想到的,也为大运河早日实现两横一纵中的"一纵"目标创造了条件。运河沿岸各级政府抓住这一千载难逢的机遇,不断投入巨大财力和人力对运河进行扩建。

1988年,江苏省完成了苏北运河徐州至扬州段四百余千米的扩建工程,达到通航两千吨级船舶的标准。1997年底,苏南运河两百多千米的建设任务顺利完成。如今,苏北运河每年运输的货物已经相当于一条电气化铁路的年运量,而苏南运河每年运量已超过一亿吨。

2000年,山东济宁至台儿庄段168千米三级航道扩建工程正式通航。

2003年,断流百年的运河通州段也重新通航。

2004年,京杭大运河经过五次大规模整治后,承担了华东地区大部分电煤运输任务,是世界上最繁忙的运输航道之一。

如今,整个大运河,除北京到天津、临清到黄河两段,其余河段均已通航。已通航的河段,正在进行扩建续建工程,进一步疏浚凿深扩宽航道,加建复线船闸,沟通运河至钱塘江的航道,扩大港口吞吐能力。没通航的,也在加紧施工。在不远的将来,一条古老的大运河又将成为从北京到杭州贯通黄河、海河、淮河、长江、钱塘江五大水系的大运河。

走笔至此,或许应该从另一种意义上解读这条古老的运河了。

中华文明有两大江河孕育,长江和黄河。这是自然的天然的。

中华文明也有两大象征,长城与大运河。这是伟大的人类工程,也是伟大的人文景观。1987年长城被列入首批中国"世界文化遗产名录"时,却没有大运河的影子。大运河是缺席了,还是被忽略了?在运河儿女悲愤的追问中,有人这样形容:"在辽阔的中华大地上,长城从山海关由东向西南延伸,写下阳刚雄健的一撇,大运河则从北京由北向中国东南沿海缓缓流淌,写下阴柔深沉的一捺,这一撇一捺,组成了中国汉字中一个顶天立地的

'人'。大运河和长城一样,是中华民族的伟大遗产,也是全人类的遗产。"我很少引用这样的文学性话语,但我被它深深地打动了。如今,大运河沿岸二十多座古城正在联合为大运河申遗,让2014年大运河进入《世界文化遗产名录》的目标已经实现。只是同长城相比,这个时间有些迟了,有人说,这是"一场迟到二十年的约会"。

  大运河不是象征,也不只是停泊的历史记忆,更不仅仅是人类的遗产,它还在时光中延伸,延伸出新的意义与价值。我突然想,一个南水北调东线工程和一条大运河,又何尝不是一场迟到了许多年的约会？如果不是在毛泽东时代经历那么多的折腾和浩劫,随着新中国建设平稳有序地推进,东线工程和大运河的提升改造一路齐头并进,兴许早就竣工了。海河流域的干涸,华北大地的沦陷,也许就能早二十年被长江拯救了。

第六章 穿行于白山黑水之间

要把这一方辽阔的水土弄明白,还得请教水利部松辽水利委员会。松辽委是水利部在松花江、辽河流域和东北地区国际界河、界湖以及独流入海河流区域内的派出机构,代表水利部行使所在流域内的水行政主管职责。松辽委的总部设在长春,没有专门设置辽河流域的管理机构。这个被统称为松辽流域的巨大的流域,不仅包括东三省,还包括内蒙古自治区东部的四盟(市)和河北省承德市的一部分,总面积约为一百二十五万平方千米。松辽流域南部濒临渤海和黄海,中、南部形成宽阔的辽河平原、松嫩平原,东北部为三江平原,主要河流有辽河、松花江、黑龙江、乌苏里江、图们江、鸭绿江以及一些独流入海河流,其中黑龙江、乌苏里江、松花江、图们江、鸭绿江均为国际河流。松辽流域水资源总量,包括地表水和地下水资源,约为两千亿立方米。从流域面积看,松辽流域仅次于长江流域居中国第二;从水量看,松辽流域在长江流域、珠江流域之后居中国第三。或许是出于谨慎的原因,水利部门并没有把黑龙江、乌苏里江等国际河流列入中国七大河流,只把辽河和松花江列入了七大河流。辽河是中国无可争辩的内河,松花江的主要流域在中国境内,这大概就是人类如此安排自然江河的主要原因。

一 辽河,传说中的巨流河

第一次知道巨流河,是通过一部反映中国近代苦难的家族记忆史。《巨流河》的作者齐邦媛退休前是台湾大学外文系教授,她以年逾八旬的高龄,历时四年写作完成这本巨著。说是巨著,并非这本书有多厚,而是因为内容的厚重。齐邦媛以一个奇女子的际遇见证了纵贯百年、横跨两岸的大时代的变迁,也可以说是整个20世纪颠沛流离的缩影。巨流河,不但是这本书的背景、象征,也是一条真实的河流。对于生为辽宁铁岭人的齐邦媛,这条河是她永远的母亲河。

如果不是这本书,我们也许永远不会知道地球上还有一条巨流河。事实上,她也早已在各种版本的地图上消失了,只有当地一些上了岁数的老乡仍在沿用"巨流河"之名,即使作为一种淳朴的民间记忆,这一称谓也正处在淡忘之中。是齐邦媛老人深情的文字,重新唤醒了这条在岁月中沉睡已久的河流,让巨流河又变得耀眼夺目了。这也让我又一次正视了文字的力量,正是这种力量驱使我寻找这条消失已久的河流。

事实上,我已经提前遭遇了这条河。2012年夏天,当我满脸汗水地奔波于海河流域时,已经被海河纷乱的水系搞得晕头转向了,时常误入黄河古道和大运河流域,还提前遭遇了一条东北的河流——辽河。这条大河的名字和她的水系一样混乱,古称句骊河,又称拘柳河,一听就知道,这两个名字基本上是同音词。据《盛京通志》记载:拘柳河是拘河与柳河合流之处。到清代时,又称巨流河,这实际上是句骊河、拘柳河的又一同音演绎。但应该说,在这几个名字中"巨流河"是让人震撼的一个,它不只是一种声音,还表现出一条大河的形象,一种期待被人类揭示出来的象征意义。现在,这一意义已被齐邦媛老人深刻地揭示了。

这里,我只能按她标注在中国地图上的正式名称来叙述。事实上,"辽河"一名由来已久,早在汉代,她就被称为大辽河,五代以后称辽河。辽,远也。对于汉朝的古人,这条河无疑是一条遥远的河流。辽,又有辽阔之义,也表明了这一流域的广大。这只是一种望文生义的猜测。辽河与历史发生确凿的关系,应该还是那个与北宋王朝长久对峙的契丹辽国,在被后来崛起的金国灭亡之前,如今的辽河流域大抵也就是辽国的版图。辽河也是中华民族和中华文明的发祥地之一,但与黄河、长江那样的汉民族源流不同,至少在清人入关之前,这里的汉民族人口还是很少的,它源远流长的文明,更多是少数民族缔造的。如今,除汉族外,这里还有满、蒙古、回、朝鲜、锡伯、赫哲、鄂伦春、达斡尔、柯尔克孜等四十多个少数民族,这众多的少数民族大多是在这里发祥的,又逐渐融入中华民族这条巨流河。

尽管辽河流域跨越了四省区,但她和辽宁显然有更深厚的血缘关系,被称为辽宁人的母亲河。没有辽河,也许就没有辽宁。辽宁,就是祈盼辽河流域安宁。解放后,这里又被誉为"共和国长子"、"东方的鲁尔",这里倒出了新中国第一炉喷涌的钢水,起飞了新中国的第一架喷气式飞机,新中国的第一艘万吨巨轮也是从这里入海……这里创造了无数个新中国第一。这是人创造的,也是水创造的。如果没有一条辽河,一切又何从谈起?

辽河是中国七大河流之一,也是东北地区南部最大的河流。但她又不完全是东北河流,她的源头在河北平泉县,还有一部分干流、支流也在华北境内。这也让我时常迷失方向,稍不留神,你就会从中国的一条大河误入另一条大河。从某种意义上说,辽河和海河不说是同胞兄弟姊妹,也是血缘近亲。和混血的海河一样,辽河也是一个相当复杂的水系。这从名字上也能多少看出一些眉目。我在关于黄河、长江的叙述中曾经提及,中国人对江河的命名大有深意,以长江流域为界,北方的河流一般称为河,南方的河流一般称为江。这里面有最大的一个例外,那就是东北河流,一般又是称为江的,如黑龙江、乌苏里江、松花江、图们江、鸭绿江。在东北的大江大河中,只有辽河被称为河。而所谓江河,最大的一个差别就是,江一般有比较清晰也比较固定的河道,而河流的水系则纷乱复杂、变幻莫测,又时常改道。应该说,在整个松辽流域中,辽河是最复杂的一条河流,但至少比海河更容易清理出来龙去脉。

然而,当你深入这条河流之后,又发现这条巨流河很难让你聚焦,依然让你眼花缭乱。好在,辽河不像海河那样缺少主干,大致是一个树枝状水系,东西宽,南北窄,沿途开枝散叶,看上去枝繁叶茂。问题是,她有干流,却没有一条贯彻始终的干流,她的干流是由多条河流拼凑起来的,这些河流既被视为辽河的干流,事实上又是辽河的支流。最好的方式是拿着一张地图,从她的正源开始,一点一点地梳理,大致又可以梳理出这样一个脉络。

辽河不止一个源头,辽河上游分为两支:东辽河和西辽河。

东辽河发源于吉林省辽源市哈达岭附近,她的源头是一个山洞,水从山洞中汩汩流出后,沿途接纳了多条支流,经辽东的山地丘陵地带在三江口进入辽宁省,长383千米。但这个源头并非辽河的正源,这条东辽河也就只能算是辽河的一条支流。

辽河的正源是西辽河,但西辽河又有二源。一源来自河北省平泉县海拔1729米的光头岭,流入内蒙古自治区宁城县,称老哈河,长873千米。——这就是辽河干流的正源,又称西源。西辽河的另一个源流来自内蒙古克什克腾旗白岔山,称西拉木伦河,长380千米。当老哈河和西拉木伦河在通辽市的苏家铺汇合后,始称西辽河,全长449千米,严格来说,这才是辽河的干流。西辽河自西向东,在吉林省双辽市内转向南流,又在辽宁省昌图县福德店与东辽河汇合,始称辽河。这一段干流长512千米,自东北向西南贯穿辽河平原,经双台子河由盘山入海。如果从正源一路追踪下来,辽河干流终于有了清晰的来龙去脉:光头岭—老哈河—西辽河—辽河—入海口。

但这还不是辽河的全部,这只是辽河的一个水系,而整个辽河由两个独立入海水系组成,还有一个水系为浑河、太子河,这也是一个分叉水系,两河于三岔河汇合后,才形成了一条100千米长的河流——大辽河,由营口入海。

经过这样一番挺复杂的梳理,我觉得至少大致把一条河流的来龙去脉交代清楚了,要真是这样容易搞清楚也就好了。我还在采访路上,就遭遇了一次又一次的质疑和诘问,对辽河你打算怎么写?对大辽河你又怎么写?他们关注的不是我写什么,而是怎么写。如今一般都认为怎么写比写什么更重要,这对很多辽河人,尤其是对辽河怀有深厚母亲情结的人,更重要,非常重要。他们脸上严肃而又固执的表情,让我感到,我的一次失误,哪怕是走笔之误,就可能改写一条河流的命运。这也让我变得格外小心谨慎,我只能更深入地求证,而这里面最引人关注的一个问题是,如何为辽河正名?

为辽河正名,这个问题过于重大,事实上这也不是我的能力所能承担的。这里,我只是也只能是一个诚实的记录者。我对我写下的每一个汉字的诚实性负责。

若要还原事实的真相,有一个节骨眼是绕不开的——辽宁省盘锦市盘山县沙岭镇六间房村。我还从未把一个小地方交代得如此详细,就是因为这个地方对辽河太关键、太重要,很多与辽河命运有关的事,就发生在这里。

还得从辽河上游一路追下来,这样才能看得更清楚。辽河虽有巨流河之名,一路上也接纳了众多的支流水系,其中一百千米以上的主要支流就有近三十条,但和海河水系一样,这里也是河多流少,很多河流是有河无流。历史上,辽河流域就是中国水资源贫乏地区之一,松辽流域的水资源危机,也主要集中在辽河流域。尤其是辽河中下游地区,水资源危机更为严重,干涸断流是这里的常态。一个关于河流的悖论,我已经在前文多次复述过,越是干旱缺水的地方,越是容易遭遇洪水的袭击。尤其是下游流经的平原,地势低洼,河道交错,在洪水的冲击下,河道很不稳定,经常在平原地区滚动改道,有时候改道到平原的东部,从营口入海;有时候又改道到平原的西部,从盘山入海。

灾难时常发生在中下游,病根却在上游。辽河流域上游为河北和内蒙古山丘区,多为散碎的黄白土和风沙土,加之人类过度垦荒或放牧,植被破坏严重,又很难恢复。接下来,进入东北后,又是东北风沙干旱严重的地区,流域沿岸又多为干旱的荒漠丘陵,水土流失非常严重,河沙比河水还多,也就流淌得异常沉缓。这让大量泥沙沉积下来,河床被淤塞得越来越浅,河流也愈是流淌得沉缓,形成了一种恶性循环。辽河流域虽是干旱少雨的地区,但一下就是暴雨,一年的雨量,会在短时间内倾泻殆尽,那平时干涸得如同戈壁滩一样的河床,一时间水满为患,洪水滔天,成了一条真正的巨流河。解放前,只在东辽河、辽河干流和浑太河下游两岸筑有瘦小低矮的民堤,根本抵挡不了洪水;而西辽河几乎处于不设防的状态,只能让洪水放任自流。好在这里的老乡们都有丰富的逃生经验,一有闪电或雷声,他们不是往家里跑,而是往高处逃命,然后就眼看着洪水滚滚地将他们的家园迅速淹没,从大地上抹掉。

据松辽水利委员会统计,自1886年至1985年的一百年间,辽河流域内共发生洪涝灾害五十余次,平均两年就有一次,而西辽河地区几乎年年都有旱灾,特别是春旱严重,辽河干流右侧支流的上中游地区,大面积的旱灾平均三四年一次。对这样的灾难,当地文献如是记载:"天旱干涸,暴雨溢槽。"这样的文字很简单,甚至很麻木。当人类对同样的灾难经历得多了,曾经沧海难为水,连生生死死都显得麻木了,无所谓了,死了,那是命;没死,好死不如赖活着。而中国老百姓在生死攸关时表现出的这种麻木,又时常被当成了一种豁达的天性。

清光绪二十年(1894年)七月,辽河大水,上下游决口数十处。第二年,又暴发了更惨重的暴雨洪水,冷家口门东西两岸决口三十五处。想想也知道,一条河流这么多处决口,这条河已经溃败到了怎样的程度。那个年代,很少统计死了多少人,有多大的损失。被洪水冲刷的仿佛不只是大地,还有历史,被洪流冲刷的历史留下了太多的空白,那些死难者在今天至少还可以成为一个数字,在那时却是被洪水抹杀掉了的绝对空白。但也有一些东西会被历史留下来,譬如说这个叫依克唐阿的清朝将军。依克唐阿,字尧山,满族镶黄旗人。将军戎马一生,人称"虎将军",在民间有"依帅来,洋人退"之说,他曾多次击退犯我边境的沙俄军队。依克唐阿虽为武官,但在任时大力兴办教育,也非常关心水利与民生。事实上,一个当官的只要抓住了这三件事来干,基本上也就算是一个为官一任造福一方的好官了。话说依克唐阿在盛京将军任上,辽河连年决口,辽东饥民啼饥号寒,他提出了"民为国本、救民为先、广治酷吏"的施政方针,又奏请朝廷拨银二十万两赈济饥民。与此同时,他又向民间征求治理辽河之策。他想的还不是对堤防修修补补,而是长治久安之策。

当时,地处辽河三角洲腹地的台安县,有个叫刘春烺的人,三十五六岁时才中举人,此后历经十载,屡试屡败。于是,他把注意力从八股文转向了郭应星的《天工开物》、徐光启的《农政全书》、李时珍的《本草纲目》,以及算术、历法、水利、军事等方面的书籍。光绪二十年,辽河大水,柳河泛滥。有人推荐他去治理,刘春烺带领民工日夜奋战,如期完成柳河工程,从此保了一方百姓的平安。两年后,辽河又发大水,两岸新旧堤坝全线溃决,村庄多被冲毁,交通断绝。他亲临现场勘察后,提出以挑河治水的倡议,得到了奉天督抚和朝廷的批准。他仿元朝郭守敬之法,以勾股测地绘图,河心取土,抛岸成堤,一年之内竣工,使台安、辽中、海城、盘山、镇安(黑山)等县解除了水患,变害为利。这一方水土一直到现在仍是辽河流域的鱼米之乡和辽宁省重要的商品粮产地。这次,盛京将军依克唐阿征求治辽之策,刘春烺早已深思熟虑,若要减轻辽河洪水压力,就必须分流减压。他据此提出了分导辽河,重新疏浚双台子潮沟的建议。这一建议很快就被依克唐阿采纳,并决定由刘春烺主持施工。工程于光绪二十二年(1896年)七月开工,动员附近四县两万余民工,疏浚河道十五千米,动用土方二十多万立方米,开支白银一万四千多两。据说,在清末腐败透顶的官场里,依克唐阿却捐出了自己的俸银来兴修水利。尽管这只是民间传说,但有史料记载,他曾用所积廉俸三万两白银购买武器,以抵抗外侮。总之,在老百姓心中这真是一个难得的好官。辽河分流工程历经一年多的时间,于1897年7月分流工程竣工。这条新开河流,就是现在的双台子河。从此,辽河水便一分为二:一半照旧南流,称外辽河,途中纳入浑河、太子河后又称大辽河,走营口故道入海;一半向西流入新修的双台子河,途中纳绕阳河经盘锦入海。

当我把一条辽河的历史追溯至此,有一个事实也就必须坦白交代了:辽河流域现有的格局并非完全是自然形成,至少有一半是人为安排的。说起来,这又和海河的命运非常相似了。海河也有许多这样的新开河、独流河或减河。然而,对这种人为改变自然江河格局的分流之举,一直争议不断。分流减少了洪水,这对老百姓是最有利的,也是这一水利工程的核心意图。但在减少洪水的同时也分散了辽河水量,直接受到影响的便是航运。辽河原本就是一条从东北腹地通向大海的重要水路,1864年营口开港、辽河通航后,英、俄、日、美等八国就在那里相继设立了领事馆,开设了许多洋行。辽河分流对航运不利,水被分散了,原来能走大船的水路只能走小船,能走小船的水路已经不能行船。当时航运的最大获利者就是英、俄、日、美等国家,他们先是争取了营口商会的支持,企图堵塞双台子河,由于当地老百姓拼死抗争,终未得逞。但他们并未罢休,又雇用了两万多民工,历时两年,在双台子河与大辽河之间新开了一条二十余千米长的运河,这条河就叫新开河,其用途是把双台子河河水引回大辽河,同时还在新开河西侧修筑了一道切断双台子河的混凝土大闸。通过这样一引一拦,大辽河水量大增,辽河一分为二的格局也未改变,此举,对防洪、航运都兼顾到了,也勉强算是双赢吧。

但我现在看到的辽河格局,又是"大跃进"时代再次被人为地改变的一个格局了。1958年4月,为利于洪涝治理,一项被称为"辽河治本""导辽入双"的水利工程启动了。根据辽宁省人民委员会的决定,在盘山县六间房处将南下的外辽河拦腰截断,从而使辽河水全部导入双台子河。盘山县沙岭公社数千民工参与了这一工程,三天三夜,人类就在六间房堵死辽河南流口,从而使辽河水全部归入双台子河,将辽河下游的"一分为二"的历史格局又变为"弃二为一"的格局。从此,历史上经常改道的辽河被牢牢地固定在平原西部,经双台子河从盘山入海。此举,实际上是吞并了双台子河,双台子河在事实上已经不存在了,从地理上消亡了。而浑河、太子河则流经平原东部地区,从营口入海。辽河的这两个水系,事实上从此已经完全分离,彻头彻尾地变成了两个完全独立的水系。虽然它们都被称为辽河,但事实上已是没有任何瓜葛的两条独立的河流。在这一格局形成后,外辽河已经是一条完全干涸的死河道,说是故道也许好听一些。而大辽河也只剩下了浑河和太子河的水。而人们为辽河正名的症结也就在这里,这条在河流水系的意义上看已经完全和辽河没有关系的河流,实际上早已是有"河"而无"辽"了,根本不能再叫辽河了,更遑论叫什么大辽河。辽河从此"合二为一",双台子河由支流一变而为干流,而且是辽河唯一出海通途。

追溯到这里我明白了,要为辽河正名,就不能让别的河流来冒名,这明显就是冲着大辽河来的。盘锦市有不少人大代表、政协委员多次提出议案,认为这一格局已经形成了半个世纪,半个世纪都没有改变,以后也许永远都不会改变了,而从营口入海的河水是浑河和太子河的水,没有一滴是辽河水,可是营口人仍然把这条已经没有一滴辽河水的河流称为辽河,"而且他们还不满足于此,欲望更高,还将他们所误称的辽河扩大化,称为大辽河"。这让真正的辽河人很气愤,甚至是很悲愤。凭什么啊?他们最担心的还是,很多人以为大辽河就是辽河,辽河就是大辽河,就像很多小国偏偏喜欢在自己的国名前冠以一个"大"字。而真正的辽河人认为这样很不好,很容易以讹传讹,以假乱真。有些人还认为,辽河是为了表达它的大气和厚重才将辽河称为大辽河呢,这就"造成了河道、河流、河名混乱,误导群众,埋下潜在的隐患,损害群众利益,也会给社会和国家造成负面影响"。这事,越说越大了,越说问题越严重了。无数的理由推向一个结论:所谓大辽河必须重新命名,必须在名字上切断和辽河的关系。

而更让他们悲愤莫名的是,真正该叫辽河的,却又不叫辽河。譬如说那条事实上已经不存在的双台子河,流淌的已是辽河水,但在辽宁省和当地的地图上,对这一段辽河干流仍冠以双台子河的名字,这正是盘锦人、盘山人一直呼吁要为辽河正名的关键所在。双台子河只是一条名不见经传的县级小河,甚至根本就不能算是一条河,它的前身是刘春烺为分导辽河而重新疏浚的一条潮沟——双台子潮沟,这怎么能跟中国七大河流之一的辽河去比呢?

从20世纪90年代开始,很多人就在为辽河正名奔走呼吁了,辽河油田高级工程师王香林在众多的媒体上发表了呼吁文章《为辽河正名》,当地地域专家丁伟成的《也谈为辽河正名》又与之呼应,从中央媒体到地方媒体,产生强烈反响。2004年是为辽河正名的一个重要年份。这一年,盘锦市政协委员张权华以议案的方式提出为辽河正名,负责办理这一议案的盘锦市民政局也高度重视,并按照国务院发布的《地名管理条例》先后到市县区的档案部门、水利部门查找资料,请专家座谈,最后于2004年2月份形成了《关于盘锦境内辽河和大辽河及两河流入海口更名的请示》,报请市政府常务会议研究。盘锦市政府常务会议研究通过后,又以市政府名义报请省政府审批。这一年,王香林上书辽宁省省长张文岳,经省长批转,从省政府转到省水利厅,又从省水利厅转到省民政厅,省民政厅主管副厅长亲自带队到盘锦、营口调研并召开专家论证会论证此事。营口市对辽河双台子河段更名为辽河、双台子河口更名为辽河口没有异议,但不同意将大辽河更名为浑河,更不同意将营口市大辽河入海口更名为浑河口。省水利厅意见,将辽河下游双台子河段更名为辽河,将双台子河口更名为辽河口,保持大辽河名称不变。——这就是盘锦人为辽河正名的一个结果,盘锦市民政局在《盘锦市地图》上将这段河流正式标注为辽河,将双台子河入海口改为辽河入海口,双台子河和双台子河口的名称被正式废除。他们的目的还只是达到了一半,而想要让营口人将响亮的大辽河改称浑河,这个可能性非常渺茫。很多营口人几乎是以一样的口气,表达了一样的义愤:不可能!我们爱叫什么河那是我们的事,关他们屁事!

难道对一条河流的命名或正名就这么重要吗?这也是我在江湖上奔走时经常会遭遇的问题,现在倒是很少有人关注某一个水利工程的成败,更关注的是主流或正源之类的正统地位。但盘锦人似乎是站在一个更高的高度上看问题:"地名是无形资产,地标是区域形象。辽河口(双台子河口)是在地球层面上看盘锦市的地理坐标点,是生态盘锦的天然名片,展示了盘锦良好的外部形象。在一千平方千米的辽河口天然湿地发展旅游产业,将是一个朝阳的灿烂产业。随着滨海公路的建设,与东岸赵圈河呼应的辽河口西岸盘山沿海旅游区(辽河口湿地旅游区)很快会形成与盘锦船舶制造基地(辽滨水城)为两极连线发展的沿海区域开发开放总体架构,最终形成盘锦的'两点一线'沿海经济带,为发展外向型经济起先导、示范和拉动作用,实现以港口临港工业、休闲旅游产业兴市的发展格局。"

一个名义上的问题,至此才被揭示出了实实在在的利益博弈。发展旅游产业,其实也是现代水利中的一个重要内容,而且是以小本而博大利,如果不正本清源,确实会有很大的麻烦,辽河和大辽河虽只有一字之差,却相距百里之遥。这不是辽河与大辽河的问题,这是辽河与假辽河的问题。对一般游人来说,稍有不慎就从真辽河跑到假辽河那儿去了。这个道理其实很简单,就像李逵眼里容不下李鬼。这也让很多人更加感到为辽河正名的必要性和迫切性。最近几年来,这事已经不局限在辽宁省了,已经提交到了民政部和国家测绘局,据说还有人上书国务院了。

结果又如何呢?有人感到渺茫,有人拭目以待。还有像我这种置身局外的人,更关注的还是这条河流本身。她曾经有过那么多的名字,但没有哪个名字可以改变她的命运,只有水,才是她命里的东西。而眼前这条濒临枯竭的河流,看上去是那样苍老,仿佛沉浸在深深的回忆之中。我软弱无力地想,如果她的儿女,那些最忠诚的儿女,真想为他们的母亲河正名,她最好的名字不是辽河或大辽河,而是巨流河。

辽河流域一年中最美的季节不是春天,也不是秋天,而是夏天和冬天。这是一条在两极舞蹈的河流。每年入夏之后,辽河进入汛期,雨水也渐渐多起来。如果不出什么意外,许多干涸的河道、河滩会有流水漫过,两岸有逐水而生的树木开枝散叶,偶尔还能看见叶脉上挂着的雨露。这是江南常见的风景,对于生活在辽河流域的众生,却是一年中最美的风景。到了冬天,辽河变成一条冰河,而哪怕是晦暗的河水,在冰冻三尺之后也会透射出如同璞玉般的美感。尽管天寒地冻,但这也是辽河另一个看上去很美的季节了。

我来到这里时正是辽河的汛期。我是从海河流域穿插过来的,这让我有了一些心理准备,对辽河汛期的水量之小,我没有太多的吃惊。辽河的灾难以及灾难的成因,和海河是相似的,而它的少水、多沙和在被洪水冲决后的不断改道,又和黄河是很相似的。或许是辽河地处地广人稀的关外,历史上,这条多灾多难的河流很少得到治理。除了清朝末年和民国时遗留下来的为数很少规模也很小的水利工程,辽河几乎处于一种自然状态。辽河下游流域多为洪泛区,而洪泛区的土地一般又是非常肥沃的,数千年来,这里也的确就是一片辽阔、荒凉而又肥沃的旷野,在那些命悬一线的垦荒者从关内拥向关外之前,所谓水利,对这片野生的、处于自然状态的流域是没有任何意义的。

伪满洲国时代,曾在东辽河流域建了一座二龙山大型水库,这也是辽河流域在新中国成立前兴建的一个最大的水利工程。说到二龙山水库,又是一个很容易混淆的地方,中国有好几个二龙山水库,黑龙江有,陕西有,但我说的这个二龙山水库是不可复制的。这座水库位于吉林省梨树县石岭镇。该镇地处东北松辽平原腹地,土地肥沃平坦,素有"东北粮仓"之称。不过,听当地一位姓张的老先生说,在清朝康乾盛世,这一带还很少有粮田,是清朝皇家狩猎的"盛京围场"。这样的围场一般都会保持山林、草原的原生态，除了皇家贵胄偶尔来这里狩猎，平时荒无人烟，外人也不准随便进入。到了清朝末世，从皇家到八旗子弟已是久不行围，武艺荒废，在一个帝国江河日下时，这围场也没有人看管了，这才有人偷偷进围场打猎、垦荒，直至筑屋生息。这里有座山叫龙首山，不太高，旁边又有东辽河，正是一个依山傍水的好地方，来这里垦荒居住的人也就越聚越多。就这样，一个大清皇家的围场，变成了老百姓围垦的乐土。到了民国时代，连皇帝都被赶下了台，自然也就更没有什么围场了，只有被开垦出来的无边无际的田野。

当围场变成了田野，水利也就不可或缺了。1943年12月，二龙山水库开工，就建在东辽河的干流上。东辽河是辽河上游左侧的最大支流，发源于辽源市境内的萨哈岭山，尽管只有400多千米，但在辽河流域，这是一条水源充沛的河流，有大小支流七十多条。由于年降雨量少，地势平坦，土壤沙性大，产流条件差，主要水源还是在汛期降临的暴雨洪水，东辽河在历史上发生过几次大洪水都是暴雨所致。东辽河流域面积虽说只有一万多平方千米，却是一片相当肥沃的土地。这样的地方，建一个大型水库是非常必要的。二龙山水库最初的设计意图很明确，一是防洪，以保障这座"东北粮仓"能够旱涝保收；二是在水库周围进一步扩大灌溉面积，发展四个农业灌区。这一工程在伪满洲国时代并没有干完，直至1947年6月才完工。二龙山水库是在战火硝烟中完成的一项大型水利工程，这在中国水利史上算是一个异数，也可以说是一个奇迹。东北解放后，人民政府又陆续对二龙山水库进行了增建、扩建，把一座水库打造成了集防洪、灌溉、发电、养殖、供水于一身的大型水利枢纽工程。在全盛时期，二龙山水库控制流域面积近四千平方千米，最大库容近十八亿立方米，每年向市区供水四千万吨，年灌溉供水三万多立方米，年发电一千六百万千瓦时。这是多么巨大的效益，换一种更直观的方式说，二龙山水库是东辽河流域四五百万人口工农业生产及生活最重要的水源，是该地区国民经济与工农业生产及人民群众生活的生命线。二龙山水库一直在东辽河流域发挥着巨大的作用，这里的水，是芸芸众生的养命之源，而它巨大的防洪抗旱作用，又是数百万苍生的立命之本。

但我看到的二龙山水库已经惨不忍睹,又是近二十年来发生的变化。问题不是出在水库,而是出在东辽河。随着东辽河近二十年来的不断萎缩以至干涸断流,二龙山水库的水源也逐年减少以至枯竭,哪怕在汛期,也处在死水位。没有水,也就无法放水灌溉农田,那庞大的发电机房,也处在荒凉死寂中,尘封的大门上蛛网密织,那紧闭的大门也不知有多少岁月没有打开过了。听这里一位工作人员刘师傅说,这还是好的,早几年这水库里水根本看不得,污染严重啊。那么又是谁在污染二龙山水库?刘师傅说,主要是水库上游的城镇,如辽源市、白泉镇、小孤山镇,人口多,工厂也多,工业和生活废水通过各种渠道混入了东辽河,东辽河流经辽源市后,又有大梨树河、三道河等污染更严重的小河汇入,然后一起流入二龙山水库。还有来自沿岸农村的农药、化肥和牲口粪便随着水土流失被带入水库。水库污染最严重时是2004年,水质已经降到了劣五类。这几年,当地政府铁腕治污,现在水质已有明显改善。这水又是几类水呢?不用问,看了这水库里活泼泼地游动的鱼也知道,能养鱼的水,而且能把鱼养得这样鲜活,最少也在三类以上。

然而,这水库剩下的最后一点水就是再干净,又能干什么呢?刘师傅说,一是为城市供水补充一点水量,再就是养点鱼。

不过,有一个重要功能还在发挥作用,那就是防洪。现在是多年没有发过大水了,但每年到了汛期,尤其是从7月开始正式进入主汛期后,对洪水还是要严加防范。毕竟,东辽河沿线是人口密集区,又是辽宁省粮食的核心产区和交通枢纽区,在辽宁,这里的防汛一直是重中之重。不过现在防洪,和以前的心情已经完全不一样了,以前把洪水视为猛兽,一心想的是怎么严防死守,现在呢,是夏天盼洪水,冬天盼下雪。如果洪水真的来临,有这么大一个水库空在这里,把水库装满了,也就没有太大的压力了。冬天盼下雪,也是为了多储存一点水。2010年4月,东辽河流域连降了几场暴雪,比常年同期多了差不多一倍,居历史同期第一位。换了以前,这样的大雪也是要严加防范的,冰雪融水大量增多也极易造成山洪灾害。为此,吉林省防汛指挥中心对防春汛工作提前做了部署,要求各地一定要采取防范措施,但更多地考虑还不是春汛,而是春旱。如今是难见春汛,年年春旱,绝对不能为了防汛而浪费了大量的冰雪水资源。二龙山水库把大量冰雪融水放进了水库,拦蓄七千多万立方米的冰雪水,补充了前一年干旱带来的水库蓄水不足,为城乡供水、农业灌溉提供了有力的水源保障。那一年的大雪,也让这里的人一直怀念,要是再来几场暴风雪也好啊。现在,他们又在盼着洪水的到来,让洪水把这个巨大的水库装满。然而,这样的机会似乎越来越少了。

二龙山水库只是辽河流域的大型水库之一,我对它的关注,无疑与它的历史有关。新中国成立后,新中国在辽河流域兴建成近七百座大中小型水库,其中大型水库就有十六座,辽河流域的大小水系如今几乎全被水库所控制。这既是为了蓄水,也是为了防洪,对控制和调节全流域各地区的水资源也起到了重要作用。

二 在科尔沁沙地边缘

如果说二龙山水库是东辽河流域的一个标志性水利工程,红山水库则是西辽河流域的一个标志性水利工程。西辽河是辽河干流最长的一段,长八百余千米,流域面积十三万多平方千米,除河源部分在河北省外,水系绝大部分位于内蒙古自治区东北部,是内蒙古自治区农牧业较发达的地区之一。迄今,西辽河流域内共建有大、中、小型水库九十多座,红山水库设计总库容为三十三亿立方米,而九十多座水库的水量加起来也只四十多亿立方米,一座红山水库就超过了四分之三,这座水库在西辽河流域举足轻重的地位可想而知。这座水库在西辽河防洪体系中的防洪效益和灌溉效益占三分之二以上,不仅是西辽河流域最大的水库,也是内蒙古自治区乃至整个东北地区最大的水库。

红山水库位于内蒙古自治区赤峰市东北角,确切地说,它并未建在西辽河的干流上,而是建在西辽河的正源——老哈河中游。这也是一个"大跃进"时代上马的工程,1958年开工,1965年竣工。我没有统计过,"大跃进"时代到底有多少水利工程上马,但从我走访过的新中国历史上的大型水利工程看,绝大部分是"大跃进"时代上马的。"大跃进"那一段给中华民族带来了巨大痛苦和惨痛灾难的历史,是我最不愿意回顾的,然而,只要一走到某个水利工程,我的视线就会被一种强大的力量拉回去,回到当年的现场。

此时,我又置身于一个无法绕开的现场,这里是科尔沁沙地边缘。科尔沁沙地位于东北和华北的交界地带,是中国四大沙地中面积最大的一个,总面积四万多平方千米。眼前是大片黄褐色的沙土和沙丘,像沙漠,又不是沙漠,在辽阔的沙原和沙丘之间,生长着一些长满了刺的植物,还有一些稀稀疏疏的草棵和树木。我能认出的树木,是榆树,这里的老乡叫它们摇钱树。这是一种特别耐旱、耐寒、耐瘠薄的顽强生命,可以不择土壤地生长。如果大地上没有这样一种植物,我眼前这片像沙漠又不是沙漠的土地,可能早已变成了真正的大沙漠。这片大地没有成为沙漠的另一个原因,是因为这里还有一条河流——老哈河。这条河,应该说,并非东辽河或西辽河的支流,而是西辽河最上游的一段干流,被誉为"契丹·辽文化母亲河"。一个地方,有了一抹绿色、一曲流水,哪怕再干燥,天也会显得特别蓝。当然,也应该说我的运气特别好,没有遇到风沙天。

追溯起来,科尔沁沙地历史上曾是水草丰美的大草原,也是科尔沁草原的一部分。如今,整个科尔沁草原都在急遽沙化,这里也就成了一个非常典型的从草原向沙漠演变的过渡区。主要原因,不外乎两个:一是气候原因,全球气候变暖让这个原本就很干燥的地方更加干燥;另一个是人的原因,由于超载放牧,牛羊啃光了草棵,连草根也扒出来吃掉了,致使草场大面积退化。还有一个历史原因,从清朝末期开始,清廷为巩固边疆,防止沙俄对东北的进一步蚕食,把大量汉族老百姓从关内迁徙到关外,开始在蒙旗大规模垦荒。到了民国初期,政府又大兴蒙垦,1916年之后,统治东北的奉系军阀张作霖更是开始大量放垦,除了农垦还有军垦。大片的草原牧场变成田野,直接损害了蒙古族牧民的利益,蒙古牧民的抗垦起义此起彼伏,最著名的就是嘎达梅林组织的抗垦起义。嘎达梅林率领一支七百多人的抗垦军队,转战于昭乌达盟(今赤峰市)、通辽市一带,不断袭击垦务局和垦荒军队。而在嘎达梅林发动抗垦起义的前后,科尔沁草原就"出荒"(也就是大规模沙化)

十多次。又如果不是嘎达梅林和蒙古牧民此起彼伏的抗垦起义,科尔沁沙地或许早已沦为了科尔沁大沙漠。

到新中国成立时,科尔沁大部分草原都已沙化,但还没有成为流动的大沙漠,而是以风蚀沙地的半固定状态为主。一座红山水库的兴建,让人类看到了希望,也见证了奇迹。这是一座以防洪为主,兼顾灌溉、发电、养鱼、旅游等综合利用的大型水利枢纽,水库控制流域面积两万多平方千米,灌溉面积两百多万亩。由于有了水的润泽,老哈河流域竟然一度惊现江南水乡风光。然而,在"以粮为纲"的大力驱使下,又一轮大规模的开垦开始了。当中国向西北、东北的荒漠挺进时,苏联也开始了大规模垦荒,结果是荒漠越垦越大,一边是荒漠变田地,一边是更多的草原、山林变成了荒漠,造成了严重荒漠化问题。但苏联比中国觉悟得早,他们很快就意识到,在干旱或半干旱地区,无论是沙荒地还是天然牧场,一经开垦就会荒漠化,随之便停止了垦荒,并投入巨大财力、人力植树造林,恢复草原植被,制止了生态环境的进一步恶化。中国在1958年至1973年间,开荒造田愈演愈烈,内蒙古经历了两次大开荒,最终造成一百多万公顷土地沙漠化,而重灾区又是科尔沁,因开荒造成八十多万公顷土地沙漠化。从科尔沁草原到科尔沁沙地的变迁史,已足以让人类猛醒了,或许真的可以人定胜天,然而这暂时的、短暂的胜利,换来的将是大自然的灾难性报复。

灾难中也有奇迹出现。科尔沁沙地上还有这样一条老哈河,是一个大自然的奇迹,在老哈河上筑起这样恢宏的水利工程,也是人类创造的一个奇迹,而我接下来要讲述的故事也是奇迹之一。

这个奇迹是从一个知青的想法开始的。

红山水库有了水,也让人类有了更多的想法,譬如说,在科尔沁沙地上是不是可以种水稻呢?这想法一开始并非农民的想法。这里的农民一个个都老实得像榆木疙瘩,哪会这么突发奇想呢?第一个有这想法的是当时昭乌达盟翁牛特旗玉田皋公社一位叫柴春泽的知青。在来玉田皋插队之前,柴春泽和很多知青一样,一路上都想象着科尔沁那"天苍苍,野茫茫,风吹草低见牛羊"的塞外草原风光,来了之后才发现这里的土地是多么贫瘠,老百姓有多穷。那时,他插队的玉田皋是翁牛特旗最贫穷的一个公社,而最严重的自然灾害就是风沙和风沙带来的土地盐碱化。老百姓住的是沙窝子里的泥土房,过的是半饥半饱半碗沙的日子。那时的人,脑子里想到的都是粮食,除了粮食,还是粮食。这除了以粮为纲的伟大号召力,其实也与当时饥饿的现实有关。柴春泽也是从解决粮食问题着想,第一个提出了"旱改水"的设想。他的想法也不无道理,既然旱田的盐碱化如此严重,产量低下,如果改成了水田之后会不会好一些呢?至少可以试一试吧。

要把这个想法变成现实,难度非常大。要种水稻,就必须把水引到田里来,就必须在水库大坝边上开一条引水渠。开引水渠的想法一提出来,就遭到了水利技术人员的反对,这个口子开不得!要是影响了大坝安全,怎么得了?谁负责?还真是有人敢于负责,此人是当时辽宁省的一位主要领导,他出了面,表示要坚决支持知青的革命行动。修渠引水的计划就这样决定了,不过,最终还是没有在水库大坝上开口子,而是在大坝一侧的山上开了一条引水渠。这让工程显得更加艰巨,有人说这一工程绝不亚于红旗渠,也有人把这条引水渠称为科尔沁沙地的红旗渠。这条水渠就是柴春泽带领当时的知青创业队和玉田皋人民公社的社员干出来的。他们在冰天雪地中开山劈石,凿出了一条渠道,还要在山岭之间建起一座座引水渡槽,才能把水引到玉田皋。施工的艰难,这里就不说了,那个时代所有的苦难几乎都集中在水利建设上,再说还是一段重复的历史。总之,这条引水渠是修成了,又不知是谁命名的,它是以柴春泽的名字命名的——柴春泽水渠,一直叫到现在,当然也没有必要改了。这在新中国水利史上,应该是一个独一无二的事例。新中国修建了数不胜数的水利工程,但极少以个人的名字命名,尤其是以一个知青的名字命名,不知道是不是唯一的,但我还没有遇到第二个。

接下来的故事又很有戏剧性。当一渠清水引到了玉田皋,这里的老百姓却不领情,没有人愿意种水稻,也没有人会种水稻。祖祖辈辈,这片土地只能种麦子,种玉米,这沙窝子里能种出水稻吗?简直是胡闹哩。又是柴春泽带着知青们创业,先种试验田,还真是成功了。他们当着老乡们的面,把打出来的稻子一担一担过秤后,让老乡们相信了一个事实:亩产比旱作物大多了。农民都很实在,眼睁睁地看到这样的事实,这才同意大面积旱改水。事实上,在那个时代,这些农民也别无选择,他们都是人民公社的社员呢,只能听公社领导、大队干部的,而那时柴春泽也不是一般的知青了,他既是公社副书记,又是大队的支部书记,谁又敢不听他的呢?但如果以实践是检验真理的唯一标准看,玉田皋的水稻种植,也实实在在地改变了这一方水土的命运。

如今,四十多年过去了,当我走进玉田皋,还真有一种走进江南水乡的感觉。一条水渠从红山上蓝幽幽地流来,又在草地、山林和绿油油的稻田间穿过,说是塞北江南,不是一个比喻,而是一种现实。又听玉田皋那些上了岁数的老乡说,柴春泽当年创造的奇迹还不止旱田改水田一件事。为了治理这里的风沙,他又带着知青和玉田皋的老乡们一起栽树,种草,在纵横交织的林带中修起了一片一片的方田。一年四季飞扬的沙尘被树木挡住了,很多当年寸草不生的沙地、盐碱地都种上了大枣、苹果、葡萄、甜梨。这也是我对柴春泽这个知青最敬佩的地方,在他身上体现的不只是一种理想主义的献身精神,还有一种那个时代最稀缺的生态意识。一直到现在,玉田皋还是科尔沁沙地的一个著名稻米产地,水稻平均亩产1200斤,而且米质好,还被国家绿色食品发展中心评为A级绿色食品。到了这里,自然是要品尝一下这绿色纯天然的大米饭,还真是名不虚传,每一粒都是饱满而又透亮的长粒米,蒸出来香气浓郁,口感也筋道香甜,回味悠长。想想能在科尔沁沙地上生长出这样的优质稻米,也真是奇迹了。玉田皋也以这塞北江南的风光被评为赤峰市的绿色生态之乡。

作为当年知青的一个代表人物,柴春泽曾获得过无数荣誉,但在"四人帮"被打倒后,他的噩梦随之来临。柴春泽因受牵连而被隔离审查,在关押审查了四年之后,结论是他和"四人帮"并没有什么瓜葛。1980年,他又恢复了党籍。原昭乌达盟盟长办公会议研究决定将他招工到辽河工程局,他成了辽河水利战线上的一名普通职工。后来,通过自己的努力,他获得了大学学历,调赤峰市电大工作,直到退休。2012年,刚好是他的六十花甲之年,经历了人生的一个轮回,他已显得十分淡定,也十分豁达。对知青时代的那一段岁月,他只有四个字:青春无悔。这对许多人兴许只是随口说出的一句话,对于他,却是属于生命的最深刻体验。

现在的科尔沁沙地,依然在以每年1.9%的速度向前推进,但据国家林业局最新监测,科尔沁沙地每年绿化面积都要超过沙化面积约75万亩。当年向荒漠进军的人类,近三十年来一直在不遗余力地同荒漠化或沙漠化抗争。历史并非不可逆转,玉田皋的生态恢复就是一个先例。科尔沁沙地也是很有可能恢复到当年的自然生态的。这里原本是森林草原与干旱草原的过渡带,土质属于松散的沙性土壤,在天然植被的调节下,只要人类能够保持沙地生态系统相对平衡,自然环境就不会产生剧烈的退化,然而一旦遭受人为破坏,尤其当这种破坏以建设的名义进行时,沙性土壤潜在的自然因素便会激化与活化,从而产生土地沙漠化。现在人类已经觉悟到了这一点。

在科尔沁沙地还在不断推进的同时,红山水库也在不断萎缩。此时正是汛期,但水库里只剩下了很少的一点水,从水库里露出来的黄褐色沙滩,已经被太阳晒得干燥发白,如同科尔沁沙地的一部分。"这还是好的,"红山水库管理局工作人员刘显辉说,"从1999年开始,一直到现在,老哈河流域遭遇了自红山水库建库以来连续十几年的特大旱灾,水库进水量极少。尤其是今年,整个汛期入库水量为零,水库水位垂直下降十六米多,现在水库的库容由于淤积,已由二十五点六亿降到十六点一亿立方米,水库的面积由过去的十四万亩降到现在的不足八万亩,萎缩了差不多一半。在这种情况下,按照年初签订的供水协议,我局是可以停止供水的,但如果停止供水,将给供水灌区的五万亩稻田和五万亩旱田造成巨大的经济损失,这一带农民将要颗粒无收。为了避免这一损失,我们也只能舍小家顾大家了,宁可自己不发电,也要让百姓吃上饭!"

这是让我感动的一席话,也是一个事实。红山水库作为辽河流域最大的水库,正在一次次降至死水位。现在最缺的是水,最不值钱的也是水。红山水库和中国其他所有水库的命运是一样的,他们的主要收入是发电收入,而一旦停止发电,就意味着他们把这水白白地放掉了,靠收水费,是根本收不到几个钱的。对于他们,不只是发电损失,还有上千万的渔业损失。水这样少,如果再放掉了,这鱼活不了,只能提前捕捞。这也给红山水库的旅游与生态建设带来了不利影响。越是枯水位,就越是说明整个老哈河流域干旱得厉害,他们只能忍痛放水,每一次放水,无异于放自己的血,割自己的肉。牺牲对于他们从来不是一句话,而是实实在在的经济损失与无私奉献。经历了十多年的大旱,这里还有塞北江南的景象,大面积的稻田在连续十多年的特大旱灾中还能连年获得丰收,又不能不感谢这个红山水库了。然而,这又难免引人深思:水稻是特别耗水的农作物,中国又有太多的地方可以种水稻,难道一定要选择在这干旱或半干旱的科尔沁沙地上种水稻吗?

很多事,只能是到什么山上唱什么歌。柴春泽在玉田皋提出"旱改水"的那段岁月,老哈河还是一条浩浩荡荡的巨流河。听老哈河流域的老乡们说,那时的老哈河从来不愁没有水,而红山水库能拦下那么多水,就是因为选在一个水最多的地方。当年修红山水库,也不是因为下游缺水,而是水太多了,要拦水防洪。事实上,这也确实是当年很多地方修建水库的核心意图。红山水库是国家"二五"期间在辽河流域修建的重点防洪工程,按千年一遇洪水设计,万年一遇洪水校核。还在建设期间,1962年7月,老哈河流域就发生了一百八十年一遇的特大洪水,经过红山水库的调蓄,下游免遭一场特大洪涝灾害,这也让人们更加看到了修建红山水库的急迫性。在后来数十年的岁月里,红山水库抵挡住了数次特大洪水,对西辽河乃至辽河流域的防洪起到了关键作用,基本解除了下游的洪涝灾害。而在那个水满为患的时代,如果能够利用这里丰富的甚至是过剩的水资源来发展水稻种植、改善盐碱地,无疑是非常正确的选择。但到了现在,红山又的确应该唱另一支山歌了。

从红山水库顺着老哈河一路往下走,我发现,这一带的水稻种植区绝不止一个玉田皋,举目四望,几乎是一望无际的稻田。这些水稻种植区也无一不是干旱的重灾区,别的农作物还比较耐旱,而水田里一旦没有水就绝收了。尽管有红山水库里放来的水,但根本浇灌不了这么多的水田,有的老乡只好又进行了"水改旱"。翁牛特旗白音套海苏木是全国著名的有机水稻之乡,这个乡有二十多万亩稻田,因为缺水,大多又改成了旱田,种上了玉米和葵花。走进一片被太阳晒得略显枯萎发黄的玉米地,我和一个姓陈的村民聊了起来。老陈说,种了二三十年水稻了,去年还在种稻子呢,但今年种不上了,水库没水了,想放也放不出来。看来,这里的老乡还是很理解红山水库的。说到旱地和水田的收入,老陈扳着指头算了一笔账,结果是,种旱作物要比种水稻的收入少得多。"种一亩水稻,差不多要顶种二亩旱地呢。"老陈说。

从"旱改水",到"水改旱",折射出了老哈河流域翻天覆地的变化,老哈河也从一条每到汛期便洪水翻天的巨流河变成了眼下这样一条几乎是伏在地上缓慢流逝着的一线水流。如果不是亲眼看见了,真是难以想象,当年的一条巨流河如今气若游丝了。如果追问原因,几乎所有的干部都会不约而同地回答,如今全球气候都在变暖,这才造成了连续多年的大旱。但不用问我也知道,这里面还有一个重要因素,就是近几十年来工业的高度发展,还有城市化的快速推进,让用水量剧增。这是中国迈向现代化的必然进程,也是必然的结果,没有任何力量也没有任何理由来逆转中华民族前行的方向。我们只能在遵循这一方向的前提下来正视中国水利的严峻现实。

从辽河流域现有水利工程的供水能力看,能为人类调控的水资源量已占一半以上,尤其是中、下游的水利开发程度更高。其中很多水利工程,原来都是以农业灌溉用水为主,但由于工业和城市用水不断增加,现在很多已不得不改为向工业和城市供水为主。以太子河流域的汤河水库为例,这是我在辽河流域看到的风景最优美、水质最好的一个水库。看一个水库怎么样,其实不用看水,看看四周的环境就知道了大半。这里群山环抱,树木葱茏,山是碧绿的,水也是碧绿的。山清水秀,这也是自然的法则,所谓山水,几乎是不可分割的同一自然体。这个水库最早也是一个以农田灌溉为主的水库,水库下游就是辽阳灯塔市的大片稻作区,有了这样的优质水浇灌,才能生长出优质稻米。这里是辽宁省极重要的稻米生产基地之一,渔业也很发达,也是辽河流域有名的鱼米之乡。但近年来,这里的水稻和渔业也出现了水危机,由于工业和城市用水剧增,汤河水库不得不从以农业灌溉为主向为城市、工业供水转移。事实上也是这样,汤河水库现在的主要职责是向辽阳、鞍山两大城市供水。如若水源充沛,它还可以兼顾一下农业灌溉,若遇枯水年或连续枯水年,它就必须削减农业用水,甚至停止农业供水,这样才能维持城市生活用水和工业生产。那农业灌溉用水又从哪里来呢？哪怕把所有的水田都改成了旱地,也同样需要水来浇灌哪。这也就是所谓水危机。在水资源和水危机的博弈中,又都是从牺牲最弱势的群体、最弱势的产业开始的,而农民又永远是最弱势的群体。

从海河流域到辽河流域都是这样,一边是水资源严重危机,另一边又是水土流失和污水横流。辽河不仅是中国水土流失极严重的河流之一,也是中国江河中污染极严重的河流之一。在20世纪90年代,辽河曾是一条死气沉沉的臭水河,鱼类等水栖生物几近灭绝,这水不说供人畜饮用,连农业灌溉也不能用。自1993年起,辽宁省开始大规模整治辽河,关停了许多未达标的排污单位。短时间内,GDP数字掉下去了不少,但水质是明显地上升了。眼前这一条汛期的辽河虽说流得上气不接下气,但被阳光照亮的河水多少还能透出一点水的光泽。风一吹,也能荡漾出闪光的涟漪。

对于生活在此间的人类,比治污更难的还是如何寻找更多的水资源。现在辽河的水资源已经用到了极限,无论是开源还是节流都没有太大的空间。一直以来,人类都想把辽河打造为一条名副其实的巨流河,这其实也是辽河的呼唤,巨流河的呼唤。如今,比辽河更干涸的海河已经抓住了一根救命的稻草——南水北调,而且很快就要变成现实。有了长江水的浇灌,把海河二百二十八亿立方米的年径流量补足应该不成问题,而辽河的年径流量恰好也是二百二十八亿立方米,但辽河离长江太远了,水利工作者们的目光没有望着南方,而是望着北方,这也是辽河流域一直在运筹的——北水南调。

很多人都知道南水北调,还真是很少听说有北水南调这个事。我也是来这里后听说的,北水南调是整个松辽流域综合开发利用水资源的一项工程,此举除解决辽河中下游的水资源危机,也有航运上的一大考虑。这一工

第六章　穿行于白山黑水之间 | 461

程计划在第二松花江修建哈达山水库,在嫩江上修建布西水库,在辽河上兴建石佛寺反调节水库以及长约四百千米的引水渠道。引水渠自哈达山水库与嫩江上的大赉渠首取水,两条输水渠道于后八方汇合后,在太平川附近穿越松辽分水岭,又在双辽附近注入辽河。这个设计里面有一个亮点,那就是以洪水为资源,尽量引调松花江洪水期水量,这样既可减轻松花江的防洪压力,又可补充辽河流域的水资源。应该说,这是新中国水利史上的一个创举。按工程设想,在实现北水南调后,还要建成一条松辽运河,从而使黑龙江、松花江、松辽运河和辽河成为南北贯通的内河航线,并可与海运相连接,远景规划还考虑从双辽开挖一条和辽河大体平行、全长约264千米的运河到营口出海。这样,既能让封闭型的松花江航运转为开放型,又能使由于干涸缺水而断航多年的辽河复航,整个松辽流域就可形成一个四通八达、通江达海的航运体系。

——这只是松辽流域在未来水利建设上的宏观战略布局,也是一项水利与社会经济发展相协调的重大战略措施。对于处在燃眉之急的辽河来说,画饼不能充饥,远水解不了近渴。这里人眼下急切地盼着的是,从嫩江或第二松花江赶快把水调到辽河。他们的要求其实不高,如果北水南调工程在满足沿途用水之后,能给辽河中下游流入补充三十多亿立方米水量,辽河流域的水资源供需关系基本上就可以达到平衡。

看着眼前这条辽河,遥想在岁月深处流过的那条巨流河,这其实不是一条河的两种命名方式,而是在不同的时空中流过的两条河流。如今,那条巨流河事实上已经消失了,现在的问题是,这条时常干涸断流的辽河,某一天是否又会在大地上消失呢?

我只能默默祝愿,这里人能够心想事成。再见,辽河!但愿我再次见到你时,你又是一条"巨流河"。

三　呼伦贝尔的忧伤

从科尔沁到呼伦贝尔,如同一次时空的穿越。这感觉只有内蒙古这样遥远而苍茫的大地才会带给你。内蒙古东临黑龙江西接新疆,哪怕面对一幅地图,也让我长久地沉默无声。这里,不说内蒙古有多大,只说一个呼伦贝尔,在行政区域上,这是内蒙古自治区的一个盟,现在是一个地级市,而一个地级市的面积就相当于山东和江苏两个省的面积。当你走进这样一片大地,只有一种感觉,一种永无止境的感觉。

　　一条路线早已预定:从齐齐哈尔出发,穿过大兴安岭和呼伦贝尔大草原,抵达中俄、中蒙边境口岸满洲里。这意味着,我们将要贯穿整个呼伦贝尔。当汽车驶出黑龙江第二大城市齐齐哈尔,像大地一样辽阔的夜幕正在降临。我感觉漫长的旅程真正开始了,而那个预定的方向,依然处于一种未知的神秘状态。当阿伦河的流逝声从呼伦贝尔澄明的夜色中清澈地传来,我涣散的神思已经下意识地集中在一个意念上,天地间仿佛只剩下了一条河流,一条正在时间和空间中流淌的河流,这个世界充满了流动的呼吸。

　　图特戈是诞生于大兴安岭深处的一个蒙古族汉子,在这漫长的旅途中他将与我们一路同行。这个世界太大,一个人的旅途不只是孤独,还有太多难以预测的危险。我们这些萍水相逢的陌路人,都是从远方来到这里的流浪汉,到了这里,感觉每一个人都是亲人。图特戈的汉名叫陈晓雷,现在是吉林省委政研室的一位研究员。这是我将反复提到的一个人物。没有他,我甚至是走不出呼伦贝尔的,也不一定能真正走进去。这年过知天命的汉子,尽管身上已有了一种学者的儒雅,但蒙古族男人生命与血脉里的那种剽悍、粗犷而浪漫的天性,随时都会弥漫出来。他能歌善舞,走到哪里,唱到哪里,跳到哪里。但此刻,他显得非常沉静,很长一段时间,他一直凝视着窗外,是在看那条河吗?

　　事实上,没有谁比他对阿伦河更熟悉。在蒙古族人心里,每一条河流都是有灵魂的,阿伦河的灵魂是圣洁的。阿伦河,蒙古语(一说满语),意思是干净、清洁的河流。阿伦河又是达斡尔语——清澈的河。这条发源于大兴安岭的博克图腰梁子附近的河流,是嫩江的一条支流。她从大兴安岭的原始森林中一路奔流而下,流经内蒙古自治区阿荣旗,穿过成吉思汗边堡,然后进入黑龙江省甘南县,在齐齐哈尔市西北郊汇入一条"碧绿的江"——嫩江。嫩江,蒙语的意思就是碧绿的江。哪怕仅凭着这些满语、达斡尔语和蒙语对河流的命名,我就已经深爱着这些河流了。我有一种越来越清晰的感觉,一条干净、清洁的河流,正把我从一条碧绿的江带往一个干净、清洁的地方——阿荣,内蒙古自治区阿荣旗。阿荣,阿伦,实为同一个词不同的音译。

抵达阿荣已是深夜了,即便在这深沉的夜晚,也能感觉这一方水土的干净。每走到一个陌生的地方,我都要下意识地仰望天空。没有意料之外的事物出现,这苍穹之上是永远映照着人间的月亮、星星,还有透着月光和星光的云絮,干净得像羊毛一样。尽管我一直带着平静的表情,却压抑不住内心的震惊,震惊的是那一种超尘出世的邈远和清晰,清晰得仿佛可以看清整个宇宙。

然而,这却让图特戈有些忧虑。他说,今晚可能要失眠了,很多人第一次看到呼伦贝尔的月亮都会失眠的,哪怕一个人离开这里久了,又重新回到这样的月亮下,也要失眠啊!

这一夜我还真是失眠了,但似乎又与窗帘上那过于明亮的月光无关,让我失眠的还是河流。她在我似睡非睡的恍惚中从深夜一直流到了天亮,我的焦虑不安又或许与潜伏在这河流四周的许多未知事物有关。事实上,这一方水土在天亮之前对于我还是一个神秘的未知区域,有太多的事物在恍惚的状态中不断地发生和纠缠。感谢呼伦贝尔的太阳,它几乎在凌晨三四点钟就升起了,几乎没有任何过渡,就以一种无与伦比的清晰,清晰地呈现出了这个世界。

穿过满街比我起得更早的忙碌人群,我心无旁骛,几乎是直奔我憧憬已久的那条河。

当我第一眼看见她,我的心莫名地颤了一下。我已经好长时间没有看到一条单纯如水的河流了。或许是期待得太久,或许是她那过于柔弱的清流更能牵扯人的神经。接下来,一路上,我一直默不作声地跟着她,看着她。一条纯美而清新的河流,斜斜地穿过那吉镇,仿佛正从无尽的岁月中缓缓流来。面对喧嚣的尘世,她始终保持着一种优雅、从容而舒缓的自然节奏与旋律。不能说这是一条大河,最宽的河面也不过三四十米,也不能说是长河,她再长也只有三百多千米。但这样一条河,却养育了汉、蒙、回、满、朝鲜、达斡尔、俄罗斯、鄂温克、鄂伦春等二三十个民族,全中国又有多少这样的河流呢。我的脑子里涌现出一个个词语,如水乳交融,血脉相连,然而这些词语在一条河流面前显得多么苍白和矫情啊,还有什么比一条河流更能形象地诠释这一切?

那吉镇也是这条河安排的一种命运。这里是阿荣旗人民政府驻地,在内地就该叫县城了。这座小城快活地拥挤着川流不息的人群,很热闹也很漂亮,空气中弥漫着一种异域的气息,很多牧民的腰上、屁股上还挂着铮亮、锋利的刀子。他们黝黑的面孔,被毡帽的阴影遮挡着,让人感觉到一种来自大草原的神秘。但这里还不是草原,这里只是草原、森林和河流之间的一座城池。有河流的地方必有丛林,反过来说,有丛林的地方必有河流。这是一个屡试不爽的自然法则。这簇拥着一条河流的树林,从阿伦河谷蓬勃地蔓延到王杰广场、抗联英雄园、丁香园、滨河公园,这不是一座城市营造的风景园林,这是一座森林里的城市。很多树已老态龙钟,长出了几百年才能长出的皱纹。它们躬身站在一条河边,就像一个守望儿孙的老人。清凉的晨风一阵阵地掠过耳边,掠过耳边的还有绿色的树枝,这让我有些忘形,忘形中又难免产生错觉,感觉我已提前走进了大兴安岭森林。

又该说说这个地名的意思了,这在别的地方根本用不着,然而到了这里,你却不得不一次次地诠释,否则你就读不懂这里的一切。那吉,这也是一个因水而生的名字,鄂温克语——鱼非常多的地方。用我家乡的话说,这里就是一个"鱼窝子"。图特戈不知什么时候跟来了,他说,以前这河岸还是一片沙滩,开春后,很多乌龟王八便会爬到沙滩上,在被太阳晒得很温暖的细沙上扒个坑,把蛋下在坑里,一个沙窝里有时候会下四五十个蛋呢。下完了,又用沙子把蛋埋上。你看不见那些蛋了,但过一段时间,你就会看见成群结队的乌龟王八崽子在沙滩上爬呀,爬呀,有的连眼睛都还没睁开,但它们绝对不会爬到别的地方,它们闭着眼睛也知道一条河在哪里。在这沙滩上下蛋的还有蛇。蛇有时候会吃掉乌龟蛋,但也守着这些乌龟蛋,很多人就是因为怕蛇,才不敢去碰那些乌龟蛋,一不小心就碰到蛇了。那时候这河里的鱼也多,太多了。每到鱼汛期,也就是鱼的交配繁殖季节,那些鱼在河里你追我赶,一河的水泼剌泼剌响,鱼多了,打鱼人也多,一网撒下去,可打上来一百多斤。甚至根本不用撒网,可以拿葫芦瓢舀鱼,这里的老百姓流传下来一句俗话:"棒打狍子瓢舀鱼,野鸡飞到饭锅里。"那时候啊,呼伦贝尔和大兴安岭就有这么多的狍子、野鸡,就有这么多鱼,也没说不准打,一年一年地打,但阿伦河里的鱼怎么也打不尽……

一个蒙古汉子的讲述,不像是讲述一段历史,而像是在讲述一段童话。那时的图特戈也就是一个孩童,而那时这里的一切也仿佛停留在童话时代。但此时,两个知天命之年的男人,只能直面眼前的现实。眼下,这河岸边早已没有什么沙滩了,从河道到河岸都被整治得牢固而又笔直。我们徜徉在河岸上,这河岸是一条用钢筋混凝土筑起来的城市景观大道,这所有的树木和花草,也是经过人类反复修整过的。但这就是现代化的进程之一,你若问在这河畔溜达的人,没有谁会在那深一脚浅一脚,还有野草疯长的河滩上溜达。幸运的是,河水依然清澈透明,河床上还铺满了漂亮的鹅卵石,这河里的鱼还不少,但一看就不是野生的,而是养的。它们好像很喜欢拥挤在一起,很多的鱼,闹成一团数都数不清,还有鱼一个劲地往里边钻。一眨眼,这宁静的河流就变得纷乱起来,波浪翻涌,水花四溅,有的鱼还在互相追杀,我眼睁睁地看见一条大鱼把一条小鱼一口吞进了大嘴里。这是一件很残忍的事,大鱼吃小鱼,而且不吐骨头。这让很多鱼都惊慌地跳出了水面,然而这也是非常危险的,我看见一只鱼鹰蹲在一块石头上,它浑身的颜色和这块石头一样。这鱼鹰的速度超过了我的想象,连眨一下眼也来不及,一条跳起来的鱼就被它又尖又长的嘴巴叼住了,旋即它拍着翅膀飞走了。

对眼前发生的一切,我一直隐忍不言,也一直带着平静的表情,很可能,我已经成了一个灾难的同谋。那些无辜的鱼类永远不会懂得人类此时的心理,我正在心中窃喜,有强者对弱者的猎杀,才有适者生存、自然选择的丛林法则,这条河至少还保留了部分野生的自然状态,一条生物链还没有完全断裂。然而,当人类沦为大自然的弱者,我又将情何以堪?

如果不是图特戈告诉我,我是不可能把眼前这条阿伦河和灾难联系在一起的。这样一条缓慢起伏的河流竟然也会兴风作浪,以泛滥的方式给阿荣人带来一次次灾难。有些事,你觉得简直不可能发生的事,只要静下心来一想,立刻就恍然大悟了。阿伦河是一条中小河流,但又绝不是一条孤独的河,当你把阿伦河和嫩江、松花江等大江大河联系在一起,对她制造的灾难你就一点也不会感到吃惊了。阿伦河是嫩江的支流,嫩江又是松花江的支流,这所有的水系是联系在一起的,否则就是一条死河了。1998年在长江流域暴发特大洪水时,松花江上游和嫩江流域先后发生了三次大洪水,嫩江支流诺敏河、阿伦河、雅鲁河、绰尔河、桃儿河在一夜之间仿佛都从柔情似水的母亲变成了张牙舞爪的魔鬼——洪魔。这也是20世纪松花江、嫩江流域发生的最大的一次洪水,阿伦河的水位、流量都超过了历史最高值,也远远超过了按十年一遇设计的防洪能力。十多年过去了,那惊天动地的巨浪还一次又一次地在阿荣人的记忆里猛扑。洪水扑向堤坝,撕开了一道道裂口,那浑浊的浪头仿佛是一群放出来的猛兽,凶狠地扑向农田、村庄、道路、桥梁,还有草原上的蒙古包和牛栏、羊圈,天苍苍,野茫茫,但不见草原,只有泛滥的洪水在四面八方汹涌,几乎淹没了整个世界。

许多阿荣人目睹了这一切,又不敢相信这一切,哪怕在回忆中,他们也不敢相信这个让他们无比惊愕的事实。老天啊,一条阿伦河,怎么突然就会有这么多水呢?仿佛整个天都塌下来了啊。这也的确是一个值得人类反复追问的灾难性事实。在经历了一场大洪灾之后,阿伦河也因此成了一个众多水利专家反复研究和剖析的标本。这不只是为了治理一条阿伦河的洪水,还是为了探索一系列中小河流防洪的对策。——这其实也是我对这条阿伦河特别关注的原因。

我来这里时,阿伦河河道整治工程已经开始实施了。其中最关键的一个工程,就是阿荣旗河西新区防洪大堤工程。如今的水利建设,已经不是狭义的水利了,现代人的视野越来越开阔,每干一个工程都会考虑到它的综合效益,也就是所谓乘法效应。譬如说阿荣旗河西新区防洪大堤,防洪只是目的之一,这是一个集防洪、交通、生态景观和城市新区开发为一体的综合工程,总投资四个多亿。这对一个旗来说,已经是大手笔了。现在工程正在加紧施工,指挥部的一位工作人员给我们讲解:这一堤防工程级别为Ⅱ级,设计防洪标准要超过五十年一遇,堤防与水域之间预留180米跨度,形成亲水平台,并将被打造成市民的一个休闲区域。这道大堤既是一条拥有双向八车道的城市大道,也是防洪抢险的应急通道,还是一条滨河景观大道。沿着这条景观大道流淌的阿伦河,也将被打造成一条景观河。有了这道大堤的守护,防洪堤西移后形成的六千平方千米的土地便不再受洪水威胁。这对于阿荣旗是一块宝贵的开发用地,相当于现在的半个那吉镇,如果开发出来,可新增十万城市人口,这也为阿荣旗退牧还草、退耕还林提供了人口转移的巨大空间。阿荣旗现有人口三十多万,如果能从草原牧区和大兴安岭林区再逐渐转移出十万人口来发展阿荣的第三产业,从城市综合功能、宜居水平和经济发展来看,都会把阿荣旗推向新一轮的黄金发展期。而更重要的还是随着人类的主动退出,那些草原和森林将会成为真正的大草原和原始森林。

  听了这样一番介绍,我打心眼里佩服这些阿荣人。他们很牛,他们要把这个水利工程打造成为东北地区一个能发挥综合效益的精品工程,从水利的意义上看,这一水利工程,又何尝不是当代水利事业的一种华丽转身?这话似乎有点滥了,但事实上这也正是现代水利转型的真谛。而更重要的还是,一场灾难已经让人类更有了一种理智上的清醒,应该给大自然留下更广的空间,只有当人类和大自然成为同谋,大自然才不会和灾难成为同谋。否则,人类永远都是灾难的主角,既是加害者,也是受害者。

  我也该转身了。接下来的一段路,不是顺着阿伦河的流向,而是逆水而行。沿着一条阿伦河,从那吉镇上溯不远,就是新发朝鲜民族乡。内蒙古自治区的每一个乡几乎都是民族乡,但新发乡是内蒙古自治区唯一的朝鲜民族乡。朝鲜族是勤劳的农耕民族,在辽阔的呼伦贝尔大地上,这里也是一个难得一见的农耕区,而且是稻作区。阿伦河两岸都是黑油油的泥土,连一条土路也是松软黝黑的,土壤里掺杂着大量的腐殖质,脚踩下去软绵绵的,一种触不到底的感觉,不知这大地有多么深厚。一个地方拥有这样肥沃的黑土地,真是什么都肯长,大豆、玉米、马铃薯、葵花、水稻,还有各种小杂粮。

阿荣旗是全国著名的产粮大县,也是全国优质商品粮基地县和内蒙古自治区的五个大豆主产区之一,素称"粮豆之乡",年粮食生产总量高达三十亿斤。此时正是端午节前后,也是一年中万物生长最旺盛的季节,这更让人感觉到这一片乡土的灿烂,阳光普照,黄金遍地。

走进新发朝鲜民族乡,在众多的农作物中,长势最喜人的还是水稻。这一方水土,不愁没有水,地上、地下都是水,挖一条渠道,就能从阿伦河把水引到水田了。若还嫌麻烦,在地上随便开个口子,也有泉水从地底下鼓突鼓突地冒出来。这真是一片奢华的乡土,这里的朝鲜族老乡喝的不是河水,而是更加甘甜清纯的山涧泉水,他们甚至用山涧泉水来种水稻,想一想,也知道这里的大米饭有多香啊。这里人种稻子的历史也很长了,在东北还很少有人种稻子时,这些在战乱中从朝鲜、韩国逃离而来的朝鲜人就开始在这里种稻子了。"阿伦新米",是这里打造的一个著名绿色品牌,远销海拉尔、北京、俄罗斯。名不虚传,在这里,我吃到了有生以来最好吃的大米饭,米粒圆润碧透,煮出来的米饭油亮,醇香,实话实说,这比我在玉田皋吃到的大米饭更香、更可口,这里的水质也比那儿好得多。

我是跟着一条阿伦河走向大兴安岭的。

我不知道阿荣旗的水资源在内蒙古是不是最丰富的,除了阿伦河,这里还有格尼河和音河。这两条河和阿伦河一样,都发源于大兴安岭,又都是嫩江水系的重要支流。格尼河是鄂温克人命名的,意为辽阔平原上的源流。音河,古称"颜河",一条绘声绘色、音容并茂的河流。1958年兴建的音河水库,是一座以灌溉、防洪为主,结合发电、养鱼的综合利用水库。音河水库是甘南县在"大跃进"时代自行设计和施工的。这座水库首先是甘南县人自发干起来的,但越干越觉得工程浩大,靠甘南一个县的力量干不了,1960年冬改由黑龙江省水利厅第一工程局接手施工,1963年3月完成第一期工程。过了十五年,1978年7月第二期工程才开工,直到1985年全部工程告竣。从破土动工到竣工,一个水库断断续续修了二十七年。这工程的质量又怎样呢?洪水是最严峻的检验。又不能不说,这个在"大跃进"时代上马的水利工程,还真是一座经受了历史考验的工程,抵御住了一次次大洪水,特别是遭遇 1998 年那场百年不遇的特大洪水时,这个水库发挥了巨大的作用,减轻了下游的防洪压力。为铭记这一历史时刻,人们又在这里竖起了一座防洪纪念碑,铭刻了八个大字:"坚如磐石,万民屏障。"此时,离它破土动工甚至是有点盲目的上马恰好四十年,许多那个时代的水利工程早已成了废物,该立墓碑了,而这座水利工程正突显出它越来越强大的生命力。

说到这里,我再说这三条河是一母同胞的姊妹河,应该没有人说不。她们的源头都是大兴安岭,它们的归宿都是嫩江,只是在来路与归途中,经历了各自的一段流域。河流离大山越近,越是清冽,在阳光的照耀之下,净洁得近于虚无。只有当你看到了翻起的浪花,听见河水在尖叫,你才会发现那是一条河呢。这样的发现,一定是遇到什么问题了。果然,等到走近了,就看见河床上横亘着一块块大石头,这石头是从山上滚下来的,滚下来的不只有石头,还有被连根拔起的大树。这样全须全尾的大树,不知在山上长了多少年头了,好端端的,是谁又有这么大的力气把它们连根拔起了呢?不用说,只有山洪和泥石流才会有这样大的力量。我站在通往库伦沟的山道上,朝大兴安岭深处看,这一带的山岭证实了我的猜测。很多的倾斜的山坡都被山洪和泥石流冲出了一道道沟壑,有的地方甚至被掏空了,变成了危险的悬崖。那些树也只能以悬空的方式长着,它们的生命力又是如此顽强,整个树蔸都暴露在外面,悬在空中,却依然向着天空不屈地生长。我心里十分清楚,它们的命运已不是什么悬念,只要一场不大的山洪,它们就会随着一块块山石冲下来,顺势翻滚到河谷里,让河水发出更凶的沸腾和尖叫。

大兴安岭太大了,但我知道,只要跟着一条阿伦河,就不会走失。

大兴安岭脚下,就是无边无际的草原牧场,这里的草原虽然没有呼伦贝尔大草原辽阔,但牧草更加茂盛、鲜美,那些在草原深处游动的牛羊和骏马,都长得毛光发亮。如果不是它们给草原带来了一些动感,你会觉得这里的一切都是时空之外的静物。草原上,还有一些被岁月抛弃的旧什物。一辆蒙古牧民的高轮车,不知经历了多少风吹雨打,却依然坚固无比。但对于一个不熟悉草原的人,这里充满了危险的陷阱,譬如那些草长得最深最茂密的地方。那其实不是草原而是巨大的沼泽湿地，最危险的不是那长得淹过了肩膀的草丛，而是那些随时可能会让你陷入没顶之灾的"大烟泡"。何谓"大烟泡"？"大烟泡"就是最危险的沼泽。人过沼泽，你看不见哪里是沼泽，但沼泽却知道你，哪怕稍微有点响动，立刻就会腾起一股沼气，恰似大烟泡。而等你看见"大烟泡"时，想抽身而退却已经来不及了。这也是大自然为人类设置的禁区之一。哪怕你看见有人陷入了沼泽，看见那从烂泥中伸出来的手臂，你也不能去拽他，一拽，连自己也陷进去了。但这样的沼泽，野兽们都可以经过，连牛、马这些高大的动物都能轻松涉过。沼泽上也有路，它们都知道，但人类不知道。

汽车一直在大兴安岭脚下疾奔，沿途几乎看不见村庄，也很少看见车辆和行人。但偶尔会惊见在树丛和荒草中一蹿一蹿的身影，那是一种毛茸茸的棕黄色野兽。这对我们这些孤独的旅人是最惊喜的发现，有人大叫起来，鹿，野鹿！但我们的蒙古族兄弟图特戈立马就纠正了这一错误的认识，不是鹿，是狍子！其实，一只狍子的出现并不稀奇，但那是以前，现在别说狍子，连一只小兔子的出现也令人感到惊奇了。狍子也是一种鹿科动物，而且是傻得出了名的，在查巴奇鄂温克族乡，我听一个鄂温克族老猎人说过，别的野兽一听见枪响就会逃得无影无踪，只有傻狍子还睁大了眼睛对着枪口张望，它到底想要看清什么呢？但这个世界不会给它第二次逃命的机会，第二颗子弹准确地击中了它，当猎人走到它身边，它依然圆睁着一双好奇的眼睛。很多人都以为让这傻狍子丢掉性命的就是它们天生的好奇心，但图特戈又一次纠正了这个严重的错误。这个季节正是狍子的哺乳期，它一旦发现了危险就会一蹿一蹿地猛跑，这是为了把危险的敌人从它们的幼崽那里引开，而它之所以不躲避猎人的枪口，也是害怕你把枪口转向它的幼崽。

当图特戈把一种生灵的命运讲到这里，一车人都寂静了，每个人的神情都近于悲戚，如同默默地凭吊着什么。

长途汽车颠簸了漫长的一天，我们才在夜晚十点多钟抵达库伦沟原始森林。

这个地方不能不来，南有九寨沟，北有库伦沟。

第六章　穿行于白山黑水之间

在这个异常炎热的夏天,我在库伦沟经历了寒冷的一夜。大兴安岭的"兴安"也是满语,意为最寒冷的地方——极寒处。但天一亮,气温又像大兴安岭的太阳一样很快就升上来了,然后就感觉太阳一直在直射。阳光如此强烈,或许与这里的天空非常洁净有关,这里的天空干净得不见一丝云翳,阳光几乎是无遮无拦地照射下来的。这也让整个库伦沟层次分明,骄阳之下,层林尽染。

最早知道大兴安岭,是在中学的地理教科书上:大兴安岭原始森林茂密,是我国重要的林业基地之一,主要树木有兴安落叶松、樟子松、红皮云杉、白桦、蒙古栎、山杨等。但事实上,这应该是20世纪前的大兴安岭。从20世纪初开始,随着第一条横贯大兴安岭山区的铁路——从齐齐哈尔到满洲里的中东铁路修通,人类就开始采伐这里的木材。尤其是日本侵占东北后,又从中东铁路的南北各段修建多条得进入大兴安岭的铁路,他们只有一个目的,就是大肆砍伐这里的树木。而这样的砍伐在新中国成立后不但没有停歇,由于国家建设需要大量的木材,砍伐也变更大规模。到了1987年5月6日,一场灾难性大火席卷了大兴安岭,摧毁了一百万公顷林木,这场灾难也被称为"五六大火",因黑龙江流过林区,又称"黑龙大火"。如今,在大兴安岭已经很难看到真正的原始森林了,这里大多数基本都是过伐林,也就是近几十年来营造的原始次森林。

走进一片阔大的白桦林,这么大一片白桦林还真是很少看见,感到很震撼。但令人震撼的是这片树林之大,而不是树之大。这里的白桦树一看就没有太深的岁月。而那些参天古树,也只有通过这里老人们的回忆才能想象,譬如那些樟子松,不知长了多少年头了,都成神树了,十几个人围成一圈,手牵着手才能合抱。这样的古树据说在库伦沟还有,但我们这些外人是走不进去的。我在呼伦贝尔看到的最大的一棵古树,就是查巴奇鄂温克族乡的那棵神树,一棵长了四五百年的榆树。这也是鄂温克人的敖包神树,鄂温克人说这里是山神歇脚的地方,他们在树下设下了图腾崇拜的祭坛。

而在这里,库伦沟,我只能像我的蒙古族兄弟图特戈一样诚实地说,我没有看到真正的原始森林,那么,从库伦沟上到大兴安岭峰顶,又能否看到原始森林呢？大兴安岭的最高峰海拔两千多米,而我们要登的大兴安岭的南高峰——图博勒峰,也是阿荣旗境内的最高峰。这对我们是一次极大的挑战。

说是一座高峰,又几乎看不见山峰。事实上也是这样,或许是一座大山太伟大了,反而无法让峰峦凸显出来吧。大兴安岭南起于热河高地——承德平原,北至黑龙江畔,南至西拉木伦河上游谷地,大致呈东北—西南走向,是内蒙古和东北最大的山系,也是内蒙古高原与松辽平原的分水岭,为重要的气候分带。夏季海洋季风受阻于山地东坡,大兴安岭东麓雨水充沛,呼伦贝尔和阿荣旗正好处在东麓,而西坡则比较干旱,这干旱的地方又正好是辽河流域了。

我们在茂密的森林里缓慢地爬山,绝对没有攀登险峰的感觉,山坡很平缓,但爬起来特别累。随着山势的缓慢递升,树木也在变化,从蒙古栎、落叶松到樟子松,不同的高度生长着不同的森林。当云杉出现时,我们已经爬不动了。但没有人问还有多高,只是问,还有多远呢？我们难以逾越的仿佛不是一个高度,而是这缓慢而漫长的坡度。给我们带路的人一直在说,快了,不远了。但眼前,依然只有苍莽山野无穷无尽地延伸。大兴安岭太大了,大得足以令人绝望了。眼看着我们已经爬不动了,一辆火红色的森林防火运兵车开来了。事实上,我们就是坐着这火焰般的运兵车爬上山顶的。爬上山顶,登上一座比图博勒峰更高的防火瞭望塔,从这里一眼能望出几十千米远,即便在这样的高度,我也没有置身于山顶的感觉,山顶浑圆,地形平滑。我四下张望了许久,最终也没看清大兴安岭的样子。

一个著名诗人说,大兴安岭是平的。

但我压根就没有看清楚大兴安岭的模样,大兴安岭是看不见的。

我还想再看看,但实在坚持不下去了。有一种东西一直嗡嗡嗡地追赶着我们又叮又咬,看上去像是牛虻,这里人叫瞎蠓,黑压压的,成群地飞舞着。这嗜血的小动物,一旦嗅到了血的味道就会发起凶狠的攻击,连牛仔裤也能被它们叮透。只要被牛虻叮上一口,伤口就会迅速地红肿起来,又痒又疼。我们几乎是从山上逃下来的,每个人都伤痕累累,或许那里原本就是它们的领地,我们只是一群贸然闯入的入侵者。

有人说,应该在这山上多洒一点杀虫药,就没有这么多瞎蠓了。

图特戈却慢声慢气地说了一句,如果人类把蚊子都治没了,大自然就彻底消失了。

有一种声音,是下山时听见的。是水声,四面八方都是水声,在这起伏的森林里哗哗流淌,仿佛有千万条河流在这大森林里奔涌。但我没有看见河流在哪里,只看见了那被嫩江和松花江的许多支流深深切割的沟壑。虽说没有看到河流,但我早已知道,每一条河流的源头都是山。一条绵延千里的山脉,其实也是水脉,它是黑龙江、松花江、嫩江水系和辽河水系的分水岭。大兴安岭是东北最伟大的山,也是东北诸河之父,嫩江、松花江和黑龙江等众多河流的源流以及支流,几乎都源出于此。这世界上除了看得见的河流和看不见的河流——隐秘的地下河,至少还有两种水源,一种是雪山冰川,那是天然的固体水库;一种是森林,这是天然的绿色水库。看不见的大兴安岭,却是一座谁都看得见的巨大的绿色水库。这漫山的森林正在激起水的喧哗,没有下雨,太阳一直直射着,但我已经浑身湿透了。

有人把阿荣喻为浓缩的呼伦贝尔,这里也的确浓缩了呼伦贝尔所有的风景。走遍天下江湖,难得这里还保留了一片真正的净土,一片几乎没有经过人工雕琢的原生态净地。仰望大兴安岭的天空,不是干净,而是圣洁,这样的蓝天和白云,我只在青藏高原上看见过。从蓝天、白云到清新的空气,从河流、湖泊、湿地、山林到这恒久而深厚的大地,可以说,这里的一切像她的名字一样干净、清洁。早就听说阿荣有多美,当我走在这辽阔的大地上,才真正懂得了庄子的那句话,天地有大美而不言。无言的阿荣,以无言的方式完成了一种从天空到大地的演绎,大美的演绎。

阳光从西边照过来。不是夕阳,而是我们来到了大兴安岭的另一个方向。

翻越大兴安岭中部山脊的牙克石,如同穿越了一道要塞。牙克石,满语,"要塞"之意。

从此,天地间变得无与伦比地辽阔,这个世界大得已经没有了边际,眼前这无边无际的大草原,就是中国现存最大的草原,据说也是中国最美的草原——呼伦贝尔大草原,总面积九万多平方千米,相当于三个"台湾省"、两个瑞士联邦。蒙古族牧人粗犷的歌声在岁月的某一阵风中传来:"说她辽阔宽广,因为她望不到边际,能装下全中国的牛羊……"

来自科尔沁草原的电影导演江浩一直神情冷峻,此刻也有些忘情了:"我终于看到了真正的大草原!"

尽管我曾到过科尔沁沙地的边缘,但一直没有走进传说中的科尔沁大草原,科尔沁大草原现在是什么样子?

江浩摸着自己的秃脑门说,你看了我的脑门子就知道了。

穿行在呼伦贝尔大草原上,飞奔的车轮在时空中如同轮回。往前一看,那座被阳光照得洁白发亮的蒙古包,依然还停留在远方的天际下,如同时空之外的一个静物。蓦然回首,你感觉那座已抛在身后老远了的大兴安岭,还在你的身后逶迤起伏。当空间变得无比巨大,时间仿佛消失了。如果没有一个标志物出现,这茫茫无涯的穿越,仿佛正一步一步地让我们陷入巨大的空虚。但我知道,呼伦湖是必然会出现的,只有这草原深处的大湖,才会让这漫无边际的大草原有一个灵魂的着落。她甚至就是这大草原的灵魂。

在一个大湖出现之前,一条河流又是必然会出现的。这是一条典型的草原河流,在呼伦贝尔大草原上一路盘曲如蛇地流淌着,又像是一条在风中飘拂的五彩哈达。那自然不是她本身的色彩,而是这草原上有太多的色彩一路渲染着这条河流,还是许多天上的事物倒映在河水里。我一直紧贴车窗看着她,呼伦贝尔的太阳照得我心口一阵阵发热。这条河,就是蒙古民族的母亲河,发源于蒙古国肯特山东麓的克鲁伦河,全长一千二百多千米,但在中国境内仅有二百余千米。在流经呼伦贝尔新巴尔虎右旗后,克鲁伦河东流注入呼伦湖。从水系看,这条河也是额尔古纳河——黑龙江水系最西的源头。这条河水量很小,不过,草原河流的流量一般都不大,一年中还有几个月时间会断流。但至少在这个季节她是不会断流的,每年入夏之后,她的生命力像河边的牧草一样旺盛,隔着车窗,你甚至也能听见她在流淌中与

第六章 穿行于白山黑水之间 | 475

青草摩擦的声音。

一路上,我们的蒙古族兄弟图特戈都在一往情深地讲着这条河,像讲述一个母亲的故事。克鲁伦,在蒙语中为"光润"之意,光润的转义就是发扬光大,蒙古民族以这样的意义命名了这条河。但历史上,这里不只有游牧的蒙古部落,还有众多的北方民族在这里逐鹿。据历史学家翦伯赞说:呼伦湖由于有非常丰富的水草,意味着谁要是占据这个地方,他的牛羊就非常肥壮,牛羊就是他的财富。因为富有,他就可以武装自己的部队。所以,历史上这个地区从汉朝到唐朝到元朝一代一代地换了很多民族,比如东胡族、鲜卑族、蒙古族、女真族等,都在这个地方生活过,而且每一个民族占据这个地方以后都是以它为根据地,逐步壮大,统一北方的游牧民族,再以此为基地,向南方拓展。像成吉思汗,真正起家就是在呼伦湖周围,他把原来在这个地方生活的塔塔尔部打败以后,统一了整个蒙古高原,并以这里为根据地,向南方乃至向中亚、欧洲进发,建立了一个空前宏大的帝国。——这是翦伯赞先生大概的意思,不是原话,但也是历史学界的主流观点:如果以蒙古族在中华民族中的巨大影响力来看,呼伦湖就不是一个单纯的自然湖泊,她的人文意义要远远超越洞庭湖、鄱阳湖等中国五大淡水湖,堪称是除黄河流域和长江流域之外的中华民族第三大源泉。

如今,很多曾在这里繁衍生息过的少数民族大都在历史的长河中消失了,你都不知道他们是怎么消失的,如同那些杳无音信的失踪者。但大草原的蒙古包上依然飘扬着迷人的炊烟和成吉思汗伟大的旗帜,铁木真剽悍的子孙也一直在克鲁伦河流域代代不绝地生活。这里是蒙古帝国的摇篮,成吉思汗就是在此崛起并称汗的,传说中他的埋葬地也在克鲁伦河流域。正是伟大的成吉思汗,从生到死,把克鲁伦河从一条草原河流变成了蒙古民族形成和崛起的一个核心地带。元朝灭亡后,一支蒙古族子孙又逃回了他们祖先的河流,建立了北元政权。明成祖朱棣御驾亲征,在克鲁伦河流域追击北元,但最终也没有消灭这支顽强的蒙古族的后代。后来,清康熙帝为了征讨蒙古准噶尔部首领噶尔丹,也曾亲征克鲁伦河。但无论征讨,又无论反叛,千百年来,克鲁伦河始终以母亲般慈祥的胸怀滋润着这一方水土,养育着巴尔虎部落的蒙古族子孙。又无论这条河在呼伦贝尔草原上绕了多少弯子,她命定只有一个归宿,最终也要流入呼伦湖。

一条河像蜷曲的尾巴不停摆动,但跟着它绝对不会错。

我就是跟着一条克鲁伦河走向呼伦湖的。但蒙古族人很少把这个湖叫呼伦湖,都叫她达赉诺尔——达赉湖。达赉,蒙语,海,大海,像大海一样的湖。这是中国北方第一大湖,水域面积2339平方千米。有人说她是中国第四大淡水湖,有的说第五,有的说第六,其实没有必要搞得这样混乱,若同五湖四海的五大淡水湖相比,在正常的水位下,她的水域面积超过了太湖、洪泽湖、巢湖,是仅次于鄱阳湖和洞庭湖的中国第三大淡水湖。除了一个"大"字,至少还有三个字来形容她。活。呼伦湖不是北方常见的死水湖,而是一个与东北诸河相互沟通、加入了水系大循环的活水湖。肥。呼伦湖畔和克鲁伦河河岸牧草繁茂,牲畜的粪便在雨水的冲刷下流入湖中,这是鱼类的天然饵料,也让呼伦湖变成了一个富营养型的天然有机水系,这湖里繁衍生息着鲤鱼、鲫鱼、红鳍鲌、狗鱼、鲶鱼、秀丽白虾等三十多种鱼虾,有了鱼虾,自然也有了各种飞禽水鸟,这里的珍禽就有两百多种,其中最珍贵的是疣鼻天鹅,它还有一个更美丽的名字,红嘴天鹅,这是世界上珍贵的水禽之一,呼伦贝尔就是它们的故乡。还有一个字,洁。尽管草原上会有牲畜粪便流入湖中,但被湖水自然分解消化后可以变成鱼虾的营养元素。除此之外,呼伦湖在历史上几乎没有任何污染物,而入湖的河流、雨水又经森林、草原、湿地的层层过滤、净化,不说污染,连泥沙也很少有,无论季节更替,时光往复,这大湖里只有碧波荡漾的湖水,映衬着朝云暮雾。

说到呼伦湖,不能不说到另一个湖。在呼伦湖东南方二百五十千米处,有一个中蒙界湖——贝尔湖。呼伦贝尔,这是姊妹湖,这一方水土就是以她们的名字命名的。在呼伦湖和贝尔湖中间又有一条乌尔逊河相连,像一条血脉,也像一条脐带,连接着姊妹湖。水大的时候,乌尔逊河连同河漫滩上广袤的湿地都会被水淹没,变成湖面,两个湖连在一起了,就像一个湖了;水小时,乌尔逊河又会变成一条河了,呼伦和贝尔又是一衣带水、互相守望的两个湖了。在蒙古族人心中,这两个湖就像呼伦贝尔大草原的一双水汪汪的大眼睛,镶嵌在祖国那雄鸡状版图的鸡冠上,闪闪发光。

从水系看,经过亿万年的沧桑变迁,呼伦湖已是以呼伦贝尔大草原为中心、方圆数千里之内唯一的大湖,又有克鲁伦河和乌尔逊河分别由西南和东部注入,这让呼伦湖水量充沛,水域辽阔,水深也要大大超过洞庭湖、鄱阳湖等南方的淡水湖,平均水深十五米左右,最深处超过三十米,这已经是大海的深度了。若从整个呼伦贝尔大草原看,既有以呼伦湖为主体的三湖——呼伦湖、贝尔湖、乌兰诺尔湖,又有克鲁伦河、乌尔逊河、达兰鄂罗木河等八十多条河流,还有众多沼泽湿地,形成了完整的呼伦湖水系和庞大的湿地生态系统。其中,仅呼伦湖周边就拥有七百多平方千米的沼泽湿地,被列入亚洲重要湿地之一,在中国乃至世界生态系统中都具有典型的代表性。

然而,这所有的背景交代,都只能与我眼前的这一切形成强烈的反差。

此时,无论是草原,还是湖泊、河流、湿地,都是呼伦贝尔一年中最美的时节,一辆辆大型旅游车满载着趋之若鹜的游客,从天南海北奔驰而来。当旅游车开到湖岸上,首先看到的不是一个北方大泽,也不是草原,而是湖岸上的水泥坪——停车场,还有许多伪装成蒙古包的饭店。我估摸了一下,这湖岸边至少也有上万平方米的草原被人类毁掉了,而这些餐馆里排出的污水,还有厕所里的臭水,没有采取任何处理措施,全都沿着一条污黑的臭水沟排进了"蒙古包"后边的一条小河。这条小河拐个弯又流进了前边的呼伦湖,老远就能闻到一阵阵令人作呕的臭气,还有成群的苍蝇在阳光下飞舞。这就是我在呼伦湖畔看到的第一幕,我在心中悲叹,这就是中国最后的一片净土啊。

想要看看呼伦湖也不容易了。一路上,我都在想象这个草原深处的大湖,该是怎样一种碧波万顷、水天一色的景象。然而,一到这里,我的想象就已沦为幻想。站在湖岸边是看不到呼伦湖的,这与我高度近视的双眼无关,湖水早已远离了人类修建的一道水泥堤岸,如果这里就是曾经的湖岸,我目测了一下,湖水至少退缩到两三千米之外了。我只能踩着裸露的干沙滩向远处的湖边走,一边走一边很自然地想到了干涸的洞庭湖、鄱阳湖,但她们再干涸也只是变成了大草原,这大草原深处的呼伦湖却在干涸中变成了沙漠。连这片沙漠人类也不想放过,被打造成了一个景区:金沙滩。一辆辆招揽游客的马车、沙滩车和摩托车在往日的湖底奔驰,尘土飞扬。还有船,一条条已彻底待在岸上的船,有的翻着肚皮,有的锈迹斑斑。抬眼看见一座湖中小亭,一看就知道,这是早先游船停靠的一个景点,但现在没有水浪,只有黄沙漫卷的沙海。

在一丛丛枯萎的芦草中,我走得满脸是汗,脚底踩过干死的鱼虾,干死的河蚌、螺蛳,甚至还有干死的乌鸦。这个世界好像只有人类还没有干死。终于看见了呼伦湖,这个中国最有深度的淡水湖,眼下的水少得可怜。水浅了,就会变成污泥浊水,没有鱼,也没有鸟,只有疯长的水藻。如果谁还把这个湖比作呼伦贝尔大草原的眼睛,我觉得太残忍了,这是一只干枯得几乎凹陷下去的眼窝,连眼泪也没有了。

一个大湖已经变得这样惨不忍睹了,但我还心存幻想。毕竟我目睹的只是她的一小部分,呼伦湖,也号称是八百里呼伦湖,或许换一个地方、一个角度,她又会变成一个我憧憬和想象的大湖吧。我真是这样想的。从呼伦湖西岸奔向呼伦湖东北端的小河口,我依然渴望我想要看到的一切。

鲍尔吉是满洲里的一个蒙古族小车司机,从满洲里去呼伦湖小河口就是他给我开车。他是在"大跃进"那年出生的,在他孩提时代的记忆里,草原上的河流水很大,呼伦湖的水位高、水量大,几里开外就能嗅到水浪掀起的水汽味儿。尤其是神秘的乌兰诺尔——乌兰泡一带,水大时,那水泡子就变成了一个大湖,那里的水草、芦苇都长得非常茂盛。每年入夏之后就是鱼汛季节,那些鲤鱼、鲫鱼成群结队地游到乌兰泡来产卵,若是遇到了人类设置的鱼栅,这些鲤鱼就会跳起来,一次、二次、三次,一次跳得比一次高,直到跃过鱼栅,然后欢快地游向它们的产卵地。这就是鲤鱼跳龙门啊!鲍尔吉感叹地说,水大了,草就长得特别茂盛,牧草比膝头还深,草丛中还开满了各种野花,连野菜也长得格外水灵。在草原上走过,到处都是蛙鸣虫叫,仔细听,还能听见隐隐约约的水流声,这让他们这些草原上的孩子感到很奇怪,没有看见河流,哪来的流水声呢?其实,那看不见的流水,就在这草根下细水长流呢。那时候,天热的时候,他们几乎天天都在湖里玩,这也是让大人们最不放心的,水太深了,谁都担心自己的孩子被淹死。

鲍尔吉的回忆,也勾起了我儿时在长江和洞庭湖边度过的童年记忆。我和他也算是一代人了,一个南方的大湖,一个北方的大泽,远隔万里之遥,而我们的童年记忆却遥相呼应。那时候,我们这些湖边的孩子总是呆呆坐在湖边上,静静地看水中的游鱼,还有映在水中的蓝天、白云,看着云彩在水中变幻,阳光在水波上移动,浮想联翩。当你久久地凝望着一个大湖时,很容易沉入另一种时空,不知不觉,一坐就是大半天,等到起来时,屁股都湿透了,拧得出水了。偶尔,我们也会朝静谧的湖水扔一块石头,打漂,一下就打碎了所有宁静的幻觉。

鲍尔吉的幻觉是在1978年被打破的,他二十岁那年,一场洪水淹没了草原,给牧民带来了惨痛的灾难。人类的灾难就不说了,只说那些鱼,洪水退走之后,许多来不及退走的鱼干死后,就堆积在草原上,被牧人拿去当柴火烧。你想想,那时候这湖里有多少鱼啊。不过,幻觉的彻底破灭,还是最近十来年,尤其是现在,他痛心疾首地说,呼伦湖不是在干涸,而是在消逝啊!

我心存的最后一丝幻想也在小河口破灭了,这里干涸得比呼伦湖西岸还要厉害。小河口渔港原本是一个深水港,这个渔港是连着呼伦湖的,但现在已经与呼伦湖分家了,一个渔港变成了一潭死水,很多渔船都困在渔港里,就像那些被困死在泥潭里的蝌蚪。呼伦湖离人类更加遥远了,隔着被太阳晒成了焦黄色的漫漫沙滩,我吃力地向鲍尔吉指着的那个方向看,也没有看见大湖的影子。我的目光已远得难以缩回来了,而鲍尔吉的一个指头还一直固执地朝远方指着。

当幻想彻底破灭,便只有对现实的追问。这其实是一个我反复追问过的问题,一个地久天长的自然湖泊,在短短的十多年里就干涸、枯竭并且正急遽地走向消失。这到底是什么原因?我在呼伦贝尔奔走的七八天里,沿途经过了牙克石、海拉尔、新巴尔虎左旗、新巴尔虎右旗,每到一地,我都在打听问询,这,到底是出了什么问题?这里的官员和水利专家口径惊人一致:这十多年来呼伦贝尔一直处在极度的干旱中,这都是干旱造成的。

但这个答案很难让我完全信服,历史上,这里也有干旱岁月的记载,甚至还出现过比这更厉害的干旱,可呼伦湖从未像现在这样可怕的干涸过。这又是为什么呢？事实上,这七八天里,呼伦贝尔就连续下了几场雨,雨还下得不小,这也表明,把呼伦湖的干涸一股脑地推给老天爷,是难以让人心服口服的。

善良的鲍尔吉没有说是谁在撒谎,到底是那些地方官员,还是水利专家,但他把我拉到一边,告诉了我实情。其实,他就是不说,至少有部分真相我已经看见了。就在这呼伦贝尔大草原底下,发现了大量的矿藏,而且极为丰富,有煤矿、油气田还有玛瑙矿。在呼伦湖东边不远处就有一座大煤矿,或许就是那些煤矿深处的挖掘者,日夜开采,又日夜用水,在大地黑暗的内部挖出了太多的漏洞,挖断了大地之下的命脉。还有人说,原来被油气顶着的湖底已被洞穿,呼伦湖底下已经漏洞百出,像筛子一样了。然而,我又必须承认,我们看见的只是露出的一小部分真相,而那黑暗的地下发生了什么是看不见的。而谁都看得见的是危机,从呼伦湖到呼伦贝尔大草原,从水危机到无所不在的危机,危机四伏。

所谓水危机,从来不是单纯的水危机,而是一系列生态危机。

没有呼伦湖,也许就没有呼伦贝尔大草原。

图特戈说,不是也许,是绝对。人间没有绝对的真理,但大自然有。如果没有呼伦湖,就没有呼伦贝尔大草原,只有呼伦贝尔大沙漠。

这一路上,我不知道走进过多少个蒙古包,但这些个蒙古包大多是伪装的,至少是乔装打扮过的。很想走到一个真正的蒙古包去看看,看看蒙古族牧民真实的生活。

图特戈带着我们走向呼伦湖畔的一个蒙古包。一个蒙古包,远远地看上去,那么寂静,犹如草原深处的一个胎记。半路上,遇见了一群羊,毛茸茸地簇拥成一团,怕有上千只。但没有看见牧人。图特戈说,这群羊有牧羊犬看着呢。他伸手一指,我果然就在羊群里看见了一条黑色的牧羊犬,看上去像藏獒,图特戈说是蒙古獒。它们很凶悍,也很聪明,会数数,丢了一只羊也知道。一个陌生人想要接近羊群是危险的,想要走进一个蒙古包也不容易,这里也有两条蒙古獒看着呢。它们不看客人的衣着,只看主人的眼色。当主人带着客人在蒙古包转了一圈,再出来,那只刚才还冲着你凶狠吼叫的黑色蒙古獒已经开始朝你摇头摆尾了,你也从一个危险的不速之客变成了草原上尊贵的客人。

四十三岁的托娅是这个蒙古包的女主人,她负责照料他们家的蒙古包和蒙古包四周的羊圈和牛栏。她的丈夫则是草原的主人,老远就听见他在马群里抽响的嗖——嗖嗖——的声音,但没有抽在马背上,仿佛抽在天上。他骑的那匹枣红马像从天边飞来。我们来这里时,有三只小牛犊子在昨夜里降生了。它们从娘肚子里一钻出来,就能站立,就会走路。我们正在牛圈边看着这三只小牛犊子,一大群牛忽然哗哗地冲了过来,它们闭着眼,但它们的犄角明确地对着我们。图特戈赶紧催促我们散开,这群牛是怕我们伤害了它们的孩子。当我们在惊慌中离去,它们也随即散去了,草原上又传来了它们沙沙沙的吃草声。

这里是新巴尔虎右旗的敖尔金牧场。听托娅说,过不了多久,他们就要从这大草原上搬走了,这个草原上已经养不了太多的牛羊。在他们之前,已经有很多牧民都搬走了,不是搬到别的草原,而是搬到城里的牧民新居。在中俄蒙三国交界处的新巴尔虎右旗阿拉坦额莫勒镇,我已经看到了这样的牧民新居,一个由上百个蒙古包组成的蒙古大营。也许托娅一家也会搬到那里。然而,对政府安排的新生活,这个蒙古族女人似乎没有丝毫的憧憬,她又大又黑的眼睛里充满了忧伤。还是我们的蒙古族兄弟图特戈最懂得这些牧人,他说牧人的生命是和草原联系在一起的,就像鄂温克人的生命是与大山联系在一起的。

不搬也不行了。看这个大草原,远看还是一片绿色,但不能近看,更不能低下头去看,看了会让你心疼,那低矮的草棵几乎是贴着地皮。我的脚步下意识地放轻了,生怕踩疼了这脆弱的小草。但一转眼,它们就被牛羊啃掉了,甚至连根也吃掉了。

谁都看得出来,这草场退化得很厉害,已经开始出现大面积的沙化了。一个结论是可以直接得出的,过度放牧,这无疑也是草原退化的一个直接原因。但,这是否又是最根本的原因呢?这个问题还是由专家来回答。据呼伦贝尔市水利局工程师杨玉生说,草原的退化和沙化与呼伦湖生态恶化有直接关系,现在呼伦湖整体水位比历史较高时期下降了四米,周边草原的地下水不断补充到湖中,草原地下水位下降了一到两米。这些牧草已经吸收不到草原下面的水了,又怎么能长出茂密的草丛呢?这才是草场退化、沙化的根本原因。

这一点在呼伦湖东岸双山子看得尤其清楚,草原退化和沙化首先就是从湖区沿岸开始的,一眼望过去,岸边一座座沙丘如坟堆般隆起。听这里的牧民说,这里的风沙大,刮起风来,十米内就看不见人了。又据当地政府部门调查,呼伦湖周边沙漠面积已达一百多平方千米,在呼伦湖周围的新巴尔虎草原,沙丘每年还在以一百米以上的速度向外推进。这些沙丘推进到哪里,就会掩埋那里大面积的草场,这些沙丘,真的就是草原的坟墓啊。整个呼伦贝尔草原,目前草场退化面积已有三万多平方千米,沙化面积达八千多平方千米。而呼伦贝尔草原现在还在以每年百分之一至百分之二的速度退化,这个速度已经超过了科尔沁沙地。

来自科尔沁草原的江浩说,当年科尔沁草原变成科尔沁沙地,就是一场人祸。在那个"以粮为纲"的时代,大片草原被开垦成了耕地,连湿地也都被填埋改造成农田,结果呢,科尔沁大草原变成如今的八百里旱海。如今,GDP,财政收入,为了这些数字人类真是什么也不顾了。他下意识地摸着自己的脑门说:"我真的不愿看到,美丽的呼伦贝尔草原变成第二个科尔沁沙地,这个日子已经为期不远了。"

听到这里,我也越来越明白了。所谓全球变暖的气候原因,所谓超载放牧的原因,其实是最容易找到的也是谁都最爽快地承认的原因。对全球变暖人类还没有太好的办法,对超载放牧倒是比较容易解决,既然超载了,那就卸载,为草原减轻压力。诚如呼伦贝尔市委书记曹征海说:"草原只有维持合理的载畜量,生态压力才会真正减轻。呼伦贝尔这几年将草原的载畜量从六百万头减少到了四百五十万头,估计不久后就将减到四百万头。"这也意味着牧民将要做出巨大的牺牲。

但没有谁提到那些正在拼命开采的煤矿、玛瑙矿和油气田。事实上,正是呼伦贝尔大草原的这些地下宝藏支撑着这里的GDP和财税收入。理解万岁,对当地政府也要理解,现在的牧民是不交税的,也就不可能给地方财政带来任何税收,政府还要对他们进行补助和扶贫。旅游业呢,尽管旅游也会给这一片净土带来一些生态上的影响,但同煤矿、油田对生态的破坏相比只能算是小巫,而旅游业对GDP和财税的贡献也同样只能算是小巫。说到这里连傻子也明白了,要想让当地政府放弃对这里优质矿藏资源的开发是根本不可能的,哪怕毁掉了呼伦湖和呼伦贝尔大草原,也没有谁会放弃地底下的黄金,这是真正的黄金啊。而面对层出不穷的质疑,呼伦贝尔市政府部门也表现出了比我们更多的理性,他们理性地认为:"目前没有证据表明呼伦湖生态恶化与人为开发有什么直接关系。这是一种并不科学的判断。"

这是一个非常理性的结论:没有直接证据,就没有直接关系。

人类也许可以找出各种各样的方式来推诿责任,却无法否定呼伦贝尔危机四伏的现实。据内蒙古自治区气象局通过卫星遥感监测和多年对比分析发现:2000年4月呼伦湖的湖面面积为2370平方千米,到了2010年6月,湖面面积只剩下1850平方千米,十年时间,减少了五百多平方千米。如果以这样的速度,再过十年、二十年,呼伦湖还存在吗?这是一个危险的答案,也是一个没有任何悬念的答案。如今,呼伦湖的附属湖——哈达乃浩来已经彻底干涸,它的命运已经让人类提前看到了呼伦湖最终的结局。但这又只是一个呼伦湖的宿命吗?谁都知道,呼伦湖是草原之肾。呼伦贝尔草原土层薄、沙层厚,植被一旦遭到破坏形成沙漠,生态环境将很难逆转。当呼伦湖发生肾衰竭,呼伦贝尔大草原、大兴安岭都会陷入万劫不复的境地,这一地区的自然资源、生物多样性将遭到毁灭性破坏,东北乃至华北地区生态安全也将受到严重威胁。这也让呼伦贝尔人有一个心照不宣的绝对共识:必须拯救呼伦湖,而且迫在眉睫!

当"拯救"这个词被呼伦贝尔人说出,已足以说明这一方水土的危机到了怎样的程度。

呼伦湖是国家级自然保护区。呼伦湖危机,也引起国务院总理温家宝的忧虑,他在中共中央政策研究室报送的简报上批示:"要下决心对呼伦的生态进行治理,避免沼泽化。"

怎么治理?又如何拯救?一个"引河济湖"工程应运而生了,从海拉尔河引水注入呼伦湖,以减缓呼伦湖水位急剧下降的趋势。海拉尔,蒙古语意为榆木,历史上海拉尔地区又称为榆木川。海拉尔是呼伦贝尔市政府所在地,海拉尔河也是这里人的母亲河。在呼伦贝尔,这是一条水量充沛的河流,但多年平均径流量也仅有37亿立方米,而呼伦湖的蓄水量约为138亿多立方米,换算一下,需要把四条海拉尔河的水量全部注入呼伦湖,才能让呼伦湖恢复到历史上的正常水位。不怪海拉尔河太小,只怪呼伦湖太大了。事实上,这一"引河济湖"工程已于2009年秋天竣工,现在每年都有十亿立方米的海拉尔河水注入呼伦湖。我现在看到的呼伦湖,实际上就是补水后的呼伦湖。人类为此几乎殚精竭虑了,对大自然来说却是杯水车薪。

对于呼伦湖的未来,作为引水工程总工程师的杨玉生充满了憧憬:"水量恢复以后,呼伦湖的水环境以及周边的草原生态环境都会好转,渔业资源、鸟类资源将逐渐增加,草原之肾,又将恢复勃勃生机。"但我又必须像我的蒙古族兄弟图特戈一样诚实地说,我没有看到一个生机勃勃的呼伦湖,而是看到了很多草原上的珍稀动物被制成了标本,从它们的眼睛里我看到了死不瞑目的忧伤。现在,我已经没有了幻想,只有一个非常现实的愿望——但愿呼伦贝尔不会被人类制造成标本,哪怕是栩栩如生的标本。

四 黑龙江,流向何处

从呼伦贝尔到黑龙江,在这涨满了阳光的远东大地上,又是一条绝对不会走错的路。

事实上,在我奔波于呼伦贝尔大草原时,就已经提前遭遇了这条河。

这是一条只要谈到中国近代史就无法回避的一条河流。换句话说,只要谈到这条河,就无法回避中国近代史。历史上,自唐朝以来,黑龙江一直是中国的内河。屈辱的历史从19世纪后期开始,中俄《北京条约》签订后,沙俄强行占领中国黑龙江以北、乌苏里江以东大片领土之后,黑龙江成为中俄界河,黑龙江流域只剩南部为中国管辖。2004年,中华人民共和国和俄罗斯联邦签署最后边界协定,将两国国界以黑龙江为基本界线划清。然而,谁又能划清一条自然江河的界线?

一条东北亚最漫长的河流,一个民族最屈辱的一段历史,这一段叙述让我颇费踌躇,从何说起呢? 还是先追根溯源吧。

和许多北方河流一样,黑龙江也是一条多源头河流。按照河源唯远、流量唯大、与主流方向一致的三个标准来确定江河的正源,黑龙江与呼伦湖同出一源,发源于蒙古国肯特山南侧,又称南源。在经历了一段缱绻缠绵之后,她与呼伦湖在石喀勒河与额尔古纳河交汇处形成了上游源流:克鲁伦河—额尔古纳河。这里曾是中国东北的腹地,如今已是中国东北、内蒙古北部,蒙古国与俄罗斯西伯利亚之间的一条漫长而又曲折的边界。一条东北亚的大河,又大体沿这条边界向东和东南方向流往西伯利亚哈巴罗夫斯克,然后再从那里转弯朝东北方向流去,最终注入鞑靼海峡,将西伯利亚和库页岛分开,由此划分了西伯利亚东南与中国东北之间的部分疆界。

除了南源,黑龙江还有北源:鄂嫩河—石喀勒河。北源也同样发源于蒙古国北部的肯特山,只是方向变了,为肯特山东麓。这南、北两源在漠河以西的洛古河村汇合后,始称黑龙江。

此外,发源于大兴安岭西侧古利牙山麓的海拉尔河也是黑龙江上源中的一支。

无论你从哪一个源头出发,只要和河流保持一致的方向,都能走向这条大河。

若以南源克鲁伦河—额尔古纳河为黑龙江的正源,从克鲁伦河至河口全长约5498千米,流域面积184.3万平方千米,年径流量3465亿立方米,为世界十大河流之一(一说为世界第六大河流)。又,若不是19世纪后期的那一场重大历史变故,从长度和流量看,黑龙江应该是中国仅次于长江的第二大河流;从流域面积看,她甚至是超过了长江的中国第一大河。然而,当一个变故已成为不可逆转的历史事实,她也就被排除在中国七大河流之外,从中国内河变成了一条在世界地图上流淌的国际河流。

在中国境内,黑龙江长约 3474 千米,流域面积约 88.7 万平方千米,这已不到整个流域的一半。在一路蜿蜒东流中,她沿途接纳了左岸最大支流、俄罗斯境内的结雅河,左岸第二大支流、也同样是俄罗斯境内的布列亚河,还有中国境内的最大支流松花江和中俄界河乌苏里江等,这众多的支流推波助澜,水势浩大,把一条黑龙江变得江宽水深。自漠河以下,黑龙江干流均可以通行五十吨至千吨级船舶。

黑龙江,在中国古代文献中有黑水、弱水、乌桓河等诸多别称,13世纪成书的《辽史》,第一次以"黑龙江"来称呼这条河流。黑龙江的满语为萨哈连乌拉,萨哈连,意为黑,乌拉,意为水;蒙古语则称哈拉穆连;俄文音为阿穆尔或阿母(Amure),在世界地图上,俄文的阿穆尔河比中文的黑龙江更有名,这已是世界上大多数国家认同的名称,是标注在世界地图上的正式名称。

边走边看,黑龙江为什么叫黑龙江呢?这水色还真是发黑。对此,黑龙江人显得相当敏感。他们生怕我有什么误会,这样跟我解释,黑龙江水看着发黑,是因为黑龙江流域内森林密布,河水含有很多腐殖质,而流域内又是辽阔的黑土地,在黑色江岸映衬之下,更觉水色泛黑了,黑而且深。我能理解黑龙江朋友的心情,他们生怕有不洁的词语玷污了他们的母亲河。但又不能否认,黑龙江之所以这么黑,无疑已有太多的黑色元素卷入其中。黑龙江流域内蕴藏着丰富的金矿、煤矿,而人类又绝不会让它们长久地处于一种原始的蕴藏状态。大规模地开矿,已是中国众多河流久治不愈的沉疴,黑龙江也不例外。"黑龙江"这个名词,甚至变成了一个恶劣的比喻,中国现在许多被污染得像黑色长龙一样的河流都被称为"黑龙江"了,你还不能不说这样的比喻很形象。

这对黑龙江简直是一种糟践,不过,黑龙江倒也不必为这倍感委屈,这至少也是黑龙江的部分真相。真相,又是真相,在这个时代,一说到真相,几乎就会让人下意识地想到那真相的背后发生了什么。或许就是在这魔鬼般的念头驱使下,我拐向了黑龙江的一条支流,并一点一点地接近了真相。

这其实是我很熟悉的一条河,穆棱河。

穆棱,满语,意为马或牧马。穆棱河流域就是古代渤海国的牧马场,一条河因此而得名。它还有很多的名字,但再多的名字也没有它的污染有名。

从水系看,穆棱河为乌苏里江左岸最大支流,也就是黑龙江的二级支流。

2009年夏天,我曾在穆棱河流域奔波了半个多月,但那时我更关注的是北大荒,是粮食。这条河发源于黑龙江省与吉林省边界的老爷岭东麓,由西南向东北流经穆棱、鸡西、鸡东、密山、虎林等县市,一路沿穆兴分洪河道注入兴凯湖,一路沿穆棱河原河道继续东流,在虎头以南的桦树林子注入乌苏里江,河流长八百余千米,流域面积十八万余平方千米,大部分流域都是北大荒垦区。穆棱河属山区性河流,在鸡冠山以上为上游,这一带也是穆棱河流域的暴雨中心,由于暴雨集中,又是地表严重侵蚀的山岭重叠地带,河道落差大,谷深河窄,坡陡流急,这既是丰富的水能资源,也是洪水源地。但近年来,穆棱河水量锐减,常年处于枯水位,当干净的自然来水减少,那无法冲淡的污水也就显得更加黏稠,这是一条比黑龙江更黑的河流,黑得像墨汁一样。而这水,最终也是要流进黑龙江的。黑龙江为什么那么黑?这是她背后的一部分真相。

更要命的是,这样一条河,还是沿岸数十万人的饮用水源。这水能喝吗?

应该问问喝这水的老百姓。在那座标志性的鸡冠山之西,就是鸡西市。这是黑龙江流域的一座重要煤城,也是一个以煤炭开采为主体,兼有机械、电力、化工、建材等门类的资源型城市。走进鸡西市,我的身体一阵摇动,扑面而来的是像煤烟一样的灰尘。还没有看清这座城市的方向,我的头就晕了。这也让我把这里的煤矿和一条河的污染直接对上号了。想想也知道,连空气都污染成这样子了,那河流还能干净吗?

按说,这里最多的资源其实不是原煤,而是水资源,但这里的人守着一条穆棱河,数万居民却一直只能背水喝,背了不是一天两天,而是漫长的十年。对于人类,还有什么比没有水喝的日子更漫长呢?也不是没有自来水,但这自来水你敢喝吗?

眼见为实，如今，没有眼睁睁看见的事情，我一般是不会相信的。

随便走进鸡西梨树区哪一户居民家里，随便拧开哪一个水龙头，从自来水管流出来的不是水，而是这里老百姓说的"泥汤子"，散发出刺鼻的腥臭味儿。这水当然不能喝，也不能用，洗衣服只能越洗越脏，哪怕冲刷厕所，时间长了，厕所也变得浑浊发黑。

又随便找到了这里的一个居民，王大妈。王大妈说得比较复杂，她说这个水不只是黄的、黑的，它还会变色，有时候变成红的、绿的、蓝的，什么颜色它都能变化出来，你用明矾漂白后，白得就像淘米水，一开锅上面就冒起一层白沫子，也不知道是啥玩意儿。这还是好的，水管里有时候还会放出虫子来，就像喂鱼的线蛇。但大伙儿都相信高温能消毒，把水烧开了就没事了，可吃了这水煮的饭菜，喝了这水烧的开水，立马就有反应，拉稀。好多人拉得惨哪，就买土霉素来吃，你还得用这个水来吃药，结果这土霉素啥作用也没有，拉，还是继续拉。后来，老百姓再也不敢喝这个水了，可又到哪里去找水喝呢？还是祖宗留下来的老办法，打井。但这城区是不能打井的，只能去乡下旮旯里打井。打了井还要把水背回来，不管是大热天，还是零下几十度的寒冬腊月，这里老百姓每天一大早起来的头一桩事，就是走很远的路去打水……

说着这些时，王大妈脸上一直笑着。这东北老太太的神情，显得满不在乎，甚至是像说笑话，或许早已习惯了，或是东北人真就这样豁达。但我听着心里却一阵阵难受。在梨树区，我看见了这些往家里运水的人，有挑水的，有驮水的，还有那些年老体弱的老头老太太，就用小推车推。这是当年东北人民支前用过的家什，现在居然派上用场了。曾经有人说，新中国是老百姓用小推车推来的。中国的老百姓都很老实，要不也不会老老实实地背十多年的水。他们的要求其实也不高，这水，只要能吃能用就成，哪怕浑一点，只要没有那像线蛇一样的虫子，吃了喝了不拉肚子，也成啊。然而，就是这么简单而又普通的要求，从市政府到区政府却用了十多年时间也没有解决。难怪有些老百姓如此质问，一场解放战争也就打了三年呢，八年抗战也才八年呢，难道人民政府让老百姓喝上一口水，比解放战争和抗日战争还

第六章　穿行于白山黑水之间 | 489

难吗?

还真是难。在这岁月,我们时常会被一些看起来很容易的问题难倒。政府部门也有说不完的苦衷。那些污水横流的煤矿、工厂,那些河道里的挖沙船和淘金人,还有这些一边喊着没水喝、每天又要排放大量生活污水的老百姓,这所有的污水就是黑龙江的另一种源头。当地政府也不是没有治污,无论是重拳出击还是铁腕行动,但终不敌污染之重。将心比心,换位思考一下,如果一次行动就能将所有的污染根治,又有哪个政府不愿意乐见其成呢?事情真的如此简单,中国也就不会沦为世界上污染严重的国家之一,黑龙江也不至于成为中国污染最严重的河流之一。

如果说老百姓的说法还比较感性,那么环保部门的科学检测又如何呢?检测结果,穆棱河鸡西段为四类水源,有的河段甚至低到了劣五类。一个常识性问题:随着现代科技进步,现在的自来水厂可不可以通过净化,让四、五类水变得纯净?专家的回答很干脆,不可能。这些低劣的水体微生物和化学污染物均严重超标,而传统净水工艺中最重要的一步是对水体进行氯化消毒,而对四、五类水消毒就需要加大用量、延长时间,非常容易产生大量的氯化消毒副产物,比如三氯甲烷等致癌物质。更严重的是,四、五类水中很多都是被工业废水污染过的,可能存在砷、汞、铅、镉等重金属。如果说微生物超标会引起急性肠道感染,重金属超标则是更隐秘的致命杀手,会引起慢性中毒。前者还有药可治,后者大多无药可救。也正因为此,水务与环保部门对三类以下的水体一直严禁作为饮用水水源。

说到这里,我又得追问了,穆棱河怎么就污染成了这样呢?症结在哪里?

答案和问题一样简单,这不是一个局域性问题,而是一个流域性问题。这里边又有一个简单的事实,你鸡西市可以重拳和铁腕关停那些违规排污的工矿企业,多建几个污水处理厂,你却治不了上游来的污水,除非你把一条河流彻底堵死了,可堵死了你又没有水源了。

追究起来,这又是上游污染下游的问题。而鸡西市的上游是穆棱市,牡丹江市管辖的一个县级市。但对来自下游的指责,穆棱市环保局局长卞敬侠一开始就矢口否认:"鸡西市梨树区水源恶化与穆棱市无关,穆棱市境内不存在违规排污的现象。"这话说得很硬,但这一次他们碰到了更硬的对手,这个对手已经不是鸡西市环保部门,而是环保部。这一次,环保部决心要一查到底,这一查,似乎也并未费多少力气,就查到了穆棱市境内的污染企业正将工业废水直接排入河中的铁证。而铁证比铁腕更有力量,一直在矢口否认的卞敬侠局长在铁证面前不得不承认:"穆棱市的确有污染企业正将污水直接排入穆棱河中。"他还算是一个敢于承担责任的汉子,明确表示他自己对此"负全责"。一个县级市的环保局长可以对穆棱市境内的污染"负全责",但一条穆棱河又岂止是流经一个穆棱市?在注入乌苏里江之前,她有八百多千米的流程,这每一个地方都可能带来污染。从理想主义的设计出发,只要每个地方都能堵住自己境内的污染源,各人的孩子各人管,不让他们乱拉乱撒,应该还是有效果的。譬如说,穆棱市在铁证面前采取了铁腕行动,对那些直接向穆棱河排污的排污口实施了永久性封堵,又关停了数家违规排污的厂矿,还取缔了穆棱与鸡西交界处的多家采沙企业,鸡西市的水质就有明显好转了,那些挑水、驮水、用小推车推水的老百姓也明显减少了。

但水利和环保部门都知道,一条严重污染的河流是不会这样轻易就能治愈的,很多病症积重难返,还得从长计议,综合治理。穆棱河原本是一条洪水成灾的河流,但近年来一直处在枯水位,基本失去了自净能力,也缺少河流自然修复的功能,被污染的河水,短时间内很难恢复到清澈状态。现在,穆棱河沿岸的政府部门正抓紧对穆棱河的水质污染与防治进行规划,一个目标已经确定:力争在"十二五"期间让穆棱河达到三类水的标准。对于人类,这是最低的饮用水标准。最低标准,其实也就是最基本的底线。而在这样一个时代,为了达到最低标准,我们已必须像追求理想一样去追求了。

穆棱河只是黑龙江流域水危机的一个缩影,而黑龙江的鱼类也许比人类更早就知道危机的真相。

从穆棱河走向黑龙江和乌苏里江的交汇处,给我带路的是一个赫哲族老人,这位赫哲族老人的名字很长,叫毕日达奇哈拉,大意是住在河边的人。

赫哲族的姓氏绝大部分是从住地、山川、河流名称而来。不过,现在也简化了,你也可以叫他毕大爷。

赫哲族是中国北方唯一以捕鱼为生的民族,由于赫哲人历史上以鱼皮为衣,又素有"鱼皮部落"之称。这个民族历史悠久但人口很少,是我国六小民族之一,中国赫哲族的人口只有四千多人,主要分布在松花江下游与黑龙江、乌苏里江构成的三江平原一带。在俄罗斯境内,赫哲族还有两万余人。在出发之前,毕大爷捧起塔拉卡、火焰与酒先举行了一次神秘的仪式,塔拉卡是一种赫哲人最爱吃的生鱼片。在饮第一口酒前,老人用筷头蘸酒甩向空中、洒向大地,以敬祖先和诸神,也可能是向神灵祈祷。在仪式举行之后,老人又和我进行了一番讨价还价,讲好了两百块钱一天的价钱,方才带我上路。

时间是2012年夏天,三江平原金黄的稻子还没有长出来,但通往乌苏里江的一条土路上已经开满了野花。我发现这个老人走得小心翼翼,好像是怕踩死了蚂蚁,又像是怕践踏了这些野花。这与赫哲族的信仰有关,他们信仰一种神秘的萨满教,对山神、河神、树神等自然之神处处小心敬奉,认为日月山川都有神灵主宰。他们的神是万物,万物都是有灵的。

老人把我带到了三江平原的东北角,也是黑龙江在中国境内流经的最后一个县境——抚远。老人也是抚远人,抚远一直是黑龙江流域最重要的天然渔场,也是以捕鱼为生的赫哲族人聚居较多的县境之一。此外,同江、勤得利、萝北、绥滨等传统的渔业区也是赫哲族聚居的地方,他们的生命是与鱼联系在一起的,哪里鱼多,他们就住在哪里。

这样一个江河交汇处,一般都是水势浩大的地方,这里江面开阔,岛屿沙洲众多,是鳊、鲢、草、鲤、鳜、鲶等鱼类的栖息和越冬地,有"三花五罗十八子"之说,北方冷水鱼类多达四十多种。但黑龙江最有名的还是大马哈鱼、鳇鱼、鲟鱼,这也是赫哲族人捕得最多的鱼类。听毕大爷说,早先,这江里的大马哈鱼长达二尺,重七八公斤。尤其在鱼汛时,大马哈鱼、鳌花、鳇鱼、鲟鱼,每年入汛后自大海逆水而上,一直游到同江、勤得利、萝北、绥滨等地的江段,多得不得了,撑都撑不走。如今,在同江、勤得利、萝北、绥滨等地就捕不到什么鱼了,现在捕鱼的人都集中到了抚远。有人把抚远称为黑龙江最后的渔港。现在一说到"最后",就像提前写好的悼词。

事实上,我在当地渔政部门打听到的情况也令人悲观。据抚远县渔政部门提供的一份统计数据,20世纪60年代,抚远鱼产量每年有两千五百多吨,而且以鲟、鳇鱼等黑龙江特产鱼类为主。到了七八十年代,抚远鱼产量已锐减至千吨左右。90年代之后,鱼类资源开始衰竭。进入21世纪,每年的捕捞量则降至三百吨左右了。以大马哈鱼为例,六七十年代,每年的捕捞量超过一百万尾,如今再也不能用吨来计算了,已经是数得着的了,每年只有六七千尾。

毕大爷给我讲起了赫哲族人迁徙的经历。20世纪80年代以前,赫哲人主要还居住在同江一带,那里的鱼又多又大,赫哲人是三天打鱼两天晒网,过日子绰绰有余。但眼看着就不行了,鱼越来越少了,剩下的鱼从同江跑到了勤得利,他们跟到勤得利,勤得利也不行了,他们又跟着鱼迁徙到了萝北,没过多久,萝北也不行了,二十多年前吧,他们又跟着鱼迁徙到了抚远。——这位赫哲族老人讲出了鱼类迁徙的一种规律,渔业资源的枯竭就是从上游开始一节一节地往下游延伸的。这让内陆渔港沿黑龙江流域逐步下移,自20世纪90年代以来,黑龙江的鱼类主产区一直下移到抚远江段,也难怪抚远被称为黑龙江的最后一个渔港了。如果继续下移,再过去就是俄罗斯的国境了。打鱼人习惯于跟着鱼群走,然而这是非常危险的,一不小心就越界了……

又据黑龙江鱼类资源档案显示,黑龙江水系界江界河界湖鱼类共有九十五种,其中特有品种二十六种,珍稀品种十六种,列入国家珍稀名录七种,濒危种类二十二种,列入国家保护动物Ⅱ类三种,列入国家濒危种类九种。1990年黑龙江渔政部门采集到的标本显示,鳌花、青鱼、鳊花、大白鱼等十多种鱼已基本绝迹。目前,在黑龙江及其支流捕捞到的常见经济鱼类只剩鲶、鳇、鲤、鲫、鳌鲦、川丁子等适应性极强的几种。

黑龙江的渔业资源在短短的数十年来经历了"由高到低,由大到小,正在趋向枯竭"的过程,不用我追问,很多专家都在问诊。究其原因,一是乱砍

第六章 穿行于白山黑水之间

滥伐、水土流失、森林面积减少,对栖息在山林地区水域的冷水性鱼类造成危害;二是水域污染,水质变坏,造纸厂、糖厂、化工厂、农药厂等工厂排放大量的工业废水以及生活污水使重金属和化学元素富集于鱼体。1993年,黑龙江支流松花江上游第一次出现冬季死鱼现象,调查结果表明,江水中有机物含量高,分解消耗了大量的水中溶解氧,使江水中严重缺氧,是造成死鱼现象的罪魁祸首。此后几年,死鱼现象竟然成了松花江开江后经常会出现的场景。此外,过度捕捞是另一把破坏渔业资源的撒手锏。

黑龙江渔业资源的危机程度,又到了必须拯救的程度,刻不容缓。

渔业资源的危机只是水危机的一部分,而水域保护是个系统工程,现在的问题不仅仅是污染和人为捕捞对渔业资源的破坏,极为脆弱的渔业资源已失去了最基本的抵御自然灾害的能力,任何自然界的风吹草动在渔业资源量上都会体现出灾难性的结果。转嫁污染、农田争水等难以解决的问题,是海河、淮河、松花江等流域连年保护却难见成效的主要原因。

黑龙江省水产局渔政处副处长张鸿钧认为,鱼类资源是可再生的生物资源,必须重视其繁殖保护,尤其是大马哈鱼、史氏鲟和鳇鱼等洄游鱼类。这都是我国渔业当中的珍稀品种和特有品种,对生存环境的要求较高,产卵场、洄游通道等是吸引大马哈鱼洄游的必要生存条件,每年秋季,大马哈鱼由北太平洋溯河洄游至我国水域内产卵。黑龙江上游支流呼玛河、嘉荫河曾是中国境内传统的大马哈鱼洄游产卵场,过去这里河水清澈见底,风景秀丽,平坦的沙底河道上布满适宜大马哈鱼产卵的鹅卵石。20世纪末,在人迹罕至的呼玛河和嘉荫河的源头悄悄地进行了一场淘金浩劫,不过几年时间,两处山清水秀的桃花源变成了一片沙石遍地的不毛之地,大马哈鱼产量锐减。此外,近年兴修水利、拦河筑坝对河道的改造较大,形成大马哈鱼的洄游障碍,江水污染构成大马哈鱼洄游的第二道障碍。除了这些珍稀鱼类正在锐减,黑龙江流域的哲罗鱼、细鳞、茴鱼、江鳕等的种群数量急剧减少,青鱼、鲂鱼、细鳞斜颌鲴、花羔红点鲑等二十多种鱼类已处于濒危状态。若要恢复黑龙江流域的渔业资源,除了加大力度限捕限捞,还要加强自然保护区的建设和大量放流鱼苗。

但鱼类资源的恢复和河流治污一样难。原水产局的专家李龙介绍,一般情况下,十四年是自然水域鱼类资源的一个恢复周期,如果现在加大水域环境的治理力度,加强对珍稀鱼类的保护,十年后能见到成效。

自古以来,这一带水域就是富饶的天然渔场。如今,抚远这个最后的渔港也正在走向枯竭的边缘,赫哲族这个世世代代以捕鱼为生的民族,如今单靠捕鱼已维持不了生活。但这个时代,已经以另一种方式把他们救出了受苦的命运,近年来,很多赫哲族村民都已经搬进了政府为他们修建的新居,而他们的生活也正在向民俗风情旅游业转变,他们曾经的生活方式,很多已被列入国家级、省级的非物质文化遗产。他们也会打鱼,但那已经不是一种生活,而是一种表演。

毕大爷带着我在黑龙江边奔波了一整天,当我把两百块带路钱或导游费交给这位赫哲族老人时,我感到这个时代真是变了。临走时,老人又对着江水默默祈祷了一会儿,看着一个赫哲族老人虔诚的神情,我也深信这条河是有灵魂的。

此时,太阳落水了。随着夜幕降临,一条大河显得更加幽深、阴暗,在迷茫中我更加看不出,这条大河,将要流向何处?

五 松花江,松啊察里乌拉

和很多人一样,我最早知道松花江是在黑白电影的歌声里,"我的家在东北松花江上,那里有森林煤矿,还有那满山遍野的大豆高粱……"兴许是少年时代的印象过于深刻,以至于直到现在,一说到松花江,我就会想起那在民族兴亡关头唱起的悲怆歌曲,下意识地便觉得,那条河也是一条与我们这个民族生死攸关的河流。

松花江在漫长的岁月里养育了一个生活在东北地区的古老的民族,满族人的先代女真族。在女真语里,松花江叫松啊察里乌拉,译为汉语,就是天河。这可能与她的源头有关。松花江发源于中朝交界的长白山天池,这是中国最大的火山口湖,集奇峰、怪石、幽谷、秀水、古树、珍草为一体,蓄满了碧绿清澈的湖水,是松花江、图们江、鸭绿江等三江之源。一条从天池倾泻而下的河流,"疑似龙池喷瑞雪,如同天际挂飞流"。——这是古人描绘长白山飞瀑的诗句,却也抒写出了一条大河诞生的神奇。松花江,松啊察里乌拉,看上去真像是一条神奇的天河。这天河之水,堪称世界上最净的水。她将穿过幽深的峡谷和茂密的森林,把一种随清风而来的清澈与甘冽一直保持到三岔口一带。她叫松花江,或许她也真的染上了松花的清香。

当一条河流走到一个比较复杂的路口——三岔口,又该对她纷繁的水系做一番梳理了。

松花江为吉林省第一大河。很长一段时间,人们都把吉林省的这一段松花江称为第二松花江。这很容易让人产生误会,还以为有两条松花江。这又得从头说起了。松花江上游有二源:一为嫩江;二为长白山天池,为松花江的南源,也就是我们刚才一路追溯而来的这条松花江,其源头又叫头道江,向北流不远与二道江汇合,河流一直在山岳地带流动,出山口处建有著名的丰满水库。吉林市以下为河流下游,流经松嫩平原,在扶余县西北三岔河口与嫩江汇合,这一段全长近八百千米、流域面积近八万平方千米的河流被称为第二松花江,又由于一直是西北流,又称西流松花江,新中国成立后一直沿用。但因西流松花江本为"松花江"这一名词的历史根源,强分为第二,有悖历史,也很容易让人误解,1988年,吉林省人民政府决定废止第二松花江的名称,将第二松花江也称为松花江,这也算是为第二松花江正名了,她原本就是松花江上游的一段干流。

对于松花江而言,三岔口的确意义非凡,她将在这里与她最大的支流嫩江汇合,可以说是重新诞生了一次。正是有了嫩江的加入,她才变成了一条真正的大河,从这里开始,才形成了松花江干流,她也才被正式称为松花江。

嫩江也是一条北方的大河,发源于大兴安岭伊勒呼里山,自北而南流经黑龙江、内蒙古、吉林,在三岔口汇入松花江,全长1490千米(一说为1370千米),流域面积28.3万平方千米。很多水利专家说,无论从长度、流量还是流域面积看,嫩江都应为松花江正源,只因第二松花江发源于长白山天池,或是与人类对天的崇拜有关,在清代,天池被奉为松花江的正源,一直延续至今。好在嫩江也似未觉得委屈,从未尝试过要为自己正名。

嫩江水系发达,沿途接纳大兴安岭东坡和小兴安岭西坡的众多支流,形成了一个由三十多条支流组成的典型羽状水系。嫩江流域属于半湿润地区,河源区为著名的大兴安岭山林区,干支流中上游均为中国重要林区,森林密布,沼泽众多,河谷狭窄,河流坡降大,水流湍急,河川为卵石及沙砾组成,水土流失较轻,含沙量很小,河水清澈。嫩江,蒙古语意为"碧绿的江"。出山之后,江道逐渐展宽,中下游穿过松嫩平原,中间经洪积台地,坡陡流急,河流侵蚀力强,成为松花江泥沙重要源地。在流经松嫩平原的黑土地时,水色也渐渐变黑。当黑色的嫩江水和清澈的第二松花江水在三岔口汇合后,江水形成泾渭分明、一黑一白的景观,因此,当地老乡又把这里称为阴阳界。古书记载:"南有泾渭,北有粟黑。"这粟、黑也就是第二松花江和嫩江的古水名。而所谓三岔口,又称三江口,一江是第二松花江,一江是嫩江,还有一江便是两江交汇之后诞生的松花江干流。

历史上,松花江是从中国东北流至鞑靼海峡的巨大河流名称(混同江),新中国成立后改为黑龙江支流,现为黑龙江在中国境内的最大支流。松花江被列为中国七大河流之一,有些令人匪夷所思。这倒不是说它不够格,但更应该被列入七大水系的是黑龙江,松花江只是黑龙江右岸最大支流,再大也只是一条支流。黑龙江之所以被排除在中国七大河流之外,只能是国际原因,她是一条国际河流。从另一方面看,松花江虽然是黑龙江的支流,但对东北地区的工农业生产、内河航运、人民生活等方面的经济和社会意义都超过了黑龙江和东北其他河流。

——这也是我接下来要逐一描述的事实。

从水量看,松花江年径流总量为759亿立方米,超过了黄河,是仅次于长江、珠江的中国第三大河流。这让松花江成为东北地区最重要的水上运输线,中国内河航运的重点河流之一。松花江水系航道总里程两千六百多千米,齐齐哈尔、吉林以下可通航汽轮,哈尔滨以下可通航千吨江轮,支流牡丹江、通肯河以及齐齐哈尔市至嫩江县的嫩江河段均可通航木船。这四通八达的水路,沟通了黑龙江、内蒙古、吉林三省区的哈尔滨、佳木斯、齐齐哈尔、吉林等主要工业城市,同时也连通了黑龙江、乌苏里江等国际界河,现有大小港站一百六十多个,主要港口有哈尔滨、佳木斯、齐齐哈尔、牡丹江、吉林。其中又以哈尔滨和佳木斯两大港口最为重要,都设有夜航和机械化装卸设备,哈尔滨更是东北地区最重要的铁路和水运的中转港。

在人类享用松花江带来的水利时,洪水也是松花江世代的大患。

历史上,松花江是一条洪灾频繁、灾难深重的河流。由于古代没有实测的水文气象资料,我们还是从新中国成立前松花江最大的一次洪水说起。1932年,松花江暴发了一次全流域性的特大洪水,那年是农历壬申年,史称"壬申水灾"。在那兵荒马乱的岁月,留下的实测水文气象资料有一点,但很少。现在大致知道的情况是,在洪水发生前,从6月下旬至8月上旬,松花江流域连续降雨四十多天,尤其是7月中下旬有三次强降雨过程。这次洪水实为暴雨洪灾,雨区遍及整个松花江流域及乌苏里江西侧支流和额尔古纳河的部分支流,随着嫩江及松花江各支流洪水相继汇入干流,形成松花江干流特大洪水。据《壬申哈尔滨水灾纪实》记载:当年黑龙江省灾情严重的有哈尔滨等十多个市县,哈尔滨市濒临松花江,受灾最重。洪峰到达之时松花江大堤相继溃决二十多处。滔滔江水闯入市区,居民最集中的道外、道里两区一片汪洋,最大水深五米以上,只有居住在二楼以上的居民才可以暂且避难。哈尔滨当时的居民约为三十八万,有二十三四万人受灾,二万多人丧生,十二万人流离失所。市内交通断绝,通往东、西、南、北的各条铁路干线全部中断。北满铁路遭到严重破坏,共冲毁铁路一百多处、桥梁二十多座,铁路交通全部中断。这也是松花江流域历时最长、范围最广的一次特大洪水,哈尔滨被洪水淹没长达一月之久。

当年松花江干流嫩江齐齐哈尔以下发生多处溃堤决口,形成大范围洪泛区,这些溃口分泄了大量洪水,因而哈尔滨站实测洪水偏小。为此,1957年水利部哈尔滨勘测设计院在编制松花江流域规划时,曾进行实地调查,将决口处洪泛水量进行还原计算。根据还原后的资料和文献记载及洪水调查资料分析,1932年洪水在松花江干流哈尔滨及以下河段为1898年以来最大洪水。一些经历过当年洪灾的人,也留下了一些直观的记录,如:"江水日涨,江北太阳岛先后一片汪洋,八月七日黎明,道外亦遂溃堤,遍成泽国。越两日后,道里也入水三四尺,全市除南岗外,几无干净土,难民纷至,近十万人……"又如,"八月七日拂晓,道外石造堤防突然决口,一江积潦如拔山倒海而来,转瞬之间,顿成泽国,及次日,道里一带亦由顾乡屯方面首先漫入,其他各口次第继之,至九日而市尽遍,炊爨时光,深且没膝,直待八月十二日江水标涨至海拔一三四点三一米,始臻于底止,灾情之重,盖百年来所未有也。"

——这次洪水也成了后来人们分析松花江历次洪水的一个重要参照系。

解放后,松花江进入了一个洪水高发期,20世纪50年代,就先后发生了1953年、1956年和1957年三次大洪水,而且是一次比一次大,一次又一次地打破历史纪录。

若要看清松花江的洪水有多大,最直接的方式是走近一座纪念碑——哈尔滨市人民抗洪胜利纪念碑。

当我看到夜幕下的哈尔滨浮现出的纪念碑的倔强身影,湿润的空气里已弥漫着很浓的江水的气味。对于一个在江湖边生长的人,这是一种熟悉而又强烈的气味,又是汛期了。

还是从1957年入汛之后说起。由于东亚大陆上空冷空气活动较强和第十号台风影响,松花江流域一直阴雨连绵,7月、8月共出现十次降雨过程。雨水落了一个半月,其间又多次发生强降雨,第二松花江和嫩江下游相继出现大洪水,形成松花江干流依兰以上河段的大洪水。在松花江流域的洪水中,哈尔滨一直是洪水的中心,这和天津扮演的角色一样,各路洪水,最终都汇聚集中在这里。据哈尔滨水文站当年实测到的最高水位,此次洪水超过了当时的历史最大洪水纪录。换句话说,这是松花江有水文记载以来的最大洪水,比1956年历史最高洪水位高24厘米,比1932年最高洪水位高58厘米。对洪水,是必须精确到厘米来计算的,尤其是当洪水超过危险水位,处于高危的状态,每涨一厘米都是极度危险的。这次洪水的特点是,水位高,上涨速度猛,高水位持续时间长,且在高水位期间时涨时落,加之汛期晚、风雨多、风浪大,致使松花江沿岸险情加重,危机四伏。为战胜1957年洪水,"战胜"也是当时最常用的词语,用当时的话说,"要以防汛为中心任务,集中一切力量,以最大的决心和力量战胜洪水"。黑龙江、吉林两省共调集了一百多万民工上堤抢险,"经过一个多月的抗洪斗争,终于取得了与洪水决战的最后胜利"。但对洪水,对自然灾难,人类很难得也很难说是取得了胜利,更遑论最后的胜利。这次洪水给松花江流域带来惨重的灾难,随着一处处堤防决口,共造成水灾面积一千多万亩,减产粮食二十多亿斤,受灾人口四百多万,冲倒房屋二万五千多间、水利工程和桥涵一千多处,死亡八十多人,还有三千多头大牲畜死亡。据保守的估计,经济损失两个多亿。这还没有把一百多万民工和解放军战士一个多月日夜奋战的代价计算进去。当年的民工都是义务工,解放军战士都是义务兵,义务,是那个时代的中国人必须承担的沉重又崇高的代价。

　　凝望着这座1958年竖起的纪念碑,让我震撼的不是它高耸的姿态,也不是它别具匠心的圆柱体塔身和半圆形古罗马式回廊,甚至也不是那些以浮雕方式描绘的当年抗击洪水的惊险情节和塔顶由工农兵和知识分子形象组成的圆雕,而是塔身底座那十一个半圆形水池。这不是什么城市水体景观,而是1957年的最高水位标志。看看现在松花江的水位,再看看当年的水位,我感到我站在这里都是偶然而侥幸活下来的一个卑微的生命,一个幸存者。如今,这座抗洪纪念碑早已是哈尔滨的标志性建筑之一。人类已把这些代表历史最高水位的水池打造成了音乐喷泉,当喷泉在"我的家在东北松花江上"的乐曲声中喷向纪念碑的上空,把哈尔滨的夜幕制造成一个幻境之后,我的眼前却浮现出一片被滔滔洪水荡涤而过的惨不忍睹的废墟……

　　一座纪念碑既不是人类与洪水决战取得最后胜利的惊叹号,也不是句号。一次又一次的洪水继续在松花江施展着它灾难性的暴力,在人类眼里它是猛兽,洪水猛兽,是魔鬼,洪魔,1960年、1969年、1998年,松花江流域又发生了特大洪水。尤其是1998年的大洪水,几乎是与长江流域特大洪水同时发生,这使中国遭受了南北两大洪水的夹击,也让我在三十六岁的本命年,亲身感受到了我们这个苦难民族的灾难是多么深重。

和历次洪水一样,1998年的松花江特大洪水依然是一次暴雨洪水。受东北低涡的长时间影响,从北源嫩江流域到南源第二松花江流域,降雨一场接一场,常常是前一场降雨过程还未结束,后一场降雨便已开始。直到8月末,降雨日数竟多达两个多月。如此大范围长时间的强降雨均为有实测记录以来历史罕见。一次次暴风雨,让嫩江流域、松花江干流发生超过历史纪录的特大洪水,嫩江干流江桥水文站最大实测洪峰流量为四百八十年一遇;松花江干流哈尔滨水文站最高水位超过历史最高水位的1957年,为1898年建站以来实测最大洪峰流量,是百年一遇的洪水。——这里,就不再重述那悲壮的抗洪过程了,值得一提的是,对这几次洪水,人类已经掌握了一些主动,建起了一系列水利工程。截至1988年,松花江流域已建成大、中、小型水库六千多座,总库容约257亿立方米,其中大型水库二十多座,总库容240亿立方米。这就意味着,对于年径流总量为759亿立方米的松花江水系,有三分之一已经能被人类所掌控。这不但大大地减轻了防洪压力,也把洪水变成了宝贵的水资源。

解放后,随着一系列水利工程发挥巨大的作用,松花江的洪水渐渐销声匿迹,但另一种灾难又开始频频发生。不是干旱,而是越来越严重的污染。这条从天池里流来的天河,在中国一直是水质极好的河流之一,但在进入21世纪之后,她也渐渐被人们称为"黑龙江"了。

对松花江的污染和别的流域一样,也是一直在治污,却越治越污。还是那句话,治污的速度怎么也赶不上污染的速度。这是客观事实,其实也是很多地方政府的借口。直到一场巨大的灾难降临,人类仿佛才能真正猛醒过来,才会像当年抗洪一样,"以治污为中心任务,集中一切力量,以最大的决心和力量来战胜污染"。

有些事,仿佛命定是要发生的。2005年11月13日,一连串的爆炸声从吉林石化公司双苯厂的方向传来,随后便是向空中腾起的滚滚浓烟,还有像弹片一样的各种炸毁物在火焰中飞舞,比火焰还高。是的,这是一次突发事件,但并不偶然。事实上,早在 2001 年,同样是这家国字号的化工厂就发生过爆炸。当时,爆炸现场附近有储量达三万多立方米的二十多个苯罐,还有储量两百多立方米的氢罐,一旦爆炸,其威力不亚于一颗原子弹。危急时刻,幸亏有吉林市消防支队特勤一中队奋不顾身地抢险,他们承担了火场主攻和冷却任务,冒着随时可能发生爆炸的危险,连续奋战了三个多小时,用水枪对着苯罐、氢罐进行冷却降温,还有两名敢死队员六次冲进火海关阀断料,最终将大火扑灭,避免了一场巨大的灾难。

然而,该发生的似乎还是要发生。这一次事故,据事后调查,是因苯胺装置 T-102 塔发生堵塞,循环不畅,又由于操作处置不当而发生爆炸,并引发了连续爆炸,导致新苯胺装置、一个硝基苯储罐、两个苯储罐报废,共造成五人死亡、一人失踪,近七十人受伤。但巨大的灾难还在后面,爆炸发生后,至少有一百吨苯类物质流入松花江。一个工厂的突发事故,由此而变成了蔓延到整个松花江流域的巨大灾难,而松花江又是黑龙江的支流,黑龙江又是中俄界河,俄罗斯政府在第一时间就松花江水污染对阿穆尔河(黑龙江)造成的影响表示关注。中国政府诚恳地向俄罗斯道歉,并表示要提供援助以帮助其应对污染。

事实上,一百吨苯类物质造成的江水污染,相当于往松花江里倒进了一百吨剧毒农药。

但在事发之后,这一不幸的灾难事件却一直处于诡异的封锁状态。11 月 21 日,已经是事发的第九天了,哈尔滨市政府向社会发布公告称全市停水四天,停水的原因是"要对市政供水管网进行检修"。很多市民猜测到可能另有原因,但他们没有将此举与一次重大水污染事件联系起来。他们压根还不知道发生了污染事件,而是怀疑这次长达四天的停水可能与一直在传说的哈尔滨可能会发生地震有关。由此,哈尔滨市民开始疯狂抢购,除了抢购瓶装水,还抢购储备了大量应急物资。越是想要掩盖危机的真相,就越是引发更多防不胜防的连锁性危机。眼看着抢购风潮导致整个城市失控,哈尔滨市政府才在第二天连续发布两个公告,证实上游化工厂爆炸导致了松花江水污染,动员居民趁污染的水体还未流到哈尔滨之前赶紧储水。

更让人匪夷所思的是,直到事发的第十一天,11月23日,环保总局才正式向媒体通报松花江发生重大水污染事件。随后,便是吉林石化公司双苯厂厂长申东明,苯胺二车间主任王芳,吉林石化分公司党委书记、总经理于力,先后被责令停职,接受事故调查。而最引起人们关注的,还是环保总局局长解振华因这起事件提出辞职,国务院于12月2日免去了他的环保总局局长职务。解振华曾在黑龙江生产建设兵团工作过,对松花江是非常了解的。在担任环保总局局长期间,他曾荣获联合国环境保护最高奖"联合国环境署世川环境奖"、全球环境基金"全球环境领导奖"、世界银行"绿色环境特别奖"。然而,一场灾难,让他这些绿色环保的光环变得毫无意义。这也是迄今为止第一个因重大污染事件而引咎辞职的环保总局局长。2011年,在南非·德班世界气候大会上,担任中国代表团团长的解振华又说出了一番让举世瞩目的话,其中有两句让我记忆深刻:"我们不是看你说什么,我们看你做什么。"这是后话了。

事隔多年之后,我现在关注的已不是事故本身,而是松花江的命运。

事实上,也正是因为一场巨大的灾难,才引起了人们对一条河流的高度关注,并从一次突发事件,开始了对江河湖泊命运的全面而又深刻的反思。污染,只是水危机中的一种,近三十年来,所谓水利,另一方面处于长久被忽视的状态,一方面水资源又在被人类最大限度地榨取,几乎所有的江河都承载着难以承受的重负。这一点,已被中国最高层看到了。胡锦涛同志更是从生态文明建设的战略高度,史无前例地提出要"让江河湖泊休养生息、恢复生机"。这为从根本上解决水环境问题指明了方向。

这也让松花江从过于简单的治污变成了休养生息。江河湖泊是有生命的生态系统,具有自我调节、自我修复、自我完善的净化功能,用人文关怀善待它们,在人类减少污染和破坏的情况下,可以让它们恢复生态平衡,使自然生产力得以再发展。这是自然规律。随着松花江休养生息不断深入,成效日益显现。2010年,松花江水质总体上由中度污染好转为轻度污染,流入黑龙江的断面水质已稳定达到Ⅲ类,有的甚至达到了Ⅰ类,Ⅰ至Ⅲ类水质断面比例已超过了一半以上,劣Ⅴ类水质在部分断面还有,但比2005年时已大大降低了。水质好了,流域水生态系统功能逐步恢复,局部江段生态环境已可以满足鲟鱼、鳌花等稀有鱼类的繁衍条件,水鸟数量逐年增加,东方白鹳等珍贵水禽又重回松花江游弋。

面对松花江,眼前流过的清澈江水仿佛正在疏通我的灵魂。这让我下意识地想到一个词——代价。丰满水电站让中国劳工付出了巨大的代价,但建这个工程是值得的,它一直到现在还在发挥巨大效益;松花江2005年发生的重大水污染事件也让人类付出了惨痛的代价,但在痛定思痛后让松花江休养生息也是值得的。如果没有这样一个重大的污染事件,或许一直到现在松花江的治污还是赶不上污染的速度。

哪年,哪月,才能够回到我那可爱的故乡?

哪年,哪月,才能够收回那无尽的宝藏?

一首歌唱了几十年,我活到了知天命之年才明白,所有的宝藏都有开采枯竭的时候,只有水,才是无尽的宝藏。也许只有人类明白了这一点,松花江才能成为永远的松啊察里乌拉,一条从天池里流来的天河……

六 丰满的"中国水电之母"

从一座纪念碑,走向一座被誉为"中国水电之母"的水利工程,如同穿过一段晦暗的岁月,我的心情像松花江的天空一样晦暗。心情复杂,只因这个"中国水电之母",是一个被奴役的母亲。如果不是因为这样一个"中国水电之母"的存在,第二松花江也许会成为我撇开的一条河流。中国的江河水系实在太多了,有很多水系只能被我忍痛割爱了。但这个水利工程是你无法撇开的,除非你想撇开中国现代水利史的一个开端。

现在,我已经能够看见这个开端了,中国第一座大型水力发电站——丰满水电站。很容易就看到了,这座水电站就建在吉林市市区内的松花江上,也就是人们常说的第二松花江。但一见到它就让我有一种不祥的神秘之感,有一些水雾正和雾气一起弥漫,这让我停了片刻,才朝着那个方向走去。

或许这座水电站还有太多的未解之谜,但至少它的开端不是谜。

中国第一座水电站,最早不是在中国人的脑子里萌生的,而是从一个叫本间德雄的日本人脑子里萌生的。那还是伪满洲国时代,许多政府部门的首脑都是由日本人把持,此人便是当年的伪满洲国电气建设局局长。但这个人并非一个官僚,而且不能不承认他是一位相当优秀的水利工程专家。看到松花江洪水高涨,这个日本人眼里充满了兴奋和惊喜。所谓洪水,换一个角度看,其实就是巨大的水资源。

这是一个想干就干的人,他很快就开始制定修建丰满水力电气发电所的规划,计划五年内在松花江上建成一座19万千瓦的水电站。据伪满时期日本人发行的《松花江第一发电所工事写真帖》记载,按当时的计划,丰满水电站要建成一座长1100米、高91米的重力坝,蓄水量高达112亿立方米。哪怕在今天,这样大的蓄水量,也差不多占了现在松花江水系所有大中小型水库总蓄水量的一半了。在当年,这是世界第二、亚洲第一的伟大规划。本间德雄的伟大规划,也正中日本军国主义者的下怀。为了达到长期占领中国东北的目的,日本制订了从1937年到1941年、1942年到1946年两个产业开发五年计划,图谋通过十年时间,把中国东北变成他们赖以生存并进行侵略战争的物资和能源供应基地。

当一个国家和一个水利工程专家不谋而合地想到了一起,这一工程也就很快上马了。1937年,丰满水电站在吉林市东南不远处的小丰满破土动工。本间德雄似乎很喜欢这个地名,丰满,多好啊,但他可能是听错了,这里不叫小丰满,原本叫小丰门。那就把小丰门改成丰满吧,本间德雄原本就是一个创造历史的人。他亲自担任了总工程师,很快就组成了一个施工技术团队。但修建水电站还需要大量劳工,这简直不是问题,中国有的是人。一支支招工队伍早已提前出发了,他们向中国农民许诺,"吃好住好大工价,三年期满免费送回家",这对连肚子也吃不饱的中国农民太有诱惑力了。一时间,从华北、东北等地招来的民工,风尘仆仆又喜气洋洋地赶来了。据伪满时期东北水电分局的一个劳工数目统计本记载,当时从关内就招来了十多万劳工。此外,日本人还以收降保安补充队、在东北摊派劳工和使用在押犯人作为劳工等手段,总共招来了二十多万劳工。工地上,每天平均有一万到一万八千多名劳工在日本人的军刀和皮鞭下像牛马一样劳作。

那些喜气洋洋的劳工一脚跨到这里,一条腿就算踏入了鬼门关。等到他们发现时,后悔已经来不及了。丰满不是一个水电工地,而是一座人间地狱。为了防止劳工逃跑,日本人在松花江北拉起了一道道带刺的铁丝网,外有丰满警察署的武装警察荷枪实弹,站岗把守,内有监工和大小把头严防死守。别说人,连一只苍蝇也休想飞进来,飞进来了更休想飞出去。而这些中国劳工在日本人眼里也就跟一只苍蝇差不多,如果有人想要逃跑,警察、日本监工和把头等就会把他当场打死。

当时的劳工几乎处于与世隔绝的状态,上工时集中劳作,下班后就住在粗糙的草坯工棚中,这些半地穴式工棚是由高粱秆和着黄泥搭建而成的。一个工棚就是一个集中营,每个工棚住有两百多名劳工。所谓半地穴式工棚其实就是挖条沟,挖出的土垒在沟的两侧,劳工们就睡在这种土炕上。低矮的工棚没有一扇窗户,大白天也黑暗得如同墓穴一般,但它又挡不住冬天的刺骨寒风,外面是零下几十摄氏度,屋内是个冰窨子,工棚还时常被冰雪压垮。很多劳累了一整天的劳工,不是被冰雪压死,就是在半夜里被冻死。夏天这屋子里又像个蒸笼了,潮湿、闷热,滋生出蚊虫、瞎蠓、蜈蚣、蝎子,劳工们就与这些东西生活在一起,一人得病,很快就会传染到一个工棚。日本人把这当成是瘟疫。曾经有两个工棚的劳工染上了肠道病,为了防止这种病继续扩散,日本人竟然浇上汽油,烧掉了他们所在的工棚,活活烧死了四百多人。日本人也开了所谓的"诊断所",但被劳工们称为"催死所"。这些日本医生根本就不会给你治病,只是诊断是不是传染病。对那些没有传染性的病人,日本人不但不给救治,反而逼迫其继续上工。劳工说病了,监工则敲打着劳工的脑袋说:"看你脑袋硬不硬,硬就得出工。"

在日本人眼中,这些中国劳工的生命一钱不值。日本人压根就不会给劳工支付工钱,有的劳工几年下来不但没有挣到分文,一算账,倒还欠日本人的钱。这些劳工的生活,比那些蹲监狱的人还苦。吃饭时,劳工们席地而坐,围成一圈,吃的不是硬得像石子的高粱米,就是又苦又辣的橡子面,下饭菜无非是咸菜和菜汤。哪怕是这种饭菜也要定量供应,根本吃不饱。劳工们穿的是清一色的更生布制服,所谓更生布,也就是再生布,很快就会撕烂、磨破。从日本人当年留下的照片看,这些中国劳工衣衫褴褛,表情木然,为了御寒蔽体,许多劳工只能把麻袋或者水泥袋套在身上。就这样,劳工们分成两班,昼夜轮换,每天要工作十几个小时,稍有怠慢,就会遭拳打脚踢。又没有任何劳动安全保障,工伤事故不断,炸死、电死、摔死的劳工不计其数,有的在浇筑混凝土时被活活浇在大坝里,有的从没有护栏的吊车上摔下致死,有的在掏洞时被坍塌下来的冻土砸死。

死亡的方式各种各样,但最终又都有一个共同的归宿,东山万人坑。

那个地方实在太恐怖了,如果没有人带着,我实在是不敢走过去。

给我带路的是一个当年的童工,如今已经八十高龄的刘顺发大爷。他是1945年被抓进去的,没死,不是他命大,是抓进去不久日本就投降了,他这才逃出了一条小命。一般大难不死的人,身体都很健朗,或许是把什么都看开了,一辈子活得豁达,也就健康长寿。这老汉走路不用拐杖,很快就把我带到了一个坑洼地。这就是让我毛骨悚然的东山万人坑。我发现,这个万人坑并非一个大坑,而是三条一百多米长、六米宽、四米深的坑沟。不知这是不是总工程师本间德雄设计的。听刘大爷说,那时候只要人死了,有的甚至还没死,就被扔到这坑里,盖上浅浅的一层土。这万人坑,是一层尸骨压着一层尸骨,还招来了许多饥饿的野狗……

——我已经无法再听下去了。老汉往下低了低脑门,他是在跟自己曾经的难友打招呼吗?我看到了他嘴角上绷紧了的皱纹。

解放后,人民政府在这万人坑附近修了一座丰满劳工纪念馆,还专门布置了一个展厅,展出的全部是中国劳工的白森森的尸骨。这些白骨都是从东山万人坑里挖出来的,从受损的骨骼来看,有的是被铡刀铡死的,有的是被马钉钉死的,其中很多都是童工。有一具半身尸骨,听讲解员说,是被搅拌机活活搅成了两段。看着这位用纯正的普通话讲解的姑娘,一副清纯的面孔,一头飘逸的秀发,每天却指着这些白骨来讲解着死亡的故事,我甚至觉得这对于她是一件过于残忍的事情。那么又让谁来讲解呢?最好是让一个日本侵略者的后代来这里讲解。对于那些得了健忘症的日本人,时时刻刻面对这些白骨,他们也许就不会那么健忘了吧。

1942年11月,第二松花江被拦腰截断。随着大坝一天天筑起,丰满水库开始蓄水。这一层一层的大坝,也实在就是用中国劳工的血肉和白骨筑起来的。有人如是形容:"大坝高一层,白骨铺一层。"1943年3月,第一号机组开始发电。从1937年破土动工到1943年春发电,在生产力水平极其低下的情况下,一个大型水电工程仅用了五年多时间就建成发电了。当灿烂的灯光照亮了伪满洲国的皇宫,皇帝溥仪也想要看一看江水是怎么发电的。看了之后,他大发感叹,还是日本太君聪明能干啊,要是没有日本太君,怎么能修建这样一座水电站呢?这是日满亲善、东亚共荣的历史见证,更是满洲国人的福祉啊,啊啊。溥仪没有皇帝的尊荣,却有一脸的媚笑。

对于总工程师本间德雄而言,这令他踌躇满志。但按他的设计,这个工程还远远没有完工,他还有很多的抱负没有实现。一直到1945年日本人战败撤退时,有些坝段还没有按设计断面浇筑完,而坝基断层尚未处理,已浇筑的混凝土质量也没有达到本间德雄的设计要求,廊道里漏水严重,坝面因冰冻融化剥蚀而成了蜂窝状,安装工程才完成一半。然而,本间德雄已经没有时间按部就班地来完成这一工程了。随着苏联红军对日宣战,日本侵略者预感到末日来临,而对于日本侵略者,他们的末日也就是这个水电工程的末日。他们不会把一个世界第二、亚洲第一的水电工程留给中国人,更不会留给苏联红军,在撤退之前他们决定炸毁发电站。然而,还没有来得及炸毁发电站,苏联红军就开来了,本间德雄被苏联红军俘虏。苏联红军接管发电站后,马上就有苏联水电工程专家开进来了,但他们没有兴趣把这个工程干完,而是拆走了几台让他们很感兴趣的发电机组运回苏联。

1946年中国政府从苏联红军手里接收丰满水电站时,只剩下了两台大机组和两台小机组。国民政府资源委员会曾派全国水力发电工程总处的美国顾问卡登和中国工程师来这里勘察,研究修复计划。由于大坝处于危险的状态,而汛期又即将来临,当时曾提出炸低溢流堰,降低水库水位,以保大坝安全。此时,东北的形势对国民党已极其不利,在国共两党的拉锯战中,施工人员只凿掉了少量混凝土,接下来的工程没有继续进行。到了1948年

3月,眼看国民党在东北大势已去,蒋介石给东北"剿总"副总司令郑洞国下达了"撤退前必须彻底炸毁小丰满堤坝和发电厂全部设备"的手谕。郑洞国在撤退的前夜,命吉林守军执行总裁命令,幸运的是,由于当班运行值长张文彬同国民党军队机智周旋,最终确保了发电机组和压力钢管完好无损。第二天,东北江山易手,一座饱受磨难的水电站终于到了共产党人的手中,但此时水电站已处于瘫痪状态。

一座水电工程的命运,其实也是中国水利的命运之书。从日本人到国民党,都是把水利、水电工程作为自己的私产,能为己所用则用,不为己所用则彻底毁灭。这其实也是民用设施被政治和战争操纵的某种真相。

东北解放后,人民政府即委托苏联彼得格勒水电设计院做出丰满水电站修复和扩建工程的设计。为确保大坝安全,人民政府决定采取加固大坝措施,在1950年汛前突击浇筑了五六万立方米混凝土,以保度汛安全。接着,又在坝基和坝体内进行钻孔灌浆,对千疮百孔的大坝进行了全面修补。历时三年,1953年土建工程基本完成。从这年起,到1959年,陆续安装由苏联供应的六台发电机组。根据1950年签订的《中苏协议》,苏联应将在中国东北从日本人手中获得的财产,包括从丰满水电站拆走的发电机组,无偿地移交给中国,但这些设备至今仍未予以归还,也就不了了之。不管怎样,丰满水电站在新中国开始运转,成为东北电网中的一座骨干电站和主力电厂。

1988年后,丰满水电站又先后进行了二期、三期扩建工程,总装机容量达百万千瓦。

历经新中国数十年的打造,丰满水电站已经是一个具有发电、防洪、灌溉、航运、养殖、城市供水、旅游等效益的综合水利枢纽,尤其在防洪上发挥了巨大作用。从1953年到1998年的松花江大洪水,每次都需要丰满水库拦洪,以减轻松花江下游的防洪压力,这座水利工程经受住了一次次高位洪水的历史考验。

为了让丰满水电站发挥更大的效益,新中国的水利建设者又在丰满水电站上游相继建起了白山水电站和红石水电站。白山水电站是东北地区目前最大的水电站,也是一个以发电为主,兼有防洪、防凌、水产养殖等综合效益的大型骨干电站,位于第二松花江上游的桦甸市白山镇。这一工程在"大跃进"时代就开始运筹了,但到1972年才开始施工准备,1975年5月1日主体工程正式开工,1983年第一台机组发电。1984年一期工程结束后二期工程继续施工,1992年二期机组发电,1994年6月工程全部竣工。整个工程,历时二十年才完成,总装机容量170万千瓦,年发电量20.37亿度。红石水电站属白山水电站管辖,也在松花江上游的桦甸市,在某种意义上说,这也算是白山水电站的配套工程。1985年末第一台机组发电,年发电量4.4亿度,主要向吉林地区供电。

更重要的意义还不在这里,由于白山水库调节性能好,下游又有红石及丰满两大水库反向调节,上下游联动,三座水利枢纽实际上已组成了松花江上游的一个系统水利工程,在系统中运行调度更加灵活,发电方面,可以充分发挥调峰、调频及事故备用等容量效益,并可减少系统煤耗及年运行费用,是经济合理的。在水利上,对调蓄洪水和水资源的综合运用有了更大的调节空间,这也真正接近了现代水利的意义。没有哪一条江河是独立存在的,同样,没有哪一个水利工程是独立存在的。现代化的水利工程,无一不是具有综合效益的水利枢纽工程,也无一不被纳入大水系、大循环之中。

七 乌苏里江,东方日出之江

小那说,每天凌晨三点钟,乌苏里江就被太阳染红了。

这是理所当然的。乌苏里江,乌苏里乌拉,满语意为水里的江、东方日出之江。

天还没亮我们就出发了。小那是黑龙江农垦总局牡丹江农场管理局的一位水利干事,也是带我去乌苏里江的向导和司机。一听他姓那,我就知道他是满族人。他的全姓应该是叶赫那拉,是满族八大姓氏之一,简称那拉氏,不过现在又大大简化了。但对乌苏里江,小那也充满了满族人的一种与生俱来的血缘亲情。满族最早也是生活在乌苏里江一带的渔猎民族,过着上山打猎、下河摸鱼的生活。小那在填报高考志愿时毫不犹豫选择了水利,而北大荒也特别需要他这样的水利专业人才。

在小那心无旁骛地开着越野车时,我一直在埋头看乌苏里江流域图。

我们是从北大荒重镇虎林市出发的,此时大致还是沿着松阿察河谷的中俄边界走。松阿察河是黑龙江省东南边境和俄罗斯的界河,连接着中俄界湖兴凯湖。这个北方的大湖,曾是中国第一大淡水湖,面积为4380平方千米,总储水量约260亿立方米。1860年中俄《北京条约》签订后,变成了中俄界湖,北部属中国,南部属俄罗斯。这个大湖有九条河流注入,不愁没有水,水太多了,湖水从东北部龙王庙附近溢出,溢出了一条河,就是松阿察河。一般来说,江河的源头都是山,而这条河的源头却是湖泊,这在中国江河水系中还是比较少的。松阿察,满语意为"盔缨",也就是满族人头盔上的缨带。她也的确像一条在风中飘拂颤动的缨带一样,自西南向东北流经密山市和虎林市境,在与俄罗斯境内的乌拉河汇合后,就是乌苏里江。从水系看,松阿察河是乌苏里江的一条支流,为乌苏里江西源。

松阿察河东岸是俄罗斯辽阔的远东地区,西岸为中国广袤的农垦区,也就是北大荒垦区。尽管此时我们还看不到乌苏里江,但乌苏里江的中上游位于虎林市境内,在两江交汇之前就形成了一片宽三百多千米的平缓纵谷,地势低洼平缓,水流缓慢,许多河段形成曲流或网状水道。在北大荒人来这里开垦之前,这里到处都是东北人所说的水泡子、大烟泡和沼泽,这也是东北最大的一片原始湿地。北大荒,这就是北大荒。

如果我们要抵达乌苏里江,必须走到松阿察河的尽头,也就必须穿过北大荒的大片垦区。这也正合我的心意。我想看看北大荒垦区的农田水利建设,而八五四农场就是这方面的典型。

在北大荒这个宁静的早晨,静得只有越野车如同轮般的车轮声。一路上穿过了许多圆形沼泽和静悄悄的湿地,一切都充满了原始洪荒时代的气氛。在沼泽和森林之间偶尔也会出现广袤的田野,那都是黑龙江生产建设兵团开垦出来的。但几乎看不见人烟,汽车奔驰了几十上百里,才偶尔会看见两三台正在晨曦的沐浴下耕耘的农机。在那广袤而又寂静的北大荒原野上,那一点一点地移动的黑影,看上去神秘莫测。

北大荒拥有繁多的河流和湖泊,哪怕对着一本水系清晰的地图,我也无法在现实中一一进行指认。小那是一个相当沉默的小伙子,除了开车,他几乎很少吭声,但我知道,该说话的时候他就会开口说话,该停车的时候不用我吩咐他也会停下来。果然,在我们经过两条河流时,他告诉我,一条是阿布沁河,一条是七虎林河,这也是乌苏里江的两条较大支流,两条河的中下游都从八五四农场境内穿过。八五四农场隶属牡丹江农场管理局,位于七虎林河北岸,完达山南麓。这是由原铁道兵8504部队转业安置在北大荒后组建的农场,这一片黑土地也是三江平原的一部分,西部为低山丘陵地区,东部为冲积平原,土壤肥沃,自然资源丰富。介绍了这些基本情况,小那又随口说出了八五四农场的总面积,一千一百二十七平方千米,这在内地已相当于一个县域的面积,而这个农场也的确是比照县级行政机构设置的。

一个地方有了这么丰富的水资源,自然就可以用来发展水田了。八五四农场虽说也开辟了多种经营,但主要的产业还是水稻种植。近年来,他们先后建设了阿南蓄水区、五道亮子水库、团山灌区、先进灌区、丰产灌区、东风灌区、神泉山灌区和西大岗扬水站灌区等十四处水田灌区的配套工程,配套开挖沟渠七百余千米,建设涵闸六百余座,水田条田化改造三十余万亩,柴油抽水改为电机抽水二十余万亩,实现渠系配套典型小区五十余万亩,配套的耕地面积占全部耕地的百分之七十。在大力建设水源工程的同时,八五四农场加快了灌区配套步伐,这里已从初创时期的"小农水"发展形成了现代化和体系化的灌区水源保障网、农田排灌网、防洪安全网、水系生态网,用他们自己的话说,这是他们拓荒半个世纪以来的"大家业"。一个个库连塘、塘连渠、渠归田,大雨能排、小雨能蓄能灌的小型水利网四通八达。全场水库总蓄水量达一亿余立方米,充分满足了作物多样化和提高作物复种指数的要求,农业生产条件全面改善,农业生产开始呈现稳产、高产、高效的发展新局面。有了水,他们可以大规模拓荒,又在沼泽湿地上开垦出了十余万亩水田。沿途,我看见许多水库、水闸、灌渠。这时候正是水田浇灌季节,河水从闸门倾泻喷涌而出,浪花四溅,跳跃着奔向四通八达的田间干渠、支渠、斗渠和毛渠,如同畅通的血液循环,将水顺利引入遍布大地每一个角落的田间地头。

走在这样的田间是一种享受。极目远眺,两岸稻田如毯,林网如织,田间一台台机泵正鼓足马力抽水灌溉。这个季节,水稻已长得齐腰深了,也正是需要浇灌的时候,听着汩汩的流水声,看见一股股清流从斗渠、毛渠里滴水不漏地放进秧田,水稻拔节的声音变得越来越清晰。这让我又想到了我故乡干涸开裂的田野,那些为了争水而打得头破血流的叔伯兄弟,那些由于没有水灌溉而烦乱地哭泣的留守妇女。其实,我故乡也是一个水网交织的地带,缺的不是水,也不是干渠,而是能把水直接引到田间地头的支渠、斗渠和毛渠。而这些毛细血管,又恰恰是近三十多年来被长久地忽略的。这些斗渠、毛渠看上去工程不大,但实在太多了,真正要成体系地建起来,比修一条干渠要难得多。如今很多地方政府,都把力量集中在干渠上,这是面子工程。上级来后看看干渠就走了。我为水利这件事跑了三个年头了,我感到支渠、斗渠和毛渠的缺少是目前在农田水利基本建设上最严重的问题。要是中国农村的每个地方都像这里就好了。如果说中国农业有两种模式,那么一种是小岗村模式,另一种是北大荒模式。像北大荒这种现代化的大农业模式无疑是代表了先进的农业生产力。

特别值得一提的是"四网"中的水系生态网,水系生态网是近年来才开始打造的,也是人类以前很少考虑的。水系生态的一个题中之意就是节水灌溉、提高水资源利用效率。在2005年之前,八五四农场的地表水田灌区面积为十多万亩,其中有近三分之一的灌区为自流灌溉,水量明显供不应求。从2005年起,八五四农场就开始进行节水控灌试验,将浇灌次数由传统方式中的四十二次减少到二十八次,每亩可节约用水近上百立方米,节水之后不但不会减产,反而大大增产,亩产稻谷增收70至122公斤。这个增产的空间实在太大了,全场五十万亩水稻,我扳着指头算了一下,一个农场的节水改造,就可以增产上亿斤粮食,还大量节省了水资源和灌溉成本,这节省下来的钱又可以买多少粮食啊。如果把这一模式拓展到全国,中国既不愁没有粮食也不愁没有水了。也就是在这一试验的基础上,他们把现有的"自流灌区"逐步改为"提水灌区",用干渠、支渠设节制闸控制水位,不仅较好地解决了用水矛盾,而且还大大节约了用水,使渠系水利用系数从0.4提高到0.7。

尽管我对人类的不断拓荒充满了担心,但又不能不说,北大荒的农田水利建设是全中国农村的标本。以八五四农场建设的阿南蓄水区和五道亮子水库为例,主要是利用了阿布沁河汛期和开春桃花水,这在以前都是多余的要白白放掉的水,甚至是要严防死守的洪水,如今都被利用起来了。还有一点就是灌溉方式的革命,从自流灌溉改为提水灌溉。2010年,八五四农场的地表水灌区已达二十余万亩,由于采用提水灌溉,每年比自流灌区节约用水两千余万立方米。——这也大大减轻了我的担心,土地面积翻了一倍,但用水反而比以前少了。

阿南蓄水区运行后,除将现有的五万多亩水田从早先的地下水灌溉改为地表水灌溉,这里年减少地下水开采量两千五百余万立方米外,还营造了一万五千多亩养殖水面,这也为北大荒的候鸟提供了生养之地。他们还积极营造防护林,减少水土流失对渠道的淤积,加大节水改造的力度,提高水资源利用率。

在水利管理上,这里也形成了一套值得推广的模式。八五四农场水田灌区面积近五十万亩,为了保证水库、扬水站、桥、涵、闸等水利工程的安全运行,建立良好的供水秩序,农场水利部门对十四座水库、六座扬水站和水田灌区实行统一管理,在每座水库设置了专职水管员负责水库水位监测、闸门启闭、大坝巡查和日常管护工作。每个扬水站设置站长和两名抽水员,负责扬水站的运行、管护。水田灌区内的每个作业站都设置了一名水稻副站长作为灌区管理员,负责灌区供水的组织协调和水利工程的维护工作。2011年水稻泡田时,由于2010年冬、2011年春降雨偏少,全场的水库、塘坝蓄水比去年同期减少了四分之一,致使整个灌区供需水矛盾十分突出。为了保证灌区内水田的正常供水,他们采取"群库调度"和"井渠结合"的方式进行补充灌溉,缓解了供需矛盾。

过了八五四农场,就是莽莽苍苍的大森林,看上去比大兴安岭还大,那山势也更加雄伟。偌大的森林里静悄悄的,穿过林间的是一条土路,汽车奔驰的声音仿佛能带响一片森林,一路上只有簌簌作响的树木和沙沙作响的车轮,虽说是土路,但没有尘土飞扬。这里的水土保持得太好了。看得见阳光,但只能仰望,只有最高的树冠上,闪烁着太阳金色的光芒。突然,在我的视线里前方出现了一条大河,那是我看到的最干净的一条河,逶迤起伏的山林在水中映出了同样逶迤起伏的倒影,看上去特别真切。我知道,那就是乌苏里江,没想到这么快就到了。但随着越野车的奔驰,我看到的那条河始终在前方不远不近的地方流淌,也始终保持一种不远不近的距离,最后,竟然像幻觉一样慢慢消失了。——的确是幻觉,不,是蜃景。小那告诉我,这其实是在林海里时常可以看到的现象,林海也是海,也和真正的大海一样,在阳光的折射下也会出现幻象。

事实上,这大森林比我想象的还要辽阔,一直延续到乌苏里江畔的虎头山。在漫长的路途上,几乎看不到人,也看不到车,只看到几个孤独的放蜂人守着他们的蜂箱和成群地飞舞的蜜蜂。我仿佛这才注意到山坡上的野花,不知是什么花,闪烁着野生的健康色彩。

还没到虎头山,老远就看见了一只屹立在山顶上、仰天长啸的大虎,这可能是全世界最大的一只老虎,重三十多吨,高二十多米,全部用铜板锻制焊接而成。在世界铜锻虎雕之中,这也的确是最伟大的一只,已被载入上海大世界吉尼斯大全,号称"天下第一虎"。但看了这样一只大老虎,我却没有丝毫震撼之感,有必要吗?除了这个"天下第一虎",山崖下,还有一座始建于清朝雍正年间的关帝庙,号称"东方第一庙"。关帝庙是中国最常见的庙宇,但在中国最东部的大地上,这也许真是"东方第一庙"。此外,这里还有居高望远的乌苏里江第一塔。这过于抢眼的人造景观,反而遮蔽了一座最不该被忽视的森林公园——乌苏里江国家森林公园,或许也是乌苏里江国家森林的一部分。这森林,一直蔓延到了乌苏里江西岸,也就是中国一侧的江岸,连绵起伏的那丹哈达岭森林。

虎头,西通庆丰农场,东连珍宝岛,与俄罗斯伊曼市隔江相望。

历史上,这里原本还是东北内陆腹地,1860年中俄《北京条约》后,清政府将江东辽阔的大好江山割让给俄国,这里才成为边境,乌苏里江也从中国的内河变成了中俄界河,而屈辱的历史并未因此而终结。1931年九一八事变后,日本侵略军又侵入虎头,并将此地视为"国境第一线"。在虎头山的后山上,日军用了近六年时间,强迫一万余名中国劳工和战俘修建了虎头要塞。该要塞被日军夸耀为"北满永久要塞""东方马其诺防线",由日本关东军最精锐的第四国境守备队驻守。在日本人眼里,中国人连做他们的敌人都不合格。他们真正的敌人是俄国人,而最终摧毁这座要塞的也是俄国人。1945年8月,苏联红军远东第一方面军越过乌苏里江,向虎头要塞进军,8月15日,日本天皇宣读终战诏书,宣布无条件投降,这一天,也是第二次世界大战终结的标志。可是战争并没有终结,镇守在此的侵华日军据说是没有得到终战命令,拒绝投降,依然凭借易守难攻的虎头要塞负隅顽抗。苏联红军向虎头要塞发起猛攻,弹片、乱石与血肉横飞,"东方马其诺防线"变成了可怕的绞肉机,但日军的冲锋号还在拼命吹。这正是日本人最可怕的地方,这也的确是一个可怕得让人敬畏的民族。战斗一直持续到裕仁天皇宣布无条件投降后的第十二天,到8月26日,虎头要塞的日军才被全部消灭。因此,虎头要塞被称为第二次世界大战终结地,一座第二次世界大战终结地纪念碑位于虎头要塞核心阵地猛虎山顶。这里还有一座更早的纪念碑,是1945年10月由苏联驻军设计建成的苏军阵亡将士纪念碑,俗称白塔。碑高近十米,上窄下宽,银白色的塔尖上缀有镰刀、斧头、红五星,四周十根水泥柱,铁链环绕为栏,铸铜板上有俄语碑文,大意是:"光荣属于苏联斯大林大元帅!"

　　凝望这两座碑,在21世纪的阳光下,它们唯一的意义,就是勾起人们对那段岁月的重新审视。我的头脑很清醒,然而,有一个事实却让我震惊,这里人竟然大手笔投资一千多万,把一座被摧毁的虎头要塞"还原历史原貌",包括当年日军的兵营、劳工营、指挥所,还有当时亚洲最大的巨炮——丸一大炮。然而,这就是历史的原貌吗?只能是一个招徕游客的旅游景点。中国从来不缺少麻木而好奇的看客,我就是其中之一。而这一"还原历史原貌"的工程据说比当年日军的实际投资还要大。当我钻进修复后的要塞里,又从另一头钻出来,我看见了为施工而毁掉的大片森林,一看就是被铲土机连根铲起来的,看着那被太阳晒得发白的树蔸和正在往一个个大土坑里挥汗如雨地填土的民工,我又在想,这有必要吗?

虎头山下,那座乌苏里江的标志石下面,就是乌苏里江辽阔而又平缓的江水。这还真是一条大河,一条江宽水阔的大河,这样的河流是难得的黄金水道。这里也是乌苏里江的一个码头,停泊了不少船舶,但最多的还是游艇。码头上拉着一条横幅:"纪念六·五世界环境日"。这横幅,也很适合这里的环境。坐上一条游艇,一条乌苏里江就看得更清楚了。你可以清楚地看见松阿察河和乌拉河是怎样交汇为一条乌苏里江的,也可以更清楚地看见中俄两国的江岸。西岸为中国的蜿蜒的江岸,是一路绵延的城镇、港口、乡村,还有各个旅游景点,水里的游艇往来穿梭,岸上的游客络绎不绝。中国人实在太多了,哪怕在最遥远的边境线上,也依然是一派人丁兴旺的景象。西岸最醒目的就是一道防洪长堤,而这在东岸是没有的,也没有必要。对于地广人稀的俄罗斯远东地区,他们根本用不着拓荒,几乎把当年侵占的中国土地原生态地保留下来了,一切都处于野生的自然状态,蓬勃而又杂乱的树木,荒芜的湿地,很多逐水而生的树木都长到主航道边上来了。而同样是一条河,若以主航道为界,也有泾渭分明之感,我们这边的水是浑黄发绿的,俄罗斯那边则是清澈碧绿的江水。在主航道上也很少看见俄罗斯船,几乎所有的船上都飘扬着我们的国旗。如果一旦看到俄罗斯的船,就比较危险了,很可能是我们这边的渔民又越界捕鱼了,这些鱼虾也贼狡猾,它们也知道中国人多,捕鱼的也多,全都躲在俄罗斯那边呢。而俄罗斯边防巡逻艇一旦发现中国渔民越界捕鱼,是不会讲半点客气的,马上就连船带人一起拖走了。

这事,在几乎所有的中俄界河、界湖哪怕在交界的海域上经常发生。

乌苏里江上有很多江心岛,其中最著名的一座谁都知道,就是珍宝岛。

在江上看,这是一个狭长的小岛,状如元宝,乌苏里江也因此而得名。其实,它原本是从乌苏里江中国一侧的江岸上伸入江中的半岛,后来经过水流长年累月的冲击,才变成了一个江中小岛。丰水期,珍宝岛位于主航道中心线中国一侧;每逢枯水期,珍宝岛又与乌苏里江的中国陆地连在一起,回复原来的半岛面目。很明显,这个小岛,无可争辩地属于中国。然而,为了这个面积仅 0.74 平方千米的弹丸小岛,却险些引发了核弹爆炸,甚至差点引发了第三次世界大战。这绝不是我在此耸人听闻,而是 20 世纪六七十年代的一段真实历史。

事实上,珍宝岛战争并非一场突发的战争,从 20 世纪 60 年代初开始,苏联边防部队就不断越过乌苏里江主航道中心线,先后多次侵入中国七里沁岛地区。最直接的原因,是中国渔民的捕鱼生产,苏军的残忍也丝毫不亚于任何侵略者,他们用装甲车轧死、撞死、撞伤和打伤中国渔民多人。据不完全统计,从 1964 年 10 月 15 日至 1969 年 3 月 15 日,苏联共挑起边境事件四千多起。战争一直没有打响,这又与中国人的性格有关了,我们这个民族,总有一种异常坚韧的忍受力。一旦忍无可忍,一场自卫反击战便开始了。

最激烈的一场战斗在 1969 年 3 月 15 日凌晨爆发。当时,苏联边防军在六辆装甲车的掩护下,从珍宝岛北端侵入。中国边防部队经一个小时激战,打退了苏军的进攻。随之而来的是苏军的第二次进攻,苏军先以炮火猛烈袭击中国防御阵地,正面达十千米,纵深约七千米。在炮火掩护下,苏军这次出动六辆坦克、五辆装甲车向珍宝岛接近,从南北两侧发起攻击,并以密集火力封锁江汊,拦阻中国边防部队登岛支援。在中国边防部队的顽强抵抗下,苏军再次撤退。随后,苏军一百余人在十辆坦克和十四辆装甲车掩护下,又发起第三次进攻。中国边防部队将其步兵与装甲、坦克分割开,与苏军进行肉搏式近战,经五十多分钟激战,中国边防部队终于粉碎了苏军的第三次进攻。但这场战斗远没有结束,一直持续到 1969 年 4 月 2 日,历时半个多月。在武器装备处于绝对劣势的状况下,中国军人只能靠顽强的意志和血肉之躯来抵挡苏军的大炮、坦克、装甲车。整个珍宝岛自卫反击战,中国边防军共毙伤苏军 230 余人,苏联公布的苏军伤亡数字则少了很多,为 152 人。此外,中国边防军还毁伤苏军坦克、装甲车辆十九辆。而中国边防军伤亡 92 人。若以胜败而论,中国军队显然是胜利者,而最大的胜利是守住了珍宝岛,没有丢失一寸河山。

登上珍宝岛,突然不知道这座江心岛有多大了。这是一座绿岛,浑身上下几乎绿透了,连躺在山径上晒太阳的毒蛇,也是绿的,眼里闪烁着绿莹莹的光泽。我小心翼翼地避开它,在一条穿过丛林的幽径中边走边看。

珍宝岛最初是没有营房的,也没有固定的守军,珍宝岛战事后,中国边防部队才在岛上建立了营房,并开始常年驻守该岛。我看到了那个年代简陋而残破的营房、哨所,还有一处处隐藏在丛林里的水泥工事与猫耳洞,但哪怕残缺,也是一种决绝的姿态,如同坚硬的利刃。如今,岛上的营房已经换了五代,四名解放军官兵还驻守在岛上,还有更多的人和他们在一起守望,在冥冥中给他们力量。他们并非只守卫着一个小岛,而是在这里行使着国家的主权。

一个战士提醒我,这岛上还埋藏着两千多枚地雷,沿途也偶尔看见小心地雷的标志,但并非所有的地雷都能标示出来,毕竟过去了半个多世纪,那些当年埋设地雷的人也早已不知去向。看着这蓬勃生长的树林和覆盖了所有空白的湿地,我绝对不敢越雷池一步。

在一块被太阳晒得滚烫的石头上,我坐了很长时间。我的脚下,就是乌苏里江的主航道。这条大河,发源于吉林东海滨的锡赫特山脉主峰南段西麓,靠近东海——日本海的石人沟,是黑龙江右岸的一大支流,从这里,也就是我此刻坐着的这块石头附近,一直到江水与黑龙江汇合之处止,全长八百九十千米,流域面积约十九万平方千米。我突然想,当年苏军想要占领的也许不是一个面积仅零点七四平方千米的弹丸小岛。这个小岛只是主航道上的一个标志,一旦占领这个小岛,主航道也就会发生偏移,在八百九十千米的乌苏里江上,那就不知道有多大水域和多少岛屿会随着主航道的位移而属于苏联了。是的,这只是我突如其来的一个想法,不过,在沙俄时代,这样的伎俩他们可不止玩弄过一次,而且几乎全部成功了。

望着彼岸,几乎是近在咫尺的彼岸,我的目光是小心又克制的,仿佛一不小心就触动了什么。其实那里没有什么,只有绵延起伏的山岭和在江山之间飞舞的白鹭与海鸥。看见海鸥我才知道这里离大海其实并不遥远。也能看见一座从丛林中露出的俄罗斯边防哨所,俄罗斯大兵的枪刺光芒四射。看不清他们的表情,但能看见他们挥舞的手势,看得出,至少这手势还是友善的。

对于当年的战事,似乎已没有必要重提,那流血的岁月,正被干净的河流冲淡,又淡忘。如今,在全球格局多极化的今天,中俄已签署战略伙伴关系。最重要的是,同饮一江水的两岸人,都应该共同来呵护这条美丽的河流。乌苏里江已被联合国环保组织认定为没有被污染的江河,在中国,乃至于在当今世界上,这也是为数不多的未被污染的江河之一。她的自然环境之美也是少有的,从江中的岛屿,到河流两岸,都生长着繁茂的植物,水波、树影、山岭、湿地,还有三江平原上那一碧万顷的粮田,都沿着一条碧水长流的大江演绎。乌苏里江流域,也是三江平原原始湿地生态系统最具完整性的一方水土。下意识地仰望,最白的云在最蓝的天空上变幻着。

我没有看到乌苏里江的日出,但看到了日落。当乌苏里江涨满了晚霞,一条河流显得更加温驯,温驯得让你悄悄爱上她。

回来的路上,一直不声不吭的小那,直把一首《乌苏里船歌》唱得荡气回肠。

第七章　北回归线上的河流

南方的珠江和北方的海河颇有异曲同工之妙。

海河不是一条河,珠江不是一条江。海河是华北地区流入渤海诸河的泛称,珠江则是从各个方向汇集于珠江三角洲后注入南中国海诸河的泛称。

珠江是一个不断变化的定义。珠江一名由来已久,但原来仅指广州到入海口的一段河道,就像海河,古人所谓的海河,也就指天津到入海口的一段七十多千米的河道。定义的变化,还是从现代水利开始的。当人们发现,这条短暂的大河是由西江、北江、东江三条漫长的河流汇聚而成后,人们觉得珠江不该如此短暂,在三江中选择一条河流作为珠江的干流,也就成了一种必然的选择。在地图上看,西江自西向东而来,北江由北而南流来,东江自东向西流来,最终在珠江三角洲汇聚,整个珠江水系由西江、北江、东江及珠江三角洲诸河等四大水系所组成,看上去,它不是一条主干清晰、枝繁叶茂的河流,更像是几棵簇拥在一起的大树丛,这使得珠江更像一个泛指。事实上,珠江流域也就是一个典型的复合型流域。

这也是南方的珠江与北方的海河最相似的地方。和海河一样,珠江并非一条通常意义的江河,而是一个纷繁复杂而又相当广泛的水系,事实上没有哪一条具体的河流叫珠江,而通常广东省又有很多河段习惯上称为珠江。海河主要有五大水系,珠江则有三大主流,但它们既不同源,最终也没有合流,各有各的来龙去脉,各有各的入海口,其主流泄出后又各成体系,严格来说,三条被人类纳入珠江的大河是没有直系血缘关系的,最多只能算是兄弟姊妹的关系。从水系看,除了三江,还有被统称为珠江三角洲水系的众多河流。说到这里,就该说到珠江三角洲了,简称珠三角,旧称粤江平原。尽管珠江是一团模糊的水系,珠三角的定义却是相当明晰的:它的最核心层,是指组成珠江的西江、北江和东江在注入南中国海时冲击沉淀而成的一个逾万平方千米的河口三角洲,和长三角一样,这是今日中国经济最发达、最有活力的都市群。如果放大一圈,就是人们所说的大珠三角,指广东、香港、澳门三地构成的区域,面积约为十八万平方千米,为中国三大都市群之一。它的第三层面则更加宽泛,很多周边省份为了借助珠三角的强大经济活力而发力,事实上这些省区也在珠三角或大珠三角的辐射范围之内,这样便又有了一个面积超过两百万平方千米的泛珠三角地区,包括福建、江西、广西、海南、湖南、四川、云南、贵州和广东九省区,以及香港、澳门两个特别行政区,简称"9+2",总人口和GDP总量分别占全国的三分之一以上。——我在此叙述,则以西江、东江、北江为主要线索,大致在大三角的范围内,但由于三江流域的延伸,将会涉及泛珠三角区域的部分省区。

在对一个以南中国海为背景的流域有了大致交代之后,接下来,又必须以深入的方式去探寻这一条条江河的来龙去脉,也只有这样,你才能把一条河流看清楚。

这里,还是从已经被设定为珠江干流的西江开始吧。

一 北回归线上的河流

事实上,我也只能向一个预设的源头出发,这样就可以沿着西江一路往上追溯,一直追到上游的上游南盘江,而南盘江又发源于云南省东北部的一座山,也就是被确定为珠江正源的马雄山。

从这里开始,珠江一路流经云南、贵州、广西、广东四省区及香港、澳门两个特别行政区,在广东东莞与东江汇合,又在广东佛山三水与北江汇合,而后,分别从珠江三角洲的八个入海口注入南中国海,全长2214千米,中国境内流域面积四十四万余平方千米,另有一万余平方千米在越南境内。从长度和流域面积看,珠江是我国仅次于长江、黄河的第三大河流,也是中国南方最大河系;若按流量,珠江年平均径流量3338亿立方米,相当于长江的三分之一，超过五条黄河，是无可争辩的中国第二大河流。但它的历史文化命运和南方这片广袤的土地一样，在中原和北方文明主导的中华文明中，一直长久地处于某种被忽视的非主流状态，黄河、长江、淮河等则早已被纳入了汉民族源流的主流谱系。当一个古老的以农耕文明为主导的民族终于将他们的目光越过岭南、投向南中国海时，这条南方的大河才变得如此绚烂而夺目。

从纬度上看，珠江——西江正好从北回归线上流过。在中国，沿北回归线自东向西穿越的河流有珠江——西江、红河、怒江、澜沧江、布拉马普特拉河——雅鲁藏布江，但只有西江是和北回归线平行的，甚至是重叠的。一座北回归线标志塔就坐落在西江之滨的肇庆封开国家地质公园内。这也是中国大陆建起的第一座北回归线标志塔，坐北向南，塔高十五米。最奇特的是它的底座，不知是谁设计的，一个宽十二米的八卦图形，就用这国家地质公园内采来的花岗岩石条拼砌而成，看上去坚固无比又充满了玄机。或许只有这种坚固而又充满了玄机的方式才能托起一座北回归线标志塔吧。塔顶是一个镀金钢球，在球体的正中部位有一个直径十厘米的圆孔，像是地球的一个穴位，这是专供每年夏至日太阳直射校验用的。每年夏至日北京时间12时34分，太阳光线与地面构成九十度直角，当光线照亮塔顶的圆孔时，就表明太阳对北回归线形成了真正的直射，此时的日影参数为零。如果此时你恰好站在标志塔旁，你会吃惊地发现，在光天化日之下有一样东西消失了，那是你自身的阴影。而在冬至日正午站在此处，你的身影又会变得无比漫长，那是你一生中最长的阴影。

当我以前所未有的方式确定了一条河流的坐标时，我也下意识地感到我能以更清晰的方式来面对这条河流了。只要沿着北回归线一路西行，"行到水穷处，坐看云起时"，就是西江的源头，自然也是珠江的源头。

王维这两句诗，曾是我十分向往的一种境界：随意而行，走到哪里算哪里，然而不知不觉，竟来到流水的尽头，看是无路可走了，于是索性就地坐了下来。然而，我却无法在这"水穷处"坐下来，我坐立不安、如坐针毡，"行到水穷处"，现在恰是珠江源头最真实的写照，看不到水了，没有水了。我在黄河、海河等北方河流看到过的干涸、荒凉、死寂,竟然在南方的珠江源头发生了。徐霞客当年看到的珠江源绝对不是这样子。这个人的目的太明确,明确的目标反而让他时常迷失自己。当一个人有了明确的目标,又苦苦地抵达不了那个目标,甚至找不到那个目标,就会迷失。王维没有目标,反而有了境界。当他坐看云起时,已是心情悠闲到极点。云本来就给人以悠闲的感觉,也给人以无心的印象,此二句深为后代诗家赞赏,可悟世事变之无穷,求学之义理亦无穷,有一片化机之妙。王维信佛,却是诗人;徐霞客不信佛,却是一个命定的苦行僧。只是不知道,当徐霞客走到这个山穷水尽之地,看见了我看见的这一切,是否又能参透"处世事变之无穷"的大境界?

我现在正在走的这条路,不知是否就是徐霞客当年走过的。

云南曲靖,一座海拔两千米以上的大山,这是乌蒙山脉的马雄山,应该是余脉了。哪怕余脉,看上去也很高了,古人早就说过了,"地当黔蜀之冲,山接乌蒙之险","东达京师,西连省会,南通百粤,北控三巴",这里自古便是入滇的门户,也是一个兵家必争之地。逐渐地深入,但没有渐入佳境的感觉,一切如同大地初生的状态,苍茫,混沌。一个人走到这里,一脚可以踩住三个省,云南、广西、贵州,人间的边际也变得模糊了,但能听见有一种声音从天空向地底倾泻。我知道是水,但我看不见。我的目标很明确,马雄山就是珠江的正源,珠江源就在此山中。然而,我又有一种身在此山中的茫然。这里离珠江口实在太远了,远隔四千八百里,几乎闻不到一条大河的气味,我闻到的,是浓烈的山地气味,云贵高原的气味。

然而,离开了这座山,你就无法对南方的一条大河进行叙述。

作为一个难解之谜,数千年来人类一直在追溯珠江——西江的源头。它到底在哪儿?各种说法纷纭复杂。四百多年前,一个叫徐霞客的人开始了他的探险溯源之旅。他是有史以来第一个走得离珠江源头最近的人,离现在标定的、被水文学界公认的珠江源大约只有五千米的距离了。我看见的一座霞客草堂,据说就是徐霞客当年住过的房子。徐霞客不止来过一次,他"三渡寻源,沉思徘徊,油灯草卷,记述《滇游日记》"。其实,他并非那种胆大妄为的探险家,从他留下的文字里可以感受到一个古人在大自然面前的谦卑,这给他的叙述带来了深不可测的神秘感。一个古人,在明朝的山莽林野间一点一点地接近目标,他能够抵达这里已经是奇迹了。"珠流南国,得天独厚。沃水千里,源出马雄",这是徐霞客对珠江源的记载——源出马雄,马雄山太大了,而我还将沿着一条现代人开凿出的山道再往上走五千米,然后就能看见在一大片绿沉沉地下坠的树木之间,豁然惊现一个山洞。那洞口并不大,却深藏如虎穴,如果不是有人把周边的树木砍掉了,恐怕连当年的猎人也难以发现。一泓泉水从洞中缓慢地流出来,岁月未老,流水清亮,在河底与石头之间流淌。还没走近泉水,就先闻到了一股香味,是花草树木的香味,勃勃跳动的绿色的气息。这气味和泉水结合在一起,秘密地涌动,弥散,我感觉自己沉重的肉身正在悄然浮起。这样就可以看见了,在洞顶百余米高的绝壁上,镌刻着四个苍劲的大字:珠江正源。

　　模糊的感觉一下变得清晰了,同长江、黄河十分遥远而模糊的源头相比,中国第三大河流珠江,几乎毫无争议地给了人类一个清晰的开端。又看洞前竖立的珠江源碑记:"……滴水分三江,一脉隔双盘,主峰巍峨,高高峙立,溪流涌泉,若明若暗,江渭蛰流,出洞汩汩,终年不绝,乃珠江正源。"这其实是人类对珠江正源的又一次确认。对珠江源的最终确认,是十多年前的事情。1995年,经过水利部珠江水利委员会有关专家的勘察考证,最后确定马雄山东麓的一个出水洞为珠江正源,并于当年8月17日在珠江源头举行了隆重的定源仪式。这是属于人类的仪式,但它终结了珠江源长久地沉默的历史。此时,我站在这里,不禁替"三渡寻源,沉思徘徊"的徐霞客有点惋惜了。这短短的五千米,他最终未能抵达,如果他现在知道,一定会生出功亏一篑的遗憾。又可想而知,这五千米的距离,对于一个四百年前的旅行探险家,又是一个怎样艰险的、难以逾越的难关。在他之后,人类又走了整整四百年,才抵达这里。

　　每一条江河之源,在被人类不遗余力地揭示出来之前,都是深藏不露、秘不示人的,而一旦被揭示,它就再也藏不住自己了。水库是必然会出现的,大坝是必然会出现的,水电站是必然会出现的,风景区也是必然会出现的。人类现在想要呼吸到一口新鲜空气、喝上一口干净水已经相当奢侈了,珠江源让人趋之若鹜。这并非一个比喻，鹜是这里最常见的候鸟，也就是野鸭子。除了野鸭子，这里还有黑鹳、白腹锦鸡、灰鹤等难得一见的珍稀鸟类。一句老话，林子大了，什么鸟都有，而比鸟更多的永远是人。毕竟来这里，要比去长江源、黄河源容易得多。此山虽不乏悬崖峭壁，但毕竟不是青藏高原那样绝美而又险恶无比的生命禁区，如今高等级的公路也修得四通八达了，来这里的人，再也不必像徐霞客那样追根溯源，只需尽情舒适地享受这季节深处的风景。有多少人已好久没见真山真水了，连眼睛都绿了。

——当我写下这样一段文字时，我感到自己虚伪得要命，我是在撒谎。事实上，我看到的一切不是这样的，这与我抵达珠江——西江源头的时间有关，此时正是2011年大西南最干旱的季节，而珠江源也正好处在大西南地区，珠江源的命运可想而知了。

登上雄武朴拙的马雄山顶，这山还真像一匹弓起背脊斜卧在高原上的骏马，马头伸向西南方，马嘴伸入南盘江白浪河水库，一副饮马珠江的姿态，马尾系着北盘江的偏桥水库。这里水多，水库也多，一座马雄山以倾斜的姿势划开了一条分水线。一水滴三江，这天地间的一个大格局，只因有这座山的存在。无论是北麓的北盘江，还是南麓的南盘江，都是人烟稠密的地方，在云南省，这里甚至是人口密度最高的地方，比云南每平方千米的人均数高出一倍以上。在毛泽东时代，人类在这里开荒造田到了登峰造极的程度，现在，很多山坡虽说已退耕还林，但有的山坡地还是保存下来了。谁都知道保护森林有多重要，谁也知道保护十八亿亩基本农田有多重要，中国的事，永远都在重要与重要之间、保护与保护之间博弈，博弈的结果，是农林交错，树中有田，田中有树，也只能这样了。

云南沾益县，珠江源头第一县，自古便有"入滇锁钥"之称。在一个外人看来，这里风光旖旎，而生活在这里的人深知这美丽的风光有多么脆弱。这里原本就是岩溶地貌发育地区，贫瘠的土层下覆盖着的就是乱石，很多树木不是扎根在土壤里生长，而是用它们的根系抱着土壤生长。如果这些森林植被遭到破坏，一层单薄的山土立刻就会被雨水冲走，这山上就只剩下乱石了。我在这里听到最多的词,就是石漠化、荒漠化。从"大跃进"开始,过度的农业开发伴随着珠江源的天然湿地被人工引流,虽然大片的山区灌区诞生,但这里大面积水域和湿地消失了,这一消失就是永久性消失。这是人类永远欠下的债,哪怕退耕还林,这笔账也难以还上。一个护林员这样对我说,砍掉一棵树只要一袋烟的工夫,要在这石头山上把一棵树栽活,长大,要几十年、几代人的工夫。

一低头就能看见,很多树木都枯萎了。生态的脆弱,将以各种极端的方式表达出来。山洪暴发、泥石流和旷日持久的干旱,说是气象灾害,其实也是地质灾害。这个季节,清明已过,而谷雨将至,正是雨水丰沛的季节,实在不应该发生旱灾,然而,又实实在在地发生了。不只是今年,不只是曲靖市、沾益县,近年来,大西南的连年干旱,一直蔓延到了珠江源头。沾益县出现了自1951年以来最严重的干旱。清水河水库是向沾益县城区供水的一个大型水库,但站在大坝上一看,原来的蓄水线,已变成了一圈圈干涸的痕迹,只在水库最低洼处,还有一片浅浅的水域,在春天的阳光下静静地发光。这样的情景我已看得太多,我的眼睛已干枯得没有了感觉。从黄河到长江,整个中国仿佛变成了一个巨大的漏斗,那些水都不知道漏到哪儿去了。现在又轮到珠江了,而且是从源头开始。比我更焦急的还是沾益人。沾益县水务局副局长樊茂,一个戴着眼镜颇有几分书生气的汉子,在这干旱岁月已变得又瘦又黑了。几乎每天,他都在各个水库上奔走,而每个水库,都见证了干旱的惨烈。珠江源的大旱,让无数人揪心,陪同记者们采访,也成了他的工作之一。一路上,我看见他都是满脸愁容,忧心忡忡。此刻,他指着这干涸的水库说:"清水河水库的总库容为五百万立方米,但目前的蓄水量仅有十八万立方米,比死库容还低了十万立方米。"

去年呢?他说,去年也是大旱年,但去年这水库还有八十万立方米的蓄水。原以为大旱之后必有大涝,没想到今年比去年的旱情更严重,如果再不下雨,这个水库将会彻底干涸。

一般来说,死库容以下的水是不能抽取的,这最后一点水量主要用于保持水库底部湿润,但现在沾益县很多水库的死库容都已抽完,牛过河水库和两个中型水库已无水可抽。沾益县的危机可以用两个数字来说明。一个是生态危机,该县的土壤侵蚀面积超过一千平方千米,占全县土地面积的四成以上。随着湿地、水域的萎缩,很多候鸟从这里消失,这些候鸟比人类更能敏感地察觉这里的变化。鸟类的减少,意味着生态失调。更让人揪心的是可怕的污染,现在工业生产中废水、废渣大量排放,农业生产中的化肥、农药、不可降解农膜使用量剧增,也造成了珠江源地区的环境污染,并呈扩大趋势,对生态环境也带来破坏,直接影响着珠江源地区和整个流域的生态环境质量。一个是水危机,旱灾已造成沾益全县六十多万亩农作物受灾,甚至绝收。据当地气象部门预测分析,近期,珠江源头地区仍无明显的大范围强降水天气过程,旱情还将继续加剧。

干涸的不只是农人、牲口,还有许多学校的学生。沾益县棚云小学,这几年,每年都靠拉水度日。想要拉水也不容易,这方圆七十平方千米都没有水源。为了多储存一点水,该校建了一个很大的蓄水池,还建了一个大水窖,但这个蓄水池从来就没蓄满过,水窖也一直空空荡荡。当缺水成为一种常态,节水也成了一种常态。根本不用老师讲什么大道理,每个小学生就下意识地把每一滴水当成了命根子。

一个大眼睛的小女生说,她已经不记得有多久没好好洗个澡了。

一个脸蛋脏兮兮的小男生顽皮地说,还洗澡呢,就怕连水都没得喝了呢。

这些孩子,老早就懂事了,这干涸得太久了的现实,让他们幼小的心灵仿佛也早早就干涸了。他们甚至已没有了对水的憧憬,压根儿就没有指望过某一天这里会有取之不尽、用之不竭的水。

一些专家也早已预测,这三年缺水,未来也缺!以珠江源头第一城的曲靖为例,如果根据水资源供需平衡来预测,到2020年,曲靖市将缺水十五亿立方米,这是一个巨大的空洞,至少需要三十座蓄满了水的清水河水库才能填满。可就是再建三十座大型水库,没有水,也只是更多的空洞、更多的死库。

把眼光从沾益县放大到珠江源头第一城——曲靖市。

随处可见的标语:万众一心抗大旱,同舟共济渡难关!

在曲靖城市供排水总公司硕大的荧光屏上,滚动播放着四个大字:节约用水,节约用水,节约用水……

背后,是飞涨的菜价,几天没水洗脸的孩子,干涸的水库、河道、农田……

对于已经当了五年市长的岳跃生来说,他已经经历了三个大旱年。2007年,他从云南省经委调到曲靖市,第一个想法是要为曲靖市切实地抓几个大项目,但他很快就感到了压力,最大的压力就是缺水。缺水就会缺电,水电要水,火电也离不开水,由于缺水缺电,曲靖市的工业企业近六成处于停产或半停产状态。

曲靖市抗旱办的数据显示,2011年,全市已有近六十条河流完全断流,一百多座水库全部干涸,珠江源风景区基本干涸。

如今,云南省喊出的口号是"兴水强滇",曲靖市的口号是"兴水强市",这样一直喊下来,是兴水强县,兴水强镇。水,对于云南,对于整个大西南,都摆在了战略的首要位置。目标任务是,通过五到十年,从根本上扭转水利建设明显滞后的局面,到2020年,基本建成四大水利体系:水资源合理配置和高效利用体系、防洪抗旱减灾体系、水资源保护和河湖保障体系、有利于水利科学发展的制度体系。这每一个体系都需要大手笔的投入,这十年,曲靖市每年水利投资将高达三十个亿。如果这三十个亿没有白白扔进水里,他们将全面完成水务一体化改革,真正实现水资源从源头到水龙头的统一管理。

谁都知道,珠江源不只是属于云南的珠江源头,也属于整个珠江流域。对整个珠江流域来说,这里的每一滴水,都让数以亿计的人牵挂。尤其是珠三角地区的广东人,更有香港人,时常都会光顾这里,生怕这里的水源出什么问题。应该说,为了保证珠江源,这里人也做出了努力,当地政府正在规划建立一个范围更广的珠江源自然保护区,以"一水滴三江"的马雄山为中心,包括南盘江和北盘江发源地,并将以培育和恢复森林植被为重点,保持水土、涵养水源为目的。这将对珠江源的生态环境保护起到重要的作用。

与黄河、长江源头地区相比,珠江源头的自然条件要优越得多,在这样优越的自然条件下,谁也不愿在珠江源看到黄河、长江源头曾经发生的生态悲剧。

但这里人也有他们的想法,或者说是要求,在他们大力开展绿化造林、治理水土、退耕还林还草等工程建设时,他们也希望同饮一江水的人们,能够为保护共同的源头有所担当,不是光来这里看看,而是能实实在在做点事。这其实也是他们由来已久的想法:源尾对源头进行生态补偿,希望有一个流域性的组织能把整个珠江流域沿线带起来。这个想法最早是沾益县提出来的,但一个西部小县,能够推动这么大一个计划吗?

沾益人也知道,行不通,根本行不通。什么时候才能行得通?这是没有人能够预测的。

对于灾难,人类多少能够做出一些预测了,而对于人类,连上帝也难以预测。

二　另一种危机,或蝴蝶效应

除了干旱引发的水危机,还有另一种可怕的水危机,从珠江上游就开始了。

2011年8月,在岭南最酷热的季节,忽然爆出了一个足以用惊魂或噩梦来形容的重金属污染事件——珠江铬污染。一提到珠江污染,人们立刻就会条件反射般地想到那个有着金属外壳的珠三角地区,想到那片被林立的工厂和一座座工业重镇覆盖的土地。然而错了,在经历了三十多年高速发展后,珠三角已从"先污染"进入了"后治理"的阶段,这里已有了雄厚的资本来治污,而治污中的一条举措就是"腾笼换鸟",把那些个积重难返、久治不愈的污染大户迁走,还倒贴上一笔丰厚的搬迁补偿款,这也是典型的"赔钱嫁姑娘"。这些工厂又能迁到哪儿去呢?大多是顺着珠江诸河往上迁,有的迁到了北江的源头我的故乡湖南,有的迁到了东江的源头江西境内,还有的迁到了西江上游的广西、贵州、云南,这些都是经济落后的所谓"后发地区"。

由于远离大海,交通闭塞,一直苦于找不到招商引资之路,如今人家主动送上门来了,这些地方自然求之不得,他们当然不是不知道这些工厂会给他们带来污染,但他们更知道,在带来污染的同时这些从沿海地区迁来的大厂也会给他们带来滚滚财源。以我家乡湖南临湘市为例,在涉农税收取消后,财税收入一度陷入了枯竭的境地,如今终于有了比较稳定的财税收入,全靠这些从珠三角迁来的工厂,这也是当地政府招商引资的骄人政绩啊。

如果不揭开这个大背景,你就难以理解现在的污染事件为什么都会发生在一些偏僻闭塞之地,而不是那些被称为"世界工厂"的地方。事实上这也是一种世界性的转嫁方式,世界上的发达国家或地区向中国这样的发展中国家转嫁污染和劳动力紧缺的危机,如今,中国的发达地区又在向欠发达地区转嫁这样的危机。然而,危机一旦发生,那些"腾笼换鸟"的地方又能幸免吗?

还是从头说起吧。铬,其实不是什么坏家伙,这是一种漂亮的蓝白色多价金属元素,在钢结构和工具钢中,它能显著提高强度、硬度、美观度和耐磨性,甚至是不锈钢、耐热钢的重要合金元素。这东西可以用,却不能吃,它的毒性超过了剧毒农药。谁又会傻到这种程度,把这种东西吃进嘴里呢?人类却又时常以最聪明的方式干出傻事。

最早在网络上爆料的是一位作家,云南网络文化协会理事董如彬。在他之前,已有因写三门峡悲惨的移民史《大迁徙》而被拘押过的作家谢朝平,这次又有在危机中挺身而出的董如彬。对这种有担当和责任感的同行,我打心眼里敬佩,他们甚至为我们这个时代那些躲在书斋里只关注所谓自我、没有任何担当的作家挽回了部分声誉。不过,这一次,董如彬比谢朝平幸运,他不但没有被警方拘捕,还被特许全程参加了越州镇铬污染的调查。这应该是当地政府一个相当明智的进步。

随着董如彬第一个揭露,最惊恐的还不是事发地云南,也不是离这里比较近的贵州和广西,而是珠三角的广东。珠三角的网民们先是在新浪、腾讯等微博上一片惊呼,紧接着又从惊呼一变而为更强烈的呼吁:"紧急呼吁广东省委省政府启动重大公共危机的应急预案!云南五千吨剧毒铬渣倒入水库,已使三十万立方米水库水成致命毒药,水正流入珠江上游南盘江,将可能危及沿岸数千万人饮水安全。十万火急,快速应对,请一切以民众生命安全为重,请绝不要作任何欺瞒!"

光这样惊呼或呼吁还不足以让人惊恐,最惊恐的消息是:铬污染已致云南曲靖三十七位农民中毒身亡。

随后,情况直转,向政府呼吁变成了向市民呼吁:十万火急,大家快去抢瓶装水!

这些传言像灾难本身一样,甚至像细菌和病毒一样,被反复复制、大量转发,在传播中也会产生各种各样的变异……

应该说,我一向还是比较理智的。对于网上的消息,我一般都当作传言,但又时常被一种念头所驱使,宁可信其有,不可信其无。当年,湘江发生镉污染事件时,我还生活在湖南岳阳,喝的是洞庭湖水,而洞庭湖和湘江紧密相连,这让我们这些生活在湘江下游流域的人也曾陷入一次不可名状的哄抢中。如今,从湖南迁居岭南,我又生活在珠江下游,喝的是珠江水,于是,又在乱哄哄的人堆里奋不顾身地开始抢购瓶装水。这一切,就像当年听到了"非典"的传言一样,倾巢而出,拼命抢购食盐和板蓝根。自那以后,中国老百姓便流行一种"'非典'型恐慌症"。如今,非典型肺炎过去了,"'非典'型恐慌症"却似乎永远也不会过去。每到此时,你就会发现,用群氓来形容我等草民是多么形象和真切。然而,冷静一想,又绝对不能责怪老百姓。免于恐怖,是人类生存的基本权利之一,当这样的抢购可以给人类带来安全感,它就是无可指摘的。

后来的事实证明,网络上的很多传言是猜测的,想象的,或添油加醋的,在传播中离真相越来越远,但也并非空穴来风,至少基本事实是真实的。如果不是网络的力量,很可能,又一个恶性事件就会在夜幕下被悄悄地处理掉,让我们一直蒙在鼓里。

事情并非像传言一样发生在2011年8月,到底是什么时候发生的,连当地的老乡们也记不起了。直接发生地是地处珠江源头的云南省曲靖市麒麟区越州镇。开春之后,在宁静的越州镇大梨树村,就有一辆辆大型载重卡车昼夜驶入村庄西头的一个沙场,将一车车黄黑相间的土渣倾倒在这里。对这些土渣,很多老乡一开始并没有太多的注意,更不知道在自己身边到底发生了什么,以为这些就是普通的土渣,村里还有很多小孩爬到土渣上去玩打仗的游戏。时间长了,他们感到有些不对头:这里的老乡有养山羊的传统,又多为放养,在一车车土渣被运来之后,村里有七十多只羊陆续死亡,没死的,也病恹恹地打不起精神,不知得了什么病,连兽医也看不出来。在放养的山羊不断死去时,又有一些人家养在栏里的猪也不知得了什么怪病,纷纷死亡。当更多的异样被村民们察觉时,他们才惊恐地发现,问题可能出在水上。这村里有个叉冲水库,那水是很干净的,村里人喝的用的都是水库里的水,但这水洗过的白衬衫,越洗越黄,又从黄变黑。这水也渐渐不能喝了,连闻起来也有一股刺鼻的腥臭味儿。慢慢地,田地里的作物也纷纷感染怪病。曲靖是远近闻名的云烟之乡,烟草是这里人的主要经济作物,但老乡们发现,那平常年景长得绿油油的烟叶现在却长得黄不拉叽的,像是提前被烤过了;玉米是这里主要的粮食作物,也在成片地发黄、枯萎。从这些细节,可以看出,灾难并不是突然发生的,而是经历了一个缓慢的嬗变过程。如果是突发事件,反而更好一些,至少可以在第一时间就采取措施,也就是所谓的危机处置。但由于这样一个过于缓慢的过程,恶性事件等到被发现时就很严重了,甚至无可救药了。就这样,一直拖着,差不多过了三个月,这一连串的怪事还一直处在村民们猜疑或嘀咕的状态,没有谁向离他们最近的当地政府部门反映。直到某一天,白花花的死鱼在叉冲水库里漂浮起来,漂浮得几乎把整个水面都覆盖了,大热天,那死鱼散发出一阵阵恶臭味。终于,这里的农民感到了一种异常恐怖的死亡气息。有人感到这个水库出问题了,出大问题了!这才有村民向当地政府部门反映情况。就这样,一件事,在拖了三个多月后终于又变成了一个事件,晚了,太晚了。

卢少非,曲靖市麒麟区环保局环境监察大队大队长,他全程参与了调查处理。据他说,首次接报是在6月12日,几乎是放下电话,他们就赶到了现场。他们勘查的第一现场就是村庄后山上堆着的那些来源不明的工业废渣,共有一百四十多堆,大约有五千吨。这就是说,他们在接报之前根本不知道这些土堆是怎么堆在这里的,又是谁堆在这里的。果真如此,一要怪这里的农民没觉悟,还有就是典型的"灯下黑"。想想,这总量达五千吨的重毒化工废料,车水马龙地运了三个月,堆起了一座座小山,这一切几乎就发生在他们的眼皮底下,但他们竟然不知道。老乡们当然知道,但他们又怎么能知道这些看上去很普通的土渣竟然是一种致命杀手——强毒六价铬。他们眼睁睁地看着这些铬渣在光天化日之下暴晒,或风里雨里冲刷,最终流进这里的水源地——叉冲水库。

事发后,经专家检测,这水库里的强毒六价铬,超标两千倍。

只要动真格,没有找不到的真凶。真凶很快找到了——云南省陆良和平科技有限公司,就是他们将这些废铬渣堆放在这里的。又岂止是这里,他们随意堆放的废铬渣有十四万多吨,这五千多吨只是冰山一角。其他的又堆在哪里呢?就随意堆放在离南盘江只有几米的岸边,而南盘江就是珠江的源头水系之一。这些强毒六价铬就这样源源不断地流进珠江。和湘江镉污染事件一样,当一件事变成了一个事件,当地政府部门是雷厉风行的,也是重拳出击的。在第一次接报后的两个月之内,事件的真相已水落石出。8月13日晚,曲靖市政府对"云南省陆良化工公司剧毒工业废料铬渣非法倾倒致污事件"予以正式通报:"此次污染共造成77头牲畜死亡,未造成人员伤亡,未对饮用水安全造成影响。污水经过拦蓄解毒,未直接排放珠江源头。"

——这让人感到意外,意外的是结果比意料的要好。但愿真的是这样,我等居住在珠江下游的人至少可以放心地共饮珠江水了。但远在千里之外的广州市民在微博中依然表达了强烈的不放心,那强毒六价铬超标两千倍,叉冲水库就位于珠江源头,谁又能放心呢?为此,广东省环保厅不得不再次发布消息,郑重澄清珠江广东段内并未检测出铬超标,广州市民才像冒死吃河豚一样战战兢兢地拧开了家里的水龙头。

还有一个令人意外的事情是,出了这么大一件事,最终被批捕的两名非法倾倒铬渣的嫌疑人刘兴水和吴兴均都是个体运输户,而且是不具备运输危险废物的相关资质的个体运输户。这也就是说,他们的身份和他们的行为都与云南省陆良和平科技有限公司没有直接关系。7月21日，曲靖公安机关以涉嫌污染环境罪将二人批捕。——这又让人产生了更大的疑问，一是据当地环保部门调查，他们在这里堆放铬废渣不是几个月，而是十几年了，难道这么长时间也没有引起当地环保部门的注意？这两个该死的家伙又能堆放多少铬废渣呢？还有那么多的铬废渣又是谁堆放在这里的？这个数量的悬殊太大了，就是刘兴水和吴兴均这两个个体运输户想充冤大头也实在充不了。这是连傻子也会算的一道算术题。

事件后面还有一个更大的背景：在云南经济版图中，曲靖市是重要的工业基地和工业原料基地，近年强势崛起，连续数年GDP排名全省第二，并一直保持高速增长。除去传统的利税大户烟草行业之外，曲靖市又将更多的精力用于发展能源、矿业、化工。在曲靖境内的南盘江边不断冒出新的工业园区。这次的污染"元凶"所在地——陆良县西桥工业园区，始建于20世纪60年代末，经过四十多年的发展，聚集了造纸、化工、建材、冶炼等各类工业企业。它们日夜制造的污染显然还不只是这些工业废渣，还有源源不断的工业废水。这让原本脆弱的珠江水系更加堪忧。在曲靖市成为仅次于昆明的云南第二大城市、坐上云南省经济第二把交椅的同时，据2010年云南省环保厅发布的《环境状况公报》表明，在云南六大水系中，珠江水系的水质为重度污染，排在首位。

由于污染有一定的隐蔽性，而且越来越有隐蔽性，很多事都不是在第一时间就能发现的，等到你发现时，很可能已经发生了病变。这里有个兴隆村，看上去你并不会觉得这个村寨与别的村寨有什么不同，背景是端庄的山峦，河流在安静地流淌，眼前的田野完好无损，该长什么还长着什么。但我说出它的另一种真相，就会让人闻之色变。这是一个绝望的村庄，很多人都患上了绝症，一个远近闻名的癌症村。听一个叫王楼的村民说，近些年来，很多村民都莫名地害病，也不知是什么病。农民，命贱啊，能拖就拖，一边拖着还一边在地里干活，很少去大医院里检查。等到痛得实在受不了了，有的爬都爬不动了，才被家里人抬到县里市里的医院，一检查，完了，才知道得了癌症，肺癌、肝癌、胃癌，什么癌都有。说到这里，我眼前这位黝黑的看上去还很壮实的汉子淡淡地笑着说,他没病,但他爹病了,肺癌,正在等死呢。他们这样一个小村,就有三十多人得了癌症,知道自己得了癌症,也没有什么好怕的,一边干活,一边等死。别说人呢,连牲口也是这样,只要是喝了这里的江水,要么生病要么死亡。连田里的稻禾也是这样,前些年,兴隆村有三千多亩水田,秧苗刚插下去不久,根茎就开始腐烂发黑,还没等到中耕,就大片大片枯死了。村民们开始还以为是遭了虫害,请乡里的农技员来看,一看,才知道是水有问题。村民们顺藤摸瓜,顺着水源一路找,不知绕了多少弯子,总算找到了一家化工厂,污水就是从这家化工厂排出来的。由于村民们这一次把一条水路是怎么过来的都搞清楚了,这家化工厂无法抵赖,环保部门也不得不出面,几经交涉,化工厂才按损失面积给村民赔了一点钱。可赔了之后,化工厂不但没有停止排污,以前还是偷偷排放,现在反而更加理直气壮了,给了你钱嘛。为这事,村民、村委会又去上访了不下一千次,白走了多少冤枉路,就是解决不了问题。一个环保局的领导还这样好心地劝说村民:"现在都不容易,赔了钱嘛,就不要追究了。"

  现在,村民们也很少去上访了,大伙儿都知道,这法子不管用,可在中国,老百姓又还有什么别的法子呢?找政府没用;找法院打官司呢,要花钱,又耽误工夫,在这些无权无势的老百姓看来,他们能打赢官司的希望很渺茫。两条道儿都走不通,他们也只能各顾各的死活了。在村里,我看见很多村民喝的都是瓶装的矿泉水、纯净水,不是他们有了钱,致了富,他们是不敢喝这里的江水了,连井水也不敢喝,只能买瓶装水喝。但这些西部农民又有多少钱来买矿泉水呢,煮饭炒菜还得用井水。很多村民这样嘀咕,不知道经过高温消毒后,会不会好一点?这些村民的想法让人有些哭笑不得,想想,如果是病菌,也许可以经高温消毒后杀死,如果是强毒六价铬这样致命的化学元素,在高温之下或许还会发生更剧烈的化学反应。看着这些无辜又无助的老百姓,听着他们有一句没一句地说着,我心里总有一种说不出的滋味儿。他们并不像我想象的那样悲观绝望,没有悲伤,也没有愤怒,每个人都豁达地笑着,哪怕说着这些致命的问题,表情也是淡淡的,很多人说的是自己的故事,却仿佛发生在别人身上。

对于所谓癌症村,官方一直在否认,在辟谣。据陆良县疾控中心副主任钱鑫说,经调查核实,兴隆村确实有人死于癌症,但数字没有那么多。从2002年至2010年,经县级及以上医院诊断的癌症病例有十四人,其中十一人已经死亡,死亡时最小的为九岁,最大的七十七岁。——这里边有多少根本没有诊断就莫名死去的人,钱副主任没有说,作为官方发言人,他只能以医院的诊断结果为依据。而陆良县的新闻发言人也正是以此为依据再三重申:"就目前掌握的数据来看,兴隆村居民的死亡情况与全县其他乡镇死亡情况相比,无显著差异。"——这就是说,这些村民的致癌、死亡,与这里的污染无关。这也正是兴隆村的村民们想打官司又没有打的原因,他们都是农民,没文化,没有专业知识,又怎么能找到污染与癌症之间的直接证据呢?他们只能淡淡地问,这村里怎么以前就没这么多人得癌症?

这是一个很简单的问题,也是一个十分纠结的问题。早就听说过,一个农民工为了证实自己得了尘肺病,只因苦于无法找到直接证据,他断然决定开胸验肺。如果要证明这些老百姓致癌与污染有关,显然是比开胸验肺更难的一件事。面对这致命的土地、恐怖的故乡,很多世世代代居住在这里的老乡如今都想搬走,他们担心的不是自己,自己无所谓了,但他们还有子孙后代啊。

一位老人指着在阳光下奔跑的孙子说:"我们是不行了,但这些娃娃怎么办?"

沿着一条北回归线朝着大海的方向走,走不了多远,又会抵达一个灾难的现场。

就在珠江源头铬污染事件爆出不久,珠江—西江中游的柳江又爆发了一次震惊全国的重金属污染事件,这一次的元凶不是铬,而是镉。

柳江是西江左岸重要的支流之一,发源于贵州独山县南境,东流入桂,称融江,又南流到柳城,改称柳江。多少年前我就见过这条清澈秀美的河流,她的清澈是天生的,泥沙含量低,是中国有名的少沙河流之一。尽管只是西江的一条支流,但柳江地跨桂、黔、湘三省区,营造了约六万平方千米的流域面积。流域内最具有标志性的城市，无疑就是柳州，它是柳江中下游的分界处，也是广西工业名城。不过，柳州还有一样特别有名的事物，棺材，此地曾以出产上好的楠木棺材而遐迩闻名，自古以来就有"食在广州，死在柳州"的民谚。而在很长一段时间里，柳州也被许多人称为一口活棺材，到处都是冒烟的工厂，到处都是伸向柳江的排污口，紧接而来的便是一场接着一场的酸雨，不下雨的时候整个城市尘土飞扬，这些尘土都是从烟囱里冒出来的灰霾。一条柳江污染成啥样子了就不用说了，哪里还能看见一滴干净水啊。终于，在这阴沉的活棺材里，柳州人忍受到了绝望的程度，他们不再拼命追求GDP了，他们发现这样的追求最终只能沦为拼死的挣扎。在痛定思痛之后，他们有了另一种追求，实际上是一种回归，让碧水重回柳江，让蓝天重现在城市的上空。这也就是柳州人津津乐道的"碧水蓝天"工程。事实上，他们做到了，以中国现有的强有力的体制，一个城市真正想要做到的事情，一般也是能够做到的。也就用了十来年的整治，柳江就成了全广西乃至全国极干净的河流之一，柳州也成了一座山清水秀的城市。有人说，这是一条河流与一座城市的传奇。2007年10月，温家宝总理走进柳州，也有一种神清气爽之感，他说了这样一句话："山清水秀地干净。"一个共和国总理，能够这样称道一座城市，难得，很难得。

然而，一座城市只能治理自己的一段流域，一次来自上游的污染，就可能引发一场危机。是的，这一次镉污染事件发生在柳江，却与柳州无关。柳州是无辜的，而越是无辜又越是容易成为无辜的受害者。

江湖险恶，深不可测。那暗自涌动的凶险，鱼类总是比人类更早知道。等到人类发现时，它们已经死了。它们也只能以死亡的方式，向人类又一次发出警告，也是忠告。

黄建平，一个四十多岁的普通渔民。如果不是在某个时刻与某个突发事件发生了关联，他和无数的渔民兄弟一样，将会默默无闻地度过自己的一生，除了他自己，他的家人和离他最近的渔民兄弟，没有人知道，也没有人会在乎世间还有这样一个人的存在。但是在2012年1月，他几乎在一夜之间出名了。那是农历腊月十四，小寒刚过，渔民过日子还是按照农历，这是传统,也更能让他们感受季节的变化。那天,天刚蒙蒙亮,黄建平就起床了。随着春节临近,鱼价看涨,他想在过年前再捕几条鱼。还没有走到河边,他就感到有些不对头,是的,他嗅到了,那被晨风吹来的死亡气息。到了河边,他两眼一黑,往日的河水在沉浸了一个夜晚之后,都是清澈碧绿的,可在这个早晨,一条河变得浑浊发黑了。很快他就发现,在浑浊的泡沫中漂来的死鱼,不是一条,好多条,他没数,他连声惊叫起来:"死鱼啦,死鱼——啦——!"

一个广西渔民在那个早晨粗犷的惊叫,是人类第一次对这个灾难性事件发出的预告。说预告也许不太准确,黄建平是否第一个发现的也不一定,我在事后的追踪中,至少有十多个渔民说是自己最早发现的。听黄建平说,在他们这个小渔村里,有七家网箱养殖户,总共养了三万多条鱼,死了六七成。惨哪,那么多活蹦乱跳的鱼,翻着肚皮浮起来,刚捞出了一批,又翻起来一批。捞起来又有什么用呢?连自己也不敢吃。广西渔民穷,都是借债搞养殖,这可是血本无归了,那欠下的债,不知要多久才能还上呢。那些日子,龙江河上,如末日来临,开始还有人哭,到后来,嗓子哭哑了,眼泪哭干了,都一个个像死鱼一样干瞪着眼,看着漂浮起来的死鱼。在不幸中,老黄甚至还感到有几分侥幸,他虽说捕不到鱼了,但至少还没有亏血本。

是突发鱼瘟了,还是有人下毒了?还是……

渔民们迅速将此事告知当地环保部门,检测结果也很快就出来了。这一次发生在珠江的污染,是重金属镉超标,超标高达八十多倍。这样的灾难,在珠江已不是第一次发生了,在湘江和别的江湖上也发生过。遭受污染的龙江河,是柳江的一条支流,在上游称漳江、打狗河,进入广西河池市金城江区境内后称龙江河,因龙江河贯穿金城江市区,所以又名金城江。环保部门很快就下发通知,不许捕鱼,不许自己食用,不许将鱼拿到市场上销售……

柳江镉污染的消息最早是在1月15号传出来的,但是在过年那几天,尤其是在大年除夕、正月初一时,恰恰是一个静默期。这也是后来被公众追问得最多的。对此,广西河池市官方在2月1日表示,事件发生后他们并没有沉默,在第一时间就启动了应急预案,一边对沿河的企业进行排查,一边等待自治区的检验结果。两天后,检验出来了,正式确认这是一起严重的镉污染事故,并在1月18日凌晨三点钟通报了下游城市柳州。河池市也迅速采取了行动,用市委副书记秦斌的话说:"最要紧的是人命问题!"

现如今,最大的问题还真是人命问题,生命第一!

广西壮族自治区启动突发环境事件Ⅱ级应急响应,柳州市也发出了"打响柳江保卫战"的号召。不能不说,中国各级政府的危机处置能力是强大的,从河池到柳州,各级政府开始高速运转。第一时间的第一任务,就是把大批还在欢度春节的各级干部紧急调上第一线,沿江排查、通知、发公告,提醒沿岸老百姓千万不要饮用江水。而此时,处于下游的柳州市民已开始恐慌性抢购瓶装水。不过,他们并未恐慌多久,柳州市很快就对全市可用的地下水井做好应急备用,又积极寻找附近洁净水源,让市民用上了安全洁净的水。对于污染区域的村民,则是调集消防官兵利用消防车定时给村民送水,两天送一次,保证把老百姓家里的水缸都盛满。只要有了安全的饮用水,就是比平时少一点,老百姓也能理解,恐慌情绪迅速平抑了。有人这时才想到,这个年,他们还没有过完呢,还得继续过呢。

河池市还有更重要的事情要做。为切断污染源,河池市勒令龙江河上游七家涉嫌重金属污染的企业全部停产,又先后派出五十辆重金属自动监测车、采样车和两百多名监测人员,在龙江河及下游水域布点监测,密切监控龙江河水质变化情况。还有共上千名专家、消防官兵被调到了应急处置一线。为消除镉污染,河池、柳州两地利用一道道水电站大坝控制受污河水的流量,设置了五道防线,严防死守。大量应急处置物资迅速运到了柳城县糯米滩水电站。当时,污染团已进入柳州水源保护地,而这座水电站位于龙江河下游,其下游六十千米即为柳州市水源地柳江,这里也就成了处置镉污染的关键点,也是保卫柳州饮水安全的最后一道防线。过了这里,下游就是一马平川,更难设防了。现场,如同战场,电站排水的流量按专家指导严格控制,柳城县主要领导二十四小时轮流值班,负责第一线指挥、协调,身着迷彩服的武警战士紧张有序地卸车、搬运,身着防化服的消防队员正按专家的既定方案向处理池投放一种叫絮凝剂的物质,絮凝剂在处理池中溶解后,通过管道源源不断流入受污染的江水中。通过放水稀释、投放降解吸附物等方式,龙江河水中的镉浓度从超标八十倍一点一点地降低,在而后的半个多月里,污染水团的高峰值一直呈下降趋势,而无数人悬着的心也一点一点地放下了。

在灾情初步得到控制后,河池市官方在2月1日下午举行了龙江河突发环境事件应急处置工作新闻发布会。河池市市长何辛幸以一个深深的鞠躬,表达对这次镉污染事件的道歉,他下意识地用手按着胸膛,低沉地说:"保护地方环境不被污染,是我们地方政府的法定职责,政府是环境保护的第一责任人。事件的发生,暴露了我们发展经济的思路和方式落后,环保意识薄弱,政府监督缺失,我们为此感到十分愧疚和深深自责。"但面对他真诚的道歉,没有响起习惯性的掌声,很多人看着他的目光,甚至变得更加严厉了。

两家污染企业也很快找到了:河池市金城江区鸿泉立德粉材料厂和广西金河矿业股份有限公司冶化厂,他们将污水直接排放到了与龙江河相通的地下溶洞。经查,鸿泉立德粉材料厂在2009年转手后,就一直采取不挂牌的闭门生产。为了牟取暴利,又将原来的生产工艺擅自变更,从开工到现在,没有建任何污染防治设施,一直是利用比较隐蔽的天然溶洞排放高浓度镉污染的废水,从而造成了这次镉污染事故。另一家工厂,金河冶化厂也是以岩溶落水洞为暗道,将镉浓度严重超标的废水直接排放到了龙江河。从事件本身看,他们的手段很恶劣,也很低劣,但三年了,怎么就一直没有人发现呢?

这样的污染事件,总是让人不断地追问,又总是找不到满意的答案。而我们这些所谓的公众能得到的答案是,在事发二十多天后的2月8日,卫生部相关负责人在北京回应广西柳江龙江河镉污染事件时称:"目前,广西柳州饮用水情况符合生活用水卫生标准要求。"这已经是来自国家层面的权威答案,这也意味着,柳江镉污染事件终于画上了一个句号。又真的是句号吗?

第七章　北回归线上的河流

从珠江源头的铬污染事件,到珠江中游的镉污染事件,让我想到了美国气象学家爱德华·洛伦兹在1963年提出来的"蝴蝶效应":一只南美洲亚马孙河流域热带雨林中的蝴蝶,偶尔扇动几下翅膀,可能两周后在美国得克萨斯引起一场龙卷风。这话似乎有些夸张了,但仔细一想,还真是很有可能。蝴蝶翅膀的运动,可以导致其身边的空气系统发生变化,并引起微弱气流的产生,而微弱气流的产生又会引起它四周空气或其他系统产生相应的变化,由此引起连锁反应,最终导致其他系统的极大变化。

从发生在珠江——西江的这两个事件看,还真是让我不得不相信这是有可能的。

三 漓江的启示

在珠江中游,还有一条重要的支流,或许会给我们带来另一种启示。

我说的是漓江。漓江实为桂江上游的一段干流,但她比桂江更有名。桂江源出广西北部兴安县境的猫儿山,其上游源头与长江流域的湘江上源同出一山,这两条江虽是南辕北辙,却是一母同胞的姊妹。而她们也并非隔绝的,有一条运河把她们联系在一起,这就是中国最早的运河——灵渠,如今又称湘桂运河或兴安运河,它与都江堰、郑国渠并称为秦代三大水利工程,不仅是中国也是世界古老的运河之一。

公元前221年,秦始皇统一六国。在北击匈奴的同时,秦始皇又"使尉屠睢将楼船之士南攻百越",兵分五路,其中一路向今广西境内进攻时,遭遇到了古百越部族的顽强抵抗。秦军还很少遇到这样的敌人,原本以为两三个月就能拿下的百越部族,竟然让他们"三年不解甲弛弩"。秦军无法推进的原因可以找出很多,但最直接的一个原因还是地理原因,岭南山路艰险崎岖,秦军的运输线太长,粮草时常接济不上。据《史记·平津侯主父偃列传》载,公元前219年,秦始皇南巡到湘江上游,一路上心事重重,为了解决南征部队的粮饷运输,就必须打通从湘南到岭南的天险,这让他做出了一个决定:"使监禄凿渠运粮。"监,即监御史,禄,人名。后世把这个人称为监禄或史禄。就是这个人，为了完成秦始皇交办的这个必须完成的任务，意外地成为古代中国的杰出水利家。

在反复踏勘后，史禄发现，湘江和漓江，在广西兴安境内一东一西，相距虽不过二十五千米，但要在崇山峻岭之间开凿一条运河，把它们连接起来是非常困难的。幸运的是，漓江还有条叫灵河的支流，灵河又有条叫始安水的小溪，始安水发源于兴安县城附近的富贵岭，与湘江的直线距离很短，两水之间只隔着一座三百多米宽、三十多米高的黄土岭，古称越城峤，这小山岭虽小，却是湘江、漓江的分水岭。只要把这座小山岭挖穿，在湘江上拦河筑坝，提高水位，就可将湘江水引入始安水，经灵河而进入漓江。

一个方案就这样确定了，在史禄的运筹之下，秦军和那些被强征而来的工匠、民夫开始劈山削崖，筑堤开渠。这渠，也就是灵渠，途中要劈掉几座拦路的山崖，在跨越分水岭上的太史庙山时，还要从几十米高的石山上硬生生地劈开一条河道。在那个一无大型机械二无炸药的条件下，这一切，就全凭那些工匠、民夫的双手和简陋的工具来干了。他们先在湘江中用石堤筑成分水铧嘴和大小天平，把湘江隔断。这铧嘴不知是哪个天才的工匠所设计，但肯定受到了都江堰工程的启发，其状类似都江堰的"鱼嘴"，它把从湘江上游流来的河水一分为二，一为北渠，流向北边的湘江；另一为南渠——灵渠，通向南边的漓江。又可以通过大小天平调节水位，把洪水排泄到湘江故道去，保证了运河的安全。虽为人工运河，却不走捷径，而是让运河路线迂回，以此来降低河床比降，平缓水势，便于行船。

这巧夺天工又妙趣横生的设计，让我一次次惊叹那些古代工匠的智慧，没有一个人是什么著名水利工程专家，没有谁留下姓名，但其设计和布局，都只能用我们最崇尚的一个现代词语来形容——科学！忽然想到荆江裁弯取直工程，我们今天真的比公元前的那些古人更懂得科学吗？

灵渠凿通后，全长三十多千米，或因有灵河之故，谓之灵渠。从此，自湘江用船运来的粮饷，通过灵渠，进入漓江，又源源不断地输送到前线，秦始皇三十三年，秦军终于攻下岭南全境，设置了桂林郡、南海郡、象郡，并派兵戍守。这一条灵渠，最终成就了秦始皇统一中国的大业。其后，汉武帝在平定吕嘉的叛乱中,也曾利用这条水上军事要道。作为一条军事运河,难免有太多的血腥,但从水利上看,这样的工程,没有博弈,只有沟通。我甚至觉得,它在中国水利史上的意义足以用伟大来形容,它开凿的不只是一条中国最早的运河,打通的也不只是湘江、漓江,而是一举打通了中国的两大流域。湘江是长江的支流,漓江是珠江的支流,在灵渠贯通后,长江流域就和珠江流域连接在一起。这条运河打开南北水路交通的要道,在两千多年的漫长岁月中,对中原与岭南的经济、文化交流起到了至关重要的作用,在世界航运史上写下了光辉的一页,这是举世公认的。

　　从源头开始就有这样一个非凡的开端,这是漓江的幸运。
　　从此,她便沿着南岭西南麓一路南流,流经桂林、阳朔、昭平,在梧州市境内注入珠江干流西江。桂江全长四百余千米,从桂林到阳朔八十余千米水程,就是这一百六十余里水路,人称"百里漓江,百里画廊"。一条漓江流到这里,成为世界上极美丽的河流之一。漓江两岸是钟灵毓秀的奇峰,这也是喀斯特地貌发育最典型的地段,但仅有奇形怪状的山石是不会如此绮丽的,还有那些蜷伏在石头上的野草、山花、杂树、苔藓,这野生的、毛茸茸的、倔强而又脆弱的生命,让我们在这石头山上看到了别样的色泽。这样你就发现了,漓江的神奇绝不只是来自两岸的奇峰,更神奇的其实不是山峰,而是山峰的倒影和这些野生的、健康的色泽,但最重要的还是水,漓江之水才是这一方山水的灵魂,只有灵魂才能营造出这样的化境。想想,如果没有一条漓江穿行于这云雾散尽的山野之间,这些石灰熔岩又何奇之有,何美之有?
　　然而,这条漓江也并非只有一副洁净的、水灵灵的面容,在20世纪70年代初漓江也曾忍受过难以言说的绝望。那时的桂林也在不遗余力地发展自己的工业,在漓江两岸盖起了一座座工厂,大量工业废水就直接排放在河道里。很多上了岁数的桂林人都说,那时候的漓江是一条黑白分明的鸳鸯江,一股股污水从岸边的管道里排泄出来,河中间的清流逃命似的向下游奔去,每当清水被污水淹没,漓江就会发出一阵阵不可名状的尖叫声。——听到这样的描述,我下意识地闭上了眼睛,我要默想一下,那不可思议的一幕如何在漓江发生。

一个事实,也是桂林人时常会提到的事实,漓江后来之所以没有像柳江那样彻头彻尾地变成一条城市下水道,还得感谢邓小平。1973年10月,加拿大总理特鲁多偕夫人玛格丽特访问中国,在为期一周的短暂时间内,他和夫人还特意抽出时间游览了桂林,陪同他的是时任国务院副总理的邓小平。特鲁多总理早就听说桂林山水甲天下,现在终于有机会来看看了,又是桂林一年中最美的金秋季节,这让他心情特别好,一路上兴致勃勃。然而,他的好心情很快就没有那么好了,当他看见一半黑水一半白水的漓江时,他的目光开始躲躲闪闪,脚步也加快了,或许,他是不想被眼前的现实毁灭了他脑海中那美丽的桂林、美丽的漓江。当然,像他这样一位尊贵的外宾、另一个世界大国的政府首脑,是绝对不会多嘴的。但刚刚复出的邓小平却一直眼睁睁地看着这条江,这座城,他一向坚实有力、充满自信的脚步,显得异常缓慢和沉重。临走时,他语重心长地对广西和桂林的领导说:"你们为了发展生产,如果把漓江污染了,把环境破坏了,是功大于过呢,还是过大于功,请你们好好考虑,不然的话,功不抵过呀!"

这个老人的声音很低沉,却让桂林感到了深刻的触动,甚至是震撼。就是从邓小平的这句话开始,桂林人下决心关、停、并、转了二三十家污染严重的工厂。这些被关闭的工厂占当时桂林工业总产值的六分之一,对于桂林,这已是"壮士断腕"之举了,桂林市少了那六分之一的工业总产值,工业污染也开始得到了初步的控制。光是"壮士断腕"还不够,治污,还得有"刮骨疗伤"的决绝。在关停了赚钱的工厂之后,桂林又开始兴建不赚钱的污水处理厂,从此,桂林治污一直走在全国的前列。在后来的十余年里,哪怕在邓小平再次被打倒之后,桂林市也没有因政治风云的变幻而停止治污,而且一直把保护漓江生态环境作为一项首要和必须完成的任务加以实施。效果又怎么样呢?时隔十三年后,邓小平于1986年1月再次来到桂林,当他看到清澈见底的漓江水时,只觉一股清新的水汽迎面扑来。老人家笑着说:"漓江水变清了。"

邓小平的又一次到来,也让漓江的综合治理进入了一个新纪元。从1986年7月开始,桂林市着手对漓江上的游船进行全面升级改造,在船上安装纳污设施,将游船上的粪便、垃圾集中到专设的岸站进行处理,从此粪便、垃圾不再直排江中。到了1998年,桂林市更是以创建国家环保模范城为契机,开始了大规模的城市环境整治,其宗旨是显山露水,恢复和保护桂林青山秀水的原貌,做好、做活水文章,其中"两江四湖"环境综合整治工程通过清淤截污,绿化美化,沟通漓江、桃花江,改善了桂林整体的生态环境质量。同时,采取"退二进三"的政策,把调整产业结构和防治工业污染结合起来,先后对位于市中心区的污染企业桂林电厂、桂林腐乳厂实施整体搬迁,对制药、食品、玻璃等行业污染车间实施搬迁改造,推行清洁生产,有效保护了漓江的水质。在城市基础建设中,桂林市不断完善对城市生活污水处理设施的建设,建起四座污水净化厂,把污水变成了可以循环利用的生态水,这在全国也处在一个较高的水平。在漓江两岸,多年来,桂林一直在建设以保护森林、开展沼气建设为切入点的生态农业区,如今的漓江两岸,拉起了一道道既可美化环境,又能减少漓江流域水土流失的生态屏障。江岸上,那伴随着流水一路迤逦而行的凤尾竹,像一个个妙龄女子,在清风中摇曳着,摇曳出许多姿态来。

当我看到这样一座城市,这样一条河流,忽然想,如果当年的加拿大总理特鲁多重游一次桂林和漓江,他或许会像我一样吃惊,吃惊地怀疑这世界上有两个桂林,两条漓江。桂林人还真有一种世界性的眼光,他们现在想的不只是把桂林和漓江打造成中国最美的地方,也正在不遗余力地把这里营造成一个最适合人类居住的现代化国际旅游名城。

这让我又想到了蝴蝶效应,如果中国所有的城市都像桂林一样适合人类居住,中国所有的江河都像漓江一样优美,这个世界将变得不知有多美。

四 失踪的南江

我来这里,是为了寻找一条失踪的河流——南江。南江在哪里?

这是一个悬置已久的谜团。老早就听说,岭南有四条江从东南西北四个方向汇入珠江,在清人范端昂的《粤中见闻录》中,对四江有这样的记载:"西江水源最长,北江次之,东江又次之,南江独短。"这些年,我一直在珠江流域奔波,跑遍了东江、西江、北江,却还未曾到过南江。哪怕在高清版的广东省地图上,你也是找不到南江的,在珠江流域图上,也同样没有南江。这个问题一直困扰着我,虽说是"南江独短",但哪怕再短,她也应该是存在的,南江是原本就不存在,还是被忽视或遗忘了?

没找到南江,我却找到了一个叫南江口的地方。没有南江,又哪来南江口?

这就怪了,难道这条河流真的在地球上失踪了?

一个老人为我揭开谜底。我幸运地找到了这样的一个向导,陈大远,罗定市博物馆的老馆长,人称罗定历史地理的活字典。

老人十分肯定地说,南江,就是罗定江。

罗定江,古称泷水、建水、罗田水,源于广东信宜市合水镇鸡笼山,流经罗定、郁南等地,于南江口注入西江,长两百余千米,流域面积四千多平方千米。罗定江是西江的一级支流,也是珠江——西江南岸最大的支流,把南江作为和东江、北江平起平坐的河流,在自然地理上勉强也是说得过去的。又据著名地理学家曾昭璇等人研究考证,罗定江原名端溪,汉灭南越国后在今南江口北设端溪县,就是"端溪古砚天下奇"的端溪,以盛产端砚而著名,有南端北歙之说。南江后来逐渐为罗定江所取代,是明万历五年(1577年)之后的事情,明军平定罗定地区的瑶民起义后,将泷水县升格为罗定直隶州,南江流域几乎全部在罗定州辖地内,此后,罗定江之名渐渐盖过了南江。清屈大均的《广东新语·水语》中也有"西江一道吞南北,南北双江总作西"的说法,并不因其汇入西江而排除其在"四江"中并列的位置。主持编审《广东历史地图》的著名历史地理学家、中山大学教授司徒尚纪指出:从古代至1949年以前,官版地图一直以南江为标准称谓,直到1949年以后,地图上则以罗定江为标注。因而,罗定江只是今名,南江是原名。南江真正从地图上消失,也只是六十余年的事情。六十年,不过三代人,一条古老的河流就几乎彻底被遗忘了,可见人类的忘性有多大。

　　陈大远老人一边给我讲述一条河的前世今生,一边不停地叹息。这是一个深谙世事的老人,却总是以豁达、乐观、风趣幽默的性格示人。他的身体还相当硬朗,我必须一路小跑,才能跟上他的脚步。

　　突然听到了什么,我们扭头朝一个方向张望。是水,河流的声音。眼前的这条河,有太多的名字,但有一个名字是象声词的——泷江。泷,就是水流湍急发出"泷泷"之声。我们的行走,是从河谷的中游开始的。很多的山,东、南、西,三面都是山,这些荒凉的、光秃秃的石头山,仿佛在注释一条河流的宿命,这都是她必须穿越的。我已穿越无数河谷,但眼前这些幽暗的山谷和扭动的河谷并未为人类制造出迤逦的风景,而是极为悬殊的落差,正是落差制造了河流的声音,她急促,浑浊,泥沙俱下。河流流经之处,都是被山洪侵蚀的沟壑以及陡立在河谷里的奇形怪状的嶙峋乱石。沟壑与乱石之间,居然也有农人开垦的田地,这是一小块一小块随时都将在某一场山洪中飘走的土地。但现在,它们还张开四肢紧紧地趴在危险的山岩上。

　　翘首远望河流的上游,这是我下意识的一种习惯。必须借助地图。在地图上你才能更清晰地看到她的来龙去脉。她从源头的鸡笼山一路流来,流经罗定、郁南等粤西北的县市,最终在地图上的那个南江口注入西江。这是南方的一条短暂的河流,全长才两百余千米,但又是一条不可忽视的河流,她是广东十大河流之一,也是广东境内从南向北流的最长河流。她和她众多的支流——围底河、蓓滨河、泗纶河、千官水、连州河、新榕桐河、太平河共同营造了四千多平方千米的流域面积,哺育着数百万粤西儿女。我知道,在这里,我只是一个旁观者,一个游走在大地表面上的影子,但我总是无语伫立,舌尖异常饥渴。

　　这样一条河,绝对不是一条诗意的河流。我又一次摊开地图,想看清楚这里的地貌。这是一个盆地,一个三面闭合倾斜的狭小盆地。这样的地形,从自然地理看,可以让水流从四面八方迅速汇聚,这样的地貌却又很难把水积储起来,尤其到了河流中游,两岸以干旱贫瘠的沙质红土丘陵和台地为主,沿途满目黄土旱丘,山石剥蚀,这样的土地很难生长出茂密的植被,水土流失非常严重,含沙量大。从地理学上看,这在华南地区是少有的下垫面状况。一条南方的河流,也因此变成了一望伤目的"小黄河"。

然而人类从未放弃这样一条河流和这山河之间的土地。

顺着老馆长的手势,我看见了两岸山崖上如同蜂巢密布的溶洞。远在一万年前,这里的先民便在这山洞里穴居,他们是古百越民族中的一支和越族有着相同的图腾信仰。汉灭南越国后,在今南江口北设端溪县,这条河,在古文献中也叫端溪。到了魏晋南北朝时期,中原汉民在战乱中南迁岭南,他们在这南蛮之地安营扎寨,"以孝义训溪洞蛮族",但这些南蛮似乎冥顽不化。到了唐朝,武氏临朝告一段落,唐中宗复位,那个因媚附武则天的宠臣张易之而获罪的诗人宋之问,被贬为泷州参军,此时他笔下已没有"年年岁岁花相似"的绝妙意境,他的《入泷州江》一下变得凄楚悲凉:"孤舟泛盈盈,江流日纵横。夜杂蛟螭寝,晨披瘴疠行。潭蒸水沫起,山热火云生。猿躩时能啸,鸢飞莫敢鸣。海穷南徼尽,乡远北魂惊。泣向文身国,悲看凿齿氓。地偏多育蛊,风恶好相鲸……"这是他对这南蛮之地的真实写照。这里的"蛮族"在那时还保留着文身凿齿的风俗,所居之地瘴疠肆虐,水深火热。之后,宋元明三朝,这里又逐渐演变为岭南瑶族的大本营。瑶人也是中原汉人眼中的南蛮,这是一个可以把苦难忍受到了极点也是可以把反抗进行到极点的族群,一个孤单决绝的民族。对于他们,灾难与饥荒,以及比灾难更深重的官府的压迫,让他们充满了反叛的血性,这样的反叛持续了六百年。明万历年初,朝廷出动十万大军对反叛的瑶民实施了有史以来最大规模的征剿,在一年里让四万多颗人头落地,血流成河。在所谓"瑶乱"终于平定之后,一个行将灭亡的王朝将当时的泷水县升格为罗定直隶州,意思是,这罗田水流域从此将要变得安定了。罗定江也因此而得名。然而那潜伏的暴乱,是否从此结束?

对着地图,看着河流,我在核对,她在颤动。一个睿智的老人似乎就要揭开一个谜底了,这个谜底我也差不多猜到了,南江在哪里? 远在人边,近在眼前,南江就是罗定江。这条河还有好些个名字:端溪,泷江,泷水,建水,罗田水,但她最不该被遗忘的名字还是南江。由于它是珠江南岸最大的支流,古人很早就把她称为南江,从古代到民国时代,官方的地图一直以南江为标准称谓。一条南江,源远流长,却忽然在地理上消失了。

那么南江是何时消失的？南江消失于1949年。在1949年以后的共和国版图上,罗定江成为这条河流唯一正式的标注。这种消失并非河流的自然消失,而是一条河名的历史性消失,但她从未在民间消失,而今,在郁南、罗定等地,老百姓仍把罗定江称之为南江。叫习惯了。千百年的习惯,几十年怎么改得了呢？

我觉得,还是叫南江好。河流对于人类,从来不是单纯的自然之河,每一条河流都会形成一个地域文明圈,也是一个以约定俗成的方式被确认下来的具有历史价值的地标。这不是我一个人的想法,这是当地老百姓的想法,也是很多专家学者的想法。中山大学教授、著名历史地理学家司徒尚纪主持编审了《广东历史地图》,他忧心忡忡地说:"南江、罗定江名称不统一,有的称罗定江,有的称南江,有的更将二者重复使用,相当混乱。"他一直在呼吁,还是统一称之为南江,尽管南江只是珠江的二级支流,但南江不仅有自然地理的意义,还有历史文化的内涵,她的存在,让珠江文化的形象和气质更加完整和明显,以南江为代表的广南地区的文化渊源与特质,更显示出珠江文化成分结构的多元性和深远性。陈大远老馆长也是这样一个不遗余力的呼吁者。然而令人迷惑的是,一个看似很简单的问题,却不那么简单。我看见陈老在摇头。看着一个白发稀疏的老人在兀自摇头,在绕了一个大圈子之后,我清晰的思维又奇怪地变得迷茫了。

天空阴沉,似乎就要下雨了。有一种昏蒙如烟的雾气蔓延在大地上,迷茫的感觉是真实的。去长岗坡的路上,还真是下雨了。看着这南方初冬的雨水流过沙砾,沙沙作响,很快就消失了。一个直觉,这片土地盛不下水。在影影绰绰的雨线中,眼前开始出现大片收割后的田野,是稻田。这一望无垠的稻田,在岭南已经不多见了。这是南江之水浇灌的田野,但从来不是得天独厚的沃土,只与干旱、洪涝和苦难相连。

对于这条河,南江——罗定江,罗定人有着太复杂的情感。这是一条母亲河,又是一条让他们爱怨纠结、悲欣交集的母亲河。没有这条河,也许就没有罗定,罗定也不可能成为岭南的一个政治、军事、文化中心。在主要依靠航运的时代,这条河是历史最重要的载体,她的存在,让罗定人有了一条西上梧州、东下肇庆和广州的黄金水道。这条河也是西江流域通往高州地区的交通走廊,还是海陆丝绸之路的一条重要对接通道。然而,同样一条河,对于人类既是慈祥的母亲,豁达的母亲,也是一条变幻莫测和灾难紧密相连的母亲河。这个水网交织的流域,却是一个十分吊诡的干旱缺水的地区。在广东,只要提到罗定,很多广东人就会从牙缝里蹦出一个字,穷。谁都知道这个穷地方,过去穷得有名,穷在缺水。并非遥远的过去,1955年,罗定的一场大旱是载入了史册的,长达八个月的大旱,全县有二十多万亩田插不下秧,插下去的十多万亩也无水灌溉,只能眼睁睁地看着秧苗在烈日下枯死。一条条蚯蚓蜷曲在干裂的泥土上,它们是渴死的。那年,很多农人躺在谷仓里睡觉,这是对饥荒的一种本能的提防,他们生怕谷仓里的最后一点救命粮被人偷走了,这里面还有他们来年的种子。

被干旱苦苦煎熬着的罗定人,缺水,盼水,又特别怕水。他们盼着,望眼欲穿地盼着,胆战心惊地盼着,忽然惊愕地瞪一下眼,水来了,洪水来了,山洪暴发了。洪水猛兽,从来紧密相连,中间连个顿号也放不下。而一旦山洪暴发,就是比干旱更可怕的灾难,一个个村庄,一户户人家,转眼就被洪水洗劫一空。每一次山洪都会引发山体滑坡、泥石流等次生灾害。这是灾难的本质,从来祸不单行,多种灾难总是同时发生。洪水来时,你不能把门把窗户关上,没有任何一扇人间的门可以抵挡住洪水,只会让狂怒的洪水把整座房屋摧毁。有经验的老人,一听见洪水来了就赶紧把所有的门户都打开,这是给洪水让路,让洪水长驱直入又扬长而去。这样,侥幸还能留下一座房子的空壳。逃水荒的人回来了。他们把洪水冲散了的砖瓦、檩条、门窗又捡了回来,开始重建自己的家园。感觉一条命也是捡回来的。村子里又有很多人不见了,有的找到了尸体,有的成了永远的失踪者。一个失踪者如果能够重新出现,一定是人间奇迹。那些活着的人,一个个惊魂未定,余悸未消。待到山洪过后,村子和田园又陷入了旷日持久的干旱。活着,对于他们,只是意味着,在一场洪灾过后,等着下一场洪灾的到来。

在一个干旱缺水的地方,我们找了很久,终于在茫茫山野间找到了唯一的水源。一个天然汶泉,一汪小小的泉眼,站在山上看,渺小得像一滴眼泪。如果没有水,这个小坑,也许就像一个阴暗的陷阱。是水让它发出了声音,这是一种特别适合谛听的声音,闭上眼睛,泉水在声音里清脆,闪亮,如同青瓷。听着,谛听着,这水能流进人的脑子里。

泉眼四周,不是坚固的岩石,而是疏松的土壤,山坡上绽开了一条条裂缝。东一棵西一棵的小灌木,在山坡上杂乱生长,杂花生树。是水,让它们达到了适者生存的目的。在泉眼的另一边,是稻田。这在南方几乎是被遗忘的事物。有稻田,必有人烟。村落很小,我看着一些活着的人从村里出来,如同挣脱出来了,他们挑着水桶,直奔这泉眼而来。在他们经过的路上,有一些小土丘,离村落很近。那是坟墓。

这里的人类,牲口,野兽,田野,庄稼,全凭着这一孔泉眼生存。我不敢往深里想。我感觉这是一个发人深省的事件。

这水里有血。为了水,为了延续各自的命脉与血脉,一些老实巴交与世无争的农人,同另一群老实巴交与世无争的农人发生了一次次血战。这是三个县发生的血战。这里,地处罗定市苹塘镇、云安县白石镇和郁南县河口镇三地交界处,泉眼四周的三县人,都靠这一个天然汶泉养命。至少在一百年前,这种血与水中发出的惨叫声与号叫声从来没有停止过。每一次血战,都直接发生在旷日持久的干旱季节。那些火烧火燎、干渴得嗓子冒烟的农人,把他们挑水的扁担和汲水的木桶当作了最有力的武器,为的是争抢到一口水。

终于,在一百年前的某一个旱季,终于出现了某个或某几个智者。他们可能是最善良的农人。他们的天性,让他们懂得了上善若水、水利万物而不争的水性。这也许只是传说,也许只是猜测,但他们肯定是最懂得水的人,又或许,只有水,才可能让人类对自身的处境有更透彻的理解。他们可能是最早懂得自己处境的人,不然他们不会选择妥协、和解的方式。于是,一个事实出现了,一口泉井。古人用石块把泉眼四周砌了起来,今人又在上面抹上了水泥。于是,一切便变得有模有样了,有了规矩。三县人又在反复协商后,根据人口画定了泉水出口的大小,在石板上刻上三县的名字,一个泉眼便有了三个分水口,一个流往罗定,一个流往云安,一个流往郁南……

一个传说,"一泉润三县,百年无纠纷"。这绝对是一个传说,又绝对是一个真实的传说。我在那泉井上,看到了三个出水口,连接着三条水渠,流向各自的方向。然而,这一滴眼泪般的汶泉,三条抬脚就能跨过的小溪,又如何解得了三县数百万芸芸众生的饥渴?

带着疑问,又找到了一个老人。我总喜欢和一些老人交谈。河流的漫长,只有在河边度过了漫长岁月的老人们才懂得。我甚至觉得,这样一个老人是必然会出现的。在罗定,在20世纪七八十年代,很少有人不知道这个名字,陈海顺。他是罗定市水利局的老局长,却总是对着江水发呆。空茫的江水。这就怪了,连我这样一个外人都感到奇怪,罗定真的缺水吗?罗定境内有六条大大小小的河流,每一条河的流量也不小。这些水都流到哪里去了?

陈老说,罗定缺的不是水,而是水利设施。

有一种横空出世的力量,将它托起在苍茫大地上。

下意识地抬头,一座渡槽从头顶上沉重而缓慢地穿过。这是罗定人在20世纪70年代创造的一个奇迹,当时中国最漫长的渡槽,长岗坡渡槽。中国之最。它有多长,听说是十里。——"十里彩虹跨长岗。"这不是诗人的诗,而是原水电部副部长李伯宁在长岗坡渡槽建设工地的即兴之作。十里,十华里,但漫长的感觉是真实的,好像远远不止这样长。看上去,它一点也不美,但十分壮观。我听见了天空传来的流水声。流水仿佛朝着天空敞开了,流得舒畅而敞亮。这沉缓的渡槽和舒畅的流水,让我又一次陷入了某种悖论。我时常陷入这种自身的困境,难以言说或不知所云。

这渡槽于1976年动工兴建,到1981年竣工通水,历时四年多。三十载岁月把渡槽蒙上了一层沧桑斑驳的灰色,如此刻的天空。看着它一头伸向远方的山麓,被树丛遮掩。转身,又看着它一头伸向远方的山麓,依然被树丛遮掩。一眼看不到头。人类的视线其实很短暂。我又一次感到了自身的局限。我看不到那么远。

渡槽,在水利科技和建工术语中,又称高架渠、输水桥,是一组由桥梁、隧道或沟渠构成的架空水槽,通常架设于山谷、洼地、河流之上,两端与渠道相接,普遍用于灌溉输水,也用于排洪、排沙等,一些大型渡槽还可以通航。这其实是一个无须太多解释的名词,我觉得还是老乡们表达得最直接明白,过水桥。或许,在第一座渡槽诞生的同时,人类赋予它恒久的定义,这一定义从未被人类改变过,而河流与水的历史再也没有中断过。人类所做的,只是在不断地丰富它,充实它的内涵,扩展它的外延。中国是一个水利落后的国家,渡槽在中国大地上似乎一直是历史的空白。也有人考证,中国古人凿木为槽用以引水即为中国最古老的渡槽,以此来证明渡槽在中国已有两千年以上的历史。但这种"凿木为槽"的渡槽在考古中还未曾被完整地发现过,那可能只是一些简陋的、短暂的、临时架设的水槽而已。真正意义上的渡槽在中国水利上的大规模建设,还是20世纪60年代以来,在毛泽东时代大兴水利的岁月,随着一个个大型灌区工程建设,一座座宏大的渡槽开始屹立在大江南北。而今,在南水北调工程中,四十多座跨越山谷和江河的引水渡槽,将成为世界最大的引水渡槽。中国人,正在攻克世界最大渡槽的技术难关。

一座渡槽,凝聚着一个时代的记忆。那绝不是一个令人怀念的时代,对那个时代,我一直保持着一种难以名状的敬畏,事实上那也是我急于告别的时代。陈海顺是当年修建长岗坡渡槽的指挥长,没有谁比他更知道这座渡槽的底细。他带着我们来到一个跨拱下,脚步沉重,脸色僵硬,像铁一样。他的目光还是那样苛刻挑剔,就像当年指挥这个工程一样,陈老严厉而仔细地检视着这庞大工程的每一个细节。而我,一个门外汉,看不出门道,只能看个大概。从跨拱的一头走向另一头,只见四条并排的肋拱横跨在两个槽墩之间,工程采用肋拱形式和实心重力墩,肋拱间每隔一米有一根横梁将四条肋拱连接起来。在肋拱之上是一组由大及小的复合拱。陈老一边指点一边讲解——这渡槽在设计上曾做过两次方案,最后由原肇庆地区水电局派来的孔祥华工程师与罗定市水电局工程师梁中承担设计和施工,两位工程师从设计上反复推敲渡槽结构,最终找到了一个既省钱、省料又安全的设计方案。这种复合拱与用排架和木模板做支撑、混凝土倒制出来的肋拱不同,叠加在肋拱上的复合拱是预制件,在修造好肋拱后,是一个个镶上去的。这种连拱加复合拱的独特设计增强了跨拱的稳定性,除几个大跨度的拱跨以外,其他的拱跨都用无筋拱或少筋拱,这大大节省了计划经济时代非常宝贵的建筑材料,单钢材就节约了三百多吨……

看着一个当年大型工程的指挥长一笔一笔地算着账,这每节省一笔资金一点材料都是为国家省钱,为老百姓省钱,不禁想到现在的许多大型工程一层层转包,一层层剥皮,为了把利润榨干,吃尽,暗藏着多少权钱交易、偷工减料的黑幕,黑幕一旦撕开,就是一个豆腐渣工程。这人与人的差别,时代与时代的差别,总让我有某种阴差阳错之感,我的脑子很乱。我难免又有些担心,工程这样节省,是否会影响工程质量呢?看看这渡槽,这还用问吗?一座渡槽三十多年来坚如磐石地屹立,一切的疑问都已像这渡槽的实心重力墩一样,有了最坚实的答案。三十年风雨沧桑,波诡云谲,人间又该有多少大灾之年,一座渡槽已在时空中得到了最严峻的检验。是的,时间会证明一切。而一座渡槽的致命穴,不在这里,而是那渡槽的一百六十一条伸缩缝,每一条都需要经过很多次工序才能完成。陈老说,这才是他最不放心的,每天都提心吊胆,竣工通水之后他还是提心吊胆,现在,三十多年了,他放心了。由于当年严格把关,每条伸缩缝都精雕细琢,贴接得密密实实,通水三十多年来,没有出现过一次渗漏,也从未大修过。这也是一个老人在谦逊中倍感自豪的一件事,他连声说:"过得硬,过得硬。"

作为一个人间奇迹的缔造者,陈老看上去没有多少豪迈的成就感,他不愿提到自己,他下意识地提到的是那些在工地上奋战过的民工。他早已记不清他们的名字,但他永远忘不了那千军万马奋战的场景。那还是一个缺少大型施工机械的岁月,石头是民工用钢钎一块一块地从山岩上撬下来的,又用铁锤、铁凿一块一块地凿好。砌筑高二三十米的槽墩,也是民工们靠肩膀将一百多公斤重的石块一块一块地抬上去。这种苦役般的劳动我不止一次描述过,我总是提醒自己不要搞错了地方、时代和背景,但我还是情不自禁地想起了西亚、古希腊和古罗马的劳工。他们是奴隶。人类很早就开始建造渡槽了。世界上最早的渡槽,诞生于地球上最干旱的中东和西亚地区,在公元前七百余年,位于底格里斯河中游的亚述国——一个西亚的奴隶制城邦国,就修建了一条四百八十多千米长的渡槽,把水引到干旱的国都尼尼微。我没有查证过,这是不是一个来自《圣经》的神话,但我知道,这是奴隶创造的历史。自那以后,从古希腊到古罗马,人类用建造神坛、宫殿和城墙的巨石来建造渡槽。石头坚硬、沉稳的力量,被古罗马人发挥到了极致。这里面还有巫师和神职人员的参与。一座伟大的工程,除了技术和工艺,还有神圣的信仰。

如果没有一种信仰的力量,或曰一种理想主义的献身精神,很难想象这样一个当时中国之最的渡槽能在短短的四年里修成。不像现在,大型工程凭借现代化施工设备的力量,那时候全凭人类生命的力量。除了钢筋水泥的浇筑,罗定人几乎照搬了古罗马人建造渡槽的原始方式。当千军万马奋战的宏大场面落实到一个个具体的民工身上,那种苦难和沉重从来只有中国的农民才能宿命般地承受。一块块两百多斤重的石头,被两个民工用竹杠抬着,他们打着赤膊,他们在难以承受的重压下驼了背。这对于他们不是扭曲,不是异化,而是一种习惯性姿态。在民工们沉重的喘息声中掺杂了一阵阵低哑的呻吟声。连石头也在呻吟。在那样一个苦难深重的岁月,人类或许真要用一种比灾难更残酷的方式来战胜灾难,来改变这里的一切。

登上渡槽,大汗淋漓。这样的高度让我有点发抖,太阳穴绷得紧紧的。仰望天空,剩下的一半天空,有苍鹰飞过。连苍鹰也闭紧了嘴巴。除了流水,一切静默无声。从这个高度俯视,田野才呈现出一种广阔的真实。长岗坡,这也曾被烈日灼烧过的干旱土地,在入冬之后依然水汽弥漫。透过灰蒙蒙的云层,这里还感觉不到一点冬天的寒意。天空阴沉,山野苍翠,南方的植物依然像春天一样迎风茂长,染绿了河谷,也染绿了我们的周身。渡槽下,是一片相对平坦的土地。这样的土地在粤西山区不多见,就像这里的稻田,在岭南也已经不多见。稻子收割了,稻茬犹存。牵牛走过的农人,从不仰望,眼里只盯着脚下走着的一条村路。那山中的坟茔里埋着他们的祖宗,也埋着当年的民工。他们有的已经被追认为烈士,但他们从来就不是英雄,他们都是从当年的人民公社里抽上来的社员,农民。他们在这里挣的不是钱,而是工分。

"如果早来两个月,你们就能看到这里的丰收景象了。"陈老说着,伸手在半空中一划,这还是我第一次看见一个指挥长的豪迈,"这个渡槽把以往白白流掉的太平河河水引入金银河水库,而金银河水库灌溉的农田占全县所有农田的四分之一还要多,发电装机容量占全县水电装机容量的三分之一。"而他经手的水利工程,又何止这一座渡槽。在这样一个老人身上也凝聚着时代的记忆,那时候罗定像全国各地一样战天斗地,大办水利,陆续建成了引太、引泗、引沙等六大引水工程,而"引太灌金"是其中最大的系统工程,长岗坡渡槽又是这一系统工程的关键所在。南江之水,从此源源不绝地滋润着这片土地,罗定盆地变成了旱涝保收的"天府之国",粮食一直持续稳产高产。1995年罗定被国家统计局、中国农业评价中心评为中国农业生产排名第二十九位的百名粮食生产大县。罗定还出了一个创育水稻双千粒穗的杨明汉。就在今年,这里遭遇了罕见的大洪水,又连续遭遇了长三个多月的干旱,但粮食依然获得了大丰收。随着金银湖饮水工程的竣工,长岗坡渡槽还源源不断地为城区居民提供干净放心的饮用水,罗定又出了一个拥有七项水质净化专利、被评为全国首届十大优秀发明家的梁克诚。一座渡槽,也是广东水利史上的一座丰碑,还上了20世纪70年代的小学课本。最近,在第三次全国文物普查的重要新发现中,这渡槽被列入近现代重要史迹代表性建筑类名录。这样一次重要的重新发现,又何尝不是人类在这样一个时代对上一个时代的觉悟?就像长岗坡的一个农人忽然说出的一句话,"我们吃了几十年老本了!"这话让我怦然心动,真有一种被猛然惊醒的感觉。

又一次下意识地看着河谷里的那条河,很想听听那湍急的水流发出的泷泷之声。听不见了。眼前,只见一渠的流水清澈明亮,像河流一样酣畅而充满自信地流着,比河流更从容。我感到又重新找回了一条河流。

五　从东江到香江

　　这是一条离大海最近的河流,一条被人类反复命名的河流,循江,浈江,东江。事实上,她每流经一个地方就获得一次命名,在寻乌,她叫寻乌水;在安远,她叫安远水;在惠州,她叫惠州河;在石龙,她叫石龙河。这是一种深情的眷恋和挽留的方式,无论她将流向何方,她的名字,她的魂,就在这样深情的呼唤下,在她流经的某一个地方留下了,从此,永远,只属于那里,她与那片土地成了同义词。在我注视她的那一刻,感觉有许多事物在一条河流同时发生。这不是我的幻觉,这是河流的意义。

　　这世间,没有谁能够超越河流,也没有谁能超越时间和死亡。

　　只有河流,只有她能够超越人类渴望超越的一切。

　　每走近一条河流,我都满怀着虔诚、敬畏和祈求。这河里是有神的,我绝对相信。

　　中国的每一条河流都有自己的神。东江的河神传说为东河潘大仙。这到底是何方神圣?我向民俗学者打听过,但一直没有得到令我深信不疑的解答。这应该是东江流域的一种久远信仰。一些从东江打捞出水的文物验证了这一点,其中有不少古代女子作为饰物的小挂件,就刻有"东河潘大仙"的字样。这里不必做太多的推测,那些女子刻上一个河神的名字,就是祈求东江河神保佑她们和她们的家人平安吉祥。当人类向一条河流祈求平安时,说明这条河已经不那么平安了,而东江又是从何时变得让人们惶惶不安的?

　　翻开一册线装的、被白蚁蛀蚀过的发黄史册,历史宿命地千疮百孔。

　　东官古郡,自东晋咸和六年(331年)分南海郡置东官郡,至今已历一千六百余年。但到了六百多年后的五代南汉大宝年间,在东莞的地方志上还有"象群践害庄稼,后主命官捕杀"的确凿记载。看来这事闹得还不小,连皇帝都惊动了,亲自下令,"命官捕杀"。可以想象,中世纪的东江流域还有大片原始森林的存在,大象一类的大型野生动物还显得那么强劲活跃。但人类的拓荒和开垦无疑已经逼近森林的边缘,人类同大自然争夺生存空间的竞争也变得空前激烈,人类一开始似乎成了受害者,面对大象这样庞大的对手,人类虽然心生怨毒却束手无策。然而来自人间之王的一道捕杀令却一下激发了人类施暴的欲望,人与大象的生存竞争终于演变成了一场残忍的丛林血战。没有一个人能战胜大象,也没有一头大象能够战胜人类的阴谋。在丛林法则里,还没有哪种动物可以抵挡人类深藏不露的刀锋与暗箭。一头受伤的大象在逝去已久的某个暗蓝之夜里低号着,它贵比黄金的象牙已被人类活生生地扳掉。一头大象倒下时会发出山河倾覆般的轰响,奔突的血水叫河流躲闪不及。整整一个朝代,河流里浸满了鲜血。秘密就在河流里,但人类毫无知觉。在那个短命的王朝,人类的暴力最终被推向了极致,东莞后来建了一座镇象塔,对此,地方志上也有十分确凿的记载:"莞人邵廷聚骨建石塔以镇之。"被镇压在这座石塔底下的,都是从各地收集来的被人类捕杀的大象的骨骸。这一座镇象塔,表明了人类在弱肉强食的生物链中对大自然的又一次伟大胜利。大地上的脚印在不断地缩小,再没有人看到大象巨大的足迹,这一地从此再也没有关于大象的消息。

东江流域的历史在异常平静中出现了大片空白,只有人类缓慢地从刚拓荒的土地上走过,他们终于有勇气走进那片原始森林,开始砍伐森林,种上养命的稻子,过上了男耕女织的恬静生活,天下太平。女人们在逝去的光阴中绣出的已是鸳鸯荷花,农夫的赤脚深陷于泥土,不能自拔。

但河流不会一直保持沉默。到了宋元祐二年(1087年),"东莞知县李岩倡筑东江堤,以防东江洪水;两年后,又筑咸潮堤,防海潮侵害"。这是我在地方志里找到的关于东江洪水和防洪的最早记载。人类在与大自然第一轮的竞争中获胜之后,大自然隐秘的、锁链般的戒律终于崩溃了,巨大的洪灾在大象灭绝后的百余年后终于降临,这意味着在大象灭绝后还有一场森林的大毁灭。在东莞成为岭南数一数二的粮仓时,东江之水,也成了东江人世代的隐患,东江人在往后的历朝历代一次次地遭受灭顶之灾。明正德八年(1513年)四月,"东莞淫雨,山洪暴涨,南城门外平地水深五六尺,城门及民房尽被毁坏"。除了水灾,在明嘉靖末年,这里还出现了岭南极为罕见的反常天气,有一年腊月,这里竟然下起了鹅毛大雪,"连续天阴,寒甚,白天雪下如珠,后又下如鹅毛,持续六至八日乃止"。到了清康熙三十三年(1694年)闰五月,东江又一次遭遇了史无前例的大洪水,"东江水大涨,莞城东湖、城北白浪如山,民房毁坏甚多,避水者多集于城南高地"。这些孤单决绝的避水者,又该用怎样的一种眼光在看着,他们的亲人,他们的家园,他们的庄稼和牲畜,在洪水中被一一卷走?一切没有结束,而是刚刚开始,在他们空虚而悲哀的眼神里潜伏的是饥荒,是瘟疫,是暴乱。几乎在每一场洪水过后,都会引发饥民的反叛,官府的镇压,东江一次次被血水染赤,人的血。这是历史的逻辑链条,也是河流的逻辑链条,但一点也不再隐秘。

很多的细节都丧失了,人类从来没有真正看清楚过一条河流,不仅仅是东江。一个民族数千年来的动荡不安无一不与河流有关。她经历生,也穿越死。从水利,看中国,中国到处是水又到处缺水,中国人对水的依赖和对水的恐惧,从大禹治水之前的时代开始,数千年来一直异常复杂地交织在一起。水,萌生和繁衍了中华农耕文明;而大规模的垦荒,又让中国成了世界上原始森林和湖泊湿地消失得最快的国度,连河谷、河床和那些蓄水的湖泊也都被围垦成了粮田。这无边无际的粮田,就像人类永远也填不满的巨大胃口。一旦洪水淹没了粮田,就成了人间万劫不复的灾难,却很少有人想过,这些粮田原本就是河流的路。中国的许多河流,每一次疯狂的泛滥,几乎都是被人类逼疯的。你已经把它们的路逼得越来越窄了,逼得无路可走了,而面对洪水的泛滥,你除了把堤坝拼命筑高,越筑越高,再就是俯身向河神祈求。人类开始拱手作揖,祈盼各路神仙慈悲为怀。连人间最尊贵的王者,也在河流跟前跪倒了,他们祈求有一种比河流更强大的力量,一种超自然的力量,来镇压它们。

东莞有一座镇象石塔,还有一座镇水宝塔——金鳌洲塔。它就耸立在我黄昏时散步的河谷里,万江桥边。这样的镇水塔我不知见过多少,对于每一片经历过原始洪荒的大地,对于中国的每一条河流,它都是一种不可或缺的存在。此时,残阳已在河流中化尽,却还照着对岸的塔尖。时光的错位,只因生命过于短暂。我和它隔着一条河,但我的眼光是远远不够的,那是大明万历年间的建筑,屈指一算,四百多年了,这并非多么悠远的历史,却让一个人难以抵达。我的抵达如同虚构。

大约就在一场大洪水过后,东江人为了镇住洪水,用了二十七年时间才建成这样一座九层宝塔。如果不同灾难联系起来,你会觉得这是一座纯粹建筑艺术的精品。八角形的塔身,以砖牙叠砌的美妙方式,层层递升。进入塔内,有通天石级直通塔顶,塔顶还建有塔刹。穿过它的内部,一种非常奇怪的声音,一种可能早已不存在的声音,在沉沉岁月中浩荡而来。你感觉,这塔下,或许真的有一条桀骜不驯的河流被镇在下面,那样震动,让你觉得,它在时刻准备着迎接下一次未知的风暴。眩晕,缘着回旋的石阶,爬着爬着就眩晕了。我的根器还是不足。你得把心和意都把握住,能凝住神,能空下来,方能上升到一个高度。这个高度超过了我的想象,如同悬在半空,我再次感到了自己在莫名地颤抖。

或许,只有用一个念头压倒了千万个念头,你才能看清楚一条河。

当你心里只有一个念头,只有一条河,你终于看清了一条河流的真相。这分明是一条天性善良的河流,简单而纯粹,她的流淌是那么温驯贤淑,温情脉脉,连每一朵浪花都那样妩媚动人。上善若水,而这分明就是上善之水啊。看着一座镇水塔,突然感到河流的无辜,你很难把她和一场又一场的灾难联系起来,然而她没有唤起人们心底柔软的温情,却换来了人间最深的怨毒,很难想象这样的一条河人类居然要借神力施以镇压。洪水猛兽是真实的,剿灭了猛兽,却招来了洪水,有了一座镇象塔,必然就有一座镇水塔,这又是从历史的逻辑中发展出来的一种结果。你或许还可以看得更远一点,她不会局限你的眼光,宽容也是河流的本性。你的视线可以随着她的水系蔓延开去。从这样的高度,俯瞰一座庞大无比的城市,你会看见一条条熠熠发亮的蓝色水流,她以一种神奇的穿透力贯穿了城市的骨骼,进入一座城市的心脏,如同经脉一样地环绕着城市的内心,向各个方向延伸、萦绕。城市,从来就不只是一堆钢筋混凝土的建筑物。在这座据说三天就可以盖起一座大楼的城市里,河水流到哪里,哪里便开始生长出大片鲜亮而葱茏的绿色。一座城市的气息,就是一条河流的气息,水汽充盈,淋漓尽致,你感觉这座城市还是活的,它的整个生命都被一条河流激活了。

　　身为人类,我总有那么多的忧虑,但许多事却并非杞人忧天。譬如说这条河,越来越浅了,浅得已经难以激起浪花,只有在流过桥墩时,才会激起阵阵水声,才有一朵两朵浪花,稍纵即逝。桥墩上,有水位曾经抵达的高度,也有退下去后的痕迹。看得清楚,东江水已经一次次降到历史水位以下。每当汛期来临,人们早已没有了那种强烈的不安全感,她已经积蓄不起暴发一次洪水的力量。但是否有人担心,这条河会不会就这样枯萎下去,一直枯萎下去,直到在某天早晨你突然看不见她了?世界上有多少河流就这样从地球上消失了。河水急剧下降的一个重要原因,是全球气候变暖导致东江流域自然降水锐减。还有一个最直接的原因,近三十年来,有无数像我一样的外来人口成群结队地涌入东江流域,每个人来了,喝的都是东江水。东江连接江西、广东和香港三地,是香港、河源、惠州、东莞、深圳、广州这个密集城市圈里数千万居民的主要饮水资源。别的地方不说,只说东莞,这个原本只有七八十万人口的农业县,在三十年内神奇地完成了向世界工厂的转型后,人口一度猛增到一千四百多万,一下翻了二十多倍。这难以承受的生命之重,让河流一天比一天瘦弱了,瘦削得你已经能看见她的骨头。那些一直淹没在水底下的礁石,正在以残忍而尖锐的方式露出水面,犬牙交错,锋芒毕露。这是我一直不敢走得离她太近的一个原因,我总是站在一个不远不近的地方打量她,一半是真实,一半是幻象……

　　就在我和一条河静默着对视时,从东江的源头传来了一个消息,我曾经去过的那座原始森林,现在不再是无人区,那里已开发成了一个人间绝美的风景区——绝美!人类已在陡峭的山崖上凿出了一条条通道,沿着逶迤的山势铺垫了蜿蜒而上的台阶。在这样一个时代,再也没有什么能够阻挡人类的脚步,直到再也没有什么地方可去。现在,你可以走进去了,你可以一直走到一条河流的源头,那是世界上最净的水——知音泉。她的清澈,千里之外我也能谛听到,轻盈于天上,雪线之上。我在心里祈求,我的同类,如果你真的觉得这河流里有一个神,这水就不只是清澈,不只是干净,而是圣洁,每一滴水都是圣洁的。

当你爱着这个世界的一滴水时,你才会爱着整个世界。

一路循着东江,朝着阳光照射的一个角度,穿过岭南水汽缭绕的丘陵与平原,恍若行走在一张漂移的地图上。有一些事物正在相互撞击,相互融合,风水和阳光精巧地搭配着,满眼的潮湿发亮的翠绿,一轮轮地扑到这河流两岸,流水滔滔而花影摇曳。在流水与花影中,有一座城池像寓言一样逐渐浮现,浮上来的便是桥头。

第一次走到这里,但我感觉已来过多次。这种感觉无疑与水有关。水,在宁静地制造着某种幻觉,让我在不知不觉中进入记忆。

如果桥头是一个寓言,从一开始她就是一个水的寓言。

走进桥头,水,无处不在。这里是东江从上游的惠州博罗流入东莞境内的桥头堡。但我怎么看也觉得不是一条河,分明是一个大湖。天地间,如卧着一面无与伦比的镜子。这绝对不是我的幻觉。这里是东深(东江—深圳)供水工程的源头,一个供深圳和香港千万人畅饮的生命之源。

桥头,即桥的一端,它必将通向彼岸。这是它结构简单却极富表现力的寓意。

从这里到桥的另一端——香港,从东江到香江,八十多千米,是水连起来的。

流水一直指引着我的方向,但没有谁能踏上昨日的道路。

我站住了。当我愣愣地看着这满世界的水,喉咙里竟有一种异常干渴的感觉。我知道,这可能与一个强烈的念头有关——香港频发的水危机。这其实与我无关,却总是在一次次地牵动着我的神经。

谁都知道,香港有一条著名的河流——香江。这是每个到了香港的人都想看看的河流。我也是。那天,顺着空气中飘来的一阵香味,我很快就走了过去。去那里一看,我就知道我错了。那不是一条江或一条河,而是一条很小的溪流。又或许是香港太缺水了,才把这样一条小溪叫作香江,让我们有了太多的想象。

事实上,很多人在未到香港之前,都以为香江就是香港的一条河流。这是我们对香港的误解之一。她缺的不是水,一个拥有大海的地方,怎么会缺水呢?她缺的是一条可供数百万人畅饮的河流。后来,我几乎把香港、九龙和新界跑遍了,还真没有看见比香江更大一点的河流。很难想象,现在这个世界上三大天然深水港之一,竟然是由这样一条柔软的、丝绸般的小溪在入海时冲积而成。还在英国人占据香港之前,这里就是一个天然港湾。放浪于海上的水手和渔人,路过这里时,也会上岸来狂饮一顿,他们往往被水撑胀了肚子,连胡茬上也挂满了水珠子,都一个劲地叫唤着,痛快,痛快啊。这溪水甘香四溢,明蓝而干净,她的美名在大海上越传越远,一条小溪在传说中变成了一条江,又因她散发的甘香,便成了谁都知道的香江,而一个原本无名的小港湾,也就开始被称为香港。——关于香港之名由来的说法有很多,这只是其中之一,也是所有的传说中我最喜欢的一个。没有这条小溪,就没有香港,直到今天,香江仍然是香港的别称,然而,她带给人的却是一种美妙的幻觉。

自开埠之后,香港从一个人口不过五千人的小渔村,迅速演变成一座拥有数百万人口的国际大都会。香江,那样一条小溪流,无论怎样甘香清甜,又怎能满足数百万人口的吮吸?干旱,缺水,一直长时间困扰着香港。港人吃水、用水,就只能靠井水、雨水、山涧、水塘和一些小水库勉强维持着,开始还能凑合着对付,随着人口与日俱增带来的巨大的压力,又有百年来频繁发生的旱灾,那点儿井水对这个国际大都市、世界三大天然海港之一已是杯水车薪。从20世纪20年代起,一直守望着辽阔南海的香港,一直和内地保持着井水不犯河水的香港,不得不转过身来,重新面对她的祖国。他们的目光看得并不远,径自投向了离香港不过百里之遥的东江。只有从东江引流入港,香港才有源源不断的水源。但不知为什么,原因也许很复杂,内地数十年来持续不断的战争,香港在日本武士刀下的沦陷,无疑还有港英当局对中国的猜疑和警觉,总之,干涸的港人在差不多又煎熬了二三十年之后,一直到20世纪50年代,他们才向时任中南局和广东省委第一书记的陶铸求助。陶铸马上就同国务院港澳办联系,时任港澳办主任的廖承志又马上向周恩来总理汇报,马上,马上,其速度之快如同取水救火,很快,一个从东江引流入港的工程计划,就开始进入了国家层面的运作。

中国内地显然没有港英当局想得那样复杂,上善若水,水超越了意识形态的边界,也超越了人类划定的一切边界。很快,按照陶铸的建议,广东省政府决定在当时深圳河的上游兴建一个输水香港的大型水库。1959年冬天,深圳水库正式动工,像那个时代的所有浩大的水利工程一样,除了几台笨重的压土机,没有任何大型施工设备,但中国人有中国特色——人海战术,打仗是人海战术,搞建设也是人海战术,千军万马奋战在工地上,挖土、运土、堆土,几乎全部靠民工从家里带来的镢头、铁锹、箩筐和手推架子车。原计划,高峰时保证一万多民工参战,但眼看着雨季即将来临,为了赶在雨季前完成主副坝土方工程,时任佛山地委书记兼宝安区委第一书记的李富林一声令下,就从当地各人民公社抽调两万多名民工,以军事化的速度,三天全部进场,到达施工岗位,整个工地的总人数一下差不多达到了四万。

那该是怎样一种壮观的场面?我在此想象——无法想象。

很想找到一个当年的民工。我早已习惯于这样的寻找,寻找一个当年的在场者来代替我,让发生在半个世纪之前的事实重新得到确认。

一个被太阳晒得黝黑的老人,出现在我面前,满头的白发,在阳光的照耀下,根根闪亮。这是一个硬朗、健康的老人,我相信他的脑子也是这样。老汉姓林,但他不愿说出自己的名字,他说,我又不是什么英雄,你就别往书里写了。那就让他处在匿名状态吧,那十万民工,哪一个又不是处在匿名状态呢?但无数处于匿名状态的民工却很容易找到,真的很容易,当年在深圳水库和整个东深供水工程奋战过的民工,据说超过了十万,大都是东莞和宝安人。十万人,哪怕现在还有一半人活着,在东江到深圳、香港的这片方圆不过百里的土地上,你在东江随便遇上的一个七十岁以上的老人,都可能在当年的工地上当过土夫子。土夫子,他们都把自己叫土夫子。

林老汉说他是第二批被抽上工地的。出门时他结婚才三天,洞房的门上还贴着大红的对联。多年以后,他一直在回想,在那个电闪雷鸣的夜晚,他怎么舍得把吓得不断尖叫的新婚妻子抛下就头也不回地走掉了。雨水冲刷着洞房门上贴着的大红喜联,血一样地流淌着。那段岁月不同寻常,干啥事都一呼隆,从来没有人问为什么。只要听毛主席的话,不会错。在风雨泥泞中走了一夜山路,到了工地,才发现连个遮风避雨的地方也没有,连摊开一床被窝的地铺也没有。原本只能挤下一万多人的工棚,一下却来了近四万人,而工地上从准备到四万民工按指令全部到位,准备的时间只有两三天,哪有时间搭起这么多工棚?但四万民工很快就自己动手,在工地周边的烂泥里用树枝竹竿搭起一个个简陋的小工棚,又在地上胡乱地铺上一层稻草,就算安营扎寨了。人类惨,山上的树林草木更惨,四万人,在一个早晨几乎就把四周的山林砍光了。

——老汉说着看了我一眼,那是我见过的最荒凉的眼神。

很多事,都是他后来每天都在想的事,人这一辈子,有些事不是你想记住就能记住的,想忘记就能忘记的,记忆会做出自己的选择。能够记住的事情其实不多,而经常梦见的事就更少。也许,在我找到这个老人之前,他从未想过要向谁讲些什么。突然被我这个陌生人问起,老人露出不知所措的表情。我忽然感到我有些残忍,对于他们,那无疑是最苦、最累、最沉重的回忆或梦。像大多数岭南人一样,林老汉个子瘦小,但矮小精悍。这样的人看起来不起眼,但他们一旦干起什么事来,突然就变得你不认得了。人都是有毅力的,而岭南人又特别有毅力。每天,上工的号子一响,他们就一天干到晚,不歇气。到了夜里,下工的号子一停,他们挂着铁锹也撑不住自己的身体,一个一个咕咚咕咚往烂泥里栽。有的就倒在烂泥坑里呼呼睡着了。就这样,四万民工在半年时间里筑起了三十米高、一千米长的水库主副坝土方工程,这是靠人海堆起来的。

1960年3月,那是老汉一生最难忘的春天,他还记得红线女在庆功大会上的歌唱,那个美啊!——老汉此时张开了他只剩下了几颗牙齿的嘴,无声地瞅着一个邈远的方向,黝黑的脸上,只剩下了美滋滋的表情。我没敢问,他是说红线女人长得美呢,还是她的歌声美呢,还是自己的心里头美呢。此刻,看着老汉的白发白须在风中飘扬,我却想到了一个当年的年轻小伙子,他肯定在想媳妇儿了。

然而,此时离他回家的时间至少还有五年之久。一座水库再大,还得有源源不断的水源,这数万民工,还有更多的民工,将要用他们一生中的五年时间来修建东深供水工程,从东莞桥头引东江水南流入港。如果你顺着这条水路走一次,你会发现,这项工程比修建深圳水库还要艰巨数倍。先要将一条原本由南向北流入东江的支流——石马河变成一条人工运河,再把河水从下游抽回上游,逆流而上,流经司马、旗岭、马滩、塘厦、竹塘、沙岭、上埔、雁田,直至深圳水库,沿途要修建六座拦河闸坝和八个抽水站,经八级提水,将水位提高到四十六米后,注入雁田水库,再在库尾开挖三千米人工渠道,才能把东江水注入深圳水库。如果像现在一样有大型施工设备就好了。这是多余的话。在那时,十万民工只能以血肉生命来验证人多力量大是一个多么伟大的真理。那千军万马奋战的壮观场面你可以想象,是的,哪怕是想象也会让你的心扑通地跳动。但有些事你却无法想象,一个个民工把自己泡在齐腰深的泥水里施工,一天泡到晚,一年泡上头,不说泡上五年,不到半年,下半身就开始溃烂,疮口上的脓血里,就有无数蛆虫蠕动。有的民工一边用筷子的一端吃饭,一边就用筷子的另一端把那些白花花的蛆虫夹出来,恶狠狠地捻死。痛苦的感觉是一点也没有的,就是奇痒难忍,这种奇痒的感觉,会伴随许多人的一生⋯⋯

我沉默不语。当老汉下意识地又开始在身上抓挠时,我沉默不语。

半个多世纪在睁眼闭眼间过去了。半个多世纪其实不比那五年更漫长。

用现在的眼光来看半个世纪之前的一个大型水利综合工程,我内心里充满了敬畏,又不得不敬佩。同那个时代许多在狂热的激情中仓促上马的工程相比,这是一个禁得住历史考验的工程,也是在那个激情燃烧的时代考虑得特别周全的一个工程。除供水香港外,它沿途还灌溉着十六万多亩农田,排涝六千亩,每年还向沿线城乡提供三千多万立方米的生活用水。对十万民工的痛苦谁也不能残忍地漠视,但我又不能不说,十万民工的血汗没有白流,这源源不绝、阳光融融的流水,滋养着上千万人的生命。

很奇怪,在工程建设中,港英当局反而变得多疑起来,东深供水工程正式向香港供水的时间一再被延误。这里面可能有很多原因,发生在 1963 年的东江流域的大旱,无疑是一个原因,但还有很多复杂又不复杂的原因。总之,直到1964年4月,粤港双方才正式签订协议;从1965年3月开始,广东省每年向香港提供不少于150亿加仑(6820多万立方米)的饮用水,香港叫"食水",每立方米售价为当时人民币的一角钱。这个正式供水的时间,一般也被认为是深圳水库和东深供水工程正式竣工的时间。每次去深圳,我都会去深圳水库看看,六十多平方千米的水面,看上去像一个无边无际的大湖。深圳水库库容为4577万立方米,有两条从深圳河上横跨而过的输水管,先把东江水输入深港边境木湖的接收水池,然后从香港木湖抽水站输往新界沙田滤水厂,再通过一条条像毛细血管一样的水管,流进每一个香港人的家里、肺腑里。干涸的香港人,终于可以开怀畅饮了。

然而,港英当局对那些苦难的民工几乎没有说一句感谢的话。在以资本为核心的价值观面前,这就是一桩买卖,一个双方必须严格恪守的协议。但不管怎样吧,干涸的香港人从此再也不愁没水喝。后来,东深供水工程又扩建了三次,现在已将供水量增至17.43亿立方米,最大提水能力每秒约69立方米,其中11亿立方米原水供港,另向深圳供水达4.93亿立方米,沿线灌溉用水1.5亿立方米。而随着香港人口的增长比预期少,又加之香港工业区北移,香港一度从水危机变为了水过剩。由于供大于求,香港在1998年至2003年期间,把价值超过三十多亿港元的东江水白白地排入大海,这不仅是水资源的浪费,而且是白花花的银子,是香港纳税人的钱。此事引发了香港公众的强烈谴责,港府只得再次向广东省求告,双方重新签订了弹性供水协议。这也又一次表现了只有内地才有的豁达和理解。只是不知道,如今的香港是否还把这看作一桩单纯的买卖?

但有些事实我觉得没必要隐瞒。对于东深供水工程,港英当局可能想得太多了,难免心情复杂。那时候,香港不仅是英国在远东的最后殖民地,也是横亘在西方和东方的一道壁垒。但他们别无选择,中国太近了,而英国太远了,远水救不了近火。在东江水源源不断地供应香港时,港英当局因为他们复杂的心理,一直不敢过于依赖东江水,他们一度想通过海水淡化工程来解决香港六七百万人的饮用水,并在1975年建起了海水淡化厂,终因成本过高,香港老百姓用不起,才于 1982 年关闭停用。半个多世纪以来,东江水一直是香港第一大水源。

　　而今,昨日的土夫子们已经苍老,并在苍老的岁月中早已被人遗忘。遗忘,其实是人类存在的最好状态。沉默寡言的岁月,一个沉默寡言的老人早已儿孙成群,却有一种深沉的孤寂。现在,他坐在一条河流边,就像一个多余的人。他再也不用肩挑手提地上河工了,他的子孙,那些土夫子的后代,也不用再像自己的父辈那样上河工出死力了。现在的水利工地上,几乎看不见人,一些在过去岁月颠扑不破的真理,正在被现代化的大型施工设备在巨大的轰鸣声中推倒重来。但岁月中,毕竟还有一个老人这样长久地看着,看着这条河,白色的水鸟,娓娓而来的鱼群,还有像我一样漫游在江河大道上的游人。这里已经是风景了。这其实是很多河边老人的习惯,就像我的老父亲一样。只是,那双浑浊不清的老眼,必须戴上老花镜才能看清楚,这里,还是不是他洒下了五年汗水的那条河?

　　在水一方,忽然不知自己身在何处。一阵阵清香被潮湿的风吹来,又吹去。

　　我立刻嗅到了,那是荷花。而荷花,是必不可少的,清水出芙蓉,濯清涟而不妖。荷花是桥头的象征,也是桥头的一个节日。二十顷莲湖,让桥头芳香四溢,这是我也是很多游人来寻芳的缘由。二十顷莲湖有多大?不由得抬头一望,万千荷花顷刻间笼罩了我的视野。这无数荷花尽管有着千姿百态,但每一朵荷花都是清晰的,就像一滴水那样清晰,只要你仔细看,低下头,你就能看到心里去。在荷花面前,我早已丧失了比喻的能力。没有任何一个比喻可以比喻荷花。她的美,超过了所有的比喻。最好的方式,就是用心去看。很多香港人来桥头,不为别的,只是来看桥头的荷花。这样才好,心里没有什么别的念头,于是单纯,于是纯真。这样你才会发现,一朵莲花的身影也充满着人的神态。眼下,还没到荷花绽放的季节,小荷才露尖尖角,全都是一副微闭着眼祷告的样了。

　　我暗自想,一朵荷花最大的愿望是什么?人类也许不知道。但人类应该能够虔诚地感觉到,那种无比清纯的力量。只有荷花,才能让世界变得这样干净。

一个不可否认的事实，香港人能喝上东江水，是东江流域无数民工用命拼来的。

又一个不可否认的事实，内地喝东江水的人都把自己下意识地当作了东江儿女，把东江当作了和自己血脉相连的一条母亲河；但你要说东江是香港人的母亲河，他们绝不领情，他们没有这样多情，更没有这样矫情。他们和东江的关系，绝非儿女与母亲的关系而是资本与"食水"的关系，这和我们掏钱买瓶装水喝是一个道理，绝没有人会把瓶装水和母亲联系在一起。你不能不说香港人比我们更理性，更懂得资本与"食水"的价值关系，在香港人面前千万不要滥用一些有太多感情色彩的词语，否则，你立刻就会看到他们满不在乎的神态，甚至会露出讥讽的笑容。

还有一个不可否认的事实，在东江水日夜不息地流向香港时，这与人类相依为命的水，也给港人带来了另一种危机。从20世纪80年代开始，东江水污染，就开始困扰着香港人。为了避免东江水在流经的沿途受到污染，1998年，广东省政府向港方建议，修建一条全长八十三千米的封闭管道，从东莞桥头东江水源地直达深圳水库，这样可以避开石马河流域对输水系统水质的影响。这一耗资49亿元的东深供水改造工程，其中约一半资金由港府免息贷款，分二十年摊还。该工程于2000年8月动工，第一期管道，长五十千米，由东莞太源至深圳雁田水库，已于2003年6月正式启用。

然而，在东深供水工程密封管道落成一年后，一个叫"绿色和平"的香港环保组织在2004年3月18日至19日的两天之内，分别在密封水管的入口地带抽取了三十二个源头水样本，该组织随即发布消息称，其中大肠杆菌超标三千多倍，还有部分样本发现水银等致命的重金属，他们做出了一个令人作呕的结论，东江水"污染程度犹如粪水"。这个结论一度引起港人的极度恐慌，也煽动了港人普遍存在的某种情绪。不过，香港水务署很快就对这份报告予以强烈反驳，他们说："我们根本不用反驳，我们有数字！"根据水务署的化验报告，自密封水管2003年春天启用后，他们在当年7月起至2004年3

月，多次在位于香港边境的木湖抽水站抽样，发现密封水管投入使用后比使用之前的大肠杆菌大量减少，每升水含量大跌 31.7%，氨氮含量更急跌 84.6%，这些数据反映东江输入香港的水质不但没有降低，而且有非常显著的改善。他们据此重申，东江水可安全饮用，让香港七百万市民放心。

这两种分别由官方和民间做出的截然不同的结论，让港人也是满脑子疑团，为什么会出现如此严重分歧？又到底应该信谁的呢？还是一些香港学者比较理性，在分析之后，他们如是猜测：这很有可能与近期枯水期有关。香港大学地理系副教授吴祖南分析说，冬天水落石出，东江水大为干枯，污染物就比全年平均数高许多。这就是说，由于季节和气候的影响，在个别月份东江水水质可能会特别差，这也会对市民生活构成影响，他建议港府应该每月公布水质报告。"绿色和平"总干事廖洪涛也承认水质可能只属季节性恶化，但是水务署为清理净化饮用水，必须采用更多化学物料进行消毒，市民最终会把这些化学物质喝进肚里。他还批评，自密封管道启用后，邻近东江、受严重污染的石马河，水量急降，每遇潮水涨退，就会倒流至东江中游，严重污染东江源头。

尽管"绿色和平"的数字里明显有些偏激和夸张的成分，但广东省水利厅也坦率地承认了东江支流石马河的污染，不是严重，而是极严重，他们正在抓紧制订整治污染的计划。

坦率地承认比遮遮掩掩好。石马河的污染程度是有目共睹的。一条石马河从深圳宝安龙华镇大脑壳山流过来，在河谷里浑浊地流淌着的污黑的液体散发出刺鼻的臭味，几乎看不出水的丝毫光亮，唯一发亮的东西就是漂浮在河流上的塑料垃圾袋。很多人不叫它石马河，叫它"黑龙江"，乌黑的河流就像一条黑龙。三十多年前的石马河不是这样子，那时的石马河流域，在明媚的阳光下呈现出来的是碧绿的原野、满山遍野的果园和偏居一隅的岭南民居。可惜，那缓慢而宁静的乡村田园风景，在三十多年的岁月里早已被无数工厂和坚硬的钢筋水泥建筑淹没。现代化的坚硬的阳光，到处发出金属的响声。这石马河畔的每一个乡村，曾经的乡村，现在的身份无疑都是复杂的，比所有的时代都复杂。在行政区划上它们仍然是乡村，但当你走进这些到处都是高楼和高架桥的乡村,你不知道,它到底是乡村,还是城市?是小镇,还是都市?你已经无法为这样一片土地定义。这里的土地正在被水泥一块块地吃掉,这里的河流里也能看见繁华的大街与楼群。一个桥头,现在每年就能创造出四十多亿元的财富和六亿多美元的外贸出口额。在这样一个地方我走得很慢,我只能以萨特式的眼光,迷惘而怀疑地打量着这里正在发生的一切。尤其是在改革开放的最初十年,一股股乌黑发臭的工业废水和生活污水直接就排进了石马河里。转而一想,若没有这最初十年的以污染为代价的原始资本积累,也许就没有三十多年来中国最发达的南部沿海经济带和惠、莞、深、港经济走廊,更没有今天的桥头。

污染的不只是东莞,还有更严重的深圳河、布吉河。深圳的经济实力,差不多是东莞的两倍,然而在对深圳河、布吉河的治理上,深圳虽多年治理没有明显的成效。而深圳还时常有意无意地向东莞转嫁危机,尤其是东莞与深圳两市的界河,更多是来自深圳的污染。这让东莞人很气愤,他们说,深圳把满街的乞丐用卡车拖到了东莞,扔下不管了,深圳把污水排到了东莞,也不管了。深圳算什么?多年前不就是东莞的一个小渔村吗?这话,说得有些偏激有些情绪化了,这又确是东莞老百姓的说法。但深圳官方是不会这样情绪化的,而是表现出了一种理智上的清醒。2011年9月,广东省人大常委会副主任陈小川率省人大代表来到东莞和深圳之间的界河观澜河、石马河交接断面处查看,发现深圳段的河水又黑又臭,而东莞段则是清水流淌,两座城市,同一条河流,泾渭分明。面对这样一个事实,深圳市委常委、常务副市长吕锐锋向广东省人大代表视察组诚恳道歉并表达了深圳对东莞的道歉:"我们对不起东莞,把污染物都排到了东莞。"

我们对不起东莞!在东莞人的印象中,这也是深圳有史以来第一次对东莞说了一声对不起。不过,东莞人并不会因此而瞎激动,他们是务实的,听其言,还得观其行。吕锐锋也做出了郑重的承诺:深圳市将立即采取五大措施,把观澜河治污的主要责任承担起来,争取明年底实现观澜河交接断面水质明显改善。这五大措施是:一是一个月内完成观澜河应急污水处理设施的改造升级;二是一年内建成观澜河污水处理二期、龙华污水处理二期,新增四十万吨污水处理能力;三是根据汛期情况,设两到三个污水调蓄池;四是准备将清湖人工湿地旁边的一块面积较大的菜地改成人工湿地;五是富士康已建成五千吨匈牙利水质净化技术的设施,在此基础上,沿线再建一到两个万吨的深度净水设施。

有人说,这是还债,深圳人必须还他们这么多年欠下的债,他们也还得起。事实也是这样,在积累了雄厚的资本之后,人类又开始每年以数十亿计的资金给东江还债。为确保供应港澳的水水量充足和水质良好,早在1995年,广东省政府就成立了东深水质保护领导小组,负责对供水工程水质保护的协调工作,还专门成立东深水质保护监理站,负责东深水质保护的监督、检查和协调工作。近年来,广东省先后在东江流域建设新丰江、枫树坝和白盆珠等一系列水量调节枢纽工程,并对其实施以防洪与供水为主的调度运行方式,实现了东江水量的多年调节,保证供香港的水量需求。为了严格控制水污染,广东省一直在加强对东江流域建设项目的严格管理,但石马河依然是东江流域一条久治不愈的污水河。

除了石马河的污染,还有东江中上游的河源近年来愈演愈烈的生态危机。东江从河源市穿境而过,长达两百五十余千米,一条东江,河源差不多占了总长度的一半。东江水质如何,东莞、惠州、广州、深圳和香港两千多万居民饮用水的水质如何,一大半要看河源的水质如何。河源必须做出牺牲,他们在工业、旅游业上均受到严格的限制,这也让河源市成了东江流域和珠三角地区一个经济滞后的县级市。尤其是新丰江水库四周的河源居民,为了保护东江水资源,他们只能做出牺牲,眼看着别人开工厂、搞旅游,他们却什么也不能干。至今,这里还有二十多万人生活于贫困线以下。这在沿海地区似乎是不可思议的。发展是硬道理。发展对于这些生活在贫困线以下的老百姓也同样是硬道理。他们的活路到底在哪里?自2006年以来,他们终于找到了一种摇钱树,开始大量种植作为经济用材的尾叶桉。大片野生的、原生态的森林被人类的植树造林所取代,这些善良、憨厚的老乡并不觉得他们在毁灭什么。事实上,很多中国的老百姓到现在还不十分清楚,这样大面积种植某种单一的树种可能带来的灾难性后果,他们觉得,他们还在植树造林,就是天经地义、合情合理的了。他们并不觉得他们在毁灭什么。短短几年,东江中上游河源一带的原生态森林就这样被毁掉了,很多不能作为经济用材的野生杂树大都被连根铲除,只有满山遍野的桉树在疯狂地生长、蔓延,大量物种正在灭绝,或已经灭绝。这是比工业、旅游业更具杀伤力的生态大破坏。有人预测,如果没有一种力量来阻挡这种单一物种的疯长,过不了多久,东江水源很可能遭遇断流的灭顶之灾。

大自然的生物链一旦被破坏,人类社会的生物链也必遭受破坏。

现在,香港特区政府已与广东省人民政府设立了紧急通报机制,对任何可能影响东江水质的事故都能在第一时间通报对方,以便实时采取适当的防控措施和相应行动,确保东江对香港的供水安全。而制度化建设更加健全的香港水务署已制定一系列的危机应变措施,主要是:在深圳入港的木湖抽水站若发现东江水水质变差,便立即提升各项监控水质的严密措施;如有需要,在紧急状况下,港方会在木湖抽水站排放所有接收的东江水;与粤方保持联络的快捷通道,一旦水质有变,即通告粤方减少或暂停东江水输港,并向粤方索取水质变差的详细资料,以便制定下一步的应变行动。还有一条,就是将供应本港各滤水厂的原水,改由本地水源供给。香港特区政府的民生至上理念,通过水透彻地体现出来了。而广东省人民政府要保证东江的水质,还只能采取铁腕和更严厉、更强有力的命令来阻止对东江水构成威胁的一切行为。这就是现有体制下的中国国情。但要长治久安,就必须为那些依然生活在贫困线以下的老百姓找到一条现实的出路。

船到桥头自然直。这又是关于桥头的一个寓言。没有谁比桥头人更相信一句老话。

而桥头,兴许是值得很多人来看看的一个地方,不只是看风景。为了让一条河流从悲伤和绝望中走出来,桥头近年来投资数亿元,对境内河流水系采取了一系列生态修复和生态重建。二十顷莲湖和东江堤岸景观的营造,对河流清淤和调水冲污等综合整治,极大地提升了河流水系的生态净化能力。而桥头人在治水治污的过程中,也把这一小片灿烂的土地打造成了集观光旅游、文化休闲、商住开发于一体的生态休闲特色区,人与自然在这里得到了真正的山水兼容、和谐共处。大自然不应该作为人类的背景而虚设,而对大自然的保护,也不能逼仄人类的生存空间。

风流水转,水泊桥头。而今,一条翠绿的河流,正从这里荡气回肠地流过,就像我此刻正在行走的江河大道。这里的水,清清亮亮,如清晨凉爽的井水,真干净啊。这是我在岭南三大水系中见过的最干净的水,干净得可以洗濯自己的肺腑。你可以试一试,亲口品尝一下。掬水而饮,一饮而尽,就能听见自己鲜活的心跳。只是,别太激动了,别惊飞了荷叶下那只白色的水鸟。想到那些香港人每天喝着这样的水,身心该有多么舒畅。东江人,桥头人,其实没有太多的想法,他们始终保持一个纯真的念头,让每一个香港同胞都能喝上一口好水。

每年春汛,那个姓林的老汉都要在这条河里捞起一些从上游漂来的浮渣,又放下一些鱼苗。这不是一个老人晚年的闲情,而是如今桥头人的一种习惯。鱼群如水,比水更明亮。桥头人的眼光,好像就是在追逐这些鱼群的身影时,逐渐变远的,越来越明亮的。

桥头,很小,只有五十多平方千米,像寓言一样短小。如果桥头真是一个寓言,我希望她不是假托的故事,也不只有劝诫,唯愿动物、植物或自然界的其他事物都是这个地球村里人格化的主角,但愿这样一个借小喻大的寓言,被广泛讲述。

对这个小镇我心存感激,我喝的也是东江水。我能感觉到自己心中的许多东西,正在一点一点地变得纯净,变得豁达。走进桥头,走进这里的风土和流水,感觉如同经历了一次内心故乡的漫游。只要还能够和一条干干净净的河流走在一起,我就觉得是最大的幸福,自然,也有许多难以言说的滋味。

此时,漫天的阳光化入水中,化入我心中难以名状的悸动。

六　别忘了，还有一条北江

危机，又岂止是广州，整个珠三角危机四伏。

在广州的水源地越迁越远时，一条河流已经流得离大海越来越近了，北江。

同西江、东江相比，这是一条很容易被遗忘的河流。其实，北江是珠江流域第二大水系，它有两个源头，其正源——东源发源于江西省信丰县石碣大茅山的西溪湾，另一源头——西源为发源于湘南临武县境内的开水，又称武水，两大支流在广东韶关汇合后，始称北江，由北而南，流到珠江三角洲西北端的佛山三水区，同西江相通，其主干从洪奇沥入海。

先从它的正源浈江说起，浈江源出江西著名的梅岭。要知道现在的浈江是什么样子，先看看古代的浈江是怎么样的。宋人蒋之奇留下了一首诗："城东浈水碧渊洄，杨仆楼船向北来。"从诗人笔下，我们看到了宋朝繁荣美丽的浈江。一条古老的浈江不只是流淌在诗意中，也穿行在历史中。从最早记述浈江的《史记》和《汉书》看，汉武帝元鼎五年（前112年）秋，"帝遣楼船将军杨仆出豫章下浈水平南越乱"，杨仆奉诏后，"于元鼎六年冬率楼船师下浈水，与伏波将军会师石门，进军番禺，一举而平南越之乱"。当时杨仆的楼船高二十余米，进军时正值冬季，几百艘如此庞大的楼船载兵甲数万，列阵于浈江之上，可见那时的浈江是多么深广，确是一条优良的水运航道。又据史载，近三百年来，浈江发生了很大的变化，水浅流浊沙滩多。主要原因是水土流失日益严重，这与当地人大规模垦荒种植黄烟有很大关系。清道光四年（1824年）《直隶南雄州志·物产》中记述得很清楚："……种烟之地俱在山岭高阜，一经垦辟，土性浮松，每遇大雨时行冲刷，下注河道，日形壅塞，久则恐成大患。然大利所在，趋之若鹜。是唯有土者严禁新垦，庶可塞其流而端其本耳。"随着水土流失日益严重，浈江日益壅塞。乾隆年间，钱大昕任提督广东学政，由南雄登船，就碰到了浈江水浅滩急舟难行之苦，因感而作《南雄舟行》，诗云："水浅沙停一线滩，十夫推挽力空殚。谁知咫尺凌江路,下水翻同上水难。"可见,当年浈江因淤塞已出现航运困难了,但直至民国时期,这条水路一直没有中断,来往于南雄、始兴、韶关的木船仍有两百余只。浈江断航还是在解放后,随着"大跃进"和农业学大寨时期的大规模开荒造田,几十年间,浈江彻底变得面目全非,成了珠江水系水土流失最严重、含沙量最高的河流。随着泥沙剧增,河水流量减少。尤其是近年来,北江连年干涸断流,河道上看不见行船,倒是可以看见行人在河中走动,一条水路,变成了一条旱路。

猜测北江被遗忘的原因,首先不是被人类遗忘的,而是被流水所遗忘。北江第一次干涸见底,是2009年秋天,当时还没有人想到要修路,以为只是暂时的。从那以后,北江水一年比一年少,大部分河床已经持久处在干涸状态。我去那里时,是2011年春天,当我深一脚浅一脚走在干涸的河床上,可以明显感到脚下的河沙已经干透,呈现松软的风化状态,并非短暂暴露的湿河床。在连续干旱了三年之后,伦洲岛上的村民不得不相信,他们世世代代靠船摆渡的日子是真的结束了,为了方便出行,他们必须修一条路。

一个村民指着一条临时便道告诉我,这条便道是最近才修通的。

如果继续干涸下去,这河道里也许会修一条水泥路吧,我不禁想。

应该说,有了路,对这里的村民是方便多了,干什么都方便了,最明显的就是岛上开工新建的房屋多了起来。一个正在建房的村民兴奋地说:"这砖石、沙以前都是靠船运进来,现在都能用车和拖拉机运进来了。"

看到他们轻松而又兴奋的样子,我却不知道怎样祝福他们。

那一幢幢建起来的房子,好像沙漠中的海市蜃楼。

伦洲岛地处清远市清城区洲心镇内,位于北江飞来峡口外水域,原本是一个四面环水的内河冲积岛。如今没有水了,但还有游人慕名而来,站在岛上,眼前一片被春风搅动的黄沙,弥漫得如同沙漠的风景。

那么,飞来峡水库的情况又如何呢?从清远市中心北行三十多千米,便到了位于北江干流中游的飞来峡水库。这座建成于1999年的水库总库容近二十亿立方米,对下游防洪、压咸、通航发挥重要作用。在北江来水流量特枯的旱情形势下,曾多次发生船只搁浅堵船事件,都是飞来峡水库应急放水。飞来峡水库的景观与下游北江干枯的河床形成鲜明对比,库区山清水秀,湖面碧波荡漾,库区边缘甚至可以清晰地看到水下的石头。听水库管理局的一位工作人员说,眼下,飞来峡水库平均入库流量连同期多年平均来水量的四成也达不到,如果没有更多的上游来水或雨水补充,水库蓄水还会继续下降。不过,干涸之中也有惊喜,这里水质的监测结果达到二类标准,有人把粤北称为岭南的最后一片净土,看来此言不虚,水质就是最好的证明。

中山大学水资源与环境中心的黎坤博士也专程来这里考察过,在取样检测之后,他如是感叹:"如果广州人能喝上这样的水就好了,但当时选择新的取水点时考虑到北江流量实在是太小了,不够取水,只能放弃。"

这条被放弃的北江,处于一种被遗忘的状态。但它依然以柔弱的水流,兀自向着南中国海的方向缓慢流淌,在流经广东南雄、始兴、曲江、韶关、英德、清远等县市之后,在三水区思贤滘与西江相汇,一部分水流向西汇入西江,另一部分水流向东汇入珠江三角洲。

说到这个思贤滘,根据历史地理学家的考证,珠江三角洲平原最早就是在这里形成的,它也因此被确认为珠江三角洲的起源地,也是通向广东西部、云南、贵州、四川等大西南地区的咽喉通道。早在一百多年以前,广东还未有公路和铁路,英国人就充分认识到这里作为水陆运输、货物集散和经济贸易的重要价值。清道光年间,清政府与英国签订一纸屈辱的条约,把思贤滘附近的河口划为通商口岸,之后又于1887年兴建海关大楼,这座大楼现在已成为广东早期的海关大楼之一。

英国人如此看重这样一个小地方,这地方也自有非凡之处。从水系上看,这里是珠江水系的一个重要交汇点,也是珠江水域中唯一使西江、北江相互汇流的一条短暂河道,如果没有这条纽带,北江和西江就没有任何关系了。"三里思贤滘",思贤滘全长约三里,水深五米,西滘口宽约百米,东滘口宽约两百米,中间宽五百余米。这是一条天然运河,对调节西江北江流量、沟通航运、便利排灌都有无法取代的作用。每年汛期,如西江水涨,西水便倒向北江;反之,北水则流向西江。这时候,洪水狂暴地泻入狭窄的江中,水声如同雷鸣般从平地响起,震天撼地,乃自然界中一大奇观。另外,在思贤滘以北三千米的北江西岸,还有一条规模稍小一点的河流注入,这是北江的支流绥江。于是,在方圆几千米的范围之内,便呈现出三江汇流的罕有景观,这也就是"三水"一名的来源。如果说珠三角密集的水网是珠三角的枝叶,那么西江、北江、绥江交汇和流经之地的三水就是珠三角的根源。在三水境内,西江一路长途跋涉后流入三水,已经夹杂泥沙和风尘,所以汇流之地的西江水相当浑浊。但北江因为流经路途短,江水依然清澈见底。两条江流,演绎了泾渭分明的南方版,形成了独特的"鸳鸯河"景观。

思贤滘还不只是一条短暂的河流,也是岭南的一条重要文脉。思贤滘初名沧江,相传明代岭南大儒陈白沙到此访问其门生陈冕不遇,书"思贤"二字而去,由此得名。岭南人用词是相当严谨的,在它还叫沧江时,还有着宽阔的江面,又与大海相连,后来,沧海桑田,大海远去,江面萎缩变窄,往日的沧江便变成了后来的"滘"了,不过,这样也更准确。滘,岭南方言,指水相通处。

令人疑惑的是,三水虽然是珠三角的起源地,又是英人最早看中的一个通商口岸,但近现代以来一直没有发展为工商业大市。哪怕现在,它不敢跟广州、深圳等一线城市比,也不能跟东莞、佛山这样的二线城市比,只能屈居于佛山的一个区。据当地文史专家分析,这很可能与三水的地理位置有关,三水既受水泽润,同时也为水所害。每到汛期,北江、西江洪水猛涨,在三水交汇成惊险的洪峰,三水人几乎每年都要进行抗洪大战。面对这样的洪水,自然也就很少有人在这里开厂经商了。用三水人的话说,他们是成也三水,败也三水。三水成淼,淼的本义就是水大,大水。据说,在秦汉时期,三水的水比现在还要多,境内还有一个面积上万亩的大湖。这也是三水人至今还在怀念的一个大湖,谁也不知道是怎么消失的,兴许如今的三水滘,就是那个大湖的遗存水泊。

在三水流传着这样一句话,三水从来不缺水。三水人最担心的,还是水多了,太多了。这也逼得三水人在建造房屋时特别注意排水。这里有个大旗头古村,被列入了中国历史文化名村。数百年来,这个古村经历无数次台风、暴雨和洪水的袭击,却一直保存至今,其中就暗藏了他们如何排水的玄机。走进古村落,你不会感觉到脚下正在发生变化,看上去是走在一片平地上,然而,实际上你已经走在一个微微抬升的坡面上了。一旦村子进水了,这水就顺着这难以察觉的坡降钻进地底下的一条条暗渠和水沟,把积水畅快地排进一口口低洼处的池塘,这既保持了地坪屋舍的干爽,又让池塘在每次雨后都能补充一次水源。由于在暗渠、水沟的设计上,这里人把污水和雨水分开了,各有各的通道,进入池塘的雨水在泥沙沉底之后也很干净、新鲜。这些,我是看不见的,但走进三水,你能感觉到,水已融入了这里人的每一个生活细节。

说到三水,现在还有新三水:水泥、水稻与被称为"中国魔水"的健力宝。而在三水的饮料工业中,又有人把健力宝、强力啤酒和三水酒厂也称为"新三水"。三水的历史其实也就是以这种不断命名或重新命名的方式演绎着,这一小片灿烂的土地也有了越来越多的内涵和外延。作为珠江三角洲商品粮基地的一个组成部分,三水的粮食产量一度位居全省之首,并获广东省粮食创高产奖。现在,很少看到粮田了,但这里的大塘蔬菜、白坭黑皮冬瓜和范湖韭菜心依然是珠三角著名的绿色农业品牌。三水水泥在20世纪八九十年代也曾以厂多、量大、质优在广东省处于领先地位,但那时的水泥厂大多是高污染的立窑水泥厂,现在已经被当地政府关停了,现有的水泥厂都已改造为清洁环保的水泥厂。三水的支柱行业,还是以健力宝为代表的饮料行业,还有金牌米酒、强力啤酒、红牛、可口可乐、百威啤酒等知名酒水品牌。靠山吃山,靠水吃水,三水人都知道,众多饮料行业云集在这里,看上的不是这里水多,而是这里的水好。

一般江河交汇之地,很容易沦为污染之地。三水能够在无水不污的珠三角保持这一方洁净的水源,得力于多年来的铁腕治污。一个地方能够动真格治污,也是要有条件的。三水不但拥有丰富的水资源,还拥有众多的优质企业,这让他们不至于饥不择食,可以从容地选择企业。新建项目技术水平和能耗水平要达到国内先进水平或国际水平,对未取得总量控制指标的项目,无论你能给三水带来多少财税收入,他们一律不予批建。尤其是对陶瓷、纺织印染、有色金属冶炼及压延加工、造纸等高污染行业,三水实行了更严格的控制。如果你在控污和控制能耗方面没有达到国内先进水平或国际水平,想进三水,没门儿!三水人的眼界高着呢。

哪怕三水如此严厉地控制污染,也还是时常遭遇污染。

很多三水人还记得,2009年春天,从北江流来了一条长达数千米的白色泡沫带,一直流到三水自来水厂的取水口。三水人比别地的人更警惕,几乎在第一时间,三水环保局的报警电话就接二连三地响起,而环保部门的检测车比警车、消防车开得还快。这个速度在别的地方是没有的,现场采样检测,结果马上就出来了,水体样本中的PH酸碱度、氨氮、挥发酚和氯化物超标,严重超标!这污染的源头又在哪里呢?顺着白色泡沫漂来的方向一路追踪,很快就跨过了三水的行政区域,也跨过了佛山的行政区域,到了肇庆四会市境内。说是两个地级市的两个县区,其实相隔又不远,属珠三角的两个毗邻县区。这一衣带水的地方,便是四会市南江工业园,这里黑压压的全是工厂,化工厂、铝材厂、水泥厂、铸造厂、陶瓷厂,有一百多家。珠三角的工厂规模都很大,而这些厂的性质决定了,大多是污染严重的企业,顺着北江漂下去的那股白色泡沫的污水,就是从这里排出的。然而到底是哪一家,不知道。当然,只要稍微认真地查一查,很快就知道了。但三水区环保局执法大队没有这个权力,他们只能求四会市的环保部门协查。

黄冶是三水市环保局执法大队大队长,一个很干练很有执行力的人,他可以在自己的辖区内以铁腕执法,但一旦跨过了行政界线,他也只能望洋兴叹了。这种跨流域排污,一直是治污的一个难点,也是黄冶最伤脑筋的一件事。上游污染下游,你急我不急。眼睁睁地看着污染的水流一路流过来,你又不能把一条北江给堵住,唯一的办法,就是去跟人家交涉了,甚至是乞求。像这样的纠纷,永远都是下游求上游,除非河水能倒流。好在四会方面还算配合,很快就开始查找污染源。这一查又发现问题很复杂,对北江下游构成污染的还不只是南江工业园,也包括三水基塘的农业废水和广东商学院上万名师生的生活污水,这些都是通过北江来排放的。当然,污水的主要源头还是南江工业园,却又不是故意排放的,而是由于工业园排出的污水酸性太大,致使水闸闸门腐蚀生锈,污水从锈坏了的闸门里涌出来。还有天气方面的原因,事发前这一带连降暴雨,涌出来的污水逼近附近的鱼塘,当地水利部门抽水排入北江,把泥土也带出来了,因此出现了白色泡沫。当这许多的事情纠缠在一起,情况也比想象的复杂多了,你要想找出一个排污的元凶,也就找不到了。而当务之急,也不是追究谁的责任,而是在第一时间堵住污染源。在这方面四会方面也很配合,两地联手,很快就共同堵塞了污水排放闸,并敦促南江工业园几个大型排污企业停止排污。但企业停止了排污,广东商学院那一万多名师生的生活废水仍在排入北江,广东商学院是省直单位,要堵住这个污染源,还得去找省里的有关部门。至于什么时候有结果,您哪就耐心地等着吧。

　　过了三水,就是全长约五十千米的洪奇沥,素称百里洪奇沥。这是广州番禺与中山顺德之间的界河,上接潭州水道和容桂水道,下泻珠江八大口门之一的洪奇门注入伶仃洋,并与珠江另一口门——横门相通。这也是一个与洪水有关的地方,每年汛期,向大海倾泻的洪水受到海潮顶托,江水扑向大海,又被海潮反扑过来压在身下,在激烈而又相持不下的搏击厮拼中,蹿起一股股冲天的水浪,让人看了惊奇不已,谓之洪奇。这江海相连的水域,看上去十分辽阔,但因泥沙不断沉积,这水其实很浅,航道水深仅有三五米,又因沿途还有珠江水系众多的支流汇入,水文异常紊乱。随着泄洪和航运能力的逐渐萎缩减退,珠江已经把危机延伸到了南中国海。

　　这里就是北江最后的归宿。我很想看看这条河流消失的最后时刻,眼前已经一片沉寂,一条河流就这样消失了,不见一点动静,连一句话也没有。

七　以南中国海为背景

　　当西江、东江、北江以及珠江三角洲诸河汇聚于珠江,汹涌澎湃的高潮终于来临,那奔涌、交汇、碰撞的呼啸与喧哗一浪高过一浪,连大海的声音都给盖没了,而大海就是她们共同的方向。也正是这条南方的大河,最早为一个古老的东方大国确定了现代流向。尤其是近三十年来,她与南中国海演绎出了波澜壮阔的举世交响。

和别的江河不同,珠江的入海口不是一个,而是八个,分别由虎门、蕉门、洪奇沥、横门、磨刀门、鸡啼门、虎跳门和崖门等八个口门奔向南中国海。尽管有这么多入海水道,珠江依然大潮汹涌,壮怀激烈。一条西江在流淌了两千多千米后已接近尾声,这个尾声被过于曲折的海岸线无形地拉长了,从佛山三水思贤西口至珠海市企人石河段,西江大致分成三个河段,西江干流水道、西海水道和磨刀石水道,最后经磨刀门入海;那条被我们忽视已久的北江也从江西与湘南境内流来了,自思贤北口起也可分为三段,北江干流水道、顺德水道和沙湾水道,最后经狮子洋出虎门入伶仃洋;还有东江,也将在增城市的禺东联围注入狮子洋。这每个入海口又分别形成了各自的小型三角洲,其前缘每年仍以百米左右的速度向海中延伸、扩展,加之人类填海造地,珠江三角洲仍在不断长大。

假如时光倒流三十年,这里还是中国八大商品粮基地之一,珠江流域最肥沃的土地就是珠江三角洲。这也真是得天独厚的一方水土,北回归线水汽充盈的阳光,亚热带温和的气候和充沛的雨水,轮番滋养着这片具有强大母性本能的大地,一年四季仿佛都处于一种奇异的怀胎孕育中。除了粮食,这里还盛产蚕茧、黄麻以及香蕉、菠萝、杧果、木瓜、荔枝、龙眼、柠檬、甘蔗等数不胜数的亚热带水果,这是四季常青、芳香四溢的大地,还有高度发达的海水和淡水渔业。勤劳智慧的岭南儿女还创造了桑基鱼塘、果基鱼塘、蔗基鱼塘等农渔兼营的生态系统,中国生态农业最早就是从这里起步的。别的不说,还说珠江,在中国七大水系中,珠江不但是水量仅次于长江的大河,还是含沙量最小的河流。尽管濒临南海,但珠江口属弱潮河口,潮差较小。无论从哪方面看,珠江水都是天然的优质水,也应该成为天然的优质水。

然而,现在珠江的天然优质水,还有珠江三角洲作为商品粮基地的意义,都只是历史意义上的。如今的珠江三角洲——按1994年10月国务院批准设立的珠江三角洲经济区——是由广州、深圳、佛山、东莞、珠海、中山、江门等国家一、二线城市和十几个中小城市组成的核心区域。在这一区域内，几乎看不到真正意义上的农村和农田了，更难觅农人在田野上辛勤耕耘的身影，偶尔看见孤零零的几个农人，大多是从外省来的代耕农。放眼望去，只有由大大小小的城市和镇街组成的庞大城市集群和连绵不断的"世界工厂"。珠江三角洲，早已是一个银光熠熠的、有着金属外壳的珠三角。而这样一个珠三角，是需要比浇灌农田更多的水来浇灌的，不说工业用水、城市用水，光是数以亿计在这里打工的农民工，一天就要喝掉多少水啊？

但珠三角的水危机并非资源性水危机，和以上海为中心的长三角一样，珠三角缺的不是水，而是干净水，也就是所谓水质型水危机。也有人拿珠三角跟长三角比较过，至少是最近几年，通过比较分析，大致得出这样一个结论：长三角的污水排放要比珠三角好很多，污染程度也要轻很多。珠江的污染之重可能与珠三角的发展起步比较早有关系，它开风气之先，也一直在改革开发的潮头遥遥领先，很多工业重镇在率先崛起时，走的都是先污染后治理的老路。说是老路，又并非中国人走过的，而是世界上很多发达资本主义国家曾经走过的，而珠三角的崛起又恰好是因为这里变成了"世界工厂"。随着中国打开了第一扇面向南中国海的国门，那些国外的资本家纷纷拥进中国，而许多风靡世界的名牌，压根儿就没有自己的工厂、工人和流水线，诚如加拿大公共知识分子娜奥米·克莱恩在其畅销书《NO LOGO：颠覆品牌全球统治》中所揭示的那样，这些"大型跨国企业将品牌经营视为要务，实体产品的生产制造遂向成本更为低廉的第三世界国家转移"，而中国农民工无疑是数量最多的"第三世界劳工"，以东莞为代表的城市或地区又是农民工最集中的地方，东莞，乃至珠三角，正是在这样一种情形下成为"世界工厂"的。数亿农民工以自己的生命为"实体"，又在作为实体的工厂里源源不断地生产出"实体"产品，最终创造出举世惊叹的 GDP 奇迹。然而，在这样一个世界，一切作为"实体"的事物都是廉价的，只有虚幻的"品牌"是昂贵、奢华的。一个中国农民工生产的一双耐克鞋，这双鞋子的利润百分之七十属于这个品牌，余下的归工厂，而工厂又能给一个打工仔打工妹多少钱，不用说，微乎其微，少得可怜。借用娜奥米·克莱恩的话说，他们在"恶劣的环境、微薄的工资之下,以血汗浇铸品牌的世界"。而恶劣的环境,除了他们工作的环境,就是污染了,从空气到水体,从天空到大地,这无疑也是大型跨国企业向第三世界国家转移的另一种危机。

也只有第三世界国家才会接受这样一种转嫁。在改革开放之初,发展是最硬的硬道理,污染也没有像今天这样严重,"先污染,后治理"甚至成了当时的一种观点,很多学者认为:"在经济发展的一定阶段,不得不忍受环境污染,只有当环境经济发展到一定水平,才可能有效地去治理。"由此得出的结论是,先污染后治理具有客观规律性。为此,有的学者还辩解说:"这并不是反对采取措施来防止和治理环境污染,而是在经济水平不高的条件下,相当一部分环境保护目标和措施,将由于经济水平和技术水平的限制而不能实现,社会也就不得不忍受环境污染的后果。"理性而客观地看,又不能不说这些学者没有道理,如果以当时中国的客观条件,要让环境保护与经济发展同步进行,那些"世界工厂"能否引得进来是一个问题,他们不能不考虑治污的成本,如果不是为了节省这样一大笔治污成本,他们干吗又要到你这里来开厂?而要让当时还处在人民公社体制的乡镇拿出这笔治污经费,更是连想也不用想了,谁都知道那时候的中国有多穷。"君子固穷,小人穷斯滥矣。"毕竟,能固守贫困的君子太少了,更多的是饥不择食,哪里能管得了那么多呢?

"先污染,后治理",究竟是发展规律,还是沉痛的教训?这是一个问题,也是一个悖论,除了以牺牲环境资源为代价取得财富,难道我们没有别的出路?

没有结论,但有结果。二三十年后,珠三角真正崛起了,这个崛起无疑是在严重污染的前提下实现的,现在,珠三角要痛下决心治污了,需要花费比当初高数倍乃至数十倍的代价。但你又不得不说,这个代价珠三角已经花得起了。这样说吧,如果说治污的成本翻了十倍,珠三角的经济实力则已翻了百倍。是故,珠三角的污染如此严重,但很少听到珠三角人对他们走过的"先污染,后治理"的发展之路有太多抱怨后悔的。我这样说可能很危险,但又是事实。广州举办亚运会,为了治污,每天往水里扔进一个亿,一个亿只能治理一条小河涌,而为了治理那些被污染的小河涌,广州人一共投入了四百多个亿。这是需要强大的经济实力的,有这么多钱扔到水里,不说治理一条小河涌,足以把一条小河涌埋葬了,另起炉灶,重新开凿一条新河。

治理一条小河涌对广州并不难,一百条也不算太难,难的还是珠江,这条河太大了,你一个广州再有实力,也治理不了整个珠江流域。这才是珠三角无所不在的危机感。"守着江河没水喝,守着江河调水喝",在珠三角经济高速起飞的同时,这句话也成了珠三角人说得最多的一句话,说多了,也就成了一句俗话。说穿了,还是那句话,不是没有水,而是这水不能喝。据广州水务部门介绍,最近几年,珠江广州河段的水质能达到三类水的时间都很少了。而中山大学地球环境与地球资源研究中心主任周永章教授说得更具体:"在珠三角等人口稠密、经济发达的地区,符合三类水质的河长已经不足20%。随着沿海地区经济社会的持续快速发展,一方面农业、工业和城镇生活需水量不断增大,供水能力日显不足。另一方面由于经济发展带来的水质污染问题也日趋严重,加剧了水资源短缺,最终导致珠三角水质性缺水的城市比比皆是……"

何谓三类水?这就牵涉到关于水质分类的标准问题。依据地表水水域环境功能和保护目标,我国把地表水按功能高低分为五类,一类水是最优质的水体,主要是没有任何污染的江河源头水、地下水、山泉水,还有矿泉水、纯净水等,可以直接饮用。二类水一般指受轻度污染但经常规净化处理就可供生活饮用的水体,目前在中国地表自然水中已经非常难得了。三类水主要适用于集中式生活饮用水、地表水源地二级保护区、鱼虾类越冬和洄游通道、水产养殖区等渔业水域及游泳区。这是比较直观的描述,换句话说,三类水是可以饮用和不能饮用的一个临界点。目前,中国自然江河水系能够达到三类水标准就算是基本上没有受到污染了,经过净化处理也能饮用。三类水以下的四类、五类水,水质低劣,只用于一般工业用水区、人体非直接接触的娱乐用水区、农业用水区以及一般景观水域,到了劣五类,那就是根本无用而且有害的污水了。

而现在,按周永章教授的说法,珠江三角洲符合三类水质的水源已经不足二成,如果连三类水这个标准都达不到,人类喝的也就是脏水、污水了。事实上也是这样,以广州为例,广州人如今能够就近喝上三类水都是奢侈了,广州市区河段水质已是劣五类。这水是不能喝的,从20世纪80年代初开始,守着一条珠江的广州就早已不能从珠江直接取水,他们只能一次次迁移取水口,从原来的广州流溪河水源地迁至近三十千米以外的北江顺德水道,再到现在七十千米以外的西江引水。这个迁徙的过程,反映了人类生活的一个尴尬事实,逐水而居的人类,离水仿佛越来越遥远。一些水资源专家还在不断地发出预言:"如果不采取更进一步的环保措施,广州的下一个取水口可能将延伸到珠三角之外。"随着取水距离越迁越远,取水成本也越来越高,最直接的成本就是那不断延伸的输水管网。

守着一条大江的广州,竟然会发生水危机,这在几十年前是难以想象的。

谁都知道,人类这样被污染逼得不断迁徙水源地,实在太被动了,当一条珠江从源头都开始污染,你又能把水源地迁到哪里去?青藏高原,还是天山脚下?广东要想化解水危机,还是只能从治水、治污开始。应该说,广东在治水和治污上也不乏大手笔,在"十一五"期间,广东对治水也进行过不少探索,尤其是在全国率先完成了703个水功能区的确界立碑工作,设置了水源保护对于水功能区限制纳污红线区,核定了水域纳污能力,初步建立了水环境监测网络,加强了对江河湖库、供水水源地和重要排污口的水资源监测与管理。

很多人以为广东最严重的是工业污染,其实,从2000年开始,广州等珠三角城市的生活污水的比例就超过了工业污水,对生活污水的治理也相应地成了治污的重点和难点,包括污水处理、完善管网、河涌截污、清淤补水等。要治水治污,一是要在硬件上更新设备,二是要在制度上法律上加强环保执行力。在硬件投入上,对于珠三角应该不是什么问题,这里云集的都是资本雄厚、财大气粗的城市,治水都是大手笔,特别是几个大型污水处理厂的兴建,使珠江广州河段的水质已大为改善。目前珠江治理最主要的措施就是在珠江两岸投入大笔资金建设污水处理厂。但是,这并非一日之功。比如广州一些老城区,地下管网建设历史上就不完善,地下水混同雨水直接流到河涌,这极大地增加了治理难度,要想彻底治理,几乎要把偌大的广州城揭开,对所有的地下管网重新铺设一遍。这其实不是广州一座大都市的问题,北京、天津、上海、重庆都存在这方面的问题。就在我奔走穿梭于密如蛛网的广州街巷中时,北京发生的"7·21"特大暴雨洪灾,把中国城市排水系统的真相彻底撕开了,连首都北京的排水系统都是如此低标准,其他城市的危机感就不用说了。

中国人办事最惯于采取的就是运动式的方式,一会儿来个集中整治,一会儿又来一次重拳出击,这似乎很适合发惯了命令的制度和听惯了命令的老百姓,但每一次行动如同风暴,来势汹汹,去也渺渺,实际效果并不显著,更难形成长效机制。从广东省到珠三角也曾搞过多次这样的集中行动、集中整治,现在越来越多的人意识到了,要想形成长效机制,还得从体制和法律上形成持久的计划与执行力。譬如说,有学者提出,与其在事后治污,不如在事前防污,而对河流污染最根本的解决方式就是对污染源——相关工厂"关、停、并、转"。但现在更多的城市还是采取事后治污的方式,这甚至是许多城市不约而同的选择。这又得问一个为什么了。有专家分析,对治污方式的选择,实际上又是社会各种利益之间博弈的结果。原因很简单,因为污水处理厂的设立对污染企业来说并不构成威胁,对政府来说这样做也见效较快,比起执法关停难度也小,但为这个治理付出代价的,不是那些必须"关、停、并、转"的工厂企业,而是纳税人。这也就是说,各种社会利益在治理污染问题上博弈的最终结果,是由最弱势的一方——普通民众来承担最大的成本,而在此前的水污染过程中,普通民众其实也是最大的受害者。

在我深入珠江流域调查时,是有一个参考答案的,这就是广东省对珠江综合整治情况的一个通报:"经过广东省珠江流域十三个地市的努力,珠江已基本实现八年变清目标。"这无疑是一个很乐观的答案,但我亲眼看到的珠江却没有这么令人乐观。哪怕在广州西江取水的水源地,这应该是珠江最干净的水域了,你也能看见泛着油花和浑浊泡沫的污水,还有从上游漂来的花花绿绿的塑料袋、旧鞋子、破轮胎,什么垃圾都有,还有水藻、水浮莲和浮萍。这些漂浮的垃圾,西江有,东江有,北江也有。对这些污染物,也不是没有人管,每一段河流都有专门的打捞人员、打捞船只。广州西江取水站的李工,守望着这样一个供广州千万人饮水的水源地,眼里更是容不得半点沙子,每次看到了从上游漂来的垃圾,他总是急促地催工人们赶快打捞,赶快,赶紧啊! 这是他常说的话,不急不行,你稍微弄晚了,就会影响取水口周围的水质。然而,这样的垃圾总是不断地漂来,怎么也打捞不尽。

　　李工无奈地挥着手说:"没办法,现在的人太不自觉了,什么东西都往水里扔啊,再往下游去,工厂多了,情况就更糟了。"

　　其实,谁都知道,除了这些看得见的垃圾,还有看不见的。从珠江源头的铬污染事件,到珠江中游的镉污染事件,几乎每一次都会引发珠江下游的水危机。这也让珠三角的人更深切地感到,珠江治污,绝非某一段河流就能解决的。珠江流经那么多的省份,那么多的地市、县市、乡镇,每个地方都有可能给珠江带来污染。不说那些突发的危机事件,有的污染已经是常态。在云南境内,珠江主要受到的是工业污染,流经广西,则遭受到大量洗煤水侵袭,在广东,则是工业废水与生活污水的双重污染。由于对珠江缺乏流域性的整体管理,污水治理常常是头痛医头,脚痛医脚。有专家提出,如果从整个珠江流域的工业布局来考虑,布局下游,显然要比布局上中游更好,下游直接抵达海洋,又有雄厚的经济实力来治水治污,就算有污染也不至于污染到中上游流域,而上中游一旦污染,尤其是源头发生了污染,一条珠江从头到尾都被污染。然而,这只是理论上的美妙设想,谁又能够让珠江中上游的云南、贵州、广西等沿江省区放弃发展工业的机会呢? 谁又会心甘情愿地牺牲自己的发展机会呢? 这些西部省区,现在都在奋起直追,一心想着怎么才能追赶上珠三角这些沿海发达地区呢。当然,珠江中上游也曾提出了一个合情合理的方案,你要我们牺牲发展的机会也可以,但我们总不能做出无谓的牺牲,你们先富起来的地区,总得给中上游一些补偿吧。但这也同样是一个在理论上可以成立的美妙设想,这个补偿又怎么补,怎么计算,怎么操作? 谁都知道,这是没法实施的。回到一个原点,珠三角的人只能办珠三角的事,想办法拦污截污,想办法把自己地盘内的污染治理好。对于他们,有一点是至关重要的,那就是不能再以腾笼换鸟的方式把污染企业向上游转嫁。

对于日益严峻的水危机,广东人心里是有数的。广东省水利厅厅长黄柏青几乎走到哪里就要说到哪里:"如果说'十一五'期间经济社会发展的主要制约是土地,'十二五'将是水资源。"他还算了一笔账,广东人均占有水资源量仅为2100立方米,而全国人均水资源量为2200立方米,广东不但低于中国平均水平,更低于世界,仅占世界人均水资源量的四分之一。

实话说,这笔账算得让我有点不敢相信,以珠江的水量之大、广东河网之多、降水之充沛,说这里发生了严峻的水质型水危机我还相信,说资源型水危机我还真是不大相信,在一个水量如此丰沛的地方,为何人均水资源会低于全国?对我的疑问,广东省水利厅水资源处副处长黄芳是这样解释的,按照国家规定,人均水资源的统计没有把过境水计算在内,而广东的过境水是大头,来自珠江上游的入境水量平均每年约有2361亿立方米,这个数量是很大,但是只有沿河两岸的狭长地带及三角洲地区可以利用。——一语道破天机,珠江水量虽大,但真正能为广东使用的并不多,大量水资源还没有流到广东境内就被其他省区用掉了,而从广东本身的水资源看,又一直存在时空分布不均、自有水与外来水结构不理想的问题,这也是广东水资源趋于紧张的先天因素。还有一个很重要的原因,近三十年来,珠三角每年都有数以万计的外来人口,来了,就是要喝珠江水的,这也让广东人均水资源的分母增大了数倍乃至数十倍,而作为分子的水资源不仅没有增加,反而还在锐减,广东在发生水质型水危机的同时再发生资源型水危机,也就不难理解了。听了这样一番解释,我也恍然大悟了,这不只是情理,也是数理。

广东要解决双重的水危机,其实也没有更好的办法,他们采取的治水对策和中央一号文件保持高度一致:坚守"三条红线",即水资源开发利用控制红线、用水效率控制红线和水功能区限制纳污红线,从水量、水质和节水三个层面约束人们的用水行为。节水,不仅是从人的嘴巴里节省,最重要的还是要降低万元GDP的耗水量,这一点广东做出了实绩,已连续六年呈大幅下降态势。但直到目前,广东的总用水量、总耗水量、排污总量等指标依然位居全国前列,人均用水量也依然高于全国的平均水平。按广东省水利部门的布局,除了节流,还要开源。按广东省"十二五"规划,广东将建设珠海竹银水源工程、湛江鉴江供水枢纽等一批支撑区域经济社会发展的跨流域调水引水骨干工程,还要建设珠三角"西水东调"工程,逐步建立起跨流域、跨地区,覆盖全珠三角的科学配置、高效统一的供水网络。

事实上,我也一直瞪大眼睛看着一幅广东未来的水利蓝图,我也知道,广东人是说到就能做到的。

从广州转向珠海,是为了亲眼看看那里的一个水源地,那不仅是珠海的水源地,也是澳门的水源地。东江供水香港,西江供水澳门。澳门虽只有四五十万人口,却是举世瞩目之地,澳门一旦发生水危机,立刻就会成为全世界瞩目的焦点。

去珠海,林则徐销烟的虎门是必经之地。我从虎门经过时,遇到了一条运河——东引运河。这是东莞人开凿的。他们当年开凿这条通向南海的运河,是为了减轻东江泄洪的压力,这条运河对东莞市区以及沿河镇街的防洪排涝和农田水利灌溉也发挥了巨大的作用。然而,在近三十年来,当珠江三角洲从一个重要的商品粮基地变成了"世界工厂"和"全球制造中心",在这片已经很难看到农田的土地上,到处高楼林立、工厂密布,这既是珠三角的荣耀,也使得这一片灿烂的土地付出了惨重代价。大量的工业污水、生活污水向河道里倾泻,这条运河也变成了一条臭名昭著的河流。当海风吹来,我嗅到的不是咸涩的味道,而是一股刺鼻的气味。走近了,看见河道里堆满了垃圾,苍蝇与蚊虫纷飞,一股股污黑的水流,就在这垃圾堆里缓慢地流淌。一条河流,像生了一场大病,流淌得恹恹无力,好像连推动垃圾流下去的力量也没有了。

虎门只是东莞的一个镇,没到过虎门的人,根本没法想象这个镇有多大,看那崛起到了天边的城市规模,就像一个内地的省城,它也的确是富可敌城,年工业总产值超过六百个亿。这还仅仅只是 GDP 中的一个内容,还有很多别的产值。这里是珠江三角洲最重要的商品集散地,也是中国南方的时装之都,曾获得中国世界纪录协会中国时装第一镇候选中国之最,拥有一千多家服装企业、八十多家配套企业,其中很多都是污染严重的电镀、染织等企业。它夜以继日地为整个世界制造产品,也在夜以继日地制造着污水和垃圾。保守估计,按每人每天五公斤的生活污水量计算,一个虎门镇每天排出的生活污水有三四千吨,还有难以估算的工业污水,这些污水三分之二的排污口都是超标排放。从地理位置看,虎门地处珠江口的东岸,南临伶仃洋,一看就知道,这些超标排放的污水在进入了东引运河后,必将流向珠江口,最终注入南中国海。

东引运河虎门段河道其实很短,但除了虎门,运河上游还要流经东莞很多镇区,它流经哪里,哪里就会有污水流下来。除了污水,还有堆积如山的生活垃圾和无数外来务工人员随手扔掉的泡沫饭盒和塑料袋。这些垃圾并不是没有人清理,我看见了几个打捞工人,他们穿着虎门镇环卫所的橙色衣服,正在打捞河道里的垃圾。被他们打捞起来的垃圾已经堆积如山。听一个打捞工人说,他们一共是六个人,每天分两班,从东引运河水闸起,一直到新湾高架桥下,日夜不停地在这里打捞垃圾,每天打捞出垃圾近十吨。这还只是看得见的垃圾,更多的还是那些肉眼难以看见的重金属污染,它们的危害更大,流到哪里,哪里的土壤就会污染,还有更深层的地下水污染。

一个打捞工人一脸无奈地说:"即使我们每天不停地打捞,河水还是很脏。"

比这些打捞工人更有直接感受的是那些渔民,而比这些渔民更有直接感受的是鱼,它们已经生存不下去了。它们只能以死亡的方式来报复人类,大量的鱼类正在大海里死亡、消失,或正向更远的海域逃遁。

不过,也有好消息传来,东莞已经开始了对东引运河进行刮骨疗伤和大换血的整治。从东莞市东引工程管理处主任袁满洪那里了解到,东引运河综合整治工程已全面铺开,这也是东莞市政府确定的十大民生工程之一,工程力争在2013年底完成整治任务,目标是把这条运河建成安全河、清水河、景观河。东莞人是最能干实事的,我也看到了,沿途都有施工人员正用大型挖掘机对河床进行清淤。为加快进度,在清淤的同时,已经展开了河堤的加固整修。原本堆满了垃圾的运河两岸,在我来之前的春天已种上了花草树木,南方的生命力又是如此蓬勃,数月之间,这树木已经蔚然成林,形成了两道掩映着河流的绿道,也染绿了我的周身。袁满洪主任沿着这绿道一边走,一边感叹:"我们东莞经过三十年的改革开放,我们的工业污水或生活污水大量向河道里面倾置,那么河水的状况不太理想,现在我们进行这一项工程主要是把水下的淤泥清走,把河堤建设好,其目的就是使我们运河两岸的河堤达到五十年一遇的标准。"

珠海与东莞都是广东省辖地级市,一个地处珠江口东岸,一个处在西岸,这两个城市的环保现状,也成为很多人用以比较的例子,它们也的确颇有可比性。有人说,要生活,选择珠海;想赚钱,选择东莞。这是最直观的比较方式。2011年,东莞的GDP已接近五千个亿,是珠三角仅次于广州、深圳的第三大经济重镇,而珠海才一千亿多点儿。然而,最近十多年,东莞是整个珠三角制造污染严重的城市之一,大量废水废气给东莞以及珠江带来了巨大危害。而珠海多年来一直致力打造旅游城市形象,是珠三角对污染控制最好的城市之一。珠江八个出海口,靠近虎门的东边四个出海口,其污染程度明显高于靠近珠海的西边四个出海口。

其实,在治污方面,东莞也是大手笔投入。尤其是最近几年,东莞投入数亿元,建立了好几十个污水处理厂,再加上轰轰烈烈的"双转移",这样的大手笔让许多水利、环保专家乐观以待,他们预测,以东莞人干事的气魄和特别务实的作风,只要他们能像搞经济建设一样搞治污,也许要不了几年,东莞的环保治理就将明显超过珠海。——这其实也是我打心眼里的期待,我如今也是一个东莞市民了,又怎么能不想呼吸到更新鲜的空气、喝上更干净的水呢?

水危机的原因从来不是单纯的,除了污染,还有咸潮。尽管珠江口属弱潮河口,没有长江口、海河口那样频发的咸潮,但咸潮也会不可避免地发生。珠海的水源地像广州一样,也是一而再,再而三地迁徙,主要原因就是为了躲避咸潮的侵袭。

"咸潮"一词,最早就是广东命名的。1963年珠江河实验站两位年轻人在对珠江三角河口的研究中首次使用了"咸潮"一词,并对咸潮做出了这样的描述:咸潮是一种"冲淡水",是河口的咸水、陆地淡水和海洋盐水混合的咸水。淡水和海水界限之间就是咸水区,咸潮水会随水的季节变化而消长,秋冬少雨季节咸潮前锋常能越过虎门到达黄埔一带,夏季雨季时咸潮往往被逼到虎门以南。当咸潮有了明确的定义之后,也成了一个灾难性的名词。珠三角的三大灾难,一是台风,二是洪水,三是咸潮。尽管咸潮一词出现很晚,却是一种亘古以来的灾难,珠三角如此,世界各地入海的河口也如此,有河口三角洲必有咸潮,而且在河口区一年四季都存在。然而,咸潮的强弱又与天灾、人祸分不开。

2004年至2005年冬春之际,珠三角出现了五十年一遇的大旱和二十年来最为严重的一次咸潮。这又与更神秘的天象有关。2005年1月10日,太阳、月亮、地球排成一条直线(朔),并对世界各地沿海不规则的半日潮和全日潮发生"共振",从而使潮差跃至极大值。上一次发生在1986年,距此次正好二十年。与此同时,地球也运行到了距离太阳最近的位置,从而使天体引力倍增,极大地加剧了这次咸潮的强度。对这种二十年一遇的大咸潮,广东已无法独立承受,这次抗击咸潮的珠江保卫战,是在国家防总的统一部署下进行的。所谓抗击,其实不大准确,但又找不到更合适的词语。对咸潮的处置,说起来很简单,整个过程就是为珠江压咸补淡,但实施起来,如同一场现代化的战争。来自珠江水利委员会水文局和贵州、广西、广东等省区水文部门的七百多位水文专家和技术人员,加上监测船一百多艘,在广东中山南郎镇横门港码头正式进场,为应急调水提供第一手监测资料,实施应急调水、压咸补淡。此次应急调水有关方面动用三个数学模型和一个物理模型对调水工程进行研究,整个调水线路长达1336千米,历时十八天,从广西、贵州的水利枢纽放水7.6亿立方米。这是珠江流域第一次大规模远程跨省区调水,也是全国首例。1月17日早晨八点,西江上游的红水河梯级电站——天生桥一级电站首先开闸放水,随后是二级电站及岩滩、大化、百龙滩、恶滩等放水。1月底,从珠江中上游调来的水到达中山、珠海、澳门,一层一层地压向咸潮。2月初,调水抵达灾情最重的东莞。至此,大量的淡水彻底压住了咸潮,在人类调来的巨大水量面前,二十年一遇的特大咸潮最终落潮归海。

水利部珠江水利委员会副主任、教授级高级工程师崔伟中全程参与了此次压咸补淡的过程。他分析说,这次咸潮来势汹汹,除了前面提及的天文原因,还有自然原因。咸潮成灾,旱灾是一个重要推手。新中国成立以来,珠江三角洲分别在1955年、1963年、1977年和2004年发生了四次大旱灾,尤其是2004年旱灾,这是珠江全流域性的大旱,而旱灾发生必将造成珠江水量锐减,这为海潮趁机倒灌创造了条件。这个道理其实很简单,旱情越严重,珠江水位越低,咸潮越是可以乘虚而入,也就越有纵深度和广度。这里面还有一个大背景,就是全球气候变暖,致使海平面上升,海水每上升一米就会向大陆推进一千米左右,这也使得咸潮进一步逼近人类。第三大原因就是人祸了,随着珠三角城市经济快速发展和人口快速增长,用水量急升,而当地水资源的调节能力相对不足,凸显咸潮的影响。部分河段水污染严重,取水点分散,布局不合理,加剧了水资源供需矛盾,又加之人类在珠江河口地区大量挖沙,造成河床下切,还有在河口疏浚出海航道等原因,都会不同程度地引起海水上溯,也使咸潮变得越来越频繁。在2005年这次压咸补淡之后,水利部珠江水利委员会后来又连续七次实施珠江水量统一调度,压咸补淡。每到枯水期,蓄积多日的西江水就会自千里之外的中上游奔流而来,履行它压咸补淡的使命。如果不是这样,这里的水早已咸涩得根本不能喝了。

珠海原来的水源地平岗泵站,地处磨刀门水道,建于1994年。当初选址的时候,水务部门的人特意走访了江边的许多渔民,这些世代生活在这里的渔民都说,这里的河水是从来不咸的。没想到十多年后,平岗泵站的水就咸涩得不能喝了,在十千米以上新建的竹洲头泵站也时常受到咸潮袭击。听珠海市水务局一位姓陈的工程师说,平岗泵站的水超标天数达两个多月,下游的广昌泵站超标天数为半年,即使是在其三十多千米上游的竹洲头泵站,也有两个月会出现超标。这些泵站的咸度的变化,折射出整个咸潮趋势的愈来愈凶猛。而凶猛的咸潮又与猖獗的人祸有直接关系,主要还是很多挖沙船在河口地区狂采滥挖。在这方面北江已有惨痛的教训,挖沙使北江河床下切了三分之一,致使西江和北江的分流比发生了变化,同时也殃及珠江干流西江,使得流经珠海的西江淡水减少,而咸潮自然增多了。

我很想看看咸潮是什么样子。陈工把我带到了一段江岸边,他一只手攥着岸边的栏杆,一只手指着宽阔的江面让我看。我看见了,这江水微微泛蓝,看上去很干净。他说,是很干净,如果按照水质标准,这是二类水,但这水根本不能喝,江水越蓝,说明水越咸,这就是咸潮的影响。沉默了片刻,他又提起2005年大咸潮,事隔多年,他似乎还心有余悸:"那水咸得像喝汤一样!我们曾经将饮用水供水咸度调到800度,这本是灌溉农田水的上限,没有办法,不然就没水喝了。"

由于咸潮不断上溯,也逼得人类把取水点不断上移。随着又一个大型水源工程——竹银水源工程竣工,珠海和澳门至少暂时可以摆脱咸潮带来的水危机了。这一工程为珠澳供水系统增加四千万立方米的水源,也把珠海、澳门的蓄水调节能力增加了一倍。这样,如果珠江再次遭遇2005年那样的大咸潮侵袭,这个竹银水库也足以支撑珠海、澳门两市居民用水和工业用水一个多月的时间。这也意味着,困扰珠澳多年的咸潮期供水问题有望基本解决。

说到这里,陈工下意识地把身体靠在了他一直紧攥着的栏杆上,我也终于在他被太阳晒得黢黑的脸上看到了一丝难得的笑意。

八　不是绝唱,而是回声

对于我,这是一段从珠江口蔓延开来的叙述。

当一种气味越来越强烈,大海就到了。这里还是珠海和澳门之间的一道海湾,在海水的晃动声中,那气味一阵一阵地掀起来。你很难描述出这是怎样的一种味道,很复杂,不只是海水与盐的味道,也不只是鱼腥味,还有许多复杂的气味莫名地纠缠在一起。俯身看着船下的海水,不是蓝的,是阴暗发绿的,漂浮着垃圾和白色的泡沫,还有不知从哪漂来的水浮莲,这单纯而危险的外来物种正和南中国海互相包围着。这近乎窒息的大海,没有惊涛拍岸,也发不出任何回声。

去大海的感觉,就像去另一个世界。我一直抱着双膝坐在前面的甲板上,这是一艘登陆艇的甲板。应该感谢广州军区南海某舰艇部队,他们为我们的这次采访特意安排了一条登陆艇。这里也的确是海防前线。由于涉及军事秘密,请原谅我不能说出他们的番号。我左右两侧的船舷边,一边架着一台用军用帆布严实地包裹着的重武器,这让一次原本十分普通的采访,显得有几分非同寻常的严肃。

随着登陆艇缓慢起伏,南中国海逐渐变得无边无际地广大,已远远超过了我们对大海的想象。这也是我第一次走得离大陆这样远,蓦然回首,我仿佛和大陆已与世隔绝。如果不是一些在天际线下偶尔浮现的岛礁,这个世界几乎是一片蔚蓝的绝对空白。我就是以这种方式理解了海岛,它们的出现让我们在茫茫无际的漂泊中终于有了方向。

万山区是广东省第一个海洋开发试验区,区委书记田忠敏是一位很健谈的人。他指着茫然一片的大海,为我们勾勒出了万山群岛的一个大致范围。这是一片三千多平方千米的海域,东起香港九龙半岛南端,西至崖门口西岸,北至虎门,南到大襟岛南的三杯酒岛范围内的所有岛屿,海域内共有大小岛屿三百多个,主要有大濠岛、香港岛、三灶岛、横琴岛、南水岛、淇澳岛等十多个大岛及佳蓬列岛、担杆列岛、三门列岛、高栏列岛等岛群,最大的是面积一百四十多平方千米的大濠岛。而被划入万山区行政区域的岛屿只有一百余个。

我摊开了随身带着的地图,但田忠敏根本不看地图,当他说出一个海岛清晰的经纬度,我马上就能在坐标上找到一个准确的位置,不能不佩服这个人有惊人的记忆力,他仿佛已把这片海域装在心里。这片海域对南中国海和中国大陆的重要意义,还不只是它的海域面积和众多的岛屿,而是它的地理位置。这里地处珠江入海口,东邻香港,西接澳门,中心区域为珠江口国际锚地,有大西、大濠等六条国际著名水道纵横其间,是珠江三角洲乃至华南腹地出入南海、通向世界的咽喉要道,自古以来就是军事战略要地,被称为万山要塞。有要塞必有口岸,万山口岸是国家一类口岸。这里的岛岸线总长近三百千米,不但拥有宽阔的水域,而且自然水深在十至三十米之间,若在这里建深水大港,几如天造地设一般。这也是万山人正在筹划的。在一个深水大港出现之前,很多远洋巨轮已在这里停泊,正在等待领航员把它们引领到远在百里之外的黄埔港或虎门港。这样的等待必须非常有耐性,如果那两个早已船满为患的港口没有泊位,这些远洋巨轮可能会等上两三天甚至一星期才能进港。这也让人更有一种在这里就近建一个深水大港的紧迫感,不能让这些老外抱怨中国人的速度太慢、太慢了啊。

当我们的登陆艇绕过一条远洋巨轮,当一座岛屿在万顷碧波中逼真地浮现时,竟然让我惊讶了一下。在大海上航行得太久了,忽然看见一座山,一座从大海上直接生长出来的山,感觉很突兀,如同幻觉。然而这座海岛又绝对是真实的,它其实早已出现了,只是,这座中国的海岛被外国的远洋巨轮遮蔽了。也有人把这些海岛形容为一艘艘巨舰,但不像,更像山。事实上也是这样,万山群岛原本就是广东大陆的一部分,是粤东莲花山脉经香港向西延伸的部分,远古时就是陆地上的一座座山峰。后来,由于海平面上升,淹没了山间谷地和低洼地区,这些山岭才与大陆分开,形成了现在的一座座岛屿。万山群岛的最高峰是大屿山,海拔逼近一千米,这在基本上处于零海拔的沿海地区,已经是无与伦比的高峰了。不过,那是香港的地盘。

眼前的这座岛屿不是大屿山,而是桂山岛。不过,它们也离得非常之近,相距不过三海里,这在大海上几乎是难以察觉的距离。或许就是离得太近了,这里又被誉为一国两制的交汇点。不过离得太近了也不一定是好事,在港英当局统治香港的岁月,香港岛被打扮得风光亮丽,在全世界都出尽了风头,香港的垃圾却被抛进大海又顺着潮流漂到这里来,愣是把一个桂山岛变成了垃圾尾。那时这里还是一个无名小岛,香港人就把它叫垃圾尾。桂山岛这个美丽的名字是打出来的。1950年,在全国已基本解放后,却有一支国民党军队没有败退,而是继续盘踞在万山群岛,大有与万山群岛共存亡的气概。5月25日,人民解放军派"桂山号"等军舰向桂山岛守敌发动进攻,遭遇了敌军的顽强抵抗,这支国民党残余部队的战斗力非常强。"桂山号"中弹着火,冒着滚滚浓烟抢滩登陆,与国民党陆战团展开了最后一场生死搏斗,经过半天的激战,从"桂山号"登陆的战士大部分壮烈牺牲,而孤军作战的国民党陆战团在付出了惨重的伤亡代价后居然打了一次罕见的胜仗。这也难免让一些国民党人士大发感慨,若是以前他们每一仗也能这样打,又怎么会落得今天的下场?历史是注定了的,以人民解放军的实力,不可能拿不下一个万山群岛,但那个最终被歼灭的国民党陆战团也让人萌生了敬意,毕竟他们是以悲怆的胜利和悲怆的失败完成了军人的使命,这也为一触即溃的国民党军队多少挽回了一点荣誉。1954年,为了缅怀"桂山号"的英烈们,珠海人民将垃圾尾命名为桂山岛。

此时,太阳在大海中沉没了许久,但余晖依然红亮灼人,整个大海都是红的,血红。

天就这样渐渐地黑了,夜晚的桂山岛变得愈来愈可疑。这晚我们就住在岛上了,但不像住在一个漂浮在大海中的岛屿上,感觉就像住在一座浓雾密布的大山里面。我的窗外就是一个海湾,也是一个港湾。但这里人不叫港湾,叫避风塘。这是我在大海边度过的一个如同死寂的夜晚,没有听见大海发出的丝毫动静。我被那种很难描述的味道包围了一个晚上,就是我向大海出发时就闻到过的那种味道,它无法摆脱,连梦呓也仿佛裹着这种浓厚的味道。

很多事,都是第二天早上突然发现的。此时,已是南中国海的盛夏,一大早,就感到了太阳的炽热,走向避风塘,又有一股股炙热的海风迎面扑来。这个避风塘不小,大大小小船只还寂静地停靠在港内,怕有几百艘。主要是渔船,这里原本就是一个优良的渔港,除了本地的渔船,还有很多外来的渔船,但都没有任何动静,看上去毫无生气。看见有个渔民蹲在船头上抽烟,我走过去打听,问他们什么时候出海,他不耐烦地说,还早呢!信手又朝天上指了指。我瞅了瞅天,没有什么异样,但我看到了渔船桅杆上高悬着的红色休渔旗,这才想到,此时还是休渔的季节。

南海休渔从 1999 年开始,休渔期从每年 6 月 1 日到 8 月 1 日,而此时还是 6 月中旬。这两个月的休渔期其实很短,但还遭到了越南等南海周边国家的抗议。事实上,这也的确是一个很麻烦的问题。广东在南海休渔,但毗邻水域却不能实行统一的休渔政策,除了越南,香港水域、澳门水域和闽粤交界水域,由于在休渔对象、时间和范围上都有差异,给渔政部门的管理执法也带来了具体操作的难度。这避风塘里也停着几条渔政船,听船上的执法人员说,海域的边界毕竟不像陆界那样清晰,时常有别国别地的渔民越界捕鱼,在执法的过程中也就经常发生纠纷,很多还是国际纠纷。但在南海休渔季节,又不能不严格执法,如今在万山渔场几乎打不到鱼了。

曾几何时,万山渔场是中国四大渔场之一,在渔业上比中国最大的舟山群岛还有名。这里处于南亚热带海区,又位于珠江出海口,形成宽大的咸淡水混合带,从气候、水文到水质都十分适合鱼类生长。又是从田忠敏那里听来的,万山海域有捕捞价值的鱼类就有两百多种,主要有马友鱼类、马鲛鱼类、鲈鱼类、黄花鱼、红鱼、蚝等二十多种,年产值超过十个亿。一直以来,渔业都是这里的支柱产业,当年在"工业学大庆、农业学大寨"的时代,也曾提出过"渔业学万山"。那时一网下去,有时候能捞起一万多斤鱼。在穷得没饭吃的岁月,万山人吃的是什么?是海参、鲍鱼、生蚝。这让我听了啧啧称羡,如果说这是贫穷,那也是天底下最奢华的贫穷。然而,这都是以前的事了,如今的万山渔场早已陷入了渔业危机,情况危急到可以用枯竭来形容。要说,这也不能怪人家万山人竭泽而渔,危机是从大陆开始的,先有珠三角的生态危机,才引发了南中国海的渔业危机。

珠三角是珠江的下游,南海又是珠三角的下游。水往低处流,上游污染下游,几乎是不可逆转的。大海上的事情,最有发言权的还是海洋环保部门。据他们近年监测,珠江三角洲沿岸海域就有上百个通向南海的排污口,三分之二是超标排放,珠江八大出海口,每年向大海排放的污染物总量高达两百多万吨,广州、东莞、中山等海滨城市的近岸海域几乎全部被严重污染,污染严重的还有深圳西部海域、珠海部分近岸海域。珠江口已成为继渤海湾之后全国第二个污染最严重的海域,这就是我眼前的大海,看着这样一个被人类玷污得不成样子的大海,谁还有闲情逸致来附庸风雅?

尽管大海有着强大的自我净化功能,但还是抵挡不住人类的污染。我们看到的还是表象,更深层的危机发生在海底。随着海洋底栖环境的持续恶化,这里的鱼类已所剩无几,如果再不给它们一点休养生息的时间,它们真是活不下去了,连繁殖的机会也没有了。污染是一个主要原因,但不能不说,过度捕捞和越来越残忍的捕捞方式也是一个重要原因。南中国海太大了,这里只说从珠江口到北部湾的一部分海域,1979年,这里的机动渔船只有七千余艘,大多还是小功率的渔船,到了1997年,这个数量增长了九倍,没错,是七万多艘。可以用恐怖来形容的还有这些渔船越来越强大的功率,大海里的一切生命就这样被人类一步步地逼到了绝境,连嗜血的鲨鱼也一条条地死去,它们的伤口划得很深,被割掉的鱼翅上淌着鲜血,连它们的油脂也制造成了瓶装的深海鱼油,用来治疗人类越来越糊涂的脑子。连渔民也感觉到,再不休渔是真的不行了。应该说,休渔的效果是明显的。据广东省的监测结果表明,每年经过两个月休渔,大多数经济鱼类能够得到一段宝贵的休养生息,鱼类数量明显变多了,当渔民驾船出海时,又能看到在轰鸣的机器声中惊跳而起的鱼群了。但人类对它们的追杀却变得更加凶狠,很多渔民为了弥补这两个月休渔造成的损失,几乎是不分昼夜地进行掠夺式捕捞,那在休渔季节新增的一点渔业资源,在两三个月就被捕获殆尽,一切归零。为此,广东南海海域不得不又一次延长了休渔的时间,每年提前半个月进入休渔期,比原来多了半个月。

现在,两个半月的休渔期还远没有结束,但很多渔民已在忙碌地做出海的准备了,他们已经有点迫不及待了。若是设身处地地替这些渔民想一想,这两个半月对他们来说无疑是最难挨的一段时间,等待的日子总是让人感觉特别漫长。我登上了一条渔船,这是一条中等规模的渔船。这种渔船我也见得多了,捕鱼时,一般是用双拖网作业。我还特别仔细地看了看渔网,我也是打小就在水边上长大的,对撒网捕鱼的生活很熟悉,渔网有多大并不重要,重要的是看网眼的大小。以前,鱼很多,渔民的网眼都比较大,大多是两指网、三指网,一个网格里可以伸进去两三个手指,把大鱼捕捞上来,把小鱼放走。现在，鱼越来越少了，网眼也越来越密了，变成了一指网。一些在珠江水系和近海捕鱼的渔人，则是用一个指头也伸不进去的纱布网，有人甚至用更密实的布网来捕鱼了，大鱼小虾都将被一网打尽。

这船的主人是一个六十来岁的老汉，打着赤膊，浑身黝黑，那脸上有一种被大海磨炼出来的特有的倔强和粗犷，渔民也就是这样子了。几只蚊蝇在他脸边飞来飞去，他连手也懒得挥一下，只管低着头干手上的活。我走上他的跳板时，他没有拒绝我，也没有搭理我，一副爱睬不睬的神情。对这样的冷遇我也早已习惯了。干我们这行的，现在是越来越不受欢迎了，时常还会遭遇更难堪的尴尬。但凭我的经验，在给老汉递上一支烟后，我们还是有一句没一句地攀谈上了。随即，我又在他脚下的船板上丢了一整包烟。这对我已是故技重演。老汉还是显得很冷淡，但话匣子打开了。这老汉叫倪水清，哪有六十多岁，才五十多呢，比我大不了几岁，不能再叫他老汉了。这汉子的话匣子一旦打开，就是接二连三的叹气。三十年前，他还是二十出头的小伙子，那时候这海水可真清啊，清得可见成群结队的鱼。往后呢，他对这大海就越来越看不明白了，大海还是那么大，海水还是那样蓝，但蓝得已经密不透光，连泛起的泡沫里也散发出越来越刺鼻的味道。像这样一个打鱼为生的汉子，也许不知道什么是无机氮，什么是活性磷酸盐，更不知道这水里还有很多重金属元素，但他的嗅觉很敏锐，他比我更清楚，他嗅到的气味绝对不是大海的气味。这还是好的，只要海水还是蓝的，他多少也就放心了。他最担心的是一觉睡醒，这蓝色的大海突然变得一片赤红，如同血海。这情景不是没有出现过，1998年广东珠江口海域发生大面积赤潮，大海是红的，珠江也是红的，造成大量鱼虾和贝类生物的死亡，一次赤潮就给渔民带来数亿元的直接经济损失。赤潮，被喻为红色幽灵。关于这种可怕的海洋灾难，我曾在《旧约·出埃及记》中看到过这样的描述："河里的水，都变作血，河也腥臭了，埃及人就不能喝这里的水了。"赤潮发生时，海水变得黏黏的，还发出一股腥臭味，颜色大多变成红色或淡红色。这汉子的担心不是多余的，在他的印象中，近十多年来，南海至少已爆发了六七次赤潮。如果说大海是无辜的，我想，这就是无辜的大海对人类的抗议和报复。

然而,当报复最终落到这些渔民身上,你又不能不说他们也很无辜。

倪水清从十来岁开始跟着父亲出海打鱼,到这岁数也可以说是大半辈子了,大半辈子风里来雨里去,他的命一辈子都浮在这大海上,不知沉下去多少次,又浮起来多少次,大海是什么滋味儿,他比现在的年轻人都清楚。年轻时,他在珠江口打打鱼就能养活一家人,像石斑这种越来越稀罕也越来越昂贵的鱼类,以前一网下去他就能打上来十几条,还有那些凤鲚啊、大黄鱼啊、马鲛啊,现在几乎是抓不到了。如今,想要捕到这些鱼,只能驾着渔船从珠江口驶向北部湾,甚至远到西沙、南沙群岛去捕鱼。对这些渔佬,捕鱼已是最危险的职业,在海上一走就是十天半月,遇上风浪也是常有的事,大海上,无风也有三尺浪啊,何况,天有不测风云。就在今年三月份的一次出海,天气预报是一个难得的无风的天气,他驾船出海,还好,白天一切风平浪静,然而到晚上,风云突变,一下子刮起了七八级的大风,风浪似海啸般席卷而来,他这条几十吨的渔船,就像一片轻飘飘的树叶子,随时都有翻船甚至被风浪撕碎的危险。他只能赶紧回头,重新驶向万山,但想退回来也不容易,平时两个小时的航程,这一次竟然用了五六个小时,谢天谢地,妈祖保佑,这船终于回来了。一直到现在他仍余悸未消,活了这么大岁数,就是死在大海里也无所谓了,可他上有老下有小,还有一家老小要养啊。

我问他,除了打鱼,是否想过还有别的活路。他摇了摇头。他们家世世代代就是靠打鱼为生的疍家人,除了划船,打鱼,他没什么手艺,有的只是一身力气。他就凭着这一身力气在海上挣一碗饭吃。他不知道离开了大海,离开了这条渔船,离开了这一切,他还能干什么,又靠什么来养活一家子人。我从这汉子的嘴里还听出了他对大海和渔船的那种与生俱来的依恋,对于他们,这不只是一种向大海求生的生活,他们的生命也是和大海联系在一起的,这也许就是很多渔民一辈子不愿放弃这种生存方式的原因。

倪水清说到了他正在上大学的儿子:"我现在只想多挣点钱,让那小子好好读书,他将来是肯定不再打鱼了。"

一个渔佬说到这里,居然咧开大嘴豁达地笑了。然而,我却有一种难言的惆怅与失望。这些渔民的后代,还真是很少有人出海打鱼,他们有了文化,有了专业技术,对生活方式也就有了更多的选择,像倪水清这样的渔佬,或许已是末代渔民了。

这时有人在岸上催我上船了,当我从一条渔船转向一条登陆艇,我的脚步下意识地在咸湿的海风中加快了,仿佛是想逃离什么。回头看去,一个渔佬,埋着脑袋蹲在船头上,手里一直不停地忙活着,嘴上还撇着剩下的半支烟,一张脸就像隐没在一片雾中。

或许,只有在大海上才有如此强烈的感觉,出发了,又一次出发。

在登陆艇拉长汽笛拔锚而起的那一刹那,我又闻到了那种很复杂很强烈的气味。现在,我知道这是什么气味了。还有这些不知从哪儿漂来的浮萍、海藻和水浮莲,我也知道了它们的来路,这些都是被人类抛弃的,而大海又把人类扔在大海里的一切重新吐回来。

当我们渐渐驶离桂山岛,这时你才会更真切地发现,在岛上你是看不见岛的,甚至感觉不到你已置身于一个岛上。海岛,只能在大海上看见。不过,现在的大海早已不是单纯如水的大海,许多与大海无关的事物正在不断涌现,譬如说那些连在一起的渔排和铺满了大海的网箱,这绝对不是属于大海的风景。看起来都是一脸呆相,那里面的鱼虾又怎能活泼起来?这东西不但堵塞了部分大海的出路,也让我们在这令人窒息的闷热中更加堵得慌。然而,这却是渔民的另一条出路。

怎么才能给渔民找到一条出路,这也是田忠敏这个区委书记一直在琢磨的。

很多事情其实不用琢磨,譬如说像倪水清那样靠出海打鱼的传统渔民或传统渔业,就算不是穷途末路,也已经是越走越窄的一条路,如果不转产转业,只能把一条道走到黑。而对渔民来说,最好的方式是转产转型不转业,也就是从出海打鱼变成围网养鱼。这是万山人一直在做的,也是五湖四海都在做的,而万山人做什么总是要做成精品,做到极致,从引进新品种到采用新技术,用田忠敏的话说,万山渔场已经"逐步实现了从近海捕捞、传统海水养殖向现代鱼、贝、藻类生态立体养殖的转变"。末了,他又指着这些网箱说,你别看这网箱不好看,但里面养的可都是宝贝,鲍鱼、海参、龙虾、桂山沙蚬、东风螺、墨西哥湾扇贝、企鹅珍珠贝,这些生猛海鲜,你就是在南沙海域也很难捕到了。

这是事实。事实上,我们现在吃到的海鲜,都是这些网箱里养殖的;事实上,也只有这些搞养殖的渔民才能赚到大钱,一年赚个几百万上千万的也大有人在。然而这后面还有我所了解到的另一种真相,且不说这些网箱里养殖的海鲜和野生的自然海鲜有什么不同,只说这转产转型,对很多渔民来说就是异常艰难的转身。有的渔民,譬如说像倪水清那样的,可能一辈子也转不过来。是的,现在政府部门也办了各种养殖培训班,而且是免费培训,但渔民文化程度低,四五十岁了再来学现代养殖技术,对他们来说也实在太难了。就是学到了技术,真正要干时,又顾虑重重了,谁都想赚钱,想发财,但这里面也有挺大的风险。海水养殖和在大海里捕鱼一样,也要面对台风、赤潮的威胁,投资大,又很少有保险公司愿意为这些渔民担保,有些渔民东挪西借,凑了钱,搞起了养殖,一次赤潮就要了他们的命,还真有渔民因为血本无归,债台高筑,债主追债又追得太狠,只好以自杀的方式一了百了。还有一些已经搞了几年养殖的渔民,由于各种各样的原因,又卖掉了网箱、渔排,再次购买渔船,走上了出海打鱼的老路。

但听了田忠敏接下来的一番话,我的思路又慢慢开阔了。除了网箱养殖,万山人还有很多生财之道。而每一条生财之道,也就是万山区的开发思路。从万山区的综合发展看,田忠敏认为旅游前景比渔业前景更大,在这方面,他有很多想法,有的已经实现了。譬如说,他们把财大气粗的格力集团引进来开发东澳岛,有了这样一个龙头,一下就带动了整个海岛旅游发展,也提升了海岛旅游规模和档次。但要想把游客吸引来,你还必须有丰富多彩的旅游内容,万山人现在已开发了海鲜美食节、妈祖诞庙会、北帝诞庙会、海上嘉年华等项目,这些项目既有民俗特色又有参与性,对游客很有吸引力。就说桂山岛,几年前就开辟了一个对外开放的游艇垂钓区,还成立了国际海钓俱乐部,举办过多届国际国内海钓比赛,这让很多在高压力、超负荷状态下的城里人总算可以暂时摆脱一下城市的喧嚣,让紧绷的神经放松一下。这多好啊！田忠敏说着，又谈起了万山人下一步的想法，万山群岛有一百多个岛屿，这每一个岛都是宝岛，要按"一岛一品、一岛一特色"的思路来打造每一个海岛的旅游品牌，还要拉长旅游产业链，把海岛旅游向海上延伸……

他不断张大的手臂，很容易引来漫无边际的猜想，也只有大海才能把想象的边界推向极致。当我在漫无边际的大海上看到一条飘零的渔船，一个念头又下意识地集中了，是的，我最关心的还是这些渔民的生计，套用一句流行的话语，他们又怎么来分享万山改革发展的机遇呢？对这个问题，田忠敏几乎是不假思索地说，万山的发展，最直接得到实惠的就是这些渔民。这些渔民大都是住在岛上的，在岛上有房子，随着游客越来越多，很多渔民都开起了渔家乐，这没有什么风险，也不需要太大的投入，只要利用自家的房子就可以改建成家庭旅馆。很多游客也乐得和渔民同吃同住，真真实实地感受一回渔村民俗，有兴趣，还可到渔排上去体验一下渔民的生活，喂鱼、起笼、清洗网箱、打鱼，这艰辛的劳作也可以变成有趣的休闲生活，一天辛劳下来，尝尝自己打捞上来的海鲜，吃在嘴里又别有一番滋味了。

用田忠敏的话说，万山人还是靠山吃山靠海吃海，只是吃法跟以前不一样了，吃得比以前更好了。

我也毫不掩饰地说出了我的一个担忧，旅游的人多了，宾馆饭店开多了，必然会给这里带来更大的污染，还有网箱养殖，对水体的污染也是很严重的，现在很多地方都开始拆网箱、拆渔排了。对我说的这些，田忠敏显然也早就想过了，他很诚恳地说，这也是他们一直摆在第一位的，干什么，第一个就是想到生态，生态优先！具体说来，一是海岛生态保护，每个岛都要建污水处理厂。现在，桂山污水处理厂已投入使用，外伶仃、东澳岛污水处理厂正在抓紧推进。对海岛垃圾处理，按收集——压缩打包——船运——填埋等一系列环节，最终将海岛上的生活垃圾运往市区填埋，或按环保要求就地热解焚烧。二是海洋生态保护，在这方面他们汲取美国、日本等发达渔业国家的经验，在海底营造人工鱼礁，现已投资四千多万元在东澳、外伶仃等海域建了四座人工鱼礁，这让鱼群有更多更好的栖息地，为鱼类提供繁殖、生长、索饵和躲避天敌的场所。天敌！这个危险的字眼让我下意识地怔了一下，鱼类最大的天敌是什么？就是人类。这一点田忠敏心里十分清楚，他说，要想真正保护海洋生态，首先就是要联合各个执法部门对非法捕鱼、采沙、盗采珊瑚和盗挖罗汉松等违法行为予以严厉打击，为什么鱼类的栖息地遭到毁灭性的破坏？说穿了，还是人祸，就是人类采沙和盗采珊瑚造成的。

人类也许可以不吃鱼，但人类不能不喝水。田忠敏还特别谈到了水的问题，海岛上的水资源是非常宝贵的，在用水方面他们要三管齐下，这三管是实实在在的三条水管：一条是饮用水管；一条水管是可以循环利用的中水，用来浇花种菜；还有一条是海水管道，抽上来的海水主要是用于消防。——他这三管齐下，很形象，也让我很兴奋，本已戒酒的我，在外伶仃岛渔港用餐时破例和他连干了三杯。

走出餐厅，我已经有些醉眼蒙眬了。这样一种状态，或许更接近一种感觉，一种心醉神迷的感觉。就是在这里，我感到自己找到了万山群岛的灵魂，她的灵魂是绿的。我不敢说外伶仃岛是这众多海岛中最美的一座，却是最让我心醉神迷的一座。当咸湿的海风从山顶吹过一直延伸到海岸线的亚热带雨林，在这潮湿闷热的夏天，我终于感到了另一种海风，一种让人如沐春风的海风。不说这里有渔舟唱晚的风景，也不说这里有恍如梦幻的海市蜃楼，我觉得，只要有这样一片亚热带雨林就够了。这里也是淡水资源最充沛、水质最好的一个海岛，不用说，全赖有这样一片亚热带雨林庇护。若要看海，先要走进丛林，大树后面，才是蔚蓝色的大海。我第一次看到大海的本色，忽然感到怅然若失，那种一路尾随而来的强烈而复杂的气味，在这里无影无踪地消失了。

人生自古谁无死，留取丹心照汗青。——这千古绝唱，就是在这片大海上吟唱出来的，而且正从人类的绝唱延续为大海的绝唱。遥想当年一个被俘的士人，须髯飘拂，如同一尊凭海而立的雕像，随着岁月缓慢节奏且行且吟，一个中国士大夫的形象从未有这样优雅的风度。当他的视线里浮现出一座宁静的海岛，在蔚蓝色的大海上终于有了另一种颜色，他绝望的眼神里也一定洋溢着充满了生机的绿色。这其实比一个悲怆得令人绝望的尾声更好。

我在一道摩崖石刻下静默良久,直到海浪的声音终于在穿过丛林的风中变得清晰起来。当你听见时,不是绝唱,而是回声。

2009 年 8 月—2012 年 11 月完稿

后 记

当我又一次出发时,一位风头正健的青年作家疑惑地问我,为什么要写报告文学。

我能感觉到他的惋惜,他的一片好心我也理解,一个正在走向知天命的人,应该抓紧时间写几部属于自己的作品,譬如说潜心创作几部长篇小说,这才是文学的正途与大道。而报告文学,在很多人眼里从来就不是纯文学,甚至是文学的身外之物。必须承认,在很长时间我一直是一个职业虚构者,一个所谓的纯文学写作者,我也更愿意生活在虚构之中。但在我从不惑走向知天命之际,有越来越多的东西,逼着我去直面绝对不能虚构的现实。从南方罕见的冰雪灾害,到"谁在养活中国"的吃饭问题,再到现在的水利和水危机,我实在难以袖手旁观。我眼睁睁地看着离我最近的洞庭湖正在干涸,离我最近的一条大河正在散发出刺鼻的味道,而这是我和我的家人每天都要喝的水,现在却被污染得不成样子了,那一条条直接伸向河道的排污管,还有那些对鱼类、鸟类下毒饵者,几乎是明目张胆地在水里投毒。我很想问问这位才气逼人的青年作家,这一切他可曾看见?其实根本就不用问,我看到的他也可以看见,只是,他很少走近一条河,一个优秀的作家,更重要的是走进自己的内心。对于文学,这的确是一个真理,我却只能越走越远。

又不能不说,在所有的写作中,报告文学是最苦的写作,难度最大的写作,也是最吃力不讨好而且充满了风险的写作。从 2008 年到现在,我几乎一直在江湖中奔波。在这如苦行僧般的跋涉中,我时常想起几位令我肃然起敬的先代:司马迁、郦道元和徐霞客。他们在他们那个时代无疑是走得最远的,同他们相比,我已经够幸运了。如今我用三年时间走过的地方,在那没有现代交通工具的岁月,他们也许要用三十年甚至穷尽一生的时间。我时常想,这些人又为什么不好好在家里待着,却要这般风餐露宿地苦行呢?而他们所处的时代,时刻都可能遭遇虎狼等凶猛的野兽,还有多少杀人越货的强盗。"行天下,周览四海名山大川。"太史公此言多少有些豪放浪漫,而这样的跋涉是绝对的苦行,绝不是游山玩水。哪怕到了今天,很多地方的凶险程度,依然是致命的,也是我难以抵达、无法逾越的大限。

报告文学写作的难度首先是采访的难度。对于我这样一个没有任何官方身份和背景的独立调查者,所谓调查与采访,确实是我必须面对的第一个难关。如今,在这样一个缺乏信任感的时代,无论是单位还是个人,对我这种身份暧昧的不速之客都高度警觉,除非是他们主动邀请你来给他们写点什么,你的文字可以让他们严格把关,或是干脆由他们给你一份写好的文稿或材料,你照抄后署上自己的大名就成。事实上,如今大多数的"报告文学"就是这样"创作"出笼的,有人组织,有人请你去看,去写,还有专车奉迎、专人陪同,吃喝住一条龙的殷勤侍候。当然还有一些别的什么。而以这样的方式写出的"报告文学",还是报告文学吗?

而我,既然是自己选择了报告文学这条路,也就只能以最不讨好的方式,来完成我的采访和调查。这与我的身份其实是一致的,一个民间的自由写作者,注定只能以民间的方式来完成这样一次写作。从一开始,就没有人会替我负责,但我必须对自己负责,对我写下的每一个汉字负责。这也让我的采访和调查进行得相当艰难。但以己度人,我又非常理解那些拒绝我的采访对象,他们也并非完全不愿意开口说话,问题是,他们一旦开口说话就会变成文字,这与随便说说就是两回事了,你会不会改变他们的意思?你没有单位,但人家都供职于一个单位里,他说的话是代表单位还是个人?谁又授权给了他?不说负面的,连正面的,他们也是三缄其口,生怕有什么闪失,会引起什么后果。沉默是金,从来就是中国人明哲保身的哲学之一。很多人哪怕说过了什么,也一再反复叮嘱我,一定不要透露他们的真实姓名,不要给他们惹了什么麻烦。真的,我很理解他们,我也不想成为一个麻烦制造者。

然而，对一个诚实的报告文学写作者来说，麻烦又实在在所难免。你不找麻烦，麻烦也会找上你。我因在一部关于"洪水与人"的报告文学里说出了某些真相，多次遭到辱骂和恐吓，有对号入座者甚至找上门来寻衅闹事。而那些提供真相的人，一般也是不愿透露姓名的人，此时他们可以隐藏在匿名的状态下，一切只能由我这个孤独的写作者来承担。直到此时我才深刻地体验到，报告文学写作者其实是最孤独的写作者。但又十分吊诡的是，直到今天，除了辱骂与恐吓，很多扬言要把我告上法庭的人，还从未真正把我告上法庭。不是我不敢上法庭，而是那些想告我的人自己不敢上法庭，因为我写的都是事实，而事实摆在那里，成了保护一个诚实的报告文学写作者的最后盾牌。

一个报告文学写作者的辛酸与苦楚，个中滋味唯有寸心知。在接连写出几部题材重大、又与我们的生存状态息息相关甚至是生死攸关的报告文学后，我发现越是题材重大、越是关注民生的报告文学，越是遭到轻视；越是客观公正的报告文学，又越是得不到客观公正的评价。这又让我下意识地想，难道我们对这种关注民生、关注我们最基本生存问题的所谓"重大题材"真的关注够了吗？客观公正的报告文学之所以得不到客观公正的评价，只能说我们对报告文学的评价体系以至于我们的价值观本身已失去了最基本的公正，甚至发生了致命的倾斜。而在这种倾斜的状态下，要恪守所谓公正的立场是多么难，要恪守独立调查、独立思考的立场又有多么难。我也只能以一种"位卑未敢忘忧国"的心态，努力地保持一种直面严峻现实的姿态。我深知自己只是人微言轻的一介小民，虽是小民，却又从未忘记我们这个国度是"人民共和国"，我也是共和国的一个公民。而在叙述方式上，我几乎没有选择，我的叙述只能随着河流而推进，在对流水的追溯中一点一滴地慢慢建立。这不是我的选择，而是河流的决定。我不能违拗河流的意志，一如谁也不能违背自然规律。

从一开始，我想要写的，并非一部关于中华江河水系的族谱和传记，也不是为中国水利立德、立言、立传，更不是关于河流长度、落差、流量、流速的说明文，事实上这都是无法用精确的数字去描述的，只能是大致的估算和大概的数字,时时刻刻都在变化之中。还有,一条河的源头到底在哪儿,又该从哪儿算起?这里边有太多不确定的东西。若要看清中国的江湖,大致有两种可能的方式,一种是按时间顺序,上下五千年一直追溯下来;一种是从北到南或从西到东一路看过来。然而,无论哪种方式都无法超越时空,时空中又有太多的错位和倒置,又由于人工河流与自然水系交织在一起,河流水系的历史变迁又与眼前的现实纠结在一起,时空交错,人与自然交错,历史变幻莫测,而河流水系更加变幻莫测。要把一条河流的来龙去脉、前世今生看清楚,而且要清楚地描述出来,最好的方式,还是像司马迁、徐霞客、郦道元那样,脚踏实地,尽可能以最接近自然、抵达现场的方式去感知它。这既是最艰险的一种方式,也同样充满了人类的局限,甚至是大限。以人类占有时空的短暂和渺小,事实上永远无法把一条河流的真相全部揭示出来,借用一句话,每一滴水都"凝聚着民族精神生活最重要也最痛苦的信息"。

又无论如何,一次如此沉重而复杂的写作终于又暂时告一段落了。每到此时,总有太多一路关注过我、扶持过我的身影浮现出来,从某种意义上说,每一次写作又是集体创作。需要感谢的人实在太多,而这里,我最感谢的是广东省千禾社区公益基金会,这是一个独立的、公益与民间性质的社团。作为一个自由写作者,我没有工资,没有固定的工作单位,也没有采访经费。正是因为有了他们的援助,我才有了第一笔宝贵的采访经费。而千禾资助项目的愿景就是"推动公民参与,建设一个公正、关爱和可持续发展的社会"。这其实也是我一直恪守的底线:我的写作与任何写作对象都不能发生直接对应的利益关系。而能够获得他们的资助,又得感谢理由和李炳银这两位报告文学前辈的鼎力推荐。此外,我还要感谢湘潭大学出版社,这是一家刚成立不久、起步维艰的新社,但他们却不乏大手笔。事实上,三年前,在《共和国粮食报告》完稿之后,我们的目光就不约而同地转向了水利,那时谁也无法预料在两年之后会有一个关于水利的中央一号文件出台,我们只是感觉到中国的水利问题、水危机的形势已经到了相当严峻的程度。从那时开始,三年来,我就一直奔波于江湖之中,而中国也接连遭受一次次"极端""反常""罕见"的自然灾害的重创,如2009年北方七省市大旱、2010

年的大西南干旱和2011年的长江中下游秋冬春跨季节连旱,还有最近发生的北京"7·21"暴雨洪灾,这些惨烈的自然灾害牵动着亿万国人的心,也引发了无数人的追问与反思,甚至是世界性焦虑,这一切真的是自然灾害吗?而我也一次次抵达这些灾难的现场,尽可能在第一时间第一现场把这一切诚实地记录下来。

这也是我从不惑之年到知天命之年完成的第三部长篇报告文学,但愿我写出的是一部真正可以被定义为报告文学的作品,又唯愿它至少能作为一部当代水利的社会记录和民间档案而留给历史。如果这样,在我的知天命之年,我也终于做了一件有意义的事情。

2012年11月30日改定